U0598640

从大江南北到『一带一路』

CONG DAJIANGNANBEI DAO YIDAIYILU

hezhidan xinwenzuopin zixuanji

何志丹新闻作品自选集

何志丹 著

河北出版传媒集团
河北人民出版社
石家庄

图书在版编目（CIP）数据

从大江南北到“一带一路”：何志丹新闻作品自选集/ 何志丹著. -- 石家庄：河北人民出版社, 2022.12
ISBN 978-7-202-16293-4

Ⅰ. ①从… Ⅱ. ①何… Ⅲ. ①新闻报道—作品集—中国—当代 Ⅳ.①I253

中国国家版本馆CIP数据核字(2023)第027650号

书　　名　从大江南北到“一带一路”：何志丹新闻作品自选集
著　　者　何志丹

责任编辑　赵　蕊
美术编辑　王　婧
责任校对　余尚敏
装帧设计　崔　奕

出版发行　河北出版传媒集团　河北人民出版社
（石家庄市友谊北大街330号）
印　　刷　廊坊市博林印务有限公司
开　　本　787毫米×1092毫米　1/16
印　　张　36.5
字　　数　655 000
版　　次　2022年12月第1版　2022年12月第1次印刷
书　　号　ISBN 978-7-202-16293-4
定　　价　180.00元

从2002年开始，多次深入西气东输工程采访。

▲ 2003年在湛江储罐工地采访。

▼ 2003年6月，在“中油第一盾”管道局红花套长江穿越隧道工程深度近50米的井下采访。

2010年12月，在西气东输二线工程东段中卫一黄陂段投产进气仪式现场。

2014年5月，深入西气东输三线东段（福建段）沿线采访。

2018年8月，中俄东线北段进入攻坚阶段，开展“走进中俄东，聚焦最前沿”主题宣传活动。

2020年6月，在中俄东线中段控制性工程——青龙河穿越管道下沟现场。

▲ 2011年8月，深入撒哈拉沙漠腹地——尼日尔油田项目现场采访，“享受”荷枪实弹士兵保护。

▼ 2014年7月，赴坦桑尼亚采访天然气管道工程项目，这是管道局首个“陆海一体化”同建工程，被坦桑政府誉为“第二条坦赞铁路”。

▼2017年4月18日，管道局为安哥拉罗安达当地学校捐赠文体用品，获称赞。

▲2018年1月，赴沙特拉斯坦努拉项目采访，这是管道局与沙特阿美公司首次『牵手』。

▼2019年7月盛夏，深入泰国拉差布里项目和其他在建项目施工现场采访。

序

翻阅何志丹这本文集，我不仅看到了许多熟悉的身影、熟悉的场景，而且更深刻地感受到了中国管道建设的历史进程。

作为亲历者，读这些文字时不禁心潮澎湃。三十年间的人和事，尚可追忆，有些甚至近在眼前。虽然当时、当年的新闻，已然成了旧闻，但读这本集子的意义在于，借助记者的眼睛，通过各个层面，深入了解管道局、管道员工为石油石化行业和经济社会发展作出的重要贡献。可以说，这本书不仅是了解和研究油气管道发展史的史料，更是从能源发展的侧面反映中国进入21世纪以来经济持续快速发展的生动写照。

承载着建设管道强国的梦想，管道局走过了五十年的辉煌征程，成为一个与世界多民族优秀文化相融合的国际化企业，成为国际能源储运行业颇具影响力的专业化公司。管道局用文化凝聚人心，用优秀价值观驱动企业的持续成长；宣传思想文化工作者以饱满的热情传播管道故事，凝聚管道力量，充分发挥了强信心、暖人心、聚民心、筑同心的重要作用。这支队伍里有位巾帼不让须眉的代表，就是业内知名的资深记者何志丹。

新闻界前辈邹韬奋曾说过："从事新闻职业要乐其业、尽其职、负其责、精其术、竭其力。"何志丹用实际行动诠释了这句话的内涵。

崇高隐于平凡，无华亦显本色。何志丹新闻从业三十余载笔耕不辍，即使担任石油管道报社总编辑后也如此，以担当诠释忠诚，以实干书写答卷，不断推出影响力强的精品力作，用生动的文字和图片撬动读者心灵。纵观她的作品，每个章节里的"特别推荐"，都是精选大气磅礴、散发着家国情怀的专题报道，如《我们从"八三"走来》《世界最大天然气管道工程是如何建成的》《敢立潮头唱大风》《八千里路云和月》《走出去，见证"一带一路"》《紫气东去 铁军"争气"》《"中国名片"闪耀非洲海岸》《走出去，走进去，走上去》等等，一篇篇感人至深的作品，反映了她心怀“国之大者”的思想境界，闪耀着坚定的理想信念、强烈的社会责任。从一个个平凡朴实的故事中，读懂了管道人的责任和使命，也折射出新闻人的理想和初心。

海不辞水，故能成其大；山不辞土石，故能成其高。三十年来，何志丹用有深度、有温度、有力度的新闻报道，生动记录了管道人肩负着保障国家能源安全的使命，为我国经济社会发展作出的重要贡献。她用“冲得出”又“守得住”的职业状态，诠释着自己对新闻事业的热爱与执着。无论是在新疆条件异常艰苦的无人区，零下四五十摄氏度滴水成冰的漠河，还是在战火纷飞的中东国家、政变后局势动荡的苏丹、霍乱疟疾肆虐的尼日尔，抑或泥泞不堪、烈日炙烤、蚊虫袭扰的施工现场……从大江南北到“一带一路”，都能见到她背着相机、拿着采访本跋山涉水的身影，力争让满载中国石油管道好故事的文字、图像广泛传播到海内外，将“我为祖国献石油”主旋律传播到百姓的心中。她孜孜以求、坚韧不拔的态度感染了每个被采访的对象，无不让人感受到管道新闻人无私的奉献精神、澎湃的工作热情，更能懂得成为一名优秀记者的艰辛与不易。

人生在勤，不索何获。三十年来，她始终保持着踔厉奋发、笃行不怠的激情让人敬佩。众所周知，好新闻要靠好的作风文风、好的脚力眼力脑力笔力。文集中的大部分作品，都是她多年来坚持深入一线，“三贴近”“走转改”的心血成果。她的采写理念是：“快、准、透”高效采访，“新、精、深”立意写稿，不到自己满意不出手。这个理念充分彰显了其敬业、专业、精业的精神。她每次赴一线采访，总能在短时间内挖掘出很多素材，白天在工地抓拍劳动者最美丽的场景，凝固了一个个珍贵的精彩瞬间；晚上在驻地挑灯夜战、整理资料、构思写作、反复斟酌，采写出大量沾泥土、带露珠、冒热气的作品，三十年来累计达上百万字。其中不乏获奖之作，如《中国煤层气进入规模开发时代》《一个中国企业“走出去”的非洲样本》《管道局打造海外工程设计高端基地》《“中国管道”非洲展示“国际范儿”》《寒冬里的责任担当》《磨砺“金刚钻” 干好“瓷器活”》等等，均获得省部级以上一等奖。此次选编文集，也是她精挑细选、优中选优，为的是将上乘之作呈现给读者。

如今，现代技术不断刷新业态，也不断改变着我们的生活。当我们刷抖音、玩快手的同时，也别忘了手中之笔，我们在游乐的心也要在手书文字中得到滋养。于是，我写下上面的这些文字，既是读后感，也借以对何志丹新闻作品结集表示祝贺。

何志丹对我说：“我只是新闻界的一名工匠，像工匠那样敬业、一丝不苟、追求极致，用匠心去‘研磨’每一篇新闻作品。”其实，不仅是新闻工作如此，所有工作都亦然，敢于担当，甘于奉献！求真务实，精益求精！

是为序。

孙全军

壬寅国庆节于北京

目 录

大江南北卷

“一带一路”卷

大江南北卷

高光时刻

中国长输管道事业起源于“八三”会战，管道局也因此诞生，并建成了地下能源大动脉。1999年7月，集团公司业务重组，管道局输油气核心业务被剥离。2000年，管道局组织开展“生存与发展”大讨论，构建了完整的管道建设产业链。本篇所选文章，就是记录石油企业重组后，管道局各个阶段比较重要的新闻事件、创新成果，也即高光时刻，舍弃“易碎品”动态消息，只选专题报道，详细地报道具有新闻意义的事件、经验或典型事例，如《为西部大开发点燃圣火》《瞄准国内最强》《打响“中油第一盾”战役》《夙愿》《我国四大油气战略通道是如何建成的》，等等。

进入新时代之后，管道局更是实现了高质量发展，并不断履行央企责任，《我国首座大型地下油库加速推进》《中石油管道局获PMI（中国）“杰出项目”奖》，直至《中石油管道局战“疫”与生产“两手抓，两不误”》，等等，大事要事精彩不断，管道局再次迎来新的高光时刻！

特别推荐

我们从“八三”走来

——中国石油管道局高质量保障国家油气战略通道建设

2020年4月20日，中俄东线天然气管道工程中段（长岭—永清）主体线路完成焊接640公里，主体焊接实现“过半”。这是继中俄东线北段正式投产贯通后，中俄东线工程建设再传捷报，中国石油管道工程建设者正以实际行动践行习近平总书记在中俄东线投产通气仪式上的重要讲话精神，奋力书写“爬冰卧雪、战天斗地，高水平、高质量完成建设任务，向世界展现大国工匠的精湛技艺”时代答卷。

中俄东线工程只是中国油气管网建设的一个缩影，中国油气管道50年的发展史就是一部波澜壮阔的奋进史，几代石油管道人坚定听党话跟党走，用忠诚奉献、智慧汗水打造了一条条“能源国脉”和“能源运河”，唱响了一曲曲波澜壮阔、气势恢宏的“我为祖国献石油”管道发展壮歌。

铭记“八三工程”　圆梦中国管道

1970年6月，摆在国务院总理案头上的全国工业报告频频告急。

一方面，全国能源严重短缺。特别是重工业基地的东北骨干企业，因燃料不足而被迫停产。可另一方面，平均每17分钟发出一列原油罐车的运量远远不能满足产量需求，工人们一个汗珠摔八瓣产出的油运不出去，数百油井被迫关停。

面对日益严重的能源供应问题，国务院总理周恩来提出，要坚决治理好中国工业的“瘫痪症”。

“解决原油外运的问题，非管道莫属。”1970年7月中旬，国务院、中央军委联合发出了《关于建设东北输油管道的通知》。1970年8月3日，各路精兵强将汇集沈阳，抢建中国首条长距离、大口径输油管道工程。至此，“八三”在成为工程代号的同时，也成为中国长输管道的时代印记，成为几十万石油管道员工和家属心中的图腾。每年的8月3日，都是管道人难以忘怀的“管道节日”。

建设长距离、大口径输油管道在国内尚属首次，一系列技术、设备、材料都要从零开始，人们住的是地窝棚，运管用牛车，遇到坑洼不平的土坡，干脆用人拉、用肩扛。这是中国长输油气管道工程建设最艰难的起步阶段。

为了克服困难，按期完成建设任务，沈阳军区副司令员、“八三”领导小组组长肖全夫提出了“抢、闯、好”的三字要求。这位战功赫赫的将军对“八三工程”取胜信心满满：要在一年时间内抢建大庆至抚顺输油管道，在干中闯出一条建设长距离、大口径输油管线的路子，工程质量要经得起时间的考验。

东北的秋冬早早袭来，寒霜白花花地铺了满地。泥水没过膝盖，带着冰碴寒冷刺骨，却挡不住挽起裤腿干劲冲天的人们，没有抽水机就用脸盆淘，用锹不方便直接用手抠……20多万军民，把“我为祖国献石油”当作自己光荣的历史使命，在“八三工程”的实践中创造出了“管道为业、四海为家、艰苦为荣、野战为乐”的“八三”精神。

“千里油龙万里歌，一片红心赴征程，不畏山高与水深，肩挑重担谱忠诚。”这首荡气回肠的石油赞歌，在茫茫的黑土地上一唱就是5年。管道工程建设者圆满完成了大庆至抚顺、大庆至秦皇岛、大庆至大连等8条输油管道、共计2471公里的建设任务，随着1975年铁岭至大连输油管道建成投产，“八三工程”取得全面胜利。

在此期间，为适应石油和天然气工业发展的需要，加速输油、输气管道建设，经燃料化学工业部副部长、“八三”领导小组副组长张文彬建议，1973年4月16日，国务院决定以东北“八三”输油管线建设指挥部为基础，整合全国油气管道建设资源，成立中国石油管道局，对全国石油、天然气管道建设和生产管理工作进行统一领导，行使规划、部署、实施、运营等职能。自此，诞生了中国集工程建设管理于一身的第一支专业化油气管道建设队伍。

“让管道从这里开始。”在京津之间的廊坊小镇，曾在东北“八三工程”中担任副指挥的何承华、与“铁人”王进喜齐名的石油标兵朱洪昌临危受命。他们和成千上万名石油管道人一起，听从祖国的召唤，从天南地北赶来，勇敢地承担起发展中国管道事业的重担。

在此后的50年，中国石油行业历经多次重组，但中国石油始终把保障国家能源安全作为自身的神圣责任，将国家管网建设作为重大战略，加强顶层设计，加快实施步伐，在我国基本形成了横跨东西、纵贯南北、覆盖全国、连通海外的油气骨干管网，建成了四大能源战略通道，为稳定油气市场供应，推动经济社会发展，改善人民群众生活作出了重要贡献。

管道局作为中国石油管网战略的实施者，始终服从和服务于中国石油的整体战略部署，在石油精神、“八三”精神的滋养下，五十载初心不改，五十载拼搏奉献，铸就了保障国家能源安全的钢铁油龙。截至目前，累计建设西气东输管道系统、中亚天然气管道系统、陕京输气管道系统、中缅油气管道等长输油气管道，总里程超过12万公里。

彰显硬核实力　唱响中国管道建设品牌

“沧海横流，方显英雄本色；青山矗立，不堕凌云之志。”半个世纪以来，中国石油管道局在重点工程建设中不断挑战施工难点，以高质量、高标准、高水平一寸一寸地推动着管道的延长，创造了一个个全国纪录、世界纪录，实现了“自我超越”。

高质量建设国内油气管网，是管道工程建设者的家国情怀。在高山缺氧、自然环境恶劣、社会依托差的涩宁兰输气管道，以“不拿第一就是败”的英雄气概，一举创造国内管道工程建设12项新纪录，有效缓解了西北用气紧张局面；在兰成渝成品油管道，创造了“线路最长、落差最大、压力最高成品油管道工程中国企业新纪录”，并经受住了四川汶川大地震的考验；在西气东输二线，提前一年实现全线干线贯通投产，建成首条引进境外天然气资源的战略通道工程……

高标准构筑四大能源通道，是管道工程建设者的庄严承诺。在哈中原油管道建设中，打破冬季管道不能焊接的禁忌，建成中国第一条陆上能源通道，荣获“哈中管道建设突出贡献奖”；在中亚天然气管道，仅用18个月就完成了国外公司需要5至6年才能完成的工作量，中亚AB线荣获中国土木工程詹天佑奖;在中俄原油管道黑龙江穿越，冒着零下50多摄氏度的严寒条件，攻克了破碎岩层等复杂地质条件下穿越施工的“世界级难题”，按期优质打通了东北能源通道；在中缅管道，创造了三管并行长距离山区的纪录，缅甸段荣获国家建设工程最高奖“鲁班奖”，这也是中国长输管道建设行业第一家单位获此殊荣；在海上通道建设中，圆满完成当时世界跨度最长的天然气跨海管道建设任务，征服江苏LNG“海洋第一跨”，开创了海上大跨度管道施工的先河……

高水平推进“一带一路”项目建设，是管道工程建设者的责任使然。在伊拉克艾哈代布管道，仅用83天就完成200公里管道主体焊接、22天完成投产试运，创造了令人震惊的中国速度，被伊拉克石油部列为优秀EPC总承包商;建设尼日尔阿贾德姆油田地面建设工程，在撒哈拉沙漠建起了尼日尔国家的第一个石油城；承建坦桑尼亚“陆海一体化”天然气管道工程，中国石油最大铺管船CPP601亮剑印度洋，成功打入欧美国家占据主导地位的国际海洋管道施工领域……

在半个世纪的沧桑巨变中，管道工程建设者始终牢记初心使命，肩扛“八三”旗帜，引领推动中国长输管道事业逐步由产业链的一个环节，成长为今天国民经济中独立的一个产业。同时，作为管道事业的“摇篮”，中国石油管道局培养输送了一批又一批领军人物、管理专家和技术骨干，成为支撑管道事业发展的中坚力量。

打造行业标准　迈向“中国智造”

作为中国管道建设的国家队和主力军，中国石油管道局既肩负着保障国家能源安全的使命，也承载着引领行业技术发展的职责。

瞄准世界管道技术前沿，中国石油管道局大力开展自主创新和引进消化吸收再创新，持续推进技术的知识化、工程化和集成化，累计完成省部级以上科研项目909项，荣获国家科学技术奖15项、省部级科学技术奖114项，获得国家授权专利1040件。掌握了高钢级、大口径、高压力、长距离陆上管道建设以及大型储罐、浅滩海海洋管道、地下水封洞库建设等一大批具有自主知识产权的核心技术，形成了在沼泽、大落差、永冻土、高地震带、沙漠、热带雨林等复杂地质地貌条件下大口径管道数百项施工工艺、工法，使我国管道工业实现从追赶到领跑的跨越。进入新时期，中国石油管道局以智慧管道为核心引领发展，全力推进数字化信息化与产业链的深度融合，形成了一批核心技术与装备，致力于建设智能管道，助力打造中国油气“智慧管网”。

在西气东输三线建设中，80%的主体焊接工程量使用自主研制的CPP900设备来完成，提高工效约30%，打破了长期以来的国外技术垄断局面，摆脱了对国外技术的依赖，中国管道国产化建设取得重要突破。

中俄东线天然气管道工程把互联网、大数据等最新科技融入油气管道建设中，开启了以大数据为基础的智慧管道时代。特别是自主研发的CPP900自动焊机、机械化补口、AUT检测、大型设备远程监控系统等新技术和新装备全部应用于管道施工的各环节，形成了涵盖各个工序的系列科技成果41项。日臻成熟的自动焊技术及装备大范围应用，标志着我国进入世界管道自动焊技术的领先行列。

大力推进信息化、自动化和智能化技术应用。创新完善了工程项目管理平台，全方位整合“机组通”、P6、ERP、施工现场远程监控及工况采集等系统，充分应用智能技术管理项目建设过程，全面提升了管道的智能化水平。同时，形成了互联网+机组的“智能工地”建设标杆。施工机组现场实现全作业面Wi-Fi覆盖、全工序施工数据采集移交和全工序工况参数采集传输等，规范了现场施工作业，提升了项目QHSE管控水平，确保了中国石油在智能化建设方面的“领跑”地位，真正实现了从“中国制造”迈进“中国智造”。

走得再远都不能忘记来时的路。中国石油管道局的历史始于“八三工程”，也必将在石油精神、大庆精神、铁人精神和“八三”精神的引领下，继承发扬管道优良传统，以一往无前的奋斗精神再谱中国管道工程建设事业新篇章。

（2020年4月28日《工人日报》）

为西部大开发点燃圣火

——访西宁中油燃气有限责任公司董事长、总经理曲国华

曲国华，毕业于西南石油学院管理工程专业。曾任管道二公司副经理、管道局燃气开发利用项目部副经理，现任西宁中油燃气有限责任公司董事长、总经理。

5月31日，西宁天然气工程正式通气点火，西宁市终于实现了祈望已久的使用天然气的梦想。在西部大开发强劲东风的呼唤下，西宁市人民告别封闭与落后，告别了没有天然气的历史，走向洁净、繁荣、发展的明天。西宁市人民不会忘记，帮助他们圆梦的是建设城市气化工程的西宁中油燃气有限责任公司。这个公司由管道局出资80%，西宁市正润有限公司出资20%合资组成，主要承担涩宁兰管线下游天然气的营运及建设，同时开展与天然气有关的其他经营业务。在隆重的点火仪式后，记者采访了公司董事长、总经理曲国华。从同事那里知道曲国华为这次通气点火已经几天没睡好觉了。只见他满脸倦色，双眼布满血丝。但一提起这项为西宁人民造福的工程，他的兴奋之情溢于言表，沉浸在往日的创业回忆中。

2000年3月25日，带着管道局局长苏士峰的嘱托，曲国华来到春寒料峭的西宁。因西宁地处高寒地区，每年的采暖期为180天。由于取暖燃料主要是煤，空气污染十分严重，望着灰蒙蒙的天，曲国华暗下决心：一定要还西宁人民一片洁净的蓝天。他马不停蹄地做着各项准备工作。3月30日燃气公司挂牌成立了。协调好各种关系，办好各种手续后，7月28日正式开工，为了做到少扰民，不影响交通，他们和电力、水利部门协调，一起夜间施工，白天回填。由于当地政府的大力支持，新闻媒体给予积极宣传，老百姓知道这是给自己办好事，便也积极配合。西宁市流传着一句顺口溜：西部大开发，曲国华大开

挖。为了让西宁人民早日用上天然气，他们没早没晚，没有节假日，仅用207天，按计划提前完成了施工任务，完成了城市主管道83公里的建设，并建成了门站、调压站、汽车加气站等，合资建设的调压箱厂和汽车油改气改装厂也已投产。

记者不禁想起了西宁市市长王小青在点火仪式上说的话，西宁市燃气工程的实施，是首例省会城市运用市场机制与管道局合作的结晶。西宁市管道工程实现了超常规的建设速度，成为同类项目中投资最省、速度最快、政府最少操心的项目。他评价该工程的建成投产，使西宁能源结构发生了重大变化，对于改善西宁大气环境、方便市民生活、加快西宁经济发展都具有十分重要的意义。那么，燃气公司是怎样实现这种超常规跨越式发展的?

曲国华总结出三点：首先，省、市主要领导敢于解放思想，采用市场化运作,亲自关心、亲自过问。省、市各主管部门大开绿灯，在项目实施中，从项目立项审批到各项开工手续，都做到特事特办，主动配合，充分体现了对外来投资者的支持和扶持。其次，从工程建设的设计到施工材料的采购都采用招标投标制。通过竞标，选用国内一流的设计、施工、监理单位。施工中，采用计算机辅助设计，将下向焊技术用于城市管网施工。在工程管理上实施“工期、质量、安全”三控制，并做到“材料、设备、人员、质检、文明施工”五个到位，有力地促进了工程进度，城市管道焊接一次合格率100%，门站、二配站安装质量达到国内优质水平，全线试压置换一次成功。再次，采用股份制形式运作一个新型的公司，新的管理机制，极大地调动了职工的积极性。为保证工程早日完工，有人七八个日夜吃住在现场，有人一年未与家人团聚，有人不声不响地推迟婚期、生儿育女的时间。说到这里，曲国华那晒得黝黑的双颊因激动涨得泛红：成绩的背后有无数动人的故事，有无数默默的奋斗与奉献，就是这些平凡堆积着今日的成功!

众所周知，天然气下游市场开发是关系到管道运营能否产生效益的关键环节。燃气公司是怎样落实下游用户和用气量、开发市场的呢?曲国华告诉记者，公司始终把市场开发作为立足西宁求发展的核心任务来抓。他们组织了市场调查组对西宁进行广泛调研，全面掌握了西宁市各企业单位、锅炉及居民的用气规模和用气意向，明确了市场发展的思路，即工业用户为主攻方向，餐饮业优先发展，冬季取暖抓住重点，房地产逐步渗透，居民积极争取。他们经过市场预测分析得知，西宁市为数不多的大型企业用气量占整体用气量的50%左右，要提高天然气使用量并形成规模供气，就必须寻求工业大户的支持。目前已与西宁特钢集团、青海铝业公司、青海星火铬盐厂等110多家企事业单位签订供用气合同，今年6月至年底可供气2000万立方米，年实现供气量可达8600多万立方米。此外，他们还积极开发新的天然气使用合作项目。先后同其他单位就双燃料车改造、煤改气工程、灶具等项目达成合作意向，双燃料车改装厂已经达到了投产条件，调压箱厂已投产运行，并完成了第一台调压箱的组装。他们还依靠政府支持，规范制度和办法，保证市场开发的正常进行。在他们的协助配合下，市政府专门印发《西宁地区煤（油）改气工程实施办法》，明确天然气管网覆盖区域内的供热锅炉、工业炉窑、茶炉以及餐饮业、公交车辆、出租车等燃气化改造都将纳入煤（油）改气工程；并提出锅炉燃气化改造率2001年底达到20%，2005年随着工程的完成，要求全面实现锅炉燃气化。

最后，曲国华表示，通气只是他们为西宁人民服务的开端，他们要继续抓好西宁城市天然气安全运营和销售服务工作，坚持“安全第一、服务第一、质量第一、用户第一”，为改善和提高西宁人民的生活质量，为西部大开发作出应有的贡献。

（2001年6月25日《石油管道报》）

瞄准国内最强

——管道局为中国管道事业屡建战功概述

管道局已有30多年的管道建设历史，先后设计建成国内外各类介质管道2.2万多公里，设计安装各类储罐500多座，成功地穿跨越长江、黄河、钱塘江、尼罗河等中外大型河流，在苏丹、突尼斯、科威特、利比亚等8个国家承担过多项工程。可以说，无论是施工能力、技术水平，还是管理水平、人员素质，管道局在国内长输管道的建设企业中都是首屈一指的。

上篇：
零的突破，诠释了“管道为业、四海为家、艰苦为荣、野战为乐”的实质

1973年4月，经国务院批准，成立了燃料化学工业部石油天然气管道局。从此，中国的管道建设，由创建阶段转为正常有序的专业化施工阶段。管道局建设大军的身后，也留下了一串串殷实的足迹，创下了一项又一项“中华之最”。

1975年9月，建成铁岭至大连的输油管道，末站大连油库的10座2万立方米和3座5万立方米浮顶油罐，是中国管道史上第一次建设浮顶油罐；1975年12月，我国第一条跨国管道——中朝友谊输油管道投产运行，成品油管道于1976年6月投产运行；1984年，在秦皇岛建成了我国迄今为止容量最大的10万

立方米金属浮顶油罐，填补了我国没有10万立方米油罐建设史的空白；1985年，引进了世界上最先进的大型水平定向钻，首次穿越黄河；1986年，建成我国第一条由计算机控制的全自动密闭输送管道——东黄输油管道复线，结束了我国没有自动化管道的历史；1988年6月，建成了我国第一条液氨长输管道（卢龙—秦皇岛）；1990年1月，建成了我国海拔最高的原油输送管道——花土沟至格尔木的花格管线；1990年，建成了输气量、管径、长度等综合指标居亚洲第一的煤气管道——哈依管线；1995年，建成了我国第一条铁精粉矿浆管道——尖山至太原管道；1996年8月，在世界最大的流动性沙漠、堪称“死亡之海”的塔克拉玛干沙漠，建成了我国第一条长距离、大口径的沙漠油气管道及通信光缆工程，这条管道在世界上是首次用三条线同沟敷设的管道；1997年，建成世界上落差最大的库尔勒至鄯善输油管道，这也是国内首次用高压力、大站距方案，首次采用高强度钢管；1997年，在气化首都的陕京输气管道建设中完成的黄河跨越工程，创造了全国最大的悬索结构跨越河流的奇迹……

下篇：
质的飞跃，赋予了“创新思维、实现超越、争雄国内、走向世界”的新内涵

1999年，管道企业实现了重组改制。脱胎换骨后的管道局以创新思维、实现超越的全新理念，争雄国内、走向世界的超凡气魄，坚持“创造新优势、创造新商机、创造新活力”的经营理念，在管道建设史上写下了浓重的一笔。

西部大开发的序幕工程——涩宁兰输气管道工程于2001年9月6日实现了全线通气。在涩宁兰全长953公里的管道建设中，管道一、二、三、四公司中标承建了510公里主体管线，工程量近80%。管道局参战将士以冲冠的豪迈气势和拥抱第一的必胜信念，战胜了许多难以想象的困难，在涩宁兰工程建设中一路高歌猛进，屡创佳绩，再次向世人展示了管道大军雄厚的实力，尽显管道铁军的风采，捍卫了管道局队伍“中国管道主力军”的地位。

被誉为集团公司“生命线”的兰成渝成品油管道工程全长1247公里，管道局参建队伍承建了70%之多的工程量。他们以“遵循国际标准、打造名牌队伍”为指导，不畏艰险，勇于创新，攻克了山地施工、水网施工等技术难关，以“人生能有几回搏，此回不搏算白活”的兰成渝精神，为管道局赢得了新的辉煌业绩。自2000年10月管道局参建队伍在全线率先开工后，一路领先，在施工中X射线检测一次合格率一直保持在95%以上，比业主要求的90%的目标高了5个百分点，并且工期和安全都得到了保证。管道局所属参建队伍已于今年6月完成了兰成渝段主体焊接任务。尽管施工难度大，施工作业危险性高，

他们仍做到了无重大施工伤亡事故。管道局参建将士在兰成段的建设中积累了山区作业、水田作业、隧道施工、硅管敷设等多方面的管道施工经验，为西气东输等工程的建设提供了宝贵的经验。

为打好西气东输战役，管道局已做了两年的精心准备，先后投资5.2亿元人民币，引进并研制了适应西气东输工程建设需要的施工装备和机具，使之达到了国际先进水平；针对复杂的江河穿跨越和难度最大的水网作业，先后进行了6次勘察，并在曹娥江成功进行了1020毫米大口径管道穿越：根据西气东输工程建设需要，对大口径管道自动焊工艺、无损检测、管道防腐钢管优化运输、大型弯管制造等12项技术难题进行了科研攻关；按照国际施工准备和要求，对职工队伍进行了技术培训和实战演练，参建将士将以更加精湛的技术和成熟的经验，高质量、高速度、高水平、高效益地组织好工程建设，向党和国家交出精品工程。

管道将士的足迹又何止在这几项重大工程上闪光：2000年，管道二公司在黄岛港创下了一年建6个油罐、共计100万立方米的世界建罐史上的最高纪录，从而使黄岛油港成为国内最大的原油储存中转基地。

2001年1月9日，管道三公司在曹娥江畔创造了中国穿越史上三项第一：第一次实现1000毫米以上管径的管道穿越，第一次将非开挖技术应用于城市给排水工程，第一次在穿越中采用玻璃钢内防腐新技术。在曹娥江创造的穿越长度最长和穿越管径最大两项纪录，使中国管道穿越工程技术居亚洲第一和世界前列。

11月14日，由管道三公司承担的沧州至淄博输气管道工程黄河穿越段打火开焊。淄博管道是全国天然气管网规划的一部分，是国家发展山东省经济的一项重点工程。管线全长209.82公里，黄河穿越是这条管线中穿越长度最长、难度最大的一项工程。管道四公司也参与了这条管道的工程建设。

11月22日，管道三公司穿越分公司成功穿越淮河。淮河穿越是国内第一次进行的大口径、大壁厚、长距离穿越，也是迄今为止世界穿越史上综合难度最大的一次穿越，穿越管道的管径为1016毫米、壁厚26.2毫米、总长度达1085米、最大深度为26.1米。

12月19日，投资3.94亿元人民币的河北省首条天然气管道京石输气管线正式点火运营。管道局共有3家单位参与了这项工程的建设，建成后由北京输油气公司组织投产并负责日常运营管理工作。

今年2月3日，管道三公司穿越分公司创下世界穿越史上的最新纪录——穿越了总长为2308米的镇海炼化—杭州康桥成品油管道二期工程。

回首逝去的30多年，管道建设者们取得的不凡业绩让人感到欣慰。但今后面临的困难和挑战不容有丝毫的懈怠和满足，这毕竟只是我国管道建设事业上迈出的第一步，“路漫漫其修远兮，吾将上下而求索”。历史翻开新的一页，管道建设大军将在今后的管道工程建设中再立新功。

（2002年7月4日《石油管道报》）

打响“中油第一盾”战役

——管道局红花套长江穿越隧道工程纪实

在风光旖旎的长江红花套江畔，一场战役拉开帷幕。管道局将在这里进行盾构施工，这是国内首次采用泥水加压平衡式盾构机穿越长江。盾构施工是管道局拓展施工领域的大胆尝试，这标志着管道局在实施集团公司名牌战略、建设世界知名的管道专业化公司的进程中，再次迈出坚实的步伐。因此，这场战役能否取胜至关重要。

盾构穿越施工对集团公司、管道局来说是第一次，风险大，所使用的设备先进性强，施工技术要求高，施工质量要求高，设备操作人员综合技术素质要求高。承建这项工程的管道四公司根据工程现场的地质、设备、人员的特点，组织了专题分析论证，对可能存在问题的部位采取了有效的防范措施，制定了防范预案。工程质量严格按照ISO9002质量保证体系进行控制，建立HSE体系和管理组织机构。施工人员全部经过国外操作培训和国内隧道施工理论、气压作业培训。截至目前，在他们的控制下，两岸竖井施工和环片生产，没有出现任何质量问题，已经完成的各个分部工程，全部保质保量完工。在安全、质量保证的前提下，四公司严格按照施工进度计划进行进度管理，保证施工按照进度计划进行。目前所有的工序关键控制点全部在施工计划范围内。

攻克“卡脖子”难题

红花套长江穿越隧道位于宜昌市红花套云池江段内，距长江三峡工程70公里，距长江葛洲坝工程45公里，距宜都市13公里，距红花套镇4公里。红花套长江穿越隧道总长1400米，出发井深48.4米，到达井深22.4米。

这次穿越难点诸多：隧道全程经过多种不同的地质层，地下水含量丰富，水压大；施工周期长，关键工序施工控制节点多，难度大；在地质资料有限和地质复杂的情况下采用盾构施工，难度大，技术复杂；长江自古有“黄金水道”之称，是水利、交通的枢纽，施工安全尤为重要。在前期穿越方案论证中，跨越、定向钻穿越、顶管穿越等方案都因地质条件复杂、风险因素较高等原因被否定，最后决定采用先进的盾构穿越技术施工。

针对其他隧道遇到的难点和处置方案，根据这项工程的地质、设备、人员的特点，管道四公司组织专题分析论述，对可能存在问题的部位采取有效的防范措施和备用方案：泥水处理设备，根据三江口的经验，对分级处理作了改进；环片背注浆问题，由于本工程地质复杂，结合国内经验，备份优化了7个配比方案，随地质变化及时调整配方；编制了盾构出洞、进洞与地质过渡段掘进措施方案；测量挖向精度要求高、难度大，通过反复调整方案、措施，测量成果达到了2级标准。

竖井工程的进度管理是控制红花套长江穿越工程的关键点，如果竖井工程不能如期完工，盾构隧道施工无法如期开工，工程工期将整体顺延。因此，在工程初期，管道四公司始终以竖井工程的进度为重点，对所有影响施工进度的因素逐一及时分析调整，并采取有效措施，保证了工程严格按照施工进度计划进行。

湖北多雨的天气，给施工增加了很大难度。在整个竖井施工期间，有2/3的时间在下雨，并且2002年冬季湖北出现了低温天气，为此管道四公司采取了各种防雨、保温等措施，春节期间坚持施工，终于在今年4月20日按计划完成了竖井施工，保证了盾构设备按时下井。

精心施工　科学管理

管道四公司从工程一开始就制定了适合本项目的一套HSE管理体系，制定了工程HSE计划书和施工过程的各种工序作业指导书与检查记录，并且任命工程安全总监、基层HSE监督员，严格监督HSE实施。严格的HSE管理为工程带来的效果是明显的，从工程开始至今，实现了“零事故、零伤亡”。管道四公司在整个施工过程中致力于保护环境，和当地居民融洽相处，赢得了当地居民的信任。

施工过程中，管道四公司充分考虑到各个施工工序的技术重点、难点和可能出现的安全问题，事先编制好各个施工工序的作业计划书、指导书。并以此为依据，指导施工的全过程，事先逐一排除施工安全隐患，做到防患于未然。

管道四公司设置安全管理机构，现场设置安全负责人，做到“只要施工在进行，安全监督不能停”。

在施工现场，管道四公司坚持每天开一次班前安全会，对施工中的注意事项进行安全技术交底，做到教育第一、预防为主。在危险集中的工序开始前，召集工程技术人员和安全负责人集中分析施工过程中可能出现的安全隐患，并做好各种应急预防措施。对各种大型施工机具等，设有专门的安全负责人，认真做好每班安全运行记录，不放过任何隐患，尤其大型提升设备，更是安全管理的重点。

在健康管理上，入场人员体检备案、进行意外伤害投保、人员餐具消毒、饮水消毒和修建厕所与洗澡设施等。在环境管理上，生活与工业垃圾分类集中存放处理。所有的进场设备都按照一定的比例投保。

在保证施工进度的同时，管道四公司积极探求工程质量管理的办法，科学地控制工程整体质量。到目前为止，在管道四公司的控制下，两岸竖井施工和环片生产没有出现质量问题，已经完成的各个分部工程，全部保质保量完工。施工现场的质量管理涉及方面多、内容广。竖井施工伊始，管道四公司就从施工人员、设备、材料和施工过程等方面进行了严格的控制。

管道四公司对工程作了充分预见和精心准备，努力降低工程可能遇到的风险，真正做到未雨绸缪。例如，在北岸到达井施工前，管道四公司根据现场的实际情况，考虑到北岸的地基承载力太低，套井的稳定性不能保证，管道四公司提出加大套井锁口盘尺寸，并且提出锁口盘下换填沙砾。事实证明，这些措施都是必需的，并且有效地防止了套井的下沉，削减了地基承载力弱给工程带来的负面影响，保证了竖井工程的顺利进行。

初战告捷　任重道远

通过采取以上措施，工程开工以来一直进展顺利。竖井工程于2002年10月20日开工，出发井已经完成套井制作，竖井沉井部分于2月底完成，竖井钻爆段已经完成8米，目前正在进行工作隧道施工。到达井于2002年12月15日开工，截至目前已经完成套井施工，竖井完成18.7米浇注，累计下沉16.4米。3月底北岸到达井沉井完成，4月中旬北岸到达井竣工，南岸出发井进行收尾工作。

环片生产于2002年11月23日开工生产，已完成生产241环。目前环片具备10环/日的生产能力。按照生产计划，4月生产200环，5月生产250环，6月计划生产300环，7月计划生产300环，余下的生产量在8月完成。

盾构施工地面的设施基本完成，各主要设备全部进场正在安装调试，盾构施工前期4月上旬已完成，5月初开始盾构掘进。在引进盾构设备和技术的同时，四公司还从德国引进了环片制造模具和技术，公司技术人员在消化吸收德国隧道环片制造技术的基础上，研制开发了一系列隧道环片制造模具和生产技术，生产的隧道环片，从内径Φ2440毫米到Φ11000毫米，抗渗漏等级达到S12级或更高。

管道四公司以高度的责任感、使命感，凭着这些年在市场搏击练就的过硬本领，打响了“中油第一盾”战役的第一枪。尽管今后任重道远，但良好的开端等于成功的一半。我们有理由相信，他们一定能安全、优质、快速地完成长江盾构穿越工程，取得这场战役的最终胜利。

（2003年6月23日《石油管道报》）

夙愿

——写在大庆林源基地搬迁之时

2005年仲夏，从大庆市中心区到林源50公里的公路上，每天早晚时比往常多了一排大客车，这是管道局大庆输油气公司和管道公司大庆输油分公司为了方便职工装修新居特意安排的通勤车。职工群众自然喜上眉梢。两家公司都暂时调整了上下班时间，做到了党员先进性教育、运行生产及装修搬迁“三不误”。

举目远眺坐落在大庆油区草原深处的输油生产、生活基地，再看大庆市区东西端遥相呼应、拔地而起的北辰绿色家园与广厦小区，有谁知，大庆管道人走过了一条——

漫长搬迁路

管道企业的大庆林源基地距离大庆市区52公里，是较偏僻的基地之一。早在20世纪70年代初东北“八三”会战时期，勤劳朴实的大庆管道人和国人一样，“先生产，后生活”。他们把精力全部放在输油生产上，无暇顾及甚至一度忽略了生活中的各种不便。

随着大庆油田的不断扩建，700多户管道职工的生活环境逐步恶化。由于林源管道基地周围陆续建起了炼油厂等一系列化工设施，管道基地的饮用水超标逐年上升，基地上空近年来还出现了呛鼻的气味。另外，随着社会的不断进步，人们的物质文化生活不断改善、生活质量不断提高，就医难、就业难、上学难、交通难、信息闭塞等系列难题愈来愈困扰着职工生活。管道企业重组前，原东北输油管理局和管道局领导班子也尝试过将东北管道偏远的生活基地逐步搬迁。长春、沈阳等输油公司的部分基地在2000年前，已逐步实现了搬迁。但大庆公司的林源基地，一直没有如愿搬迁。

“五难”问题一直困扰着管道局的各级领导。局领导非常重视，曾多次派人调研，终因企业住房货币化改革后政策问题，以及企业重组改制后，主要精力、财力、物力放在企业发展上，资金缺口大而无力解决，搬迁问题一直被搁浅。看到30年来的“老大难”问题迟迟得不到解决，许多年轻职工为了让下一代接受良好的教育，纷纷到大庆市区租房，把孩子送到市里上学。

光阴似箭，进入新世纪。“三个代表”重要思想的提出，更坚定了管道局领导解决“老大难”问题、践行“三个代表”重要思想的决心。

2004年春天，管道局领导重新把林源基地搬迁问题摆到议事日程。用管道局局长苏士峰的话讲，“林源基地到了不可不搬的时候了！”

他们情为民所系，为民排忧解难，克服重重困难，决定——

还民愿实施搬迁

2004年2月25日，苏士峰牵头，与管道公司总经理刘磊一起，率计划、财务和物业等有关部门的领导到大庆输油基地现场办公。这也是管道企业重组以来管道局与管道公司级别最高、规模最大的一次联合现场办公。

苏士峰表示，搬迁必须尽快实施，要有利于改善职工的居住环境，有利于职工生活、就医、就业。要好事办好，不能遗留问题，同时要符合国家及集团公司的有关政策。要做好稳定工作，发挥个人和企业的两个积极性。

苏士峰、刘磊还先后到大庆市北辰绿色花园、广厦小区等地进行了选址和实地考察。每到一地，他们都看图纸、问价格，并决定尊重职工们的意见，由职工自由选择。他们还先后拜访大庆油田和大庆市政府领导，最大限度地争取油田和当地政府的政策支持与倾斜。

大庆两个公司的党委重点做好基地搬迁过程中的全员思想政治工作，认真协调、化解在搬迁运作和实施过程中出现的各种利益冲突及复杂矛盾，以人为本，以大局为重，稳定了员工心态，生产秩序良好。

今年年初，房屋交付使用后，为解决职工装修过程中的通勤问题，两个公司每天分别从林源和大庆发班车，方便职工上下班和装修。多年的夙愿实现了，他们像过大年一样——

欢天喜地大搬迁

9月下旬记者去采访时，大庆输油气公司和大庆输油分公司的职工已全部搬入北辰绿色家园和广厦小区新居。他们无不喜气洋洋，像迎亲人一样邀请记者参观新居。

步入北辰绿色家园带有欧式建筑风格的住宅区，登上花岗岩楼梯，进入100平方米、现代化布局的新居，站在宽敞的客厅大飘窗前往外望，楼边是六车道的经九路，东侧镶嵌着一颗明亮的珍珠，那是碧波荡漾的黎明湖。湖边毗邻的是大庆石油学院和大庆市的小学……环境幽雅，交通便利。这是记者日前在大庆基地搬迁市区后看到的景象。

入住新居的职工们说，晚上躺在床上兴奋得睡不着觉。这是真的吗？是不是在做梦？这不是虚幻的梦境，而是实实在在的现实，30年终于梦想成真。职工们说，以前林源基地的水管道使用几十年了，水锈很多，白毛巾用一周就黄了；时间长了没用水，一放水就是黑的红的浑水。现在的水一点沉淀物都没有，白毛巾用两个月了还是白的。除了职工生活上的便利，更主要的是，搬迁实实在在地为——

企业发展添活力

基地搬迁后解决了职工就业、就医，子女入学、入托等困难。

年轻的女职工邵天波、陈晓红、曹平等人的孩子都是学龄前儿童，为了让孩子接受正规的学前教育，在基地搬迁还没提到正式议程之前，她们就考虑在市里租一套房子，宁可大人每天坐公交车来回跑通勤，也要为孩子提供良好的成长环境。房子分到手后，没等装修完，她们就把孩子送进了附近的托儿所。

职工田冬克、王乃新、张修和等人为了给孩子提供良好的学习条件，从孩子上初中起就在市里租了房，将孩子送入重点学校。由于孩子小，来回坐车家长不放心，每周还得专人接送，孩子的吃住费、车费等每月的花费也相对很高。基地搬迁后，他们的孩子也进入了高中阶段，可以在家附近的学校上学。

看到有偿解除劳动合同职工宁秋文在装修一新的“秋文诊所”里忙碌，便前去探望。他乐呵呵地说，以前在林源只有几百户职工，就诊的人不多。搬到市里后，地理位置、人员结构都发生了变化，就诊的人越来越多了。

有偿解除劳动合同职工刘坤、宝福安、金成龙、姚文学、郑荣福等人，在广厦和北辰物业中心自谋到了物业管理、打扫卫生等工作，实现了再就业。采访时遇到老职工王龙成、张喜春，他俩高兴地说：“我们搬到市里后，就医、就业都方便了，局领导真是给我们职工办了一件大好事。”

大庆输油气公司的领导深有感触地说：“以前分来的大学毕业生，一打听公司离市区五六十公里，都不愿来报到。搬迁后，这个问题迎刃而解。搬迁为企业发展添后劲啊。”

搬迁，是管道局领导践行“三个代表”重要思想的具体体现。

搬迁，使大庆管道职工30多年的梦想成真。

搬迁，为东北管道龙头增添了无限的活力！

（2005年9月26日《石油管道报》）

中国煤层气进入规模开发时代

山西煤层气顺利注入西气东输主干线

2009年9月10日10时零8分，中国石油山西煤层气处理中心开启了山西煤层气外输线通向西气东输主干线的最后一道阀门，令煤矿工人谈之色变的“瓦斯”——煤层气经由沁水压气站压缩机顺利注入西气东输主干线。

中国石油管道局局长赵玉建表示：“山西煤层气顺利注入西气东输主干线，标志着中国煤层气进入了规模开发的新时代。素有‘矿难第一杀手’之称的瓦斯将就此一改恶名，真正变身为造福百姓的清洁能源。”

煤层气开采利用不畅，“福气”成“杀气”

煤层气俗称“瓦斯”，其主要成分是CH_4（甲烷），是与煤炭伴生、以吸附状态储存于煤层内的非常规天然气，热值与天然气相当。煤层气燃烧洁净，几乎不产生任何废气，是上好的工业、化工、发电和居民生活燃料。然而，长期以来，由于煤层气开采利用严重不足，许多地方为加快采煤进度将其白白排放。

煤层气直接排放到大气中，其温室效应约为二氧化碳的21倍，对生态环境造成严重破坏。同时，由于煤层气空气浓度达到5%至16%时，遇明火就会发生爆炸，一些煤矿常常因煤层气抽采不及时不充分而酿成安全事故。资料显示，煤层气爆炸事故是我国煤矿安全的第一杀手。今年9月8日发生的河南平顶山煤层气爆炸矿难造成44名矿工遇难，35名工人被困井下。

据有关能源专家介绍，在采煤之前如果先开采煤层气，煤矿瓦斯爆炸率将降低70%到85%。而且能有效减排温室气体，产生良好的环保效应。作为一种高效、洁净能源，煤层气的商业化还可产生巨大的经济效益。据测算，使用煤层气成本只有使用汽油成本的37.3%。出租车改装为煤层气和汽油双燃料后，不仅会大幅度降低运营成本，而且可实现部分尾气零排放。

资料显示，我国煤层气资源丰富，远景储量约36.8万亿立方米，深度在2000米以内的资源量就与陆上常规天然气大致相当。但截至2007年底，国内探明煤层气地质储量1340亿立方米，煤层气年商业产量还不足4亿立方米。

1996年3月，国务院批准组建了全国唯一的煤层气开发企业——中联煤层气有限责任公司，该公司由中国石油集团与中国中煤能源集团合资，双方各占50%的股权。然而，由于体制机制等多种原因，中联煤在煤层气开发进程中步伐缓慢。

油气巨头出手　煤层气开发全面提速

“在国际能源局势趋紧的情况下，作为一种优质高效清洁能源，煤层气的大规模开发利用前景诱人。在国家政策的支持下，中国石油把积极推进煤层气规模开发纳入集团公司的发展战略。”中国石油集团公司一位工作人员介绍说，2008年11月，中国石油与“联姻”多年的中煤正式分手；同时注册资本10亿元的中石油煤层气有限责任公司（中油煤层气）宣告成立。

中石油煤层气公司的成立大大加快了我国煤层气开发步伐。据中石油内部工作人员透露，2009年公司用于煤层气开发的投资将达到30亿元，开发主要集中在山西晋城的沁水盆地、陕西省韩城市、山西林峰地区和山西黄河边三角地区四个重点地区。

其实，早在1994年，中国石油集团公司就开始在山西晋城的沁水盆地做了大量的先期综合研究和勘探工作，1997年完成晋试1井钻探，获得日产2700立方米以上的气流；随后又部署钻探多口煤层气探井，发现了沁水南部煤层气田。从2006年起，由华北油田分公司运作的煤层气正式开始试采开发。3年间，积累了宝贵的经验，形成了煤层气勘探开发的主体技术。

据赵玉建介绍，2008年，中石油华北油田山西煤层气大规模试生产运行正式启动。作为油气田地面建设的主力军，中石油管道局华油工建公司承担了山西沁水煤层气田的所有主体施工任务。从2008年3月，华油工建公司全面进驻山西沁水盆地，开始了我国首座整装煤层气田的建设施工。

华油工建公司先后建成煤层气处理中心1座，集气站6座，各种集气管线5条共40公里，各种高低压电气线路60公里，以及山西煤层气外输线35公里，并倾力打造了目前为止亚洲最大的压气站——西气东输沁水压气站。

管道外输　开启煤层气规模开发时代

“煤层气作为优质清洁能源，可以与天然气混输混用。”赵玉建说，“只有实现规模化管道输气，让煤层气‘顺气’，它才能真正从威胁煤矿安全的‘杀气’变成造福于民的‘福气’。”

一年多来，中国石油煤层气输送管道建设进程不断加快。据华油工建山西煤层气项目经理刘金勇介绍，由于山西管道施工地点多选在太行山深处，峡谷众多，沟壑纵横，施工环境十分恶劣。集输管道60%的作业面分布在30度到70度的陡坡上，最高落差达200余米。对此，项目部采取了集中存放、分段分批量运送及布管的方法进行施工。在施工区域狭隘的陡坡，采用卷扬机牵引、自上而下的施工方法；在施工区域较宽的陡坡采用开挖“之”字便道、修整设备停放平台的方法，确保施工安全。

刘金勇说，华油工建山西煤层气项目部面临的最大难题是工期紧、任务重。以亚洲最大的压气站——沁水压气站为例，建设工期起码要13个月，由于受到外部干扰，直到今年5月才进入施工稳定期，11月份即要求建成投产，仅有7个月时间。为按期投产，沁水压气站项目部不仅配备了精明强干的施工队伍，还调集了最好的生产设备，采用立体作业、遍地开花的作业方式与时间赛跑。

9月10日，沁水压气站西气东输增压部分虽然还在紧张地施工当中，但山西煤层气外输部分已经顺利投产。煤层气通过压缩机增压后被源源不断地注入西气东输主干线，作为补充气源与新疆塔里木和陕西苏里格气田的天然气混为一体，被输送到终端用户。

“此次注入西气东输主干线的山西煤层气日供气量为50万立方米。虽然仅占西气东输总供气量的1%，但却开启了煤层气规模化、商业化外输的新阶段。”中国石油管道局局长赵玉建说，“预计到今年年底，山西煤层气日供气量将会增加到每天90万立方米。到2010年底，中国石油集团将在沁水盆地建成年产30亿立方米的煤层气生产能力。中国煤层气规模化利用的新时代已经到来，昔日的矿山‘杀手’正在成为能源新宠。”

（2009年9月16日《经济参考报》）

管道安全预警系统：为“能源动脉”保驾护航

石油天然气管道是埋藏于地下的“能源大动脉”，对保障国家能源安全和经济发展具有重要意义。一项“863项目”——“管道光纤预警系统”的成功应用，给绵延万里的“国家血管”再添一道行之有效的保护屏障。

据了解，该项目由中国石油管道通信电力工程总公司具体实施。2001年启动研发工作，2006年项目获得中国石油科技成果鉴定，2008年7月批量生产，同年被评为“国家重点新产品”。目前，预警技术基本成熟，开始进入全面推广应用阶段。

外力破坏危及能源管道安全

“长期以来，国家在管道防护方面投入了大量人力、物力、财力，但影响管道安全的事件仍时有发生。”中国石油管道通信电力工程总公司总经理李金祥在接受记者采访时说，“当前，危及管道安全的事件主要有三种。”

第一种是来源于蓄意破坏，如打孔盗油、打孔盗气。在经济利益的诱惑下，一些不法分子铤而走险，通过在管道上打孔的方法盗取国家资源，有的甚至可在8分钟盗油5吨，一个晚上可轻松获取十几万元不法收入。此类破坏事件由于作案时间短、地点隐蔽，管道巡检人员不易发觉，是如今管道防范工作中最难发现的一类破坏事件。

第二种是无意人为破坏事件。按照国家《石油天然气管道保护条例》第十五条规定，管道中心线两侧各5米范围内，不允许取土、挖塘、堆放大宗物资、修筑其他建筑物或者种植深根植物。管道中心线各50米范围内，不允许爆破、开山、修筑建筑物等。但一些地方依然违反规定在禁区内动土造成管道破坏的意外事件发生。

第三种是自然灾害破坏事件。管道连绵起伏，穿山涉水，环境复杂。遇洪水冲刷、山体滑坡、地质下陷、地震等自然灾害，便会造成管道外漏甚至泄漏。

“人防+技防”为能源管道护航

据中石油管道运营部门有关人士介绍，多年以来，管道的安全主要以人防即人力防护为主。有的聘请当地老乡每人巡护3—8公里，每天有巡护记录，监督管理。

这种人防管理模式是现在应用最广泛的管道防护模式，虽然已增添很多现代化管理措施，如GPS定位系统、车辆导航系统，但仍存在一些不足。比如，巡护人员不能做到24小时实施全线看护，对一些特殊地段不能做到随时巡护，难以发现管道突发性危险点，易形成主观判断，导致险情隐患。

“管道安全预警系统的成功研发，发挥技术防范的优势，实现了‘人防+技防’相结合，对建立管道安全保护的长效机制意义重大。”李金祥介绍说，“所谓管道安全预警系统，是利用与管道同沟敷设的通信光缆作为分布式土壤振动检测传感器，长距离连续实时监测油气管道沿线的土壤振动情况，在管道沿线5米范围内形成保护带，采用系统独有的管道破坏事件专家数据库和神经网络识别技术，对可能危害管道安全的动土事件、站场设施的入侵事件及自然灾害对管道造成的损坏事件进行事前预警，事前预知事件发生的时间、地点、事件趋势等，并准确定位。”

万里能源动脉增添保护屏障

据了解，管道安全预警系统目前已经在西气东输苏浙沪段管线、新疆阿独线、兰郑长等管线安装使用，累计监测长度达到1300余公里。自使用以来，成功预警上千次潜在危险事件，巡护人员根据预警信息制止了多次破坏事件。

"管道安全预警技术，不仅可以对可疑事件进行预警，而且同样可以为突发破坏事件的事后补救提供有价值的定位信息。"李金祥告诉记者，"管道安全预警系统将管道的安防模式由原来的被动巡查变为主动出击，更及时、更准确、更高效率地保证管道的安全生产运营。"

管理安全预警系统自2008年11月正式运行，目前生产许可证、销售许可证、行业认证、ISO9000认证等相关手续已全部办理完毕；《光纤管道安全预警系统设计施工规范》已通过上级部门审定。该系统已具备了年生产300套产品的生产能力。

"管道安全预警系统的成功研发和运行，使祖国绵延万里的管道增添了一道保护屏障。"李金祥如是说。

（2009年10月14日《经济参考报》）

春风送"暖"到江如

4月的苏中大地，到处郁郁葱葱，花枝烂漫，春意融融。

伴着蒙蒙春雨，9日上午，管道局局长赵玉建带着"两全"落实情况的调研课题，以及管道局、局党委的亲切慰问来到管道二公司江如项目部检查指导工作。他与广大参建员工同吃同住，朴实干练的工作作风在员工中传为佳话。

上午10点，赵玉建一行首先来到CPP202机组。一下车，他便与机组长和机组的"三员"（质量员、安全员、技术员）亲切握手并表示慰问。看到机组"三员"都是年轻的小伙子，赵玉建关切地询问了他们的年龄，哪所学校毕业的，老家是哪里的，想不想家等。一开始还感觉紧张的小伙子们被赵玉建和蔼可亲的态度感染了，心情也放松了许多。接受完HSE入场教育后，赵玉建健步进入工地，边走边了解"两全"落实情况、机组人员组成、QHSE管理现状、员工工作学习和生活情况等。

在一位正在焊接作业的焊工身后，赵玉建停住了脚步，凝神注目了好几分钟。发现局长在其身后，小伙子不好意思地向局长问好。赵玉建拍拍他的肩膀，关切地询问："这边的活好干吗?""要说好干那是假话，要说难干，水网施工确实难。不过再难，我们也要'啃'下这块硬骨头！请局长放心!"这位焊工回答。赵玉建赞许地点了点头。这时，一旁的机组长蒋泉盛插话说："今天这100多米施工地段相对好干，只有1条河渠要过。前段时间我们每向前推进1公里，几乎都要多次跨河穿渠破路，还用‘漂管法’完成了四渠连穿，我们用相机拍下了施工的艰难。”“哦，好啊，拿来看看。”局长爽朗地说。赵玉建一边翻看照片，一边感叹：“水网施工确实不容易！这充分证明了你们是一支能征善战的钢铁之师、威武之师。”

随后，赵玉建还检查了现场QHSE“两书一表”记录和设备运转记录。离开CPP202机组前，他语重心长地对蒋泉盛说，在抓施工质量和进度的同时，还要高度重视安全和环保，更要以人为本，爱护员工。

上午11点半，赵玉建来到CPP224机组施工现场。机组长宋亮带领“三员”上前迎接，并向局长简要介绍了机组目前的生产情况。机组员工们正忙着手中的活儿，现场有条不紊，热火朝天。在机组前面的河渠旁，一座“桩阵混凝土”承重桥将河渠“拦腰”斩断，上面整齐有序地铺有多张浮板。赵玉建停下脚步，关切地询问随同的二公司经理及管道局项目部兼二公司江如项目部经理有关工艺创新、风险识别和应急预案的情况。

中午12点，员工们纷纷放下手中的活儿准备吃午饭。当他们看见局长还在现场时，纷纷聚拢到局长身边，自觉排成两排，机组长带头鼓掌欢迎局长讲话。

赵玉建首先代表管道局和局党委向大家表示亲切的慰问。他说，我们一定要按期、优质完成江如管道一期工程施工任务，实现对业主的承诺，树诚信品牌，赢得最大的社会效益。他强调，安全是政治、是大局、是责任，必须牢固树立安全第一的思想。他要求，抓安全一要严格，二要精细，三要扎实。特别要加强对分包商和协作单位的管理。要切实按照HSE体系要求，进一步加强安全基础管理工作，建立安全环保长效机制。他特别指出，要努力做到你们承诺的“三满意”（即有好的经济效益，让公司满意；有好的社会效益，让业主、监理、局项目部满意；强调以人为本，让员工满意），建设安全工程、环保工程和精品工程。

时针指向中午12点半，赵玉建对随行人员说：“咱们就在工地与大家一起吃吧。”说完，赵玉建径直朝盛饭菜的保温桶走去，揭开保温盖后，一股香味扑鼻而来。看到三菜（两荤一素）一汤，他赞叹伙食不错。“我们吃了，你们够不够啊，千万别饿肚子。”赵玉建半开玩笑地说。

机组现场没有饭桌，也没有凳子，赵玉建就和大家一样半蹲在地上吃了起来。他边吃边和员工们聊天，关怀之情溢于言表。

饭后，赵玉建又把机组员工召集在一起，征询他们对管道局及本单位发展的意见和建议，并请大家知无不言，言无不尽。员工们被局长的真诚感动了，纷纷打开了话匣子：有关工资待遇、带薪休假、子女就业、改变现场粗放式管理等意见和建议纷纷被提了出来。赵玉建表示，一定要把大家的意见和建议带回去专题研究，给大家一个满意的答复。

下午1点半，赵玉建又来到彩旗飘扬的CPP203机组营地。他同大家一一握手后，先后走进机组办公室、会议室、员工宿舍、员工活动室，查看了各种资料。他称赞机组组织健全，各项活动开展得有声有色。尤其对这个机组的准军事化管理，赵玉建更是赞不绝口。

离开前，赵玉建在“机组历程”扉页上欣然写下“保持本色，争创标杆”八个大字，祝愿机组早日进入管道局“十大标杆机组”行列。

（2010年4月12日《石油管道报》）

我国四大油气战略通道是如何建成的

“进入‘十一五’以来，我国能源国际合作取得重大进展，西北、东北、西南和海上四大油气进口战略通道目前已基本形成，对保障国家能源供应意义重大。”国家能源局一位领导日前在一次能源论坛上如是表示。

据了解，近年来，由中石油集团公司强力实施的四大油气通道战略，在国内外业界引起高度关注。同时，作为四大通道建设中的“国家队”和“主力军”，中石油管道局（简称管道局）在工程建设中所展示出来的技术实力和拼搏精神，也引起社会舆论的广泛关注。

西北通道：一年半完成5年工作量

西北通道包括于2005年12月全线贯通的我国首条跨国原油管道——中哈管道和2009年12月贯通的横贯中土哈乌四国的中亚天然气管道。

据了解，中哈原油管道建设很不平凡，管道局以专业化公司的项目管理能力、技术实力和施工能力获得由哈国政府颁发的荣誉勋章和特别嘉奖。但在国际管道工程建设行业引起极大反响、同时也让中石油管道局建设者最难忘记的，是中亚天然气管道建设。

中亚管道双线共计3666公里，途经中、土、哈、乌四国。政治环境和民俗差异大、劳务风险大；项目规模大、工程质量要求高。特别是其中1986公里线段，占总工程量的54%，自然环境极其恶劣，施工任务极其艰巨，参与投标的一些跨国知名公司报出的工期都在5年以上。

5年工期太久，施工只争朝夕。最终这1986公里管道建设任务落在管道局肩头。

管道局以EPC总承包方式承担了施工任务。他们克服了时间紧、任务重等重重难关，马不停蹄组织施工，并将当今世界最先进的管道建设技术在工程施工中充分展示和应用。最终，他们从开工到建成通气仅仅用了18个月时间便完成了任务，创造了2200万工时无事故和3500万公里安全行驶的安全管理新纪录。

跨国公司公认的需要5年时间建成的管道，管道局一年半时间便安全顺利完工，这不仅创造了国际管道建设史上前所未有的奇迹，同时也为管道局参与国内外市场竞争积累了宝贵经验。据此，在随后的全长达8704公里的西气东输二线干支线建设中，管道局再以EPC方式承担任务，并再度创造世界工程建设的新奇迹。

东北通道：攻克黑龙江穿越“世界级难题”

在东北，中俄原油管道起自俄罗斯远东管道斯科沃罗季诺分输站，止于中国大庆，全长近1000公里。管道局于2007年4月和2009年7月先后中标俄罗斯远东管道工程项目170公里的线路管道施工任务和220公里漠大线的施工任务。

据了解，在俄远东管道工程项目和漠大线管道施工中，管道局不仅仅要面对复杂多变的国际关系，要排除合同谈判、物资运输、人员签证中遇到的种种障碍，还要经受沼泽、永冻土、原始森林、地质断裂带等恶劣自然环境的重重考验，特别是零下60摄氏度的极端严寒天气和永冻土地带的地下穿越……但这些困难最终都被管道局建设者一一攻克，他们展示了中国管道建设“国家队”的技术实力和品牌形象。

这其中，最惊心动魄的当属中俄原油管道建设的控制性工程——黑龙江穿越工程。由于黑龙江底地质极为复杂，极容易发生卡钻事故，俄方业主由此称之为“穿越禁区”“世界级难题”。管道局穿越分公司依靠自己的技术实力艰苦鏖战300天，不仅成功实施穿越，而且实现了整个穿越工程无一起安全环保事故发生、管道防腐率100%、江底管道焊接合格率100%、管道寿命确保50年的目标。

黑龙江穿越工程为中俄原油管道如期竣工投产奠定了基础。2010年9月27日，管道顺利完工，同年11月2日正式投油运行。2011年7月6日，在俄罗斯大使馆举行的中俄原油管道建设表彰会上，俄罗斯驻华大使拉佐夫、俄罗斯管道运输公司副总经理巴尔科夫代表俄罗斯联邦政府及能源部，为中俄原油管道中方建设者颁奖，管道局6人获此殊荣。

西南通道：完成中缅管道“第一穿”

西南通道，包括全长1631公里的中缅原油管道和全长1727公里的中缅天然气管道。管道于2010年9月开建，预计2013年5月建成投产。管道局中标了米坦格河跨越工程、伊洛瓦底江定向钻穿越工程及物流中转站建设工程，以及（缅甸段）主线路367公里工程。

中缅油气管道在我国油气进口战略通道建设中有着极其特殊的意义，被国内外媒体称为“破解马六甲困局”（降低我国海上原油进口对马六甲海峡的过度依赖）的重要“棋子”。中缅两国对此高度关注，2010年6月3日，国务院总理温家宝和缅甸政府总理吴登盛出席中缅管道开工仪式。

据现场勘察，中缅管道建设最大的难点是全线的2条河流和6条海沟定向钻穿越，每条都需进行管径1016毫米气管线、管径813毫米油管线及光缆管3次穿越，地质十分复杂，施工难度极大。

特别是伊洛瓦底江岔河定向钻穿越被誉为中缅管道“第一穿”。管道局穿越公司为此投入重兵，制订科学方案，严密组织施工，经过50天的顽强奋战，于2011年4月25日穿越工程圆满完工，为伊洛瓦底江主管道穿越提供了科学依据。伊洛瓦底江主河道穿越工程自2011年12月24日原油管道回拖一次成功后，紧锣密鼓地开始了天然气管道穿越。

目前，管道局在中缅管道（缅甸段）主体施工中投入9个整编焊接机组，现已进入主体管道双线焊接施工全线提速阶段。截至2012年2月初，油气两条管道累计焊接里程已突破300公里，且两条管道焊接一次合格率分别达到了99.15%和98.59%，均实现了质量控制目标。

海上通道：征服江苏LNG“海洋第一跨”

在沿海港口，中石油江苏LNG项目于2005年启动，2011年5月24日试运行。这是我国首个具有自主知识产权的大型LNG接收站项目，同时也是海上油气战略通道建设的重大项目。

江苏LNG项目一期工程包括人工岛、接收站、码头栈桥、跨海外输管道四部分，规模为年处理350万吨LNG，年可供气48亿立方米。远期接卸能力将达1000万吨/年，主要接收来自卡塔尔等国家的LNG资源，通过外输管道与冀宁联络线和西气东输一线联网，为江苏省和西气东输调峰供气。

管道局除了承担该接收站工程可行性研究、前端工程设计等工作以外，还承担包括外输管道项目在内的多项工程建设。外输管道工程全长19.212公里，其中跨海部分10.763公里，是目前世界跨度最长的天然气跨海管道。

江苏LNG项目外输管道工程由管道六公司承建。2010年9月28日，工程打火开焊，2011年4月15日，主体完工。同时，一般线路段和分输站施工先后告捷，一次通过验收。工程质量、安全、投资、进度全面受控，质量合格率达100%。

外输跨海管道工程是管道局承建的世界跨度最长的天然气跨海管道，按设计要求达到了9.1兆帕的最高压力，开海上大跨度管道施工先河，填补了我国管道建设史的空白，为管道局在LNG业务和海洋业务领域中达到国内称雄、国际一流的目标增添了坚实的筹码。

（2012年2月13日《经济参考报》）

管道局驻村帮扶践行群众路线系列报道之一

群众满意为心愿

编者按：2013年2月21日，河北省委、省政府召开全省深化加强基层建设年活动动员大会，对继续深入开展加强基层建设年活动进行部署。管道局党委将此事作为一项重要的政治任务来抓，2月27日，派精兵强将组成驻村工作组，进驻承德市滦平县张百湾镇西井沟村，开展驻村帮扶工作。如今，8个月过去了，驻村帮扶工作进展怎样？百姓满意度如何？近日，本报记者前往西井沟村进行探访。

10月20日，记者一大早从廊坊驱车赶往西井沟村。经过近4小时的奔波，进入滦平县G112国道一岔路口时，一座风格迥异的精美仿古牌楼映入眼帘，上书“滦平西井沟村”几个醒目的烫金字，让人感受到一种社会繁荣、蒸蒸日上的氛围。望着劈山而建、通向村里的那条近6米宽的水泥路和两排崭新的路灯，记者不免有些困惑：这是贫困村吗？这分明是社会主义新农村啊……

前来迎接的管道局驻村工作组组长李厚明打断了记者的沉思，介绍了身边的两位村干部：西井沟村党支部书记陈凤才、村主任闫逊。面对记者的迷茫，热情善谈的闫逊解开了谜团：“这都是管道局驻村帮扶的结果！这牌楼、公路都是管道局资助建设的，是我们村的门面，提升了我们村的整体形象。管道局驻村帮扶使我们物质生活脱贫，精神风貌更是焕然一新……”

在村委会组织的村民代表座谈会上，村民们朴实的话语让人动容。82岁的万朋老人思路很清晰，他慢悠悠地说：“我们村有937户，贫困户就有620多户。

人多、山多、贫困家庭多，地少、钱少、致富门路少，再加上历来大家的思想观念比较落后，导致西井沟村成了省里的贫困村。这些年虽然经过几次扶贫，但没有根治病因，村里一直没有脱贫。今年我们真是幸运，赶上管道局这个负责任的大企业扶贫。我是1958年入党的党员，经历了很多驻村工作组，有的驻几天就跑了，没有一个像管道局工作组驻这么长久、这么务实、帮扶力度这么大的。我晚年能够看到这么大的变化，过上这么幸福的生活，多亏了管道局!”记者打趣地问他对工作组有几分满意，他爽朗地说：“十二分满意，十二万分感谢!”村民们都乐了，情不自禁地一起鼓掌。

71岁的王学老汉扶了扶老花镜，话语中充满深情：“工作组住民房、睡大炕、烧暖气、自种菜、自做饭，一点不麻烦村里。每项工程都跟着监督工程质量，跟自个儿的事一样上心，全村没有一个不竖大拇指的。工作组务实、清廉，我们欢迎这样的驻村干部!”

采访中，围在记者旁边的乡亲们你一言我一语地议论着，脸上无不洋溢着感激和满足之情。

“工作组入村当天就和村‘两委’班子见面、座谈，协商确定入户走访的顺序，按照不遗一户、不落一人的要求，下午就开展了入户走访，重点走访老党员、贫困户、专业户，传达省委精神，摸清村情民情，广泛了解群众意愿。通过对全村900多农户的走访和驻地接访，多次座谈、了解，工作组梳理出村民普遍关心关注、村‘两委’热切希望帮扶帮助、涉及广大村民切身利益和影响制约全村整体发展的10大项问题，然后逐一落实解决。工作组帮扶到百姓的心坎上了，群众很满意。”50岁的村主任闫逊以前曾在北京发展，有自己的产业，见多识广，他的一番话说得村民频频点头。

“他们不仅帮助我们脱贫，还帮我们谋划今后的发展，培养我们的发展意识、竞争意识，提高党员的综合素质，增强村‘两委’的民主意识、团结做事能力，为我们带来了希望，使我们增添了自信。其实西井沟村有明显的区位优势，‘东有青松先照日，西有宝泉水长流，南有宝塔三星照，北有滦河靠二龙’，可打旅游牌。还有传统的种植业、养殖业。如今在管道局的帮扶下，我们要发挥这些产业优势，争取尽快摘掉贫困帽，走上致富路。”村支书陈凤才的一席肺腑之言，博得了村民的阵阵掌声。

盛赞下的李厚明却很清醒很冷静：“群众满意是我们最大的心愿。如果说我们驻村帮扶工作取得了一点成效，这首先是管道局和局党委高度重视、局领导支持关怀的结果，赵玉建局长、丁建林书记在批复帮扶项目时一再要求，管道局一定要全力支持深化加强基层建设年活动，自选帮扶项目不仅要做，还要高质量、高速度地做好，要做出管道局的特色，切实履行管道局的社会责任。为了把驻村工作做好做扎实，管道局驻村工作分管领导、党委副书记孙全军率先垂范，先后5次到西井沟村，到村民家中看望慰问，坐在贫困户的炕头拉家常，进到养殖户大棚唠嗑谈心，询问了解困难和问题。孙书记关心关怀驻村队员的工作和生活，有针对性地指导驻村帮扶工作，对具体帮扶项目经常亲自参与谋划，并积极布置、协调内部帮扶资金的落实，为我们做出了榜样。其次，是管道局全体员工大力支持的结果，机关各部门、局有关单位都为我们提供了从生活到工作全方位的大力支持和协助。我们驻村以来，时刻牢记局领导的嘱托和全体员工的情意，严格要求，强化管理，树立了石油管道人规范、严格、认真的好形象。”

在工作组驻地，记者见到了一厚摞文件：《西井沟村村情调研报告》《西井沟村农民群众期盼专项调查汇总》《西井沟村帮扶方案》《西井沟村发展规划》《局长办公会议议题材料“关于滦平县西井沟村驻村帮扶工作的汇报”》等。翻看着这些资料，仿佛看到了村民期盼的眼神、工作组迫切帮扶的心情。

李厚明拿出两份“省国资委系统及中央驻冀有关企业各驻村工作组帮扶项目完成进度表一”和“进度表二”解释说，表一是“省定十方面实事”项目和县定九件实事，表二是管道局自选项目。我们经过走访了解，根据西井沟村的自然、经济条件，紧紧依靠县、镇党委和村‘两委’班子，研究确立了“立足西井沟实际，着眼持续发展，优先帮扶推进公共基础设施建设，努力促进当地适应性经济发展”的帮扶工作思路，除了对省定的十项实事规定动作、县定的九件实事认真组织逐项讨论，仔细研究细化方案，及时汇总上报，确保每个项目都不落空外，重点精心谋划、及时推进实施自选帮扶项目，力争多为群众办些实事。截至目前，管道局累计投入资金168.5万元，各项自选帮扶项目全部顺利完成。

得知记者来采访的消息，张百湾镇党委书记赵久驰专程赶到工作组驻地，高度评价了工作组：“管道局驻村工作组从几百公里以外的城市来到我们乡村，克服重重困难，不仅蹲得住，而且干得实，在促进西井沟村发展的同时，也为西井沟村和我们全镇留下了敬业、认真、务实等宝贵的精神财富，他们用具体行动体现了管道局的企业精神，非常值得我们学习。”

10月21日，在滦平县委会议中心，滦平县基层建设年活动办主任、县委组织部副部长张学松向我们介绍：“管道局工作组的工作，是我们全县所有工作组的楷模，得到了村‘两委’班子和村民群众的高度认可，在8月份县纪委组织的中间考核测评中，获得了全县最高的满意率。同时，他们还受到了县、市深化加强基层建设年活动办公室和有关领导的好评，我县把他们作为向省、市推荐的先进目标进行要求和培养，市委组织部将工作组的一些好做法向全市推荐介绍，市电视台还进行了专题采访报道。可以这样说，他们的工作态度和工作成效，帮助推动了我们全县的驻村帮扶工作。”言语中对管道局工作组充满敬意。

滦平县委常委、组织部部长苏玉友总结了工作组的特点：“管道局驻村帮扶工作的特点是力度大、行动快、效果好，目前取得了很大成果。自流井截坝、村庄主干道、户户通、资助贫困家庭学生等一系列项目的实施，让老百姓得到了实实在在的实惠，受到了村民的广泛欢迎。县委、县政府非常感谢管道局的大力支持。承德市驻村帮扶工作做得最好的是滦平县，滦平县驻村帮扶工作做得最好的是管道局驻村工作组。”这是对管道局工作组驻村帮扶工作最高的赞誉。

记者点评：采访中强烈感受到，管道局参加省委开展的深化加强基层建设年活动，体现了作为大型国企对社会责任的担当。驻村工作组肩负着企业和领导的重托，在驻村帮扶工作中切实践行党的群众路线，为民务实清廉，在企业和所驻村之间架起爱心的桥梁，把管道局和管道局员工对所驻村的关心、帮扶传送过去，用实实在在的行动回报着群众，回报着社会，树立了负责任国企的良好形象。

（2013年10月31日《石油管道报》）

管道局驻村帮扶践行群众路线系列报道之二

修建“连心路”　接通“甜心水”

10月20日，记者深入西井沟村采访，村民们历数管道局驻村帮扶的9件实实在在的大事：村内主干道及户户通道路硬化，饮水安全工程，村庄牌楼建设，沿街环境整治改造，村部建设，资助贫困家庭学生……

“我家住在山坡最高处，十多年前我作为发起人，和几十户邻居一块儿到这沟里打自流井解决吃水问题，井打成了，可水位太低，根本上不到我家去。只能往返几里路到低处的人家去接水，再挑回去，一挑就是十几年。这次截坝后，井里水位升高了近3倍，水压上去了，我们再也不用为断流吃不上水发愁了，我家也破天荒地第一次用上了自来水，压在肩头几十年的扁担这回终于离开了肩膀！真得好好感谢管道局，要不是你们，估计我这辈子也甭指望吃上自来水了。”采访中，村里64岁的老会计陈凤生感慨地说。

村主任闫逊也饱含深情地说：“管道局帮助村里修建了‘连心路’，接通了

‘甜心水’，真是雪中送炭，我们多年的奢望变成了现实。”

事后，记者就村民们谈论最多的这两个项目的实施情况，采访了管道局驻村工作组成员。组长李厚明拿出《西井沟村农民群众期盼专项调查汇总》递给记者，详细讲述事情原委。

工作组驻村后首先分头深入开展入户走访，通过挨家挨户察民情、听民声、访民意，准确了解和掌握了村民所想、所需、所关心的问题，然后与村“两委”干部、党员、村民代表多次座谈，对群众反映的问题进行归类整理，在此基础上制订帮扶方案，力争做到想村民之所想、急村民之所需、帮村民之所愿。

工作组“老将”、年近花甲的张维民在走访中了解到，西井沟村六至八组有近100户村民在山脚居住，一直依靠在村外山沟中打井收集地下水，通过埋设的管道自流到积水池中，再分散到各户作为饮用水来源。近年来，气候干旱，自流井经常断流，群众吃水困难。村民希望改善饮用水条件的愿望十分迫切。

在了解这一情况后，工作组及时向局领导汇报寻求帮助。局长赵玉建、党委书记丁建林一致指出：村民的饮水安全很重要，这个项目必须立即办，而且要办好！要动员全局员工参与进来，每人献出一份爱心，让管道局员工的情意永远流淌在西井沟村的土地上和村民的生活中。

6月14日，局党委副书记孙全军第二次到村里，驻村工作组带着他来到距离村庄约6里多的一条深山沟里，在刚刚密封完的截水坝旁，孙全军代表全局员工，将大家捐赠的项目建设资金5万元递到村支书陈凤才手中，全体村委、村民代表共同见证了这一时刻。

“截水坝施工适逢5月份的连雨天。我们很担心工程的进度和质量，可村民参与建设的热情超乎我们的想象，他们顶风冒雨，不停地施工，仅半个多月就砌起了一道宽3米、高6米、长50米的地下石坝，并进行了严格的密封处理。坝砌起来了，困扰百户村民多年的饮水难题终于解决了。”李厚明沉浸在回忆中，感叹道，“看着老乡们脸上绽放的笑容，我们的心中同样充满了幸福。像这样的实事，村民是多么期盼呀！若是没有基层建设年活动，我们又有多少机会能直接为村民造福呢?”

说起道路硬化，一旁的张维民介绍道：“驻村之初，我们看到的是破碎、坑洼不平的村道，雪后到处是积水和泥泞，道旁垃圾乱堆。入户走访时，许多村民反映，过去道路更加狭窄，去年新村委会领导上任后，响应上级号召，把原来被私栽树木、私种玉米阻挡的河道清理出来，利用清河的泥土拓宽了路面，但由于缺乏后续资金，道路加宽后路面硬化就成了难题。”他指着电脑中的一组图片，“你看，这是以前的老路面，到处是坑洼，村民晴天一身土，雨天一脚泥。村委和村民对翻修此路的愿望十分迫切。”

“说实话，很多村民在跟我们反映希望硬化这条主街道的同时，都说，修这条路可是村里的大工程，不是一两个钱能解决的，真不敢奢望。言外之意，就是对硬化这条路并没抱多大希望。”工作组“小将”、35岁的戚雪辉补充道。

“修筑这条路是管道局自选的帮扶项目之一，投入资金不是小数目，局领导决定出资110万元修这条路的那一刻，我们心里由衷地为村里的百姓高兴。或许在不知不觉中我们都已经成为村里的一员。”李厚明激动地说。

8月21日，村民们见证了一个在他们看来“不小的奇迹”，就是这条长2.4公里、宽6米的道路终于硬化完成，奢望变成了现实。

当最后一车水泥卸在对接处路面时，村民老薛说：“路修通了，是不是放鞭炮庆祝庆祝呀？”村支书老陈回答：“不忙着放鞭炮，等村口牌楼修好了再放。从路这头一直放到那头，让这条路都铺上红红的鞭炮屑。”到那个时候是不是真会放鞭炮不知道，但听了老陈的话，大家都笑了起来，笑得那么开心……

记者点评：采访中，李厚明的一番话让记者感触颇深，“看着乡亲们一张张笑脸，我的心里感慨万分，62天的奋战为乡亲们铺就了一条方便路，同样也铺就了管道局与村民的一条‘连心路’。我们在付出真心为百姓排忧解难的同时，更增强了国有企业那一份沉甸甸的社会责任感。”的确，管道局积极履行社会责任，不仅修建了“连心路”，接通了“甜心水”，帮助、带动西井沟村改善生产生活条件，实现快速发展，也很好地贯彻落实了党的群众路线教育实践活动的相关要求，密切了党与人民群众的血肉联系，塑造了优秀企业的形象。

（2013年11月4日《石油管道报》）

管道局驻村帮扶践行群众路线系列报道之三

扶贫更扶“志”增“智”

10月20日下午，记者随管道局驻村工作组和西井沟村村支书陈凤才、村主任闫逊，到位于西井沟村山沟深处的管道局助学帮扶大学生张丽娜家中探访。

在堆满玉米的农家院里，记者见到了张丽娜的父母。张丽娜的母亲40岁刚出头，但脸上已布满皱纹。看见驻村工作组来了，她脸上绽放出开心的笑容，拉着工作组成员张维民的手，连连说：“幸亏你们帮助，要不我家张丽娜可能就辍学了，真不知该怎么感谢你们！”张丽娜的父亲也拉着工作组组长李厚明的手不放，眼中充满感激之情。

在村里，张丽娜家是典型的因病致贫家庭。今年初，正在邻村矿上打工的父亲突患脑血栓，无法再外出打工，家里失去了主要的经济来源，张丽娜还有一个弟弟正在上中学，正是需要花钱的时候。大人吃药和两个孩子上学让这个本来就很拮据的家庭不堪重负。正在燕山大学读大二的张丽娜面临辍学的困境。

驻村工作组在入户走访时，了解到村里像张丽娜一样因为家里困难影响就学的学生有很多。他们及时将这一情况向管道局领导作了汇报。站在乡亲们的角度，工作组真心地希望局里能帮帮这些孩子。开学前夕，就在许多家长为孩子新学期的学费东挪西借、一筹莫展时，管道局党委书记丁建林和副书记孙全军带着管道局全体员工的一份爱心——助学捐款5.5万元来到村里，给4名贫困大学生每人发放了5000元、3名贫困中学生每人3000元、13名贫困小学生每人2000元，解决了20名贫困学生的燃眉之急。

“感谢管道局的叔叔阿姨对我的帮助，让我又看到了希望，你们的恩情我永远也不会忘！我一定刻苦学习，将来建设家乡，回报社会！”8月27日，在西井沟村管道局员工爱心助学捐赠仪式上，张丽娜用颤抖的声音、动情地说完这些话时，大家无不被这个女孩的坚强和懂事所打动。

“孩子们！你们所面临的困难都是暂时的，你们一定要坚定信心，克服困难，勤奋学习，知识能够改变你们个人和家庭的命运。希望你们长大成才，用自己的聪明才智建设好自己的家乡，回报生养你们的爹娘，回报关爱你们的社会。今后，我和管道局的叔叔阿姨会继续关注你们的学习和生活……”在略带凝重的氛围中，丁建林表达了殷殷嘱咐。

回忆起那难忘的一幕，李厚明对记者说：“我相信这是管道局全体员工对寒门学子的鼓励和厚望，希望孩子们早日成才，肩负起建设家乡的重任。”

陈凤才感慨道：“管道局工作组扶贫更扶志增智，孙全军副书记4月份第一次到村里来，就直奔村民家和养殖棚，了解村民收入和生活情况，然后到村党支部和我们座谈，给我们分析中央的农村政策，研究村里经济发展的途径，鼓励村‘两委’班子增强发展意识、竞争意识，谋划好全村的发展规划，激发起村民脱贫致富的热情，让我们非常感动。工作组驻村后，带领我们村干部到帮扶工作先进村、经济发展态势良好的小康村、富裕村学习考察，促进村干部开阔眼界、增长见识、拓宽思路、转变观念。同时，工作组成员严明的组织纪律、扎实的工作作风、高效的工作效率，也深深影响和带动了我们村干部，村两委班子的引领作用得到进一步加强。”

闫逊对管道局出资实施文化共建项目感激不尽，他如数家珍般列举了管道局扶志增智的点点滴滴：六一期间，管道局企业文化部、局团委带着价值2万多元的文体器械、学习用品等到村小学、幼儿园慰问，管道局幼儿园老师还在广场上为村里孩子上了一堂生动的公开课；管道局工会捐赠了2套乐器、音响和120套服装，协助村里组织起2支村民秧歌队，活跃了村民的业余文化生活；管道局投资25万元，由管道设计院负责设计、施工的仿古牌楼已成为全村的地标性建筑，十分醒目，引得相邻村庄的百姓羡慕不已；7月份省委下发文件，提出实施“农村环境面貌整治提升工程”，看到村里无资金来源的困难情况，管道局再次追加帮扶资金15万元，其中5万元进行村庄环境整治已见到了实实在在的成效，沿街院墙刷白了，文化墙绘制起来了，堆积的垃圾清走了，加上宽阔的道路，崭新的路灯，这哪里是贫困村，分明就是社会主义新农村呀；另外10万元建设的村民中心（含农家书屋）和村卫生室已竣工，今后村民不出村就能看病、能看书、能健身……

“管道局这些帮扶项目，既有当前深化加强基层建设年活动要求、村‘两委’急需进行的基础设施建设项目，也有村民急盼解决的眼前难题；既有立足长效、鼓励村民自我劳动脱贫的对口帮扶，也有提升村民整体素质、侧重济老爱幼的暖心之举。工作组还帮我们谋划了西井沟村今后的持续发展工作。如今，我们村处处回荡着和谐之音。村民闲扯的少了，吵架的少了，笑声多了，心情好了；年轻人努力学技术、学知识；老太太、小媳妇闲暇时都想法找事干，多养几头猪、攒点柴鸡蛋、干点小零活儿……”闫逊发出了由衷的感叹。

8个月来，管道局工作组带着亲情驻村，带着热情解难题，带着真情帮扶，给村民留下了难忘的记忆。正如村民所说，管道局工作组不仅给村民带来了物质财富和精神财富，也带来了美好的希望。

记者在采访中，一提起管道局驻村工作组，淳朴的西井沟村村民都会不约而同地竖起大拇指。

在连绵的山岭上，管道局驻村工作组帮扶这个小山村建起了幸福家园，为山区人民播种下了一个科学发展、万紫千红的春天，更收获了一个增强自信、硕果累累的金秋……

记者点评：在张丽娜家，从她父母对工作组成员依依不舍的神情中，从他们饱含热泪的双眸中，从村干部感动的表述中，我读到了乡亲们对工作组发自内心的感恩和认可。管道人就是这样，用实实在在的行动回报着群众，回报着社会，践行着驻村之初那一句沉甸甸的承诺。张丽娜感谢信中的一句话让人深思：“……我知道管道局能够发展得如此成功的原因了，在其他方面都不落后于人的情况下，它更加注重回馈社会、展示人文情怀，这难道不比只看重企业自身发展更重要吗?”

（2013年11月5日《石油管道报》）

我国首座大型地下油库加速推进

“对于中石油管道局而言，地下水封洞库建设是一项新兴的业务。在我国首个大型地下石油储备库——锦州地下石油储备库项目建设中，管道局已全面掌握关键技术，项目预计2015年建成投产。”这是5月7日中石油管道局党委书记丁建林赴锦州国储公司调研后得出的结论。

中石油管道局局长赵玉建认为，通过锦州地下石油储备库项目建设，管道局成为中石油唯一一家具有技术能力和工程建设经验的大型地下水封洞库建设专业化公司，这将为今后开拓地下油库建设市场打下坚实的基础。

新业务更是新挑战

作为国家首个地下水封洞石油储备库，锦州地下石油储备库工程于2012年3月开工建设。中石油管道局作为工程建设单位，对该项目极其重视，专门组建锦州国储石油基地有限责任公司承担储备库建设任务。这个公司受中石油委托成立，业务上受国家能源局监督指导，全面负责锦州国储项目管理。

“地下水封岩洞储油库具有安全、环保、经济、使用年限长、免维护、抗震等优势。但在我国建设如此大规模的地下石油储备库尚属首次。”锦州国储公司总经理郑树森介绍说，锦州国家石油储备库设计库容300万立方米，有8个洞室，采用地下水封岩洞方式储存原油。由于地质条件复杂，工程建设困难重重。

对于管道局而言，地下石油储备库建设不仅是一项新业务，更是一次新挑战。承担项目设计工作的管道局局长助理、管道设计院院长张志宏说：“针对不同地质条件应该采取什么开挖爆破以及支护形式和先后施工顺序，渗水的处理方式等难点和技术都必须制定详尽方案，在施工中不断优化和调整。”

科技攻关掌握关键技术

锦州项目确定后，管道局旋即牵头组织有关专家和专业技术人员针对地下水封储油洞库技术开展了多项科研课题研究工作。

“随着工程的顺利进展和关键技术在实际施工中的成功应用，管道局已经全面掌握了地下水封岩洞储库的关键技术。”管道局领导说，首先是设计技术方面，管道局具备集勘察和设计于一体的综合工程设计能力，打造了一支技术过硬、知识全面的地下工程设计团队。在可研和初设阶段，管道局还就地下水封关键设计技术环节，到北欧、韩国、日本等地区和国家进行了专题调研和技术交流，与法国GEOSTOCK公司进行了咨询合作，掌握了最先进的勘察设计技术，掌握了工程地质测绘等十余种方法与手段，以及地下洞库各阶段岩土工程勘察技术，建立了一套完整合理的勘察流程；拥有国内独创的三维建模方法；拥有多项地下洞库关键技术的研究成果与应用经验；全面掌握了地下洞库关键设计技术和先进的专业软件分析计算方法，具备行业先进的数值模拟分析计算的能力。

其次，地下洞库项目现场经验成熟可靠。相关负责人说，众所周知，地下工程有很多不确定性因素存在，如地质条件的不确定性，只有在施工开挖过程中才能逐步揭示。这都要求设计、施工、监测等工作，在现场施工过程中紧密结合，也就是目前地下工程所推行的“动态设计，信息化施工”理念。在施工过程中，勘察、结构设计人员都是全天候驻守现场，保证开挖后的设计及时性和准确性。

第三，管道局还参与国内多项标准、规范的编制。相关负责人说，由于国内缺少地下水封洞库相关标准规范，随着项目的进展，管道局参与了国家能源局组织的标准规范的编制工作，如《国家石油储备基地地下水封洞库设计规定》《国家石油储备基地初步设计编制规定》和中石油集团公司《地下水封洞库岩土工程勘察规范》等。这些规范保证了地下水封岩洞储库项目建设有序进行。

项目管理形成人才优势

据了解，通过锦州项目的实施，管道局在项目管理上收获颇丰，最大收获是培养锻炼了一支经验丰富的管理团队。

项目管理团队包括项目管理、设计、物资采办、监理、施工作业专业技术人员等。在锦州项目的各个阶段勘察、设计工作中，管道设计院锻炼、培养了一批地下洞库勘察设计人才，在技术上、人才储备上与地下工程相关的工艺、勘察、岩土工程、仪表自动化、阴极保护、经济等多个专业获得了充分的知识积累。管道局拥有了一支专业配套、技术能力强、有地下工程经验的勘察与设计一体的专业团队。

“管道局通过组建锦州国储公司承担锦州地下石油储备库建设任务，在设计、采办、监理、施工、投运等业务上全方位介入，不仅全面掌握了地下水封洞库设计、施工等方面的关键技术，更重要的是丰富了管理经验，锻炼了一大批专业人才。”管道局局长赵玉建说，这使管道局完全具备了承担大型地下水封洞库的能力，为今后开拓地下油库建设市场打下了坚实的基础。

（2014年5月12日《经济参考报》）

世界工程咨询界“诺贝尔奖”首落中石油

西气东输工程获“菲迪克2014年工程项目优秀奖”

从11月5日中国工程咨询协会2014年年会上获悉，在巴西里约热内卢举行的国际咨询工程师联合会（FIDIC，菲迪克）2014年年会上，由中石油天然气管道局管道工程有限公司（CPPE）、CPE西南分公司和中石油规划总院、中石油集团工程咨询有限责任公司、中国国际工程咨询公司共同提交的西气东输管道一线工程项目喜获“菲迪克2014年工程项目优秀奖”，这是中国石油首次获得该奖项，该奖项也被称为世界工程咨询界“诺贝尔奖”。

西气东输一线管道自西向东途经10个省（区、市），干线管道全长3843公里，连接着中国西部5大产气区和东部发达地区，惠及沿线2亿人口，推动着沿线能源结构改变和经济社会发展，是造福沿线人民的伟大工程。该工程开工于2010年，建设历时4年时间，管道局参与了全部工程的设计与施工。

据中石油管道局局长助理、CPPE总经理张志宏介绍，CPPE自2000年开始配合中石油规划总院进行可行性研究工作。在初步设计和施工图阶段，由CPPE牵头、CPE西南分公司等单位参加，形成设计联合体，完成工程的设计和咨询工作，中石油集团工程咨询有限公司、中国国际工程咨询公司共同参与了咨询工作。

张志宏介绍，CPPE拥有国家工程设计综合甲级资质，连续进入中国工程设计企业60强、全国勘察设计企业百强、全国工程项目管理百强、国际咨询商（美国ENR）200强、国际工程承包商（美国ENR）225强等行业内各大排名。近几年，CPPE完成了国内70%以上的长输管道工程近10万公里，包括：西气东输一线至五线、中亚管道A线至D线、中缅油气管道、中俄油气管道等国家战略油气管道；大型储罐库3000万立方米；10多项大型天然气处理厂和大型油气田产能建设工程，已在海外十几个国家设计和建设了各类管道总长近2万公里，是唯一一家全部参加中国四大能源通道建设的企业。

据悉，国际咨询工程师联合会（菲迪克）是全球工程咨询行业权威性的国际非政府组织，成立于1913年。菲迪克咨询理念包含了项目可研、设计、监理的全过程，推广“质量、廉洁和可持续”原则。

2014年9月28日至10月1日，菲迪克在巴西里约热内卢举行2014年年会，年会以“创新的基础设施建设解决方案”为主题关注工程咨询业的发展，共颁发了26个年度“菲迪克工程项目奖”。其中，“工程项目杰出奖”6个，中国获奖的工程是西安地铁二号线工程；“工程项目优秀奖”20个，中国获奖的工程有7个，包括西气东输管道一线工程、杭州湾跨海大桥、泰州长江公路大桥、中国石化镇海炼化公司100万吨/年乙烯工程、水布垭水电站、京广高铁郑州黄河公铁两用桥、石太高速铁路太行山超长隧道群工程。

中国在这次大会上总计获得8个奖项，名列全球第一。

（2014年11月10日《经济参考报》）

获国家科技进步一等奖 彰显中石油管道局行业领军地位

在“2014年度国家科学技术奖励大会”上，中石油集团组织，中石油管道局、石油管道建设项目经理部、西气东输管道公司、石油管工程技术研究院等单位具体实施的“我国油气战略通道建设与运行关键技术”项目获得国家科技进步一等奖。业内人士认为，这彰显了中石油管道局在我国油气管道建设行业的领军地位。

据了解，作为我国管道建设的“国家队”，中石油管道局始终高度重视科技创新工作，不断优化资源配置，完善创新体系，集中开展重大科技攻关。在“我国油气战略通道建设与运行关键技术”项目实施中，他们攻克了X80钢管断裂控制及大规模应用技术，形成新一代数字设计、高效施工、非开挖穿越管道建设技术，创新高凝原油综合改性输送技术，实现20兆瓦级电驱压缩机组和48英寸全焊接球阀国产化，创新大型复杂油气管网集中调控与风险预控技术，使我国管道工业实现从追赶到领跑的跨越。该项目的获奖充分肯定了管道局在科技创新领域的突出成绩及其在我国油气管道建设行业的领军地位。

（2015年1月26日《经济参考报》）

应对“低价”症 开出“高效”方

中石油管道局争做国际一流油气储运工程服务商

油价低迷，不仅冲击着上游勘探企业，对整个石油产业链都产生着深远的影响，服务油田的石油工程建设企业同样也未能幸免。

资料显示，目前国内外石油公司全面收紧预算，普遍压缩投资或下调工程造价，2014年下半年以来，许多油气项目被延期或搁置；2016年，国际五大石油公司在往年压缩投资的基础上，平均削减投资20%左右。中石油集团公司在油气储运工程领域的投资进一步大幅削减，这给油气管道工程建设单位带来了严峻挑战。

面对低油价的“新常态”，对于中石油管道局这样的工程建设企业，该如何危中求生？

兴利除弊　重新定位

选择什么样的发展模式与路径，折射的是对发展的认识。

2015年以来，面对油气管道工程建设市场“寒冬期”，该如何调整发展思路，重新定位？中石油管道局局长赵玉建认为，面对低油价，我国将会加快石油战略储备，预计今年新增原油储备1000—1200万吨。这将为管道局发展石油储罐、地下洞库业务带来机遇。

国家统计局数据显示，截至2015年年中，国内共建成舟山、大连等8个国家石油储备基地，总储备库容为2860万立方米。而国际能源署设定的一国石油储备的安全标准线是90天，按照这个标准和我国2014年的石油消费量推算，想要达到安全标准线，中国的石油储备量应为1.27亿吨，与目前仅为约2500万吨的储存能力相比，中国离“及格线”还很远。

中国能源政策研究院院长林伯强说：“此番油价下跌，是我国加快石油战略储备的黄金时期。如果今明两年的石油持续维持在低价位，中国将在这两年内完成国际能源署设定的90天安全标准线。此前的石油储备不够充足，一个主要原因就是储油设施的空缺，但是我国建设设施能力很强，一旦这方面跟上，石油储备也会不断完善。”

大力发展石油储罐、地下洞库业务，建设国际一流油气储运工程综合服务商成为中石油管道局的新定位，业务横向上向海洋管道、LNG、多介质管道、油气集输、储气库等延伸，纵向上向投融资、PMC管理、运营服务等延伸。

完善产业链　拓展发展空间

重新定位，不仅进一步增强了管道局完整产业链优势，而且开辟了更广阔的发展空间。

低油价形势下，用社会储库代替战略储备库已然兴起。而早在2012年，在市场蓬勃发展期，管道局就未雨绸缪，研究制定了“开发地下洞库等新兴市场，拓展高端市场”的市场战略，并积极推动地下洞库业务的发展。低油价时期，中石油管道局瞄准这一目标，并开始发力。

锦州国家石油储备库是我国二期8个储备库之一，采用地下水封岩洞方式储存原油。中石油管道局锦州国储公司作为项目执行业主进行工程建设管理工作。

“地下水封岩洞储油库具有安全、环保、经济、使用年限长、免维护、抗震等优势。但在我国建设如此大规模的地下石油储备库尚属首次。”锦州国储公司总经理郑树森介绍说，锦州国家石油储备库设计库容300万立方米，有8个洞室，采用地下水封岩洞方式储存原油。由于地质条件复杂，工程建设困难重重。

为此，中石油管道局针对地下水封储油洞库技术开展了多项科研课题研究工作。随着工程的顺利进展和关键技术在施工中的成功应用，管道局已经全面掌握了地下水封岩洞储库的关键技术。

低油价时代敦促中石油管道局加快地下储库工程的建设步伐，一个个洞室陆续封洞。据郑树森介绍，今年3月，8个洞室即将完全封洞。6月底，将全部达到投产条件。

惠州炼化二期2200万吨/年炼油改扩建项目是中海油目前最大的在建项目，2015年，中石油管道局在50余家国内同行业竞争中脱颖而出，中标总库容45万立方米储罐工程施工总承包等项目。

二期项目建设中，中石油管道局在业主组织的全项目80多家施工单位评比中，承建的2号储罐基础工程，被评为惠州炼化二期项目“分项样板工程”。2015年10月，在180多家承包商中，获得中海油惠炼二期项目“优秀承包商”称号，叫响中石油管道品牌。

凭着工程建设过硬的素质和施工质量，管道局在国企和民间商业储油业务中也大显身手，为我国石油储备建设提供支撑的同时，找到管道局发展新引擎。2015年，分别中标中化弘润60万立方米原油及燃料油储备项目，以及青岛海业摩科瑞油品罐区6台10万立方米原油储罐制作安装调试等项目。据不完全统计，仅2015年，管道局就完成了近160万立方米的原油储罐制作安装任务。

按照专家们的预测，油价低迷短期难变。对此，管道局局长赵玉建表示，未来，管道局将加大市场开发力度，并不断提高开发成效。持续完善市场开发体系，大力拓展新兴业务市场。扎实做好施工技术、专业人才和分包商资源储备，加快提高油气田建设、海洋管道、LNG、系泊、储气库、石油储备库、炼化、城市综合管廊等业务市场规模。

（2016年3月14日《中国能源报》）

打造新的增长点　应对低油价寒冬

中石油管道局管网建设力挺LNG振翅飞

30年来，我国已形成横跨东西、纵贯南北、连通海外的管道网络，“西气东输、北气南下、海气登陆、就近外供”的供气格局已经形成。而管道、储气库、LNG接收站及调峰站是天然气运输、存储的主要手段，凭借LNG的价格优势和现已形成的国家管网，LNG气化后向大陆地区输送，将在我国得到大范围应用。

在日前召开的2016中国国际管道大会高峰论坛上，中国石油管道局在LNG领域取得的技术成果受到广泛关注。

全方位参建我国首个LNG项目

作为管道建设的国家队——中国石油管道局早在12年前就全方位、多领域参与LNG项目建设。我国第一个LNG上下游一体化项目——广东LNG项目一期工程2006年6月28日投产，中国石油管道局参与了从工程设计到管道主体焊接、钢管防腐、穿越江河的盾构及定向钻等工程，占总工程量的60%，为之后参与LNG项目建设积累了经验。

事实上，早在2009年，油气管道工程建设市场尚处于蓬勃发展期，中国石油管道局就把参建LNG作为战略思路之一，大力开拓这一新兴市场和新兴业务。中国石油管道局局长赵玉建提出，加快发展新兴业务，其中LNG接收站业务要进一步加大技术交流与引进吸收力度，补齐短板，掌握更多关键技术，力争主导建设一个整装项目，在实践中提升设计施工能力。

思路决定出路，战略引领发展。随后，中国石油管道局LNG业务日益发展壮大，在项目可研、设计、外输管道建设等领域全面开花。

征服首个自主产权LNG项目

我国首个具有自主知识产权的大型LNG接收站项目——江苏LNG项目2011年5月24日试运行，一期工程包括接收站、跨海外输管道等四个部分。中国石油管道局除承担接收站工程可行性研究、前端工程设计等工作外，还承担了包括跨海外输管道项目在内的多项工程建设任务。

管道设计院承担江苏LNG接收站工程可研、前端工程设计，独立完成工程初步设计。这个院开发的基于混凝土基材的聚乙烯高性能滑动支座，节约造价600万元，建成后每年可节约运营维护费用约50万元，并解决穿跨越工程领域的诸多管道安装和运营难题。

2010年9月，管道设计院完成江苏LNG外输管道项目管线桥管道安装工程施工图，项目业主、施工单位和监理单位对此给予高度评价。“江苏LNG项目可研报告”获得中国工程咨询协会2007年度全国优秀工程咨询成果三等奖、石油天然气行业优秀工程咨询成果一等奖。

江苏LNG外输管道工程全长19.212公里，跨海长度10.763公里，是目前世界最长的天然气跨海管道，由管道六公司承建。2011年4月15日，这项工程主体完工，一次通过验收，工程质量、安全、投资、进度全面受控，质量合格率达100%。

这项跨海外输管道工程设计压力9.1兆帕，开海上大跨度管道施工先河，填补了我国管道建设史上的空白，为中国石油管道局在LNG业务领域达到国内领先、国际一流水平目标奠定了基础。

首个浮式LNG项目获全国大奖

天津浮式LNG项目是国家首次试点引进浮式LNG技术的清洁能源项目，是天津市十大重点工程和中国海油公司的重点工程。

中国石油管道局管道一公司承建的输气管道施工区域位于天津滨海新区，管线穿越海河、排污河，有6公里在填海区内与中国石化管线并行，地面承载力低、作业空间狭窄，海滩带水作业等施工难度极大。施工期间，管道一公司严格按照工程技术规范展开标准化作业，重点加强现场每个施工环节的质量管理和监督，始终确保工程焊接一次合格率在99%以上。

2013年，国内首个浮式LNG项目建成投产。中海油天津液化天然气有限公司管道项目组总经理张志远表示，项目一期工程共有10多家单位参与建设。其中，中标输气管道项目的中国石油管道一公司实力最强、进度最快、质量最好。

张志远的话得到了印证。2015年8月28日，由管道一公司承建的天津浮式LNG接收终端项目输气管线工程荣获2015年度全国优秀焊接工程奖。全国优秀焊接工程奖是我国工程建设焊接领域的最高质量奖。

打造新增长点应对市场寒冬

进入2016年，面对油气管道工程建设市场寒冬，中国石油管道局全力打造新经济增长点。建设国际一流油气储运工程综合服务商成为管道局的新定位，业务横向上向海洋管道、LNG、油气集输、储气库等延伸，纵向上向投融资、PMC管理、运营服务等延伸。重新定位，不仅进一步增强了管道局完整产业链优势，而且开辟了更广阔的发展空间。

中国石油管道局国内事业部成立了LNG业务等6个市场开发项目工作组，并明确各市场开发项目工作组的业务类型和业务范围：LNG业务项目工作组重点开发系统内外LNG接收站和液化厂等项目，今年在积极推进潮州LNG储备站、山西LNG液化厂项目实施的同时，加大相关市场开发力度。

在各项政策的大力推进下，管道局LNG核心业务、关键技术取得快速发展。

1月12日，中国石油管道局EPC总承包的潮州LNG储配站EPC项目建设全面启动。这是国家鼓励发展的新能源项目，是推动闽粤区域经济快速发展、促进能源优势向经济优势转化的重大基础设施工程。这个项目将为管道局在LNG工程建设上积累更多的经验、技术和人才，为今后赢得更多LNG市场份额奠定基础。

2月17日，中国石油管道局中标LNG液化天然气EPC承包项目——祁县、大同、临汾液化调峰储备集散中心项目。这是继六盘水LNG项目之后收获的又一成果。工程包括勘察、初步设计及相关专业、施工图设计、设备材料的供货、土建及安装工程施工，并进行项目全过程管理。

3月22日，管道五公司承建的首个大型LNG工艺装置工程——山西晋城华港燃气LNG工程完成首次LNG槽车灌装，投料试运一次成功。华港燃气LNG工程具有大型设备及框架吊装难度大、管道材质种类多、焊接要求高、设计压力高、设计温度跨度范围大、国外进口设备多且安装精度高、高空作业风险大等特点。

目前管道局在LNG液化技术方面，研发了具有自主知识产权的混合冷剂液化工艺包，装置能耗达到国际先进水平；掌握了天然气深度脱酸和LNG低温储罐等多项主体工艺及装备技术，形成了集中等规模设计、施工、采办于一体的产业化链条，先后承担了大港、包头、临汾等多项天然气液化工程EPC。

LNG接收站技术方面，中国石油管道局全面掌握LNG接收站接卸、储存、BOG再冷凝、气化、预冷设计及风险分析等关键技术，取得了LNG储罐内外罐的抗震分析、预应力分析、温度仿真模拟分析、相邻罐燃烧分析、16万立方米和20万立方米储罐设计等十几项核心技术。这些成果通过国际知名咨询公司的验证，达到同类项目国际先进水平。

（2016年4月25日《中国能源报》）

打磨创新“利器”　提升竞争活力

——管道局项目管理发展之路探析

2016年7月1日，管道局就全面加强项目管理进行专题研讨。用局长赵玉建的话来说，市场开发与项目管理是管道局发展进程中两个重要且核心的主题，对管道局的发展具有特殊意义。只要市场开发局面取得突破，项目管理水平持续提高，管道局就能实现科学稳健发展。

今年，距管道局首次进行EPC总承包项目的尝试，已过去18年。十多年间，管道局的工程项目管理模式历经变革，以适应经营规模、市场竞争、稳健发展的需要，从而使企业逐步发展壮大。

十多年间，管道局项目管理是怎样创新求变、转型升级、稳健发展的？在工程项目管理中积累了哪些发展经验？记者通过几个标志性项目，对管道局工程项目管理发展之路进行探析。

抓住“黄金期”，实现新飞越

管道局实施的EPC管理模式，在苏丹工程起步，奠定基础，在利比亚和泰国工程进一步实践，在印度和俄罗斯远东项目得到发展。由于抓住了EPC项目建设的黄金期，管道局在国内外成功实施了一大批标志性项目。

1998年，管道局第一次进行了EPC总承包项目的尝试，在苏丹以EPC方式承揽建设了1/2/4区1506公里的长输管道。仅用11个月，就高质量建成了这条管道，保证了按期投产。

1/2/4区项目是“敲门砖”，随后的苏丹6区、3/7区等管道建设项目也先后由管道局实施EPC总承包优质完成，奠定了管道局苏丹市场地位，开启了管道局独立承担国际工程建设的新局面。

2005年开工建设的西部原油成品油管道工程，是国内首次采用EPC总承包模式建设的大型管道工程，也是集团公司施行EPC总承包管理模式的试点工程。管线原油、成品油双管同沟敷设，双线全长近4000公里。

管道局作为西部管道工程EPC总承包商，将国际通用的项目管理模式与中国石油管道建设实际相结合，建立起以业主为核心、EPC项目部为主体、监理为业主管理延伸的工程建设管理体系，探索出一套适合国内管道实施EPC工程建设模式的完整程序文件，为集团公司推行新的工程建设体制积累和总结了可供借鉴的宝贵经验。这个项目是中国管道项目管理的一次飞跃，被评为2007年度全国建设工程优秀项目管理成果一等奖。

中亚天然气项目——西气东输二线西段工程，是迄今为止世界上跨国天然气管道最长，我国管道建设投资最多、等级最高、施工难度最大的国家重点工程。这两项工程难度和挑战前所未有，概括起来是“三大”“三难”。“三大”：工程量大，中亚管道双线共计3600多公里，西二线干支线全长8653公里；政治责任大，这两项工程能否按期建成投产，关系到中国石油的企业形象；工期质量安全压力大。“三难”：协调难，中亚管道涉及3个国家，西二线涉及国内15个省（区、市）；

管理难，参建单位多、用工总量大、分布地域广；设计施工难。

管道局以EPC方式承担中亚管道总工程量的54%。中亚管道从购气合同签订算起，建设时间只有28个月，而国际上同等规模的同类项目建设一般需要5年以上。但是管道局EPC项目部克服了时间紧、任务重、气候条件恶劣等重重困难，高标准、严要求，仅用18个月就完成了主体工程。

西二线建设使中国石油管道建设整体水平有了飞跃发展，项目实施由传统的组织管理模式，发展到大规模推行EPC建设组织模式。管道局作为EPC总承包商，充分发挥专业化公司优势，科学组织管理，实现E、P、C三者之间的紧密结合，确保了工期、质量、安全和效益。在一年半的时间里，西段工程按时实现进气投产，用一流的质量和速度创造了世界管道史上的建设奇迹。

这个奇迹是怎样创造的？局长赵玉建在集团公司中亚—西二线西段表彰暨报告会上作了回答：超前精心筹备，是工程建设得以顺利实施的基本前提；科学组织管理，是工程建设得以顺利实施的根本所在；创新工艺工法，是工程建设得以顺利实施的有力支撑；构建和谐大局，是工程建设得以顺利实施的重要保证；弘扬优秀文化，是工程建设得以顺利实施的思想基础。

记者点评：苏丹项目使管道局掌握了EPC项目的管理和运作规律，为今后进行EPC总承包作了极为有益的探索。经过十多年的发展，通过西部管道、中亚—西二线等工程的锤炼，管道局抓住了EPC项目建设的“黄金期”，稳扎稳打，不断超越，使全局EPC项目管理水平有了质的飞跃，为企业增强了发展后劲和竞争实力。

追求“高大上”，探索新模式

随着海外业务的不断拓展、项目管理能力的不断增强，管道局未雨绸缪，不断创新商业模式，探索需要精细化管理的工程项目设计和工程项目咨询（PMC）及国际工程项目通行的EPC总承包项目管理，使得管道局的工程项目管理水平不断提高。

早在2009年，管道局就先后承担了尼日尔和乍得PMC项目。两个PMC项目部在工作中成功采用了一整套业务流程和沟通机制，有效地控制了项目的质量和进度。这两个项目无论从工作范围还是项目管理上均符合国际PMC项目管理惯例，为今后管道局实施PMC项目管理提供了指导和管理规范。

近几年，管道设计院和朗威公司作为具体实施PMC项目的单位，PMC项目也经营得风生水起：分别于2012年承担了中缅管道和西三线西段及港清三线PMC项目，2013年中标西三东PMC项目，2015年中标乌干达原油外输管道工程设计咨询项目。朗威公司今年更是捷报频传：1月中标武陵山管道PMC项目，2月、3月先后中标国家成品油储备工程156、153处PMC项目。

管道局在多年的实践中积累了丰富的项目管理经验，掌握了PMC、EPC等项目管理模式。

随着商业模式探索不断深入，2015年底，管道局中标喀麦隆成品油管道技术服务项目，为拓展高端业务迈出了新步伐。这个项目将采取PPP模式下的BOT融资方式，实现了商业模式新突破。如今，国际事业部正分工合作，快速推进喀麦隆投融资项目。重点加强对PPP、买方信贷等融资模式的研究，与国家部委、金融机构、国内外合作伙伴及项目决策机构紧密联系，谨慎评估项目风险，科学制订融资方案，搭建投融资架构和法律结构。并加深与喀麦隆政府部门和业主的沟通，认真组织前期调研、谈判等具体实施工作，争取尽快完成喀麦隆项目融资工作。国际事业部将通过投融资撬动EPC项目，在巩固原有EPC模式基础上，积极拓展“F+EPC”模式，摆脱国际市场低价竞争局面，提高市场竞争力。

记者点评：随着EPC总承包管理业务的快速发展，管道局探索创新的脚步从未停止，又积极尝试PMC、FEPC、BOT等项目管理模式，以期在严峻的市场形势下，推动经营模式由传统承包向投资方与承包相结合的模式转变，增强抵抗风险能力，确保收益长效稳定。

延伸“产业链”，拓展新空间

进入2016年，管道局目光放得更长远，建设国际一流油气储运工程综合服务商成为管道局的新定位，业务横向上向海洋管道、LNG、油气集输、储气库等延伸，纵向上向投融资、PMC管理、运营服务等延伸。重新定位，为创新完善项目管理模式，推动全局项目管理水平提升开辟了更广阔的发展空间。

6月5日，由管道局EPC总承包建设的坦桑尼亚天然气海底管道投产一次成功。坦桑海底管道工程，是管道局首次自主设计、独立施工的海底管道项目，并采用自有的中石油最大铺管船进行铺设，也是管道局承建的最长的海洋管道工程。由管道局EPC总承包建设的坦桑陆上管道已于2015年9月17日完成投产。坦桑项目圆满完工，管道局树立了品牌形象，赢得了后续市场。

2015年中标的广东惠州海底管道EPC总承包项目，是管道局在国内实施的首个EPC海洋项目，EPC项目部仅用75天就完成海洋管道全部焊接任务，实现了国内海洋业务的重大突破。

此外，管道局今年在积极推进潮州LNG储备站、山西LNG液化厂项目实施的同时，加大相关市场开发力度。在各项政策大力推进下，管道局LNG核心业务、关键技术取得突飞猛进的发展。

1月12日，管道局EPC总承包的潮州LNG储配站EPC项目建设全面启动。这个项目将为管道局在LNG工程建设上积累更多的经验、技术和人才，为今后赢得更多LNG市场份额奠定基础。2月17日，管道局中标LNG液化天然气EPC承包项目——祁县、大同、临汾液化调峰储备集散中心项目。这是继六盘水LNG项目之后收获的又一成果。

在储气库方面，管道局通过组建锦州国储公司承担锦州地下石油储备库建设任务，在设计、采办、监理、施工、投运等业务上全方位介入，不仅全面掌握了地下水封洞库设计、施工等方面的关键技术，更重要的是丰富了管理经验，锻炼了一大批专业人才。这使管道局完全具备了承担大型地下水封洞库的能力，为今后开拓地下油库建设市场打下了坚实的基础。

如今，管道局并未停止工程项目管理创新的步伐，仍在不断地提升项目管理科学精细水平。以EPC总承包管理、施工管理为重点，加强对标学习、经验总结和知识共享，不断完善具有管道局特色的项目管理模式。在各项目深入落实“211”项目经营管理法，以期形成和完善公平合理的利益分配机制，推进一体化管理，提高项目整体效益。

记者点评：回顾管道局十多年来的工程项目管理发展之路，得出一个启示：只有抓住机遇，才能努力把握发展趋势，增强发展后劲和竞争实力；只有未雨绸缪，超前谋划，不断探索创新工程项目管理模式，推动项目的精细化管理，才能持续提升工程项目管理水平和效率效益，实现健康科学发展；只有目光长远，加快转型升级，才能不断扩大竞争优势，平安度过寒冬，实现科学稳健持续发展。

（2016年7月5日《石油管道报》）

中石油管道局获PMI（中国）“杰出项目”奖

10月8日，经由PMI（中国）项目管理奖项评审委员会审议，授予中石油管道局津华线项目“2016年PMI（中国）项目管理大奖·杰出项目奖”。

PMI项目管理协会成立于1969年，是全球领先的项目管理行业的倡导者，其创造性地制定了行业标准，由PMI组织编写的《项目管理知识体系指南》（PMBOK）已经成为项目管理领域最权威教科书，被誉为项目管理的“圣经”。

据管道局津华线EPC项目经理介绍，天津港—华北石化原油管道工程

（简称津华线）的建设，缓解了华北地区能源供需矛盾，实现了节能减排。自开工建设以来，项目部科学组织、创新管理，完成了安全环保、创国优工程、施工工期、协调管理四个方面的挑战。他们策划为先，高度重视进度计划的预见性及现场执行，在施工中开展动态计划管理。结合工程特点、季节变化和工期要求，制定计划，有效避免了因征地困难影响施工问题的发生，控制了窝工工期。

同时，津华项目着重强化项目内部E、P、C的协调，对于涉及多部门的综合性问题，以施工进度为核心，积极做好与设计龙头、外部协调和物资采办的协调工作，建立和完善与设计、采办、外协等部门的沟通协调机制，强化整体协调能力，发挥EPC集成优势。过程中加强与采办职能衔接，科学调配施工物资，采取一体化管理。后期加强场站物资调度管理，对EPC供应物资加强与采办部沟通，督促厂家按时供应。经过科学的部署、精细的管理，津华项目按期完成了施工任务，并在项目管理中取得了优异的成绩。

（2016年10月17日《经济参考报》）

“卫星+应用业务”成世界最大钻井平台“中枢神经”

中石油管道局助力可燃冰试采

“海底钻头视频画面传输流畅，井位压力显示正常！”5月18日，深圳前线指挥部高度关注着来自世界最大钻井平台D90平台传来的现场数据参数，中石油管道局通信公司承担的D90可燃冰试采“卫星+应用业务”信息保障工作，确保了前线和后方之间信息正常流通。

此次可燃冰试采成功打开了一个新的能源宝库。作为承担试采任务的全球最先进的超深水双钻塔半潜式钻井平台D90钻井平台的“中枢神经”——双备份无缝切换卫星通信链路，正是由中石油管道局通信公司建设并负责后期运行管理的。该公司作为中国石油天然气集团公司卫星技术支持中心，是南海神狐海域可燃冰试采“卫星+应用业务”唯一合作单位。而此项保障工作的顺利完成，在保障了我国南海神狐海域进行的国内首次可燃冰试采成功的同时，也彰显了“中国石油卫星技术支持中心”的专业化品牌影响力。

该公司自2016年10月启动卫星通信系统项目建设以来，始终站在世界先进技术的最前沿。此次，凭借先进的设计理念、强大的技术支持能力、丰富的运维管理经验以及高效的优质售后服务获得了D90平台建造船东新加坡Blue Whale公司的青睐，击败了包括Marlink、SpeedCast等国际一流的专业化船载卫星通信服务提供商，一举中标世界最大、最先进的D90平台的卫星通信服务项目。

通信公司为中国石油集团海洋工程有限公司提供了全面的“卫星+应用业务”服务，以优质、安全、可靠的卫星通信链路为基础，开展了涉及钻井平台开采数据实时传输、试采监控视频回传、视频会议、关键钻井后台设备远程通道支持及生产办公调度指挥等关键业务。

从今年3月6日D90平台拖航之日起，通信公司先后完成了从烟台启航到抵达南海钻井井位期间的语音、网络、视频、数据通信传输，并成功保障了平台连续7天19个小时稳定产气期间的工业数据、作业视频监控等关键项目信息传输，保障了D90平台5月10日下午2点52分点火成功，并将继续发挥自身技术优势，服务后续的南海可燃冰勘探和试采。

这次我国深海可燃冰首次试采“卫星+应用业务”保障工作的成功，是管道局通信公司践行“一带一路”倡议、为国家新能源安全提供信息化技术支持的重要体现，同时也标志着通信公司已具备国际深海领域钻井平台、大型船舶等的专业化“卫星+应用业务”保障及运营管理能力，为打造一流的“卫星应用综合服务商”迈出了坚实的一步。

（2017年5月29日《中国能源报》）

中国石油开放日　记者聚焦“管道城”

管道局、北京管道公司等让公众领略中石油

6月14日，由中国石油管道局工程有限公司、河北廊坊市政府、中国石油管道公司等单位主办的2018中国国际管道大会在廊坊圆满落幕。为期3天的大会，来自美、德、法等26个国家的340余家管道行业代表围绕油气储运行业全产业领域，组织推介会、沙龙等活动20多场。在中国石油开放日期间组织这类活动，吸引了众多媒体和公众走进中石油，领略中石油。

从6月1日到6月中旬，隶属于中国石油的50多家石油企业打开大门，广泛邀请媒体记者等各界人士走近石油，近距离接触石油、全方位了解石油、深层次感知石油。6月份的第一周，被中国石油确定为企业“重塑形象活动周”。中国石油力图通过这种形式，在新时代为石油精神注入新内涵，提升企业品牌形象。此次推出的“为梦想加油”主题开放日活动，是中国石油重塑形象的重要内容之一。

廊坊被誉为管道城。目前，管道局、管道公司以及下属的40多家二级单

位均驻扎廊坊，使廊坊成为石油管道行业庞大信息流的聚集地。这次国际管道大会吸引了众多中央媒体、河北省本地主流媒体和石油行业媒体的关注，各大媒体在第一时间、重要版面（频道、网页）报道了大会盛况，还分不同专题相继对管道局进行了深入报道。

中国石油开放日的另一目的，就是让公众了解石油人的责任与担当。为此，中国石油北京天然气管道有限公司于6月13日打开大门，邀请媒体记者、社会人士、员工家属走近陕京管道，参观永清分输站，近距离感受北京管道公司为保障国家能源安全及“打赢蓝天保卫战”所作的贡献。

北京管道公司与廊坊有不解之缘。永清分输站是陕京管道干线和储气库系统的重要联结点，汇集了8条管道，形成了“七进十出”的工艺区，是陕京管道系统中最大的天然气枢纽分输站，也是中国石油天然气集团公司“千队示范站”之一。从国际管道大会“转战”北京管道公司开放日的20多位媒体记者，再次近距离感知了中国石油在绿色发展中所做的努力与实践。

通过上述中国石油开放日活动，有效搭建了企业与媒体、公众沟通的平台，展示了中国石油践行绿色发展理念、保障国家能源安全的生动实践，不仅使公众零距离了解、理解中国石油，为中国石油赢得发展机遇；而且也让中国石油更加了解外界变化和公众期待，企地消除误解、增进了解、增强理解，从而更好地为社会发展、经济建设、碧水蓝天作贡献。

（2018年6月14日中工网，2018年6月19日《石油管道报》）

国内最大口径最长距离管道海底定向钻穿越成功

中国石油管道局工程有限公司（以下简称管道局）18日透露，17日凌晨1时58分，随着唐山LNG外输管线项目控制性工程纳潮河定向钻穿越顺利回拖完成，管道局创下了国内最大口径1422毫米长距离管道海底定向钻穿越的新纪录。

据介绍，纳潮河定向钻穿越全长1289.93米，是国内首次实施于大口径、高压力、高钢级管线海相沉积地层穿越，施工难度世界罕见，展现了管道局在定向穿越领域的雄厚实力和领先的技术水平。

唐山LNG外输管线项目起自河北省唐山LNG项目接收站，止于河北省廊坊市永清末站。纳潮河定向钻穿越位于唐山市曹妃甸工业区，是当年在曹妃甸围海造地时留下的一条1000米宽的地带，由于造地取砂，即形成了“河”。纳潮河属于连通渤海湾的人工连通河。

担任此次穿越设计工作的管道设计院考虑到1422毫米大口径管道长距离定向钻穿越在国内施工经验的缺乏，设计人员开展了针对性技术专题研究，从利用软件模拟分析，到搜集国外类似工程的资料；从施工中可能遇到的各种穿越风险，到制定相关的应对措施等，做了大量的研究工作，为定向钻穿越的圆满成功打下了坚实、可靠的基础。

负责纳潮河海底穿越任务的是管道局唐山LNG控制性工程一标段项目部，据项目主任雷章彬介绍，纳潮河海相沉积地质条件比较复杂，穿越曲线要经过12个不同的地层，地层性质变化较大，软硬交错，控向角度较难控制。管道四公司委派具有丰富经验的控向工程师参与此项工程，并利用世界较为先进的P2高精度控向系统，保证了曲线控制精度，导向孔按设计曲线准确出土。另外，由于管径较大，最终1.8米扩孔直径也使得地层成孔稳定性面临巨大挑战。项目部事前针对纳潮河的地质条件，为保证科学的泥浆配方进行了20多次配比试验，直到试验效果明显稳固为止，保证了穿越回拖的一次成功。此项工程历时61天。

唐山LNG外输管线项目是京津冀清洁能源供应的主干通道之一，对整个地区的能源结构改善、助力京津冀一体化发展，将起到重要的推动作用。

（2019年11月18日中国新闻网，2018年11月21日《石油管道报》）

中石油管道局战“疫”与生产“两手抓，两不误”

2月11日，中国石油管道局工程有限公司（简称管道局）召开新冠肺炎疫情防控工作领导小组第六次会议，部署生产运营各项工作，做到了战“疫”与生产“两手抓，两不误”。

新冠肺炎疫情暴发后，管道局全面提高政治站位，贯彻落实好集团公司党组、河北省国资委党委等有关要求，将疫情防控工作抓紧、抓实、抓细。进一步落实好疫情防控的各项举措，做到把责任落实到位，把人员管控到位，把应急措施落实到位，对职工关心关怀到位。

1月22日，管道局制订了关于此次疫情的防控方案，编制了《湖北地区工程项目及人员往返情况统计表》《疑似或确诊感染员工信息上报表》，及时做好统计工作，并广泛宣传疫情防控知识。1月23日，管道局下发《关于做好节后复工疫情监测与防控工作的紧急通知》，对各单位和项目部做好节后复工疫情监测与防控工作提出要求。2月6日，发出《关于全体党员在疫情防控阻击战中发挥先锋模范作用的倡议书》，向管道局全体党员发出“五个带头”的倡议。从1月30日至2月11日，管道局先后召开了六次疫情防控工作领导小组会议，对管道局疫情防控工作进行再部署、再研究，把各项措施落实到位，把员工的身体健康、生命安全当作头等大事。

2月7日，孙全军代表管道局党委，向中石油中心医院移交了首批防控紧缺物资,使医护人员备受鼓舞。2月9日，河北中石油中心医院紧急抽调5名护理人员出征，出发前往石家庄，与河北省驰援湖北医护人员一道，走向抗击疫情的主战场。

管道局所属各单位严格按照要求开展疫情防控工作。管道企业具有点多线长面广的特点，工程项目众多，人员分散不易管理。管道局共有廊坊、徐州、铁岭、沈阳、中牟、西安6个矿区，春节期间人员流动频繁，这些都为疫情防控带来了不利影响。但各项目及时制定了具体的应对措施，做好相关应急预案，听从当地政府的统一指挥，停工停产，保障员工健康。各矿区严防死守，构建防控密网，在做好服务保障的同时，担负起属地管理责任。截至目前，管道局各单位、各项目以及6个矿区均实现了“零感染”目标。

管道局还积极维护好正常的生产经营秩序，一手抓疫情防控，一手抓生产经营，压实各级安全生产责任，强化生产组织，加强施工人员管理，制定落实好应急处置方案，做到“两手抓，两不误”。

节日期间，管道局国内多数项目员工已回各基地过节，还有十多个国际项目坚持施工生产，这些项目针对国内严峻形势，做好了相关防护、防疫工作。国际项目开足马力，实现了“开门红”。2月2日，管道局承建的孟加拉国单点系泊项目第十二条定向钻——马特巴里航道18英寸柴油管线定向钻穿越回拖成功，承担施工的管道四公司比计划工期提前9天完成了穿越任务，并于2月6日实现莫多尔巴厘岛陆上管线打火开焊，掀起孟加拉项目第二旱季施工热潮。2月3日，管道局在沙特阿美市场的首个项目——沙特拉斯坦努拉项目部收到了沙特阿美业主颁发的首段机械完工（MCC）证书，具备投产运营条件。2月5日，管道局EPC总承包的泰国东北部成品油管道项目在泰国孔敬府举行开工仪式，全长342公里的泰国东北部成品油项目进入全面施工阶段。

（2020年2月12日人民日报海外网）

从挑战到领跑

——管道局发挥中国油气管道建设主力军作用

3月30日，中俄东线天然气管道工程（长岭—永清）主体线路完成焊接564.9公里，主体焊接实现“过半”。

作为中国油气储运工程建设领域的主力军，管道局全方位参与中俄东线管道建设，并在这项具有世界级“巨无霸”规模水平的工程中，形成了几十项成果，积累了丰富的经验，管道建设工程技术和综合服务能力跻身国际一流行列，实现了从“挑战者”到“领跑者”的跨越。

大鹏一日同风起，扶摇直上九万里。中俄东线工程只是管道局近50年来建设国家油气管网的一个缩影。中国长输管道事业起源于“八三”会战，管道局也因此诞生。从1973年4月16日成立以来，管道局积极肩负起国家赋予的神圣职责，重组前承担了国内所有油气管道的规划、设计、建设和运营管理；后来随着行业的发展壮大，一批管道运营企业相继从管道局分离重组，形成了全国管道大发展的局面。在半个世纪的沧桑巨变中，管道局始终牢记初心使命，肩扛“八三”旗帜，引领推动中国长输管道事业从无到有、从弱到强，逐步由产业链的一个环节，成长为今天国民经济中独立的一个产业。进入新时代，管道局业已成为精品工程的建设者，综合解决方案的提供者，智能管道建设的先行者。

起源“八三”会战　建成国家油气管网

管道局近50年的发展史就是一部波澜壮阔的奋进史。经历了4次管道建设高峰期，管道局在保障国家能源安全、推动国民经济发展方面作出了重大贡献。

1970年8月3日，为破解大庆油田原油外输瓶颈，党中央、国务院决策抢建国内第一条长输原油管道——大庆至抚顺输油管道，即“八三”工程。老一辈石油管道人用人拉肩扛的方式，以牛车铁锹等工具，经过5年艰苦奋战，圆满完成了大庆—抚顺、铁岭—大连、盘锦—锦州等8条输油管线，共计2471公里管道的建设任务，形成了东北地区输油管网。

“八三”工程会战，是管道局发展的历史源头。在会战过程中，为强化对全国油气管道的建设和运行管理，原燃料化学工业部以东北“八三”输油管线建设指挥部为基础，整合全国油气管道建设资源，于1973年正式组建了管道局。自此，诞生了中国第一支专业化油气管道建设队伍。

自成立之日起，担负全国长输管道建设任务的管道局，始终把保障国家能源安全作为自身的神圣责任，历经了四次管道建设高峰期。

“八三”工程会战，开启了中国长距离、大口径油气管道建设的大幕，掀起了我国第一次管道建设高潮，8条管线形成国内第一个原油管网。

第二次管道建设高峰从1976年开始，胜利、辽河、华北、中原等油田相继进入快速开发期。历时10年先后建成了秦皇岛—北京等12条油气管道，总长度3400多公里，形成了中国东部油气管网。

第三次管道建设高峰期从1987年开始到21世纪初，作为主力军，管道局建设了兰成渝成品油管道、涩宁兰天然气管道、忠武天然气管道、西部原油成品油管道、西气东输天然气管道等一批长输管道，形成了中国西部和南部油气管网。

进入“十一五”以后，管道局又相继建设了陕京天然气管道二线、三线，兰州—郑州—长沙成品油管道，涩宁兰天然气管道复线，西气东输天然气管道二线，中亚天然气管道A线、B线，哈萨克斯坦—中国原油管道一期、中俄原油管道等一大批国家能源战略通道，由此形成了我国第四次油气管道建设高峰。

经过上述4次建设高峰期，我国已基本建成了“横跨东西、纵贯南北、覆盖全国、连通海外”的国家油气骨干管网，并形成了东北、西北、西南和海上四大油气战略通道。

不断刷新纪录　荣膺国家科技大奖

沧海横流，方显英雄本色；青山矗立，不堕凌云之志。作为中国长输油气管道建设的国家队和主力军，管道局既肩负着保障国家能源安全的使命，也承载着引领行业技术发展的职责。40多年来，管道局在重点工程建设中不断挑战施工难点，不断刷新国内纪录，不断实现“零”的突破，书写了“全国创新成就”，终获“国家科技大奖”。

1984年，建成当时国内最长斜拉索管桥——河南魏岗至湖北荆门原油管道汉江跨越工程，荣获国家优质工程奖、鲁班奖。

1998年，兰成渝成品油管道工程开工。管道全长1252公里，最大落差2268.3米，为世界之最，2002年建成投产。兰成渝管道经历2008年四川汶川大地震和堰塞湖泄洪考验，安然无恙，创“线路最长、落差最大、压力最高成品油管道工程中国企业新纪录”，荣获国家设计金奖。

2002年7月开工建设的西气东输是中国新世纪的四大工程之一，是我国管道建设史上距离最长、管径最大、管壁最厚、输送压力最高、技术最先进的天然气管道工程。面对复杂程度堪称世界之最的地形地貌、属于世界级难题的施工难点，管道局攻坚克难，引进和研制适应工程建设需要的先进施工装备，以高规格管理水平、专业化建设标准，于2004年完成了工程建设任务。

西气东输是中国管道建设历史上的一座丰碑，标志着我国管道建设技术和科技含量整体达到世界先进水平。

2004年，管道局EPC总承包的西部管道工程启动，这是当时国内输送距离最长、设计压力最大、年输量最多、自动化程度最高的输油管道之一。

这一年，在管道局的历史上是浓墨重彩的一年。忠县—武汉输气管道工程投产运行。整个工程的建设难度和科技含量在国内长输管道建设中都是空前的，被管道建设专家称为管道建设的“百科全书”。忠武管道设计与“神舟五号”飞船齐名、西气东输工程建设与“神舟六号”飞船齐名，分列当年全国十大创新成就。

2008年，我国首条跨国输气管道中亚管道工程开工。自然环境极其恶劣，施工任务极其艰巨，跨国公司公认的需要5年时间建成的管道，管道局一年半时间便安全顺利完工，创造了国际管道建设史上前所未有的奇迹。

在随后的全长达8704公里的西气东输二线干支线建设中，管道局再以EPC方式承担任务，再度创造世界工程建设的新奇迹。

2010年以来，管道局24项参建工程获国家级优质工程奖，其中，中缅天然气管道（缅甸段）荣获2016年中国建设工程鲁班奖（境外工程），中亚天然气管道A、B线荣获中国土木工程詹天佑奖。

2015年，管道局参与完成的“我国油气战略通道建设与运行关键技术”项目荣获国家科技进步一等奖。获奖项目共有五大创新点，管道局在X80高钢级弯管、管件研制及焊接，设计施工，完整性管理，以及关键装备国产化四大创新方面作出了突出贡献，我国管道工业实现从追赶到领跑的跨越。项目的获奖，充分肯定了管道局在我国油气管道建设行业的领军地位。

迈向“中国智造”　领跑智能管道建设

近50年栉风沐雨、砥砺前行，管道局始终走在引领中国油气管道业发展的最前沿。特别是2017年后，管道局随中油工程上市，进入了发展的新时期。管道局以智慧管道为核心引领发展，以科技创新提升一线施工技术水平，全力推进数字化信息化与产业链的深度融合，形成了一批核心技术与装备，致力于建设智能管道，助力打造中国油气智慧管网。

2017年7月，管道局自主研发的国内首台管道行业激光电弧复合焊接装备问世，与目前所使用的自动焊装备相比，不仅减少了焊接层数，还可节约焊材50%，并将焊接速度提高两倍。管道局焊接装备技术已达国际先进水平。

在国家重要能源战略项目中俄原油管道二线建设中，管道局自主研制的CPP900全自动焊首次应用在工程建设中，承担的线路工程于2017年10月12日提前18天主体贯通。通过日臻成熟的自动焊技术及装备应用，管道局打破了长期以来的国外技术垄断局面，摆脱了对国外技术的依赖，中国管道国产化建设取得重要突破。

2017年11月27日，西气东输三线中靖联络线投产成功。在工程建设中，管道局自主研发的新技术新产品大显身手，80%的主体焊接工程量使用CPP900设备来完成，提高工效约30%。此外，采用的“大型施工设备远程监控管理系统”，对项目设备安全、油耗成本、生产调度等情况进行及时准确的了解和监控，让现场设备管理更加精细、规范。新技术新产品的成功应用，推动了管道建设设备国产化进程，同时加快了数字化信息化进程。

管道局不断加大关键技术研发力度，把互联网、大数据等最新科技融入油气管道建设中，开启了以大数据为基础的智慧管道时代。

2017年12月13日，我国首条智能管道中俄东线北段（黑河—长岭）全面加快建设。工程建设中，管道局自主研发的CPP900自动焊机、机械化补口、AUT检测、大型设备远程监控系统、机组通等新技术和新装备全部应用于管道施工的各环节，形成了涵盖各个工序的系列科技成果41项。CPP900全自动焊装备，成为工程建设关键设备，其核心技术的掌握与运用，标志着我国进入世界管道自动焊技术的领先行列。

近两年，管道局承担越来越多的国家天然气基础设施互联互通重点工程，如2018年5月开工建设的西气东输三线闽粤支干线（广州—潮州段），以及中俄东线天然气管道互联互通工程（唐山—宝坻），陕京四线密云—马坊—香河支干线工程，等等，不仅急难险重，智能化程度也越来越高。

管道局在工程建设过程中，大力推进信息化、自动化和智能化技术应用。创新完善了工程项目管理平台，全方位整合“机组通”、P6、ERP、施工现场远程监控及工况采集等系统，充分应用智能管理项目建设过程，全面提升了管道的智能化水平。

同时，形成了互联网+机组的“智能工地”建设标杆。施工机组现场实现全作业面Wi-Fi覆盖、全工序施工数据采集移交和全工序工况参数采集传输等，规范了现场施工作业，提升了项目QHSE管控水平，确保了管道局在智能化建设方面的领跑地位。管道“智造”声名鹊起，代表了国内管道建设的最高水平，引领着行业技术水平不断提升，实现了从“中国制造”迈进“中国智造”。

长风破浪会有时，直挂云帆济沧海。回首过去，47年风雨兼程，管道局为中国油气管道建设屡立功勋；展望未来，管道局将牢记习近平总书记重托，继续实现领跑，在中俄东线等管道建设中展现大国工匠的精湛技艺，展示中国油气管道建设主力军的时代风采！

（2020年4月16日《石油管道报》）

一生管道情　劳动最光荣

管道劳模唱响时代最强音

劳动最光荣、劳动最崇高、劳动最伟大、劳动最美丽。管道劳模辈出是中国长输管道与共和国同呼吸共命运的历史见证，是一代代管道人担当使命、履行责任的时代缩影。各个时期众多劳动模范和先进人物交相辉映，闪现出劳模精神、劳动精神、工匠精神的耀眼光芒，在社会上形成了亮丽的管道劳模群体和劳模现象。他们是时代楷模、管道脊梁，展现了劳动的荣光与伟大，中国石油管道发展的历史丰碑上永远铭刻着他们的不朽功勋。

艰苦奋斗：他们从“八三”走来

1970年8月3日，“八三”管道工程拉开中国长输管道建设的序幕。5年会战，为管道局培育了一大批劳动模范、先进典型，他们陆续成长为中国石油管道行业的领军人物、管理专家和技术骨干，成为支撑管道事业科学持续发展的核心中坚。

全国劳动模范、大庆会战“五面红旗”之一朱洪昌，全国劳动模范张海军，中国石油劳动英雄、特等劳动模范、铁人奖章获得者张立福，河北省劳动模范马骅……他们的共同经历，是参加过“八三”会战，历经过艰苦奋斗、艰难岁月的磨砺和考验；他们用实际行动诠释了“爱岗敬业、争创一流，艰苦奋斗、勇于创新，淡泊名利、甘于奉献”的劳模精神。

朱洪昌一生都奋斗在石油管道战线。1960年参加大庆会战，被命名为“钢铁队长”，与王进喜等成为大庆会战的“五面红旗”。1970年，朱洪昌担任“八三”工程会战副指挥，负责生产建设工作，经常和工人们一起奋战在施工一线。在管线投产试压时，一个阀门垫突然坏了，水很大，工人们都不敢动。水越来越大，再不处理将无法试压，后果不堪设想。朱洪昌立即跳到泥水坑中，就像当年的王进喜，最终把阀门修复了。

同样，张海军也是苦干起家。当年他不满20岁，以民兵身份参加“八三”工程，干的是最苦最累的土方挖沟作业。他们分段包干，一锹蹬下几厘米宽，几十铁锹装一筐。就这样，一锹一锹地量距离，一筐一筐地挑土方。扁担压弯了，鞋底磨破了，肩膀磨破起泡了，咬牙挺过来了。白天挥汗如雨，夜晚点起篝火夜战，平均每天挖土18立方米。苦干两个月，他们终于在封冻之前完成了任务。

“八三”的优良传统融入了张海军的血液，影响着他的人生。随后他率队参战，屡立战功。1992年，他率队承建的首钢大口径通风管道卷制工程，以“惊人的速度和上乘的质量”在首钢创出信誉；1993年，他率队承建大连与法国联营的西太平洋公司两座10万立方米油罐，节省几十万资金，提前工期近一年，成为当时我国建设10万立方米油罐节资最多、速度最快的项目。

与共和国同龄的马骅、张立福也同样如此，“八三”工程塑造的艰苦奋斗、吃苦耐劳的精神，一直激励着、伴随着他们。

1998年，管道局“走出去”承建非洲最长的管线——苏丹输油管线。苏丹项目面临重重困难：缺少社会依托，交通条件极差，运管难。工期紧，任务重，如果不按期完工，就要面临每天30万美元的罚款。为了国家和中国石油的利益，集团公司要求管道局必须拿下这个工程。

管道局决定由马骅担任项目经理。马骅几乎参与过所有重点长输管道的建设，立下赫赫战功，被授予“共和国青年功臣”称号。他担任管道二公司经理期间,公司产值实现1.8亿元，工期符合率和履约率达100%，取得国家技术监督局和中国质量协会颁发的《质量保证体系认证证书》，成为全国建筑施工企业中首家拿到进入国际施工市场大门“金钥匙”的企业。临行时，马骅立下军令状：“不拿下苏丹工程，我就不回来!”

1998年5月，苏丹管线建设拉开帷幕。项目初期，时任管道局苏丹项目部副总调度长的张立福，一天奔波上千公里考察确定营地位置。项目开始后，在资金、设备和吃住条件相当困难的情况下，他凭着坚韧不拔的毅力和忘我的精神，出色地完成了征地、清关和物资运输等艰难的协调任务和各种后期服务工作。为了保证钢管及时运输到位，他不知疲倦地盯在现场监督运输状况，无数次跟车奔波在沙漠荒原中选择路线。通过调整装车流程、建立钢管集散地等方法，大幅度提高了运输速度和车辆周转率，确保了管道建设速度，但他却因为劳累过度突发脑溢血，倒在了赶往前线营地的路上。

出师未捷身先死，长使英雄泪满襟。马骅化悲痛为力量，率参建员工一往无前虎山行，拨开云雾见光明，在苏丹内战的枪声中，仅用了10个月就高质量、高速度完成了1506公里的苏丹原油管道建设任务，用生命和忠诚，兑现了对祖国、对管道局的庄严承诺。

因为有了苏丹一期工程的顺利完工，才有了后续工程和产业链的拓展，有了以苏丹为核心、辐射非洲地区的国际管道工程的市场。从此以后，管道局“走出去”的步伐越来越快，国际业务实现了快速发展。

记者点评：榜样的力量是无穷的，劳模精神是激励无数管道人奋勇前进的精神动力。广大员工以劳模先进为榜样，用智慧和汗水、奉献与追求，把保障国家能源安全作为自身的神圣责任，铸就了中国石油管道事业的希望与辉煌。从“八三”会战以后，石油管道事业从无到有、从弱到强，至1998年12月底，管道局已成为集团公司专业化管理的管道企业，对集团公司所有油气管道实行统一规划建设、管理和运营。

争创一流：“不拿第一就是败”

1999年7月，集团公司重组核心业务，管道局失去了长期赖以生存的输油主业，企业走入困境，生存与发展面临严峻挑战。重组改制，虽然管道业务分开了，但管道人的精神支柱仍在，“八三”精神成为一代又一代石油管道员工锐意进取、拼搏奉献的动力源泉。

劳动推动社会进步，实干才能成就梦想。发展中的难题，只有通过辛勤劳动才能破解；管道局的美好未来，只有通过诚实劳动才能铸就。这个时期涌现出的劳模先进人物秉持的劳动态度、劳动理念及其展现出的劳动精神具有鲜明特色，那就是争创一流，他们以“不拿第一就是败”的豪迈气势，引领带动管道人苦干实干，激发管道人用劳动托举梦想的豪情，汇聚实干兴企的磅礴力量，用辛勤和拼搏谱写出一曲曲管道赞歌，用智慧和汗水铺就了一条条钢铁油龙。

沧海横流，方显英雄本色。青山矗立，不堕凌云之志。在管道局危难之际，管道局领导班子审时度势，迅速组织开展“生存与发展”大讨论，形成了管道局改革与发展的目标和思路，确立了企业发展战略。全局员工勠力同心，开始了“奋斗与光荣、重生与辉煌”的奋斗历程。

重组后第一个重点工程，是涩宁兰天然气管道，它是目前国内海拔最高的管道，全长953公里，管道局承担80%的工作量。2000年4月，全国劳模张吉海率队征战涩宁兰，以“不拿第一就是败”的英雄气概，于次年9月顺利完成了任务，连创全线12项第一，展现了管道建设主力军的雄风。

当年，在管道局面临困境、与其他油建单位同台竞争的严峻形势下，张吉海发出誓言：“不拿第一就是败！”他全面分析了工程特点和竞争形势，决定前期争质量第一，中期争进度第一，后期争HSE第一。

张吉海不仅懂市场，有领导艺术，更注重用人格魅力去感染人、教育人。开工前，他带领项目部人员背着干粮，对管道线路进行了多次徒步踏线，把路况摸得清清楚楚。建设过程中，他始终驻扎一线。

完美的人格，本身就是一股无形的力量。1995年，当张吉海带队在秦皇岛建大罐时，就曾喊出“向我看齐”，他们在180天建成了3座10万立方米大罐，铸就了“大罐魂”。

在涩宁兰，张吉海又喊出“向我学习”，他再次给自己上了紧箍咒，这意味着他要作出表率，用一身正气，带领队伍跟随他去争第一、闯市场。在张吉海的率领下，大家心往一处想、劲往一处使，一路高歌猛进，大获全胜！

此外，张吉海还讲究管理方法。他注重探索、实践、研究和总结，形成了独到的、科学的、行之有效的管理模式，管道局将这些宝贵的经验和管理模式总结后，命名为“张吉海项目管理法”，这是管道局项目管理的精髓，是管道局的无形资产和竞争力的灵魂，是管道局“软实力”的体现。

“不拿第一就是败”这种永远不服输的劲头，伴随着管道人一路前行，从争雄国内，一直到走向世界。

中国管道博物馆陈列着一块红绸布。这块红绸布，承载着管道人开拓国际市场的艰辛与辉煌，记录了管道局赢得的尊严和荣誉。

时光回溯到2002年12月10日，利比亚工程举行开工典礼，时任管道局局长苏士峰在剪彩的红绸布上郑重签名，承诺按期完工。利比亚工程难点众多，工期异常紧张，是管道局击败27家外国公司，首次挤进一直被西方国家垄断的利比亚石油建设市场，业主一直质疑中国公司的能力。

最终，管道局以雄厚的实力，井然有序的施工组织，中国工人娴熟的技术，顽强的拼搏精神，深深地感动了业主，他们对中国公司的印象有了彻底改变，称赞中国公司开外国公司在利比亚按期完工的先河！

完工仪式上，苏士峰的话掷地有声：“今天，我们按期完工，兑现了我们的承诺！这个红绸布将成为历史的见证，它见证了中国石油工人的智慧和毅力，见证了中国公司有能力建设国际一流的管道工程。”

管道局不仅有能力建设国际一流的管道工程，在科技创新上，也致力做行业发展的引领者，掌握发展的主动权。全国劳模、全国工程勘察设计大师史航为此写下生动注脚。

史航从业30年来，参与设计的国内外重点工程达50多项、管线长度超过5万公里，解决的各种工程设计难题不计其数，享受国务院政府特殊津贴。他坚守“一流的企业做标准、拥有核心技术才能掌握发展的主动权”的信念，积极参与输油（气）管道（穿越）设计等多项国家标准修订，使管道局保持行业话语权。他主持制定的相关规范性文件由国家相关部门联合发布，解决了工程系列问题，为管道和高铁的建设提供了标准依据。他主持的“并行管道敷设技术”研究，成功运用于国内多条重要管道，仅中贵线与兰成线在秦岭山区地段并行敷设，就节省十几亿元的投资，确保了工程的安全环保经济。在管道建设史上难度最大的中缅管道设计中，他科学决策，攻克天险，解决了最大难题——澜沧江跨越。兰成渝成品油管道工程竣工后曾获得国家级金奖，史航是主要设计者。史航许多设计成果取得了显著的经济效益，对推动国内管道技术的发展起到了很大作用。

记者点评：“不拿第一就是败”，充分体现了管道人的鲜明特质。在劳模先进人物“争创一流”劳动精神的示范作用影响下，管道局不断挑战自我，重组后迎来大发展的“春天”，实现了超常规、跨越式发展，在砥砺奋进、不断前行的道路上，用诚实劳动和辛勤汗水铸就了一个又一个传奇和辉煌。

自我超越：走进新时代的“工匠”

习近平总书记指出，弘扬劳模精神和工匠精神，营造劳动光荣的社会风尚和精益求精的敬业风气。时代在发展，劳动的内涵在更新，劳模的标准在“进阶”，但爱岗敬业、争创一流的劳模精神始终是不变的秘籍。2017年后，管道局随中油工程上市，进入了发展的新时代。

“八三”精神需要代代传承，管道事业需要接力奋斗。这个时期管道建设的快速发展，催生了年轻的管道人快速成长。这些新生代接过前辈的接力棒，传承优良传统，不断对自己提出更高的要求，并不断自我超越、自我提升、自我完善，始终追求做更好的自己。他们表现出的工作态度、工作境界、工作习惯以及精神面貌，就是工匠精神。在这方面，全国五一劳动奖章获得者王要飞，“全国技术能手”王建才，河北省国资委“十大杰出青年”、管道局劳模单旭东等无疑是80后中的佼佼者。

2019年5月1日，央视《焦点访谈》播出管道三公司电焊工王要飞事迹，题为《小工种、大作为》，讲述了王要飞在工作岗位勤学苦练爱钻研，追求精益求精，遇到难点巧妙创新施工，从学徒到技术大拿、到站在全国最高领奖台上、并将技术发扬光大的工匠故事。与此同时，《人民日报》《光明日报》《工人日报》，中央广播电视总台等国家级媒体平台都对王要飞的事迹进行了刊播。

1987年出生的王要飞集多项荣誉于一身，是2018年中国技能大赛——第六届全国职工职业技能大赛盛京杯焊工决赛冠军。

其实，他并非尖子生，但骨子里的韧劲，让他“笨鸟先飞”。“起点低不怕，只要嘴勤点、手勤点，比别人多付出点，我相信自己肯定能成长得更快。”王要飞说。

他成功的秘籍是“偷机取巧”——“偷”是学艺眼要尖，多看师傅的操作手法、技巧；“机”是一旦机会来了，一定要勇于承担，不能畏缩；“取”是抓住一切机会学习同事的焊接技巧，补齐自身短板；“巧”字，左边为工，右边是弯腰的人。意寓必须弯下腰来踏踏实实地干活儿，熟能生巧，没有捷径。通过勤学苦练，他终于成为一名优秀工匠。

2009年以来，他参加管道局、集团公司及国家各个级别的技能比武大赛十多次。从连焊枪都端不稳，到在公司、管道局乃至国家级焊工大赛摘金夺银，十余年来，他用手中的焊枪，连通神州大地油气“国脉”，每次比赛都是一次挑战自我、超越自我的过程，他不断在焊花飞溅中践行工匠精神。

王建才是机械公司焊接教师，是集团公司劳动模范。他立足岗位，从一名普通焊工成长为管道局技能专家。

王建才刚工作时就下定决心：“我要焊出合格的焊道，做最棒的焊工!”这种信念支撑着他不管干什么活，都会仔细、谨慎，要干就干好它。在2012年参加集团公司电焊工技能大赛时，他不断反复练习每套试件，汗水不知流了多少，白天训练，晚上还要加强理论学习，晚上12点之前从没睡过觉。功夫不负有心人，他在大赛中获得金牌，被授予集团公司技术能手称号，并被破格晋升为技师。在第二届石油石化系统“中石油管道杯”焊工决赛中，他取得第一名的好成绩，并获得全国技术能手的荣誉称号。他还作为央企优秀焊接技能人才，被派遣赴美学习焊接前沿技术，将美国优秀技能人才培养的经验和做法带回来，为企业技能人才培养作出新的贡献。

在企业实施创新驱动发展战略中，王建才也致力于发明创新。在西气东输工程的压力容器制造中，他将二氧化碳药芯焊接方法推广应用到压力容器焊接方法上，焊接效率提高了1.5倍，此成果获得了管道局技术革新一等奖；他完成的“快开盲板高效堆焊工艺研究”QC课题荣获省优成果，获集团公司焊接专业一线创新成果二等奖；他的研究成果累计节约制造成本269万元。

无论哪个时代的劳模，都是在某个方面有所建树的劳动者。近年来管道局选树的劳模，知识型、创新型劳动者不断涌现。

10年前，北大理学博士单旭东毕业后入职管道局，始终坚守在海外油气工程建设一线，敢于担当，勇于创新。在尼日尔原油管道项目中，他主动选择长驻开工最晚、环境最为艰苦的2号站组织施工，为项目按期投产作出突出贡献。

单旭东不断对自己提出更高的要求，并不断自我超越、自我提升。“穿上工服可以在施工现场与工人打成一片，能解决实际问题；穿上西装可以跟政府、银行谈得下来，赢得更大的市场”。

自2012年转战泰国负责市场开发，7年的时间里，他在商务开发中，不断创新竞标模式，累计中标管道里程总计逾千公里，合同额超过10亿美元；在工程建设中，作为项目经理，他不断创新项目组织，带领团队在泰国最长的陆上油气管线——北部成品油管道建设中实现了当年投标、当年中标、当年开工及当年焊接突破百公里，在复杂的泰国作业环境下干出了“中国速度”。

凭借良好业绩，他一举拿下泰国近年来规划中仅有的两条成品油长输延伸主线项目，项目建成后将大大推动泰缅老的互联互通。在空间有限、竞争激烈的泰国市场，他实现了项目及市场的可持续性滚动发展。

记者点评：王要飞、王建才、单旭东等劳模先进人物是业内交口称赞的优秀青年，更是新时代工匠精神的践行者和传承者，他们代表着新一代管道工匠的形象：干一行、爱一行、精一行，将一件事情做到极致，从中发掘自我潜能，努力在平凡岗位上干出不平凡的业绩，推动管道事业不断前进，实现高质量发展。

（2020年5月7日《石油管道报》）

人物·访谈

管道英模辈出是中国长输管道与共和国同呼吸共命运的历史见证，是一代代管道人担当使命、履行责任的时代缩影。各个时期众多劳动模范和先进人物交相辉映，闪现出劳模精神、劳动精神、工匠精神的耀眼光芒，《问鼎中原》《耕植于管道沃土》《管道俊杰姜笃志》《拓市场　惜人才　铸就金牌公司》《跑出“中国速度”》等是其中的杰出代表。

“访谈篇”则选取了几任管道局局长，一些重大工程、重大项目的项目经理、权威人士等，回答了“创新对管道局有什么重要意义”“在危机中如何履行好建设国家能源大动脉的责任”等读者普遍关注的问题，得出《危机中履行责任，自信心和核心竞争力尤为重要》等论断，打造行业关键影响力，《打造世界定向钻穿越巨轮》多角度多形式释疑解惑，展示还原事件真相，给人以启发和思考。

特别推荐

跑出“中国速度”

“今天上午9时30分，在项目部会议室召开了阀室材料协调会。明天剩余材料要移交完毕……”5月6日，管道局国际部伊拉克公司总经理薛枫在日记本上认真地写道。

记工作日记这个习惯，薛枫已经坚持好多年了，厚厚的一叠笔记本摞起来有半尺多高，上面翔实地记录了工程每天的工作进展和人员安排情况。在繁复的工作记录中，一首泰戈尔的诗闯入了笔者的视线。

“我不祈求从险境中得荫蔽，但求无畏地面对它/我不哀求痛苦得止息，但求一个克服它的心志/我不期望在人生的战场上有帮手，但求自己刚强壮胆……”

谈起这首诗，薛枫爽朗地笑着说：“这是我从中学时代就很喜欢的一首诗，在海外工作的这些年我常以此诗自勉。”

1997年夏天，刚参加工作不久的薛枫凭着优良的工作业绩、扎实的外语功底，领命前往他人生的第一个海外项目——苏丹原油外输项目。在那里，他一待就是6年。

6年中，他干过翻译、商务和分包谈判等工作，他像一块海绵快速地从周围吸取着知识和经验，快速成长、成熟起来。

2006年6月，刚从加拿大卡尔加里大学商学院学成回国的薛枫，还来不及消化知识，就接到了管道局印度项目部的任命通知。

在那里，他以多年的工作经验为基础，结合西方的管理理念，出色地完成了各项工作。

2007年12月19日，薛枫匆匆离开工作了17个月的印度项目部，前往乌兹别克斯坦，投入中亚管道工程建设。这天，他刚满34岁。

在中亚管道乌国段建设中，薛枫带领一支平均年龄只有33岁的年轻团队，在古老的丝绸之路上，开始了架设中乌友好桥梁、建设祖国能源动脉的历程。

2009年12月16日，中亚管道A线乌国段顺利通气。那天晚上，薛枫喝醉了，他要好好庆祝这来之不易的胜利。

管道局的施工能力强大，但是如何得到国际石油公司的认可，这一直是困扰管道局海外市场开拓者的一个难题。

薛枫心里明白：必须寻求同世界一流石油公司的合作，在国际市场上真正叫响企业的品牌，这样才能保证今后更好更快地发展。那么，突破口在哪儿呢？

薛枫苦苦寻觅着。

为了打开更广阔的国际市场，薛枫的信函像雪花般，一封接一封地寄往世界各大石油公司，但都石沉大海，杳无音信。

“他山之石，可以攻玉。”这句成语的意思是借助别的山上的石头来打磨自己的玉器，比喻借助外力弥补自己的不足之处。没想到，薛枫在伊拉克油田建设市场找到了这块“石头”。

2011年5月，在时局动荡的伊拉克油田建设市场，薛枫带领他的团队创造了令甲方佩服的“中国速度”：83天完成管线主体焊接任务，焊接合格率98.8%，创出时间最短、质量最高和进度最快“三个之最”；35天完成所有施工任务，一次投产成功。

出色的业绩让管道局成功地进入了伊拉克市场，并积累了良好的信誉。在伊拉克市场上，管道局是唯一一家获此殊荣的中国建设公司，一扇同世界一流石油公司合作的大门打开了。

祖父、外祖父过世的时候，薛枫远在苏丹。儿子出生没多久，他便奔赴印度。每每回想起这些，薛枫都觉得有些遗憾，但他并不后悔。

“过去的永远有遗憾，我只愿着眼未来。我是中石油海外员工队伍中的一员，能有机会为国家做点什么，我非常自豪。”薛枫说。

（2012年6月7日《工人日报》）

人　物

问鼎中原

——全国劳动模范、中国石油天然气管道局三公司经理陈兵剑素描

中原大地，群雄逐鹿。

改革开放的年代，是英雄辈出的年代。在中国共产党的领导下，在“三个代表”重要思想的指导下，数以万计的中国共产党人为了人民的根本利益在默默奉献。为了共和国大厦的根基，为了人民群众的根本利益，他们敢为排头兵，是“三个代表”重要思想的忠实实践者。他们的作为和奉献，被人民所熟悉，被百姓所记取。陈兵剑就是共和国英模中的一位杰出代表。作为一名中国石油管道战线涌现出来的全国劳动模范，我很愿意把他的事迹和精神向全国人民报告。

一、初到中原

河南中牟，属中原腹地，是著名的“官渡之战”古战场。中国石油天然气管道局第三工程公司就坐落在这个古战场上。这个公司从组建之初就“野战为乐，四海为家”，后方基地留下的是妻儿老小，像陈兵剑这样的男子汉，只能是手牵油龙走天下了。也正因为有了许多陈兵剑这样的热血男儿，三公司这个在大庆油田创建的公司经过30多年的风雨历程，从单一的管线焊接，不断发展壮大，成长为现在拥有固定资产2.8亿元，现代化施工机具近千（台）套，具备承担各类石油化工装置及配套工程，输油、输水、输气、输煤浆矿等介质管道和大型河流穿越、大型金属油罐、泵站、自动化通讯电器仪表安装能力的国有大型一级施工企业，是中国500家最大规模建筑企业之一。该公司曾参加过国家重点工程陕京线、涩宁兰、兰成渝、西气东输等工程的建设，走出国门参加突尼斯、苏丹管道工程的建设，曾经成功地十二穿黄河、五穿松花江、两穿曹娥江，穿越尼罗河、穿越钱塘江，创下了国内穿越距离最长、双管回拖等国内十多项纪录。创下了世界最长穿越纪录，写进了“吉尼斯世界纪录”。

进入新世纪，我作为全国公开发行的管道业综合性报纸《石油管道报》的

记者，奉命三下中原，来到地处河南中牟的中国石油天然气管道局第三工程公司（以下简称管道三公司）采访，认识了这位叫陈兵剑的男子汉。

采访陈兵剑时，他递给了我一张履历表。1963年10月出生，1985年毕业于中国石油管道学院线路工程专业。这张表虽然很简单，可我透过这张简单的履历表，挖出了一个个值得记忆的故事……

二、“虎将”很“老相”

陈兵剑颇有虎将之威：1.8米的大个子，虎背熊腰，声如洪钟，雷厉风行。长期的野外施工把他的皮肤晒得黝黑，他总自嘲“老相”。可不，若不是看见履历表中的年龄，我怎么也想不到他竟然不到40岁。可就是这“老相”赢得了人们对他的尊重。

陈兵剑走上工作岗位20多年来，北上苦战阿赛线、南下拼搏广石化；西征青海花格线、东战沧淄穿黄河，参加和组织领导了国内外20多项管道工程建设。他的足迹遍布祖国的南北东西，一条条管线，深深地记下了他的赫赫战功；在花格线187公里的埋“三桩”，只给了他短短的7天时间，他带领6名小伙子仅用5天就完成了任务；在阿赛线，他在冰天雪地的工地上一马当先，让建设单位赞叹不已；在突尼斯工程投产之际，他马不停蹄地在工地上跑了3天3夜，成为突尼斯工程的主要功臣……从一个个全线第一，到一项项纪录的诞生，每一次都烙印着他为中国管道事业拼搏奉献的足迹，浸透着他为公司发展付出的辛勤汗水，记录着他创下的许多骄人业绩。

那还是在1992年，管道局首次走出国门，独立承包建设突尼斯天然气输气管道工程。陈兵剑时任管道工程项目部总工程师、工程部长，主持参与了突尼斯工程技术标的编制、技术谈判和技术管理工作。按照国际标准编写了阿卡利河等大型河流的穿越施工及其他方案31个，确保了工期和质量，也为首次独立承包国际工程积累了宝贵的施工管理经验。1996年，突尼斯工程被中国工程建设焊接协会评选为全国优秀焊接工程。

三、盛华仁的赞誉

国家经贸委主任盛华仁至今对管道三公司那个特别能干的年轻指挥官记忆犹新。那是1996年，已担任三公司工程处长的陈兵剑带队参加广州石化总厂的输油管道工程建设。这是他们第一次从事复杂地段的施工任务。他们那个标段是全线最为艰难复杂的鱼塘水网地段，水网密布，河渠纵横，道路泥泞。而且当地雨水多，几乎见不到晴天。没有施工便道，他们只能顺着田间小道用炮车把直径610毫米的管子一根根地运进去，用湿地设备牵引拖进去。淤泥没过膝，穿着雨鞋行走十分费力，经常是脚拔出来了，鞋却陷在淤泥里拔不动。施工人员只能穿着水衩进行作业。当地气候潮湿，穿着密不透风的水衩真让人喘不过气来。往往一天下来，大伙儿的脚捂得发白，时间久了，很多人身上都起了皮疹。陈兵剑天天盯在现场指挥，和大家一样穿着水衩。一天，一辆单斗误进了泥池，而且越陷越深，眼看着泥水已涌进驾驶室里。不能让国家的财产受损失，得立即组织人把单斗拖出来。陈兵剑让人找来钢丝绳，准备挂到单斗底盘的钩子上，然后再用设备拖出来。可望着一人多深的淤泥，大家面面相觑，谁也没胆量下去。陈兵剑当机立断，脱下水衩，憋足一口气，扎了进去。大伙一看领导带头，也跟着跳下去。他们在泥水中摸索着把钢丝绳挂上，出来时个个都成了泥人。后来，单斗终于被救出来了。就这样，他们憋着一股劲玩儿命地干，与占据有利地段的六七家当地施工队伍展开了激烈的竞争。

施工过程中，时任中国石化总公司总经理盛华仁前来工地检查指导工作，看到他们标段地势复杂，施工艰难，可大伙士气很高，个个干得干净利落，便高兴地对陈兵剑竖起大拇指："小伙子，好样的！"最后，他们硬是干出了全线焊接质量和施工进度均为第一的"标杆工程"，被盛华仁赞誉为"特别能吃苦、特别能战斗"的过硬队伍。

四、陕京线夺金牌

1997年在陕京线施工后期，北京天然气集输公司下达了"决战陕京线，确保6月30日主体完工"的命令。在攻克孟津岭的难关中，甲方项目经理要求易县段25日必须打火开焊，没有商量的余地。24日，陈兵剑立即派出一个小组调遣设备，运管、步管。25日早晨4点半，他带领一个大机组行程120公里从河北固安赶赴易县开焊。由于任务急，食堂、宿舍还没就位，晚上6点半又返回固安驻地，这一天用在路上的时间就达5个多小时。尽管这样，他们当天就在山区段干出了23道口的好成绩。

易县段虽只有短短的4.8公里，却是一块硬骨头。这里山地起伏，管线要经过7座山头、1座500米长的水库、2条水渠和5处地下电缆，弯管达74处，弯头更是多达141处，给施工造成很大困难。最难的是运管，尽管用机械设备推缓了5个山头，但运管仍十分艰难。从山下到施工场地只有一条2米宽的乡村山路，坡角达30多度，加上拐弯又多，运管车根本开不进去。起初是雇老乡用拖拉机运管，可老乡只拉到半山腰，就扔下句"这哪是人干的活，我要命不要钱"的话吓跑了。施工急等管用，陈兵剑心急如焚，他反复考察运管路线，有针对性地制定安全防范措施，亲自驾驶改装的炮车上山。在众人提心吊胆的注视下，他驾驶车摇摇晃晃十分吃力地爬上了陡坡，将管子运上了工地。300米长的运距往返一次要跑40分钟，他带领工人苦干3天，跑了60多趟，终于将120根钢管及时运到了山上。施工中，由于工期紧张且山高路远，他来回奔跑指挥作业，每天只能休息五六个小时，嗓子喊哑了就打手势指挥。在工程就要接近尾声时，一次，陈兵剑连续奋战39个小时，终因疲劳过度胃病复发，昏倒在工地上，大家急忙把他送到医院。经检查发现他血压低，身体虚弱，医生劝他住院治疗。可他只躺了一天，就返回了工地。

他的队伍在陕京线连续3次创下陕京全线日焊接最高纪录，管线焊接一次合格率高达98.14%，并于6月25日，提前5天在该段第一家完成施工任务。当时国务院副总理邹家华亲自到他们的工地视察。监理向业主推荐他们为陕京全线17家参建单位中唯一的质量免检单位。工程结束后，这项工程被中国工程建设焊接协会评选为全国优秀焊接工程。他荣获国家重点工程“陕京线个人金牌”，被授予原中国石油天然气总公司直属机关优秀共产党员、中央国家机关优秀青年等称号。他带领的青年突击队荣获总公司首批“青年文明号”称号。

五、爱拼才会赢

1999年夏天，陈兵剑带队参加了咸阳—宝鸡天然气管道工程。由于天气炎热，加上饮食不慎，他患了中毒性痢疾，发烧近39摄氏度。原有的混合痔也一并复发，导致他整日坐立不宁，寝食难安，仅十多天就把他折腾得瘦了一圈。同志们心疼地劝他住院治疗，他说：“不到现场，我就像瞎子。”他硬撑着上了工地。这年7月，靖西输气管线富县洛河穿越段被一场百年不遇的山洪冲断了，业主向他们紧急求援。为了确保西安市居民的用气供应，解业主的燃眉之急，他连夜组织人员急驰370多公里赶赴洛河现场指挥抢险。当时洪水虽然有些下降，但浑浊的洛河依然裹着泥沙滔滔东去。现场没有桥、没有渡船，要架设一条临时输气管线困难重重。陈兵剑亲自带领十几名工人绕行十几公里到达对岸，人拉肩扛将一吨多重的门型吊架竖立在高高的岩石上。经过4天4夜的连续鏖战，终于完成了抢险任务，业主感动地拉着他的手说：“谢谢你们！以后修复正式管线的活也交给你们了。”他们还受到了陕西省领导的高度赞扬。陕西咸宝输气管线被评为“陕西省十大优质工程”。

许多职工都知道，每当遇到危险、艰苦的工作时，陈兵剑的口头禅是“来，咱一块干！”“一万个零，顶不上一个一！”“一万句表白，顶不上一次务实！”咸宝线通球时，加负氧毒气大。老工人孙忠诚在管口边负责通球。陈兵剑安排大家撤到安全地带后，他戴上防毒面罩，走过来说："孙师傅，咱俩一块干。"他又让自己的弟弟陈兵辉站到下风头最危险的地方，看住过往行人。孙师傅由衷地感叹："我干了20多年工程，像这样把危险留给自己的领导真不多见！"

2000年，陈兵剑担任公司永清至北京输气管道工程项目经理。面对泥水没膝的稻田和三家油建队伍的竞争，他精心组织队伍在工期、质量、信誉上暗暗使劲，凭借顽强的作风和毅力，干出水稻田地施工日焊接63道口、每公里焊接合格率高达98.61％的国内最高纪录。这是其他三家队伍当日焊接口数之和。他们最终以"进场最晚、完工最早、施工最苦、质量最好"夺取永京线综合评比4项第一的好成绩，率先向业主报捷。

六、到北京去领奖

2000年，由于他多年来屡立战功，光荣地被国务院授予"全国劳动模范"称号，并作为特邀的213名代表之一，出席在北京召开的表彰大会。2000年4月27日，陈兵剑被接到管道局机关，管道局党政领导为他召开了隆重的欢送会。局党委副书记郭大伟、副局长常延魁、局工会主席程桂彬参加了大会。同志们纷纷祝贺他取得殊荣，给他披红戴花，敲锣打鼓、欢天喜地地把他这个管道局建局以来诞生的第二个全国劳模送上开往北京的小轿车。他和其他劳模一起，被安排住进国务院第二招待所。

第二天，来自全国各地的2000多名全国劳模和先进工作者佩戴着红花游览了长城。不到长城非好汉。陈兵剑站在巍峨的长城上心潮澎湃，浮想联翩。想起了自己20多年来所走过的艰难的历程，他既为今天取得的荣誉感到高兴，同时又感到肩上的担子沉甸甸的。他感觉自己又站在了新的起跑线上，准备新的冲刺。

29日，他登上庄严的天安门城楼，心里一股使命感油然而生，他心灵再次受到深深的震撼。他暗暗发誓：我一定不辜负党和人民的殷切希望，再接再厉，不断创造新的业绩。

29日下午，陈兵剑步入雄伟的人民大会堂，参加"全国劳动模范和先进工作者表彰大会"。陈兵剑坐在河北省代表团行列内，隔一人是李素丽，前一排是张海迪。看到全国人民家喻户晓的英模就在自己身边，陈兵剑感到十分自豪。

4月30日，表彰大会结束后，陈兵剑被接到石油招待所，参加了中国石油集团公司召开的全国劳动模范、先进工作者座谈会，陈兵剑和荣获"当代青年榜样""石油青年的楷模"称号的秦文贵、"新时期铁人"王启民一起，畅谈了参加大会的感想。集团公司总经理马富才对他们表示热烈的祝贺和节日的慰问，并勉励他们充分认清自己肩负的历史责任，进一步增强光荣感、自豪感和使命感，继续发扬劳模精神，努力开拓创新，还要努力适应社会发展的要求，不断提高自身素质，在各条战线作出更大的贡献。一席话说得他心里热乎乎的。载誉归来的陈兵剑在三公司为他召开的座谈会上表示：今后要以饱满的热情、高昂的斗志投身到工作中去，充分发挥自己的聪明才智和积极性、创造力，立足本职，扎实工作，争创一流，为企业多作贡献！

七、从“士兵”到“将军”

在中国统计出版社出版的《2000年全国劳动模范和先进工作者群英大典》第33页上，赫然记载着陈兵剑辉煌的业绩：陈兵剑先后完成了广石化输油管道、陕京输气管线111.7公里的施工任务，1996年创利180万元，1997年创利224万元，提前两个月超额完成了全年利润指标。1998年参加了敦煌市天然气入市工程，完成了新疆鄯善吐哈油田温米联合站改扩建工程，创利232万元，该工程被评为吐哈油田优良工程。1999年参加了咸阳—宝鸡天然气管道工程，完成产值365万元，创利198万元……从这些不凡的数字里，人们可以看出他从“士兵”成长为“将军”走过的不寻常的历程，可谓一步一个台阶！

采访中，他谈起了1998年任新组建的化工建设安装公司副经理的那段往事。当时，由于管道市场不景气，没有大型工程，只有一些被称为“骨头工程”的地方小工程。为此，他一面利用各种关系跑工程信息源，一面强化内部施工管理，向管理要效益。他总结出了一些成功的施工管理经验，严格控制成本，最大限度地减少设备和人员的投入，在保证质量和安全的前提下，加快施工进度，尽可能降低非生产性支出。同时，他还狠抓职工队伍管理。他先从提高干部自身形象抓起，连续4天组织科级干部进行强化整顿，制订完善了30多条规章制度。他还对分公司10多名工程处长、20多名管理干部分管的工作和家庭状况进行调查摸底，做到心中有数。他严肃公司纪律，规定上班要提前5分钟报到。每天他往大门口一站，专门检查那些故意碰硬的人。铁的纪律，练就了铁的队伍作风。

多年的工程实践，使他积累了丰富的实际工作经验，并在工作中不断创新。他自行研制施工生产机具，为公司创效益100多万元。这两年，针对西气东输工程，他带领科研人员研制成功中频加热器、链式对口器、自动焊防风棚等施工机具20多种50多（台）套，自行研制施工设备30多台。强化培训焊工300多人次，有效地提高了公司的施工生产能力。

2001年9月，作为西气东输开工标志性工程之一的淮河穿越工程，综合难度可谓世界之最，能否成功影响巨大。担任此次穿越任务的是管道三公司穿越分公司。身为管道三公司副经理兼总工程师的陈兵剑亲赴现场组织施工。他针对穿越难度大、河床地质复杂等情况，多次召集有关人员现场考察，调研论证，及时协调各方面关系，研究制定穿越方案。他们在质量、技术、环保等方面做了大量工作，严格按照施工规范要求，精心组织，科学施工，严把质量关，使穿越管道焊接的X射线一次合格率达到了98.4%。经过广大参建职工的共同努力，穿越公司于9月24日正式开钻，到11月19日开始回拖，至22日穿越成功。淮河穿越是国内第一次进行的大口径、大壁厚、长距离穿越，也是迄今为止世界穿越史上综合难度最大的一次穿越，穿越管道的管径为1016毫米，壁厚为26.2毫米，总长度达1085米，最大深度为26.1米。也由此产生了穿越管段重达800吨、穿越钻重35吨，回拖物重达835吨、长达1公里的壮举。

陈兵剑在工作中高度敬业，在生活中严于律己。他不贪图安逸，从不吃请，不收礼，不因个人的事给公家找麻烦。他有严重的胃病，但他在伙食上却从不给食堂添麻烦，而对工人们的饮食他却十分关心。他深知职工很辛苦，为让大家吃得好、睡得香，他亲自过问食堂工作，经常调剂伙食。并安排炊事员24小时值班，让职工下班后无论什么时候都能吃上热饭热菜。回到驻地，能洗上热水澡。他还买了一台洗衣机，专门请了一位职工家属每天在驻地帮职工洗涮缝补衣服。他参加工作以来大部分时间都在野外施工。有人给他做了个统计：从1987年结婚到现在的15年间，他在基地的时间累计也不超过4年。他妻子曾抱怨他把家当成了旅馆："一年365天，见不到他在家待几天。"

2002年3月，陈兵剑被任命为管道三公司经理。一个骁勇的士兵经过多年征战终于成长为成熟的将军。

八、石油工人亚克西

2002年7月5日凌晨，在管道三公司西气东输工程一标段一处施工段内，轮库线伴行路北侧新疆生产建设兵团农二师18团场泄洪渠突发罕见洪水，当时该处泄洪渠顶管穿越已完成，渠两侧管线已完成下沟和一次回填，因硅管敷设滞后，二次回填尚未进行，泄洪渠洪水爆发直接影响管线安全。一处处长按照HSE防汛预案立即组织人员和设备，用沙袋对泄洪渠进行加固，使险情基本得到控制。

7月6日上午9点20分左右，泄洪渠水量剧增，已有数处决堤，两岸出现塌方，管线再次遇险。更危险的是，决口处上游18米是一高压线杆，下游15

米处是轮库线伴行路跨渠大桥，一旦受损，后果不堪设想，经济损失将以亿计。当时，西气东输新疆管段的外方和中方监理都惊叹从未见过这么大的洪水，摇摇头说这回损失大了。正在新疆检查工作的陈兵剑闻讯后立即赶到现场指挥抢险。他组织推土机、单斗挖掘机过来增援，带领200多名职工装沙袋、做铁丝笼。13点左右，西岸险情得到有效控制，但东岸塌方仍在继续，面临决堤危险。管线、高压杆、大桥再次告急。此时，豁口已达30米宽，单斗把重达1吨半的铁丝笼一放下去，立即被冲得无影无踪。陈兵剑与在场的几位公司领导商量后，决定从两侧同时抢险。他们采用直径114毫米、厚4毫米的钢管打成排桩，边排桩边下铁丝笼，以加固渠堤。经过30多个小时的奋战，终于把180根钢管锚固到渠底，并用铁笼加固完毕，基本排除了决堤的危险。外方监理一个劲地说：“OK，没问题了！”最后，大家做了统计，这次抢险共消耗编织袋2万多条。

由于抢险及时，塔里木石油指挥部的轮库复线、国道桥梁和附近老百姓的生命安全和农田作物都保住了，路政部门负责人万分感动，表示要给予全部经济补偿。当时，老百姓竖起大拇指，说：“石油工人亚克西。”地方政府予以表彰，新闻媒体纷纷来采访。塔指领导很受感动，到管道三公司营地慰问。这件事在当地引起了强烈的反响，树立了管道局和管道职工的良好形象。

陈兵剑的人生轨迹，在举世瞩目的西气东输工程中，留下了光辉的一页。他率领的管道三公司在西气东输工程中承担的任务量居各参战单位之首，创造了国内多项施工新纪录。成功地为吴邦国等党和国家领导人进行焊接演示；高质量完成西气东输第一道焊口；圆满完成新疆试验段演示会；全自动焊技术在集团公司技术交流会上以优异成绩获总评第一；荣获西气东输优秀承包商荣誉称号。

“雄关漫道真如铁，而今迈步从头越。”陈兵剑作为中国石油天然气管道局三公司的经理，他知道自己的前进目标就是按照管道局“创新思维，实现超越，争雄国内，走向世界”的企业精神，为中国的管道建设事业奋力拼搏。问鼎中原，称雄国内，走向世界。陈兵剑正率领着三公司的管道铁军一步一个脚印地前进，用自己的青春热血谱写着一首首震撼大地的英雄凯歌。我们坚信，陈兵剑的征途上，仍会有很多意想不到和难以预料的艰难险阻，可陈兵剑和他率领的铁军将士们一定能继承和发扬“问鼎中原，称雄国内”的英雄气概，马踏飞燕，一日千里。迎接他们的，将是一片光明和希望……

我们期待着陈兵剑和他率领的管道铁军不断有好消息传来，我们也愿意把这些好消息向关心陈兵剑和管道建设的人们进行报告。

耕植于管道沃土
——记管道专家高泽涛

高泽涛，中共党员，高级工程师，1982年1月毕业于哈尔滨工业大学焊接专业，获得学士学位。现为管道局局长助理，局副总工程师、西气东输总指挥办公室主任、安全总监、利比亚项目部主任。高泽涛是石油行业管道建设管理专家，尤其在焊接技术方面有突出的贡献。特别是针对西气东输工程，他成功地组织开展了焊接工艺课题研究和坡口机、内对口器等施工专用设备的研制工作，实现了西气东输工程施工设备国产化，节省了工程投资，促进了石油行业的技术进步。为表彰他为我国工程技术事业作出的突出贡献，2002年9月，国务院决定给他颁发政府特殊津贴。

高泽涛自大学毕业后来到管道局，经过20年的工作实践，在工作能力和业务素质各方面都有了很大提高，取得了突出业绩。在这20年里，他耕植于管道沃土，在重大工程和工程管理方面，留下了他为中国管道事业拼搏奉献的足迹。

苏丹工程——小试锋芒

1997年，时任局建设总公司副总经理兼总工程师的高泽涛全面负责苏丹工程的施工技术管理。从投标开始，他组织工程技术人员参加工程投标，为局中标苏丹工程EPC总承包作出了贡献。在工程建设中，他严格按国际工程管理惯例组织编制的施工技术方案和各类技术文件近200份，达80余万字，全部通过国际监理公司审查，并应用到工程中，为工程提供了技术保障，保证了质量工期，节约了成本。在焊接技术方面，他积极组织焊工培训和演练，推广使用半自动焊和双联管焊接工艺，大大提高了现场焊接施工质量和速度，为工程按期完成建设任务打下了坚实的基础。

在苏丹工程的“卡脖子”段尼罗河定向钻穿越施工中，由于穿越距离长，地质条件复杂，有近百米的卵石层，采用常规的定向钻穿越工艺难以完成穿越任务。为此，高泽涛反复研究穿越方案，多次组织尼罗河穿越技术讨论会，精心布置穿越的每一个细微技术环节，精心安排穿越方案，最终成功地穿越了尼罗河。

三条新线——协调得力

2000年初，针对涩宁兰、兰成渝、忠武线的难点段施工，担任局生产技术处处长的高泽涛组织管道一、二、三、四公司编写了三条线施工难点技术方案。他把各种类型的施工难点划分成16个题目，共编写了35个施工技术方案，并于3月份组织召开了“全局施工系统三条线施工难点技术方案讨论会”，为三条线的施工进行了充分的技术准备。

为做好三条线的施工，他从三条线领导小组办公室的角度，对四个管道工程公司施工准备情况进行了摸底。面对竞争激烈的市场，为确保企业利益，在投标前，他多次牵头组织项目协调组为四个管道公司制定投标策略，把业主划分的标段与各公司的投标技术方案相对照，拟订投标价格，周密分析确定各公司重点投标标段，统一对外，防止局内相互压价竞标。通过组织协调，在涩宁兰工程中，管道局线路工程中标511公里，占总量的53%；防腐、无损检测和监理分别中标，总计产值2.825亿元。在兰成渝中标620公里，占线路施工总量的74%。为在三条线中打出管道局的威风，他还牵头组织项目协调组、局焊接中心，对四个公司参加项目施工的焊工进行了3期培训考试，为施工提供了质量保证。

西气东输——组织周密

针对西气东输工程的特点，2000年6月，高泽涛参加了赴俄罗斯、乌克兰闪光焊技术考察团。考察团在两国期间，充分了解了闪光焊技术在大口径管道上的使用情况，并对闪光焊技术与管道全位置自动焊技术作了详细的技术对比。根据西气东输项目部的要求，高泽涛组织了涩宁兰11公里X70钢等级试验段自动焊、相控阵超声波两项技术现场使用演示。他还同研究院一起组织了四个管道工程公司的焊工，做U型坡口和变角度坡口的自动焊焊接试验，通过试验，进一步找出问题，摸索出一套成熟的焊接施工工艺，为参建西气东输管道工程打下更坚实的基础。

为全面做好西气东输工程技术准备，高泽涛组织承担了西气东输项目经理部的科研课题10个。从科研项目选题、立项开始，他都严格把关，共同与课题立项单位研究课题的技术路线，及时通报国外有关管道施工技术和施工装备信息，并在这两年先后邀请几十个国外知名管道施工公司和机械生产商来管道局进行技术交流，每次技术交流都有大部分科研人员参加。此举开阔了科研人员的视野，缩小了与国外同行的差距，使科研人员了解和掌握了世界管道最前沿技术的发展动态，增强了科研人员攻关的自信心。这两年管道局共完成科研项目并经验收20多项。

管道全才——名副其实

高泽涛参加过多项大型管道建设施工，具有丰富的管道施工和技术经验。

作为行业焊接技术专家，他在大型原油罐焊接技术升级方面作出了突出贡献。1984年始，他远赴日本研修，学到了先进技术及设备操作后认真培训国内技术人员及操作工人，使企业队伍的整体水平得到提高。应用到工作中，不但提高了质量，降低了成本，也大大缩短了工期。尤其在质量上通过自动焊应用，一次合格率较手工焊提高了20个百分点，达到95%以上。在秦皇岛工程具体实施后，第一次高水平地建成了国内10万立方米罐。

在长输管道焊接方面，他促使企业的焊接技术上了几个台阶。20世纪80年代初期，施工企业还使用传统的手工施工，他主持引进国外下向焊接技术，组织培训，编写工艺规程，在全行业推广应用，使技术上了一个台阶。20世纪90年代初，他又具体组织引进了当时属国际先进的自保护半自动焊接设备及技术，组织培训，并到工程现场实地指导。首先在库鄯线上推广应用，见到了实效，质量大大提高。尤其在苏丹原油管道工程中全部应用该工艺，不但质量高，工期也大大缩短，外国人一度认为不可能按期完成，并计划引入其他施工队伍，结果管道局高质高效地在8个月内完成了管径为711毫米、1560公里的管道施工，焊接一次合格率达到95%。目前全行业内已掌握了该技术，在涩宁兰、兰成渝以及地方管道工程中普遍推广。20世纪90年代末期，通过考察，他认为管道焊接目前的最高水平是自动焊接技术，经他建议并具体组织，采取了引进国外技术设备和国内研究相结合的措施，经过3年多的努力，管道局已掌握了自动焊技术，而且由他组织攻关的自动焊机研究已经通过鉴定，自动焊的攻关成果，已用到西气东输工程施工中，其优势已初见端倪。

在科研方面，他作为主要部门领导，具体参与研究，取得了一批成果。尤其是针对西气东输工程，经他组织研究的坡口机、内对口器等使用高钢级、大口径的专用设备已实验成功，并应用于工程中，特别是西气东输焊接工艺研究课题，去年10月份通过集团公司验收，评估结论为：研究成果属国内领先，达到国际先进水平。部分成果已开始使用。

他多次参加国家、行业焊接协会组织的焊接学术会、论证会、鉴定会及标准评审会，并担任会议主持人，在学术上提出有价值的见解，在一定程度上，促进了石油行业技术的进步。

他作为集团公司工法中心站站长，组织行业内基建系统企业编写大量工法。经推广应用，提高了石油行业基本建设技术水平。通过建设部评审，石油系统多项工法被评为一级工法，为集团公司在社会上创出声誉。

他还担任全局标准化管理委员会秘书长工作。2000年管道局承担国家标准、行业标准、企业标准的制订修订任务11项，在他的带领下，都按设计进度完成了。同年，为做好工程投标的前期工作，他首先从设计、施工的企业资质抓起，全方位做好企业资质换证及项目升级工作，使管道局15家施工企业资质年检顺利通过，确保了施工企业的正常经营。他还带领有关人员配合集团公司、建设部重新修订了施工资质。

他为管道局取得建筑业特级资质立下了汗马功劳。2002年，管道局对四个管道工程公司按总分公司管理体制进行了改革，完成了主辅分离，将建立以管道局与四个工程公司等为核心企业的一级法人总分公司管理体制，并以管道局名义统一申报施工资质，以提升企业的竞争力。这副重担落在了他的肩上。他带领有关人员，从2002年3月开始准备申办材料，无数次跑北京找办事人员，经过了企业申请、主管部门批准、专家评审、两次公告、建设部批准等7个步骤，终于于2003年1月7日，拿到了建筑业企业特级资质，使管道局今后在市场竞争中如虎添翼。

（2003年3月6日《石油管道报》）

管道俊杰姜笃志

姜笃志是个难得的专业技术人才，业务精通，专业理论功底扎实，管道工程设计及管理经验丰富，有较强的预见性和超前意识，思路敏捷，英语水平高，懂得国际商务；他还是个极具亲和力的领导干部，具有很强的组织领导能力，事业心、责任感很强，为人正派，廉洁自律。他以踏实严谨的工作作风和特有的人格魅力，赢得了广大职工群众的拥戴。

强化基础　跻身百强

1999年，姜笃志走马上任，担任原管道勘察设计院院长。上任伊始，他狠抓企业经营，加强人才培养，推行科学项目管理方法，力主企业改革。

为了积极稳妥地推进设计院的改革进程，加快与国际工程公司接轨步伐，姜笃志逐步调整管理机构和管理职能部门，建立起现代企业组织保证体系。他狠抓基础工作这个薄弱环节，重点抓了设计院内部的技术基础工作和管理基础工作，投资90余万元购置了国外标准约2000余册，并编制了国际标准体系表，完成院级基础工作11项，室级基础工作56项，当年是设计院历年来完成基础工作成果最多的一年，使全院的基础工作薄弱环节得到了改善，整体工作迈出了一大步。

他把加强职工培训、提高队伍素质列入重要议事日程，建立了三级管理网络，使得继续教育工作形成了领导重视、机构健全、分工明确、职工积极响应的良好态势，先后有100多人参加专业培训，使全院职工的技术素质有了很大提高。

他还加快企业内部经营机制转变，大力推行“三岗制”动态管理。圆满完成了首次“三岗制”动态运行，使职工转变了陈旧观念，调动了职工的积极性，并得到绝大多数职工的理解和拥护，在全院职工中树立起了“上岗凭能力、工作看业绩、报酬凭贡献”的思想意识。他围绕经济责任制的落实，在推动学习邯钢经验的基础上，加大了对院内成本核算及资产结构调整和资金预算统一管理的力度，设立了“内部银行”，实行配套管理及核算办法，增强了职工市场意识和成本效益观念，取得了较好的经济效益。

在他任职期间，设计院连续3年企业收入和利润大幅度提高。收入增长了近一倍，利润增长了5.7倍。继1996年后，又连续3年跻身于全国勘察设计百强企业行列。在集团公司和管道局的支持和领导下，2000年2月正式组建中国石油天然气管道工程有限公司。

思维创新　敢为人先

熟悉姜笃志的人都称赞他具有开拓进取精神，有较强的预见性和超前意识，在激烈的市场竞争中敢于果断决策，在科技进步方面舍得投入，在人才培养上不怕花钱。针对管道局工程单位多、没有正规的监理队伍这一实际情况，他充分利用自身优势，积极抢占市场，果断投入20万元，经过培训、取证，很快组建起了一支监理队伍，半年后开赴陕京线担负施工监理任务，并一炮打响。

为开拓市场，参与国际工程的竞争，他发动全院职工编制了质量保证手册、程序文件，并成立了质量认证领导小组，加强质量认证的组织管理工作。经过近两年的艰苦努力，1997年12月正式通过了GB/T 19001-ISO9000质量体系认证，确保了产品质量和服务质量，加强了设计产品市场的竞争力。坚持科技进步，努力提高勘察设计水平。在设计中，积极推广应用AutoCAD技术，计算机出图率达到100%，提高了设计质量。完善了计算机网络建设，提高了计算机使用效率。

在姜笃志负责勘察设计管理期间，原管道勘察设计院多个设计项目获国家级、省部级奖。

他不断将设计的新理念运用到设计工作中，在哈依煤气管道工程的设计工作中，首次将气体瞬变流理论应用于长距离输气管道，在国内尚属首次，是我国第一条直接采用管道储气调峰技术的输气管道。在时间短、难度大、没有类似管道储气设计经验可借鉴的条件下，他研究出输气管道非稳定流动的分析方法，并独立编制了应用计算软件，攻克了输气管道储气、调峰等技术难题。

在突尼斯天然气管道工程中，他参加了该项工程投标、设计、采办、施工、投产的全过程。在设计上首次实现了百分之百的计算机辅助设计，全部按照国际标准、规范和惯例进行建设，实现了全线无人值守的运行方式。他每天工作十余个小时，并且投入大量精力钻研相关专业知识，解决了专业人员不足的问题。

作为勘察设计院的院长，为提高整体设计质量，他不断进行技术创新，特别是在线路测量和地质勘察方面，采用了更为先进的勘察技术手段，利用卫星遥感、航测信息、矢量化地形图、全球卫星定位系统（GPS）、地理信息系统（GIS）等多种手段结合现场踏勘进行管线走向优化选择。在苏丹1540公里的线路测量和地质勘察工作中，采用混合编组的组织形式用静态测量进行首级控制，用手持式GPS（全球卫星定位系统）进行导航，采用PTK技术进行管道中线控制测量、断面测量和定线测量。在进川成品油管道勘察测量中，他采用航测技术解决了复杂山区无法顺利开展地面测量的难题。采用卫星遥感技术，进行了沿线灾害性地质条件评估，提供了丰富的地面信息资料。

负重前行　追求卓越

从2000年2月开始，姜笃志在中油股份公司西气东输项目经理部任副总经理，他不断追求卓越，在西气东输工程设计、建设中，发挥了重要作用。

作为副总经理，他主要负责工程技术管理工作，积极推行现代项目管理方法，在很短的时间里建立了西气东输工程技术管理体系。组织筹备了西气东输钢管止裂性国际研讨会，解决了技术上喋喋不休的争论，节约了大量的投资和时间。他还针对西气东输管道直径方案的多方面争议，积极组织各方力量开展管径优化分析工作。

姜笃志在实践中已锻炼成长为一名日臻成熟的复合型的领导干部。2000年10月，他从西气东输项目经理部调回管道局任党委常委、常务副局长等职，主要协助局长负责全局日常行政工作。主管生产、经营、计划、采办、劳资、培训、职改、外事、法律事务、西气东输前期准备等工作。这期间除开展日常管理工作之外，他还重点抓了西气东输工程前期准备和设备引进及国内采购工作、市场协调及国内外市场开发工作等。

（2004年8月23日《石油管道报》）

拓市场　惜人才　铸就金牌公司

——记中国石油管道局投产运行公司总经理华树春

从2007年开始至今短短4年时间，中国石油管道局投产运行公司（简称投运公司）由一个名不见经传的小公司，发展成为在国际油气管道投运市场享有盛誉的专业化公司。业务由国内发展到中亚、非洲、欧洲等地，利润连年增长，员工收入翻番，企业还连续获得2009年和2010年河北省现代化管理创新成果一等奖，并于2009年获评河北省企业管理创新优胜企业……

谈及企业的巨大变化，投运公司的员工们都会不约而同地讲到他们的总经理华树春。他们说，是老华率领大家四处拼杀屡创佳绩，把投运公司打造成一个金牌公司，他本人由此获评2009年度河北省优秀（创业）企业家。

拓市场，他每年飞行10万公里

投运公司是国内唯一一家从事油气管道投产试运的专业化公司，而且拥有国际输油管道运营管理资质和能力。但在2007年，华树春到投运公司上任的时候，投运公司正处于迷茫时期：业务不饱和，职工收入低，公司上上下下都缺乏归属感。

面对现状，华树春经苦苦思索之后，决定内外齐抓，双管齐下。即内转观念，解放思想；外拓市场，扩大市场份额。

“解放思想，是为了统一思想。目的就是要把所有员工的思路统一到公司核心业务上来，把大家的工作积极性调动起来，上下同欲，形成合力。这是企业发展的前提和基础。”华树春告诉记者。他在公司动员会上反复强调，我们要改变业务少、收入低的现状，必须依靠自己的双手开拓市场。

如何开拓更大更广阔的市场？华树春认为，要把目光“从内转向外”——转向中石油系统之外、转身中国市场之外。此后两年时间，投运公司在全力做好中石油管道局每一个EPC项目的投产运行项目、担当公司责任的同时，加大对中石油管道系统之外的市场特别是海外市场的开发力度。

开拓外部市场，要从别人的锅里分得一杯羹，并不容易。华树春身先士卒，冲在最前面。他在国内外四处奔走，飞来飞去，赶到所有有合作空间的国家和地区谈合同、签协议。几年间，不算乘车路程，他的空中飞行里程每年平均超过10万公里……

功夫不负有心人。在华树春的艰苦努力下，投运公司的市场份额不断扩大，业务量全面增长。在国内投运公司获得中石化川气东送一期及二期工程、江西项目、榆济线、西部管道等多项工程；在国际则进入中亚、阿联酋、尼日尔、乍得等多个国家和地区的市场。工程业务连连获得突破的同时，投运公司的专业化品牌也开始绽放出熠熠光彩。

惜人才，七尺男儿泪沾衣襟

“企业最宝贵的资源是人才。投运公司这几年快速发展的不竭动力在于对人才持久不变的爱惜和尊重。”华树春如是说。

在投运公司采访时，员工们讲述了这样一个故事：投运公司有一支为陕京线增输的运行队伍，共有38人。给陕京线运行了几年以后，这支队伍以其精良的技术、出色的服务被业主相中，经中石油集团公司领导批准，运行队伍全体调出投运公司。在为38名员工送别时，华树春流泪了，他给每个人送上一封信，并亲笔写上一句饱含深情的话：我们永远是朋友！

“人才难得，重在培养，关键是要给他们提供成长的平台和发展的机会。”这是华树春的人才观。由此出发，他在公司人才的培养上舍得下功夫，更舍得花本钱。现在的投运公司人才济济，并且每个人都能发挥自己的特长，“人各有才，重在发现；识人之才，才尽其用。”这是华树春对人才的独特理解，并依此打造出投运公司珍惜人才、关爱员工的企业文化。

据了解，投运公司是目前国内唯一一家应用“QHSE四标合一+企业文化”管理模式的企业。这个模式就是把QHSE四标合一的管理体系和企业文化有机地结合起来，创建“刚性”管理制度和“软性”和谐文化环境为支撑的一种管理模式。

当然，投运公司“珍惜人才、关爱员工”的企业文化不是一句空话，而是有许多具体细节的。比如，员工每天上午会喝上一袋鲜牛奶，食堂每周五包一顿饺子，让员工感受到“家”的温馨；每位员工出国工作时，公司都会给他们配备一个中英文对照的标准旅行箱，箱上印有“中油管道投产运行公司”的字样，目的是一旦出现意外情况，当地使馆工作人员或外国人，能够在第一时间确认员工身份，实施援助……

打造精品工程，铸就金牌公司

华树春对人才和员工关爱有加的同时，对工作的要求却一丝不苟。他提出，公司所涉及的任何一项业务，都要精细管理，做成精品。

“市场不相信眼泪。”华树春说，“我们只有做出精品工程，才能创出企业品牌，才能一步步把市场做大，把企业做强，才能创造更大业绩和更多利润。”

华树春要求，每次选择市场签署业务合同，都要小心翼翼，十分谨慎。签署合同之前，他都要组织专业人员深入考察，详细调研，把合作方的资料尽量掌握翔实。然后，把这些资料与投运公司的发展思路进行一一印证，如果得出有利于公司发展的结论，才最终签署这份合同。合同一旦签署，合作开始，投运公司就会像吸盘一样牢牢吸住这个市场，把业务做强，把市场做大。

2009年对于投运公司来说是腾飞的一年，这一年有五大项目投产，是投运公司组建以来投产任务量最大的一年，任务重、工期紧、要求高、难度大、战线长。面对艰巨的任务，华树春带领投运员工以大局为重，统筹安排，合理布局，精心组织，集中优势，认真实施，打造精品，出色地完成了各项投产任务，创造了五大投产同时开战、年度内近万公里管道投产一次成功的奇迹。

“不难想象，一年投产一万公里，这需要他们付出多大努力和多少艰辛。”中石油管道局一位领导在谈到华树春时动情地说。正是凭借老华这种打造精品工程的开拓意识和不畏艰难的拼搏精神，投运公司才在激烈的市场竞争中站稳了脚跟，并铸造出享誉国际市场的金牌公司。

在谈及企业下一步的发展时，华树春说，一方面，投运公司将进一步加大市场开拓力度，特别是要继续加快“走出去”步伐，实施国际化战略；另一方面，将进一步加强企业内部管理，特别是目前公司发展已达到一定规模的时候，加强精细化管理势在必行。

（2011年1月19日《经济参考报》）

北大博士海外追逐“中国梦”

——记中石油管道局泰国公司经理单旭东

在曼谷初见单旭东，他修长挺拔，儒雅内敛，骨子里有一种翩翩君子的气质。随着采访的深入，谈起商务运作、项目管理、未来市场规划等“跨界”话题，发现他举止优雅，谈吐不凡，相关资料、一组组数据信手拈来,充分展示出北京大学理学博士的博学多才。

10年前，28岁的北大博士单旭东怀揣着建功国家大项目的梦想加入中石油管道局，一头扎进环境严酷的尼日尔，为项目按期投产作出突出贡献；尼日尔工程结束后，他又进入竞争激烈的泰国负责市场开发，牵头拿下多个项目，累计中标管道里程总计逾千公里，合同额超过10亿美元；作为项目经理，他带领团队在泰国最长的陆上油气管线建设中干出了“中国速度”。10年来，他坚守海外践行“一带一路”倡议，一直在努力奔跑，始终做个追梦人，不断圆自己的“中国梦”。如今他已成长为管道局泰国公司经理，并荣获管道局“劳动模范”、河北省国资委“十大杰出青年”等殊荣。

勇担当，建设“国家优质工程”

至今，单旭东对2009年刚入职时参建的尼日尔项目记忆犹新。“我非常幸运，先是从事文控，可以从上而下了解整个项目运作，尤其是设计、采办、施工之间的密切联系；然后又在现场从事施工，自下而上了解项目的细节特别是现场施工人员的不易，为自己日后的项目管理打下了扎实的基础。”

尼日尔阿贾德姆原油管道全长465公里，设站场7座，是中石油投资的海外重点项目。项目开工时，尼日尔突发政变，导致后续物资、设备、人员等无法按照计划抵达现场，致使整个工程工期受到严重影响。单旭东先是担任管道局EPC项目部文控部部长，后任施工部副部长，在现场负责全线试压和站场驻站施工等重点工作。

建设2号站的经历让他终生难忘。2号站在撒哈拉沙漠深处350公里，沙尘暴肆虐，疟疾横行，在7座站场中条件最差。各种物资、设备、配件、后勤物资等运输困难，在末站运行良好的设备运到2号站会出现各种问题，需要进行检修和维护才能正常运行。因为开工晚，供应困难，进展非常缓慢。

单旭东在完成4号站工艺安装后，主动申请去2号站驻站。他于2011年4月抵达，据6月20日机械竣工仅有两个月，但当时站内基础都未完成，而且白天风沙大，一刮就一天，严重影响施工。

单旭东结合2号站环境特点，重排施工计划，合理安排工序。通过两班倒，每天的焊接量不断刷新。其中办公室建筑及内部安装仅用了一周时间完成，开创项目建设新纪录。

同时，他不停地给现场工人打气。因为分包商供应保障不够，单旭东把项目部运来的饮料、罐头、好大米都先给分包商，让他们分给现场工人，真正与工人打成一片。后来工人们纷纷主动加班，2号站在两个月的时间从基础到主体完工，有力保证了全线的投产。

单旭东非常感慨，“环境那么差，条件那么艰苦，薪水也很低，现场工人却依然坚守着，硬是在荒漠里建成一个场站。我从他们身上学到很多，这段经历是我人生中的宝贵财富，我真正体会到了‘石油精神’的内涵。”

项目后期，单旭东利用牵头编制竣工资料的机会，对项目整体和各方面成果、经验进行全面梳理和总结，项目相继获得了“石油管道优质工程金质奖”“国家优质工程奖”，项目部被授予“全国工人先锋号”荣誉称号。这其中，凝聚了他和项目团队的艰苦付出和辛勤汗水。

敢突破，创下“中国效率”

2012年7月，单旭东在尼日尔项目结束后便转战泰国，作为那空沙旺天然气管道EPC项目投标现场协调人率先进入泰国，开启另一种挑战模式。从严酷的自然环境，一下到了复杂的社会环境，面对的是激烈的竞争、各种关系的协调。

那空沙旺项目是管道局首次在泰国独立承担征地许可协调工作，没有经验可循。在征地成为首要“拦路虎”的关键时刻，作为EPC项目部经理助理的单旭东又站出来了，主动担起外协工作。有时他也自我调侃：“我总是自己给自己出难题，国内的还没搞明白，居然跑到泰国来征地。”最终他干成了，通过大胆突破，创建属地化的外协队伍，成功摸索出适合当地社会环境的项目施工与外界环境的协调推进方式。但其中的曲折数不胜数。

单旭东回忆，比较典型的一个例子就是立交桥定向钻的停工。那空沙旺项目管线沿高速路，作业带距路边仅有几米。因施工离公路太近，泰国信武里府高速管理局担心定向钻冒浆会破坏立交桥基础，便以正式信函的方式停止全线穿越施工，并同时抄送了曼谷高速管理总局。

“全线有8处高速路立交桥，每一处都是控制性工程，穿越总长超过10公里，若停工我们根本无法按工期完成。而且政府的停工理由是因冒浆而起，容易让业主认为是施工方法不当造成的。”单旭东十分忧虑。

他立刻召集所有相关方，与穿越分包商及公共关系专员商讨解决方案，并根据工期要求，倒排出解决问题的节点要求。但泰国当地公共关系雇员却一致认为，以他们的经验，按泰国政府的办事流程及效率，在此时间节点内解决是根本不可能完成的任务。

单旭东不信这个邪，他认为问题的关键在于沟通。当地官员对穿越施工不了解，从而导致对冒浆产生的后果过于担忧，必须让他们充分了解穿越施工的细节和冒浆控制方案，才能消除疑虑。但当地公路部门官员却一直躲着不见。单旭东就安排人员每天准时出现在政府办公楼前一直等待，同时安排人员兵分多路，有去追信武里府官员的，有去曼谷高速路总部等待的，自己也赶紧联合泰国石油业主讲明利害关系，赢得业主的支持。

就这样，通过各种渠道不停地与当地官员沟通协商，相关各方业主澄清冒浆的控制方法以及高速路沿线检查等方案；并成功促成了所有相关政府机构、媒体、业主等集体去施工现场参观，最终使曼谷高速管理总局认可了管道局的管理措施，从而使得定向钻在预计的时间节点前重新复工。

泰国人非常惊讶，这么棘手的问题，硬是让一群中国人给办成了，这办事效率，前所未有啊！但其中的环节只有经历过的人才能真正体会，仅这件事，短短一个月里，联系各种干系人不下一百个。

这个项目从施工开始到项目结束，全线办理各种许可近三千份，顺利移除全线所有障碍，成功处理各种抱怨、投诉，给项目的顺利进行提供了坚强的保障，为泰国后续各项目的成功实施提供了范本。

2016年1月1日，泰国《商报》整版刊发泰国国家石油公司那空沙旺项目投产消息，文中对工程EPC承包商——管道局给予赞扬。在报道中，业主项目主任素拉差说：“来自中国的管道局能够按期出色地完成那空沙旺项目，确保了沿线电厂及其他燃气用户提前得以使用。”

善创新，实现“中国速度”

泰国国土面积有限，大部分能源依赖于进口；而且油气工程建设标准高，传统市场一直由西方公司和日本、韩国公司把持；市场容量小，竞争对手多，竞争非常激烈。

面对国际知名承包商云集、竞争充分、空间有限的泰国市场，单旭东不断开拓思路，并借势国家“一带一路”倡议，创造性地开展工作。7年来，他作为主管市场开发的负责人，牵头拿下多个项目，累计中标管道总里程逾千公里，累计合同额已超过10亿美元。

单旭东在市场开发工作中打破惯性，多方面拓展联系业主，从最开始的泰国国家石油公司，到后来的Gulf公司、泰国燃料油有限公司、泰国管网有限公司等，公私兼有，泰国市场业主范围不断扩大；业务范围也从最开始的天然气管道到成品油管道，到压气站、泵站、罐区建设，再到热开孔、智能检测等技术服务领域，业务的广度与深度不断提升。在这个过程中，他带领投标团队，深入研究泰国市场特点，针对传统油气管道项目，一改传统的投标组卷方式，形成一套符合当地特点的模块化投标体系，大大提升了投标效率和标书质量，在多次投标中均取得了技术标最高分且零技术澄清的佳绩。

单旭东作为直接负责人，成功实现了管道局在泰国第一个议标项目——北部成品油项目，成功运作了管道局在泰国第一个融资项目——东北部成品油项目，包揽了泰国近20年来规划的仅有的两条成品油长输主干线。

单旭东最传奇的故事，当属在复杂的环境下干出“中国速度”。

2017年3月中标的泰国北部成品油管道EPC项目，全长574公里，是泰国有史以来规划最长的陆上油气管线，在当地具有很大影响。项目沿曼谷到清迈的高速路主干道，人口密集，障碍物众多，施工征地协调困难，当地普遍认为线路无法快速推进。

单旭东作为EPC项目经理，开拓思路、创新组织，带领团队克服线长、点多、作业带复杂、不确定风险多等各种困难，在有限的资源下实现了对全线的有效控制、高效推进。

在合同签订3个月之内，项目就实现了全线3个主堆场建设及574公里钢管的安全接收；在设计、采办协调推进的基础上，快速打火开焊，实现了当年投标、当年中标、当年开工、当年焊接突破百公里。项目相继创出了焊接单日超4公里、单月超90公里、3个月破200公里的纪录，在复杂的泰国作业环境里干出了“中国速度”，在当地油气建设市场引起了巨大反响，为后续再次成功拿到东北部成品油项目创造了条件。

在7年的时间里，泰国公司实现了市场开发与项目建设互相促进、滚动发展的良好局面，公司的资源整合能力和国际化水平不断提高，形成了自己特有的优势。单旭东通过工作实践编写的有关海外项目“风险管控”与“属地化提升”等方面经验，分别获得河北省企业管理现代化创新成果二等奖和三等奖。

多年前，单旭东的梦想是“穿上工服可以在施工现场与工人打成一片，能解决实际问题；穿上西装可以跟政府、银行谈得下来，赢得更大的市场”，如今这个梦想实现了。现在，他又在追逐新的“中国梦”。

单旭东说，泰国地处中南半岛中心，既是丝绸之路经济带的重要地区，也是海上丝绸之路的必经之地，是共建“一带一路”的重要伙伴，他希望继续借力“一带一路”，为泰国市场的高质量发展不断寻找新的机会，真正与国家发展大势结合起来，做新时代的海外奋斗者。

（2019年8月13日中工网，2019年8月16日《石油管道报》）

七年之“仰”

有一句舶来语叫作“七年之痒”，大意是指许多事情发展到第七年就会不以人的意志为转移出现一些问题。感情如此，事业亦如此。2021年是蒋帅入职管道局的第七个年头，7年的工作和学习，使他坚定了对管道事业的热爱；9年前在大学入党宣誓那一刻起，信仰就融入了他沸腾的热血，并逐渐走进心灵，通过七年的实践实现了灵魂的升华。对他而言，“七年之仰”，激情没有逝去，恰恰相反，激情正在路上。在第七年，蒋帅立志做得比以往的每一年都要好。心中有信仰，肩上有担当，脚下有力量。

记者在潮州市天然气高压管道工程采访时，管道一公司潮州工程EPC项目部安全总监蒋帅陪同协调。

蒋帅，典型的山东大汉，身材魁梧，笃实敦厚。一笑起来面露腼腆，暴露了年龄，一问，1988年5月生人。

随着采访的深入，这个本不在采访计划里的人物，却给记者留下了深刻印象。他看似沉默寡言，但关键时刻说出的话很有分量，令人刮目相看。他对现场施工情况了如指掌，随口就能说出每个机组每道工序的特点，节省了我们很多时间。采访时一旦遇到“卡壳”，他立刻“救场”，提示补充，简洁明了。

工地采访的间隙，记者随意与他聊天。自信的背后是深厚的文化底蕴。长期野外工作，面孔晒得黝黑，外表其貌不扬的蒋帅竟是个“石油学霸”——中国石油大学（华东）保送硕士研究生毕业。2014年8月，他入职管道局，“管龄”已近7年，是个敬业又专业的人。

一鸣惊人

2014年8月1日，刚走出校门的蒋帅成为一公司第一工程处的新员工，虚心好学的他很快成长为一名工程技术员。

机遇总是垂青有准备的人。入职仅半年，蒋帅就幸运地参与了国家重点工程——西气东输三线东段项目线路焊接施工和站场工艺安装。在管理人员缺乏站场施工经验的前提下，他配合机组完成阀室工艺安装，并参与站场施工技术、质量、安全管理。

“当时我在现场，认真检查每一道工序，及时填写每一份资料，消除每一项隐患；回驻地后，按时上报每一份报表，每周组织一次质量安全培训，做到尽职尽责。”初次上线，蒋帅印象深刻。

经过重点工程的锤炼，蒋帅进步很快。2015年5月，他从基层借调到管道一公司安全环保部。

入职不足一年，蒋帅就被选到公司机关工作。他非常珍惜这个机会，努力熟悉公司的各项HSE规章制度和管理办法。在不断学习的基础上，积极参与公司各项HSE管理工作，先后参与了一公司和管道局安全管理相关工作方案、标准的编写；作为骨干人员，参与公司基层单位HSE标准化建设；协助质量安全监督站完成了各季度质量安全巡检和问题通报。现场检查时，他仔细检查每一个风险点，如实记录检查情况；检查回来后，认真编写每一份检查报告，做到实事求是。

“那一年我过得很充实，真正做到在工作中学习，在学习中做事，在做事中做人。”在机关工作的一年，他受益匪浅，个人水平和能力得到很大进步。

工作努力了，才能有幸运之神的眷顾。2016年6月，他被选派参建厦门北管道迁改项目。这是他印象最深刻、学习知识最多的一段经历。

这个项目依托西气东输三线东段项目资源，人员精简，项目部仅由3人组成，蒋帅除了负责质量、安全和资料管理工作，还要分管焊接、防腐、检测机组施工。这对他是个难得的考验。

面对现场施工条件复杂、工期紧张、施工难度大等诸多不利因素，他想方设法组织人员、设备、材料等施工资源，调动参建员工的工作积极性，每天深入现场直接管理施工，协调各方，解决施工难题。虽然工期紧、任务重，但他所在的项目团队仅用23天的时间就保质保量地完成了主线路施工任务，得到业主、监理、运营及相关单位的认可，收到了业主发来的表扬信，被赞誉为“管道铁军”。

在保障施工进度的同时，现场QHSE管理也不放松。为保障项目管理体系在施工现场运行得当，各项培训交底落实到位，他在每个作业面每日巡检一次，直到厦门分输站放空区迁改工程完美竣工，主线路焊接合格率高达98%，放空区焊接合格率高达100%，事故事件发生率为零。初战告捷，蒋帅一鸣惊人，一飞冲天。

三省吾身

蒋帅有个习惯，就是工作中不断反省自己。正是由于他多次自觉地审视自己，不断修正自身，工作能力才得以不断提升，从没有经验的管道“小白”逐渐成长为一名合格的施工管理人员。

2016年12月，蒋帅参建山东海化管线项目，负责QHSE管理和竣工资料的编制工作。这个项目使他更加深刻认识到了质量管理工作的严肃性、安全管理工作的严峻性，以及资料管理的严谨性。

业主、监理和EPC都是中海油下属单位，首先要面临“壳牌”和“杜邦”双层管理体系的挑战，还要遵守业主在役站场的相关管理规定，满足山东省地方建筑管理规范的要求。

他白天深入施工现场，协调各方解决QHSE问题，力求满足业主、监理和EPC的相关要求。晚上加班整理施工资料，完成各工序报验，保证竣工资料与施工同步。

到项目竣工结束时，QHSE体系运行正常，事故事件发生率为零，项目竣工资料同步移交，他再次显示出过硬的专业技能、管理水平和高度的责任感与使命感。

他在实践中不断完善自我，进步很快。2017年，他获得了管道一公司“青年岗位能手”和“安全环保先进个人”称号。

可贵的是，不管工作多繁忙，蒋帅从未放松学习，为将来能更好地胜任专业工作做好必要的职业技能和知识储备。2017年，他考取了注册安全工程师，职业生涯如虎添翼。

“古之立大事者，不惟有超世之才，亦必有坚忍不拔之志。”蒋帅不满足于取得的一点点成绩，而是坚持不懈地学习。2018年5月，他参加了集团公司国际化人才“千人培训工程”第十三期培训班，脱产学习达半年之久。半年中，他不仅提高了英语听说读写译能力，学习了国际工程项目管理理论、FEDIC合同和领导力提升等内容，还通过了集团公司模拟托福考试和集团公司反恐培训。他不断地总结提高自己，丰富知识储备，为自己准备了丰厚的“后备能源”。

六出奇计

2018年12月，蒋帅参加了潮州市天然气高压管道工程建设。作为EPC项目部安全总监，他的“后备能源”有了用武之地，积极为项目出谋划策，想出了很多出奇制胜的谋略，被项目部采纳，助力项目顺利开展。

他牵头完成了长达24万字的项目管理手册编制；他改变传统管理理念，提前谋划、超前管理，以专业的角度进行风险防控，保障各重要节点按期完成；作为HSE标准化建设骨干，他协助CPP108和CPP115机组通过管道局HSE标准化验收，其中CPP108机组获得集团公司先进HSE标准化基层站队称号；他协助CPP110和CPP111机组顺利通过管道局HSE标准化复验；作为管道局安全员派驻试点直接负责人，完成派驻试点工作……

2020年3月，蒋帅事业迈上新台阶，担任第三分公司副经理。受分公司领导安排，负责分公司所属四个焊接机组队伍建设与员工取证培训工作。在这些方面，他也开出了不少“良方”。

蒋帅第一时间梳理分公司所属四个焊接机组人员能力与持证情况，查缺补漏，保证关键岗位和特种作业人员持证上岗。对于因身体原因长期不再从事本岗位工作的员工，根据每个人的特点和专业能力，结合所属机组意见，安排考取目前正在从事岗位的上岗证书。

蒋帅了解调研其他分公司全自动焊接机组人员、设备及机具配置情况，编制了全自动焊接机组配置计划，全程跟踪分公司所属两个半自动焊接机组向全自动焊机机组转型事宜，并在中俄东线中段8标段和涿永项目全面推进。

潮州项目开工后，作为项目安全总监，蒋帅全面负责项目质量安全和竣工资料管理工作，立足岗位，扎实开展质量安全管理工作。

他采取的“双重预防机制”不愧为“金点子”。严把风险管理和隐患排查治理关，同时守好应急管理最后一道防线。关键时刻，他带领项目QHSE部全体出动，全程监护高危作业，确保了项目两年来质量安全体系平稳运行。

在干好本职工作的同时，蒋帅全程参与设计和采办管理工作。2020年5月，他正式分管项目设计和采办工作。

受征地拆迁影响，潮州项目线路优化高达80%以上，导致设计变更量较大，施工图纸频繁升版，设计采办管理工作难度逐渐攀升。

针对变更后的内容，蒋帅组织项目设计部制定出图计划，协调设计单位出图进度，组织施工图纸核对。他编制新增材料需求计划，组织采办部和物装公司代表制订乙供材料采办计划，组织采办部和QHSE部对进场的甲供和乙供材料进行开箱验收。

通过近一年的努力，他在设计和采办管理工作方面，逐渐学习、逐步深入，掌握了更多的专业技能。他说：“通过踏踏实实地做事，让自己有了进步的机会，也让自己感受到价值所在。”

的确，踏实做事使蒋帅一年上一个台阶。2019年，他荣获管道局“HSE先进个人”称号，2020年被评为一公司“HSE先进个人”。更难得的是，2020年，蒋帅考取了一级建造师，成为建筑行业的专业人才，也成为企业懂管理、懂技术、懂经济、懂法规的高素质复合型人才。

海阔凭鱼跃，天高任鸟飞。今年是中国共产党成立100周年，也是有9年党龄的蒋帅入职管道局的第七年。他激情满怀、信仰坚定地奔跑在新征程上，不负期待、不负春光。山海可蹈，未来可期！

（2021年3月26日《石油管道报》）

访　谈

手牵油龙下高原

——访涩宁兰输气管道工程建设项目经理部总经理高祁

高祁，1984年毕业于廊坊管道职工学院线路工程专业。曾任管道二公司副总工程师兼轮库管线项目经理、库鄯输油管理部副经理兼总工程师。现任涩宁兰输气管道工程建设项目经理部总经理。

跨世纪的涩宁兰输气管道工程，是国家西部大开发的十大重点工程之一，是西气东输的前奏曲。这项工程自2000年5月1日开工以来，2001年5月21日晚10时涩北气田的天然气进入西宁分输站。点火通气后，这条比原计划提前6个月完成的长输管道也引起了全国各大新闻媒体的关注。5月28日，本报记者随同《人民日报》、新华社、《经济日报》、《工人日报》等新闻媒体的记者一起，采访了涩宁兰输气管道工程建设项目经理部经理高祁。

高祁是涩宁兰工程建设的“元老”之一，自1999年10月这项工程启动后就摸爬滚打在青藏高原。今年1月份，涩宁兰工程项目部总经理离任后，原担任副总经理的他接任了总经理职务。一直兼任涩宁兰工程总工程师的高祁，说起这项工程如数家珍，对各媒体的提问也是对答如流。他主要从三个方面概括了涩宁兰工程建设管理一年多来取得的经验。

坚持高标准、高起点，探索项目管理的新路子

涩宁兰输气管道全长929.3公里，沿线经过无人区760公里，海拔高于3700米的区段共80公里，管道沿线还经过不少高海拔山区，全线穿越大型河流4次、跨越黄河1次。由于管道所经过的大部分地区人烟稀少，社会依托差，施工难度大，客观上要求涩宁兰管道在建设和管理上必须有一套新方法和新路子，否则就不能实现工程的高速度、高质量、低成本和高效益。而且，涩宁兰管道与以往同类管道工程相比，总概算要少近10亿元。在这种情况下必须加强方方面面的管理才能既保证工程的工期、质量目标，将投资控制在概算之内，同时也使所有的参建单位都取得一定的经济效益。

高祁介绍，他们主要采取以下措施来确保投资、质量、进度的统一：一是通过招标确定材料、设备供应厂家及施工队伍，降低工程费用。涩宁兰工程所有50万元以上的设备、材料、施工、检测队伍都必须通过招标加以选定。对于50万元以下的材料、设备坚持货比三家、价比三家的原则，选择质量好、价格合理的产品。从总体情况看，通过招标仅管材费一项就节省投资3000多万元。二是与国际惯例接轨，吸取国外项目管理的先进经验，引入风险机制，有效地控制工程投资。对全线11标段各管道主体施工单位的工程造价，按施工工序详列了99个子项报价，为工程结算提供了依据。三是加强现场签证管理，完善签证制度，先后制定了一系列管理办法，使建设单位、施工单位、监理单位在实际操作过程中有章可循。四是利用经济手段控制和调节施工进度。

充分调动参建单位的积极性，共同把好质量关

涩宁兰管道所经地区自然条件恶劣，沿线最大冻土深度达到1.8米，沿线地质情况复杂，既有山区又有沼泽，还有湿陷性黄土。为确保管道长期安全平稳运行，必须把好工程建设的质量关，在质量控制上，他们是怎样做的？

高祁列举了四项措施：一是明确质量控制要点，并采取相应的措施加以保证。焊接、埋深、防腐、管内清洁度等是涩宁兰工程质量控制的重点。在具体实施过程中，各单位根据队伍自身特点及所处的施工区段，制定了具体的实施方法。如管道三公司负责施工的两个标段是平原段，通过合理组织和调配，充分发挥流水作业的优势，不但施工质量好，而且综合进度高。从5月份开工，7月底第一批人员就开始撤离，虽然投标报价低，但三公司在涩宁兰却实现了较好的效益。二是突出施工单位在工程质量管理中的重要性。为确保焊接一次合格率，项目部在年初就组织所有投标单位的焊工在廊坊进行了焊接演示，并进行了评比打分，并将评比结果与线路施工招标结合起来。同时，对管道主体施工单位的资质进行了严格要求，所有中标单位都建立了严格的质保体系，并且运行良好。三是成立了飞行检测队，对无损检测单位的工作质量进行检查。涩宁兰管道全线进行100%射线检测，无损检测队伍也是通过招标确定。项目部委托哈尔滨无损检测学会成立了一个独立于施工单位、无损检测单位、监理单位的飞行检测队，主要对各检测公司的检测过程和检测结果进行检查，并按每公里3个口的抽拍比例进行复查。四是开展了“三百”竞赛活动。100道口焊接质量、100道防腐补口质量、100天安全生产的比赛，使各单位增强了自主质量意识。正是由于全线质保体系各层次之间的相互协调、相互检查和相互督促，才确保涩宁兰工程实现了工程的高质量。

发挥项目管理的职能，为工程建设提供有力保障

涩宁兰管道工程是一个大的系统工程，怎样保证各项工作有条不紊地进行呢？富有管理经验的高祁说，项目部成立调度和工程管理部，建立工程调度指挥系统，具体负责工程建设的施工计划、物资调配、信息传递等方面的工作。在工程调度管理方面，运用工程项目管理的控制理论，把建设项目作为由多个可以互相区别、相互联系、互相作用的要素组成的一个整体，建立、健全信息管理手段，采用目前较先进的无线电短波通讯，做到数据传输的快速准确。对整个建设过程进行监测、检查、引导和纠正，运用月计划工作会、周生产协调会、现场数据采集、统计对比分析和现场监督考核，对事态的现状和发展采取有效措施，促使各方面工作按计划要求同步协调进行。在现场管理方面，项目部将全线管道按地域分成3段，进行现场施工协调管理，从而保证了一般性问题在24小时内得到解决，重大问题在48小时内给予回复。

记者不禁回想起曾采访过的几个施工单位的负责人，他们一致评价项目部各级领导坚持靠前指挥，在施工单位遇到困难的时候，能够很快得到协调和解决。项目部坚持每月召开一次计划工作会议，除了安排当月的工作，还要对各单位遇到的设计、技术、征地、物资供应等方面的问题进行集中解决。自线路工程开工以来，项目部多次组织现场办公，重点解决了各施工单位在进场道路、临时堆管场征地问题以及总包与分包单位之间的管理合同。项目部处处为乙方着想的做法，让各施工单位拍手叫好。

高祁深情地说：“在世界屋脊上建造涩宁兰管道是我们的神圣使命，我们不会辜负甘青两省人民的期望和管道分公司的重托，确保10月1日前兰州市人民用上天然气。”

（2001年7月16日《石油管道报》）

打造世界定向钻穿越巨轮

——访穿越公司党委书记兼经理李彦民

2003年9月5日是管道局穿越公司职工的大喜日子，这一天，他们举行了隆重的揭牌仪式。揭牌仪式后，记者采访了穿越公司党委书记兼经理李彦民。

李彦民的脸上掩不住一丝疲惫。为准备这个揭牌仪式，他这几天每天只睡四五个小时，连感冒了也顾不上休息。然而一说起刚挂牌的穿越公司，他一扫疲倦，侃侃而谈。

今年2月21日，根据集团公司“实施专业化重组，做大做精主营业务，提升整体竞争力”的指示精神，管道局将原管道一、二、三公司穿越处的10台“功勋钻机”和“功勋穿越队伍”，再加之1台最新引进的世界上最大推拉力——600吨钻机和管道科学研究院的理学博士研究人员、东方检测公司的工程硕士研究人员、管道三公司的经济学硕士专业人员等，共11台钻机、2亿元固定资产、近200名施工作业人员，经过优化组合成为一体，建成穿越公司。新成立的穿越公司形成了“一个拳头”“两个最大化”“三个增益”，即：强强联合、合力倍增；战斗力最大化、效益最大化；优良资产集合的优势互补增益、人力资源互补增益、技术优势集成互补增益。成为全世界拥有钻机数最多、规格型号最全、施工能力最强、穿越业绩最辉煌的专业化非开挖公司。

穿越公司重组半年来硕果累累：先后完成40条河流或铁路的穿越，截至9月5日，累计穿越长度32780.6米，完成产值1.5亿元，是2001年全年施工的1.5倍，是去年同期的2倍。

穿越公司刚成立，就遇到了西气东输的三大“卡脖子”工程：长江最急，黄河最难，沁河最险，且管径最粗、回拖力最大。他们克服了工期紧、水文地质复杂、作业条件异常艰苦、施工难度大的困难，仅用了不到一个月的时间，就出色地完成了长江穿越。然后，他们又克服重重困难，先后穿越了黄河、沁河，充分展示了专业化公司的实力和技术水平，为西气东输“十一”东部贯通投产起到了关键性作用。

在天津三岔河穿越中，他们又创下了新的世界之最：长度1670米×管径610毫米是世界之最。他们从穿越开始到回拖成功仅用18天时间，天津电视台、凤凰卫视中文台相继予以报道，博得了天津人民的喝彩。正因为三岔河这一仗打得漂亮，天津市请他们进行三条河的穿越施工。

李彦民特别提到，常长支线是公司统一指挥、下属三个处协同作战的经典战例。各个处在关键时刻都能舍掉自己的利益，把公司的大局、整体利益放在首位。在三个处职工的齐心努力下，质量、安全、工期等方面没有出现任何事故，顺利、快速、高效地完成了所有穿越工程。由于公司在常长支线的突出表现，管道公司将忠武线21条河的穿越工程全部交给了他们。

尼罗河穿越两穿长度都为1000米，其中大部分地段为砂岩。这是穿越公司首次承揽的海外工程，其成败直接关系到未来海外穿越市场的开拓。李彦民高度重视，决心以最有经验的技术专家、最好的穿越设备、最合理的施工工艺、最优化的施工组织、最快的速度来完成此项工程。虽因非典疫情耽误了出征时间，但他们已做好了迎战的一切准备，配备了迎接各种复杂地质的备用机具、材料，设备的维护保养完全达到开进场地即可开钻的条件。参战人员还多次探讨穿越方案，从每个技术环节上精益求精地推敲，并编制了尼罗河穿越操作指导书，真正做到万无一失。8月20日，参战人员全部抵达苏丹。经过仅10天的现场准备，8月30日，尼罗河穿越正式开钻。现在钻进一切正常，已经进尺到300米。

回首穿越公司成立以来取得的技术成果，李彦民感到很欣慰。他说，穿越公司的重组，绝不是简单地合并，而是将穿越施工纳入有序合理的管理和提高施工技术。原来三个穿越分公司由于各自的工艺方法存在很大的差别，公司成立后将原来各处习惯的应用方法，加以对比、归纳、整理，取其最优，让施工工法由过去的经验主义向科学施工迈出了重要一步，取得了十大丰硕成果。一是长距离定向钻取得突破。长江穿越总长2700米，是整个西气东输工程定向钻施工的最长纪录。二是新技术Tru-Tracker的使用，控向技术进步明显。应用人工磁场新方法，使长度为1136米的沁河穿越导向孔一次穿越成功，出土点误差仅为0.2米，在西气东输工程中创出了极好的声誉。三是创造了西气东输主管定向钻穿越的最长纪录。四是天津彩虹桥穿越工程创造了管径×长度的全国最新纪录。五是宁波陈华铁路穿越开创了国内外回拖管线“三接一”（将穿越管道在回拖过程中分成三段组焊进行连头）的先河，为进一步打开宁波穿越市场起到了重要作用，宁波的业主又给了4条河，都是其他单位不敢干的工程。六是第一次成功穿越长距离卵砾石层，确保了沁河穿越在14天内一次回拖成功。七是在非岩石地层首次采用泥浆马达钻导向孔，使黄河穿越一次顺利穿越成功。八是在复杂地层使用了泥浆的新体系和新型配方。九是快速水化装置的使用。十是扩孔器的改造。正是这些不断进步的技术，帮助穿越公司克服了一个又一个难题，从胜利走向更大的胜利。

谈起管理工作，理学博士李彦民也是津津乐道。在工程管理方面，穿越公司成立后发挥了技术互补优势，及时总结三个工程处在穿越施工中的经验，逐步做到了三个统一：泥浆统一。对各种地质条件下的泥浆配方进行了研究，做到了同一地质条件下的泥浆配方标准统一。控向统一和司钻统一。在几个穿越现场都把相关人员召集到一起互相学习和指导。这样交叉作业，既发挥了人力资源优势，又有利于及时总结经验和进行技术交流，使控向技术和钻机操作技术大大提高。

安全管理到位。今年4月是公司大干快上、西气东输和常长支线捷报频传的时候，为了防止被胜利冲昏头脑，公司及时下发了加强安全管理的通知，写明了在要害部位可能发生的事故，共二十多条。公司还制定了施工现场安全管理制度、工序作业安全管理制度和现场作业四不伤害警句，并将制度落实到每一位参战职工，杜绝了事故发生。

为了规范水平定向钻穿越的施工及验收，保证施工质量，公司成立后编写了《大型水平定向钻施工工法》，现正编写《管道穿越工程采用水平定向钻机施工及验收规范》。因公司设备总值很大，对设备的管理是公司的重中之重。公司成立了设备管理部，建立了设备管理体系，先后制定了《设备资产管理制度》《设备资产管理考核办法》和《外租设备管理办法》等，并做好了施工设备配套工作，合理调配，优势互补。掌握设备动态和技术状况，加强了配件管理，并引进一台世界最大、性能最先进的定向钻机，做好前期准备工作。

在财务管理上，实行了财务一级管理，减少了财务核算的中间层次和环节，减少管理人员，提高管理效率，提高了财务核算的准确性、及时性。以先进的计算机技术为手段，硬化财务规章制度，减少人为因素，实现高效有序的信息化管理。提高了企业内部控制的力度，减少了财务风险发生的概率。提高了资金的可调度性，加强了资金的计划管理。加强成本管理，使财务管理由事后、事中向事前管理迈进。

展望未来，李彦民充满必胜的信心："如今公司人气正旺，工作热情高涨，施工中大家不分昼夜，毫无怨言。我们将瞄准世界定向钻穿越先进水平，立足国内，走向海外，以精湛的技术、科学的管理和创新的精神，角逐世界定向钻穿越市场，续写中国穿越航母的新辉煌！"

（2003年9月9日《石油管道报》）

东部管网改造把好"五关"

——访管道公司总经理助理、沈阳调度中心主任王惠智

在管道公司"三会"上，使用频率较高的一个词组就是"东部管网改造"。公司党委书记、总经理刘磊在工作报告中提出，这是公司今年的一项重点工作，职工代表们讨论时这也是个热门话题。会议期间，记者就有关问题采访了管道公司总经理助理、沈阳调度中心主任王惠智。

王惠智介绍说，东部原油管道已运行了34年，输送了13.7亿吨原油，为我国国民经济的持续快速发展作出了贡献。随着时间的推移，尤其是国民经济的发展，铁路、公路和城乡发展速度快，违章占压越来越多，再加上打孔盗油破坏，管道运行年头多，设备老化，东北原油管道已进入事故多发期，管道腐蚀穿孔漏油严重。针对现状，中国石油股份公司决定，用3年时间对东部管网

进行整改，整改后希望保证平安运行20年以上。改造工程既要保证大庆原油的安全平稳运行，还要保证接收俄罗斯的进口原油，为国民经济的持续快速发展作出更大贡献。

从今年开始，管道公司将在不停输状态下进行东部原油管网更改大修，公司安全管理工作将经受更为严峻的考验。在这种情况下，怎样保证东部管网改造的顺利进行呢？对于记者的提问，王惠智指出，东部管网由于是在平稳运行的情况下才能加班加点、加快速度，进行整改，这就需要处理好几个关系。一是把好规划设计关，管道公司领导非常重视，多次召开会议进行研究部署，要求做好东部管网安全隐患的整改工作。二是把好管道改造与平稳运行关，东部管网不同于新建管道，是对原有的管道进行整改，即在保证安全平稳地输送大庆原油、俄罗斯原油以及辽河油田原油的前提下，才能正常施工。三是把好质量关，要把有限的资金用在刀刃上，切实解决当前影响安全生产的重大隐患，使有限的资金发挥出最大效益。切实保证工程质量，为将来平稳运行做好基础工作。四是把好成本关，努力降低成本。王惠智说，管道公司制订的改造原则是，安全隐患的整改和输油能力的恢复，不提高标准，能用国产的设备一定国产化，决不引进。国外设备太昂贵，而国产设备也是过关的。更不搞形象工程，就是实实在在地做安全隐患的整改，实现平稳运行。五是把好廉洁关，这么大的投入，给管理增加了很大难度，公司将严格执行招投标制、项目经理负责制等一系列行之有效的办法确保工程质量、安全、工期，同时保证工程中每个干部员工的廉洁。公司成立效能监察组，对各项工程项目的招投标、队伍引进、资金运用和物资采购、现场签证等实行全过程监督，确保投资效益和工程质量。

采访中，王惠智介绍说，管道公司要求在东部管网整治中切实抓好生产调度指挥，保证运行改造两不误。牢牢把握安全第一的原则，确保在安全改造过程中不发生重大安全事故。各级管理人员要牢固树立安全意识和责任意识，全力以赴把各项防范措施落实到位。

为确保更新改造项目顺利实施，公司加强了工程项目管理。按照“运行和改造统一管理”的模式，成立了东部管网改造领导小组，负责项目的前期实施及工程验收全过程管理。同时成立东部管道改造工程项目部，主要负责工程项目投资控制、工期进度、工程质量以及改造过程中的协调工作。在项目的具体运作上，凡涉及的单位，都成立项目分部，由各单位“一把手”任项目经理，负责组织本单位的工程项目实施，要对施工方案严格把关，施工方案必须经公司组织审查批准后方可实施。通过采取这些措施，确保东部管网改造的顺利进行。

（2005年1月27日《石油管道报》）

情系中哈管道

——访管道局中哈管道项目分部总经理张志宏

管道局在中哈原油管道工程中承担了PC1B标段370公里的管道施工任务，管线沿途经过了3处共计34公里的沼泽地段、110公里的沙漠丘陵地段、139公里的石方地段以及7公里的中哈边境军事区，并穿越大型河流4条、铁路2条、公路9条以及18座阀室、1座清管站，管线沿途地理环境复杂，给施工造成了很大的困难。中哈管道项目分部总经理张志宏和全体参建员工自今年3月初工程开工以来，以建设世界驰名品牌中国石油管道为己任，经过9个多月的连续作战和顽强拼搏，于12月4日全线竣工，使中哈石油管道提前11天率先在全线具备投产条件。

张志宏曾在兰成渝、利比亚等国内外重大管道工程项目中担当项目经理等重任，通过这些重大工程的锻炼，他的组织、指挥、协调能力得到了进一步提高，积累了丰富的施工经验，实地锻炼了他在复杂环境下的指挥领导才能，为担任管道局项目分部总经理奠定了坚实的基础。

科学管理创效益

与以前承建的管道工程相比，张志宏用“悲壮”两个字来形容中哈管道建设。中哈管道建设难点众多，因受哈萨克斯坦法律和签证限制，施工人员及设备严重短缺。在缺乏人力物力资源的情况下，管道局各参建单位克服了许多预想不到的困难，创造了管道建设史上的奇迹。

在这种复杂的情况下，张志宏付出了比以往更大的精力。在工作过程中，他想方设法处理好与当地政府的关系，为施工人员营造宽松的施工环境。张志宏合理安排生产，先难后易，在不同的季节选择适宜的地段施工。4月初，沼泽地段的钢管到位以后，管道四公司在乌恰拉尔沼泽地干了一天。张志宏到现场一看，环境十分恶劣，这样干下去，不仅成本高、工效低,而且可能会影响到整体的施工进度。他果断决定，放弃沼泽地段的施工，另选其他相对容易的地段施工。实践证明，此举有效缩短了工期，降低了成本。

张志宏对所有的参建单位和每一位施工人员都力争做到“一碗水端平”，公平合理、公开公正地处理每一件事。他在车辆调度、钢管分配和施工地段分配等问题上，坚持公正公平的原则，赢得了参建单位和参建职工的掌声。

张志宏还把控制成本和降低施工成本放在管理工作的首位。狠抓成本管理，是他在任何项目管理工作中的重中之重，他不放过任何一项节约成本的机会，尽可能以最少的投入完成最大的工作量。在压载块的购置问题上，当时哈方分包商对每个压载块报价都很高而且不含运费。针对这种情况，张志宏组织有关人员详细了解了当地建材行情，摸清了大概用料，核算出单价成本。他科学地运用“倒推成本法”使哈萨克斯坦分包商不得不接受中哈项目分部的报价，仅4800多块压载块就为项目部节约资金100多万美元。在阀空围墙基础等混凝土预制件问题上，各单位原计划使用现场浇铸的方法，由于人员、设备分散，工序衔接困难，成本高，而且进入10月份以后，哈萨克斯坦天气转冷，按照当地规定，温度低于零摄氏度时禁止土建施工。基于这种情况，张志宏果断决定组织所有施工单位集中预制，仅这一项，就节约了50%以上的资金。

心系职工总关情

把职工群众放在心中，坚持为基层提供热情的服务，是张志宏工作的另一个重中之重。他把机组的困难当成自己的困难，时刻想着为一线员工服务，时刻想着通过自己的工作，协调好业主、监理、地方关系，为机组创造最好的工作环境。张志宏还为机组确定了一个稍高一些的目标，让机组尽情展示其能力。

张志宏从职工的居住条件和饮食等方面抓起，尽可能地改善职工的吃住条件，保证职工每顿饭能吃上新鲜的蔬菜。管道一公司和管道四公司的3个机组，都是从KC13工程中转战而来的。在他们来之前，张志宏就细致地为他们安排好了生活，大到为他们寻找合适的驻地，小到锅碗瓢盆、床铺被褥全部都安排妥当，使职工们一到中哈项目部后就立刻感受到了家的温暖。

张志宏还及时了解和掌握施工人员的心理变化。2005年大年初一，他把自己的卫星电话送到不通电话的阿克斗恰管道局机组，让施工人员向祖国的亲人们拜个年、报个平安，职工们对此都非常感动。他坚持把职工的难事当作自己的难事来处理，尽最大能力去解决他们的实际困难。他以身作则，在施工最难最苦的时候，在工程最为紧要的关头，他都是第一时间赶到现场，始终和职工们奋斗在一起。

他换位思考的管理方式为职工们带来了广阔的空间和宽松的施工环境，因此，他带领的职工们有着很强的凝聚力和战斗力。项目分部400多位参建职工克服了地质复杂带来的重重困难，顶住了巨大压力，大胆尝试新技术，在短短的10个月内创造了管道建设史上的奇迹，向国内外展示了管道局是一个施工实力雄厚、作风过硬的承包商，树立了管道局在国际市场上的品牌和形象。

（2005年12月19日《石油管道报》）

危机中履行责任，自信心和核心竞争力尤为重要

——访中国石油天然气管道局局长赵玉建

中国作为全球第二大石油消费国，石油消耗约有一半需要进口，其中大部分要经过在战略上较为脆弱的海运航路运输，而管道运输能够提供更安全更稳定的石油供应渠道。出于对国家能源供应的保证，中国长距离油气管道并未因为席卷全球的世界金融危机影响而降低建设速度。当然，此次金融危机对中国能源大动脉的建设也产生了一定的影响。在危机中如何履行好建设国家能源大动脉的责任？如何高质量、高标准、高效率完成国家重点管道建设任务？中国石油天然气管道局局长赵玉建日前在接受《中国石油报》和本报记者的专访时做出了肯定答复——不断提升企业核心竞争力，坚定信心，在危机中矢志不渝履行责任。

“不是危言耸听，由于受到世界金融危机的影响，能源管道建设受到的冲击也日益凸显，随着投资成本控制压力的不断加大，国内大的能源战略通道建设虽然没有受到太大的冲击，但一些非战略性布局的管道、部分支线管道和一些民用的地下储气库等在建和预建项目都将暂缓建设。”赵玉建介绍说，此次金融危机对国外油气田公司的冲击很大，许多油田开发速度明显放缓，由于对资源的控制，外方拖延工期，不积极配合的现象时有发生，这就在一定程度上影响了跨国能源管道工程建设的进度。

不言而喻，大工程带来大机遇，也带来大挑战和大考验。中亚天然气管道、西气东输二线创造了迄今为止中国管道建设史上的多项历史之最。面对工程本身和外部环境所带来的前所未有的巨大压力，管道局作为这两项重大工程的EPC总承包商，丝毫没有动摇必胜的信念。

建设全中国油气骨干管网，保障国家能源安全，确保集团公司核心业务的顺利发展，责任和使命就要求管道建设单位必须坚定信心，克服一切困难。

信心源自雄厚的实力，来自多年参与国内外各类管道建设施工的丰富经验；来自有先进的施工装备和在工程建设行业最全、等级最高的施工资质。

经过多年的跨越式发展，管道局已经具备了超群的实力。无论是从施工资质、施工经验，还是从科研咨询、勘察设计、采办投产到与管道工程相关的防腐、检测、维抢修等业务，管道局都形成了一整套较为完善的管道建设产业链。具备了为长输管道和运行保驾提供“一站式”专业化服务的实力。

赵玉建表示，不可否认，我们与国内兄弟企业相比，许多方面还有很大差距。尤其是诸如咨询、设计、采办等管道施工企业的高端业务还需要下大力气

去抓紧抓好，特别是要培养一大批适应国内外市场要求、深刻把握PMC、EPC等管理模式内涵的项目管理人才。

当前正处在国内油气管道建设的高峰期，表面上看似乎不用太担心市场的萎缩，可是我们也应该清醒地认识到，世界金融危机正在席卷全球，影响在不断加剧。加之，市场发展的规律也是有高峰就有低谷，凡事都得提前认知，提前思量。不论是管道建设的高峰期还是金融危机的爆发期，都给了我们发展和壮大自己的最好机遇。因为我们有了一定的时间去强化管理，加快人才队伍建设，加快技术进步，创新体制和机制，结合自身的特点学习和借鉴国外同行的先进管理方法和经验，同时再把这些好的做法运用到工程建设当中去，不断进行实践和总结，从而达到历练队伍、提升企业核心竞争力的最终目的。

众所周知，中亚和西气东输二线仅线路工程就长达12000多公里，横跨土库曼斯坦、乌兹别克斯坦、哈萨克斯坦和大半个中国，工程浩大、工期紧、大型管道施工设备众多……这些因素均加大了EPC项目管理的难度。前不久，中亚管道在建设过程中遇到了严峻考验，由于乌兹别克斯坦ZEROMAX进度缓慢，给整个项目如期竣工造成了巨大的压力。为了保证中亚管道A线今年年底如期投产，集团公司副总经理汪东进专程赴乌兹别克斯坦予以协调并决定：管道局在A线新增80公里的基础上，再继续向前推进80公里。如果管道局不接手这160公里的建设任务，年底竣工投产这个工作目标将无法完成。为了国家利益，为了管线如期贯通，管道局在乌兹别克斯坦段的施工虽然也是困难重重，但仍然顾全大局，按集团公司要求，在原计划承担256公里建设任务的基础上，继续向前推进160公里，并于3月23日，召开了誓师大会，庄严承诺坚决完成任务。

尽管面临重重困境，管道局非但没有放缓建设速度，还呈现出齐头并进、快速高效的施工势头。截至4月2日，中亚天然气管道在乌兹别克斯坦境内已完成260公里的施工任务，在哈萨克斯坦境内完成780公里的管线焊接，进展较为顺利。此外，西气东输二线西段全线焊接总里程已达到2130公里，完成计划工程量的76%。其中，诸如穿越伊犁河、果子沟隧道贯通等控制性工程都已成功完成。与此同时，西二线东段已开工，3月22日，管道三公司在18标段已率先打火开焊。长江盾构也在按计划推进。

除这两大重点工程之外，在兰郑长成品油管道工程中，管道局作为EPC总承包商，组织参建单位克服了征地难、冰冻雨雪和地震灾害等不利因素，确保工程按照目标工期稳步推进，兰州至郑州段已于3月30日顺利投产。兰郑长管道工程的投产，解决了西部地区成品油资源与东南部地区成品油消费市场的供需矛盾，扩大了成品油消费需求，促进了地区经济发展。另外，这个项目的投产还有效地缓解了铁路运输压力，有利于成品油的安全、平稳和高效运输，为国家能源安全战略提供了有力保障。

涩宁兰天然气复线已焊接240公里，预计年底前就要投入试运行。哈中二期管道完成主体焊接。

中亚、西二线管道建设是一场集中国石油管道建设优势兵力，协同作战的大战役。管道局深刻地认识到只有不畏艰险、坚定信心，积极发挥自身优势，带领各分包单位拧成一股绳，才能在今年年底前优质、安全、高效地完成中亚管道和西二线西段管道建设这两项重大管道施工任务，并将其建成世界一流工程。

（2009年4月7日《石油管道报》）

“国际油气管道投运市场一支劲旅”

——访中油管道投产运行公司总经理陈树东

中油管道投产运行公司（下简称投运公司）成立15年来市场业务不断扩大，从非洲、中东、中亚、南亚等到国内，共承担大型能源通道投产工程30余项，自主运行管道7000多公里，参与运行管道2500多公里；业务范围也从单一的管道投产运行发展为主营管道投产运行、油品化工，兼营技术咨询、压缩机运维、阀门养护、设备维修和管道保护等多项新兴业务，成为国际油气管道投运市场一支劲旅。

谈及企业高效发展的原因，投运公司总经理陈树东归因于三点：一是管理，建立了具有“军事化”特征的企业管理体系；二是建立了有较强市场竞争力的商业运营模式；三是形成了有持久影响力的企业品牌和文化。

强化科学管理，夯实发展基础

“科学的管理是企业生存和发展的基石。”陈树东介绍说，投运公司从成立之日起就不断加强科学管理，提升企业管理能力。如今已形成了独特的管理体系。这套管理体系的突出特点是“严字当头”，一方面强化制度建设，建立并完善了包括分包、合同、招投标等在内的各项管理制度和管理举措；另一方面强化执行力，特别是基层班组的操作能力，规范工作标准、管理标准和技术标准。

据了解，大胆引入“军事化”管理理念，是投运公司企业管理的一大特征。面对激烈的市场竞争，投运公司将军队长期以来形成的一系列管理理念、制度、方法和公司的企业文化、管理制度相结合，建立了一套适合实际、具有鲜明军事特色的、以加强员工队伍管理为中心的党的建设、文化建设、作风建设、人员管理、站场管理、设备管理、生活管理制度，组织修订了《基层站队准军事化管理规范》等企业标准，从员工日常工作流程、训练科目、行为规范、管理考核等各方面与军事化管理对接，探索企业管理的新路子，解决了劳务承包、野外作业员工队伍的管理问题。

据陈树东介绍，为落实军事化管理的措施，投运公司实行党政管理体系一体化，由党政领导班子统一管理，成立了公司军事化管理领导小组，公司主要领导分别担任组长和副组长，坚持以安全生产为中心，做到“四个融合”：一是融合到“四标合一+企业文化”管理体系中，二是融合到生产工作中，三是融合到企业各种管理活动中，四是融合到后勤生活中。

“此外，投运公司还把军事化管理与练技术、练作风结合起来，把制式训练和日常养成教育结合；进一步健全考核机制，将军事化管理与员工经济收入挂钩，奖罚分明。”陈树东告诉记者，2012年，投运公司《管道投产运行企业实行员工队伍军事化管理的探索与实践》成果，获得年度“河北省企业管理创新成果”一等奖。

探索运营模式，实现高效发展

“如果说科学的管理是企业生存的基石，那么市场化的运营模式则是企业高效发展的关键。”陈树东说，近年来，投运公司在国内和国际市场竞争中不断探索创新，形成了一套有较强市场竞争力的商业运营模式。

陈树东将投运公司的商业运营模式简要概括为以下三项内容：

首先，精心打造并输出一批优秀项目管理团队。投运公司积极培养项目管理人才，全力打造项目管理团队，带动项目运作；通过构建以社会资源、属地化人力资源或技术服务分包为主的操作服务团队，实现直营连锁经营。“目前，从国内外各个市场来看，我们已经打造了10多个优秀项目管理团队。”陈树东强调说，“由此支撑起公司发展。”

其次，与兄弟公司建立连锁加盟合作机制。在经营过程中，投运公司深入挖掘管道局优秀的存量人力资源，与兄弟公司自由连锁合作。几年来，先后与管道局铁岭矿区中心、东北管道公司、管道五公司开展了合作；并与管道四公司、六公司、朗威公司进行接触，达成合作意向，从而有效促进了管道局层面的投产运行产业规模的发展和壮大。

再次，不断提高公司从试运投产到运维管理的“一站式服务”能力。投运公司发挥自身优势，一方面为客户提供试运投产的“一揽子”服务，另一方面又通过延伸业务领域，细分服务产品，为客户提供“订制式服务”。

陈树东说，通过几年的探索，投运公司形成了一套成熟的商业运营模式，使得企业的国内外市场竞争力大大提升。2013年，企业经济效益再创新高，全年实现收入3.73亿元，实现利润1963万元，增速双双超过30%，获得管道局标杆集体、先进集体、安全环保先进单位、质量管理先进单位等荣誉称号，连续5年获评河北省现代化管理创新优胜企业、河北省最具成长性企业、河北省明星企业，并于2012年荣获了河北省五一劳动奖状。

树立品牌文化，企业行走天下

陈树东认为，一个企业要想在激烈的市场竞争中立于不败之地，就必须树立独特的企业文化和市场品牌，这是企业可持续发展的根基。

什么是投运公司的品牌和文化？陈树东告诉记者，石油管道行业市场分布广，安全风险高；投运公司作为承揽管道投产和运行技术服务的专业化公司，员工要长期在国内外一线工作，远离家人。因此，公司既要有体现“军事化”管理的刚性制度，又要有体现“安全、和谐”的软性关怀；既要树立面向市场攻坚克难的企业品牌，又要建立面对员工“以人为本”的企业文化。

由此出发，投运公司提出了“四海为家，务实奉献，和谐共赢”的口号，视员工为公司快速发展的第一资源，定期为员工健康体检，保证员工正常休假，让他们吃得放心、住得安心、工作顺心……

“企业员工的向心力和凝聚力，最终会转化为市场竞争力。”陈树东告诉记者，目前投运公司在海外已建立了三大区域市场——中东、中亚、东非；2013年又调整成立了四大地区公司——中东地区公司、中亚地区公司、东非地区公司、西南地区公司。企业市场规模持续扩大，经营效益不断提高。

他说，在东非市场，投运公司苏丹分公司已创造连续14年未发生任何安全生产责任事故的纪录，特别是自2012年以来，苏丹、南苏丹冲突不断加剧，苏丹分公司始终坚守阵地，确保管道安全运行，树立了投运公司海外优秀团队的品牌形象；而投运公司乍得分公司在国外开展幸福企业建设，在沙漠里植树、栽花、种草，建设蔬菜大棚，乍得的标准化站场建设被视为“海外工程建设和管理的典范”。

“在国内市场，投运公司的品牌形象同样响当当。”陈树东举例说，川气东送管道是投运公司自2009年进入中石化管道运行市场的第一条管线，亦是中石化管道承建的第一条天然气长输管道工程，是“天字号”工程。4年来，承担运行管理的中油管道投运人将这样的管理理念、企业文化融入了中石化的市场，并根据“共性兼容，个性互补”的原则打造了一套独具中石化川气东送管道特色的安全管理体系，创造了4年来管线安全生产无事故的优异成绩，受到了中石化领导的高度赞扬，赢得了“全国工人先锋号”等一系列殊荣，书写了新时代企业间“和谐共赢新篇章”。

（2014年1月13日《经济参考报》）

西气东输

西气东输管道工程是中国新世纪的四大工程之一，全长4000公里，地形之复杂，环境之艰苦，史无前例。西气东输二线全长9102公里，横贯14个省（区、市），由1干8支组成，管道局实行EPC总承包。西气东输三线工程包括1干8支，总长度约7378公里。管道局全方位参与西气东输工程建设，霍尔果斯首站获得“2015—2016年度中国石油安装工程优质奖”“2015—2016年度中国安装工程优质奖（中国安装之星）”。

从2002年“千里走单骑”至2014年组织“记者福建国脉行”，记者多次深入西气东输、西二线、西三线现场，从《江南水网任我行》到《西气东输“先锋气”抵沪》《管道局尽显西气东输工程主力军风采》，直至《西气东输二线工程干线贯通投产》。深度报道《世界最大天然气管道工程是如何建成的》刊发在新华社《经济参考报》；建设绿色管道《为保“绿色”宁可延长工期》刊登在《工人日报》，一系列新闻在社会上引起关注。

特别推荐

世界最大天然气管道工程是如何建成的

6月30日，举世瞩目的西气东输二线（下简称西二线）输气管道工程竣工投产。

“总投资约1422亿元人民币的西二线管道项目，是国家‘十一五’重点工程。包括1条干线和8条支干线，全长8704公里，是目前世界上最大的天然气管道工程。”中石油管道局局长赵玉建说，“管道局作为西二线工程的EPC总承包商，在管道建设中克服了重重困难，创造了一个又一个举世瞩目的奇迹。”

环保优先：构筑绿色管道长城

据了解，从西二线工程建设之初，中石油管道局就制订了环保优先的原则，要把西二线建设成为“环境友好型工程”。他们强化安全监督，保护生态环境，谱写了世界管道建设史上绿色环保施工的新篇章。

西二线西段工程，途经新疆、甘肃、宁夏、陕西等西部4省区，要经过沙漠、戈壁、黄土冲沟、丘陵、平原、山地等各种地貌，部分地区是人迹罕至的生命禁区，生态环境非常脆弱。中石油集团公司领导亲临现场，作出指示：“决不能伤害赛里木湖的一草一木！”

“按照这一要求，管道建设者自上而下地建立了严密的环保组织网络，制定严格的环保措施，加大环境保护投资力度，确保环境工作基础牢固。”赵玉建说，“工程建设从设计、施工、管理全过程贯穿绿色环保理念，最大限度地减少环境污染和生态破坏。”

为最大限度保护好天山美景，西二线采用隧道和沟底走管线，全力避免破坏天山亿万年来生成的森林和草原，但却大大延长了工期，增加了施工难度和风险。按照国际惯例，直径1219毫米管道建设的作业带宽应为35米，为了节约用地，保护环境，西二线将作业带减缩到28米，从而增加了建设成本。施工期全程在当地环保部门的监督下，执行环境保护设施与主体工程同时设计、同时施工、同时投产使用的环境保护“三同时”制度。

针对赛里木湖草场的生态环境，管道局五公司项目采取3项保护措施：一是利用原有的3条草场牧道作为施工机械进场便道，不另开施工通道。将设计的28米宽的作业带压缩到20米，刚够一辆车通过。二是在土层较厚的地段，将草皮剥离出来，堆放在作业带的一侧，用加厚防晒网覆盖保护，并适当喷洒清水保持湿润，等施工结束后再移回原地。三是对于堆放开挖土的作业带，工作人员在草皮上方铺垫了塑料布，将开挖土和草皮分隔开；并在塑料布上方铺垫500毫米厚开挖土，车辆在垫土上驶过减少对草皮的碾压。

高效安全：提前一年建成“一流管道”

“西二线工程建设周期短、施工难度大。”在西二线管道投产仪式上，管道项目经理部负责人告诉记者，“然而，各参建单位集中精干力量，优化资源配置，科学组织项目实施。在保证安全高效基础上，实现了‘建设一流管道’的承诺。”

天山是中亚管道进入我国境内的第一道屏障，是西二线施工难度最大的控制性隧道群工程，这里地形复杂，坡面陡峭，自然条件恶劣，山洪、雪崩等地质灾害频繁。比如，果子沟隧道穿越，正常需要3年才能完成，但留给建设者的工期只有18个月，参建队伍立下军令状：“就是用手抠，也要按时把隧道贯通！”管道五公司集结8个焊接机组、500多名员工、200余台设备决战果子沟。这里钢管到隧道壁最窄处不足450毫米，距地面最近处仅能容下一名戴着护目镜的焊工仰躺在地上焊接，面前是四溅焊花的炙烤，后背则要经受着隧道壁渗出的冰冷刺骨的高山雪水的浸泡……

西二线东段控制性工程九江盾构管道水平长度2590米。被誉为“地下尖兵”的管道四公司盾构项目部，采用世界最为先进的泥水加压平衡式盾构机进行掘进施工，参建员工克服了长江地下水压高、地质复杂多变、在松散地层穿越长江防洪大堤、小断面超长距离盾构掘进等技术难题，盾构机于2009年11月6日在长江对岸准确破洞而出，比原计划提前了169天。

在井冈山革命老区，由管道三公司承建的27、28标段工程由于强降雨造成管沟内涝，河流穿越段溢水，整个工程现场泥泞不堪，大型工程机械无法行动，工程进度几乎进入“休克”状态。“办法总比困难多。”三公司员工被困难逼出了智慧，他们利用积蓄在管沟里的雨水进行“漂管法”施工，将预制的庞大的“九接一”管道顺利运送到现场，实现沟、渠连穿，增强工效，加快进度。

隧道施工实现安全、优质。西二线干线24条山体隧道、6条顶管隧道施工未发生任何安全、质量事故，山体隧道顺利贯通。

管道局以建设精品工程为目标，科学组织，精细管理，超常规运作，提前一年实现了工程投产。运行单位西气东输管道公司总经理黄泽俊说：“管道局真是一支能打硬仗的队伍，他们用这么短的时间完成这么大的工程，令人赞叹！”

科技创新：成就国际管道建设“领跑者”

西二线工程是国内首次实施X80高钢级、直径1219毫米大口径、12兆帕高压力的管道工程。X80/Φ1219钢管的输送压力、管径、壁厚等综合参数在国际上尚属首次，需要一系列科研产品和重大科技成果的转化作支撑。西二线成为中国管道建设者科技攻关的主战场。

据赵玉建介绍，作为中石油集团公司的管道工程建设的专业化公司，管道局将科技创新和技术攻关阵地前移，共编制完成了19项技术标准和92项X80钢焊接工艺，为确保西二线按期优质高效建成奠定了坚实基础。

比如，为破解制约工程建设的关键技术瓶颈，管道局提高了定向钻穿越、盾构、顶管等特殊施工技术水平，增强了施工保障能力；为保证防腐补口质量，提高防腐补口效率，管道局自主研发了自动化防腐补口新装备、新材料，新研发的管道自动化补口工作站已进入现场试验阶段；为提高管道外防腐的质量和效率，新研制的管道外防腐层涂装新工艺投入应用，并获得国家专利；为确保在役管道安全平稳运行，开展了国家“863计划”项目油气管道光纤安全预警技术与装备研究，通过了科技部验收，并获得中石油集团技术发明二等奖。

再比如，在西二线上海支干线钱塘江盾构工程施工过程中，管道局从解决施工现场问题、消减施工风险入手，全面开展群众性科技创新活动，有效提高了管道盾构技术的核心竞争力。据统计，仅有152名员工的钱塘江盾构项目，累计完成应用群众性技术创新63项，降低施工作业劳动强度22%，提高施工效率20%，攻克号称“盾构杀手”的软弱地质层难题，创造了月平均掘进289.2米的“钱塘江速度”。

以上新技术、新产品和新工艺等方面取得的突破性成果，不仅提升了管道局的核心竞争力，还促进了中国油气管道建设行业的技术进步，引领了输气管道用钢从X70提升到X80钢级，输送压力从10兆帕提升到12兆帕，管径从1016毫米扩大到1219毫米，焊接技术从手工焊转为全自动焊的快速发展，实现了管道局在大口径高钢级长输管道设计施工、管件制造等方面的历史性突破。

“为提高关键设备国产化水平，节约工程投资和降低设备采购风险，管道局还自主研发了全自动焊机、坡口机、对口器等大口径管道施工机具和设备；

研制成功并批量生产了高钢级热煨弯管及三通管件、大口径高压快开盲板、高压绝缘接头、旋风分离器等产品。”赵玉建自豪地说，“在中国石油和化工自动化行业科学技术奖评比中，管道局高钢级大口径管道施工及配套技术研究、X80钢级直径1219毫米管件及弯管研制荣获一等奖、长输管道应变设计技术及应用研究则荣获二等奖。”

在今年5月召开的中国石油科学技术大会上，集团公司副总经理、股份公司总裁周吉平宣告，中石油管道建设者在大口径高钢级管线钢管和高压输送技术的工程实战中，已成为国际管道行业的领跑者。

（2011年7月4日《经济参考报》）

江南水网任我行

——西气东输25标段施工纪实之二

（一）

江南水乡水系复杂，因地势起伏不平，有些地段管沟挖掘深达9米。再加上水位高，管沟挖掘时，管沟蓄水和挖掘后塌方现象经常发生。记者在1机组窦庄管段就亲眼目睹，管沟挖好后很快渗出水，下管的同时沙质土壤又塌方了。沟壁塌方后，自重几十吨的吊管机无法靠近管沟。而且，吊管机吊臂长度有限，这给下沟带来很大难度。四五米深、蓄着水的管沟无法进行人工清沟，况且这也不符合安全标准，用挖掘机又怕伤到防腐层。因土层承载能力差，致使以往的下沟方法全不适用。

此外，由于江南水网段地下水位较高，沟内一旦积水，泥土浆化十分严重，泥浆承载能力增加，管线无法下到沟底，还需及时采取稳管措施，并及时回填。

管道一公司在25标段根据不同地段地质环境的不同，在实践中探索出几种下沟方法，如弹性敷设法、分阶段下沟法、自然沉管法等，基本上解决了下沟难题。记者在1机组就看到5台挖掘机同时作业的热闹场面：一台挖掘机把表面耕作土挖出后，第二台、第三台挖掘机下挖底层土，第四台挖掘机修边成型，吊管机及时组织下管，第五台挖掘机配合回填，现场组织有条不紊。

到目前为止，管道一公司25标段已累计完成33公里，创造了西气东输东部四个标段中的四项第一，即焊接进度第一，焊接合格率第一，管线整体下沟回填第一和硅套管穿越第一的新纪录，为管道局争得了荣誉，再现了管道局管道建设主力军的风采。

（二）

25标段穿越河、塘数量多，需要弯头、弯管数量也相应较多。在已焊接的30多公里管段内，连头处共计60多处，其中穿越河流10条、水塘20多处、公路9条、弯头19处，总长4.2公里。这直接影响穿越等施工工序的正常进行，也必将造成机械设备的二次进场和重新搬迁，以及作业带内道路、便桥的二次修筑等问题。

内行人都知道，碰死口难，沟下碰死口更难。因西气东输管道管径大，沟下两边预留的没回填的管段长度都不足5米，这就给连头组对造成极大困难。再加上西气东输工程管道组对不允许有斜口，错变量也极其严格，更是难上加难。江南水网地区地下水位高，管沟塌方现象极其普遍，而且，因土壤渗水严重，管沟内2小时左右渗出的水就会把管子淹没。这就要求管工、焊工必须在短时间内完成连头工作。

此外，他们还要对管沟壁进行防护处理，例如打桩、加防护板等，以保证管沟内连头作业的安全需要。为此，他们增派了连头焊接机组，新增了吊管机、单斗挖掘机、湿地推土机等设备，加快了连头的速度。

（三）

在几个工序中，数焊工的难度和劳动强度最大。由于西气东输管道管壁厚、坡口大，填充量也很大，过去只需要焊一层，现在需要焊多层，而且要并排焊接。壁厚26.2毫米的管径，每道口至少需要焊接15遍以上。这无形中加大了成倍的劳动量。而且，由于管径太大，焊接一道口，焊工们要在特制的工作梯上来回上下30多次。一天下来，手腕不会打弯了，两条腿也发软。

记者在施工现场看到，焊工们的作业环境实在太苦。因作业带泥泞，焊工们穿着长腰雨靴，或蹲或站地在没过小腿的泥水里焊接。焊接仰脸部位时，焊工必须躺在铺了草袋子的泥水中焊接。江南的4月气温很高，全副武装的焊工焊完一道口下来，全身都湿透了，已分不清是泥水还是汗水。按照工艺要求，管口预热温度需要一二百摄氏度，焊工们时常被管口灼烧。再加上焊接填充量大，焊接时间长，焊工们尽管戴着手套，手还是被烤出了裂纹。

此外，江南水网地区气候湿润、雨季长，再加上西气东输管线管材特殊，管壁厚，管径大，输气压力大，致使焊接工艺、施工方法及手段与常规管道建设相比发生了根本的变化。据一公司焊接工程师介绍，X70钢材属于低合金高强钢，焊接时，如果预热温度和层间温度过低，就会导致管材韧性大大降低。公司技术人员和焊接人员通过摸索和实践，找到了解决问题的途径。他们严格按照标准和规范的要求，并通过提高预热温度和层间温度防止了焊口的裂纹缺陷，使焊接质量稳步提高。自实验段开工以来，他们焊接一次合格率一直保持在99%以上的高水平线上。

如果说这些困难还可以克服的话，与当地老百姓农田灌溉的矛盾随着雨季的来临逐步显现出来。江南地区的夏种从5月份开始，水田灌溉时间为中旬，地方政府提出施工作业带内的水利设施须在4月20日左右修复，水田的地埂也要在5月1日恢复，如果不能在规定时限内完成已焊接管线的下沟回填及地貌恢复，将影响水田主干渠的使用及作业带外部分稻田的灌溉。

一公司施工人员为了在雨季前啃下硬骨头，增派了精兵强将、精良设备，改善了施工手段，千方百计加快施工进度。如今，他们正向5月底实现管线焊接55公里、回填5公里的奋斗目标全力冲刺。

（2002年4月15日《石油管道报》）

为荣誉而战

——管道一公司六处奋战西气东输工程纪实

管道一公司六处原本并没有参建西气东输管道工程的任务。他们去年从兰成渝工程撤下来在家整训，听到公司西气东输工程试验段开工的消息，他们到公司领导那里主动请缨。

公司领导又何尝不想派这支善打硬仗的铁军参加呢？六处自1995年成立以来，先后在陕京线等管道工程建设中创下了不凡的业绩。更可贵的是，这支青年突击队的队员平均年龄才二十六七岁。刚打完兰成渝这场硬仗，公司领导是想让他们好好休整。

直到去年12月，西气东输试验段前线告急：江南水网地段施工难度太大，4个机组力量不足，需要增援。就这样，六处成立了第5机组，由副处长孔祥彬带队奔赴江苏。

刚来到江苏，老天就给他们来了个“下马威”，连续20多天的降雨，使整个施工前的准备都是在雨中完成的。他们承建的126公里常州段，分布着30处河塘，最长的鱼塘达122米，最难的无疑就是布管了。雨后的作业带泥泞不堪，吊管机一进入作业带，没走多远，整个链轨都没在泥里了，只能借助单斗来回挖拖，把吊管机解救出来。就这样，他们艰难地解决了运布管的问题。天气放晴后，他们快马加鞭开始焊接了。

为了抢回落下的工期，他们只能起早贪黑。记者前不久曾跟踪采访过他们一天的施工情况。早晨不到6点，他们就起来了，穿好工作服，吃完早饭还不到7点，大伙就乘班车去工地了。半小时后到了工地，随着马达的轰鸣声，设备、人员各就各位，开始了一天的工作。

远远望去，几十米的黝黑管线宛若巨蟒一般横卧在绿色田野间，每处焊道都有点点金黄的弧光在闪烁；镜头拉近了，看见两个焊工戴着防护面罩，手拿焊枪，一门心思全部凝聚在手中划出的弧光上。另一边焊道，有的在清口、组对、根焊，有的在填充、盖帽、打磨，个个全神贯注。这一处，吊管机在吊管布管；另一处，单斗在挖沟，准备下管回填。整个工地上，身着藏蓝色工服的工人和黄色的大型设备都在有条不紊地忙碌着。

快11点了，两个焊工已经钻进管道，他们是趁拍片前检查焊缝的质量。今天要检查8道口，来回约190多米，需半个多小时。同事扛着摄像机进去了。

不一会，听见里面传来焊枪焊接的声音，看见了点点弧光。半小时后，两个师傅一点点往外拽把线，同事和两个焊工满头大汗地出来了。同事告诉我，他只走了3根管子就走不动了，等焊工们焊接时拍了几个镜头，现在感觉腿发软。可焊工们每天都得钻两三次，有时一天钻过4次，最多钻过26道口，来回640多米。

正午的太阳晃得人睁不开眼睛时，我们感到肚子唱起空城计了。一看表，11点35分。

这时，送饭的车来了，停在附近的一户老乡家门前。驻地食堂的两个年轻炊事员抬下了两大桶开水和几桶饭菜，向工地吆喝“吃饭了！”工地上没一点反应，人们仍在埋头干着各自的工作。记者问两个年轻的焊工，怎么不去吃饭？他俩头也不抬地说，干完这道口再说。

5分钟后，干在最前面的几个人先过来吃饭了，吃完后喝碗开水，又回去工作了。之后，陆续又有一拨人过来。到12点，大批的人们才都过来。没人招呼，工人们吃完午饭都各自接着干手里的活，工地又一派热火朝天的场面。

的确，记者想起在工地怎么也找不到孔祥彬，有人把我带到一个全副武装正在进行根焊作业的人面前，待他摘下面罩，才看出是全处人尊称的孔处。乍一看孔处，以为他已40多岁，黑瘦的脸上刻着几道浅白的鱼尾纹，下嘴唇上火起的两个泡已结上紫色的血痂。一打听，他还不到40岁，“都是一线施工造成老相的，原来的皮肤是底纹这种颜色的。”孔处指着眼角的皱纹自嘲。

孔处参加过20多条管线的建设，个人焊接的管线足有200多公里。不用说，有一手漂亮的焊接技术也是大伙服气的重要原因。每当处里人手紧张，他就手拿焊枪亲自上阵。工人们看见处领导与自己干在一起，干劲更大了。

孔处提起自己这些弟兄，自豪之情溢于言表。“大伙虽说干得很苦，‘早起5点半，中午含口饭，晚上看不见’，但没一个有怨言。春节我原想肯定有不少人想请假回家，因为他们当中90%都是独生子女，想家也是情有可原。可大伙知道工期紧，没有一个请假的。我心里这个感动啊！大伙总说，六处就是一个大家庭，谁也不愿别人说自己家不好，他们干起活来都不愿收工，晚上都关心天气情况，盼着别下雨……所以，我们才能在晚开工两个多月的情况下，把进度抢了回来。”

孔处指着两个正在焊接作业的身影——分队长王松和杜江，感到很欣慰。他俩不仅技术过硬，表率作用也做得很好，每天和大伙一样摸爬滚打在泥水里。王松比杜江大十多岁，说自己甘当绿叶，陪衬孔处和杜江，他像个长辈似的关照支持杜江。

年仅24岁、涩宁兰工程中火线入党的杜江没有一点独生子女的娇气，每天早晨5点半起来，挨屋去喊大家起床。施工中，人员、工序都组织得井然有序。收工时，遇到布管需加班，他让别人先走，自己陪着布管。每晚还要把施工破坏的路恢复好，回来后把第二天需要的材料准备好才吃晚饭。

孔处说：“有这些可爱的弟兄们，有这样得力的左膀右臂，我平时无须多说什么，只要一个眼神，大伙就明白该怎么办。所以我带起兵来感到特轻松、洒脱，就是遇到再大的困难也能克服！”

记者不禁想起白天遇见监理的情景。身着一身草绿色工服的胜利油田的监理看见我在录像，主动走过来打招呼。记者问他对5机组的印象，他竖起大拇指，“这支队伍特别能干，我们监理都争先恐后地愿来这个机组。工人素质高，能吃苦，说干就干。因为处领导带头干，职工才有这么高的积极性。我们管理起来也很省心，稍有点问题，一说，他们马上整改，这对我们也是个触动。他们在抢进度的同时，把质量放在首位，26.2和21.6毫米的壁厚，他们一天最多的能干20道口，无损检测道道合格。我全线都走过，就对这儿印象最好。”他还给记者看了胸前的工作卡，原来是监理工程师万永和。

想到一天的所见所闻，记者深深体会到：不管前面再遇到怎样难以克服的困难，只要有这些为荣誉而战的管道职工，就一定能够优质、高效地把西气东输工程建设成为世界一流的管道工程。

（2002年6月17日《石油管道报》）

管道局尽显西气东输工程主力军风采

在举世瞩目的西气东输管道工程建设中，管道局充分发扬“特别能吃苦、特别能战斗、特别能创造”的光荣传统和“不拿第一就是败”的拼搏精神，充分发挥在科研、技术、装备、管理、人才等方面的综合优势，开展了包括30项国家及省部级项目在内的130项科研攻关，获得各种专利36项。在戈壁、沙漠、山地、水网、黄土塬等复杂环境下，全体参建将士遵循国际标准，攻坚克难，争创一流，出色地完成了4000多公里的线路勘察、90%以上的工程设计和大部分已开工标段的主体施工，以及大部分江河穿越、管道防腐、物资配送、工程监理、无损检测和全部通信光缆敷设等任务。目前，管道局调集了最优秀的全自动焊机组，奔赴西气东输全线最艰苦的新疆南湖戈壁的无人区，掀起了“百日决战，万人争先”的建设高潮。

科技先行

在线路勘察过程中，管道工程有限公司以深度开发遥感技术作为突破口，综合运用卫星遥感和卫星定位技术，确定了工程的线路走向。为完成这项跨世纪工程，管道工程有限公司与有关设计单位强强联合，成立设计联营体，承担工程的总体设计工作。于2001年5月底，初步完成了西气东输输气干线的定线工作。整个工程设计中，共采用了30余项管道设计中较先进的技术，其中管道减阻内涂层技术、卫星遥感技术、复杂地形的水工保护技术、大口径穿越、长距离输气管道输送工艺设计、单气源多用户输气管道调峰分析、大型压气站设计等技术都居国内领先地位，为国内建设同类管道积累了大量的经验。

作为专门从事油气管道技术研究的管道科学研究院，充分发挥科技主力军的作用，参与组织了多项重大科研项目的攻关。到目前为止，他们所承担的绝大多数科研项目，已经直接应用于西气东输工程，见效之快、转化率之高为国内罕见。

“西气东输大口径输气管材技术条件研究”是国家经贸委的重点研究课题，研究内容直接关系到管道的运行安全、投资和钢材的国产化。2000年4月至2001年9月，课题组通过大量的调查、试验、研究分析、理论计算和科学论证，制定了具有国际先进水平、满足工程要求的工程用钢、钢管的技术条件，圆满完成课题研究。为西气东输工程的钢管采办，为钢厂炼钢、制板，为管厂的制管、弯管提供了科学的技术支持。

管道科技精英们瞄准世界管道焊接技术的前沿，调研、咨询、设计、试验、制造，于2000年成功地为西气东输研制出了具有国际先进水平的PAW2000全位置自动焊机。

2001年，与PAW2000自动焊机相配套的国家经贸委重点科研项目“西气东输大口径管道坡口整形机的研制”“西气东输大口径管道气动内对口器的研制”也由管道科学研究院相继完成，实现了西气东输工程自动焊配套设备国产化。

PAW2000管道全位置自动焊机及配套设备的研制成功，不但填补了国内空白，为我国的管道施工队伍参与国内外市场竞争提供了强有力的技术和设备保障，更重要的是大幅度地平抑了进口设备的价格，使引进的自动焊机、坡口机、对口器，平均价格下降幅度达40%以上，为国家节约了大量的资金和外汇。

长期以来，由于钢质弯管形状的特殊性，弯管防腐一直以手工作业为主，直接影响到工程的质量和进度。为了改变这一现状，2001年初，受国家经贸委委托，管道科学研究院承担了国家重点科研项目“大口径热煨弯管外防腐涂敷作业线的研制”。针对西气东输弯管的大管径、大壁厚等特点，科研人员发扬勇攀科技高峰的精神，成功地研制出我国目前唯一的一条大口径双层环氧粉末弯管外防腐涂敷作业线，实现了西气东输弯管防腐的机械化操作。这条作业线提高了弯管防腐的生产效率，实现了西气东输整条管道的防腐等级和寿命的一致性，改写了我国弯管防腐施工一直由手工操作的历史，填补了国内空白，达到了世界先进水平。

攻坚克难

西气东输工程有五大难关，即东部和中部的水网、高山、黄土塬、江河穿越及西部无人区。其中四大难关已被管道局攻克。

管道局承担的25标段地处江南，横穿江苏镇江、常州两市。水网密布，河塘众多，降雨频繁，人口密集。工程要穿越中小河流、水塘242处，难度很大。特别是受征地等诸多因素的影响，设备进场频频受阻，施工进展缓慢。管道一公司施工人员攻坚克难，战胜自我，创造出了一系列战胜水网的施工作业法，于2002年10月15日率先冲出了东部水网，实现了集团公司关于西气东输工程的战略部署，完成了管道局局长苏士峰提出的集结优势兵力、在25标段打歼灭战的战略目标，为管道局挥师西进奠定了基础。25标段还创造了东部防腐补口、焊接一次合格率以及综合进度第一名的纪录，两度荣获业主授予的“优胜单位”称号和“勇攀高峰创一流项目部”荣誉称号，在质量月活动中被评为“西气东输管道工程2002年‘质量月’优胜单位”，使管道建设主力军的旗帜在江南上空高高飘扬！

在山区的最难点——19标段，管道局参建将士经过6个半月的奋战，积累了丰富的山地施工经验，创造了一个又一个山地施工作业法。以管道焊接一次合格率99.35%、防腐补口一次合格率100%的优异成绩，把钢铁巨龙牵过了太行山。2002年10月15日，管道局率先在陕晋和豫皖段完成了管道主体焊接任务，实现了在10月底全线贯通的目标，成为西气东输工程首批提前实现主体贯通的标段。

西气东输主干线36条大江大河穿越，管道局承担了32条。2001年11月22日，长998米、重800多吨的钢铁巨龙，在RB-5水平定向钻机的强大拉力牵引下，从淮河26米深处回拖到地面。管道局穿越公司圆满完成具有战略意义的西气东输第一穿——淮河水平定向穿越工程，再次刷新了中国管道穿越史的新纪录。

2002年10月，管道局穿越公司完成了全线的咽喉工程——郑州黄河滩地四次连续穿越。从3月20日南岸一穿开钻，到10月7日北岸三穿成功，历时7个月，穿越公司战胜艰难险阻，按期完成了黄河滩地水平定向穿越。

由于西气东输首选的长江盾构、黄河顶管穿越遇到困难，已不能如期完工，今年年初，集团公司决定启用定向钻穿越备用方案，将这两项关乎集团公司重大战略决策的“卡脖子”工程交给了管道局。管道局站在集团公司大局的高度，不讲条件，不计价钱，克服了地质条件复杂、工期紧、风险大等困难，昼夜奋战，科学组织施工。长江穿越在泥泞中奋战，赶在桃花水来临前，两穿主河道连头。黄河穿越，在流沙、砾石等复杂地质条件下，打破常规，加大泥浆泵量，科学配比泥浆，胜利完成3200米主河槽和滩地穿越并成功连头。在不到两个月的时间内，管道局的穿越队伍不辱使命，一举拿下两项“卡脖子”工程，集团公司总经理马富才等领导发来贺电表示祝贺，并给予管道局高度赞扬。

沁河穿越，地质情况极其复杂，主要是砾石层和砂层，很难成孔，在这样的地层进行1016毫米大口径管道穿越，国内没有先例，是西气东输管道穿越工程中穿越难度最大的一个要塞工程。今年5月，管道局穿越公司克服了冒浆、坍塌等技术难题，一举穿越成功。至此，由管道局承担的32条大江大河穿越工程全部顺利竣工。

决战无人区

管道局队伍在攻克四大难关后，近期又展开了对西部百里风区、无人区最后这个难关的决战。西部4、5标段近400公里全部在沙漠戈壁，距312国道平行距离150公里，交通极不方便，信息沟通难，社会依托极差。施工段方圆150公里没有人烟，运送钢管，往返190公里，需12个小时。一个机组的正常运行，需要67台车来保证。每年的10月到第二年的3月是漫长的冬季，气温在零下30摄氏度左右。长年无规律的大风不断，特别是4到6月，为大风和暴风季节。据历史记载，曾发生过火车被刮翻、汽车被刮跑的事故。由于自然条件和气候的原因，这个地区一年内有效施工时间仅有7、8、9这3个月，其间地表温度最高达60摄氏度，自然环境极其恶劣。可以说这是西气东输全线最艰难的施工地段。

6月27日，管道局在现场召开了4、5标段开工典礼誓师动员大会，6月28日在哈密市召开了项目经理会，就贯彻集团公司总经理马富才关于快速通过4、5标段，再创新指标的要求，作出了具体部署。4个工程公司的精兵强将和7个全自动焊机组已全部上去，参建将士斗志昂扬，决心再接再厉，勇攀高峰，用国际一流标准，建设国际一流工程，确保集团公司全线通气目标的实现。

西气东输工程开工建设一年来，管道局全体参建将士按照局长苏士峰的要求，以创新为动力，以效益为中心，推进科技进步，强化企业管理，统筹部署和安排队伍，发挥整体优势，在工程建设中，争创一流，打造品牌，以设计、施工、技术、装备、管理、人才等绝对优势，充分展示了管道局的整体实力，进一步巩固了管道建设主力军的地位。“创新思维，实现超越，争雄国内,走向世界”。管道局誓夺西气东输工程的全面胜利，用行动实践承诺，用实力创造未来。

（2003年7月24日《石油管道报》）

西气东输“先锋气”抵沪

运行人员全部就位　陕北天然气惠及上海用户

10月7日凌晨2时，西气东输管线上海青浦白鹤分输站燃起熊熊火炬，金黄色的火焰在夜空中显得格外耀眼。顿时，现场沸腾起来，人们欢呼雀跃，群情振奋。这标志着西气东输首批“先锋气”已成功抵达上海。

按照西气东输工程的进度计划，东段管线即靖边—上海段已于10月1日投产。由陕西靖边前来的“先锋气”，经过1485公里的跋涉，翻越吕梁山、太岳山、太行山和黄土高原，穿过长江、黄河、淮河和江南水网，终于抵达上海末站。经过近7天的运行，投气置换场站22个、阀室61座。7日凌晨0点29分，氮气到达上海末站，末站人员冒雨进行了监测和气体置换。

西气东输管道生产运行劳务是由管道公司承包的。从今年3月起，按照西气东输管道运行进场计划，管道公司陆续安排了进场人员。至8月中旬，管线东段所需247名运行人员全部就位。为确保投产顺利和投产后管线安全平稳运行，管道公司还在全公司范围内选拔了13名优秀技术人员进行现场保驾。管道公司党政领导对投产非常重视，9月份以来，公司领导刘磊、张加林、高庭禹等先后检查了管线场站情况，看望了奋战在一线的员工，提出了期望和要求。运行人员发扬管道精神，以让业主满意为宗旨，克服工期紧、任务重等困难，投产前，对照投产方案反复演练，熟练掌握工艺流程，发现和排除了多起隐患。投产期间，在业主的指挥下，运行人员操作阀门上千次无差错，确保了投产一次成功。

在今后近1个月的时间内，管线运行将转入升压检漏阶段，运行人员将迎接新的考验。目前，投产运行人员精神饱满，信心十足。他们表示，有信心、有能力圆满完成生产运行任务。

（2003年10月9日《石油管道报》）

首台国产管道全自动焊设备成功应用

现场应用表明，其性能已与国际顶端产品相媲美

日前，从西气东输二线20标段传回一个令人激动的消息：我国首台国产管道全位置自动焊机现场推广应用成功，达到了每8分钟完成一道直径1219毫米、壁厚18.6毫米焊口的设计能力。

中国石油天然气管道局华北石油工程建设有限公司（简称华油工建）总工程师、国产全自动焊应用课题攻关小组负责人王鲁军兴奋地说：“这台由中国石油天然气管道科学研究院历时3年研制的中国第一台国产全自动焊接设备，经过华油工建公司历时1年半的现场推广应用，从能力到表现上已完全能和目前焊接界号称NO.1的美国CRC公司产品相媲美。”

试水首台国产设备

在中国的油气管道焊接史上，全自动焊机一直依赖国外进口，为实现管道人对国产全自动焊机的梦想，2008年5月，中国石油天然气管道科学研究院研制出1台PIW48＋PAW2000A＋PAW3000大口径管道全自动焊机。华油工建公司获知这一消息时恰值该公司备战西气东输二线，正在考察美国CRC公司生

产的全自动焊设备。“3000多万元的设备购置费，必须使用价格高昂的进口焊丝以及每年600多万元的设备使用成本，还有中国人自己不能掌握的核心技术——只能由美国人设定的焊接参数，令当时还属华北油田公司的华油工建公司有些不满意。”华油工建的相关负责人介绍说。相比之下，国产全自动焊设备优良的设计性能、相对低廉的造价及应用成本吸引了华油工建公司领导的目光。但是，作为国产第一台全自动焊接设备，尚未经过实际应用的考验，加之由于原配件多为国产，故障率相对较高，新设备上线需要较长的磨合期以及较高的新技术推广费用，这些是不得不考虑的风险。

华油工建公司派出技术人员到管道研究院进行反复考察，并对他们研制生产的全自动焊设备进行了充分的能力评估。与此同时，他们也对管道研究院的管理水平、研究能力以及科研态度进行了认真的评估。对华油工建公司有吸引力的是，这套设备所有的参数设置及调整等设备核心技术，可由施工方掌握。当时，对于华油工建公司来说，一边是美国CRC公司已成熟的全自动焊接技术，一边是中国第一台应用效果尚待考证的国产全自动焊接设备，用科学发展的眼光进行决策起着至关重要的作用。经过几番考察论证，华油工建决策层最终拍板：支持国产全自动焊设备，做第一个吃螃蟹的人！

设备调试应用一波三折

经过谈判，华油工建公司定购了价值3000多万元的三套设备（一套Φ1016、两套Φ1219）。由于这种设备是由管道研究院完全自主研发的填补中国同行业空白的新产品，因此在推广应用过程中可谓一波三折。

当设备运抵华油工建公司后，公司立即组织成立了课题攻关小组，在管道研究院技术专家的指导下对全自动焊机进行了全面调试及员工培训。经过4个月的练兵，设备达到了性能要求。时值西气东输二线西段开工，华油工建决定把这台国产设备送到西气东输二线西段去进行实战。当寄托着无数人心血的全自动焊机抵达西二线后，应用效果却不尽如人意，由于工作强度、环境的改变，使设备在焊接中，故障频发。经过一番努力，虽然最终设备焊接能够达到业主对焊口质量的要求，但其性能却还远远达不到CRC设备的表现。

2008年11月，国产全自动焊接机组完成了西二线西段的施工任务，全自动焊设备撤回河北任丘基地。在“国产设备能不能达到CRC设备的技术水平”质疑声中，华油工建的科研人员展开了对自动焊设备应用技术的再攻关。这次，他们先是从外部入手，从对防风棚的量身定做，到操作人员的精心选择，制定了周密、系统的培训计划。同时就每一个环节加以有效控制。

在经过缜密的梳理之后，再加上与厂方专业技术人员一起连续挑灯夜战，查阅大量资料并反复焊接考证，终于发现全自动焊接设备PAW2000A+PAW3000的共存方式从理论上可行，但从实际应用的角度出发则存在致命的缺陷。在征得管道研究院同意后将PAW2000A改为PAW3000，从而简化了施工程序，并且还对设计不合理的内焊机焊炬总成作了更换。与此同时，他们针对热焊时热焊道凸起和未熔合的问题，重新设定焊接速度、送丝速度、单摆时间、电弧电压等6个参数并进行匹配试验，对填充盖面出现的气孔，采取调整摆幅宽度、摆动频率、气体流量等措施，解决了这一技术难题。经过潜心钻研和反复试验，全自动焊机结构趋于合理，焊接性能稳步提高。今年6月，这套被调试好的全自动焊设备被运抵河南鲁山县，投入到西二线东段管道20标段的焊接施工。

购置费仅为进口设备1/3

这套国产焊接设备在应用中逐渐找到了感觉。据介绍，今年8月，使用该焊机成功穿越1条宽90米、深8米的水沟和焊接1处7度纵向转角管道；9月11日，焊接管口30道，一次检测合格率100%；9月12日，焊接管口40道，一次检测合格率100%；9月13日，焊接管口51道，一次检测合格率98%；近日更是表现出可同时进行1个人打底、1个人热焊、5个人同时进行填充盖面的平均每8分钟就能完成一道焊口的优越性能。华油工建公司终于率先实现了全自动焊技术的国产设备应用，完成了这项科研成果的转化。

据了解，这台国产全自动焊接设备的购置费仅为进口设备的1/3，而且，其设计使用焊材均为国产焊材，价格也仅为进口焊材的2/3。此外，如果该设备一旦批量投入使用，不仅能为使用单位大大降低施工成本，给施工企业带来丰厚的回报，而且还能带动国内相关产业如焊接材料行业的发展。

以华油工建公司在西气东输二线施工为例，他们应用于国产全自动焊接设备的"大桥"及"华通"牌国产焊丝，以每公里350公斤焊丝计算，已焊接完成的30公里就已应用国产焊丝10余吨，为国家节约了大量外汇的同时也推动了国内相关行业的发展。

（2009年10月26日《中国能源报》）

在中石油，杨庆机组可谓大名鼎鼎，集团公司政治思想工作部主任关晓红曾对荣膺"全国青年文明号"和"全国青年文明号十年成就奖"的杨庆机组给予高度评价："杨庆机组是管道青年的杰出代表，是中国石油的又一个品牌……"经过多年管道建设的历练和磨砺，首任机组长杨庆已成长为一名成熟的管道工程项目经理，并成功地在——

项目管理中发扬“杨庆机组”作风

初秋时节，记者深入西气东输二线东段采访，见到了EPC项目部豫鄂分部经理杨庆。两三年未见，曾经意气风发、冲劲十足的青年，变得成熟稳健，两鬓已悄悄地挂上了白霜，但他眼神中仍透着坚强和刚毅。用辛弃疾的词形容他比较贴切——“少年不识愁滋味，爱上层楼……而今识尽愁滋味，欲说还休……却道天凉好个秋”。

采访后，用一句话可高度概括杨庆带领的EPC豫鄂分部的特点：“最多”与“最少”，工程项目最多，工程量最大，安全和质量问题最少。豫鄂段主干线工程量在西二线东段主干线4个区段中所占比例最大，主干线从18标段到24标段共7个标段，枣阳—十堰支干线2个标段，干、支线9个标段，管道总长1155公里；项目部人员精干，项目经理1正3副，加上办公室工作人员一共只有11人。

如何以最少的人完成最多的工作量，杨庆把“杨庆机组”作风带到了项目管理中，努力打造EPC豫鄂分部管理特色，为出色完成各项管理工作奠定了基础。

EPC豫鄂分部组建伊始，杨庆就要求分部人员发扬“三老四严”的工作作风，并将“三老四严”落实到“严、勤、快、准、狠”五个字上，即对待工作严格认真，开展工作勤奋不倦，工作过程快速高效，工作结果准确及时，发现隐患狠抓不放，以此来体现EPC豫鄂分部的管理特色。

在对待工作严格认真上，杨庆做到了身体力行，践行有感领导。在协调、解决工程施工中的问题时，他总要认真仔细地核实出现问题的原因，之后再着手联系相关人员协调和解决问题；对待他人，无论是分部人员由于不认真耽误了工作或损害了分部形象，还是施工单位由于没有严格执行总部或分部的文件要求，给工程施工安全、质量或进度造成隐患和风险，他都会毫不留情地给予严肃批评，并要求限期纠正，有时还会主动指导和帮助纠正错误。

杨庆把“杨庆机组”作风在项目管理中发挥到了极致。豫鄂段工作量大，而工作人员数量有限，无论是分部主管领导，还是部门具体业务人员，每人都身兼数职，白天要到施工现场处理、落实和检查工作；具体业务资料的处理、文件材料的批复、各种报表的统计汇总，以及一些汇报、总结材料等，只能靠晚上加班来完成，经常要加班工作到凌晨。分部工作人员正是凭着这种勤奋工作、不知疲倦的态度，超常规地完成了大量的事务性工作，确保了各项管理工作顺利开展。

工作过程快速高效。高效率、快速度地协调解决施工单位提出的问题，是杨庆对分部人员提出的基本要求。他规定，对施工单位提交并需要分部协调解决的问题，需要进一步核实并经过研究决定的问题，一般不得超过3天回复，特殊情况3天内不能回复的，要及时给予解释说明；对于有明确规定、短时间内可以给予明确答复的，要当场落实处理，事不过夜。他们在报审资料、变更申请和征地情况的反映等问题的回复方面，都体现了豫鄂分部高效率、快速度的管理特色。

工作结果准确及时。十堰支干线“9·30”投产段，因施工单位缺乏施工管理经验，加上地方征地协调困难，施工进度一直严重滞后。为此，分部采取现场蹲点办公的办法，准确及时地掌握、了解和解决影响施工进度的各种问题。杨庆率分部相关工作人员常驻工程所在地蹲点办公，通过现场踏勘调查、制定例会制度等方法了解存在的问题。他们在了解到施工单位还有几处存在很大工期风险的隐患未反映时，根据现场掌握的实际情况作出风险分析，向EPC总部和业主提交了存在工期风险的分析报告，总部对此及时采取了应对措施。由于他们反映的问题准确及时，保证了EPC总部采取的对策切实可行，进而有效地消减了工期风险。

杨庆严格要求发现隐患狠抓不放。进入场站施工后，在对站场安全、质量检查中，杨庆发现河南段各标段开展工艺安装后，不重视施工质量的管理，导致出现管材和阀门防腐层受到损伤的现象，给站场工艺安装施工带来了质量隐患。针对出现的问题，分部立即起草了进行处理的相关文件，并按EPC总部质量管理奖惩办法的有关条款进行了经济处罚。同时，分部要求施工单位认真分析，找出问题的根本原因，并根据存在的原因进行落实整改。不仅如此，他们还要求施工单位对施工人员不负责、不重视工程质量的行为进行处理，以达到教育的目的。他们还对有关单位出现的质量问题及分部的处理情况进行了通报，要求其他施工单位举一反三，认真自检自改，确保此类质量问题在各施工单位中不再重复出现。豫鄂分部这种遇到安全、质量问题，敢抓狠抓、一抓到底的管理风格，受到了EPC项目部的充分肯定。

EPC豫鄂分部克服任务重、战线长的困难，充分发挥地区分部现场管理职能。分部所辖的标段机组多，去年9月到今年4月，干、支线各标段为保证工期增加了施工资源的投入，高峰期焊接机组达到35个，防腐、土石方、下沟、连头和顶管等其他工序的机组81个，机组总数达到116个。同时，管线距离长，分管区段内，仅主干线两端的公路行程就达到1100公里，再加上十堰支干线，公路行驶单程达到1400公里。在工作量大、管理空间距离长的情况下，怎样发挥EPC地区分部安全、质量和进度现场管理的职能呢？

杨庆提出了分部副经理分片负责、业务工作互相兼顾的工作安排，明确各副经理分管片区内的安全、质量和施工进度。各部门工作人员随各片区副经理在施工现场期间，在落实本岗位工作的同时，对其他安全、质量和进度问题也要同时落实处理，并将结果向相关专业部门反馈。这样既解决了分部在一个检查周期内，对所有标段安全、质量全部检查一遍时间不够的问题，又保证了分部按EPC总部的要求，发挥地区分部现场管理的职能。

由于管理空间距离长，EPC豫鄂分部工作人员长期奔波于各标段施工现场之间，为西二线东段工程付出了超常的辛勤劳动。自开工以来，分部4辆车总行程公里数已经达到72万多公里，平均每台车日行程在300公里以上。

EPC豫鄂分部在杨庆的带领下，注重打造管理特色，较好地完成了前期的各项管理工作。杨庆表示，在下一步工程施工的管理工作中，将继续努力，更加出色地完成各项管理工作，确保实现西二线东段各阶段的工期目标。

（2010年9月13日《石油管道报》）

诺言

2009年12月15日，管道局完成了中亚天然气管道建设，来自中亚的天然气开始源源不断地进入中国，中国四大能源通道之一的西北能源通道开启了新纪元；2010年12月5日，仅仅过去了不到一年时间，湖北省就接收到了来自中亚的天然气。

“管道人一诺千金，既然说到我们就一定会做到！”管道局局长赵玉建用这样的话语抒发着心中的喜悦之情。让我们一起回忆管道建设者们曾经许下的诺言，回首西二线东段工程建设的日日夜夜。

“请党中央、国务院和全国人民放心，全体管道建设者有决心、有信心、有能力，不辱使命，不负重托，高标准、高质量、高水平地建好这条国家能源战略通道，把西二线工程建设成为经得起历史检验、经得起实践检验的精品工程！”

2009年2月7日，在西二线东段开工仪式上，赵玉建代表西二线东段全体建设者作出了庄严的承诺。

西二线东段工程包括1条干线和6条支线，干、支线总长度5321公里，是目前国内最长的天然气管道项目，由管道局EPC总承包建设。管线沿途经过荒漠、高山、梁峁沟壑、黄土塬、江南水网等地形地貌，共设站场60座、阀室213座、隧道38座，需穿越大中型河流259条（其中定向钻113条、顶管49条）、铁路78条、二级以上公路502条。其中，中卫—广州干线工程全长2427公里，设计压力10兆帕，管径1219毫米，共设站场27座，线路截断阀室88座。

西二线东段工程计划于2011年底前全线贯通。经过全体参建员工的日夜奋战，2009年10月26日，西二线东段工程管线主体焊接突破1000公里；12月14日，管道主体焊接完成1329.57公里，占工程总量的53.68%，超额完成业主下达的三级控制计划，所有的施工都在有条不紊地进行着，按照计划工期稳步推进。

“同志们，西二线东段提速是我们迎接挑战的开始，为实现集团公司的整体战略部署作出积极贡献，是管道局义不容辞的光荣使命。确保按期实现集团公司党组明确的工期目标，我们重任在肩、责无旁贷！”

2010年3月25日，在河南郑州召开的西二线东段EPC项目党工委（扩大）会议和施工部署动员大会上，管道局党委书记、西二线党工委书记张学明用这样铿锵有力的话语鼓舞着西二线东段工程全体参建员工。

2009年12月15日9时58分，来自土库曼斯坦的天然气通过刚刚投产的中亚天然气管道，途经乌兹别克斯坦、哈萨克斯坦呼啸而来，从霍尔果斯口岸进入中国境内；12月22日17时58分，天然气经过7天零8小时的运行，历经中亚管道、西二线西段数千公里的征程，安全顺利抵达陕西靖边，备受瞩目的西二线西段工程投产一次成功，管道局创造了2009年管道建设史上的奇迹。中亚的天然气如约而至，中国西部天然气紧张局面得到大大缓解，但中下游地区的“气荒”现象依旧严重。集团公司决定：采取分段、分期投产建设的方式，加快推进东段工程建成投产，2010年12月投产至黄陂，年底之前全线贯通，工期整整提前了一年。

面对前所未有的困难、挑战和考验，管道局党政领导对此高度重视，多次进行现场调研，听取西二线东段EPC项目部的工作汇报，并多次召开工程推进会，要求举全局之力，坚决履行好保障责任，在工程的攻坚阶段，开展全局性的“两全”工作，为艰、难、险、重凸显的西二线东段工程保驾护航。

与此同时，各参建单位面对着这一看似不可能完成的任务，发挥着各自的聪明才智。2010年11月29日，西二线东段32标段主体焊接完工，牢牢把握了西二线东段黄陂以南工程建设的主动权。粤桂分部经理宋文至今对此仍记忆犹新："2009年，西二线东段工程广东段30、31、32三个标段共完成了150多公里的干线焊接量，超额完成了三级计划和四级计划，且在雨季到来之前抢下了所有水网泥泞段施工。原以为能喘口气了，但工期提前了一年，我们不得不再次提速赶工期，前期超额完成的任务在这个时候就显得弥足珍贵了！"

"集团公司的要求就是军令状，我们没有任何条件可以讲！"在多次大会上，管道局局长助理、西二线东段EPC项目经理张吉海要求所有参建西二线东段的员工对集团公司领导要求的工期目标积极响应，坚决履行好保障责任。此时的"管道铁人"张吉海泰然指挥着所有队伍加班加点。

"当前全局重点工程建设责任重大、使命光荣，但是在英雄的管道人面前，没有克服不了的困难，没有战胜不了的挑战。只要我们只争朝夕，奋力拼搏，国家油气战略通道就一定能够按期优质安全建成投产，胜利就一定属于我们！"

2010年6月18日下午，在管道局"奋战一百天，夺取主动权"重点工程建设动员大会上，赵玉建的话，代表了管道局全体员工打赢这场重点工程建设攻坚战的决心。

面对复杂严峻的形势，管道局党委作出决定，从6月20日到9月30日，全局开展"奋战一百天，夺取主动权"重点工程建设百日攻坚工作，根据集团公司最新制定的工期节点，西二线东段工程要在2010年12月之前完成中卫—黄陂段投产，管道人此时正在与时间赛跑。

西二线东段EPC项目部积极调整施工部署，梳理工期风险点，抓好控制性工程；项目党工委适时开展劳动竞赛，为工程的顺利推进注入了活力，并在管道局的大力支持下，筹集了500万元资金用于奖励竞赛优胜者。全体参建员工精心组织，科学管理，奋勇拼搏。在西二线东段加紧施工的同时，全线多个标段遭遇了几十年不遇的暴雨。在困难面前，全体参建员工坚守岗位、齐心协力，在汛情严重的状况下，顺利完成了沙河大开挖穿越，创造了管道建设史上复杂地质条件下长距离大开挖穿越的新纪录；渭河穿越则采用两次定向钻穿越+爬堤方式顺利通过，谱写了定向钻穿越的新篇章……类似的事例不胜枚举。

经过500多个日夜的艰苦鏖战，2010年10月31日，中卫—黄陂段主线路全部贯通；11月15日，管线注氮并封存完毕；11月18日17时45分，来自中亚管道的天然气从西二线西段的中卫末站进入西二线东段的第一个输气站——海原压气站，经过73.3小时的置换，11月21日15时12分，西二线东段黄陂联络站火炬点火，期间无冰堵、无泄漏，管内清洁和干燥效果经受了层层检验，实现了自动化一次投产成功，工程交接一次验收合格，得到了管道建设项目经理部和运营单位的充分肯定，用实力兑现了管道建设者“高标准、高质量、高水平、高效益建设世界一流工程”的诺言！

“成绩属于过去，使命任重道远，西二线东段剩余干线和支干线工程建设任务依然艰巨。”

2010年12月5日，在中卫—黄陂段投产进气仪式现场，管道局局长赵玉建代表管道局许下了一个新的诺言：按期完成西二线东段工程的所有施工任务。

中卫—黄陂段投产，仅仅是西二线东段成功迈出的第一步，西二线东段工程的建设任务依旧繁重，责任依旧重大。

“在这样周期短任务重的情况下，我们的参建员工靠什么完成了如此艰巨的任务？”在投产仪式现场，记者采访了管道局局长赵玉建。

赵玉建思索了片刻，坚定地说：“首先就是管道人的责任感和使命感。西二线东段工程情况复杂，遇到的矛盾问题前所未有，但我们有勇气、有毅力去克服一个个困难；其次就是管道局在‘十一五’期间，技术、装备、队伍建设都有显著的提高，积累下强大的管道工程建设实力，我们有能力去克服这些困难！我们优质高效地完成了西二线东段工程的阶段性任务，下面还有黄陂到广州，还有多条支线，我们将会遇到更大的困难和挑战。全体员工有能力也有信心将西二线东段工程建成战略工程、优质工程、阳光工程、绿色工程！”

西二线东段工程建成以后，将和已经建成投产的中亚天然气管道工程、西二线西段工程连通，形成中国四大能源通道之一。管道局作为建设者和见证者，不仅完成了一项伟大的历史使命，建设了一项利国利民的精品工程，更向全世界宣布：我们一定会履行许下的诺言！

（2010年12月7日《石油管道报》）

中石油民生工程造福4亿百姓　为党的90华诞献上一份厚礼

西气东输二线工程干线贯通投产

管道局EPC总承包　建成世界上最长天然气管道

6月30日9时18分，中国石油集团公司领导和广东省政府副秘书长李春洪，共同开启西气东输二线广州分输压气站的进气阀门，点燃站内放空火炬，西气东输二线工程干线贯通投产。中央电视台新闻频道对此进行了现场直播。

来自土库曼斯坦阿姆河右岸的天然气，横跨土库曼斯坦、乌兹别克斯坦和哈萨克斯坦，通过中亚天然气管道，由新疆霍尔果斯入境进入西气东输二线，途经国内15个省（市、自治区），到达珠江三角洲地区。

李春洪在投产仪式上致辞，中国石油集团公司领导发表讲话并下达投产指令。股份公司总工程师黄维和主持投产仪式，管道建设项目经理部领导汇报了工程建设情况。管道局局长赵玉建、副局长李文东代表EPC总承包商，西气东输管道公司总经理黄泽俊代表运营单位参加投产仪式。

李春洪在致辞时表示，西气东输二线干线工程的投产将为广东省沿线各市带来充足的天然气资源，为全省天然气安全平稳供应提供保障。该工程将有力地促进广东省经济健康可持续发展，造福沿线人民群众。

集团公司领导在讲话中强调，西气东输二线工程干线贯通投产，对保障国家能源安全、优化能源消费结构、推进节能减排都具有重大的现实意义。通过该工程，中石油开启了企地合作的新篇章。

西气东输二线工程是中华人民共和国成立以来投资规模最大的能源项目，是我国第一条通过陆路引进境外天然气资源的战略性工程，也是目前世界上距离最长的天然气管道工程。工程年输气能力300亿立方米，并可稳定供气30年以上。

近年来，中国石油结合民生工程建设国内天然气管网，将99%的天然气资源通过管道运输到国内26个省（市、自治区），主要消费市场包括1000多家大型企业和广大居民用户，天然气销量持续保持两位数增长，相关受益人口超过4亿。

西气东输二线建成投产后，将与西气东输管道、涩宁兰管线、陕京管线、冀宁联络线等已建成的管道联网，形成我国主干天然气干线管道网络，构成近4万公里“气化中国”的能源大动脉。

（2011年6月30日《石油管道报》）

为保“绿色”宁可延长工期

一直使用液化气的广州市某小学教师郭晓芳早就盼望天然气管道通到自家。她说，用天然气做饭更省钱、更干净。

跟郭晓芳一样，许多生活在南方的人在6月30日盼来了中国石油人送来的清洁能源——天然气。这一天，西气东输二线（以下简称西二线）干线全线贯通送气，来自土库曼斯坦阿姆河右岸的天然气可以直达珠三角。

数据显示，西二线的建成将使我国4亿人口受益，使天然气在我国一次能源消费中的比重提高1至2个百分点，每年替代7680万吨煤炭，可减少排放二氧化碳1.3亿吨、二氧化硫144万吨、粉尘66万吨、氮氧化物36万吨。可以说，西二线是促进中国能源结构升级的重大民生和环保工程。

回首建设西二线的光荣与艰辛，中国石油管道局局长赵玉建自豪地说：“管道局作为西二线工程的EPC总承包商，在管道建设中始终强化安全监督，保护生态环境。从建设之初就制定了环保优先的原则，要把西二线构筑成一条绿色管道长城。如今这一目标实现了。”

“决不能伤害赛里木湖的一草一木”

如今，在曾经施工的自然保护生态核心区等地，已经看不到管道建设的痕迹，长满了绿油油的青草。

有人这样计算：如果把西二线节约的土地折算成1米宽的绿地，则比地球赤道还要长；所减少扰动的土地面积，相当于5804个足球场。

全长8653公里的西二线沿途经过戈壁荒漠、高山浅丘、梁峁沟壑、黄土台塬、山间谷地、崇山峻岭、江南水网、世界级湿地等地貌单元，地质情况复杂多变；管线跨越黄河流域、淮河流域、长江流域、珠江流域，穿越洞庭湖区、鄱阳湖区，经过5处国家级自然保护区（风景区）、21处一级水源地和重要水体、14处重点文物保护区；管道沿线的几大水系和水源地是沿途地区工业、农业、生活用水的主要来源。这些都给施工及管理带来极大的挑战，在中国管道建设史上也是前所未有。

2008年2月22日，中国石油天然气集团公司领导在北京人民大会堂举行的西气东输二线开工典礼仪式上庄严承诺：始终坚持“环保优先、质量至上、安全第一、以人为本”的理念，努力使西二线成为促进环境友好型社会建设、造福广大人民群众的绿色工程。此后，中石油集团公司领导亲临现场，做出指示：“决不能伤害赛里木湖的一草一木！”

“按照这一要求，管道建设者自上而下地建立了严密的环保组织网络，制定严格的环保措施，加大环境保护投资力度，确保环境工作基础牢固。”赵玉建回顾说，“工程建设从设计、施工、管理全过程贯穿绿色环保理念，最大限度地减少环境污染和生态破坏。”

为最大限度保护好天山美景，西二线采用隧道和沟底走管线，全力避免破坏天山亿万年来生成的森林和草原，却大大延长了工期，增加了施工难度和风险。

针对赛里木湖草场的生态环境，管道局五公司项目部采取3项保护措施：一是利用原有的3条草场牧道作为施工机械进场便道，不另开施工通道。将设计的28米宽的作业带压缩到20米，刚够一辆车通过；二是在土层较厚的地段，将草皮剥离出来，堆放在作业带的一侧，用加厚防晒网覆盖保护，并适当喷洒清水保持湿润，等施工结束后再移回原地；三是对于堆放开挖土的作业带，工作人员在草皮上方铺垫了塑料布，将开挖土和草皮分隔开；并在塑料布上方铺垫500毫米厚开挖土，车辆在垫土上驶过减少对草皮的碾压。

特别是西二线沿途的果子沟、赛里木湖等地，是自然保护生态核心区。建设者们打破禁忌，利用冬季草场休牧期抓紧施工，在开工第二年春天播下的种子，已长成青草。如今一条美丽的管道绿化带成为西二线建设者创建绿色工程的最好见证。

在国内大型管道工程建设史上，企业自主编制生态修复规划尚属首例

管道建设项目经理部对西二线提出了“创建环境友好型水土保持示范工程”的目标。

“西气东输二线本身就是一个环保工程，它对我国节能减排、低碳经济和可持续发展作用巨大，会使我们的天更蓝、水更清，我们必须以环保的方法建设绿色管道，这是我们必须贯彻的一种理念。”管道建设项目经理部负责人说。

于是，就有了专门为新疆果子沟管道建设特别制定的生态修复规划设计方案。该方案由中国石油管道建设项目经理部专门单独立项，并邀请国家环保部、水利部、中国农业大学的专家组成专家组，经过多次到现场考察而研究制定。在国内大型管道工程建设史上，企业自主编制生态修复规划尚属首例。

像果子沟这样的生态恢复工程，贯穿着西二线建设始终。穿越古长城时，建设者采用地下顶管施工，每处增加近20万元投入，保证中华民族瑰宝——古长城毫发无损；在新疆4A标段，为绕开一处墓地，管线增长1公里，增加投入1000万元；在有着丰富文化遗产的三秦大地、河西走廊，建设者处处谨小慎微，发现文物，宁肯停工两个月，也要让考古人员完成发掘后再施工。

尽量减少土地扰动，是西二线始终不变的施工要求。按照国际惯例，直径1219毫米管道建设的作业带宽应为35米。为了节约用地，建设者在西二线施工中减少到28米。在一些特殊地段，甚至减少到仅够一辆作业车通过，节约了大量用地。

在西二线施工建设过程中，凡是动用过的土地，建设者都在完工之后尽快恢复原貌。在一些特殊地段，施工前先将草皮剥离易地种植，待管道掩埋后及时移回覆盖。即使是寸草不生的戈壁滩，建设者也同样按照土壤的生熟层级分层剥离，依照原样回填。

根据水利部对工程实施的环保实地监测表明，西二线建设的水土流失总治理度、土壤流失控制比、林草覆盖率等六大水土保持指标，均优于方案批复值。其中土壤流失控制比和林草覆盖率分别高出标准50%左右；减少扰动土地面积5803公顷。2011年3月1日，西二线工程被水利部命名为“水土保持示范工程”。

“施工环保标准也不能低于‘4A级’”

高度的社会责任感体现在每一个施工细节。各参建单位绝不把任何工业和生活垃圾留在作业现场，一律经过收集，然后集中处理。“除了脚印，什么都不要留下；除了记忆，什么都不要带走。”

管道四公司负责施工的钱塘江盾构穿越工程，位于浙江省海宁市盐官古镇。此地是国家4A级旅游风景区，公司安全总监朱建明承诺：“施工时，我们的环保标准也不能低于‘4A级’。”

盾构施工通常要求24小时不间断施工，多种高分贝设备同时运转，产生的噪声很大，而施工现场周边住着十几户居民。为此，施工项目部想到，“应该想办法减少噪声污染，尽量别影响居民休息。”

他们从噪声污染源着手治理。渣场噪声最大，项目部经过反复研究，把渣场建到离营地300米以外的一片荒地上。鼓风机是井下施工人员的“氧气瓶”，24小时不能停转，开动起来不仅扰民，也影响员工休息。项目部经过多次试验和改装，用水泥、石子和混凝土浇筑起一座隔音棚，把鼓风机“裹”了个严实。还有离心机、混凝土浇筑机、龙门吊等设备，全部分散安放在营地各个角落，想方设法把噪声控制到最小。

钱塘江盾构施工开工以来，设备24小时运转，从未接到一起居民投诉。在营地，上白班的工人夜里睡得很香，上夜班的工人白天同样能睡个踏实觉。

当地居民李大爷在盐官古镇生活了大半辈子，他家离营地最近。记者问他：“我们的施工对您和家人的生活有影响吗？”李大爷笑呵呵地回答：“你们那点动静，还比不上白天树上的知了叫呢！”

盾构施工实行两班倒。为加快进度，员工们需要挑灯夜战，可又担心彻夜高照的灯光影响周围居民休息。项目部经过多次调试，在施工现场中心位置立了一个杆灯，让灯光从中间向四周扩散。越向外延伸，光亮的强度越小。经过一段距离扩散到居民区时，光亮已经变得十分微弱，而工地上各道工序照常操作，不受影响。

（2011年7月27日《工人日报》）

一公司：青龙寨隧道完工

开栏话：西气东输三线东段工程是西二线、西三线与东南沿海地区天然气管网连接的桥梁，是有效缓解东南沿海地区供气不足，推进海峡西岸经济建设和发展的重要能源通道。管道局EPC建设的2标段位于福建省境内，全长570多公里，开工一年来，项目取得重大进展。近日，管道局新闻中心组织记者深入施工一线，开展“记者福建国脉行”现场采访行动，集中展现国脉建设者的风采。

5月21日，管道一公司承建的西气东输三线东段管道工程青龙寨隧道顺利完工。

一公司承建的西三线东段管道位于福建省南安市，施工现场处于山区地段，地形多变，地势险峻，管道沿线需穿越隧道8条，共计7.3公里，一公司已完成其中5条隧道的施工任务。

青龙寨隧道位于厦门市海沧区东孚镇寨后村，全长764米，其中纵向转角2度5分，长约370米。5月12日，隧道正式打火开焊。为加快隧道内施工进度，CPP102机组用电动龙门吊进行管材起吊、组对等工序。相比手动龙门吊，电动设备在管材起吊时，耗时不到2分钟，平均每道口组对时间缩短近8分钟，大大提升了隧道内施工效率。

一公司项目部严抓安全管理，要求员工根据现场情况设置警示标志；进入隧道前，HSE监督员坚持对每名员工进行安全教育培训；在隧道内施工时，每个焊位增加一名巡视人员，确保隧道施工安全。

（2014年5月22日《石油管道报》）

四公司：自主研发新设备

5月19日，记者深入西气东输三线东段管道四公司承建的5标段CPP403机组施工现场采访时，发现正在30度左右的陡坡上进行挖掘作业的设备升级改造了，原来这是四公司为适应山地施工特点自主研发的新设备，并首次在西三线东段工程中应用。

5标段全长120多公里，管道沿线地质条件复杂，地形起伏大，以中低山、丘陵及沟谷为主，山区施工任务繁重，钢管运输困难，石方爆破量大，施工风险高。为了使施工设备能够更高效地为工程建设服务，四公司大力开展技术创新，自主研发了系列新设备。

记者现场看到的这种山地挖掘机下面安装了两个液压支撑的“大脚”，牢牢地“抓”在地上，大大增加了与地面的接触面积，使设备在山地施工时更安全。在山区作业带清理和管沟开挖时，两条后腿能起到支撑作用，提高了稳定性和安全性；还可以助推挖掘机，使其最大爬坡能力达到35度。此外，该设备还有一套调平装置，可在35度陡坡作业时，将车体与水平面的夹角降为25度，降低了车体旋转时侧翻的风险。山地挖掘机在提高工效的同时，也保障了施工安全。

自主研发的新设备还包括山地运管车、山地吊管机和电液内对口器等。

据悉，管道局下月将在西三线东段5标段举行现场演示会，并在全局工程项目中陆续推广使用这些新研发的设备。

（2014年5月26日《石油管道报》）

三公司：西气东输三线东段焊接质量稳居榜首

5月下旬以来，福建多地遭受暴雨袭击。管道三公司西气东输三线东段项目部加大雨季施工安全、质量等方面的管控力度，管道焊接合格率未受雨季影响，焊接质量稳居管道局EPC项目部榜首。

21日，记者在南靖县龙山镇CPP305机组施工现场看到，现场焊花飞溅，设备轰鸣，施工人员抓紧一切时间和暴雨赛跑。

三公司西三东项目部经理姚念双现场接受记者采访，介绍了三公司项目部强化质量管控的做法，就是加强各施工环节控制：对施工质量要求交底到作业层，加强原材料质量控制工作；狠抓施工现场质量过程控制工作；建立施工质量内部通报制度，设立通报专栏，推广好的施工质量管理方法，对施工质量差的机组进行通报；建立质量分析制度，项目部每月召开质量情况通报分析会，对当月实体质量、管控情况、出现问题进行分析，制定整改措施；建立严格的质量隐患奖惩制度，对违反施工程序和标准规范的行为严肃处理；实行关键焊口、连头口、金口备案制度。此外，项目部在全线开展“质量之星”评比活动，形成了比技艺、赛质量、提效率的浓厚氛围。技术人员每周对全线工程质量控制情况进行专项检查，对查出的问题现场整改，确保了工程质量全面受控。

在管道局西三东EPC项目部开展的劳动竞赛中，三公司西三东项目部多次被评为“组织管理优胜项目部”，所属机组多次被评为“质量管理优胜机组”。

截至5月22日，三公司西三东项目已焊接管道51.88公里，焊接无损检测合格率平均达到98.22%，稳居各参建单位榜首。

（2014年5月27日《石油管道报》）

全国“工人先锋号”　国脉建设展风采

CPP503机组：西三线东段专啃“硬骨头”

5月23日，记者深入管道五公司西气东输三线东段CPP503机组营地采访时，发现荣誉墙上挂满了奖牌，最高荣誉是2012年度中华全国总工会颁发的“工人先锋号”，最新荣誉则是上个月在管道局西三线东段EPC项目部月度评比中斩获的“质量优胜机组”和“HSE优胜机组”两项殊荣。

说起CPP503机组，了解的人都不禁竖起大拇指。从西气东输二线难度最大的果子沟隧道群施工，到湖北随州西二线东段22标段，从上海支干线8标段到广南支干线，再到中贵联络线举国闻名的历史名关娄山关隧道，CPP503机组多年来走遍祖国南北，为国脉建设作出了卓越贡献。

“机组取得的成绩只能代表过去，干得好不好，还要在这个项目上见分晓!”CPP503机组长黄战明自信满满。

如今，这支“工人先锋号”队伍来到福建省龙岩市，以饱满的热情和丰富的施工经验与福建省的酷热搏斗，与暴雨抢进度。施工中，机组员工高标准、严要求，狠抓质量管理，稳步推进施工进度。工程开工建设一年来，CPP503机组攻克了全线最难的山地施工，多次穿越河流及公路，为项目整体推进作出了突出贡献。去年，面对暴雨和高温的双重夹击，CPP503机组将天气、地势给施工带来的不利影响降到最低，攻克了长1.4公里、落差150米、坡度60度的全线最陡段施工难点。

今年4月底，福建迎来了雨季。CPP503机组积极做好安全技术交底，及时更新防雨布、逃生梯、掩木等施工必备品，落实各项安全措施。针对施工区段内难点多、山地多、河流多，需要进行大量的穿越、连头工序的特点，机组人员集思广益，仅用3天就完成了施工任务，为项目顺利推进夺取了“先机”。

CPP503机组在工作量不饱满，设备频繁搬迁，山地、河流施工艰难等不利因素下，月焊接94道焊口，焊接一次合格率达100%，设备完好率达100%，在EPC项目部、运营方、监理等进行的各类检查中，均获好评。

（2014年6月3日《石油管道报》）

“六大战役”展铁军风采
——访三公司西三线东段项目经理姚念双

5月21日下午，在西气东输三线东段项目南靖县龙山镇CPP305机组施工现场采访结束，记者来到位于漳州的管道三公司西三线东段项目部探访。

项目经理姚念双未到不惑之年，已经历了十余项工程的艰苦磨炼，参与了多个国内外重点项目的管理工作，发表了多篇省部级论文、成果，是高级经济师，一级注册建造师，通过了美国PMP资格考试，现任三公司经理助理。十多年管道工程项目管理和经营管理工作的历练积淀，使他此次担当项目经理显得游刃有余。谈起项目管理，他思维敏捷，如数家珍。

姚念双面对管道线路走向图，向记者介绍了漳州段工程的特点，并重点介绍了项目开工以来进行的“六大”战役。

——外协征地求突破。漳州段征地是全线最难的，受当地客观条件限制，当地政府对西三线东段支持力度有限，征地工作一直进展不大。为了迅速扭转局面，项目领导科学分析外协工作存在的问题，首先调整人员，抽调外协经验丰富的人加强外协力量，采取分工负责、分片包干、各司其职的工作方法。其次注重外协的整体谋划，根据外协人员的能力和征地难度统筹安排。同时，项目部制定外协人员奖励制度，外协工作滞后的局面逐步得到扭转，步入了良性发展的轨道。

——方案优化降成本。线路及施工方案优化是这项工程的关键点之一，漳州段大部分为山区，森林茂密，沼泽地众多，鱼塘、河流密布，施工难度极大。项目部通过线路优化、方案优化降低难度，结合现场实际和地方要求，先后进行了5次线路优化，既降低了施工成本，也节约了投资，仅台商区垃圾场一处线路优化，就为业主节省投资上千万元。

——控制性工程是关键。项目部始终把“三穿”作为各项工作的重中之重来抓，安排专人办理“三穿”通过权，全线第一家拿下了高速公路通过权、第一家拿到了河流通过权。项目部群策群力，有针对性地开展工作，在汛期来临前，完成所有河流施工，堤岸和河道全部恢复。目前两条高速公路已顶管完毕，鹰厦铁路穿越也已顶管施工穿越完成，为后续施工创造了条件。

——质量安全抓管控。项目部始终把安全环保作为“天字号”工程，持续开展质量安全“两全”活动，全面开展质量安全风险识别、质量隐患识别以及质量通病培训。对于安全隐患较大的特殊地点，项目部采取委派专职安全员旁站的方式进行重点管控，项目安全总监或HSE部长现场监督，确保万无一失。项目部大力推进机组JSA管理工具的全面推广，本着管生产必须管安全的原则，认真践行有感领导、直线责任。通过一系列的活动和扎实的工作，效果显著，安全全面受控，确保项目实现“零事故、零污染、零缺陷、零整改”的目标。目前焊接合格率达到98.2%，为全线最高。

——基础管理重提升。项目部从大处着眼、小处着手，先后制定了《西三东项目管理实施细则汇编》和《项目业务流程手册》，从外协征地、分包、物资采购等各方面规范项目管理，做到做事有依据、执行有流程。项目高度关注细节问题，先后制定了施工单线图、工程销项表、留头统计表、未回填地段统计表。在日例会上逐个分析对照工程销项表，逐个解决，做到了责任明确、时间明确。强化计划管理，筹划施工队伍，项目部实行动态管理，采取“滴灌式”农业种植方式，制订详细的周计划、月计划。针对点多、线长、面广、“多点开花”的工程特点，项目部优化资源配置，确保焊接、防腐、挖沟、下沟、回填、三穿等工序有条不紊，保障了工序间的有效衔接，提高了项目的运作效率。及时做好物资验收、入库和出库等仓储计划性管理工作，为工程建设持续推进提供了保障。推行专业化管理促提速，在大力实施公司3+N项目网格化管理的同时，积极探索创新点，先后制定了内部成本合同范本、机组成本分析模板、材料单公里消耗清单、作业面配备标准等。通过签订内部承包合同，每月组织召开成本比对分析专题会，由项目部依据单公里焊接成本作为参考指标，结合完成工程量，对各专业化机组“人、机、料”费用控制情况，按照目标值、实际值进行横向对比分析和警示，并根据查找出的偏差，制定出改进措施，力求项目精细化管理水平全面升级，为公司推进3+N网格化专业化管理积累了宝贵经验。

——应对雨季保安全。项目部针对漳州3至9月的降雨量和施工所处地形、地貌等实际情况，施工安全风险系数加大的实际困难，灵活调整机组施工计划部署，做好工序节点的衔接工作。优先安排受天气影响小的施工段，避开安全系数较大的施工点，将人员和设备转移至坡度平缓处，最大限度地减少雨天对施工造成的不良影响。为确保雨季施工有备无患，项目部提前按防汛要求储备了施工中所需各类材料及水泵、编织袋、毡布、雨衣等多种临时防雨防汛物资。并根据施工现场实际，利用自然地形确定排水方向，按规定坡度挖好排水沟和简易泄水槽，确保排水畅通无阻，为雨后尽快恢复施工做好准备，以最大限度减小雨季影响。针对施工地区的天气特点，项目部发起了“小雨抢着干、大雨等着干、雨停拼命干”的雨季攻势，通过在山顶建设临时营地、现场设置避雨设施等方法，减少路途遥远和雨后行车困难对有效工时的影响。适时成立设备维保小组，配备专业人员，采取相应的设备保养措施，制订维抢修方案，降低雨季设备故障率。施工机械雨季停放于高处稳固的地方，并加以适当的遮雨、固定措施，防止降雨积水损害机械或因雨水浸泡地基变软而发生侧滑、倾覆等意外。

由于精心部署，措施得力，项目部取得了累累硕果：焊接质量合格率稳居管道局西三线东段EPC项目部榜首，河流穿越试压全线率先完成，“三穿”控制性工程施工超前。在EPC项目部5月份劳动竞赛活动中，三公司项目部再次被评为“组织管理优胜项目部”和“宣传报道组织管理优胜项目部”，所属CPP305机组同时被评为“HSE管理优胜机组”和“质量管理优胜机组”，摘得4项殊荣。一年来共计在局EPC项目部开展的劳动竞赛中摘得各项荣誉19次，在八闽大地展示了管道铁军的风采。

（2014年6月17日《石油管道报》）

陕京管道项目

陕京输气管道干线全长918.42公里，陕京输气管道是二十世纪国内陆上距离最长和自动化控制水平最高的天然气管道。陕京二线全长918公里。管道局全方位参与陕京管道、陕京二线建设，参战将士《为荣誉而战》，在《陕京二线勇夺冠》，被誉为《一支拖不垮打不烂的队伍》，于2005年7月20日提前3个月实现向北京等城市正式供气目标。

陕京管道三线总长1000.43公里，管道局承担了工程87%的施工任务。陕京四线线路工程第一标段全长313.03公里，为全线最长；全自动焊接比例超过80%，亦为全线最高，由管道局承担，创造了国内Φ1219口径长输管道在沙漠高水位地区连续敷设的新纪录；信息化应用集成度高，首次实现管道板块PCM系统与管道局机组通系统的互联互通。2016年7月30日全线率先开工，2017年11月14日商业投产运行。工程告捷前夕，记者和中央媒体记者深入一线，《“马上走笔”写陕京》，记录了《特别能战斗的管道铁军》，见证了《陕京四线增输工程完成进气启机》仪式。

特别推荐

“马上走笔”写陕京

——2019北京管道冬供宣传采访札记

春风得意马蹄疾，一日看尽长安花。3天时间，从首都出发，乘车前往北京密马香施工现场、乌兰察布和张家口压气站、鄂尔多斯压气站等多个现场采访，行程1500多公里。因组织单位前期准备充分，组织协调得力，3天紧张高效的采访取得了丰硕成果，深度挖掘了陕京人勇于担当责任和使命的感人故事，深刻诠释了石油精神“苦干实干”的丰富内涵，全方位再现了石油人无私奉献的时代风采。

这是记者10月30日结束中石油北京天然气管道有限公司（下简称北京管道公司）组织的“保供京津冀，再添新马力”2019北京管道冬供宣传采访活动后，得出的感悟。

保供故事　采撷之旅

在密云—马坊—香河联络线工程和陕京四线增输工程建成投产前夕，北京管道公司组织人民网、新华网、中新社等央媒及地方省（市）、系统内媒体记者组成采访团，深入这两个大项目的施工现场进行采访，本报记者应邀参加。10月27日17点，记者下了飞机，刚从中俄东线北段采访回来，就按照行程安排，马不停蹄地赶往北京管道公司调度室，开启了冬供宣传采访之旅。

每年的11月份至来年的3月份是北方供暖季，也是用气的高峰期，陕京管道作为首都“供气生命线”肩负着责任和使命。为确保冬季安全供气，北京管道公司通过设备维护、安全巡检、应急准备、工程建设、气源保供等方面多措并举，全力应对。

记者来到调度室采访，生产运行处调度员指着大屏幕介绍：“现在看到的屏幕影像是永清分输站，是陕京管道最大的枢纽分输站，担负着向北京、天津、河北供气的重要任务。等冬季大气量到来的时候，这个分输站每天最低要向北京输送5000万立方米天然气。”

冬季是管道运行的高风险时期，为确保陕京管道在冬季大气量运行期间能够安全、平稳、高效、优化运行，自10月份以来，北京管道公司开始全面备战冬季保供。他们结合历年冬季供气情况，严格按照QHSE体系文件要求，有计划地做好入冬前的设备检查、冬防保温、设备设施维检修、压缩机组维护保养等工作，对全线十万多台各类工艺设备（包括仪表仪器、阀门、电器等）进行维修检测，并结合输气生产情况及所辖站场实际，围绕防冰堵和防泄漏进行全面排查，制订了2019—2020年冬季防冻堵实施方案，对备用设备进行试运行，确保在供气关键时刻能够正常运转。

“安全隐患是管道安全高效运行的‘隐形杀手’，公司全面开展了管道安全升级管理以及油气管道地灾评价及治理活动，共发现各类地质灾害风险点532处，为不影响今冬明春大气量输气，已于10月25日前全部完工。”管道处吴夏说。

北京管道公司根据国家“全国一张网”的工程战略部署，在所辖管段全面加快推进国家互联互通工程项目建设，提升陕京管道系统输气能力。

又是一年冬来到，又是一年保供时。北京管道公司按照油气调控中心的指令，以“保民生、保公用、保重点”为原则，认真抓好大气量运行工况下的安全生产工作。

记者团此次的任务，主要是采撷保供故事，宣传在五千多公里的陕京线上无私奉献的石油管道人，用执着的坚守、辛勤的汗水，为祖国的蓝天和绿水青山作出的新贡献。

石油精神　发现之旅

28日上午8点出发，第一站来到密云和平谷交界的东部渠太保庄管道一公司CPP114机组。

刚进入现场，就看见悬挂在挡板上的“当日作业安全质量风险识别表”。采访中，记者深刻感受到，与以前的管道工程相比，这里的安全质量管理太严格了。

作为造福京冀地区的互联互通工程，密马香项目自开工以来始终保持质量安全升级管理。都说河北是首都的护城河，而作为跨越护城河和首都核心地区的重大工程，项目的每一道工序都不能马虎。

“我们的升级管理从去年开工就开始了，这是项目安全质量管理的全过程‘新常态’。”CPP114机组张胜哲说。

记者在现场看到，质量员、安全员全程盯守，安全员做到实时防护、质量员做到实时记录，并将安装在焊接设备的记录系统数据实时上传。同时，所有焊口在RT、UT双百检测的基础上增加PAUT（超声波相控阵）检测。

另外一个印象，就是环保严。蓝色的彩钢板围挡，裸露地面的绿色防尘网全覆盖，这是记者在施工现场看到的景象。虽然这里远离北京市中心，但环保要求却没有因为距离而产生差别。

张胜哲说，为把环保施工落到实处，项目在施工中，采取土方开挖必须有雾炮配合、建筑垃圾不过夜、及时洒水降尘等，把施工生产和环境保护有机结合，形成人人为环保、处处讲环保的良好施工氛围，创造良好的文明施工形象。

石油人的严实作风和忠诚担当在这里得到了完美诠释。

第二站，来到密云压气站施工现场采访。密马香管道工程项目部经理刘刚接受了记者采访。

记者对刘刚的结束语印象深刻，他真挚地说，这个工程得到了管道一公司、管道工程有限公司（管道设计院）等单位鼎力支持，对各参建单位的支持和辛勤付出表示衷心感谢！言语诚恳，没有甲乙方的距离感，让人心里暖暖的。

看见正在密云分输站现场督战施工的管道一公司密马香站场阀室执行经理郭镇伟，记者让他讲讲施工中难忘的故事。他说，前几天刚进行完的一级动火作业最难忘。这次作业共涉及动火点区域4处，需要切割管道15处，焊接14处。这属于高风险动火作业，沟下作业难度大，管材管径、规格、种类多，焊接质量要求高。

为了确保按期实现动火作业，管道局EPC项目部管理人员靠前指挥，紧盯现场，连续奋战120小时，完成了站内设备的安装及站内正反输管线的预制焊接工作，具备了动火作业条件。业主北京管道公司项目部领导及管道一公司领导高度重视此次动火作业，项目经理刘刚始终盯在密云站坐镇指挥，跟施工队伍一起日夜奋战。一公司党委书记王宝忠多次到现场检查工作并协调指挥，以确保动火作业准时实施并顺利完成。郭镇伟也是5天5夜盯在现场，加一起不到7个小时睡眠，左半边身体水肿也没下火线。经过大家的艰辛努力，历时40个小时，密云分输站动火作业圆满完成。

在29日深入陕京四线乌兰察布压气站现场采访时，业主项目部副经理张国春也讲了一个感人的故事。项目经理张彦发挥表率作用，在项目建设期间，他放弃休假，从春节过后至今8个月未休假；老母亲80多岁了，没能很好尽孝；爱人发高烧时，只有11岁的女儿在跟前，自己不能去照顾。记者心中暗自敬佩这样尽责的项目领导。

10月30日，在鄂尔多斯压气站现场，陕京四线三大增输工程进气启机仪式上，张彦通报压气站工程建设情况时介绍，“在此期间，很多人放弃休假，如乌兰察布站的项目经理李锐；很多人带病坚持工作，例如鄂尔多斯站的项目经理刘大成，张家口站的项目经理王旭民等，许许多多参建人员付出了艰苦的努力和心血。”

因为常驻一线，张彦深入了解各参建单位的实际情况。作为技术干部出身的张彦，始终把现场作为自己关注的焦点和阵地，由此也全面掌握了工程进度、质量、安全、作业规范性与控制计划、控制要点的相符性，有问题及时分析纠偏，及时帮助施工单位解决困难，得到了施工单位的高度评价。

以张彦为代表的参建员工，用实际行动践行石油人的责任和担当，用顽强、坚韧和智慧诠释着石油精神“苦干实干”的内涵。

记者作风　考验之旅

采访期间，如同这些被采访的石油人一样，记者团也经受住了严峻的考验。3天期间，每天不论采访写稿多累多晚，早晨雷打不动7点半早餐，8点出发。途中乘车动辄七八个小时，采访后根本没有时间写稿。那就发扬雷锋的“钉子精神”，善于挤和钻。

28日，采访完密马香施工现场后，记者团兵分两路。河北媒体为A组，前往张家口压气站。B组则由央煤和系统内媒体8人组成，赶赴乌兰察布压气站。

我在B组，近11点出发，一路翻山越岭，穿隧道，进沙漠，傍晚5点多才到乌兰察布市。行进途中，强烈的责任，促使大家没有丝毫懈怠，带着各自内容，不停地向带队人、北京管道公司党委宣传部宣传干事齐佩东提问，谁也没闲着，捧个手机埋头干活。财新网的记者黄凯茜嫌不过瘾，索性掏出随身携带的笔记本电脑“战斗”，敲一会儿，眼花了，闭目养神，片刻后再战。

密马香采访结束后没多久，10点46分，A组环京津新闻网记者张静就率先发出微博，《缓解首都及北三县供气压力，陕京四线马坊—香河管道工程将于10月底建成投产》。一石激起千层浪，大家在群里纷纷点赞。B组记者也不甘人后，以“思想、温度、品质”著称的《北京日报》记者程功，于16点48分在北京日报客户端发出视频新闻《确保月底贯通，看看管道施工现场有多忙》，又博得一片喝彩。

本报记者于当天在颠簸的车上用手机写好新闻稿《密马香联络线即将建成投产，央媒记者团深入现场采访》发给管道局网站，29日早晨6点40分刊发。

29日，又是紧张忙碌的一天。早晨8点，来到乌兰察布增压工程施工现场采访。业主项目部副经理张国春考虑周全，将施工单位、监理单位、作业区代表，一并召集到会议室座谈。随后，又组织大家到施工现场接受记者采访。

11点离开现场，记者团向鄂尔多斯开拔。一路上因为高速公路修路，只能绕道走，导致颠簸得更厉害了。下午1点半多，终于到了准格尔旗一个路边饭店吃饭。饿了大半天，记者们一改平时斯文的形象，菜一上来很快就吃完了，半小时结束战斗，继续前行，傍晚5点多抵达鄂尔多斯。

晚餐大家无心吃饭，都想着早点回房间写稿。当晚10点多，又是程功在《北京日报》客户端发出《克服意想不到的困难，陕京四线乌兰察布压气站二期改扩建工程完工》。

10月30日，采访的最后一天，“重头戏”拉开帷幕。上午赴鄂尔多斯压气站采访。10时，陕京四线（鄂尔多斯、乌兰察布和张家口压气站）进气启机仪式取得圆满成功，标志着陕京四线三大增输工程正式发挥冬季保供作用。现场视频直播活动获得了75.5万关注，将此行采访活动推向高潮。

下午，高产的程功在北京日报客户端刊发视频新闻《陕京四线三大增输站同时启机正式参与今冬保供》。同日的《北京日报》10月30日刊发了《陕京四线紧张施工，治污减排意义重大》的图片新闻。随后，环球网记者邓云发出《陕京四线三大增输工程顺利进气启机，最大日输气能力增至8571万方》。本报记者也在河北新闻网和河北日报客户端刊稿《京津冀用气多了保障！陕京四线增输工程完成进气启机》，关注量很快达到5200多人次。中国新闻网以组图的形式刊发《首都供暖季能源保障纪实》，新华网以《保供京津冀陕京管道再添新马力》为题进行了报道。至此，采访活动圆满结束。

在这次短暂但深入的采访过程中，记者们下沉基层，深入一线，善于发现，采写了一批沾泥土、带露珠、冒热气的报道，发稿二十多篇，图片三十多幅（后续作品陆续刊发中），并充分利用视频、微博等手段，挖掘了北京管道公司“保供京津冀，再添新马力”的冬供故事，展现了运营者和建设者的风采和豪迈情怀。3天时间乘车辗转于北京、河北、内蒙古自治区等多个工地，起早贪黑，每天工作十几个小时，荒凉沙漠、茫茫草原，见证了记者的艰辛和敬业，也得到前线将士的点赞。在社会上营造了良好氛围，激发了全员斗志，助力了冬季保供。

（2019年11月1日《石油管道报》）

在管道二公司陕京二线6标段采访的每一天，我们都为参战将士高昂的士气所感动，他们不畏施工中遇到的各种艰难险阻，唯有一个共同心愿——

为荣誉而战

管道二公司承建的陕京二线6标段全长近90公里，地处山西境内，沿途地形地貌复杂。其中沟谷50多公里，黄土梁近14公里，是全线最难施工的标段之一。

艰苦奋战黄土梁

黄土梁有一段7公里长的地势非常狭窄，管子运上山十分困难。二公司陕京二线项目经理张继凯把这个难啃的硬骨头交给了1机组——陈峰机组。

4月28日，机组长陈峰率领1机组来到黄土梁上。这里海拔1600多米，每天中午开始起风，漫天黄土像面粉一样到处弥漫，一脚踩下去就会被黄土没了脚面。陈峰给大伙买来了风镜、口罩和风帽。然而，尽管全副武装仍无济于事，一天下来面目全非，个个变成了“兵马俑”。黄土梁7公里多的管线安装，一共需要安装的弯管弯头就达140多个。而且，30多度的陡坡在作业带中有十几处，一般陡坡每个单坡的长度都有100多米，短的也有70米。

有些职工在黄土梁施工，养成了不穿袜子的习惯。陈峰解释，每天上山时脚往后磨，下山时脚往前顶，许多职工下班回来，袜子已经前后各磨出一个大洞。后来，大伙为了省事，干脆就不穿袜子。由于上山和下山时间较长，一般上下一趟大约需要1个半小时，所以机组全体人员午饭都是在山上解决的。这样做一来节约时间，二来因为上下山坡度较陡，也是为大家的安全着想。

山上缺少社会依托，不通水电，附近的村子只有几户人家，还都是些留守老人。他们只好租了老农的两头毛驴负责拉水送饭。有一次将近中午，1机组正在黄土梁上施工，突然下起暴雨。因为雨来得突然，他们下山已经不可能，只能等毛驴送饭上来。可是开饭时间过去了两个多小时，还不见毛驴上来。又过了3个多小时，才见毛驴上来。原来因为下雨路滑，连毛驴都不敢往山路上走，送饭的老农没办法，只好用铁锹一点点将山路用土垫好，毛驴才艰难地爬了上来。可能是心有余悸，后来两头毛驴一见到饭架子撒腿就跑，每次都是被老农拽回，硬按着驮上饭架。

7月15日，1机组克服重重困难，终于胜利完成了主体焊接任务，为项目部立了大功，张继凯专门嘉奖1机组3000元。

东碾河谷下沟忙

东碾河谷段需下沟的管线17公里多，随着汛期的来临，二公司项目部将下沟问题列为工作的重中之重，他们决定在汛期前抢干东碾河。

6月15日，下沟工作正式开始。东碾河谷段管道埋深有4.7米左右，河道以卵石为主，管沟成型特别困难，挖出来的管沟，经常会连续不断地出现塌方。因为地方水位高，在每一段管沟开挖前，都要先挖出一个储水池。储水池下一字排开，6台大功率抽水泵，时刻不停地往外抽水。挖沟机还不能一次把挖出来的土卸到指定的位置，要用另一台挖沟机进行，两次倒运。挖沟机挖出来的也不是什么土，而是混杂着卵石的泥水。

为使下沟工作顺利进行，6标段机械处抽调了13台挖沟机、5台吊管机和5台发电机，并将人员分配组织成两个下沟作业队。自下沟以来，两个作业队轮流作业。因为管沟成型困难，为了完成一段下沟，他们经常要连续作业三四个昼夜。

雨季施工，大伙往往是一身泥一身汗。由于管沟经常出现小塌方，再加上水位高，水泵必须不间断抽水，天上又下着雨，晚上比白天下沟困难得多。但管线下沟时间紧、任务重，只能昼夜奋战。下沟工作的整个工序是一个有机整体，管沟开挖后马上就得跟着下沟，然后一次回填、光缆敷设等工序也一步不能停地跟上，否则管沟一旦塌方，所有工作都得从头开始。

“七一”前一天，各机组密切配合，大家把下沟工作当成向党献礼的具体行动。冒着绵绵细雨，他们在河谷中展开了一场攻坚战。机械处机组长王庆从这头跑到那头，提醒大家一定要注意安全。虽然整个下沟的各项工作都在按部就班地进行，但王庆并不因此有丝毫懈怠。他说，这里的机械设备和人员太多，需要注意的事情太多，必须得十分小心，不敢有丝毫马虎。尤其是晚上，如果我不在现场盯着，心里实在放心不下。职工分成两个作业台班，还可以倒班休息一下，王庆作为现场负责人，却没有休息的时间。有一次，他连续两个昼夜盯在工地上，等到一段管道下沟完毕，这个身材魁梧的大汉直接躺在工程指挥车上睡着了。

有身先士卒的领导，有攻坚啃硬的职工，虽然东碾河谷水位高、管沟成型困难，但6标段的下沟工作进展速度很快。7月12日，全部提前顺利完工。

在管道二公司陕京二线6标段东碾河谷段，管道已经全部下沟完毕。据了解，这段是工程中的难点之一，在经历了河谷地形地貌、天气因素等考验后，二公司顺利地在雨季来临之前完成了施工。

济道岭上腾气龙

济道岭是陕京二线工程的一大难点。济道岭全长2.8公里，东坡坡度35度，西坡坡度25度，施工无作业带，垂直落差达到107米。盘山公路段有7处需要进行公路穿越，除主峰外，管线要沿窄小的谷底敷设。这段道路车流量大、路面窄，地质为石方，施工难度很大。负责这段施工的是二公司刘鹏机组。他们4月28日正式开工，到4月30日，已经完成20多道口的焊接。5月1日黄金周刚开始，天公却不作美，连续数天阴雨连绵。为保证工期，刘鹏机组积极制定应对措施，专门制作了防风棚、防雨棚，将恶劣天气对施工的影响降到最低。机组职工认识到，项目领导安排他们在难点段施工，正是说明了领导对他们的信任，关键时刻，他们更要敢打硬仗。

在济道岭的东侧，因为坡度较陡峭，管材无法到达山顶，他们就从西坡上去。他们在施工中科学组织施工，严格按规范操作，发明了许多适合济道岭地段施工的施工工法。东坡坡度陡峭，施工机具很难上去，他们就在山顶上（自西坡而上）焊接钢管，然后再完成管线下沟。在济道岭的山脚下，由于管道在公路右侧，作业面相对较窄，因此，他们既要保护公路，又要尽可能地减少对管道右侧山林的破坏。面对这种情况，他们就进行沟下组焊，在数米深的管沟中进行焊接，其危险性和艰苦性可想而知。困难，他们不怕；吃苦，他们不怕；危险，他们就增强施工的保护措施，保证施工完全按照HSE管理体系进行，保证人员和设备的万无一失。经过科学的组织施工和职工们的艰苦努力，目前，东坡的管道已经焊接完毕，西段也在积极地进展当中。

庄磨镇里汗作雨

二公司陕京二线6标段的B5机组，提出了“人生能有几回搏，此生不搏算白活”的口号，在集团公司内部名噪一时。

这支有着光荣传统的队伍是陕京二线6标段最晚开工的半自动焊接机组。为早日达到开工条件，机组长李立新从3月下旬就到庄磨镇看线，联系全机组的宿营地，准备开工所必须的条件。庄磨镇离市区30多公里，交通很不方便，社会依托差，机组营地经常停水停电，给工作和生活带来极大不便。就是在这样的情况下，大家没有一个人退缩，而是上下拧成一股绳，克服了种种困难，于5月20日顺利开工。

20岁的电焊工杨朋龙在做完本职工作的同时，帮助修理工抢修发生故障的焊接设备。为了不耽误第二天的生产，连饭都顾不上吃，一直干到晚上12点左右，第二天又跟职工一道按时上班。管工陈广旭、修理工辛艳东、电焊工邓正安早上3点半到忻州，顾不上一夜坐车的疲劳，当天一大早就和大家一起投入到紧张的施工中。司机曹师傅将近40岁，工作任劳任怨，每天下班回来都把车仔细检查一遍，使车辆保持最佳状态。副机组长蒲涛白天在工地上指挥前方的布管、进管，晚上回来写汇报材料经常到午夜，正是机组上下一心，5机组仅用了7天半的时间就顺利完成了百道口考核。

（2004年8月5日、6日《石油管道报》）

管道三公司承担的陕京二线14标段主体贯通全线第一，综合评比全线第一，焊接合格率全线第一，谱写了一曲新的篇章——

陕京二线勇夺冠

2004年10月20日，陕京二线华油天然气有限责任公司河北—北京项目部、兴油河北—北京监理部联合向管道三公司14标段项目部发来贺电，祝贺他们19日顺利完成了陕京二线14标A段的全部焊接施工任务，并且取得了开工至今焊接1549道口，一次合格率100%以及管线不留一个头等多项好成绩，为陕京二线的贯通奠定了坚实基础，为其他兄弟单位做出了榜样。记者获悉，这是一支被誉为善打大仗、善打硬仗的队伍，并被业主授予了“先进机组”光荣称号。

14标段沿线主要为蔬菜、果树和粮食作物种植区，河渠纵横，地下障碍物多，管道需穿越公路、土路、机耕道、光缆、水管线和气管线以及河流多条。该地段靠近北京，农民经济意识特别强，征地协调因此遇到了相当大的阻力……这些因素都给施工和管理带来极大的难度。

承担该项施工任务的是三公司第五工程处。这是一支能征善战有着光辉业绩的施工队伍，曾经参加过库鄯管道工程、苏丹管道工程、涩宁兰管道工程和忠武管道工程等建设，并在举世瞩目的西气东输管道工程中承担了第一焊任务，在西气东输工程中取得了“单机组焊接量最高”称号、“月焊接量最高机组”称号，被西气东输党工委评为优秀党支部。

征地——全力以赴

按施工作业面23米算，工程需临时占用42万平方米耕地。施工中既要保护老百姓的切身利益，又不能影响施工进程，这给征用土地人员带来了很大的难题。但是，他们积极与地方政府、村民协调关系，建立密切联系，保证了工程顺利进行。

为使陕京二线工程深入人心，他们积极宣传陕京二线开发的战略决策，并采取了相应的措施。他们首先同地方政府相关单位进行联系和咨询，介绍工程情况，征求意见，请对方提出施工中应注意的问题和要求，同时还编写了环境保护计划，制定了施工措施，让对方审核。他们靠诚恳的态度和务实的工作作风，得到了当地主管部门的理解和支持，较短时间内就办理了土地征用手续和树木砍伐证明，为加快施工进度打下了坚实的基础。

依靠当地政府，为沿线村民办实事。开工之前，在地面附着物清点工作中，他们得知地方土地部门车辆紧张，就专门派车协助接送。在工程施工中，他们还有意识招聘当地农民参与工程施工。在征地过程中，他们十分注重感情投入，与经常打交道的地方各级政府，支油办、村镇领导等有关单位和人员加深感情联络，并投入专项经费进行拜访和节日慰问。在坚持政策与原则的基础上，双方取得了一致意见。特别是在进入北京市大兴区施工段时，正赶上秋收，许多农民家庭无劳力，他们就安排专人帮助老乡秋收，拔花生、割豆子、掰玉米、收蔬菜，什么活都干。他们还为当地老乡修了两条近500米长的土路，老乡们非常感动。这些做法融洽了与当地政府、村民的关系，促进了土地征用工作的顺利进行。

质量——严抓共管

陕京二线14标段地处河北、北京Ⅱ·Ⅳ类地区，管材壁厚分别为21毫米、26.2毫米，工程开始之初公司就非常重视，把此项艰巨任务交给了敢打硬仗、善打硬仗的第五工程处。

第五工程处不负众望，对待工程质量，他们严抓严管。从组对、预热、焊接、补口到管沟开挖、埋深，严格要求，规范施工。特别是焊接，机组焊工多达24人。为了使大家齐心协力，步调一致，他们经常召开质量分析会，对于一些缺陷苗头及时纠正，所施焊的1549道口，一次100%合格，创下了机组历年之最。

加强质量控制。在加快综合施工进度的同时，五处处长郝虹晓十分注重强化参战员工的质量意识，增强员工责任心，严格执行“三检制”，确保每一道工序都能够严格按照程序进行，依照标准、规范组织施工，确保质量体系有效运行，使质量管理体系“全面覆盖整个项目”施工管理的全过程。努力营造赛进度、比质量的劳动竞赛氛围，创造了陕京三线半自动焊连续1549道焊口一次合格率100%的好成绩，打破了“西气东输”半自动焊的最高纪录。

施工——因地制宜

14标段为陕京二线开工最晚的标段，在这样不利的情况下，他们采取合理的施工方法，结合当地道路多、地下障碍物多等复杂情况，采取沟下连续作业的方法，除了大型河流、国道、铁路等，所有转点、气水管线、光缆一次性通过，坚决不留头，既加快了进度，又减少了搬迁、二次进地等不必要工序，为提前全线贯通打下了坚实基础。

针对地形条件，合理安排施工方案。针对14标段地形复杂的情况，在开工之前，郝虹晓带领项目部人员多次沿线现场踏勘，发现管线走向作业带上果园、机耕道、电缆、光缆、自来水管线和农村浇地用的防渗管道较多，标段内共需穿越光缆19处，县、乡级公路5条，中、小河流3条，油气管线2条，农村防渗管线不计其数，地方征地协调难度大，如按原施工方案沟上焊进行施工，势必要留很多的死头，回头连头很可能要受阻。他果断采用沟下组焊安装，见路穿路，遇光缆穿光缆，不留死头，尽全力确保顺序施工，以上穿越全部一次性通过。在施工前方受阻时，进行大型河流穿越（单独试压段），以最快的速度推进综合进度的提高，并于10月19日全线第一家主体贯通，实现了本标段计划目标的全面完成。

HSE——重中之重

14标段地处河北省廊坊市及北京市大兴区，经济发达，其间果树林立，菜地密布，为北京市主要蔬菜、水果供应基地，也是首都一道绿色屏障。他们在此段施工，认真遵守业主下发的HSE规范，在一些道路及作业带及时洒水，减少扬尘，及时回收生产垃圾，经业主多次检查均受到了表扬。

强化HSE管理。在抢进度的同时，郝虹晓要求大家始终把HSE管理作为重中之重的工作来抓，大力开展HSE宣传教育活动，重点落实风险识别和危害管理，认真组织HSE管理大检查，增强全体参战员工健康、安全、环保意识，全面提升项目HSE管理水平，使HSE管理方针得到认真贯彻，真正实现HSE管理“零伤害、零污染、零事故”的目标。防汛期间，他们时刻注意天气预报，坚持巡检在工地。8月中旬，一场突如其来的暴雨，陕京二线有的单位出现了漂管事故。当时，接到天气预报通知后，在暴雨到来的前6个小时，郝虹晓始终坚守在工地上，并带领职工们把已焊接完成的管子一根根进行压载，避免了工程事故的发生。在京山铁路穿越中，管沟挖深8米，为防止管沟土质松软、塌方，项目部组织人员在沟上进行不间断巡回检查，制定了严谨的应急预案，保证了最危险地段的安全施工。

（2004年10月28日《石油管道报》）

媒体记者“访”陕三

12月12日早晨7点，天刚放亮，一辆考斯特悄然驶出廊坊，向陕京三线5标段永清—良乡段管道施工现场进发。车上是媒体记者，他们利用周日深入工地采访。

为让媒体记者尽快进入角色，在永清现场协调到凌晨3点才往回赶的局陕京三线项目部经理刘占锋反坐着面向大家介绍工程建设基本情况。记者们不放过这个难得的采访机会，内容涉及建设陕三的意义、工期提前的必要性、输气量、惠及哪些地方，等等，争相提问。媒体对中石油的不了解、对管道局的了解甚少，让宣传部门更感到组织这次采访活动的必要性和重要性。刘占锋风趣地解答每个问题，中间还要不时地接电话处理公务。途中，承建永清—良乡段施工的大港油建项目经理李云富“加盟”，两人俨然举行了一场新闻发布会，让记者在两三个小时内就对工程的背景了解得八九不离十。

10点10分，记者们来到第一站——北京房山窦店一公司增援段。现场安全员为大家讲解了进入现场注意事项后，记者们进入施工作业区。从布管、组对到焊接……他们认真地看，仔细地听讲解，对每道工序都很感兴趣。记者们围住了“全国青年文明号”——杜江机组的机组长及一公司项目书记王晓东，请他们讲述感人的故事。杜江机组12月4日接到公司命令后，次日早晨分两批进入房山，部分人员直接从陕西西气东输二线东段转线而来，却没来得及回到近在咫尺的廊坊的家中去看一眼。员工朱立纯从2009年9月开始征战西二线东段17标段，直接转线到房山线，已15个月没回家了。32岁的技术员孙晓龙正在家里装修房子准备结婚，房山线开始后，他立刻放弃了原来的计划。杜江机组自6日打火开焊后，24小时两班倒人歇机不停，以一天一公里的速度高歌猛进。

记者在现场采访了一公司临时项目项目经理高占满，他头天因处理阻工问题整夜未合眼，满脸疲惫。这位老“管道”，施工专家，有个美名——“救火队队长”。在17标段项目部因种种原因被挂牌为“控制性项目”时，他临危受命，顶住压力，出色地完成了17标段的施工任务，在局百日攻坚总结大会上受到局长赵玉建的称赞。现在房山段吃紧，他又来到这里支援。他避而不谈自己，只是说，我们这么拼命干就是要为兄弟单位后续工作留出充足时间。一公司不仅保证自己的标段能完工，而且还要做好一切支援准备，只有全局都顺利地实现既定目标，才能算真正完工，才能保证让北京按时用上天然气，这才是陕三决战的胜利。高占满顾全大局的精神、对企业的忠诚与责任感溢于言表，令记者们敬佩万分。

11点半，记者们来到第二站涿州——四公司增援段的王学飞机组。大家远远地看见黝黑的管子上挂着几条大红标语煞是醒目，施工人员一字排开正在进行焊接作业，机械设备、人员各负其责，都在有条不紊地忙碌着。

总调度长刘井铎向记者介绍，这段地形复杂，农田、树林密集，三穿、弯头、地下隐蔽物较多，按照目前施工情况，预计留头40多处，还要进行河流、高铁、公路、在役管线、地下光缆等穿越近20处。

“为首都碧水蓝天，陕京三线作贡献”“天寒地冻我来扛，奔腾气龙不可挡”等横幅使施工现场显得蔚为壮观。整齐有序的施工现场让许多第一次见识管道施工的记者们惊叹不已。工人们冻红的双手、双颊，焊工躺在冰冷地面的身影感动着每一位记者。身穿棉工服的记者们在现场站了十多分钟就冻得瑟瑟发抖，他们不禁对长时间坚持野外施工的现场员工表达出由衷的敬意，对管道工人“特别能吃苦，特别能战斗”的精神有了更进一步的了解。

在大港油建公司主要领导的陪同下，记者们来到陕三项目的控制性工程——拒马河穿越现场。他边走边介绍，与以往的大开挖施工相比，三穿拒马河大开挖困难重重，首先是地质构造，穿越场地属于冲积平原区，地势开阔，大堤高出河漫滩5米左右，穿越处主河道宽约162米，两侧有不规整的岸坡，工程地质分层为粉土、粉质黏土、细沙、中砂、粉质黏土。勘察探明，地下水深度达10米左右，标高达到17米。挖掘时地下涌出的大量流沙使管沟很难成型，最深处需挖深15米，增加了很大的任务量。“一穿”地质情况复杂，细砂，地下水位高，需设置钢板桩支护。“二穿”局部水位较高，预留300米做沉管施工。“三穿”地质情况复杂，流砂，水量大，地下水位高，防洪大堤不允许施工。11月13日、11月23日、11月28日，“三穿”拒马河大开挖相继破土动工。而大开挖管道穿越后还必须爬堤安装，至少还要拐四道弯，要顺着陡坡加弯头焊接。时间紧，任务重，大港油建陕三项目部加大人员和设备投入，加班加点挑灯夜战，倒排工期全力以赴奋战。现在“二穿”拒马河已紧张收尾。记者们对复杂的施工情况啧啧不已。

带着对管道人的敬意，记者们马不停蹄地采访，忙到下午1点才吃午饭，随后又向第四站华北油建承建的永清分输站进发，颠簸了近两个小时才抵达。常驻项目的华北油建公司党委书记常洪春向记者介绍，永清分输站11月27日开始吹扫，现在已吹扫完毕，12月8日上水试压，传火管试压完成，工艺装置区设备基础已完工。

永清站施工的最大特点是“快”，11月1日征地完成后，公司迅速动员部署，按照“快进场、快准备、快开工、快推进”的要求，施工人员于11月1日进驻工地，11月2日开始边准备边进行站内主要设备基础开槽、地下汇管管沟开挖，11月3日开始昼夜浇筑设备基础。11月8日土建和工艺、电气部分安装同时全面展开，形成了各工种有序交叉作业的态势。在施工组织上，他们采取了24小时三班倒，昼夜推进不停工。项目部对工作量进行详细计算并制订周密的施工计划，施工时间以小时为计算单元，每一道工序的工期节点细化到每一道焊口的完成日期和时间。他们坚持一天一调度，半天一确定节点目标，加强关键作业点的人力资源和设备配置。

永清站项目经理李德庆深情讲述了施工中感人的事例。参建员工不分昼夜全力抢建，电焊工累得抱着冰冷的管子就睡着了。前几天，女技术员王玲9岁的孩子不小心把锁骨摔断了，她没跟项目领导说，因为她明白工期那么紧张，哪有时间回去，只是夜里悄悄落泪。前几天夜里零下六七摄氏度，上水试压时，喷出来的水打在现场试压人员的身上，水一结冰，浑身立刻像冰糖葫芦一样，现在还有四五个人在住院呢。说到这里，他的眼圈都红了。

不知不觉中，天已擦黑，记者们依依不舍地离开了工地。返程途中，一天紧张的采访让大家感动、感慨着。与来时相比，车上显得安静多了，也许是车马劳顿让他们感到很辛苦，也许是在思考：作为一名负责任的新闻人，对于一个忠实履行中国石油社会责任的企业，他们应该做的可能还有很多。

（2010年12月14日《石油管道报》）

京津冀用气多了保障！

陕京四线增输工程完成进气启机

今天上午10时，中石油北京天然气管道公司（以下简称北京管道公司）陕京四线（鄂尔多斯、乌兰察布和张家口压气站）进气启机仪式取得圆满成功，标志着陕京四线三大增输工程正式发挥冬季保供作用。进气后，陕京四线供应能力可达到8571万方/天，同比新增约2500万方/天供应能力，约占2019年天然气基础设施互联互通重点工程新增供应总能力的一半，对今冬明春保障京津冀及周边地区天然气稳定供应和打赢蓝天保卫战具有重大意义。

据介绍，陕京四线三大增输工程是实现天然气管道“全国一张网”格局、加大管道输送能力、最大限度地发挥天然气调峰水平、保障民生用气的基础性工程之一，是2019年国家发改委督办的互联互通重点工程、国家天然气产供销体系建设基础工程，是2019年“南气北上”供气通道的关键。

“增输项目进气启机后可增大北京市西北侧气源的供气量，结合北京市东北侧大唐煤制天然气气源、东南侧唐山LNG气源、南侧陕京二三线气源、西南侧陕京一线气源，构成更加可靠的首都高压供气环网系统；还可满足在调峰和应急情况下将南方沿海LNG资源通过中卫—贵阳—广州输气通道反输至中卫，然后通过陕京系统输往华北地区，确保华北地区供气平稳。”北京管道公司副总经理魏东喉介绍，三座压气站于10月30日如期进气启机将有效缓解“十三五”期间能源结构变化引起的用气压力，为促进能源结构调整提供有力支撑，更好地实现天然气资源在区域间的优化配置。

按照压气站工程基本建设程序，正常工期应该是两年。而陕京四线三大增输工程从今年1月26日启动，到10月30日进气启机，仅在9个月内便完成了任务，期间还面临着施工难度大、协调难度大等现实难题。“鄂尔多斯和乌兰察布压气站处在高寒地区，4月份前，平均气温在零下10摄氏度，最低时达到零下30摄氏度，给地基建设带来极大挑战。”陕京四线项目部经理张彦说，为有效保证工程质量，项目部采用调整混凝土成分、增加保温养护等措施，以保证地基建设和稳定性。此外，三座气站外电线路总长151.6公里，其中1处铁路穿越、21处公路跨越、60处钻跨越10千伏—500千伏线路、23处跨越通信线、穿山地林地31公里、穿陵园3.5公里，这些对于施工协调也是一大挑战。

据悉，工程建设共投入20余家参建单位、3000余名参建员工，坚持走自主创新、自主研发之路，攻克零下40摄氏度超低温环境下的多项技术难题，取得创新工法38项，形成7项运行保障关键技术，发布9项技术标准和管理规范，关键核心设备全面实现国产化，施工过程的实时远程监控和数据可以实现自动采集上传。鄂尔多斯、乌兰察布和张家口压气站三大增输工程的外电工程均一次投电成功，为压缩机组等核心设备提供了电力供应。

（2019年10月30日河北日报客户端，2019年11月4日《石油管道报》）

10月29日上午，记者在乌兰察布增压工程施工现场看到，施工总承包单位管道一公司的建设者们在紧张地忙碌着，搬运、焊接、紧固……湛蓝的天空下，身穿红工装的建设者尤为耀眼。他们穿梭在一座座巍峨的压缩机组厂房、110千伏变电站、变频室、空压机厂房内外，正在为工程进气启机做最后的冲刺。

特别能战斗的管道铁军

——管道局陕京四线乌兰察布压气站施工纪实

10月30日，在鄂尔多斯压气站现场（乌兰察布和张家口压气站视频分会场），陕京四线三大增输工程进气启机仪式上，北京管道公司项目经理张彦通报压气站工程建设情况时介绍，“在此期间，很多人放弃了休假，例如乌兰察布站的项目经理李锐，很多人带病坚持工作，等等，许许多多参建人员付出了艰苦的努力和心血。”这是业主对管道局参建队伍的高度认可。

眼中布满血丝的李锐身裹军大衣在现场督战。昨晚又熬夜了，越近尾声他越不敢有丝毫松懈。这个被业主项目经理表扬的硬汉自今年3月1日开工以来，就没有休过假。面对记者的钦佩表情，他面露羞赧之态，连说这不算什么，大家都在拼。他随手从兜里拿出一沓报表，给记者指着看：“这是我们近几月决战时刻的加班统计，董阳98天，加班341.5小时；何东辉121天，加班285.5小时；王震128天，加班255.5小时……合同工期为11个月，正常施工时间至少为18个月，但是实际工期只有7个多月。工期紧任务重，只能加班加点干。”

除了工期紧张，记者发现，与陕京四线增压工程的其他两个场站相比，乌兰察布压气站环境最差，地形、地质情况最为复杂，原始地貌为较大坡度的山坡，需要依山开挖土石方。业主项目部副经理张国春说，由于是冬季施工，填方区不能回填，这给施工增加了极大难度。

这个工程还有个显著特点，工艺复杂，对技术能力、施工经验的要求是油气储运工程顶级。面对一个不可能完成但是必须按期完工的项目，一公司除了组建精干项目部、配置强有力的员工队伍外，还必须在施工组织、施工方略、资源战术组合、快速应变能力上有所突破。

李锐说，项目从3月份一开工就进入了全速启动的模式，抢工期、保质量、保安全，日夜奋战，同时还要积极应对各种突发事件。

抢攻“三关”

设备基础关。乌兰察布站总图方案经过多次调整，待到方案确定时，已经滞后于陕京四线张家口站、鄂尔多斯站一个月。待到基坑开挖后，由于设备基础位置的变化，发现地质条件不佳，需要换填5000立方米毛石混凝土，面对不能改变的4月30日压缩机必须安装的时间节点，一公司项目部改变施工计划，紧急调配资源，在53天内完成了所有设备基础，而原计划施工工期为100天，为后续调试、厂房安装创造了有利条件。

电机调试关。电机调试是整个项目施工的关键环节，电机比计划晚到场25天，打乱了施工部署。同时，由于电机不能安装，压缩机厂房安装工序也不能开展。面对这种情况，一公司项目部除了增派技师外，还必须确保调试成功率，同时必须严格执行施工计划。通过这样的方式，确保电机调试没有滞后。

工艺安装关。工艺施工原计划4月20日施工，但直到7月15日才真正开工，比计划工期晚开工85天，项目又进入了赶工模式。同时中国石油对质量安全升级管理提出严格要求，陕京四线对焊接质量的控制与要求比国家标准还要严格，尤其根部不允许有任何开放性缺陷，以往可以判定合格的焊口在这个项目可能会判定不合格。面对这种情况，一公司项目部启动紧急模式，在人力资源上，除内部挖潜外，广泛利用外部劳务资源，仅用45天就完成了5300道焊口焊接、100余台大型设备的安装。

力克“五难”

一是环境恶劣的困难。乌兰察布地处内蒙古风口和高寒地区，施工期间经历5级以上大风为145天，较大降雨35次，零度以下施工天数为60天，有效的施工天数为180天，只有紧张的半年时间。二是当地资源缺乏的困难。当地地广人稀，设备资源和人力资源极其缺乏，不能保证施工需要。三是工期短要求物资采办快速的困难。乙供设备、物资从4月初才开始进入采办阶段，要求施工方有极强的快速反应能力。四是安全管控难度大的困难。压气站工程涉及大量的高空作业、大型吊装作业、临时用电作业、交叉作业，由于专业众多、临时用工众多、工期紧急，安全管控面临极大的难度。五是对焊接质量的要求远远高于以往项目，既要保质量又要保工期，这对项目部来说是一个重大挑战。

面对种种困难，一公司项目部积极应对。

一是想方设法把天气因素的影响降到最低。他们在施工中采用了大量的暖棚、防风棚、防雨棚等保障措施。同时根据当地气候特点，即大风几乎都在上午9点至下午3点这一时间段，适当地延长早晚作业时间，保证工期。在压缩机组设备基础浇筑时，乌兰察布气温为零下十四五摄氏度，而且压缩机组设备基础为大体积混凝土，对环境要求很高。面对这种情况，他们在施工现场搭设暖棚，内设热风机，保证棚内气温为零上40摄氏度左右，大体积混凝土内外温差保证在20摄氏度以上，施工质量得到了保证。

二是根据工期较紧需要大量技术工人和普通工人的实际情况，项目部积极与劳务公司合作，一公司也开通绿色通道，在很大程度上缓解了人力资源紧张的局面。

三是与设计单位、管道局物装公司加强沟通协作，建立了良好的合作关系。对于不明确的技术要求及时沟通，53个大项的采办计划严格按计划实施，保证了项目按时有序推进。

四是加强安全管理与考核。工地上有六七支专业施工队伍，高峰期有450名员工施工，面对众多高危作业，在安全管理上稍有不慎就会产生严重后果。项目部严格实行交底、监督、严管重罚措施，脚手架、安全带、吊篮、配电箱必须经过检验才能使用。同时，粘贴已检验可以使用的标签，设置工地摄像头，对工地实行无死角安全监控，发现违章立即叫停。

五是质量管理上严格执行集团公司升级管理要求，增派项目管理人员，各施工区域有专人监督“三检制”执行，尤其是钢筋型号、混凝土保护层厚度、工艺管道焊口质量不敢有丝毫放松。同时，项目在质量管理上实行严格的月度考核制度，奖优罚劣制度得到有效执行，保证了质量受控。

刷新“纪录”

通过项目部上下的积极努力，在技术能力、施工经验、天时与地利都不占优势的情况下，首次承建压气站的管道一公司，与老牌压气站施工队伍同台竞技不落下风，体现了管道局作为中国油气储运工程建设领域主力军专业化施工的综合素质与能力。

在8个月时间里，一公司项目团队通过一次次攻坚克难，不断刷新施工纪录：7月30日，4座压缩机组厂房、1座110千伏变电站、1座4组变频间、1座综合库房基建单体部分主体完工，比原计划提前10天；8月17日，甲、乙线试验合格、相序检测正确，乌兰察布压气站外电工程全线竣工，比国家能源局两次压缩工程建设周期后的时间节点还提前了13天；8月31日，全站工艺安装主体工程比原计划提前10天完工。一串串数字表明，决定工程进度的节点项目都在这场鏖战中胜利告终。

通过深入采访，记者了解到，乌兰察布压气站工程能够按期完工，除了项目部积极应对各种困难和不利因素外，归根到底是“管道铁军”的雄厚底蕴、施工团队的强大意志力、员工特别能战斗的精神、必须成功的信念发挥了关键作用。

项目部管理人员自3月1日开工以来，中午、晚上两餐工地吃，问题在工地解决，每天工作时间达到15个小时。项目经理李锐在项目部食堂就餐次数不到10次，几乎全部是工地就餐，在后3个月的决战时刻更是住在工地组织施工。项目管理人员的努力，保证了施工按计划进行，质量与安全管理处于受控状态，物资采办工作顺利进行。

参与工艺施工的员工队伍迸发了强大的意志力和连续作战能力。在后几个月的施工中除了天气原因，大家每天都在加班，平均每人每天加班作业在4小时以上，每天午饭、晚饭都在工地解决。加班加点、连续作战使作业时间得到了保证，人力资源紧张的局面有所缓解，为工程按期完工打下了基础。乌兰察布压气站顺利完工，必将成为管道局压气站建设史上浓墨重彩的一笔。

（2019年11月4日《石油管道报》）

中俄原油管道项目

中俄原油管道全长1030公里，设计年输量1500万吨。作为我国重要的能源战略通道，这条管线的建设对保证国家能源安全具有重要作用。管道局《攻克世界难题　中俄原油管道成功穿越黑龙江》，为按期完成投产目标奠定坚实基础。管道局参建员工浴“雪”奋战在大兴安岭林区，《高寒禁区何所惧　“铁军”无畏创精品》。

中俄原油管道二线工程全长940多公里，2016年8月13日开工。管道局承建的2标段全长220多公里，分布在北纬52度以上的高寒地区，积雪期长达5个多月，历史最低气温零下47摄氏度，见证了在这个滴水成冰、寒气逼人的时节，管道人穿林海雪原，走冰封雪地，过冻土沼泽，用实际行动弘扬“石油精神”。管道人在控制性工程、嫩江地下20米的盾构隧道深处《冰天雪地任我行》。2标段较计划工期提前18天主体贯通，在全线4个标段中首家完工。2018年1月1日投入商业运营。

特别推荐

冰天雪地任我行

寒冬时节，我国北方地区气温骤降，冰天雪地。12月中旬，记者深入管道局正在施工的中俄原油管道二线、西气东输三线中靖联络线和陕京四线的施工现场，记录和见证了管道人在零下30多摄氏度的超低温环境下爬冰卧雪、艰苦鏖战的激情与豪迈。

研发新技术　创新+应用

中俄原油管道二线工程是我国继漠大线后又一条通过多年冻土、森林地区的大口径、高压力、长距离的原油管道，全长940多公里。这项工程是继四大能源战略通道之后，党中央、国务院决策建设的又一条陆上能源大动脉。

中俄二线存在防火等级高、安全风险大、焊接保温难、永冻土施工难、设备材料运行难和机械设备降效严重等施工难题，需要在短短一年内，完成国外专家口中“至少两年以上”的工作量。

如何在特殊环境条件下破解施工技术难题？管道局自主研发的CPP900自动焊设备成为一大利器。CPP900设备通过焊接小车进行钢管环绕运动，实现了管道平、立、仰全位置焊接。这是一种集计算机、自动控制、信息处理、机械和电气为一体的复杂材料成型加工工艺，代表了大管径长输管道建设的发展方向。

据管道局中俄二线EPC项目经理高永东介绍，CPP900设备不仅成功打破国外垄断，推动了中国管道建设设备国产化进程，而且主要技术指标与世界最先进的美国CRC设备相当，成本却只有CRC的60%。

中俄二线8月份开工以来，建设者已利用CPP900设备完成4000多道焊口的焊接任务，焊接合格率达95%以上。在中靖联络线和陕京四线等重点工程中，管道局80%的主体焊接工程量使用CPP900设备完成。

在中俄二线现场，记者还见识了管道局自主研发的AUT检测设备的“神威”。在高寒环境中施工，焊口极易出现裂纹或变形。这些问题如不及时查出并快速补救，会给整个管线的安全带来毁灭性打击。管道局自主研发的AUT检测设备，以中频电磁感应加热技术替代手工火焰烘烤加热，对钢管的加热速度快、加热均匀性好，避免了火焰烘烤加热带来的除锈后表面二次污染、热熔胶熔融不均匀等问题，为冬季施工防腐补口的质量提供了保障。

管道局陕京四线EPC项目经理向记者展示“新武器”——“机组通”。这是配备给机组业务管理人员的现场施工数据采集专用终端系统。它能够实现115项重复数据自动关联，大大降低了现场工作人员的劳动强度，提高了数据的准确性。

此外，管道局还在中国石油首家采用“大型施工设备远程监控管理系统”，EPC项目部、专业公司等可以通过管理系统的实时监控、报表统计功能，对项目主要设备的运行状态、油耗、违章等情况进行实时管理和周期统计，有助于对项目设备安全、油耗成本、生产调度等情况进行及时准确地了解和监控。

探索新模式　科学+高效

管道局把项目管理能力作为企业核心竞争力，不断提升项目管理的科学化水平。今年在新开工的3个工程项目管理中，管道局实行“九统一”和“EPC+机组”新型管理模式，已初见成效。

在陕京四线项目部，有关人员详细介绍了新模式的成果。在统一资源配置方面，确保了施工资源不具备条件时不盲目投入，完成任务后及时撤离，有效控制了成本。资源统筹实现了到场施工资源利用率的最大化，现场资源由EPC项目部统一调度，打破了施工单位间的常规工作界限。

统一外协管理方面，由EPC外协部直管到现场，不仅负责市、县、乡的征地协调、组织召开各级协调会，办理各种通过权手续，还直接组织施工机组外协人员，开展现场建设用地面积等内容的丈量、清点等工作，提高了工作效率。

统一物资采购方面，项目物资采购实行统一管理、集中采购、分级负责的管理体制，节约了成本。

中俄二线项目严格按照“九统一”开展工作，专业公司派驻技术、质量、外协、财务等人员充实到EPC项目部，减少了管理层级，实现了扁平化管理。

新模式实现了对项目部管理成本和机组成本的统一管控。通过对项目预算的核实和过程监督，实现了项目成本信息的畅通，提高了项目部对现场成本的掌握程度，突出项目导向，厘清前后方的真实成本数据，提高了经营管理精细化水平。

应对新考验　责任+担当

管道局承建的中俄二线2标段全长220多公里，分布在北纬52度的高寒地区，积雪期长达5个多月，历史最低温度曾达到零下47摄氏度。

进入冬季施工以来，林海雪原气温直逼零下30摄氏度，设备用油为负50号。员工早晨上班的第一件事，就是给设备加温。“气温太低了，设备得24小时专人看护，夜间每隔2个小时就要启动一次，否则会冻坏，耽误干活。”曾参加过漠大一线管道建设的CPP307机组负责人吕长海说。

大兴安岭地区的冬季，昼短夜长，下午4时太阳就落山了，大家只能挑灯夜战。在工地上吃饭，刚从保温桶里盛出的饭菜转瞬就凉了，速度稍慢点就要吃冰碴饭。

2标段地势起伏，水系、森林和沼泽、冻土间隔分布，地质条件复杂。沼泽地和永冻土段施工难度大、技术要求高，是工程最难施工段。寒冷的冬季，却是沼泽段施工的最佳时机，既能最大范围地保护珍贵的冻土资源，同时也能最大限度保障管道施工质量，避免冰雪消融后施工成本的成倍增加。

管道局三公司参建机组抓住沼泽地段上冻、设备车辆及管材进场施工的有利时机，及时调整施工方案，把沼泽地作为冬季施工的重点，对机组设备、资源、施工段落等合理调配。

采访中发现，中俄二线的参建单位冬季施工保障都做得特别到位。他们精心实施“暖冬行动”，想方设法找最优渠道定制加厚“狗皮安全帽”、厚底厚筒棉工鞋、加厚棉工装、加热鞋垫、羊皮手套等“作战装备”，让参建员工全副武装。三公司中俄二线项目机组还制定了让员工“行有保障、吃有热饭、洗有温水、睡有暖屋”的目标，将关心员工冷暖安危的工作做得细致入微。

鄂尔多斯地区的陕京四线施工现场白雪皑皑。为避免低温导致操作人员反应迟缓、误操作等造成的施工风险，吊管机、推土机等大型机械设备全部装上驾驶舱。管道局陕京四线项目部HSE负责人徐华龙说：“鄂尔多斯地区不光冷，风还大，操作人员坐在设备上很少动，手脚很容易冻僵，装上驾驶舱能够起到有效的保温作用。”

各项目部还严格落实焊材控制、焊前预热、焊中保温、焊后缓冷等工序，并配以防风棚和保温棚等设备设施，保证施工环境及工艺符合规范要求，确保焊接质量和施工进度。

管道建设者迎风傲雪战严寒，用实际行动践行石油人为建设国家能源动脉的责任和担当。

（2016年12月21日《中国石油报》）

高寒禁区何所惧 “铁军”无畏创精品

——访管道三公司漠大项目经理李龙波

3月3日，西里尼西河穿越工程最后一道口成功连头。这是管道三公司漠大线4、5标段在顺利完成干部河、塔河穿越后的又一杰作。自此，三条较大河流的穿越完美收官，为漠大线按期投产奠定了基础。

在春节前夕，记者跟随局长赵玉建深入漠大线项目部参建单位慰问，赵玉建对各项目部的工作很满意，叮嘱李龙波发挥好“领头羊”的作用，记者为此对李龙波进行了专访。

不惧高原禁区

三公司承担的4、5标段126.68公里施工任务，全部位于大兴安岭林区，存在着降雨频繁、气候多变、季节性河流水位变化、作业带泥泞、众多沼泽地、开化的永冻土等不利因素，且地耐力极低。运输路段又有20公里长坡的危险事故多发区——滚兔岭。所以给工程的管材运输造成了很大的困难和危险。

在去年7、8月份的施工中，遇上了多年不遇的阴雨天气，加之永冻土开化，设备难以通过，管子运不进来。面对困难，项目部想方设法攻克难关。他们租用当地的六驱乌拉尔炮车运管，采用改造后的单斗挖掘机吊管，解决了钢管进场的问题。遇到没有焊接场地时，机组就地采取二接一、三接一的方法进行预制，以保证工程进度。

去年夏季，大兴安岭连日阴雨绵绵，给施工带来极大困难。为了鼓舞士气，李龙波在机组中开展以“大干八九十，决胜黄金季”为主题的劳动竞赛，大大激发了机组员工的士气。在PC项目部漠大工程月度评比中，三公司力夺“优胜分包商”荣誉，几个机组被评为优胜机组，并且在工程进度、质量、安全目标控制等方面一直保持领先。

为确保冬季施工正常进行，他们投入了大量施工人员及配套机械设备。实行倒班作业，做到人歇机不停；对冻土采取爆破、机械开挖等方法进行开挖……施工过程中，他们还根据进度、资源情况，实行各专业的协同作战，从而保证了工程按时间节点运行，提前超额完成了业主、PC下达的主体焊接任务。

确保安全环保

李龙波同时是三公司安全总监，施工中，他始终坚持“安全第一，预防为主”，以精细化管理促进安全生产。项目部采取全员参与的安全管理模式，坚持抓好全员岗前培训、施工现场风险动态识别；执行好安全施工方案；出台了《三公司漠大工程HSE绩效考核及奖惩管理办法》等7项规章制度；与各机组的机组长签订《安全环保承诺书》，层层落实安全责任。自开工以来，他们未发生一起人员伤害，设备、财产损失及环境污染事件。

由于施工现场位于大兴安岭，森林防火工作就显得至关重要。在按照PC项目部要求明确了森林防火原则的同时，他们积极采取了一系列行之有效的措施，增强森林防火意识，建立了覆盖全员、全过程的防火监管机制。在施工作业前对参建全员进行培训和应急防火演练，编制了详细的防火制度，加强防火安全投入。此外，在每个作业面设置专职安全监督员的同时，还积极联系当地林区防火部门派专人现场跟班监督，筑牢了森林防火墙。

精心组织施工

谈及下一步计划，李龙波表示，一是在施工组织上，要全力组织好分包商管沟冻土的爆破开挖施工。采取会战的方式，集中尽可能多的设备资源，力争在4月15日前完成冻土段的开挖、下沟、连头、回填与地貌恢复。成立3个下沟机组，科学组织，加快下沟进度；成立8个连头穿越机组，保证在4月10日冻土开化前，完成沼泽地冻土段连头任务，再以试压段划分为基础，统筹安排连头穿越施工，力争在5月20日前，完成至少三段通球吹扫，具备上水试压条件；上水试压工作5月20日开始，8月10日全部完成，确保8月25日机械完工。

二是强化基础管理，逐步推进精细化管理的进程。在项目运行过程中，项目部将持续加强现场生产运行管理、质量管理、HSE管理，不断总结和完善各项管理制度和管理流程，逐步实现管理的科学化、规范化、标准化、精细化。

三是加强成本控制和预算管理，发掘签证索赔内容，提高项目效益。项目部根据公司批复的目标成本指标进行分解，严格控制现场成本，并优化施工方案，规范分包管理。同时，加大签证索赔力度，重点从设计变更角度寻求突破口，提高项目盈利能力。

（2010年3月15日《石油管道报》）

攻克世界难题　中俄原油管道成功穿越黑龙江

4月末的黑龙江依旧冰封，俄罗斯加林达镇的村民悠闲地从冰上走过，丝毫没有觉察到一条“钢龙”正在他们脚下悠然前行——从4月27日14点25分开始，中俄原油管道黑龙江穿越主管从黑龙江南岸的中国领土正式入地，到28

日12点18分，经过近22个小时的穿行，这条管道顺利地在黑龙江北岸的俄罗斯领土上破土而出。

“黑龙江穿越曾被俄方业主称作世界级难题。”中国石油管道局局长赵玉建说，“我们攻克了这一难题，为实现中俄原油管道今年10月投产的目标奠定了坚实基础。”

中俄原油管道起自俄罗斯远东管道斯科沃罗季诺分输站，经俄边境加林达计量站穿越黑龙江，途经黑龙江省和内蒙古自治区的12个县（市），止于大庆末站。管道全长1030公里，设计年输量1500万吨。作为我国重要的能源战略通道，这条管线的建设对保证国家能源安全具有重要作用。

据赵玉建介绍，黑龙江穿越工程是中俄原油管道建设的控制性工程，按照俄罗斯设计规范及技术标准进行设计，穿越管道设计压力6.4兆帕，管径820毫米，壁厚15.9毫米，采用K60级直缝埋弧焊钢管。穿越出、入土点分别位于中俄两国境内，由此备受两国政府关注。黑龙江底地质极为复杂，很容易发生卡钻事故，由此被业内人士称为“穿越禁区”，也被俄方业主称为是世界级难题。

“中国石油集团公司选派了最优秀的管道施工队伍——管道局穿越公司，调派了最优良的设备和最有经验的施工人员。”赵玉建说，“2009年8月28日，黑龙江穿越工程正式开钻。2009年12月9日完成了主管导向孔对接；2010年2月19日顺利完成了四级扩孔，经过多次洗孔和试回拖，于4月28日实现管道穿越成功。”

（2010年4月29日《经济参考报》）

中俄原油管道二线2标段提前实现主体贯通

12日，中国石油管道局工程有限公司（简称管道局）承建的中俄原油管道二线2标段线路较计划工期提前18天主体贯通，在全线4个标段中首家完工。管道运行后，每年将有1500万吨的俄罗斯原油通过该管道输送至我国，进一步优化国内油品供需格局，提振东北工业经济，有力助推我国经济社会健康持续发展。

中俄原油管道二线工程是国家重要能源战略项目，起于黑龙江省漠河县兴安镇，途经黑龙江、内蒙古，止于黑龙江省大庆市林源输油站。全线分为4个标段，管道局承担了施工条件最为艰难的第2标段218.77公里的管道建设任务。该标段共穿越公路296处、铁路3处、地下障碍物119处、沼泽73.66公里。管线沿途地势起伏大，最大落差487米，地质状况复杂，气候条件恶劣。

建设过程中，管道局充分发挥管道建设专业优势，克服征地难、林业手续办理繁琐、高寒作业、有效工期短、林区防火等级高、与老管线近距离并行施工、试压水长时间滞留易造成冰堵、环保要求高等诸多困难，合理调配资源，有效防控安全质量风险，保证了工程的顺利推进。

管道局中俄原油管道二线EPC项目部（简称EPC项目部）充分发挥党建工作的服务保障作用，开展劳动竞赛活动，激发了广大参建员工的劳动热情和创造活力。参建员工爬冰卧雪，攻坚克难，在极寒的环境中创造了单机组日焊接79道口，单日焊接总量3.7公里的高寒地区施工纪录。2017年2月开始，管道局综合进度跃居全线第一且遥遥领先。2017年3月9日管道局2标段率先完成线路主体焊接任务。2017年9月26日，2标段全线试压完工。

在中俄原油管道二线，管道局大力推广应用自主研发的新技术、新设备。为解决施工难题，持续推进科技创新，EPC项目部组织申报“沼泽及永久冻土冬季开挖施工技术研究”科研课题立项，编制完成《砂质地层封底沉井水力冲洗下沉施工工法》，并通过石油工程建设工法评审，为管道局积累了宝贵的高寒地区施工经验。

（2017年10月12日中国新闻网，2017年10月16日《中国能源报》）

鞍大原油管道项目

铁大线安全改造工程鞍山一大连段原油管道工程（简称鞍大项目）是国家发改委督办的重点工程，作为东北原油管网的重要组成部分，属中俄二线工程新建漠河一林源输油管道的下游工程，承担着俄油增输任务。鞍大项目工程全长351公里，由管道局EPC总承包建设。EPC项目部《从优化管理中“抠”效益》，用实际行动弘扬“石油精神”；工程建设中，《“崇尚质量”成习惯》，《质量、安全双丰收》《让QHSE理念根植于心》《强化顶层设计　渗透“五化”理念》；加快推进“中国制造2025”步伐，《鞍大原油管道工程设备国产化率达100%》。于2017年8月2日，实现《鞍大原油管道工程线路主体贯通》，比计划工期提前20天。

特别推荐

中石油管道局加快推进“中国制造2025”步伐

鞍大原油管道工程设备国产化率达100%

“这种过滤器不仅质量好，清洗和更换滤芯方便，厂家售后服务也很好，派专人进驻场站，配合业主进行设备交接，开展安装指导，保证了设备正常运行。”9月1日，在瓦房店输油泵站内，中石油管道局EPC总承包建设的铁大线安全改造工程鞍山至大连段（简称鞍大原油管道工程）EPC项目部经理赫飚指着中油管道机械制造有限责任公司生产的过滤器说。

鞍大原油管道工程是国家发改委督办的重点工程，是东北原油管网的重要组成部分、中俄二线工程新建漠河至林源输油管道的下游工程，承担着俄油增输任务。工程建成投产后，将实现东北地区原有资源的灵活调配，保证东北炼化企业所需原油资源的稳定供应。

鞍大EPC项目部在项目实施过程中，十分注重民族品牌的创造，输油主泵、电机、阀门等设备全部实现国产化，推进了国产化设备在管道工程的应用。并强化过程质量管理，规范供货商售后服务，及时满足用户需求。

近年来，管道局认真贯彻国家加快建设制造强国的战略部署，加快推进“中国制造2025”步伐，着力提升核心竞争力和品牌塑造能力，掌握了油气储运建设行业关键核心技术，企业竞争力进一步增强。同时，管道局加快科技创新成果转化，积极采取各项措施，更多地将“中国制造”推广应用到管道工程建设中。

在鞍大项目建设期间，管道局协调EPC各个环节，在设备和物资采购方面，由采购单位组织与中石油系统内以及国内厂家谈判，在质量优先的前提下，确定合理价位。同时，确保按期供应，积极推动国产设备和物资的采购、物流及实施安装工作，满足现场使用。

为确保供货商在产品生产前从资质、生产环节、生产质量管控程序等方面符合鞍大项目的质量管控要求，EPC项目部在关键物资出厂前邀请业主、组织第三方检测机构，对鞍大项目关键设备生产过程关键点实施现场质量跟踪，实现对设备生产过程中的质量把控。如EPC项目部委派船级社协同业主和设计单位对输油泵及配套电机、平板闸阀、球阀等关键设备厂家进行了现场检查，确保产品从资质、生产环节、质量管控等方面符合鞍大项目的管理要求。为更有效地控制物资产品质量，由EPC代表业主管理监造服务商，根据生产商的生产计划通知监造服务商进行驻厂监造。开展出厂检测、预验收工作，做到设备全过程监控，保证了产品出厂检验合格率达到100%。

管道建设带动“中国制造”，“中国制造”力挺管道建设。中国产品在工程项目的成功应用，不但降低了采购费用，为业主节省了大量资金；还缩短了采办周期，为项目工期节省了大量时间，使鞍大项目如期完工。

这些应用于重点工程的“中国制造”，优质的产品性能显示出强大的核心竞争力，如上述提及的管道机械制造有限责任公司生产的安全锁快开盲板，成功应用于多项国际工程，已获授权美国发明专利，形成能源行业标准，被中国石油集团公司认定为中国石油装备品牌和中国石油自主创新重要产品。

（2017年9月4日《中国能源报》，2017年8月4日河北新闻网）

从优化管理中“抠”效益

——访鞍大线EPC项目部经理赫飚

4月下旬，东北地区乍暖还寒，“记者一线行”采访小组深入鞍大原油管道工程项目采访。在跑完管道局参建的4个标段现场后，对鞍大线EPC项目部经理赫飚进行了采访。

年逾不惑的赫飚历经国内外多条管道建设锤炼，曾获得集团公司劳模、优秀项目经理、特殊贡献奖等诸多荣誉。长年奔波在施工一线，他看起来比同龄人沧桑。自与鞍大线“结缘”后，身体愈发消瘦，面容愈显憔悴。

赫飚是在2015年6月接手鞍大项目部经理的，从那时起，他就几乎没有睡过一个好觉。每天，他脑中盘算的都是工程难点、施工节点、设计图纸、线路变更、设备采办、物资流转等项目的每一个环节、每一道工序。他想着法儿优化管理，促进各环节有效融合，全面提升项目经营创效水平，从优化管理中“抠”效益。

优化设计省费用

赫飚说，这个项目是真正的EPC，我们注重发挥设计龙头作用，推动设计、采办、施工、外协的有机结合，对线路和站场进行多处优化，降低施工和外协难度，节省施工及征地费用。

首先是优化线路设计，对全线18处路由方案进行细化调整。赫飚举了两个例子：盖州段穿越青龙山国家森林公园，经过优化，把顶管隧道长度由原设计240米减少到30米；经过仔细分析比选，将复洲河、登沙河两条石方地质条件的定向钻穿越变更为大开挖穿越，规避了穿越风险，节省了施工费用。

其次是优化站场设计。通过取消站场内泵棚、缩减站场面积、优化地基处理方案，减少动火及阀室工程量等优化措施控制项目成本。赫飚又举了两个例子：取消辽阳分输站、瓦房店分输站泵棚；对辽阳分输站地基处理方案进行优化，由原来的振冲碎石桩调整为水泥粉煤灰碎石桩（CFG），桩基数量由2425根减少到677根，这些都节省了不少施工费用。

采办管理节成本

赫飚介绍了优化物资采办过程的管理。EPC项目部把请购文件、技术评审、资料反馈等程序制度化，建立站场物资台账管理制度，每周对台账进行核对，发现延误采办，由设计、采办部门分别对口跟踪协调。采办和设计单位围绕采购范围、规格、市场价格等方面，对采购过程进行优化和分析，节约采购成本。

EPC项目部不断优化库存剩余物资。采办与设计密切配合，经设计确认并复检合格后，优先采用合格和符合功能要求的库存剩余物资。这方面赫飚如数家珍：机械公司库存热煨弯管母管212根，广南支干线剩余通信套管960米，业主鞍山站闲置综保系统及漠大线剩余站场阀门等设备，总金额约400多万元。

他们还发挥集中采购优势。EPC项目部组织各承包商与中石油营口销售分公司、中石油大连销售分公司进行价格谈判。经过协商，营口地区油料在市场价格的基础上每升下浮0.35元，大连地区油料在市场价格的基础上每升下浮0.1元，通过油料集采可为项目节约成本100多万元。

施工、外协提工效

在优化施工资源、提高工效方面，赫飚可谓行家。他严格审核各项目分部施工组织设计，控制机组、设备、人员投入量，全线共压缩焊接机组2个、防腐机组3个、阀室工艺安装机组4个、土建机组4个、土石方机组5个。EPC项目部建立了施工资源动态管控制度，及时调整施工部署及资源配置，定期进行统计、分析，做到部署合理，资源适当，防止出现过剩或不足，压缩施工成本。

EPC项目部不断优化升级外协管理，对全线的公路安全评价、路政许可、铁路穿越、军用光缆穿越等相关手续优化升级管理，提高工作效率、降低工程费用。全线征地难点盖州段近一年时间无进展，升级到EPC直接管理后，盖州段实现了开工，征地赔偿费用还降低了。

赫飚补充道，EPC项目部还优化绩效管理，全面提升项目管控水平。他们积极推进“211”项目经营管理法。向下延伸管理职能，管控参建单位成本，在项目上努力推动两级预算管理、一本账管控、一体化绩效考核。组织各公司编制项目预算并通过局经营计划部和国内事业部批准。项目部与各公司项目分部签订绩效合同。

此外，在优化工程项目各项管理的同时，EPC项目部在后勤管理中采取了节电靠关、节水靠拧、节材靠省、节支靠算的“四节四靠”方法进行降本增效。为了减少费用开支，项目部领导以身作则，带头执行各项节约制度，要求项目员工今后坐车回廊坊一律不再接送站。据估算，廊坊到天津站往返一次大约80多公里，派车送站仅油料费每人次约需100多元。那么整个项目下来，仅此一项节省下来的费用就是一个不小的数字。

最后，赫飚表示，要发展高端业务，还需要把EPC项目的管理理论与实际情况进一步结合，在实践中找差距、补短板。今后将不断优化管理和创新，根据项目实际以管理为抓手，提升项目管理的精细化水平，按期完成节点目标和效益指标。

（2016年5月12日《石油管道报》）

鞍大原油管道工程线路主体贯通

俄油总输量将增至3000万吨/年

8月2日，由中石油天然气管道局（以下简称管道局）EPC（设计采购施工）总承包建设的铁大线安全改造工程鞍山—大连段原油管道工程（简称鞍大项目）线路主体贯通，比计划工期提前20天，为实现东北地区管网改造，满足俄罗斯原油增输的需要奠定了良好基础。

鞍大项目是国家发改委督办的重点工程，作为东北原油管网的重要组成部分，属中俄二线工程新建漠河—林源输油管道的下游工程，承担着俄油增输任务。该工程投产后，进入东北管网的俄油总量将达到3000万吨/年，将实现东北地区原有资源的灵活调配，保证东北炼化企业所需原油资源的稳定供应。

据管道局鞍大项目EPC项目部经理赫飚介绍，鞍大项目工程全长351公里，管径为813毫米和711毫米两种，管道设计输量2000万吨/年，设计压力8兆帕。全线设监控阀室11座，手动阀室5座。新建的辽阳、瓦房店分输泵站及改扩建的小松岚输油站已具备预验收条件。全线采用SCADA系统进行远程数据采集和监控，工艺站场主要设备可实现调控中心控制—站控控制—就地控制三级控制模式。

据介绍，鞍大工程位于辽东半岛，线路所经山区石方段长约194公里，与大沈、铁大等多条已建管线并行长达209公里。尤其位于大连市区的5.1公里管廊带，管线需通过市政绿化带下纵横交错着的6条输油气管道及水管线、通信光缆电缆等众多障碍，且管道沿线毗邻大连理工大学及一些居民区、商业区，人口密集，施工空间狭小，施工风险极高。为保护地下管廊的运行安全，保证周边居民的正常生活，施工作业带只能通过人工开挖进行。

工程自开工以来，EPC项目部围绕质量一流、安全一流、管理一流、队伍一流的建设目标，坚持“优化项目管理，持续降本增效”的原则，不断优化过程管理。施工管理方面，强化设计、采办、施工间的协调，持续促进E、P、C、外协各环节有效融合，推动项目按计划运行。青云河顶管隧道穿越工程，填补了国内长距离纵曲线全断面硬岩地层顶管隧道施工的空白。在安全管理方面，加强施工前期风险管控，施行第三方安全监督旁站制度，实现了项目本质安全；在质量管理方面，固化现场代表模式，将EPC质量管理重心前移，把问题及时解决在现场；在信息化管理方面，搭建了“机组通+P6+ERP+工程项目管理平台”为构架的信息化系统，利用“互联网+管道”的现代化数据管理模式，加强施工过程控制；在技术应用方面，积极推进管道局自行研制的机械化防腐补口机组装备及补口涂料的工业应用，促进核心竞争力的提升。

（2017年8月4日河北新闻网，2017年8月3日《石油管道报》）

让QHSE理念根植于心

——鞍大线质量安全环保工作纪略

9月23日，鞍大原油管道工程联合调试运行一次成功，各输油站站控显示正常，各标段线路巡视正常，管道输量每小时2250立方米，管道压力达到设计压力8兆帕，运行良好，标志着管道局EPC总承包建设的鞍大原油管道工程（简称鞍大线）建设任务完美收官。同时，验证了鞍大线取得安全、质量“双优”的成绩单：600万工时安全生产无事故，全线焊接检测一次合格率99.12%。佳绩是如何诞生的？记者进行了深入采访。

项目经理“放大招”

鞍大线地处经济发达的“东北金三角”地区，人口稠密，途经大连市，特别是5.1公里城市管廊带，安全风险高；同时，管道与大沈线等多条在役管道交叉并行，山区沟下作业量大、站场动火连头等级高数量多，安全管控难度较大。

采访中，EPC项目部经理赫飚对记者说：“鞍大项目历时两年多，工期紧迫，投产压力大，赶工易增大风险，我们有的放矢采取应对措施。”

从根源上强化安全意识。他们利用各种会议、检查，宣讲严峻的安全形势，让“安全”这根弦时刻紧绷；随时关注员工思想波动与情绪变化对安全的影响，要求承包商采取健康提醒、思想疏导、解决困难、能力评估、调换岗位、休假轮换等措施规避风险。

防患于未然。抓“风险管控”，并监控消减。鞍大项目是管道局企业发展部推行“开工项目风险评估工具箱”的首个试点项目，共识别重大风险13项，并进行及时监控及时消减。今年7月后，动火作业风险成为最后的重点监控点，对此再识别出风险151项，其中，沟下作业、在役管道穿越并行、通球试压、动火作业等成为EPC项目部重点管控风险。同时，承包商根据机组的具体施工任务，有针对性地开展风险再交底。

安全监督无死角。抓“现场检查”，建立“EPC—第三方监督—承包商—作业机组”四级严格监督体系。EPC项目部每周开展全面检查；第三方监督每天巡检，当晚出具监督日报发至承包商；承包商项目部每天对参建机组开展巡查并留存资料；机组每天开展全方位现场检查，只要现场有作业，机组长和安全员就不得离开现场。安全监督做到一级抓一级、一级促一级，形成监督合力，最终发力到作业现场。

质量部长“口头禅”

王立斌是EPC项目部技术质量部部长，他有项重要的工作，就是按照标准监督检查整个施工过程的质量，他的“口头禅”是：“质量是工程的生命，可不能当儿戏。”

采访时，在办公室根本见不到他，只能去现场“逮”。“干质量可不就得天天往现场跑，我要是没出去，同事才会觉得奇怪呢。”王立斌笑着说。

在开工之初，业主就对鞍大线的质量提出了极高标准，要求现场监理全部旁站监理，监理没到场就不允许施工。同时还针对施工方下达了质量提升管理文件，诸如连头死口一次焊接合格率要达到100%、不得返修等高于国家标准的施工要求。

有一次监理致电王立斌，反映机组未取得现场监理的确认签字就开始了下沟作业，要求停工。一听要停工，王立斌立即放下手头的常规巡检工作，迅速驱车赶往现场，在与机组和现场监理核实情况后，勒令机组立即停工。“必须严格按照规定程序重新来……”王立斌对相关负责人进行了严厉的批评教育。在他看来：“施工一定要按规矩来，保证质量，服从大局。”

EPC项目部对关键焊口及关键工序质量管控非常严，质量管控关口前移，增强现场监管力度。

胜利河及连片鱼塘定向钻穿越回拖那天是腊八节。EPC项目领导率技术质量部一行人到现场检查。

“电火花检漏仪准备好了吗？滚轮检查过了吗？回拖前的准备工作容不得半点马虎，多考虑可能出现的问题，及时采取措施……”王立斌一边沿着管道检查防腐层，一边叮嘱管道四公司（穿越公司）施工负责人。刺骨的寒风中，手伸出来一会儿就钻心地疼，从管道这头走到那头，一行人却没有因寒冷而止步，眼睛紧盯管道防腐层，哪怕只有很小的破损，甚至一个划痕，都立即用笔做好标记，进行防腐补伤。就这样，他们一直盯到凌晨5点多回拖成功。

鞍大项目的每一个穿越回拖现场，一定都有EPC项目部的领导和技术质量部人员守护安全质量的身影。

“质量无小事，尤其是隐蔽工程，埋下去就看不到了，更要慎之又慎。”王立斌说。

员工养成“好习惯”

“哪个工位还有施工废弃物需要清理？”这是在4月中旬管道一公司鞍大项目防腐补口施工现场，机组马上就要收工时，QHSE监督员施荐抡习惯性地掀开可回收和不可回收的分类垃圾桶，向现场员工询问道。

“我这儿有一个用完的底漆罐……我这儿还有防腐套的包装纸……”他的询问得到了员工们的积极回应。

是什么原因让员工有着如此高的环保意识？这还要从一张罚单说起。

一个月前，一公司鞍大项目经理郭百军在管沟开挖施工现场，看到管墩旁丢弃了一个防腐底漆包装罐。“这应该是防腐机组扔的吧？”郭百军一边弯腰捡起，一边询问同行的安全总监代秋野。

“对，按照HSE相关要求，应该对机组处以500元罚款的处罚。”代秋野一边说，一边拿出相机拍下了照片。

“罚款不是最终目的，新《环境保护法》实施后，要让员工知道无意识行为可能会付出法律代价，要树立环保法制意识，养成环保好习惯。”郭百军强调。

两天后，在项目周例会上，机组长才亮收到了项目开工以来的首张环保罚单，涉事机组不仅被罚了款、相关责任人被问了责，机组全员还要进行7天的环保教育培训。

“我们的环保意识不强，接受处罚，今后要引以为戒。”才亮对这种处罚方式表示认同。

事后，项目部根据新《环境保护法》要求并结合现场实际，量身定制了以实例分析和法律教育为主的培训，机组也通过“小课堂”活动让员工讲述施工中对环境保护的看法。

一个星期后，业主、监理进行联合大检查，不仅对机组的进度、安全质量给予了肯定，还特别表扬了现场环保工作。“看来这里只留下了脚印，别的什么也没有留下。”员工的努力换来了业主的积极评价。

数据说明一切。这组数字折射出鞍大线安全环保精细到位，质量管理精益求精：施工图交付合格率100%，设计审查及问题跟踪率100%，采购物资验收合格率100%，关键物资监造率100%；全线焊接检测一次合格率99.12%，防腐检测一次合格率100%，管道埋深、中线复测合格率100%；质量不符合项整改率100%，管道变形超标缺陷为零。

（2017年10月12日《石油管道报》）

强化顶层设计　渗透“五化”理念

——鞍大工程建设中探索“五化”之路

随着9月下旬鞍大原油管道工程联合调试的顺利完成，鞍大原油管道工程建设画上完美句号。

鞍大工程线路全长351公里，所处辽南地区经济发达，沿线大棚、果园、厂房密集，受项目核准时间制约，征地外协难度大；70多公里的水田段只能在冬季施工，有效施工时间短；近200公里的山区石方段，各类“三穿”达160多处，施工难度大；管道与大沈、铁大等多条管道并行，长达200多公里，施工风险高；管道沿线森林覆盖占用林地近百公里，林木砍伐手续办理严格、复杂、周期长……

针对项目的这些特点和难点，管道局鞍大工程EPC项目部强化项目顶层设计，工程建设中探索开展了“五化”工作，促进了工程质量、安全、效率、效益的大幅提升，使工程项目由传统设计施工作业方式向现代化规模生产方式转变，促进了项目管理能力和施工能力的提高。

注重顶层设计的拉动作用

EPC项目部设计部经理张健涛细数了鞍大工程设计标准化方面的三个亮点。

其一，工程在初步设计和施工图设计过程中严格执行CDP文件，各专业主要设备和材料订货用的技术规格书、站场总图和单体设计均严格执行CDP三化文件，一方面保证技术标准的一致性，保证工程质量；另一方面显著提高了设计效率，缩短了设计周期。在今年6月中石油管道有限责任公司（简称中油管道）组织的重点油气管道项目设计督查工作中，鞍大项目在抽检的3个项目中获总分第一的好成绩。

其二，设计充分吸收加拿大ENBRIDGE公司先进技术经验，实现与国际先进设计理念接轨，使工程设计达到国际先进水平。通过在设计中采用线路干线等压头的设计理念（线路采用同一设计压力），大大提高了管道安全可靠性，减少了长输管道对泄压系统的依赖，简化了国内通用的水击超前保护方式，对今后类似工程具有指导意义。

其三，在工程站场施工图设计中，应用PDMS三维设计软件进行图纸设计，通过建立三维的工厂电子模型，使管道走向更加直观形象，同时通过软件中的碰撞检查功能，可以及时发现和规避相关专业管道发生碰撞，减少设计错误的发生和现场返工。另外，自动抽管功能可以为现场管道施工创造便利条件。

张健涛说，在以往工程中，监控阀室内通信、电气、仪表、阴保等专业设备通常设置在土建结构设备间内，鞍大线在设计上则采用了橇装一体化结构，实现了工厂化预制，减少了现场施工工程量，节约了工程投资。工厂化预制在提升施工质量、降低安全风险的同时，能规避诸多工程影响因素，缩短建设周期。

模块化施工提升质量效率

采访中，管道局鞍大工程EPC项目部经理赫飚介绍，项目部不断强化先进的施工理念，学习借鉴模块化施工技术，优化施工工艺，通过现场实施模块化施工方案，大幅降低施工成本，不断提高施工质量和效率效益。

他举例说，瓦房店分输泵站以输送进口俄油为主，根据俄油适宜低温运行的特点，全站工艺管道、设备基本全数为地上运行，便于后期运行维护。根据此工程特点，项目部调整站场工艺施工工序，将一般场站遵循的“先地下、后地上”施工原则，改为“深度工厂化预制，整体模块化安装”。

赫飚描述了具体程序：“由工程技术人员根据施工图纸绘制各单线图，将所需管材、管件、开孔位置、阀门设备等标注清楚，并对项目部和施工机组进行现场交底；要求采办部密切配合EPC项目部联系急需的关键阀门设备和管件，以及配合单位开孔所需取样元件，提前采办所需自购材料；阀门试压和管道预制可以同时进行，施工机组根据阀门现场就位情况可将所有工艺配管按照精料进行预制加工，然后按照施工顺序进行整体安装。”

赫飚总结了这样施工的特点和优势：“阀门试压和配管的精料预制加工能够同期实施；试压合格后的二次找平找正和配管安装能够同时顺序进行，提高吊车利用率；将地上管道安装就位完毕后，地下管道进行连头作业，并按照试压断点进行留头；施工前一定将仪表预留口、各类管座支撑预制加工完毕，便于顺序安装；该站通过变更申请将埋地管道的防腐形式改成3PE防腐，便于沟下施工。总之，减少了现场施工量，缩短了施工周期；提高了工程建设效率，保证了工程建设质量。”

机械化作业提质环保

鞍大线采用管道局自主研发的热收缩带机械化补口技术与装备。机械化防腐补口采用密闭式喷砂除锈、中频加热、红外热收缩技术对管口进行防腐，让补口时间从10分钟缩短到5分钟，而且涂料、溶剂等操作在完全密闭条件下进行，把施工人员与涂料等暴露接触的时间降至最低。一位退休多年的老防腐工人感叹：“机械化补口是我们当时想都不敢想的，这样的设备才叫高科技，做到了真正的以人为本。”

EPC项目部工程部负责人说：“补口过程中，喷出的钢砂在密闭环境中除锈，能够完全回收，不会对环境造成污染，而且采用中频加热方式，管口受热更加均匀，补口质量远好于人工补口，而且速度快、效率高，每个机组每天能完成20余道补口任务。经过现场测试，采用这个设备可提高工效约30%，剥离试验结果超过设计标准4倍多。”

信息化管理便捷高效

鞍大线是管道局首个业主、监理和承包商共同使用“机组通”的项目。EPC项目部积极开展机组通推广应用，根据现场需求，将单一数据采集功能进行优化、升级，增加了现场“飞签”，检验批“日清月结”，与PCM、PDTM系统融合等16项功能，为其他项目的全面应用奠定了坚实基础。

EPC项目部搭建了“机组通+P6+ERP+工程项目管理平台”为构架的信息

化系统，从数据采集、计划编制与分析纠偏、成本控制与分析、项目信息管理等方面，为项目决策、管理提供支持，基本形成了“互联网+管道”的现代化数据管理模式。

鞍大项目全面应用P6软件进行工程控制。在进行计划进度管理的同时，利用其关联性和时效性开展质量控制和竣工资料管理。以施工计划为基础，将质量管理进行WBS分解，细化到具体作业，将施工作业与质量资料相对应，根据施工进度计划，保证施工资料的及时性和可追溯性。

赫飚表示，早在2015年10月，具备飞签功能的机组通版本在全线多个机组推广应用，同年12月，机组通飞签功能得到业主、监理单位认可，并参与使用。自此，机组通在业主、监理部、现场监理、EPC项目部、EPC现场代表、施工单位项目部、施工机组各层级间实现了全方位的布置和应用。

他说，机组通还融入了扫描二维码采集管材信息的功能，大大提高了数据的录入效率。据EPC项目部实地测试数据显示，通过扫描二维码的方式录入55根管材信息，用时43分钟；识别55个二维码用时27.5秒；表格填写及飞签流程用时3分钟，最终用时不到50分钟，准确率100%。二维码的使用不仅提高了数据的录入效率，更提高了数据录入的准确度。

项目部工作人员表示：“过去通过手写记录这么多管材信息，想在1小时内完成信息的抄写很困难，更不要说再去报审签字了，如今节省了很多时间。”

以往工程结束后，用人工来完成竣工资料的汇总整理，工作量非常巨大。机组通开发出的竣工资料模块，在现场资料和检验审批表格填写的基础上，可以完成竣工资料的快速汇总。机组通竣工资料模块的成功应用，将彻底颠覆人们对竣工资料整理工作的认识，可实现完工即提交。

机组通在使用中磨合，又在磨合中不断得到提升。通过在鞍大项目的应用，机组通已从当初的单纯数据采集，发展为集数据采集、工程现场无纸化办公、竣工资料生成于一体的先进的工程建设软件系统，并应用到管道局越来越多的工程项目中。

（2017年10月24日《石油管道报》）

中靖联络线项目

中卫—靖边联络线工程是西气东输三线中段支线，是解决京津冀及周边地区天然气保供压力较大、高峰时段供气矛盾突出等问题的重点项目。中靖线起自西气东输中卫联络压气站，途经宁夏回族自治区和陕西省的6个县（区），止于靖边联络站。线路总长376.58公里，管径1219毫米。管道局承建的2标段线路全长150多公里，有50多公里途经荒凉的毛乌素沙漠。工程建设中，参建员工拼风沙、战严寒，在塞上荒漠、无际沙海展开绿色环保施工《塞上靓“红装” 大漠变“绿洲”》，《中靖施工“热”堪比气温高》展示着石油人的激情与豪迈。于2017年11月27日实现《西气东输中靖联络线成功投产》。

特别推荐

12个人如何管好大项目

3月21日，春回大地。从中卫到靖边，一条全长376.58公里的钢铁巨龙正在毛乌素沙地穿行。这个总投资40亿元的大项目，西气东输管道公司管理团队的定员只有12个人。区区12个人怎么能管理好这么大的项目？

3月12日，记者来到位于银川的西气东输三线中靖管道工程项目经理部，探访业主项目管理团队的创新实践。

科学高效成就“管理篇”

西三线中靖联络线是西气东输三线中段工程的联络线工程，是西气东输管道系统与陕京线系统的重要联络通道，主要是向陕京四线供气，以适应华北地区及管道沿线地区对天然气快速增长的需求。与以前忙碌热闹的项目部相比，这里显得空寂冷清。

项目经理王宜建告诉记者，他们采取建管一体PMT管理模式，依据公司现状利用现有资源，充分发挥地区管理处的优势，即以业主项目管理团队，实行项目经理负责制，对投资、进度、安全、质量负责；银川、甘陕管理处担负现场属地管理责任，负责所辖区域工程现场管理、地方协调和合规性手续办理等工作。这两个管理处按照两个标段线路划分，分别成立项目工作协调小组。

这种管理模式运行半年多了，各方如何评价？二标段管道局EPC项目部项目经理胡孝江说：“从项目管理看，建管一体后，客户（管道运营）需求能更准确、直接地界定。同时，项目的变更管理更直接、流畅。从项目实施过程看，运营方直接参加现场监理周例会和现场管理，问题发生在现场，解决在现场，可以在施工过程中完善、消化运营方提出的改进、优化意见，减少或消除投产后的遗留问题。”

在一标段四川油建EPC项目部，大庆石油监理中靖线监理部总监鞠文中分析了建管分离和建管一体的不同：“管理理念不同，前者重结果，后者重过程。前者因参建单位抢工期遗留较多质量问题，实现投产目标后再整改，管道移交时运营单位不愿接手；后者运营单位全程参与管道建设，及时发现问题，及时整改，确保了过程合格。管理层级不同，前者是总部+现场分部管理模式，现场发生的各方面变更都需要请示总部，层级多，效率低；后者是西气东输管道公司对项目经理部充分授权践行项目建设的职责，现场能定的事情直接在现场决定，及时做好现场工程量变更的签证。”

建管一体将安全生产管控关口前置，将富有经验的运营管理人员带到项目建设管理中，使得事关管道本质安全的技术、质量、安全关键控制点得到严格的监管和指导，最终能实现管道的本质安全。

创新科技描绘“施工篇”

在施工现场，钢铁长龙上喷涂的一组组信息数据吸引了记者。这个项目是西气东输首条引入“全生命周期”管理的国家重点工程。“西气东输把先进的数字化理念融入管道建设中，将管道规划、建设、运行、维护到报废的全过程进行信息化整合，建立统一的管道信息模型，形成全生命周期管理数据库，实现管道业务的信息化管理。我们前期投入很大，建立了全生命周期数据平台，完成了焊口、返修口、防腐补口、射线检测、超声波检测等施工数据的采集工作，使数据查阅起来更方便、更精细、更准确。”项目负责人介绍。

在二标段施工现场，记者见识了管道局自主研发的几个科技利器。获得科研专利的机械化防腐补口技术，采用密闭式喷砂除锈、中频加热、红外热收缩技术对管口进行防腐。机组还配备了数据采集专用终端系统“机组通”，大大降低了现场人员的劳动强度。全线采用的“大型施工设备远程监控管理系统”，能对项目设备安全、油耗成本、生产调度等情况进行及时准确的了解和监控。

川建EPC项目部经理陈宇介绍：“内焊机+双焊炬全自动焊技术是川建全自动焊S101机组的撒手锏。这种先进的焊接施工技术机械化程度高，焊接效率高，功效可以达到半自动焊的3倍；焊缝成型好、质量稳定，使用性能良好。”

合作共赢奏响“和谐篇”

中靖线作为集团公司建设体制调整后由管道项目经理部移交西气东输的项目，各级领导都非常重视项目的建设实施和组织工作。项目经理部对乙方不仅是简单地进行约束和监督，更多的是提供支持和服务。

中靖线工程去年7月14日移交到西气东输后，施工单位就感受到甲方服务的温暖。当初不具备开工条件，项目经理部想方设法保证施工单位按期开工。

去年8月5日，西气东输在上海总部召开项目协调会，对目前管材紧缺的现状进行分析后决策，利用西气东输三线东段、西段以及西气东输二线东段剩余的管材，经过设计强度计算、环焊缝焊接工艺评定和防腐层验证合格后，运到中靖线使用，为施工单位送上“及时管”，保证8月15日两个标段同时开焊。

随着项目有序推进，材料供应、人力资源配置和建设用地等逐渐成为影响工程建设的三个主要因素。王宜建带领项目部认真梳理主次矛盾，及时化解影响进度的各种因素。项目部结合工程具体特点和管材供应计划，编制具体到线路段、机组的工期部署计划，实施冬季施工、优化线路等措施。通过月计划工作会、现场办公等方式，及时有效地沟通、协调，保证了现场施工的连续性。

为保证工程按期完工，项目部打破冬季不施工的常规，对冬季施工进行了科学精细的部署。这里的冬季最低气温达零下25摄氏度，施工单位与当地气象部门取得联系，及时掌握中短期天气变化情况，做好寒流和大风天气情况下人员、设备部署和防御技术措施。

施工单位及时为员工发放全套冬季防寒工服，保障员工冬季施工中的防寒保温；防风棚四周采用防火保温岩棉进行保温，增加帆布防雪挡风措施。同时依据焊接工艺评定，制定了中靖联络管道冬季焊接施工技术措施，保证了焊接质量。

春节期间，项目部的工作人员深入施工一线慰问，送去了西气东输的关怀和温暖，员工们更是铆足了劲，你追我赶，不断刷新焊接纪录，让钢铁长龙在严寒中不断向前延伸。

（2017年3月22日《中国石油报》）

塞上靓“红装”　大漠变“绿洲”

——西三线中靖联络线绿色环保施工掠影

春风送暖。在毛乌素沙漠绵延400公里的管道沿线，千余名“红工装”为助力美丽中国、气化北京，减轻北京地区环保治理压力奋战着。工程建设中，拼风沙、战严寒，在塞上荒漠、无际沙海展示着石油人的激情与豪迈。

3月中旬，本报记者深入西气东输三线中靖联络线施工现场，采撷了几个绿色环保施工小故事，展现员工“打造绿色中石油，创造社会和谐”的风采。

缩短作业带

驱车穿行在中靖线线路上，漫漫沙漠一望无际。管线大部分在宁夏及陕北地区环境脆弱的地方敷设，环保要求高，沿线沙漠化严重，生态环境脆弱。中靖管道工程项目经理部对施工过程提出了严格的要求，施工中要尽量控制作业带宽度，减少地面扰动，同时加强对作业带外生态环境的保护。

管道局承建的2标段线路全长150多公里，有50多公里途经荒凉的毛乌素沙漠。EPC项目部根据工程沿线地形地貌的实际情况，有针对性地编制了重点及难点施工技术方案。据统计，报批的方案达到了25种，直接关系到生态环境保护的就有风沙草滩、林区、水工保护及水土保持等方面，完整全面地涵盖了施工中的生态环境保护。机组在施工中严格控制作业带宽度，缩短了两米的作业带，并划定了作业带宽度的红线，绝不允许随意超占。

垃圾分类放

江南三月，草长莺飞。陕北地区还是寒冬时节，最低气温依然是零下十摄氏度。记者深入2标段“全国青年文明号”CPP203机组施工现场采访，只见他们正在62号桩进行紧张的施工。机组长黄涛带我们走进防风棚，防风棚内的一个回收桶引起了记者的注意。他介绍，这是专门收集现场废料用的，如废弃的焊条头、砂轮片等。施工现场还有两个大型垃圾桶，对垃圾进行分类存放，统一处理，以保护当地环境。

保护古长城

经陕西省考古研究院对2标段开展的文物调查和考古勘探，工程施工线路内共有四处古长城穿越。为了在施工中做好对古长城的保护，2标段EPC项目部在编制古长城穿越方案时数易其稿，确保不破坏古长城上的一草一木、一砖一瓦。项目部将方案提交到定边县和榆林市文物管理部门，受到管理部门专家的一致肯定。

避让公墓群

1标段施工区域属宁夏回族群众聚集地，四川油建EPC项目部高度重视，尊重回族同胞民族风俗习惯，在施工过程中坚持文明施工。在CD11等三个桩踏线复测时，发现管线路由横穿当地回族公墓群，项目部召开专题会议商讨。经多次现场勘察，在确保满足设计规范、技术可行的情况下，通过线路优化，合理地避让公墓群三个，得到了当地政府和回族同胞的高度赞扬。

移栽枸杞树

宁夏回族自治区属黄土高原地区，树木、枸杞显得特别珍贵。川建EPC项目部为了不影响当地生态环境，杜绝砍伐树木。通过多方协调，采用移栽树木方式代替砍伐树木，极大地缓解了当地农户的对立情绪，在工程顺利推进的同时，切实保障了农户的根本利益。据统计，工程共移栽枸杞树6273棵、国有林木12370棵、行道树527棵。

“尽管改线使得管道里程、投资成本、施工难度都有所增加，但只要能留住青山绿水、赢得百姓民心，这些困难和付出都是值得的。”采访中，中靖管道工程项目经理王宜建说。

这样的小故事还有很多。各机组在施工中都注意与当地村民和谐相处。作业带毗邻一个个村庄，时常有村民或者中小学生进入作业带，CPP203机组安全员耿庆龙利用工休时间，与村民拉家常话安全，向村民介绍施工安全性，让家长们约束孩子，不要到施工现场玩闹。在2标段施工的小伙子们帮助村民收割、运输征地范围内的农作物。施工机组提前准备，管沟开挖时做好生熟土剥离，保护耕地；防腐机组采用抛丸除锈工艺替代喷砂除锈，最大限度降低对环境的损害。

各项目部严格落实环境保护、水土保持工程“三同时”保证措施，再加上水保监理和环境监理联合，为建设绿色管道、和谐管道营造了良好的施工氛围，用实际行动树立了中石油的良好形象。

红色，象征热烈、奔放、激情与斗志，代表了中石油员工积极奉献的情怀。在中靖线沿线施工现场，黑黝黝的钢铁巨龙旁，“红工装”在漫漫沙海中分外鲜艳。

（2017年3月16日《中国石油报》）

中靖施工“热” 堪比气温高

入伏后，西北多地进入“烧烤”模式，持续高温，不少地方超过当地高温历史极值。管道局承建的西气东输中卫—靖边联络线天然气管道项目二标段线路全长150多公里，在陕西境内敷设。据中央气象台的天气预报显示，陕西7月以来已有两次连续三天超过40摄氏度的高温过程。烈日下的塞上大漠，管道施工现场已经是热浪滚滚，地表温度超过了四五十摄氏度，记者拍摄时不小心碰到钢管，隔着工作服都觉得滚烫，现场拍摄了两个多小时，感觉鞋底都快化了。

如此高温下，石油管道人依然顶烈日，踩热土，坚持施工。他们用比伏天气温还高的热情，挥汗如雨，与时间赛跑，全力向“10·31”投产目标冲刺。

中靖联络线是落实国家能源多元化战略及保证沿线地区供气安全的重要工程，也是京津冀及周边地区大气污染防治工作重点项目，对发展低碳经济、促进节能减排、实现大气污染治理目标具有重大意义。项目开工以来，得到国家发改委的高度重视，5月15日，国家发改委在北京召开陕京四线、中卫—靖边联络线天然气管道项目督办推进会，认为项目开工以来，工程取得积极进展，但后续施工和手续办理困难较多，目前工程进度与投产目标还有较大差距。会议要求，要提高认识、加强协作，加大工作落实和督办力度。

继国家发改委召开项目督办推进会后，7月初，国家发改委和陕西省发改委召开了中靖线管道项目协调会，进一步梳理工程建设中存在的困难和问题，落实解决措施，督促企业和各级政府加强协商配合、相互支持，共同按照预定目标加快推进工程建设，确保项目按期建成投产。会上，中靖二标段管道局EPC项目部汇报了征迁进展及存在的问题，提出了解决问题的建议，引起了国家发改委和陕西省发改委的高度关注。

7月6日，国家发改委稽查办工作人员到中靖线现场督办稽查。他们详细了解存在的问题，现场督办，加快推进工程建设。

中靖联络线地跨宁夏、陕西两省（区），途经6个县（区），地方协调部门多，难度大。特别是陕西段位于陕北地区，长庆油田、延长石油等单位管线密集，地方政府及当地百姓各种诉求多，增加了项目协调难度。

西气东输中靖联络线项目经理部想方设法，集中优势资源解决难题。他们积极落实发改委督办推进会精神，把征地协调作为重中之重，全力攻关，加强与当地政府相关部门的沟通协调，共同研究破解办法，全力推进征地进展。7月份，中靖项目经理王宜建参加管道局中靖项目工程推进会，叮嘱暑天施工的注意事项，为建设单位鼓劲儿助力。

中靖二标段管道局EPC项目部激发参建员工热情，开展劳动竞赛活动，掀起施工高潮，取得了良好效果。

为积极推进项目建设，7月3日至6日，管道局副总经理张志宏奔赴中靖项目检查指导工作，并召开中靖项目工程推进会，传达中石油集团公司6月份召开的陕四、中靖线推进会的相关情况，指出了这两个工程项目的重要性，详细分析了管道局当前面临的形势，并就中靖项目下一步工作做出要求。中靖项目经理部和地区管理处充分发挥“专业化+属地化”的优势，深入各机组施工现场检查指导工作。西气东输银川管理处和甘陕管理处分别在管道施工沿线中宁、惠安堡等地派驻4个现场项目工作组，每天全天候进行现场质量、HSE控制，把现场HSE管理重心放在机组。

员工启动了高温奋战模式。伏天的作业现场犹如火炉，烤得人喘不上气，站一会儿就一身汗，更别说干活了。尽管这样，施工人员还是忘我地坚持工作。小伙子们戴上防护面罩，“全副武装”只露出双眼，一道工序接一道工序，有条不紊，认真作业。工服后背和领子被汗水浸透，湿了又干，干了又湿，泛出一层层盐花。为了抢工期，小伙子们的干劲儿真比气温高。

针对夏季施工特点，中靖二标段EPC项目部千方百计做好防暑降温工作，确保奋战在烈日下的员工身体健康、安全生产。

中靖二标段EPC项目部针对高温天气开展了安全教育培训。培训主要围绕安全生产对于项目执行重要性、高温天气施工防暑降温的日常知识及基本的应急措施，提高全员施工生产防范能力。

项目部开展了送清凉活动，购置防暑药品、西瓜、凉茶等送到施工现场。项目部高度重视员工的饮食安全，成立伙食委员会，明确职责，监督食堂每天购买新鲜食材，注重饮食卫生，预防食物中毒。同时，项目部要求机组配置足量的藿香正气水、绿豆汤、饮用水送到工地，送到每一位员工手中。

项目部还根据目前高温天气变化，适时调整作息时间，合理避开高温时段施工，有效避免员工晒伤和脱水情况的发生，确保项目施工节点目标顺利实现。

（2017年8月9日《石油商报》）

西气东输中靖联络线成功投产

保障京津冀等区域供气

27日11时38分，西气东输三线中卫—靖边联络线（简称中靖联络线）升压至9.0兆帕后经过72小时试运行，稳定进入管道运行正常状态，这标志着中靖联络线投产成功。

中靖联络线工程是西气东输三线中段支线，是经国家发改委核准实施，贯彻落实“推进北方地区冬季清洁取暖”要求，解决京津冀及周边地区今冬明春天然气保供压力较大、高峰时段供气矛盾突出等问题的重点项目。

中靖联络线起自西气东输中卫压气站，途经中卫市、吴忠市和榆林市，止于靖边压气站。线路总长376.58公里，管径1219毫米，设计输量300亿立方米/年，设计压力12兆帕。全线设线路截断阀室13座，其中A类监控阀室4座，其余均为监视阀室。

中靖联络线工程是中国石油集团公司建设体制调整之后，西气东输管道分公司建设实施的首个项目，西气东输管道分公司成立了中靖管道工程项目经理部，负责项目的投资、进度、安全、质量。自去年5月份开工以来，在中靖管道工程项目经理部的领导和组织协调下，中石油管道局等参建各方共同努力，团结协作，克服重重困难，拼搏奉献，合力确保了项目优质高效推进，合规建成并按期投用。

10月14日，由中石油管道局承建的中靖联络线陕西段线路工程全线试压完成，10月20日全线干燥完成，10月21日最后一道焊口焊接完成，实现线路工程全线率先贯通。

从10月中旬开始，西气东输管道分公司就组织落实完成了人员培训、应急预案演练等准备工作。10月26日，完成了中卫联络压气站——2号阀室段氮气封存作业。10月31日19时08分，中靖联络线得到中石油北京油气调控中心进气指令，切换流程，开始从中卫压气站进气投产置换。11月1日20时50分，天然气到达靖边联络站。24日，中靖联络线顺利升压至9.0兆帕，与西气东输三线中卫站进站压力平压，整个升压过程历时315小时，升压结束开始进行72小时试运行。自此，投产全部结束。

（2017年11月28日中国新闻网，2017年12月4日《中国能源报》）

闽粤支干线管道项目

西气东输三线闽粤支干线（广州至潮州段）是国家天然气基础设施互联互通重点工程，在全长380公里的西气东输三线闽粤支干线工程中，管道局负责一、二、四共3个标段的施工任务，线路总长317公里，以及4座站场、14座阀室、7条定向钻、10条隧道的作业量，综合工程量占全线80%以上。

2018年12月下旬，记者前去一线采访，各参建单位正全力以赴，采取强有力措施，加快推进工程建设，劳动竞赛全面铺开——《吹响集结号　打响攻坚战　按下闽粤支干线建设“快进键”》。四公司4标段《山高人为峰》，征战全线最难点；建设公司《敢拼才会赢》，挑战“最难”隧道；五公司2标段建设提速“升温”，《责任重于天》；二公司1标段《誓为天下先》；定向钻《智勇过三关》。管道局闽粤支干线敢为人先勇当先锋，《敢立潮头唱大风》。

特别推荐

敢立潮头唱大风

——管道局闽粤支干线敢为人先勇当先锋

闽粤支干线工程事关国计民生，备受国家和集团公司关注。2018年5月22日，集团公司天然气基础设施互联互通重点工程建设推进会在广州召开。5月29日，西气东输闽粤支干线工程劳动竞赛在管道局承建的2标段施工现场启动，拉开工程建设序幕。

万事开头难，开工前遇到的最大难题是外协工作。与其他互联互通项目一样，闽粤支干线的环评、安评、土地许可、项目核准等相关手续办理存在着很多问题。面对重重困难，管道局各参建单位以决战决胜的勇气迎难而上，勇立潮头，展现出管道员工敢于担当、勇于拼搏的时代风采。

勇敢迎接挑战，全线首家开焊

在全线的外协工作尚未打开局面之时，"开工"一声令下，管道四公司勇挑重担，在没有施工作业面及弯头弯管的情况下，项目部采用"借地"的方式，不负重托，完成了业主下达的指令，实现了全线最先开工。

这"借地"借得非常艰难。四公司承建的4标段位于文化底蕴非常深厚的潮汕地区，很多悠久历史文化、传统习俗都被传承下来，尤其对"家"观念、对先辈祭奠和缅怀、对被称之为"风水"的坟地非常重视，加之后期发展，形成当地特有的风俗、民情。风水山、重要的风水坟地是不能轻易触碰的。

4标段线路工程途经三个县（区），分别为梅州市丰顺县、揭阳市揭东区、潮州市潮安区。经了解，潮州市潮安区征地工作是最难的，四公司选择揭东区玉湖镇进行重点突破。

当时，区、镇两级政府协调工作组还未成立，不知找谁对接工作，征地补偿方案和标准的制定、颁布更是遥遥无期。经过项目征地协调人员的不懈努力，两级政府的协调小组终于在2018年5月底成立。

虽然征地工作进展缓慢，但开工前的准备工作一直在有条不紊地进行：

2018年5月中旬完成项目部建设；5月下旬完成首批焊工上岗考试，焊接机组营地投入使用，完成全线30公里线路踏线任务。

2018年5月底，西气东输管道公司相关领导赴闽粤支干线现场调研，要求加快协调进度，推进互联互通工程进展，力争在6月16日实现打火开焊。

开弓没有回头箭。项目部安排两名协调人员共同攻关玉湖镇观音村，要求3天内必须取得一块开工用地。两人从2018年6月11日开始，连续3天“长”在村委会，村主任到哪里，他们就跟到哪里，千方百计做“攻心”工作。历经千辛万苦，13日下午，观音村村委会终于同意临时借地300平方米。

喜讯传来，四公司立即组织人员调遣设备、管材等。租用小型挖掘机进场清表扫线，仅用3个小时就清扫了300米，并将管材运进现场。2018年6月14日，施工所需的焊接设备、防护棚等全部进场，下午进行了设备调试。

2018年6月16日，4标段全线首家打火开焊；7月31日，成为全线首个完成百口磨合的机组。

山高路远沟深，铁军挑战最难

闽粤支干线开工前，有业内专家评说，16座隧道工程是全线的咽喉工程，其中5座为控制性工程，能否如期贯通，将直接影响工程建设目标的实现。此外，控制性工程中还有定向钻施工，管道局承建的7条水平定向钻穿越工程中，有2条为控制性工程。

5座控制性工程中最难的隧道，是建设公司承建的东坑隧道。建设公司承建的黄牛岽1号隧道于去年9月21日顺利贯通，这是闽粤支干线全线首条贯通的隧道。有了成功先例，他们更有底气挑战东坑隧道。这条隧道地质条件复杂，施工难度很大，安全风险极大，技术要求很高。

位于4标段的东坑隧道全长1954米，围岩地质为黏性土、全强风化岩，且夹杂巨型孤石。目前已开挖的地段，大部分都穿越断层破碎带，岩心破碎，泥质含量高，围岩极易坍塌变形。广东水资源丰富，地表降水多，地下水富余，导致隧道内积水经常与土一起涌出。围岩土质又多为黏性土，其与水接触后变成“液化土”，从而失去自稳强度，掌子面开挖后无法稳定，导致初期支护施工难度数倍增加。此外，液化土易导致掌子面发生塌方。

兵来将挡，水来土掩。项目部采取了相应举措来保障施工安全。在施工中，严格遵循“短掘进、弱爆破、强支护、勤量测”的原则，在关键工序实行项目部、分部两级领导带班作业，严格管控，确保隧道施工安全和质量。截至3月12日，东坑隧道总掘进1035.5米。

闽粤支干线定向钻施工是定向钻历史上第一次完全由岩石地层组成的岩石群管理、岩石群施工，地下岩石分布复杂、多变。一半的河流没有进场路，大型设备进场是个大难点。

1月6日，闽粤支干线首个控制性工程——琴江定向钻穿越工程回拖成功。这是继2018年12月31日全线首条定向钻穿越公庄河定向钻告捷后，管道局再次完工的一个重大节点。

琴江主要穿越地层为中等风化花岗斑岩，自然抗压强度达到83.06兆帕，断层破碎带在三处探孔处均有揭露，出入土点高差达到9米。虽然琴江穿越水平长度仅为560米，但和全线最长（1340米）的东江定向钻穿越并列为全线的重中之重。

控制性工程工期的要求非常紧迫。经过3个多月的奋战，克服无数难题，践行多项创新举措，控制性工程琴江穿越终于顺利回拖完成。

东江定向钻穿越因现场没有水源，既要解决问题又要考虑成本控制，参建员工自己买料自己租热熔机，把800米外落差16米深的水通过多级泵引入施工现场，低成本解决工程难题。目前，东江定向钻施工正开足马力全力推进。

灵活调整战术，集中力量攻坚

“哪里有地去哪里”已成为全体参建员工的共识，他们时刻准备着，服从项目部调令，随时准备战胜一切困难，向前推进。

华油工建公司（五公司）承建的2标段线路总长129.3公里，是闽粤支干线全线4个标段中最长的标段，途经的地形地貌很复杂，号称“八山一水一稻田”。2标段现场地貌多为山区水稻田丘陵，交错纵横，施工作业面经常是两山夹一沟，沟下平缓地面就是沼泽地。水网地段地质条件极差，一般水田段地表仅薄薄的一层耕植土，挖掘机碾压两遍后就成为沼泽地，挖掘机陷车事件时有发生，导致工效极低。

困难面前，2标段参建员工毫不畏惧，项目部不断优化施工工法，提高施工工效。对于两山夹沟的沼泽地段，他们利用削两侧山体土方铺垫作业带的方式来提高焊接工效。针对水稻田等高水位地段制作浮板，他们将焊机、发电机等设备安装至浮板上，利用挖掘机拖拽浮板进行焊接，减少大型设备陷车等窝工现象。就这样，管道一点一点地向前延伸。

管道二公司负责施工的1标段地形复杂，与2标段相比，施工难度有增无减。

1标段线路横跨3市5区（县）15乡（镇），靠近广州，经济发达，建设性工程较多，地方政府及群众对征地补偿有较高期望，且点多面广，征地协调举步维艰。线路工程70%位于山区，其余为山间谷地及水稻田，施工连续性差，对于施工工法的实施及资源调配要求较高。

路再难难不倒“英雄汉”。1标段项目部总结出三种作战方式，尽管道路崎岖，依旧奋力前行。

灵活运用游击战。面对征地协调难的现实问题及复杂地形，项目部将标准化机组拆分成多个台班灵活作业。目前，全线共开启焊接作业面20个，土石方作业面6个，防腐作业面5个。项目部根据线路拿地情况科学调配合理组织，迅速拿下相应施工。

全力打好攻坚战。AC038段落连续翻越5座大山，其中1座大山管道路由为纵坡沿山脊敷设，山脊宽度仅四五米，长度150米，两侧为33度以上陡坡；AC163段落30—40度陡坡起伏绵延20公里，拐角处弯管最大达70度。这类地形施工难度更大，项目部挑选优势兵力，全力做好攻坚。

集中开展歼灭战。征地虽难，但在外协工作人员的努力下，经常会有大段落的地块谈妥。面对突然出现的大段落作业带，项目部会机动调配优势资源，集中实施歼灭战，将拿到的地块迅速清点扫线，引进焊接机组快速“吃掉”。

“粤东地区3月份开始进入雨季，必须赶在雨季前抢出作业带，要不这个年都过不踏实。”春节期间，逾百名管道建设者坚守在施工一线。1、2、4标段参建员工一鼓作气，测量放线、清点扫线、管沟开挖、焊接作业等施工快速推进，火热的生产场面成了一道道靓丽的风景。

今年的汛期提前到了，雨说来就来，他们和老天爷打起了“游击战”，雨来我躲；雨停我干。就这样，管线一点点向前挺进，截至3月12日，管道焊接已达157.5公里。管道人用“敢立潮头唱大风”的豪迈气势，谱写了一曲“我为祖国献石油”的壮美赞歌。

（2019年第2期《中国石油画报》）

吹响集结号　打响攻坚战

管道局按下闽粤支干线建设“快进键”

“黄沙百战穿金甲，不破楼兰终不还。”这是记者12月22日以来深入闽粤支干线施工一线采访时感受到的高昂士气。自管道局召开闽粤支干线现场推进会后，参建员工吹响集结号，打响攻坚战，开足马力，蹄疾步稳，全线综合进度快速提升。

在全长380公里的西气东输三线闽粤支干线工程中，管道局负责一、二、四共3个标段的施工任务，线路总长317公里，以及4座站场、14座阀室、7条定向钻、10条隧道的作业量，综合工程量占全线80%以上。

11月6日，管道局召开闽粤支干线现场推进会，要求众志成城、决战决胜。推进会后，管道局主要领导先后两次深入闽粤项目施工一线检查、调研。管道局机关职能部门积极主动服务一线，面对项目存在的困难，共同分析原因，协助制订具体解决方案。

管道局闽粤项目部积极采取各项措施，重点强化了三个方面的工作。

一是强化工程管理，做到“五个加强”。加强过程控制，先后组织召开推进会4次，督促各参建单位严格按计划部署施工，增加资源配置，力保2019年3月底主体完工目标；加强现场检查管理，安排项目副经理主抓生产协调工作，检查现场施工进展、协调解决相关问题；加强隧道现场管控力度，对施工风险超前谋划，制定有效应对措施，保证进度可控；加强管材变更管理，组织参建单位安排专人管理管材，制订使用计划，进行变更统计，保障连续施工；加强项目统计管理，通过升级日报模式、组织绘制线路单线图等统计方法，督促参建单位有效收集整理现场施工进展基础数据，准确了解断点、留头位置，及时预见施工风险和存在的问题，进一步对现场情况进行分析管控。

二是强化QHSE管理。组织各单位进行山区高陡边坡和管沟的隐患排查和风险再识别，进行各标段地质情况、横坡、纵坡情况统计，要求各单位针对现场情况进行全面排查，并制定相应的安全技术措施；针对现场施工情况，按照《危险性较大的分部分项工程安全管理规定》，组织顶管专项施工方案专家评审会，并用于现场实施；推进现场施工变更管理，召开线路施工变更和水工保护变更推进会，强化变更管理意识，推进变更手续落实。

三是强化外协管理。与广东省发改委及沿线各地方政府相关部门建立健全征地协调联系体制，以周报形式汇报征地过程中存在的问题，市级政府部门及时进行督办、下发通报到具体县（区）、乡（镇）政府责任主体部门，充分解决施工单位征地难点、断点；加快外协资料核销进展，确保及时回款；协助业主完成站场永久性征地工作。

管道局项目部、项目党工委还积极开展劳动竞赛，制定下发了劳动竞赛实施细则。项目党工委组织召开基层党支部书记会议，向全体员工发布倡议书，开展党员承诺书活动，以“一个党员一面旗，党员先锋岗”“建闽粤优质工程，铸管道诚信品牌”主题实践活动为抓手，掀起施工新高潮。

各参建单位积极增加资源配置，全力支援闽粤支干线工程建设。参建员工攻坚克难，不胜不休，取得明显成效。在工程管理方面，各标段焊接机组施工进度快速提升，实现每天焊接1.6公里左右；站场工程稳步推进，4座站场土建专业施工资源已到场，正在积极开展施工前准备工作，确保雨季前完成土建主体施工；各隧道施工资源已到齐，10条隧道已全部开工，东坑、坪山隧道双口掘进；7条定向钻均已进场施工，其中2条有望元旦完成回拖。劳动竞赛结出硕果，建设公司4标段隧道管理组被评为“优胜综合机组”；涌现出了十名“优秀岗位能手”，在全线掀起了“比、学、赶、帮、超”的热潮。

（2018年12月25日《石油管道报》）

山高人为峰

12月下旬，记者赴闽粤支干线采访的第一站是管道四公司承建的4标段。第一天赴现场采访，就被进场的盘山公路给来了个“下马威”：哪里是山路十八弯，七拐八拐绕来绕去，早被折磨得头昏脑涨，翻江倒海，根本记不住有多少弯儿！来一趟就够受的，施工人员天天走怎么受得了？

随同的4标段项目经理张华明淡然自若：“习惯了就好了，几个月都是这样过来的。”朴实的话，让记者心生敬意，参建员工崇高的境界令人肃然起敬，他们用实际行动践行石油精神，为国家互联互通工程挥洒汗水，为建设国家能源动脉赤诚奉献。

征战全线最难点

4标段是全线合同单价最高的标段，因80%以上地形都是山区，山区段中地形起伏较大，多冲沟和横纵向陡坡，部分管线还需沿沟谷敷设，局部地区需要穿越绝壁和左壁右崖公路，施工难度极大。

在此督战的四公司副经理连晓明列举一组数据：4标段30多度的山坡有39处，最长达177米；40度左右的山坡有5处，最长达188米；40度以上的陡坡3处，而在汤坑镇境内21公里全部在山区敷设。其中山区中两山夹一沟普遍存在，管线需要穿越落差在50米以上沟谷15处，50米断崖2处，沿沟谷敷设4公里，高后果区识别5处近14公里。一提这些难点，让身经百战、乐观豁达的连晓明都愁眉不展。

山区施工难在进场。沿线经过多个乡镇和村庄，但是能够利用的道路很少，设备、管材进场需要多次倒运。例如我们去的这个施工点，山路坎坷崎岖，只能利用自制的小炮车运管，每天来回才能运3根管。有的地方根本没有路，工人只能长途跋涉到达施工点。其中在AI112—AI125桩4公里线路施工没有道路依托，工人上下班或者中午吃饭，至少步行1公里走出大山才能到预定地点。

善于攻坚啃硬的四公司这次遇到了最难啃的“硬骨头”。因当地地质构造形成原因，沿线不仅有连续的石方段分布，还有部分地区埋藏着众多体积巨大的坚硬孤石方，体积从几立方米到五六十立方米不等。对于连续石方段可以采取快速爆破方式施工，而对于孤石在无法移动的情况下，他们只能采用古老的“开山劈石”方式，将巨石分为几块。这种如今几乎无人问津的施工方式，施工成本极大，施工效率极低，但却是行之有效的方法。

兵来将挡，水来土掩。针对4标段复杂的地形地貌，四公司采用不同的施工工法，在水田地、沼泽地采用沉管下沟，牵引回拖；山区段采用沟上预制、沟下组装、顺坡滑管、滑橇法施工等，攻克了一道道难关，施工得以顺利进行。

全线最先开工

4标段还有一项“全线之最”。他们顾全大局，在没有施工作业面及弯头弯管的情况下，项目部采用“借地”的方式，完成了业主下达的在规定时间内开工的任务，实现全线最先开工。

4标段项目党支部书记姜俊兴讲述了艰辛的开工故事。2018年4月，四公司组织先遣人员一行7人抵达施工所在地梅州市丰顺县汤坑镇，兵分三路开展紧张有序的开工准备：一组进行现场交接桩、现场踏勘；一组落实项目部和机组营地选址、建设工作；一组进行市场调研、信息收集，以及迅速与各方建立联系，并保持有效沟通。

4标段位于文化底蕴非常深厚的潮汕地区，很多悠久历史文化、传统习俗都被传承下来，尤其对“家”观念、对先辈祭奠和缅怀、对坟地的风水非常重视，加之后期发展，形成当地特有的风俗、民情，风水山、重要的风水坟地是不能轻易触碰的，各种因素叠加，大大增加了征地协调工作的难度。

4标段线路工程途经三个县（区），分别为梅州市丰顺县、揭阳市揭东区、潮州市潮安区。经了解，潮州市潮安区征地工作是最难的一个区，中海油、昆仑燃气、中石化等单位在该地区的工程有的长达四五年都未能前进一步。四公司只能选择相对容易的揭东区玉湖镇进行重点突破。

当时，区、镇两级政府协调工作组还未成立，不知找谁对接工作，征地补偿方案和标准的制定、颁布更是遥遥无期。经过协调人员不懈努力，两级政府的协调小组终于在5月底成立了，但方案、标准、手续制定和办理仍遥不可及。

虽然征地工作进展缓慢，但开工前的准备工作一直在有序进行：5月15日完成了项目部建设并投入使用，且通过监理单位验收；25日完成第一批焊工上岗考试，22人全部一次通过；30日焊接机组营地建设完成并投入使用，完成全线30公里线路踏线任务。

5月底，西气东输管道公司相关领导赴闽粤支干线现场，要求加快协调进度，推进互联互通工程进展，力争在6月16日实现打火开焊。

开弓没有回头箭。项目部安排两名协调人员共同攻关玉湖镇观音村，要求3天内必须取得一块开工用地。2人从6月11日到13日，连续3天吃住在观音村委会，村主任到哪里，他们就跟到哪里，千方百计“攻心”。历经千辛万苦，13日下午3点，观音村终于同意临时借地300平方米。

喜讯传来，四公司立即组织人员准备调遣设备、管材等。租用小型挖掘机进场清理扫线，仅用3个小时就完成了300米，并将两根管子运进现场。14日，施工所需的焊接设备、防护棚等全部进场，下午进行了设备调试。

6月16日，4标段打火开焊；7月31日，成为全线第一个完成百口磨合的机组。四公司人用坚韧不拔的毅力和锲而不舍的精神，谱写了一曲“我为祖国献石油”的壮美赞歌，书写了一个大写的“人”字。高山仰止，景行行止。

（*2018年12月25日《石油管道报》*）

建设公司：敢拼才会赢

建设公司承揽了西气东输三线闽粤支干线（广州—潮州段）1、2、4标段10座隧道工程施工任务，总长12.6公里，其中控制性隧道4座，总长7.2公里，非控制性隧道6座，总长5.4公里，以及54.43公里的石方段放线、清点、补偿、扫线、管沟开挖、回填、地貌恢复、水工保护工程施工。

西气东输三线闽粤支干线开工之前，有业内专家评说，16座隧道工程是全线的咽喉工程，其中5座控制性工程能否如期贯通，将直接影响工程建设目标的实现。5座控制性工程中最难的隧道，就是建设公司承建的东坑隧道。参建员工以决战决胜、勇于拼搏的攻坚精神，展现了管道人敢于担当、无私奉献的时代风采。

挑战“最难”

建设公司承建的黄牛岽1号隧道于9月21日顺利贯通，这是闽粤支干线全线首条贯通的隧道。有了成功先例，他们更有底气挑战难度最大的东坑隧道，这条隧道地质条件复杂，施工难度很大，安全风险极高，技术要求很高。

建设公司副总经理、闽粤支干线项目部经理刘庆新介绍，位于4标段的东坑隧道全长1954米，地质条件复杂，围岩地质为黏性土、全强风化岩，同时夹杂巨型孤石。目前已开挖的地段大部分穿越断层破碎带，岩心破碎，泥质含量高，围岩极易坍塌变形。广东水资源丰富，地表降水多，地下水富余，导致隧道内积水经常与土一起涌出。围岩土质又多为黏性土，其与水接触后变成“液化土”，从而失去自稳强度，掌子面开挖后无法稳定，导致初期支护施工难度数倍增加。此外，已经开挖完成的洞身段底板也不断有水渗出。当前施工隧道掌子面不完整：右侧为残积土夹杂孤石，因所处位置靠近地下水位线，涌水量大，地下水一直通过右侧涌出，使残积土变形为液化土，如果巨型孤石从掌子面右侧滑落，会导致掌子面塌方，安全风险极高。

兵来将挡，水来土掩。项目部采取了相应举措来保障施工安全；在施工中，严格遵循“短掘进、弱爆破、强支护、勤量测”的原则，在关键工序实行项目部、分部两级领导带班作业，严格管控，确保隧道施工安全和质量。截至目前，东坑隧道总掘进500多米。

“强项”更强

土石方施工是建设公司业务的“强项”。在闽粤项目，建设公司所承建的50余公里土石方施工任务横跨广东省4市6县20个行政村，首尾距离近400公里，点多、线长、协调难度大，并且95%以上处于山区段，坡度超过25度的长陡坡地段多达40多处。作业区段内，开挖加盖板穿越公路85处，开挖加套管穿越公路4处，河流、沟渠、鱼塘小型穿越96处，穿越较为密集，加上水田段长度7公里，施工形势十分严峻。

困难面前，作为管道“开路先锋”，参建员工迎难而上。在详细掌握施工特点、难点的基础上沉着应战，他们根据任务地域，分别在1、2、4标段配置了4个土石方施工机组，并配齐机组长及“三大员”。

项目副经理曹海涛说，为加快土石方施工进度，为主体单位提供充足的焊接及试压条件，建设公司加大设备、人力资源投入力度，在50余公里的线路施工中，几乎达到了每公里1台大型设备的“高配置”。经过参建员工的共同努力，管沟施工的进度和质量深受各界好评。

“坡比、沟深、沟底宽度均符合设计及施工规范要求，每次管沟验收都是一次性通过，‘专业化队伍’就是强!”对于管沟成型质量，业主、监理及其他兄弟单位都称赞不已。

赛出“士气”

据项目党支部书记吕洪丹介绍，为充分调动各施工机组的积极性和主动性，以更加高昂的斗志投身工程建设，从今年8月份开始，建设公司闽粤项目部结合实际，适时开展了主题劳动竞赛，促进度、保质量、保安全。

竞赛实施前，项目部制订了详细的评比方案和考核细则，并同各施工机组签订了工作目标责任状，对按时完成外电接入、民爆手续等任务，按照方案进行考核兑现，使员工奔有目标，干有心劲，有力地促进了施工生产。

电力和民爆是制约隧道前期施工的关键因素。对此，项目部“针锋相对，各个击破”。在电力供应方面，主要依靠对接当地外电，同时在各个施工点配备备用发电机，以预防临时停电带来的影响；在推进民爆工作方面，项目部安排专人进行施工单位资质、工程施工图纸、爆破作业合同、爆破设计方案、安全评估报告等爆破作业许可文件的办理工作。

为推进隧道施工进度，项目部开启“白+黑”三班倒工作模式，将钻工、炮工、喷砼工、钢筋工和普工各班组人力资源及设备材料、备品备件进行了有效配置，达到“三个循环”资源要求，进而确保各个工序时间节点的完成。

11月份以来，为配合管道局闽粤支干线项目部开展的以“建闽粤优质工程，铸管道诚信品牌”为主题的劳动竞赛活动，项目部重新细化了土石方工程考核评分标准；公司也拨款20万元作为专项奖金，用以激励土石方一线员工。

在刚刚结束的西气东输管道公司“互联互通闽粤支干线工程劳动竞赛”11月份评比中，建设公司土石方专业宇洪卫机组被评为“扫线领先机组”，挖掘机操作手张斌被评为“优秀岗位能手”。在管道局劳动竞赛评比中，建设公司4标段隧道管理组被评为“优胜综合机组”。

在充满生机的粤东大地，这支敢打硬仗、善打硬仗的“开路先锋”，为早日建成互联互通工程奋力拼搏，用激情与奉献唱响了“管道报国、艰苦奋斗、开拓创新、实干兴业”的管道主旋律。

（2018年12月27日《石油管道报》）

西气东输三线闽粤支干线2标段途经河源市紫金县、梅州市五华县，线路总长度129.3公里，包含阀室7座、大中型河流穿越3处（合计长度1812米）、山岭隧道2处（合计长度2089米）、单出图顶管穿越高速及省道7处，大开挖加套管穿越高速4处（合计11处，长度790米）、非单出图57处，河流鱼塘穿越90处。

2标段：责任重于天

2标段线路是闽粤支干线全线四个标段中最长的，途经的地形地貌复杂，在此坐镇督战的华油工建公司（五公司）副总经理葛成吉形象地将其比喻为

“八山一水一稻田”。2标段人员、设备资源投入也是全线最多的，用葛成吉的话说，就是“倾全公司之力支援闽粤支干线工程建设”。自去年5月份开工以来，700多名参建员工用拼搏和奉献诠释了管道人的使命、责任和担当，在祖国互联互通工程建设史上写下了华油工建人浓墨重彩的一笔。

施工——攻坚克难

2标段现场地貌多为山区水稻田，丘陵交错纵横，施工作业面经常是两山夹一沟，沟下平缓地面就是沼泽地。水网地段地质条件极差，一般水田段地表仅薄薄的一层耕植土，挖掘机碾轧两遍后就成为沼泽地，挖掘机陷车时有发生，导致工效极低。

这样复杂的地形地貌，让身经百战的2标段项目经理康文远眉头紧锁。他认为，只要思想不滑坡，办法总比困难多。他率领项目部不断优化施工工法，提高施工工效：对于两山夹沟的沼泽地段，利用削两侧山体土方铺垫作业带的方式来提高焊接工效；针对水稻田等高水位地段制作浮板，将焊机、发电机等设备安装至浮板上，利用挖掘机拖拽浮板进行焊接，减少大型设备陷车等窝工现象。

雨季中，一场沼泽地攻坚战悄悄打响了。对于机组施工人员来说，打攻坚战已是家常便饭。在CPP504机组长胡均勇的记忆里，五华县段AG111号桩—AG114号桩间的雨季沼泽地施工，让他至今难以忘怀。

当地天气变化多端，前一阵还高温闷热天气，热浪袭人，转眼就暴雨倾盆，说变就变，天气预报一般在前一天才能报出最准确的信息。有天早上收到暴雨预报后，胡均勇着实吓了一跳。

五华县这段施工线路全长约600米，其中沼泽地带长约350米左右。CPP504机组与沼泽地的较量每天都在上演。此路段处在两个陡坡的低洼处，中间连着鱼塘、水稻田、沼泽地，频繁的降雨再加上沼泽段软质土基，让这段施工变得难上加难。挖沟机一进入就陷进去，基本上是一陷一个准儿，经常是每干一段就陷进去，拽出来再干。

胡均勇心想，这是施工现场最后的沼泽地带了，如果暴雨来临，沼泽地施工将会更加艰难，甚至有停工的可能，绝不能让这种情况出现。沼泽地铺垫钢板的面积有限，为了保证安全，作业带上只能进行单面作业，挖沟机、吊管机、焊接车的错车都要小心翼翼。因此，他决定无论干多晚也要把沼泽地冲出去。

员工毫无怨言，个个挥汗如雨，一直干到晚上近9点，最后一道口组对完成……

创新——奋勇争先

2标段在新工艺、新技术的应用方面奋勇争先，大胆实践，把管道局自主研发的科研产品RMS自动焊设备、气体极化防腐技术等最新科技融入管道建设中，助力智能化管道建设。

RMS自动焊设备已在中石化很多工程中应用。2018年12月12日，2标段项目部在弯管机组完成了RMS自动焊设备调试。这套设备具有拼装周转简单化、翻转焊接简单化、焊接成型效率高等特点，进一步改善了焊接工人的工作环境，提高了工件的焊接效率及焊接质量。

现场人员经过反复调试和改进，已调试焊接7道口，并对其中一道焊口进行PAUT检测，外观成型美观，一次合格率100%。自动焊设备调试的成功为全自动焊接打下了良好基础。

目前已到场全自动焊设备2套，另外4套全自动焊设备已改造完毕。2018年12月30日在AF025号桩开工。

另一项新技术就是气体极化防腐技术。华油工建公司（五公司）在2标段半自动焊接工艺段，首次实现高温高湿环境下气体极化防腐技术的成功应用，达到了预期效果。

目前，2标段已使用此技术防腐近10公里。实践证明，此次推广应用的气体极化新防腐工艺，比传统的热收缩带防腐效果好，施工机具完备，影响施工质量因素较少，气体极化防腐PE层搭边不易翘边，防腐层对焊口防护效果好，不会出现因环境温度因素产生剥离、开裂等破坏现象，延长了管道运营寿命。

通过对管道局自主研发的新设备新技术的普及性应用，不断优化装备性能，为自主品牌推广积累了丰富经验，进一步增强了企业的行业竞争力。

管理——精打细算

2标段项目部在日常项目管理中精打细算，深挖潜力，从管理上要效益，不断提升项目管理水平。

2标段工程具有线路长、施工作业面多的特点，主要为冲积平原、山地丘陵，地势起伏较大。管道沿线经过河塘、苗木、公路、山地及房屋等，且管道施工期正值汛期，所经地区环境条件、地质条件及施工条件复杂多变。面对复杂的条件，施工过程中首先要对线路方案进行优化，不仅要保证管道安全、经济，还要符合设计原则。

项目部自进场以来，本着“优化即节约”的思路，合理安排实施每条线路的优化。在项目设计交完控制桩后，综合机组抓紧复测设计中线，不管是高山峻岭，还是沼泽泥塘，坚持走到线路中心，对不利于线路施工的线位进行全面细致的优化。通过线路优化，不仅降低了管道施工难度，保证了施工进度，更主要的是降低了工程成本。

项目部在节支降耗方面既抱西瓜又捡芝麻。综合机组在驻地自建中，由于租住的是原高速公路项目部临时搭建的彩板房，房屋未安装纱窗，经常有蚊子、苍蝇，影响员工休息。为了保证员工的身体健康，机组长李世平在当地找来了制作纱窗的商家，经过测量计算，每扇窗户的纱窗报价100元，超出了预算。

本着“精细管理、厉行节约”的原则，机组长召集机组员工商议纱窗问题。老党员齐晓辉提议自制，拿电工改线用剩余的线槽做框架，再买点纱网制作，大概估算成本不会超过40元。

大家一致同意自制。最后，综合机组驻地所有72个窗户全装上纱窗，经计算每扇窗户的成本为31.5元，共节约成本4932元。在第28个全国节能宣传周期间，综合机组还改进了临时管场堆管的警示标识。原来是制作贴纸，机组现将贴纸改成了在管子上喷漆标识，仅此一项节约成本9234元。

采访中，记者被员工强烈的主人翁精神所感染。主人翁精神蕴涵的是一种责任和使命，能激发出员工的凝聚力和创造力。拥有这些怀揣强烈使命感、责任重于天的优秀员工，有什么样的艰难困苦能阻挡他们前进的脚步呢？

（2019年1月4日《石油管道报》）

1标段：誓为天下先

西气东输三线闽粤支干线1标段全长122.364公里，管线途经广州市增城区，惠州市龙门县、博罗县，以及河源市源城区、江东新区。工程包含隧道穿越3处、定向钻穿越3处、铁路穿越2处、等级公路顶管穿越41处，以及广州（增城）分输清管站、河源分输清管站、线路1号—5号阀室建设。

记者沿着闽粤支干线的路由，从东北向西南，最后一站来到了由管道二公司负责施工的闽粤支干线1标段。相较前几日的现场看来，这里地形复杂，纵横交错，施工难度有增无减。对于这些，管道二公司闽粤支干线项目经理王庆轻描淡写地说：“这活儿确实难干，但我们从来不怕。”“用实力证明自己”的坚定信念鼓舞着二公司每一名参建员工，他们正在用自己的实力，书写着1标段誓为天下先的豪情壮志。

路再难难不倒“英雄汉”

1标段线路横跨3市5区（县）15乡（镇），靠近广州，经济发达，地方建设性工程较多，地方政府及群众对征地补偿有较高期望，且点多面广，征地协调举步维艰。线路工程70%位于山区，其余为山间谷地及水稻田，施工连续性差，对施工工法的实施及资源调配要求较高。1标段项目部总结出三种作战方式，尽管道路崎岖，依旧为此奋力前行。

灵活运用游击战。面对征地协调难的现实问题及复杂地形，1标段项目部将标准化机组拆分成多个台班灵活作业，目前全线共开启焊接作业面14个，土石方作业方面6个，其他包括定向钻、隧道等作业面13个。项目部根据线路拿地情况科学调配，合理组织，灵活运用游击战术，迅速拿下相应施工。

全力打好攻坚战。AC038段落连续翻越5座大山，其中1座大山管道路由为纵坡沿山脊敷设，山脊宽度仅四五米，长度150米，两侧为33度以上陡坡；AC163段落30—40度陡坡起伏绵延20公里，拐角处弯管最大达70度。这类地形施工难度更大，项目部挑选优势兵力，全力打好攻坚战。

集中开展歼灭战。征地虽难，但在1标段外协工作人员的努力下，经常会有大段落的地块谈妥。面对突然出现的大段落作业带，项目部机动调配优势资源，集中实施歼灭战，将拿到的地块迅速清点扫线，引进焊接机组快速“吃掉”。

“哪里有地就去哪里”已成为1标段全体参建员工的共识，他们时刻准备着，服从项目部调令，随时准备战胜一切困难，向前推进。

自动焊充当“试验田”

2018年12月6日，在经过短暂而充分的培训练兵后，闽粤支干线工程全线首家全自动焊机组在惠州市博罗县石坝镇打火开焊，这里正是二公司承建的1标段AC113号桩施工现场。

“我们不只是闽粤支干线首家开焊，在山区水网段应用自动焊工艺，我们也是第一家。”说起全自动焊，项目副经理陈忠营自信满满。

根据设计文件要求，为保证焊接质量，全线可满足全自动焊条件的段落均需采用自动焊工艺，而1标段拥有全线比例最高的自动焊段落。为确保自动焊早日开工，并确保山区水网段自动焊焊接质量，二公司早在去年9月初就开始联系各方，为自动焊实施做着各种准备。

为确保自动焊有效实施，二公司选派拥有多年自动焊施工经验的自动焊专家刘彦青担任项目技术副经理，并全权负责自动焊筹备及实施的相关工作。在二公司的积极协调下，自动焊设备及相关消耗品的配备工作顺利完成，自动焊培训于11月8日在徐州基地顺利展开。经过12天的紧张练兵，11月20日，CPP217机组电焊工全部通过考试。11月21日，人员设备开始履行动迁手续。与此同时，闽粤1标段现场也开始为自动焊打火开焊进行着各项准备工作。他们按照设计要求，选定施工段落，并根据自动焊设备特性，对现场进行了必要的降坡处理。

“满足设计要求，把工程干好就是我们的天职。”作为自动焊首发机组，CPP217机组长唐远智在施工现场接受了记者采访。唐远智表示，自动焊对外界环境的要求非常高，坡度、湿度、风速各方面都会对焊接质量产生影响，而闽粤支干线高频率的上下坡让自动焊的连续性受到很大影响。为此，CPP217机组按照项目部施工计划，时刻准备搬迁，集中优势兵力，一点点拿下可以实施自动焊的段落。尽管每次搬迁都要重新调整焊接参数，重新适应现场环境，这对电焊工的综合素质也是极大挑战，但CPP217机组都能够全力克服。截至目前，CPP217机组已搬迁4次，完成综合进度2公里。这不仅是闽粤支干线全线首家打火开焊的自动焊机组，更是目前唯一一家。

建精品践行“生命观”

二公司历来重视质量安全环保，充分认识到安全是根本，质量是生命，环保与生命同行，并在工程建设中努力践行“生命观”的理念，在闽粤支干线1标段尤其如此。

智能管道提升质量意识。在1标段施工现场，记者注意到，从员工胸牌到现场设备，再到焊接完成的管道焊口，随处可见的二维码让传统的施工现场极具现代色彩。项目技术管理员王志雨说这叫智能管道，二维码的应用，尤其是管道焊口旁边的二维码引入后，员工只需用手机扫一下就可以了解这个焊口的所有信息，什么时间、什么地点、什么人完成了这道焊口，这对问题管道的质量追踪非常有帮助。也正如此，智能管道的建设极大激励了参建员工对质量的重视。开工以来，1标段项目部根据现场施工实际，一方面适时邀请焊接专家现场指导，并定期组织召开焊接质量分析会，以优秀机组为标杆，进行焊接授课和座谈分析；另一方面加大现场监督检查及问题整改力度，对分包队伍升级管理。双管齐下，1标段质量工作整体受控。

书记讲安全，带动全员抓安全。作为闽粤支干线1标段的党建特色，党支部书记讲安全受到广大参建员工欢迎。1标段项目临时党支部书记吕康金初到现场时,便对项目安全隐患表示担忧，为此他专门叮嘱安全员一定要做好入场培训和日常教育，加大安全监督力度，确保参建员工的人身安全。同时，作为支部书记,吕康金将安全党课搬到一线。他利用到一线巡检的空档，不定期不定时地为一线员工普及安全知识，让安全提示无处不在，把安全工作做到员工的心坎上。在吕康金的带动下，项目管理人员中的党员也主动肩负起“安全观察员”的责任，不论是哪个专业的管理人员，在现场发现安全问题或安全隐患都会及时制止，并进行现场教育，形成全员抓安全的良好局面，安全工作平稳受控。

环保优先，避开水资源保护区。1标段AC015—AC016段落为坪岭隧道穿越段落，原设计线路存在部分位置穿越矿泉水矿权所在地的情况。这里是水源保护区，为了不影响水源地水质，在征得业主及设计方同意后，1标段项目部经过多次论证，最后将原施工方案改为降低出入口高程的方式进行穿越。增加了隧道穿越长度，使隧道工期更加紧张，却有效避开了水源保护区，为保护水源不受污染作出了积极贡献。

一路走来，记者欣喜地发现，在粤东大地连绵大山里，二公司全体参建员工用自己的毅力和信念，有困难就上、见石头就搬，逢山开路、遇水架桥，以“咬定青山不放松”的韧劲，亮出“敢为天下先”的精神担当，展现了“不破楼兰终不还”的豪迈气势，决战决胜，不胜不休!

（2019年1月8日《石油管道报》）

定向钻：智勇过三关

管道四公司定向钻项目部负责管道局承建的三个标段内7条定向钻施工，分别是1标段的公庄河穿越、东江穿越、义容河穿越，2标段的琴江穿越、秋香江穿越、秋香江支流穿越，4标段的北河穿越。穿越累计长度4.77公里，地质为硬岩，施工期为2018年9月20日至2019年5月31日，工程分布在广东省惠州、河源和梅州市。

元旦前夕，伴随着黎明的曙光，一条管道巨龙缓缓出土，红装将士们欢呼雀跃，“公庄河定向钻回拖成功了!”“这可是整个闽粤项目的第一条啊!”这是管道四公司闽粤定向钻项目部承建的闽粤支干线1标段公庄河定向钻现场。

一时间，业主、监理和兄弟单位纷纷向定向钻项目部经理霍学庆微信道贺：“说好的向2019年元旦献礼，你们做到了……”

面对大喜事，霍学庆却怎么也高兴不起来，看着破土而出的管道，连串的泪珠划过他的脸颊。这泪水夹杂着复杂的感情，对团队的感激、领导的信任和亲人的亏欠，等等。正如霍学庆对记者所说：“管道回拖的时候，就是定向钻人收获的季节。春节前，我们还有两条能完成回拖。收获的背后，是兄弟们忘我的付出。从闽粤定向钻开工到现在，我们闯过了一个又一个关口。我深知，接下来还有很多关口，但是，只要有一帮和我一起战斗的兄弟们，我有信心冲出重围，拥抱胜利！”

让我们沿着时间轴回放，看看闽粤定向钻兄弟们闯过了哪些关口……

时间回到2018年6月中旬，按照管道局统一安排，由四公司负责闽粤支干线7条定向钻施工。接到施工任务后，四公司快速行动，抽调精干力量，即刻成立了四公司闽粤定向钻项目部，负责7条定向钻施工。

关口一：技术难关

作为施工单位，从图纸到施工，有很长的路要走，这就要求技术人员吃透图纸，熟悉现场，再结合已有的施工技术和装备，不断提出问题、分析问题和解决问题。闽粤支干线7条定向钻分布在1、2和4标段，距离相隔200多公里，在前期踏勘阶段，技术人员披星戴月，早出晚归，一天下来也只能踏勘3个工地。七八月份的广东地区，骄阳似火，他们白天去工地，晚上研究方案并形成文字。

两个月下来，兄弟们都瘦了，皮肤都变黑了，共完成穿越路由、地质改良措施以及对穿工艺等相关施工和设计变更9项，编制了场地换填、泥浆处理和工艺套管等专项方案5项。

众所周知，闽粤支干线属于系统内工程，从业主到监理，每一项工作有着严格的管理流程，每一项涉外工作都需要能力、耐力和良好的沟通能力，方能一步一步地推进。技术上理顺了，就知道如何干了。

关口二：资源配置

“闽粤支干线是国家发改委规划的互联互通工程中的一条管道，2019年10月必须投产供给。7条定向钻是‘卡脖子’工程，7条必须同时开工，没有商量的余地。”这是业主项目经理在2018年8月份的生产推进会上发出的命令。参会的霍学庆当时就慌了，因为7条同开意味着要配置7个完整的定向钻机组，这一指令彻底打乱了他已制订好的资源配置计划。原本是4条同时开工，剩余3条放到第二批次施工。10个人左右的项目管理团队，同时管理着4个机组施工，已是捉襟见肘，要再加3个施工机组，管理难度可想而知。再者，哪有那么多施工资源？四公司本部也明确表示，只能给闽粤项目提供4个完备的定向钻机组，再无多余资源。

叫天天不应，叫地地不灵，担子一下子压到霍学庆身上。但是，他们坚信“办法总比困难多”。最终，他们创造性地把4个机组裂变为7个机组，在确保人力骨干不缺失的情况，设备和一般力工的缺口由社会资源补充。就这样，他们整合了7个施工队伍。时至今日，已开工或完工6条定向钻，剩余1条穿越工程也在加班加点筹备中，将很快达到开钻条件。

关口三：征地协调

资源落实了，下一步就是进场施工。仅进场就不是一件简单的事情。广东经济发达，地上附着物众多，人们维权意识极强，在这样的地区负责征地工作，没有“两把刷子”肯定玩儿不转。为了加快进度，达到7点同开的效果，他们安排3个征地协调人员，采用“331”的分工模式，多点发力。

东江定向钻施工期最长，却是征地工作的“重灾区”，施工场地涉及11户村民田地，在以往征地补偿时存在一些问题。叩开门再搞征地，谈何容易！怎么办，安抚情绪是第一位的。为此，1标段征地协调负责人石德胜挨家挨户拉家常、做工作。终于，功夫不负有心人，2018年10月25日，历时一个半月，11户居民全部签字同意，东江定向钻顺利进场施工。截至目前，7条定向钻施工场地全部具备施工条件。“征地先行”的理念在这个项目贯彻得很好。

时至今日，1标段公庄河定向钻完工，2标段琴江定向钻已于1月6日回拖成功，4标段北河定向钻有望春节前完工……

正是有了三关的历练，才有了今天的局面，这也正体现了四公司穿越人的不服输精神和集体力量。有了这种精神和力量，我们有理由相信，冲过后面的质量安全环保、进度与技术风险和收尾结算的关口后，等待他们的一定是胜利的曙光。

（2019年1月10日《石油管道报》）

西气东输三线闽粤支干线最大控制性工程告捷

29日8时58分，由中国石油管道局工程有限公司（以下简称管道局）承担施工的西气东输三线闽粤支干线最难控制性工程——东江定向钻穿越工程成功完成回拖，为闽粤支干线扫除了最大障碍。

据介绍，西气东输三线闽粤支干线（广州至潮州段）是国家天然气基础设施互联互通重点工程，项目建成后将加快闽粤两省能源保障结构调整，提高沿线地区企业经济效益，对促进地方产业结构升级、能源优化、节能减排具有重大意义。

管道局闽粤项目部经理介绍，在全长380公里的闽粤支干线工程中，管道局负责一、二、四共3个标段的施工任务，线路总长317公里，以及4座站场、14座阀室、7条定向钻、10条隧道的作业量，综合工程量占全线80%以上。

东江定向钻穿越工程位于广东省河源市与惠州市交界处，定向钻穿越水平长度1340米，管径D813毫米，主要穿越地层为交错分布的砂岩、砾岩、角砾岩、泥岩、卵石、漂石层等，平均抗压强度33.39兆帕，是闽粤支干线长度最长也是最重要的控制性工程。

管道局第四工程公司定向钻项目部经理霍学庆介绍说，东江定向钻主管穿越于2018年12月29日开钻，项目部克服连续大雨天气的不利影响，春节假期保持马力全开，攻克了施工过程中遇到的多项难题，历经90天的日夜奋战，终以“二接一”的回拖方式完成回拖。

截至目前，管道局已完成4条定向钻施工任务，两条控制性工程全部完成，总长度超过了三分之二，剩余的3条均在有序推进中。管道局定向钻项目得到了业主和监理的高度认可，多次受到表扬，有力维护了“中国第一穿”的品牌和形象。

（2019年3月30日中新网，2019年3月29日河北日报客户端）

中俄东线管道项目

中俄东线天然气管道工程起自黑龙江省黑河市的中俄边境，终点为上海市，全长5111公里，新建管道3371公里，利用在役管道1740公里，是我国首条采用1422毫米超大口径、X80高钢级管材、12兆帕高压力等级的世界上单管输量最大的跨境长输天然气管道工程，也是中国石油“智能管道”建设的试点工程。它集中国管道“口径最大、钢级最高、压力最高、输量最大”特点于一身，是中国石油“智能管道”建设的试点工程。工程分期建设北段（黑河—长岭）、中段（长岭—永清）和南段（永清—上海）。在中俄东线北段、中段、南段建设中，管道局全面参与，展现主力军风采。

特别推荐

八千里路云和月

中俄东线天然气管道工程是中国管道“走向世界”的最靓名片，它集中国管道“口径最大、钢级最高、压力最高、输量最大”特点于一身，对于保障国家能源安全、优化能源结构、增强保供能力、打赢蓝天保卫战，具有十分重要的意义。

记者非常荣幸，自中俄东线开工以来，多次深入施工一线，记录了管道局参建全线建设的整个过程，见证了管道铁军八千里路云和月的豪迈壮举，在系统内和国家主流媒体不断推出有深度、有力度、有影响的精品力作，尽显“国家队”硬核实力。

四年来，采访这项具有世界顶尖水平工程的往事历历在目，最深的感悟可用四个关键词来概括：破冰，攻坚，创新，突破。

破冰——彰显“中国力量”

2017年12月中旬，记者赴黑龙江黑河施工现场，报道中俄东线试验段总结暨全面加快建设动员会。空旷的施工场地寒风侵肌，记者把自己裹得像个狗熊，在零下二三十摄氏度的严寒中站一会儿就冻透了。现场员工从头到脚全副武装，眉毛和口罩上结满白霜，在寒风刺骨的露天场地埋头苦干，管口清理，焊口组对，焊接，安全巡视……

这已经是管道局参建员工在黑河度过的第二个寒冬了。中俄东线北段（黑河—长岭）社会依托差，有效工期紧，冬季最低气温零下40摄氏度，施工条件异常艰苦。2017年12月，记者在《工人日报》以《北部边陲“保供人”的心愿》为题，报道了管道人奋战在“高寒禁区”，用顽强和坚韧、忠诚与担当，向社会展示了奉献精神和“中国力量”。

待记者深入采访后得知，在挑战众多“高难度”中，寒冷气候真不算事儿，更难更重要的是技术装备。工欲善其事，必先利其器。面对国内首次超大口径、高钢级、高压力“高配”组合的“巨无霸”压力，相关工序、设备规格型号配置等没有任何参考资料，无任何相关经验可借鉴等重重困难，管道局开始了“破冰”探索。

命运总是垂青于有准备的人。早在中俄东线筹备阶段，管道局就未雨绸缪，瞄准世界油气管道建设行业的最高水平，为1422毫米高钢级超大口径管道施工建设做好技术储备。其中，管道局自主研发的1422毫米口径CPP900全自动焊装备，成为工程建设的关键设备。其核心技术的掌握与运用，也标志着我国进入了世界管道自动焊技术的领先行列。

管道局研究院施工装备研究所所长张锋说：“国产CPP900全自动焊采用了自主研发的焊缝跟踪技术，这项技术也是世界上最先进的焊缝跟踪技术，焊接过程中实现焊接自动纠偏，真正实现焊接自动化、智能化，不仅提升质量，施工效率也提升到原来的1.5倍。”

在试验段首家使用CPP900全自动焊机的管道局样板机组412机组长卢振尧的评价颇有代表性：“CPP900全自动焊接装备刚上手时，我们还不熟悉焊机性能，用得不大顺手。但经过试验段、中俄东线1标段项目不断摸索与改进，我们在中俄东线中段的AUT焊接合格率能达到96%。”

“原来使用国外的全自动焊接装备，他们技术垄断强，而且损坏零件备件周期长，有时坏了一个零件就得停工，等国外厂家发货。现在用上咱自己研制的全自动焊接装备，打破了技术壁垒，国内专家就可以‘药到病除’，方便多了。”中俄东线中段焊工曹亚彬感叹道。

除全自动焊机，中俄东线防腐设备采用的也是管道局自主研发的D1422口径自动喷砂设备及中频设备，在零下40摄氏度以上环境都可正常作业。“采取相应冬防措施后，设备性能和防腐质量稳定，工效受低温影响较小。我们开创性地探索了D1422管道自动焊接及机械化防腐施工资源合理化配置、极寒低温环境下施工技术要点及相关设备冬防改造措施，有效提高了施工工效，降低了施工成本。”张锋表示，“通过增加防腐加热设备功率，有效提高了加热工效，防腐工效日均增加2—3道口。”

此外，张锋介绍，管道局自主研发的新型内焊机，有效地提高了大口径管线的焊接效率，其技术为国际首创，已申请国家专利。

在北段采访黑龙江盾构时，管道四公司盾构项目经理刘昆自豪地说：“黑龙江盾构在竖井内弯管吊装就位后，与隧道内管道组对焊接时，我们采用了管道局最新研制的电液内对口器，完美解决了S形管道竖井内对口难题。D1420管道内对口器是管道局专利产品，是世界首次应用。”

记者还了解到，为确保中俄东线工程建设质量与安全，管道局相继研发了一系列适用于超大口径管道的施工装备，包括机械化补口、山区吊装运输、大口径弯管、弯管管件等，不仅满足了中俄东线管道机械化流水作业的需要，更实现了我国在油气建设领域由中国制造向中国创造的跨越。管道人用敢为人先的创新精神、勇于担当的实际行动，充分彰显了“中国力量”。

攻坚——展示“中国风采”

2018年8月底，中俄东线北段进入攻坚阶段，管道局开展了“走进中俄东，聚焦最前沿”主题宣传活动，开始沿线采访，展示参建单位决战决胜的攻坚精神，再现管道员工敢于担当的风采。

记者穿林海、越沼泽，翻山越岭，行程近千公里。管道局承建的1、2、5、10标段相距甚远，管理跨度大，相关方管理层级多，管控协调难度极大。

依次采访完4个标段，发现1标段最难干。管道四公司承建的1标段地形最复杂，山峦起伏、沼泽遍布、“三穿”很多，社会依托最差。记者出发时穿的短袖，一路向北，抵达1标段黑河时遭遇降温，9月中旬就下雪了。当地人说这里最低气温曾达零下45摄氏度。

面对诸多不利因素，开工后，1标段项目团队科学组织施工，全力推进项目综合进度。在施工关键期，时任项目经理的任伟带领全体参建员工，迎难而上，披星戴月，斗泥潭、战沼泽。2019年9月16日，1标段在全线率先贯通，距业主要求的“9・30”工期目标提前半个月。

2019年9月20日，业主中俄东线工程项目部发来感谢信：“中俄东线（黑河—长岭）线路1标段是全线最长、自然条件最恶劣、施工难度最大的线路标段。面对山区段大坡度全自动焊接和技术应用难题时，全体建设者展现出了执着专注、作风严谨、精益求精、敬业守信的新时代‘管道铁军’的精神风貌。通过反复进行15°、20°、25°坡度外焊自动焊工艺试验，不断优化工艺参数，实际应用过程中焊缝成型良好，无损检测合格，为国内大口径管线在山区段全面应用全自动焊接工艺提供了有力的技术支撑和宝贵经验。讷谟尔河定向钻穿越回拖一次成功，创造了国内首个大口径、复杂地质条件下，施工综合难度最大、风险最高的定向钻穿越工程‘零的突破’；首次采取机械化、标准化施工手段相结合的松动爆破方案，实现了典型的石方管沟一次爆破成型达到设计要求的既定目标；首次成功应用滑撬顺管法完成80吨的‘六接一’管线下沟作业……”

事后，记者以《中俄能源新动脉之“最强工匠”》为题在中工网进行报道，被主流媒体网站报道转载，引起广泛关注。

2019年9月23日，管道二公司承建的10标段线路提前7天实现贯通，业主再次发来感谢信："10标段全线70%以上管线与长吉管线并行，地下障碍物多、外协难度大，且为全线支线线路长度最长、留头数量最多的标段。在晚开工近4个月的情况下，项目部克服了征地困难、林多路密、焊接质量标准高等困难，精心组织、科学实施，实现了单机组月焊接12公里以上及日焊接61道口的好成绩，且焊接一次合格率始终保持在98%以上。"

中俄东线北段的重大控制性工程全部由管道局承建，讷谟尔河穿越、黑龙江盾构隧道、乌裕尔河穿越及嫩江盾构隧道和嫩江南岸大堤定向钻穿越等，都在记者镜头中出现，也在国家主流媒体刊载。

中俄东线中段（长岭—永清）开工后，记者采访的足迹又遍布管道局承建的2、7、8、9、10标段近500公里的线路。

2019年10月，在9标段（唐山—宝坻）进入如火如荼的冲刺阶段时，记者赴现场采访。据管道局唐宝线项目部经理侯文祥介绍，9标段是国家2019年互联互通重点工程，管道局将这项工程视为京津冀地区冬季保供的政治工程，集全局之力加快项目建设。面对穿越点众多、变壁管多、并行管线长的复杂环境，以及工期紧、要求高、协调难、有效作业时间短的实际困难，参建员工攻坚克难，仅用7个月时间完工，打通了京津冀天然气供应的"咽喉要道"。当天记者在中国新闻网刊发《中俄东线天然气管道互联互通工程（唐山—宝坻）全线贯通》。

令人信服的是，管道局在攻坚中段全线重大控制性工程方面，不断展现过硬实力。2020年5月20日，辽河盾构隧道胜利贯通，比合同工期提前45天，为后续管道穿越辽河按期投产通气奠定了坚实基础，得到业主及监理好评。

2020年6月，记者在中段沿线采访中了解到，8标段中的青龙河、滦河穿越是业主最关注的两大控制性工程，能否顺利完工，不仅关系着全线能否按期投产，更关系着百万百姓的用水问题。记者在现场拍摄了青龙河穿越下沟场景，900多米的主河道，7台90吨的吊管机同时发力，场面震撼。一公司项目部以高效的施工方法和科技手段，确保了两条河于汛期前完成河道恢复，实现了项目部对业主的工期承诺。

2020年12月3日，中俄东线中段投产。管道局安全、优质、高效完成建设任务，再次展示了专业化施工能力和管理水平。管道局在工程建设中历尽艰辛，攻克了一个又一个施工难题，战胜了一个又一个建设困难，刷新了一个又一个新的纪录，完美展示了"中国风采"。

创新——尽显“中国硬核”

说起管道局在中俄东线科技创新的最大贡献，肯定是新工艺新技术等成果的应用，在国内首开先河。创新，成为记者报道关注的重点及浓墨重彩的一笔，为此采写的深度报道《磨砺“金刚钻” 干好“瓷器活”》荣获2019年中国石油新闻奖一等奖。

中俄东线建设中最早、最大的创新，是由管道局完成的。2016年10月初，中俄东线试验段一期工程开工建设。

“试验段位于高寒地区，线路长度7公里全部由管道局承担。在零下40摄氏度的低温条件下，我们不断尝试、磨合，最终掌握了一套适用于低温严寒环境的D1422焊接技术参数，并对低温下设备运行进行了有效的技术验证。”管道局中俄东线北段时任项目部经理、试验段一期项目经理楼剑军介绍说，“我们针对现场各工序共编制了施工、试验及验证方案30项，形成技术试验成果23项。总结并掌握了一整套‘大口径+国产全自动焊+寒冷地区’项目施工过程管理经验和成果，为全线正式施工提供了有力的技术支持。”

楼剑军说，D1422口径长输管道施工在国内尚属首次，通过管道局在中俄东线试验段一期、二期的试验验证，形成了试验验证成果。成果中对关键工序的人员数量，设备型号、数量的配置，质量、安全管控等方面都明确了标准。该成果在干线段得到了良好运用和推广。

业主牵头根据试验成果制定了10项标准化制度和管控措施。同时，项目现场焊接、防腐施工严格按照中俄东线D1422管道的焊接工艺规程、防腐工艺规程实施。

通过试验段一期和二期的试验验证，管道局编制了D1422管道弹性敷设施工、试验，D1422管道施工全工序流水作业施工、试验等31项试验成果，作为干线施工的指导性文件，同时为D1422施工工效、定额的编制及制定提供了重要依据。

管道局的另一项重大成果，是2018年4月研制成功低温、高压、大口径管件，填补了我国在该型管件研发领域的空白，提升了中石油在低温、高压、大口径管道建设领域的创新能力。新产品代表着我国长输管道系统管件的最高装备制造水平，并应用于中俄东线工程建设，为我国今后的寒冷地区管道建设打下了基础。当时记者在中国新闻网、中工网、中国能源网等媒体都进行了报道。

不仅如此，在中俄东线试验段二期时，管道局首次针对特殊点位置采取弹性敷设施工技术。“根据管材最小屈服强度及最小强度极限等参数，在地形平坦地区较好地试验验证了弹性敷设技术的可行性。自动焊设备不再受制于热煨弯管及公路、沟渠等特殊地形限制，顺利实现了自动化流水作业，有效控制了留头数量。”任伟说，“这一技术的创新应用，保证了自动焊流水化作业，节约了施工成本，从源头上减少了质量隐患，提高了施工效率。自动焊流水化作业的实现，减少了设备频繁转场带来的时效损失，同时降低了自动焊设备因设备搬运造成的性能不稳定。”

采访中，记者不断了解到很多创新点。北段的黑龙江盾构是连接中俄东线中国境内段和俄罗斯境内段的“咽喉要道”，也是施工风险和难度最大的控制性工程，是首个两国最高技术标准适用于同一项目的工程。管道局在该工程中，攻克了冬季高纬度、高寒地区大体积混凝土施工技术难关，开我国小断面隧道穿越大口径管道的先河。

中段的青龙河大开挖穿越因局部卵石堆积，无法使用常规定向钻方式穿越。8标项目部在管道建设史上，首次采用带水挖沟、注水沉管、挖沙船挖掘、潜水蛙人水下探查、水下影像录制等方式施工，在国内首创了新的施工技术。

管道局工艺技术创新升级，提高了作业效率，降低了施工成本，施工质量实现平稳受控。在2020年年底完成的中俄东线中段建设中，全线焊接一次合格率达到95%以上，比合同要求高出5个百分点。为此，记者在《工人日报》刊稿《攻坚不怕难，管道铁军展“硬核实力”》，诠释了管道局以改革创新为核心的时代精神，以高效率、高质量的精品工程，尽显“中国硬核”。

突破——迈向“中国智造”

中俄东线项目建设前期，中石油确定把这条管道建成全数字化移交、全智能化运行、全生命周期管理的我国首条智能化管道。管道局将新技术融入了最新科技，实现了重大突破，加快了迈向“中国智造”的步伐。

来自管道工程有限公司（管道设计院）的全国工程勘察设计大师张文伟介绍：“我们院承担了中俄东线全线设计工作，采用了一系列新技术、新工艺、新设备、新材料，从初步设计到施工图设计，全部采用数字化设计手段。为实现智能管道建设目标，我们在中俄东线施工现场搭建数字化设计平台，以‘集成设计与施工数据，实现动态更新，自动生成竣工图’，实现了数字化成果移交，并实现了‘远程控制、无人操作、有人值守’管控模式的突破。”

楼剑军告诉记者：“项目部借助工程项目管理平台，全方位整合机组通、P6、ERP、施工现场远程监控及工况采集等系统，充分应用智能管理项目建设过程，有效提升了工程项目管理水平。”

在现场记者看到，“机组通”大显身手。各机组利用“机组通”进行现场施工数据采集，形成了互联网+机组的“智能工地”建设标杆。施工机组现场实现了全作业面Wi-Fi覆盖、全工位视频监控、全工序施工数据采集移交和全工序工况参数采集传输，规范了现场施工作业，提升了项目QHSE管控水平。

记者了解到，管道局围绕智能管道建设规划，按照“三全”管道建设要求，创新完善了工程项目管理平台，全方位整合“机组通”、P6、ERP、施工现场远程监控及工况采集等系统，充分应用智能管理项目建设过程，全面提升了管道的智能化水平。

管道局利用“机组通”进行现场施工数据采集，通过数据仓库及云平台实现数据交互与共享，提升工程数字化交付能力；形成从工程数据采集、移交、统计分析到应用的完整数据管理链条，促进管道系统的大数据应用。他们还打通了工程项目管理平台与“机组通”的数据通道。

在项目部记者看到，技术人员不断完善中俄东线在ERP系统中的成本录入形式，保证了ERP系统在项目上的全面应用。定期开展P6进度计算和赢得值分析，为项目管控提供参考和依据。

管道局还积极拓展“机组通”的现场应用范围和易用性，结合管理需要，协调完善“机组通”系统功能。如根据系统采集的施工数据，实现实时展示机组施工工效；全面推进施工全工序数据采集，提高施工数据的全数字化程度。

采访中得知，在全生命周期项目管理系统应用上，管道局中俄东线北段项目部组织各标段及时进行数据录入，焊接、防腐、补伤、竣工测量、穿跨越等数据基本通过“机组通”实时采集移交全生命周期系统，实现了数据实时上传；同时，中俄东线入场的人员、设备都在系统人员、机具资源库中进行录入，并且制作了人员二维码胸卡及设备二维码标签，为现场扫码采集及人员设备管理提供便利，人员、设备离场后及时做离场处理，实现对人员、设备进行动态管理。

现场采访中记者发现，施工机组现场全部实现了全作业面Wi-Fi覆盖、全工位视频监控、全工序施工数据采集移交和全工序工况参数采集传输，形成了互联网+机组的“智能工地”建设标杆。此举规范了现场施工作业，提升了项目QHSE管控水平，确保了管道局在智能化建设方面的优势地位，凸显了管道局的专业化管理优势。

管道局紧跟时代脚步，加大关键技术研发力度，把互联网、大数据等最新科技融入油气管道建设中，不断增强企业发展的内生动力和核心竞争力，开启了以大数据为基础的智慧管道时代。为此，记者专门采写了专题报道《从中国制造迈进“中国智造”》，《河北工人报》予以整版刊载，效果良好。

2020年10月20日，记者在山东德州见证了中俄东线（安平—临沂）工程建设启动会，此会在管道四公司承建的线路4标段举行。记者采写的《中俄东线（安平—临沂）控制性工程建设全面启动》刊发在新华社《经济参考报》，再次展现了管道局作为中国油气储运工程建设领域“国家队”的风采。

2021年1月6日，中俄东线南段工程全面开工。三十功名尘与土，八千里路云和月。管道将士再征战，驰骋疆场使命达。老骥伏枥志千里，重整行装再出发。

（2021年2月23日《管道保护》）

中俄东线天然气管道建设全面加速

12月13日，随着中俄东线天然气管道黑河—长岭段（北段）11个点段同时打火开焊，中俄东线境内段全面加速建设。

11时16分，中俄东线天然气管道工程试验段总结暨全面加快建设动员会，在廊坊主会场和黑河段施工现场两地通过远程双向视频直播的方式召开，会议实况通过卫星实时转播。

集团公司副总经理覃伟中在廊坊主会场作中俄东线全面加快建设动员讲话，并宣布中俄东线北段全面加快施工正式开始，管道公司党委书记、总经理姜昌亮汇报中俄东线北段建设安排；廊坊市委书记冯韶慧和黑河市市长谢宝禄、吉林省能源局副局长崔勇分别在廊坊主会场和黑河施工现场先后致辞。中石油管道有限责任公司总经理丁建林主持启动会。管道局党委书记、总经理孙全军在廊坊主会场出席会议。

中俄东线天然气管道工程是在中俄两国领导人高度重视和推动下，加强全面能源合作伙伴关系、深化全面战略协作伙伴关系的又一重要成果，是中国石油服务“一带一路”倡议、构建我国四大能源运输通道的重大工程。起点位于黑龙江省黑河市的中俄边境，途经黑龙江、吉林、内蒙古、辽宁、河北、天津、山东、江苏、上海9个省（区、市），终点为上海市，全长3371公里，是我国目前口径最大、压力最高的长距离天然气输送管道。中俄东线天然气管道俄罗斯境内段“西伯利亚力量”和中国境内段分别于2014年9月1日和2015年6月29日开工建设。

覃伟中对大会的召开表示热烈祝贺，向工程沿线政府表示衷心的感谢，向全体参建人员表示诚挚的问候，并就完成好工程建设任务提出三点要求：一要狠抓工程质量，争创国优工程；二要勇于探索创新，建设智能管道；三要加强统筹协调，共铸能源通道。他强调，中俄东线天然气管道工程由两国领导人共同提出并大力推进，是两国高水平战略协作伙伴关系的集中体现和突出成果，功在当代，利在千秋。全体参建人员要以党的十九大精神为统领，开拓创新，攻坚克难，全面加快建设步伐，努力将中俄东线天然气管道工程建设成世界一流的标杆工程，为保障国家能源安全、推动集团公司稳健发展作出更大贡献。

姜昌亮在中俄东线北段建设安排汇报中表示，管道公司承担着入境点至鲁苏交界处2812公里管道和24座站场的建设任务，倍感责任重大，使命光荣。公司上下将牢记责任和担当，集中优势资源，组建精干团队，统筹推进各项工作，按照智能化管道和国家优质工程的总体目标，以管理创新和科技进步为着力点，积极推广新技术，实行管理新模式，全面提升管道工程建设质量和运营管理水平，努力将中俄东线天然气管道工程建成经得起历史和实践检验的样板工程。

在黑河施工现场，设计、施工、监理、检测单位代表依次发言。

11时58分，在黑河施工现场，管道公司副总经理王惠智通过视频向覃伟中报告：中俄东线北段全面加快施工已准备就绪，请指示。

覃伟中宣布：中俄东线北段全面加快施工正式开始。

黑河施工现场，焊花飞溅，机器轰鸣。两地现场响起热烈的掌声。

主会场与会人员通过中俄东线宣传片了解了工程总体情况，并以直播形式观看了黑河施工现场环焊缝根焊、1422毫米管道全自动流水焊接、热焊、填充焊接、盖面焊作业和无损检测、防腐、坡口作业等全自动焊接作业的主要工序以及智慧工地实时监控中心PCM系统集成展示。

集团公司有关部门、中油管道公司及管道分公司、中油工程公司、规划总院的领导，副总经理王卫国，以及各参建单位的代表在廊坊主会场出席会议；管道局副总经理张志宏，管道公司中俄东线项目部相关人员，工程设计单位、施工单位、监理单位、检测单位代表在黑河施工现场出席会议。

中俄东线建设全面提速得到了媒体的广泛关注，人民日报、中央人民广播电台、中央电视台、人民网、科技日报、中国青年报、中国网、中新网、每日经济新闻、21世纪经济新闻、环球网、海外网等20多家新闻单位记者到主会场或黑河施工现场采访报道，关注工程进展。

管道局在北段中标4个标段。此前，管道局全面参与了中俄东线试验段一期和二期的工程施工，依据各工序施工、试验及验证方案的具体要求及措施，通过现场试验，重点对关键工序的大型设备配置、专业化工器具、焊接工艺、技术研究成果、低温环境下施工的技术措施等进行验证和确定，共形成41项试验成果，助力中俄东线建设。

链接：中俄东线天然气管道是我国第三代大输量天然气管道的标志性工程，首次同时采用1422毫米超大口径、X80高钢级、12兆帕高压力、年380亿方超大输量设计。其境内段将分期建设北段（黑河—长岭）、中段（长岭—永清）和南段（永清—上海），预计2019年10月北段投产，2020年底全线贯通。项目建成后，将与我国现有区域输气管网互联互通，向东三省、环渤海、长三角地区稳定供应清洁优质的天然气资源。这对优化我国能源消费结构、推动绿色发展、助力美丽中国建设，具有重要的现实意义和深远的历史影响。

（2017年12月14日《石油管道报》）

10标段：做标杆　创一流

上周，管道局党委书记、总经理孙全军一行赴中俄东线现场调研，对10标段管道二公司的质量管理工作给予充分肯定，要求二公司在今后施工中要“做标杆，创一流”，做质量、安全、环保的标杆，团队、技术、业绩创一流。日前，本报记者深入10标段现场采访发现，二公司参建员工群情振奋，用实际行动践行局领导深情嘱托，苦干实干巧干，为建设国家能源动脉赤诚奉献。

进度最快——后来居“上”　屡获嘉奖

中俄东线10标段是中俄东线北段工程10个标段中唯一一条支线，也是全线距离最长、开工最晚的标段。北段工程于2017年12月13日打火开焊，二公司项目经理吴海宁年前就派技术、外协等人员进行前期踏勘与征地协调工作；年后，项目部选派了3组测量人员，分3个台班开展相关工作，仅用两个多月时间就完成了测量放线及清点工作。

自4月3日开工以来，他们奋起直追，仅用12天时间完成了百口考核。随后，两个焊接机组加足马力向前推进。施工过程中，二公司项目部按月为两个机组下达最低施工任务，并制定了十分合理的经济责任制，超额重奖，未完成重罚。为加快进度，在5月初，项目内部开展了“大干90天，进度过一半”劳动竞赛活动。

通过劳动竞赛，两个机组间迅速掀起施工高潮，你追我赶。每天6点准时上车去工地，晚上8点多回到驻地，在工地上的时间超过14个小时。踏实苦干结出丰硕成果，两个机组以月焊接20公里以上的施工进度向前推进，于5月下旬相继完成日焊接61道口、100道口，接连创出全线日焊接最高纪录。至6月30日，已完成管线焊接51.76公里，在比其他标段晚开工4个月的情况下，率先冲过50公里大关。

作为最晚“上场”的队伍，10标段不仅后来居上，还屡获嘉奖，质量、安全、进度、管理多次获得业主、监理及管道局项目部的通报表扬。

质量最优——实现“领跑” 名列前茅

一直以来，在中俄东项目各标段各机组AUT检测合格率排名中，10标段两个机组都以98%以上的佳绩稳居榜首。他们是怎么实现始终“领跑”的？

二公司项目副经理宋渠东介绍，全员树立起质量安全就是效益的理念。开工前，二公司项目管理团队就对各类程序文件进行认真学习，尤其对其他标段检查中发现的问题，进行自查自改，避免同类问题出现在10标段；主管质量的管理人员每天都对各类检查中发现的问题进行分类统计，在跟踪整改措施落实情况的同时，对出现频次较高的问题专门罗列出来，制定相应的管控措施，作为重点工作进行管控。

同时，各机组为每名电焊工配备“焊接档案”，认真记录每道不合格焊口的缺陷类型、位置及责任人，并通过现场质量分析会对焊接缺陷进行讨论总结，避免同类问题反复出现，从而创下了焊接一次合格率高达98.3%以上的最好成绩。

外协最难——最强“阵容” 掌握主动

10标段线路途经吉林省松原市前郭县、长岭县，长春市农安县、德惠市，线路经过的乡镇多达9个。外协征地到底困难到什么程度？长长吉管线一年的工期，受征地影响，历时三年才完工，难度可见一斑。

同时，随着国内各类工程大面积开工建设，群众的法律意识和观念也在逐渐增强，对每条管线的施工和补偿标准都十分了解，征地工作十分困难。且10标段途经地位于吉林油田范围内，赔偿标准多，征地难度进一步增加。

“外协工作不能蛮干而要巧干。”外协部长谢华说出了外协工作的关键。征地协调人员必须懂得感情投入，与地方农户形成和谐融洽的氛围。根据东北地区的惯例，开春后，百姓就开始打理田地、施肥、耕地。但管线施工需要一个过程，放线、清点、扫线……需要一步一步来完成。如果不能及时告知当地百姓作业带范围，百姓们可能将肥料施到作业带内，甚至可能在作业带内耕种，这无疑会增加百姓投入和损失。如果不承认农户这部分损失，依然按照以往的赔偿标准进行赔付，农户肯定不答应，各种阻工必将上演。因此，外协人员必须提前考虑，掌握工作主动权。

于是，外协人员通过与当地政府、农户沟通，了解他们生产生活的规律，什么时候施肥、什么时候播种都了然于胸。项目部则根据外协人员掌握的信息，按照线路路由，对全线有计划地进行清点、扫线等工作，确保春耕之前，让百姓了解作业带位置，避免农户在作业带内播种、施肥，确保了项目后续施工的正常开展。政策到位了，感情到位了，工作也就到位了，曾经的难点变成了工作亮点。

（2018年8月30日《石油管道报》）

5标段：啃难点　勇担当

在辽阔的松嫩平原绵延70公里的管道沿线，随处可见的是170余名“红工装”忙碌的身影，他们驱动着明黄的大型设备，驾驭着黝黑的钢龙，穿行在肥沃的黑土地、广袤的大草原，宛如一幅壮美的风景画卷。这些可爱的“红工装”以万丈豪情，栉风沐雨，鏖战泥潭，用实际行动践行石油人为建设国家能源动脉的责任和担当，用顽强、坚韧和智慧诠释着石油精神“苦干实干”的内涵。

啃难点　打赢泥潭“攻坚战”

管道三公司承担的中俄东线5标段线路途经黑龙江省绥化市明水县和青冈县，水系、森林、沼泽和冻土区间隔分布，地质条件复杂，气候多变。

今年的雨季特别早。5月份以来，明水县、青冈县降雨频繁，土地泥泞不堪。作业带表层为一米左右厚度的黑土，土壤密实度大，渗水率低，降雨后地表水汇集在地表，导致作业带异常泥泞，施工设备行走后，导致作业带全部为稀泥，无法进行正常的组对焊接施工。

因作业带泥泞，设备行走困难，运管受阻，所有管材均拉运至临时管场后，需二次倒运至作业带，甚至经过多次倒运才能到位。

为解决现场泥泞问题，5标段项目部配备挖掘机修筑施工便道，配合炮车、管车、吊管机，确保倒运管材及时到位。现场为机组配置了290块路基板及214块钢板，确保两个机组作业带铺设长度均达到200米以上，保证机组前方进管及主体焊接作业。

为防止管沟积水导致下沟后漂管，机组采取边开挖边回填方式施工，现场配置焊接工程车及污水泵，确保管沟回填前及时排水，提高管沟施工进度。

怎样打赢这场攻坚战？被泥潭痛苦折磨足足瘦了30斤的昔日壮汉、5标段项目部经理徐欣欣已胸有成竹：“清、送、保”足矣！——“清”，使用挖掘机提前剥离表层黏土，清理出一条3—4米的施工便道，保证后续布管、坡口加工、焊接组对等作业正常运行；“送”，专门配备多台挖掘机与特种设备运送物资，解决日常油料、物资、用餐供应等问题，保证机组正常施工；“保”，采用塑料膜对管口进行保护，有效防止泥地坡口加工后被污染，从而达到防潮防泥的目的。同时，合理进行施工安排，施工现场坚持小雨不停工、晴天加油干的作业方式，抢抓有利时机，有效地提升了工程进度和施工效率。如今，已焊接45.27公里，完成了65%的任务量。

勇担当　技术创新“接地气”

8月，管道局党委书记、总经理孙全军到5标段调研时，对三公司研制的智能化管道感应加热设备和起重吊臂很感兴趣，记者对此进行了了解。

徐欣欣指着正在作业的管道感应加热设备说，它实现了“一键式”智能化操作，仅需按下启动按钮，焊口达到预定温度后自动停机；加热器采用电驱动自开合，遥控操作，可大幅度降低现场人工劳动强度。具备温控自锁功能，当管口加热达到规定温度时，自动停机，有效保障管口焊接预热质量。该设备具备施工现场二维码信息扫码输入功能，可方便地将加热设备、操作人员、焊口编号等信息扫码输入系统，与焊口加热温度、时长、加热设备运行状态信息共同通过Wi-Fi内网传输到机组现场信息化管理平台，实现施工过程的信息化管理。

起重吊臂具有重量轻、吊装稳固、平衡好、使用方便、安全系数高等优点，可减少吊钩和吊带吊耳的磨损，延长吊带的使用寿命，节约了成本。

其实远不止这些，记者在CPP307机组施工现场采访时发现，小改小革、技术创新无处不在。

机组长尚胜男仰头望着正在吊卸作业的多功能吊杆说，因管材管径大、分量重、在运管车上比较高，不同厂家管材长短不一，采用常规方法不能进行正常吊卸作业。我们为吊管机设计了这种吊杆，工人操作既方便又安全。

进入全自动防风棚内，他指着底板说，由于1422毫米管径大，防风棚大且底板沉重，两个人合作才能拉起，增加了劳动强度，影响了焊接效率。机组人员用半米长的槽钢固定简易绞盘，妥善解决了这个问题。

他还介绍了其他几项革新成果，如扁口导电嘴加工车床，既能满足大壁厚管道自动焊焊接对导电嘴特殊形式的需要，还能节省成本21万元。还有自动焊保护气体汇流排、内焊机电喇叭、内焊机涨靴垫片等，这些小改小革安全实用、节支降耗，提高了工效。

控质量　要以“标准”为习惯

质量是企业的生命。徐欣欣说，为保证工程建设质量，他们实行“三严”制度严控质量，即严格监管工序、严格现场旁站、严格工序检查。5标段质量部根据每个工作面的实际情况，对施工作业带的规划布置、施工流程等进行了严格审查，对违规现象下发不符合项并进行集中整改；多次对施工机组进行管理层面及施工机组技术质量交底，并密切跟踪焊接情况，编制焊接工艺卡，在醒目位置张贴。工序有要求、作业有规程、后续有跟踪的质量管理体系，已被广大员工积极执行。

同时，控制“三点”，根据设置的停检点、必检点、巡检点，制订切合实际的检查计划；落实“三检”，各工序施工严格落实自检、互检、专检“三检制”；实行“三步检漏法”：下沟前电火花检漏，小回填雷迪检漏，大回填雷迪检漏；质量问题“四追责”，依据公司质量奖惩条例，对管道不清洁追责，对管道埋深不足追责，对管道漏点追责，对管道变形追责。结合“三点三检三步检漏四追责”的管理原则，保证工程质量。如今“不以习惯为标准，要以标准为习惯”已成为员工的质量共识。

朗威公司中俄东线项目总监郗祥远在接受记者采访时说，5标段采取各种措施严控质量，3月份后质量提升很快，焊接合格率、质量安全、综合进度等指标在全线排名靠前，得到业主、监理的一致认可。

梅花香自苦寒来。自管道局劳动竞赛开展以来，CPP307机组分别在五、六两个月管道局中俄东线1422管径管道施工中获评进步最快机组和全线排名第一机组；7月份CPP311机组在全线RT检测合格率排名第一，得到业主、管道局各级领导好评。

（2018年9月3日《石油管道报》）

2标段：苦干+实干+巧干

9月2日下午，记者在管道一公司2标段CPP113机组现场采访时，被蚊子轮番“袭击”，奇痒难忍。一旁的2标段项目部经理范进章说，今天有风，蚊子少多了，平时大伙都得戴防蚊面罩施工。看到现场那些无视蚊虫叮咬、泥泞中埋头苦干的员工们，记者心中涌起一股激情和暖流……这就是中国的脊梁，无所畏惧、迎难而上，是“苦干实干巧干”石油精神的践行者和传承者。

修“通”进场路

2标段管道长度71.85公里，位于黑龙江省黑河市五大连池境内，地貌主要以低山丘陵、林区为主，地表植被主要是农田和林地，施工现场的硬化路较少，且大部分为陡坡和林地临时道路。

6月以来，黑河市便进入雨季。连续多天的大雨使作业范围内的冻土层开化，路面淤泥“翻浆”严重，进场路翻起厚厚泥浆，全部为一摊稀泥。尤其是七八月份，施工遇到的最大难题，就是进场难，所需管材运输异常艰难，管材运输车辆经常出现打滑、误车情况。这种情况下，管材怎么运上去？

范进章解释，只能修路，他们已经修整了七八十公里进场路了。安排挖掘机提前进行进场路修整，将“翻浆”路面淤泥刮净，露出硬底，并在坑洼处填满碎石，保证管材运输车辆正常通行。有时由于道路原因，运管车不能将管材直接送进作业带，只能卸在两三公里以外位置，再采取“炮车”倒管方式，既增加施工成本，又耽误施工效率。

挖掘机修好进山路后，开始运管。山下运管“炮车”背着一根根钢管向山上爬去，所经之处一道道泥浆被翻起。“炮车”通过后，挖掘机将翻浆地段进行修整。“每天都要在山路中走上几个来回，随时修整，这样才能保证炮车顺利通行。”

有一天中午，突降大雨，一辆“炮车”陷进泥坑，车轮在淤泥里不住地打转，车身越陷越深。司机张晓虎立即向附近的CPP105机组求援，机组长带领吊管机赶到现场，将“炮车”救出泥坑。

雨越下越大，“炮车”已无法继续行驶，只能再调一台吊管机过来，两台吊管机用接力的方式，将管材倒入作业带。就这样，将一根一根管材运进山。

工地旁安“家”

六七月份的时候，2标段有段沼泽、山坡地形施工现场附近，出现了4座流动帐篷，一早一晚里面进进出出三四十名“红工装”。

原来，CPP105机组在进行这段4公里难点地形施工时，由于进场路土质松软，雨后泥泞难行的道路给车辆进出场带来很大困难，机组每天来回浪费在路上的时间近3个小时，给施工进度带来一定影响。

为了提高每天的有效工时，加快工程建设步伐，CPP105机组决定把营地直接建在施工作业带旁，这样只需要步行几分钟就能到达施工现场，浪费在路程上的时间就能抢回来。

在施工现场搭建临时帐篷，保证这关键4公里的施工进度，同时也要保证员工的生活水平不降低。经过实地调研，项目部选择在靠近进场路的一处积水少的制高点搭建营地，不仅为每个床位都搭起了蚊帐，在床头设置了充电插座，配备了较厚的被褥，还在帐篷内放置了电暖气、热茶炉，尽最大努力为员工提供良好的生活保障。

就这样，每天晚上7点左右，天色渐暗，CPP105机组却不急于收工，因为离施工地点500米处，有4座帐篷灯火通明，那就是员工们的“家”。

为了丰富机组员工单调的生活，项目部利用晚上时间，安排人在新家与工人拉家常，给他们播放电影，发放棋牌等。记者问一名员工住帐篷的感受，他说：“谁想住帐篷啊，但工期那么紧，每天浪费那么多时间在路上太可惜了。只要能够提高工效，保证进度，我们情愿住帐篷。”

CPP105机组算了一笔账，他们在帐篷内住了25天左右，工效提高近30%。

“神器”提效率

记者在施工现场遇到管道施工技术装备的科技专家、全国“五一劳动奖章”获得者梅广庆。身为一公司技术培训中心主任的梅广庆，长期从事管道焊接设备与技术的研究，这次带领团队专为中俄东线研发了自动焊的内焊机、坡口机等，助推工程建设。

梅广庆指着正在作业的设备介绍，这是他们自主研发的新型内焊机，与市场上的8个焊接单元相比，该新型内焊机有10个焊接单元，焊接时整个行程较短，有效提高了大口径管线的焊接效率。在其他方面也有较为经济、实用和高效的创新。这个技术在国际上为首创，已申请国家专利。

他带领记者来到另一挖掘和坡口组合的设备前说：“我们通过技术改造，利用挖掘机自身液压系统来驱动坡口机头，告别了以往通过大吨位吊管机拖载大功率液压站的工作形式，减少了设备投入，也大大提高了坡口加工的精度。挖掘机底盘与坡口机头可以快速拆装，挖掘机可以进行坡口与挖掘功能的快速转换，转场时设备可以自行装车，方便快捷。”

2标段项目部的发明创造还有很多。进入雨季后，进场路泥泞松软，普通运输车辆已经不能满足机组施工所需的油料、焊接保护气瓶和生活物资及时运送至施工现场，给施工进度带来较大影响。项目部便积极寻找物资能够最快进入施工现场的方式。

梅广庆提出，“炮车”是六驱的，牵引力大，可以让“炮车”把施工物资拉上去。但“炮车”是运输管材的车辆，怎样能够让它“变身”呢？

项目部集思广益，在“炮车”运管架上，制作了一个可拆卸式的管车运输平台。需要运送物资时，可以直接将运输平台安装在上面。记者在现场看到，六驱的运管车加装上平台仅需3分钟，变成了一个满足野外施工道路的运输货车，一次可装载30余个保护气瓶，并可运送其他机组所需物资。进场路泥泞难行时，使用平台运输物资是皮卡车运输数量的8倍多，并可节约近一半的时间。

工人们巧手研制的提效“神器”，正成为加速推进工程进度的助推器。CPP113机组继7月份获评管道局“优胜机组”后，8月份，与CPP105机组一道，双双斩获“优胜机组”称号，为进场施工的27个施工机组做出了榜样。

（2018年9月6日《石油管道报》）

1标段：攻坚全线最难点

来到管道四公司承建的中俄东线1标段后得知，1标段创下了几个全线之最：在1422管径的9个标段中，线路最长，全长73.59公里；地形最复杂，山峦起伏、沟渠纵横、沼泽遍布，陡坡多，“三穿”多；社会依托最差，机组可依托的村子很难找；安全环保责任最大，需穿越9公里长的锦和农场野生动物保护区，要保证野生动物不受惊吓，还要保护员工不受野猪等动物的伤害……

9月5日，当记者深一脚浅一脚地在沼泽地中跋涉，艰难地进入CPP413机组山地施工现场，看见“沦陷”在泥潭中的单斗时，才理解1标段项目经理任伟的苦衷：其他标段的难点，1标段都有；1标段的难点，如长达28公里的山区，23公里的沼泽，以及山地中穿插沼泽等，其他标段没有。目前，奋战在山区最难点段的参建员工发扬“有条件要上，没条件创造条件也要上”的铁人精神，攻坚克难，顽强拼搏，用朴实无华的行动展示着管道人的忠诚与担当。

标杆机组我第一

记者曾采访过业主，为什么把全线最难点段交给四公司。业主答复，这缘于四公司在中俄东线试验段一期、二期施工过程中取得的不凡业绩。

试验段一期线路长度6.955公里，四公司CPP412机组独立承担了全部施工试验任务。施工过程中，在零下40摄氏度的低温条件下，CPP412机组不断尝试、磨合，最终掌握一套适用于低温严寒环境下的D1422管道焊接技术参数，并对低温下设备运行进行了有效的技术验证，总结并掌握了一整套的“大口径+国产全自动焊+寒冷地区”项目施工的过程管理经验和成果，为全线正式施工提供了有力技术支持。

2017年，四公司再次参加中俄东线试验段二期工程建设，CPP412机组全线首家打火开焊，全面总结出了D1422管道在东北地区雨季施工、自动焊工效、技术工法，并率先对沼泽段施工进行沉管作业，首次完成了国内最大管径天然气管线试压作业。

自中俄东线北段开工建设以来，CPP412机组更是开创了全线多个“第一”：第一家进入中俄东线建设，在大口径、高钢级、低温严寒环境中积累的工程经验为中俄东线工程撑起铮铮脊梁；第一家使用国产焊接装备CPP900全自动焊机，在零下40摄氏度的严寒下，不断尝试焊接数据优化，测试装备性能，积累了大量的D1422管道低温严寒下的作业经验；以“机械化流水作业+跟进式整体推进”在建设中不断刷新中俄东线焊接榜，使用CPP900在全线第一家创下D1422管道日焊接30道口的纪录；第一家走入央视，充分展示管道局引领管道行业发展，在这个全球天然气合作的重大战略性工程项目中的实力和水平……

CPP412机组还多次承担了集团公司对外演示任务，迎检次数最多、级别最高，每次都圆满完成任务，多次获得集团公司五四红旗团支部、青年文明号等荣誉。目前CPP412机组在全线参建机组中单机组焊接总量名列第一，为管道局争得了荣誉称号。作为管道局2017年度“标杆机组”，3月27日，在中油管道公司质量督察总结会上，CPP412机组荣获“中俄东线样板机组”荣誉称号。

攻坚克难我最强

中俄东线工程与以往国家重点战略工程相比，具有管径最大、钢级最高、输送压力最大等特点，同时参建员工承担着首次试用国产CPP900全自动焊接设备的重任。在这种前提下，参建人员经受了零下40多摄氏度的低温考验，不断征战沼泽、林地、山区等不利于全自动焊接整体推进的地形。

全线独一无二的最难施工地段，位于1标段28公里的山区段。这里分布着5处长度为4300米左右的陡坡，陡坡均为二三十度，最大坡度为45度。由于山区陡坡地段具有高落差、坡度大、作业带狭窄等特点，大型施工设备使用受限，管材运输、布设及组对成为施工难点。这段陡坡表层半米左右是土方，以下均为石方，因坡度太大，全自动焊无法实现。国内从未有过这方面施工先例，这对他们是最大的挑战。他们摸着石头过河，不断进行着各种试验，摸索着采取新的焊接方式和施工方法。

8月份，刚刚结束沼泽段施工的CPP414机组，挺进连绵不断的山区。从山下走到山上，最近的一条进场路与工地有着40分钟的路程。20多度的连续坡段施工让机组感受到了前所未有的压力。

“泰山压顶不弯腰”，参建员工把压力化为动力。一进入山区施工，CPP414机组长王春岭就把机组管理人员召集在一起，规划山区施工方案及防控措施，让管理提升成为保障机组安全施工的重要手段。在机组召开的质量分析会中，“鸡蛋里挑骨头”是确保机组焊接排名提升的“法宝”。施工过程中，王春岭不断提醒大家要严格遵守“三检制”。质检员对待质量管理的严苛态度更让机组员工不敢触碰质量红线。

面对恶劣的施工环境，CPP414机组以保安全、保质量、促进度的工作方针稳步推进，完成连续7道弯管的关键焊接作业。尤其是连续1公里焊接合格率保持100%，被业主评为进步最快的机组。在中俄东线劳动竞赛活动中，7月份，CPP414机组荣获“优胜机组”“质量信得过班组”称号，众多优秀管理者、操作者脱颖而出。8月12日至今，1标段在面临众多难点的情况下，冲进全线施工进度前三名。

技术创新我最多

论技术创新工作，1标段项目部绝对是“第一家吃螃蟹的”。早在两年前中俄东线试验段一期建设中，D1422长输管道施工在国内尚属首次，没有任何类似的施工经验可以借鉴。试验段位于高寒地区，试验段一期于冬季施工，试验段二期于雨季施工，在不同季节条件下施工，管道组装焊接、防腐及下沟难度较大。

试验即考验。四公司项目部夯实各项技术储备，依据各工序施工、试验及验证方案的具体要求及措施，通过现场试验小组对各工序的资源配置、施工步骤、工作时间、环境温度等进行详细记录。经汇总整理分析，重点对自动焊接、机械化防腐补口、管沟开挖、管道下沟等关键工序的大型设备配置、专业化工器具、焊接工艺、技术研究成果、低温环境下施工的技术措施等进行验证和确定，一期加二期最终共形成33项试验成果，编制30项施工技术方案，项目管理和施工组织的设计科学性和规范标准可行性得到了验证。

在任伟看来，创新是项目发展的原动力。对于创新，项目部要求现场施工遇到的问题和难点，都可以作为项目课题来源。为推动项目技术创新，充分激发员工创新意识，挖掘基层小改小革潜力，加快创新成果服务于项目，项目部编制了《中俄东线科技创新管理办法》，为项目科技创新、QC活动提供了制度保证。截至目前，中俄东线共收集上报13项QC成果，获奖成果8项。这些运用到工程建设中的创新成果，为中俄东线顺利实施提供了技术保障，正成为加速推进工程进度的助推器。

截至9月6日，1标段已完成管线焊接4882道口，累计焊接56.53公里，在D1422管径的9个标段中全线排名第二。

（2018年9月10日《石油管道报》）

过境段：闪亮的“名片”

中俄东线的最前端，还有这样一项跨越国境的控制性工程——过境段，连接中俄双方的千里气龙，包括两条跨境盾构隧道和15公里线路施工。这是两国领导人亲自促成的项目，EPC合同由王宜林董事长在杭州G20峰会上与俄气总裁米勒签订，两国各自为项目设置封闭区，工程政治意义重大。尤其是黑龙江盾构因其“咽喉”的重要性，成为中俄东线对外展示的窗口工程，令人瞩目：自开工以来已接待183批1670余人次国内外客人的参观调研检查等，这些接待让管道局中俄东线过境段EPC项目部经理曹会清应接不暇。曹会清率领着过境段项目团队，用担当诠释忠诚，用实干诠释尽责，用智慧诠释创新，使工程进度、安全、质量平稳受控，还填补了多项国内技术空白，让管道局这张管道建设主力军的“名片”更加闪亮。

工序衔接极其重要，焊接、检测、防腐环环相扣，接续进行，24小时接力赛，每道焊口仅焊接就需要9个小时……

两国标准取“最高”

过境段控制性工程由东南亚项目经理部代表管道局执行EPC合同，曹会清从谈判阶段开始一直伴随这个项目长达5年。据他介绍，与以往盾构工程相比，黑龙江盾构标准之高前所未有，反而把复杂的地质条件和恶劣的自然环境等诸多难点掩盖了。工程为中俄两国共建，所以涉及两国不同标准和管理模式，特别是管道焊接、检测、防腐、试压，等等，标准执行更加严格。两国标准不同，一定取“最高”的要求。

如焊接、无损检测和防腐认证就费了很大周折。在满足中国规范要求的基础上，按照俄罗斯标准要求，需要对天然气管道的焊接和无损检测重新进行认证。因管道壁厚为33.4毫米，为中国最大壁厚的天然气管道，他们邀请管道局焊接专家与俄罗斯多次会谈并展开认证，在俄气规范许可范围内，选择了最适合的管道焊接工艺，最终取得了俄罗斯NAKS颁发的焊接工艺证书、焊工证和俄气签发的焊接工艺卡。

因俄罗斯标准规范太多，项目短时间内难以实现以规范条文为导向的正对标，为了解决实际问题，曹会清团队创新思维，开展以问题为导向的“反对标”，即出现的任何一个不符合项，都被记录在案研究清楚，同样的错误不犯第二次。最终，问题越来越少，全部整改完成。

工程建设中也面临反复沟通的困难。项目涉及的俄方业主和监理都是俄罗斯人，受文化和语言限制，沟通繁杂反复。在执行中俄双方规范要求的情况下，很多程序都需要多方会议确定，沟通效率极低。建设期间，项目部经过与中俄双方业主和SGS监理的多次谈判沟通，目前主要工作已能顺利推进。盾构施工的高标准和精细化管理，也得到了两国业主及监理的充分认可。目前，两条过江盾构隧道均已贯通，正在进行隧道内管道安装作业。

科技创新显“神威”

黑龙江盾构隧道安装工程设计隧道直径为2.44米，管道直径1.42米，需要采用全自动焊接、机械化补口等施工工艺。管道进入隧道后左右空间剩余仅约50厘米，人员和焊接设备根本无法进入施工，怎么办?

承担施工任务的管道四公司项目经理刘昆说，经过项目团队多次验证，确定了最终方案——采取在始发竖井内进行管道焊接、检测、防腐等工序，用回拖工艺将整条管道放置在有轨小车上拉进隧道，直至到达俄方接收井。他们靠技术创新解决了在狭小空间施工的难题，采用特殊的牵引加助推管道回拖工艺，牵引管道隧道内就位，这种新的安装工艺填补了我国小断面盾构隧道安装大口径管道的技术空白，实现了零的突破，国际管道行业内也未见相似案例，工程总结形成了两项实用新型专利。

工程所用钢管长12米、重13.5吨，而始发井内径14米、高18米，在管道吊装过程中左右两边空间仅剩余1米左右，空间有限，无法采用传统的管端卡具实现吊装，项目利用四公司自主研发的吊装科研产品，简易改进后，顺利完成了钢管吊装作业。

技术创新还体现在竖井内管道安装上。工程有四口竖井，竖井的弯管吊装焊接是施工中最大的难点。竖井内作业空间小且井深大，给弯管焊接及吊装安装工作带来了极大困难，全自动焊接设备无法实现竖井内弯管大坡度悬空吊装焊接作业，因此他们在地面事先将弯管和直管一次性焊接预制成S型，再采用整体“穿洞”方式一次性吊装就位。

在竖井内弯管吊装就位后，与隧道内管道进行组对焊接时，他们采用了管道局最新研制的电液内对口器，可以实现管道内90度垂直行走进行管口组对，完美解决S型管道竖井内对口难题。直径1420毫米管道内对口器为管道局专利产品，这次为世界首次应用。

全线难点大“荟萃”

黑龙江盾构展示了管道局盾构业务技术、施工及管理水平，过境段线路段管道建设同样出彩。

这段被戏称为“零标段”的管道线路单条总长近12公里，设计压力为12兆帕，管径1422毫米，壁厚分别为30.8毫米、25.7毫米、21.4毫米，为了和盾构段管道完成连接，线路段施工队伍光荣地承担了变壁厚、变材质两国管道对焊的施工任务和金口连接施工任务。黑河入境点至清管阀室之间为双管敷设，并行长度3公里多，并行间距为13米。沿途地势起伏，山地、沼泽间隔分布，施工难度大、技术要求高。尤其是山地坡度较大，原始地貌最大坡度达到42度，陡坡施工长达3公里，其中双管线陡坡焊接长度近2公里。由于作业空间受限，无法同时焊接施工，需要完成一条管线的焊接、防腐、回填后，才能开展另一条管线施工，这也使施工难度加大。

所以说，控制性工程集纳了全线所有的难点，不止3种壁厚，所有地形地貌在这里都有体现，这里就是浓缩了的中俄东线。

困难难不倒管道建设主力军。据承建线路工程的四公司项目经理王伟介绍，他们通过土方平衡、降坡施工，来降低焊接施工难度。他指着盾构现场附近的一个陡坡说，这个陡坡光降坡就干了两个月，土石方量太大了。只有通过对陡坡段的削方、降坡，才能极大地降低焊接施工风险。

针对4.3公里的沼泽段，地下水位高，地表承载力差，他们也和1标段一样，利用铺垫路基板加大沼泽承载力，才能进行焊接施工。直径1422毫米管道山区施工在国内尚属首次，无可借鉴经验，焊接工艺目前正在进行摸索调试，他们尽力模拟现场施工条件，确保焊接过程质量可控。

另外，项目引入四公司自行研制的山地运管机、山地吊管机将进行山区段进管、组对，确保焊接安全、稳定，降低陡坡施工风险。目前，线路工程正按计划艰难推进。

（2018年9月11日《石油管道报》）

敢拼才会赢
——管道局攻坚克难敢于担当

中俄东线天然气管道工程是世界上管径最大、压力最高、材质等级最高且单管输量最大的跨境长输天然气管道工程。管道沿线自然环境复杂，多年冻土、水网沼泽和林带交替分布，冬季最低气温达零下40摄氏度，自然条件与技术难度给管道建设带来巨大挑战。面对重重困难，管道局各参建单位以决战决胜的勇气迎难而上，攻坚克难，展现了管道员工敢于担当、勇于拼搏的时代风采。

科技攻难关

“在中国，设计应用直径超过1400毫米的管道，且配套技术、设备全部为自主研发尚属首次，技术难度之大在管道局历史上前所未有。”管道局参与研发的科研人员表示，就拿管材运输来说，直径1422毫米的钢管一根就重达10吨。牵一发而动全身，这重量将相应带来运输、吊装等一系列挑战。

为将中俄东线打造成国际一流的优质工程，管道局设立重大科技专项，不但攻克了管道工程设计、管道施工装备国产化研发等一系列难题，而且有效促进了相关领域的设备和技术更新换代。为了确保中俄东线工程建设质量与安全，管道局研发了一系列适用于1422毫米超大直径管道的施工装备，除全自动焊接设备外，还包括机械化补口、山区吊装运输、大口径弯管，以及弯管管件等一批核心技术的应用和装备制造，不仅满足了中俄东线管道机械化流水作业，更实现了我国在油气建设领域由中国制造向中国创造的跨越。

同时，管道局于今年4月28日成功完成国际首次低温环境（零下45摄氏度）用直径1422毫米、1219毫米（X80）三通水压爆破试验及应力测试，成功开发出站场低温环境用直径1422毫米（X80）三通新产品。这是我国在该型管件领域的又一次重大突破。课题研究成果将为中俄东线工程的顺利实施提供技术保障和物资保障，为我国今后寒冷地区管道建设奠定了基础。

此前，管道局全面参与了中俄东线试验段一期和二期工程，依据各工序施工、试验及验证方案的具体要求及措施，通过现场试验，重点对关键工序的大型设备配置、专业化工器具、焊接工艺、技术研究成果、低温环境下施工的技术措施等进行验证和确定，完成了焊接工艺流程、防腐工艺规程、AUT工艺规程，取得技术试验成果38项，为中俄东线干线建设提供了可靠的科学数据和标准规范。

施工过程中，管道局积极应用自主研发的CPP900系列自动焊设备及CPP-BK型防腐工作站，采用内焊机根焊+外焊机填充、盖面的自动焊接技术，以及自动喷砂除锈+中频加热+红外收缩回火的机械化防腐补口技术，在有效保证施工质量的同时，积累了丰富的实践经验，加速了中俄东线干线建设的顺利推进。

智慧解难题

中俄东线北段地处中国东北，冬季漫长寒冷，施工现场平均气温零下24.3摄氏度，最低气温达零下41摄氏度，与最大管径条件符合后，对施工技术难度、设备冬防改造及员工后勤保障都提出了严峻的考验，同时无任何相关施工经验可供借鉴，参建员工凭借经验与智慧化解难题。

现场山区丘陵遍布、沼泽纵横，极大地考验了施工部署及设备能力。管道局承建的线路1、2标段是全线最难点，包含山区丘陵段落65公里，且地势低洼段沼泽纵横交错，施工部署需综合考虑施工季节、地质情况，并充分结合施工设备的施工能力。

1、2标段的最难点位于1标段28公里多的山区段。这里分布着多处二三十度的陡坡，最大坡度45度。因坡度太大，全自动焊无法实施。国内从未有过这方面施工先例，这对他们是极大挑战。

承建1标段的管道四公司曾在西气东输三线东段工程中首次采用滑橇施工，高效、安全完成了陡坡管道安装，积累了大量陡坡段管道施工经验，四公司经后期梳理编制了35度至55度陡坡油气管道安装施工工法，这次有了用武之地。

施工作业受季节影响明显。自3月份开始，施工现场冻土开化，作业带内表层泥浆深度达1米，设备无法通行。特别是入夏以来雨水不断，施工作业更加困难。

2标段所在的黑河市，6月份进入雨季。连续多天的大雨使作业范围内的冻土层开化，路面淤泥“翻浆”严重，进场路翻起厚厚泥浆，变为一摊稀泥，导致管材运输异常艰难，只能修进场路。管道一公司项目部安排挖掘机提前修整进场路，将“翻浆”路面淤泥刮净，露出硬底，又在坑洼处填满碎石，保证管材运输车辆正常通行。对于运管车不能将管材直接送进作业带的，就卸在两三公里外位置，采取“炮车”倒管方式进场。

管道三公司承担的5标段同样面临泥泞难题。雨季，明水县、青冈县频频降雨，土地泥泞不堪。因作业带泥泞，运管受阻，他们便将所有管材拉运到临时管场，二次甚至多次倒运至作业带。

为解决现场泥泞问题，三公司项目部配备挖掘机修筑施工便道，配合“炮车”、管车、吊管机，确保倒运管材及时到位。现场为机组配置了290块路基板及214块钢板，确保两个机组作业带铺设长度均达到200米以上，保证了机组前方进管及主体焊接开展。

创新促管理

中俄东线是集团公司智能化管道建设的样板工程。信息化、数字化融合最完整、应用最全面，全线实施设计标准化、检测智能化、管理信息化、移交数字化。全面智能化为管道建设也带来了巨大的挑战，管道局靠创新促进智能化管道建设。

在中俄东线试验段实施过程中，管道局通过“移动端+云计算+大数据”的体系架构，集成管道全生命周期数据，探索互联网+机组的“智能工地”建设，以实现管道可视化、网络化、智能化管理。有效整合数据信息，实现信息协同、流程协同、行为协同、决策协同；综合强化全要素、全过程管控；实现了全员、全端、全域协同的质量、安全管理效应最大化。

在中俄东线干线建设中，管道局把互联网、大数据等最新科技融入管道建设中，自主研发的CPP900自动焊机、机械化补口装备、AUT检测技术等新装备、新工艺、新技术全部应用于管道施工各环节。综合开发利用工况实时采集传输系统、现场智能监控系统、全生命周期项目管理系统、机组通及工程项目管理平台等一系列工具，以全面推进智能管道建设。

利用“机组通”进行现场数据采集。通过数据仓库及云平台实现数据交互与共享，提升工程数字化交付能力，并形成从工程数据采集、移交、统计分析到应用的完整数据管理链条，促进管道系统大数据应用。

形成了互联网+机组的“智能工地”建设标杆。施工机组现场实现全作业面Wi-Fi覆盖、全工位视频监控、全工序施工数据采集移交和全工序工况参数采集传输，规范了现场施工作业，提升了项目QHSE管控水平。

技术创新的同时带动项目管理创新。为提高工程安全、质量、效率和经济性水平，以发挥全自动焊接、机械化防腐补口等全工序管理为目标，管道设计院全过程跟踪与优化设计，在满足总体设计要求的基础上，采用三维数字化设计平台，实现勘察、测量、选线、施工图设计、竣工图设计全阶段数字化。利用三维影像图优化工程施工。

管道局中俄东线项目部充分利用弹性敷设技术措施，减少平面弯头和纵向弯头；最大限度地利用和发挥全自动焊接效能，采用多种方法对全自动焊接接头质量进行检测。这些使之成为工程提升质量和工效的最直接、最有效措施，真正实现全过程管控、全信息化管理的有机结合。

在中俄东线北段开工建设近一年时间里，参建员工冬季傲风雪，穿雪原战冻土；夏季冒风雨，攻山地过沼泽，攻坚克难，用顽强、坚韧和智慧诠释着石油精神的内涵，彰显了管道建设主力军的实力和风采。

（2018年10月9日《石油管道报》）

磨砺“金刚钻”　干好“瓷器活”

——管道局科技创新助力智能化管道建设

中俄东线天然气管道工程是我国首条第三代大输量管道，是管径最大、压力最高、材质等级最高且单管输送量最大的跨境长输天然气管道工程，同时在极寒环境与最大管径复合条件下，施工技术难度大、设备冬防级别高，是集团公司智能化管道建设的样板工程。为此，管道局加大关键技术研发力度，并把互联网、大数据等最新科技融入管道建设中，自主研发的CPP900自动焊机、机械化补口装备、AUT检测技术、大型设备远程监控系统、机组通等新装备、新工艺、新技术全部应用于管道施工的各环节，形成了涵盖吊装、运布管、焊接、检测、防腐等各个工序的系列科技成果41项，企业核心竞争力不断增强，助力了智能化管道建设。

新工艺——国内首开先河

直径1422毫米长输管道施工在国内尚属首次，无任何相关施工经验可借鉴，相关工序从人员数量到设备规格、型号、配置等方面均无可参考资料。谁来做“第一个吃螃蟹的人”？作为管道建设行业的主力军——管道局责无旁贷。

2016年10月初，中俄东线试验段一期工程开工建设。试验段位于高寒地区，线路长6.955公里，管道局承担了全部施工试验任务。这副担子着实不轻。因为试验段需要根据编制的施工试验方案，通过现场试验验证各工序的资源配置、施工方法、质量安全保障措施，并形成试验成果，为后续干线施工提供技术支持。

管道局开始了艰难的“破冰之旅”，在零下40摄氏度的低温条件下，不断尝试、磨合，最终掌握了一套适用于低温严寒下直径1422毫米管道焊接技术的参数，并对低温下设备运行进行了有效的技术验证。针对现场各工序共编制了施工、试验及验证方案30项，形成技术试验成果23项，总结并掌握一整套的“大口径+国产全自动焊+寒冷地区”项目施工的过程管理经验和成果，为全线正式施工提供了有力的技术支持。

2017年，管道局参与试验段二期工程建设。试验段二期主要是验证雨季施工的试验方案。管道局依据工序流程，分别对相关的方案进行编制并会审，重点关注沼泽地内施工便道修筑、沉管下沟施工、河流定向钻及大开挖穿越、自动焊接流水作业、机械化防腐补口、清管测径、试压等方案的编制及成果总结。

管道局通过在中俄东线试验段一、二期的试验验证，共形成38项试验成果，成果中对关键工序的人员数量，设备型号、数量的配置，质量、安全管控等方面予以明确。目前，验证成果在干线北段得到了良好运用和全面推广，并且由业主牵头制定了10项施工作业统一管理规定。管道局项目管理和施工组织的设计科学性和规范标准可行性得到了验证。

新装备——全线大显身手

中俄东线的智能化及高难度、高强度施工实践引发了工程建设者的创新热潮，管道局研制的不少新装备在全线大显神通。

中俄东线在用的自动焊接设备和机械化防腐补口设备都是管道局自主研发的自主品牌。通过应用CPP900全自动焊接设备和防腐补口设备，以及多项现场创新成果的普及性应用，装备性能不断优化，为国产化全自动焊机推广积累了丰富经验，也进一步增强了管道局的行业竞争力。

CPP900通过中俄东线试验段一期、二期试验及验证，在零下40摄氏度以上环境可正常作业。通过在东北极寒气候条件下两个冬季期的验证，采取相应的冬防措施后，设备性能和焊接质量稳定，焊接工效满足设计预期，工效受低温影响较小，随后在干线进行了成功应用。

直径1422毫米自动喷砂设备及中频设备也通过了试验段一期的“考验”。管道局首次也是首家开创性地探索出了直径1422毫米管道自动焊接施工的资源合理化配置、极寒低温环境下施工技术要点及相关设备冬防改造措施，有效提高了施工工效，降低了施工成本。

管道局自主研发的新型内焊机，有效提高了大口径管道焊接效率，其技术为国际首创，已申请国家专利。

黑龙江盾构在竖井内弯管吊装就位后，与隧道内管道进行组对焊接时，采用了管道局最新研制的电液内对口器，实现了管道内90度垂直行走进行管口组对，完美解决了S型管道竖井内对口难题。直径1422毫米管道内对口器为管道局专利产品，这次为世界首次应用。

管道三公司研制的智能化管道感应加热设备，实现了“一键式”智能化操作，仅需按下启动按钮，焊口达到预定温度后自动停机；加热器采用电驱动自开合，遥控操作，可大幅度降低现场人工劳动强度；具备温控自锁功能，有效保证了管口焊接预热质量。

在中俄东线，管道局的现场革新创造比比皆是，效果显著。

管道穿越公路时，管道设计院提出了钢筋混凝土盖板涵，以代替开挖+套管穿越方式，同时又不留连头，保证了流水线快速作业。中俄东线全自动焊施工期间正值春耕秋收季节，公路上农业机械车辆较多，采用盖板涵可有效保护管道，既保证了机械车辆正常通行，又保证了管道全自动焊接的连续性和高效性。

管道二公司发明的“焊道打磨护板”，解决了管口打磨中砂轮易伤及母材、影响质量和施工效率的问题，业主给予通报表扬，并要求在全线推广应用。

管道四公司设计开发的“山地综合运管车”“山地布管机”等一系列用于山区陡坡段的施工装备，在30度左右的坡面地段实现了机械化流水作业。

此外，管道一公司的坡口机、自动焊内焊机、运管“炮车”改造利用等多项成果在现场发挥了良好作用；三公司发明的扁口导电嘴加工车床、内焊机涨靴垫片等，显著提高了工程质量，明显降低了成本。

管道局这些提效“神器”，正成为推进工程进度的助推器、加速器。

新技术——融入智能科技

管道局焊接技术上的一大亮点，便是采用弹性敷设施工技术。

在中俄东线试验段二期时，管道局首次针对设计转角、穿越公路、穿越沟渠等特殊点位置，采取弹性敷设施工技术。管道局根据管材最小屈服强度及最小强度极限等参数，在地形平坦地区较好地验证了弹性敷设技术的可行性。自动焊设备不再受制于冷弯管、公路、沟渠等特殊地形限制，顺利实现了自动化流水作业，有效控制了留头数量。

这个技术的创新应用，保证了自动焊流水化作业，节约了施工成本；从源头上减少了质量隐患，提高了施工效率。自动焊流水化作业的实现，减少了设备频繁转场带来的时效损失，也降低了自动焊设备因搬运造成的性能不稳定性。

管道局还对机械化防腐技术进行了创新。通过现场试验验证，采用中频加热设备替换了以前的红外回火设备，取得了良好效果：节约了施工成本，中频设备相对红外回火设备价格便宜；提高了施工效率，中频加热效率高，每道口节约了回火时间；性能稳定，中频设备性能稳定，利用率高，保证了防腐施工的连续性和有效性。同时，施工中不断对中频加热设备进行“升级”改造，将设备功率提至150千瓦，加热耗时控制到了约5分钟，有效提高了施工效率。

管道局的新技术，融入了最新科技——管道设计院从初步设计到施工图设计全部采用了数字化设计手段。为实现智能管道建设目标，管道设计院在中俄东线施工现场搭建数字化设计平台，完成了“集成设计与施工数据，实现动态更新，自动生成竣工图”；管道局中俄东线项目部借助工程项目管理平台，全方位整合机组通、P6、ERP、施工现场远程监控及工况采集等系统，充分应用于智能管理项目建设过程，有效提升了工程项目管理水平。

利用“机组通”进行现场施工数据采集，通过数据仓库及云平台实现数据交互与共享，提升工程数字化交付能力，并形成从工程数据采集、移交、统计分析到应用的完整数据管理链条，促进管道系统的大数据应用。

形成了互联网+机组的“智能工地”建设标杆。施工机组现场实现了全作业面无线网络覆盖、全工位视频监控、全工序施工数据采集移交和全工序工况参数采集传输，规范了现场施工作业，提升了项目QHSE管控水平，确保了管道局在智能化建设方面的优势地位，凸显了管道局的专业化管理优势，全面提升了企业竞争力。

（2018年10月9日《石油商报》）

凌寒独放暗香来

——管道局中俄东线冬季施工掠影

1月9日晚9时许，黑龙江省黑河市爱辉区，正在中俄东线现场施工的管道四公司CPP412机组副机组长于永旺的手机显示当时的气温为零下32摄氏度。在这个滴水成冰、寒气逼人的时节，东北居民都回家“猫冬”了。但在大兴安岭腹地，奋战着一千多名“红工装”，他们顶风冒雪，笑傲严寒，日夜奋战在工地，用实际行动弘扬“石油精神”，为建设国家能源动脉赤诚奉献。

这个冬天的第一场雪来得特别早。2018年10月15日，黑河降雪了。进入11月份，中俄东线施工现场气温已经急剧降低，最低气温接近零下30摄氏度，全线进入冬季施工。寒冷天气，挡不住参建员工的高涨热情，在中俄东线联合党工委开展的百日攻坚活动中，广大建设者掀起冬季施工热潮，对控制性工程展开了攻坚战。

攻坚“公别拉”

公别拉河穿越是四公司承建的1标段的卡脖子工程。2018年12月9日，公别拉河穿越管线打火开焊。

早上4时，天刚蒙蒙亮，最先去往工地的坡口机操作手梁起源已经开始一天的作业。为了满足机组白天的正常施工需求，他每天都比别人少睡两小时，这样就能提前加工好坡口，等待机组的到来。

仅有5.1毫米的壁差让这根管子重达12吨，焊接时间也增加了数小时之久。在水平面作业对于焊接机组来说不太难，如果这个水平面分成3个台阶，周围又都是冰面和碎石泥沙，就难上加难了。流动的暗河让作业带结起了冰，走在上面要格外小心，排水渠必须每天24小时抽水作业，不然作业带就会被淹没。为了完成每天的施工任务，机组默默地将作业时间延长到晚上9点，甚至更长。

当夜晚降临，寒冷夹杂着水汽吹打在员工脸上，让焊工李国宇脸蛋已经冻得通红，鼻尖挂的水珠已经定格，不时地原地跺脚取暖。低温严寒下，设备出现故障最让人头疼。设备履带上的淤泥块已经和设备完美结合，想要修车，就得先要烤化设备上的冰层，才能再次分解故障部位。

再艰难，再寒冷，也挡不住石油人那种为了完成使命的担当。在公别拉河河畔，CPP-412机组全体将士们发出雄壮的吼声：“攻坚克难，战则必胜！”

夜战“卧牛河”

2018年11月30日22时，管道一公司承建的2标段试压机组完成卧牛河试压推水作业。

11月的小兴安岭白雪皑皑。黑河地区下午4时太阳就落山了，气温骤降至近零下30摄氏度，在没有遮挡的广阔原野寒风刺骨，施工愈发艰难。

对于这条大口径高压力的天然气长输管道，试压设计要求极为严格。试压时环境温度不宜低于5摄氏度。如何在零下30摄氏度时做好冬季防冻措施，如何保证稳压期后的强度试验和严密性试验安全进行，都是最棘手的问题。

为了攻克难题，大家反复商量施工方案。卧牛河两端的大水坑里渗水量很大，机组必须保护好水泵正常工作，加速抽水。但怎样在大渗水作业面上做好试压头控水保温，这成为摆在机组面前的另一个难题。

“作业面下铺钢板，搭设铁板人字架帐篷做保温，帐篷内四处引流控水，水泵24小时连续抽水，管道下部埋地只留出仪表安装部位，增强保温效果。”

技术员杨献民在施工现场做着技术指导。

“注意脚下安全，看好帐篷内的试压头，千万别被水没过！”安全员李占民一边叮嘱，一边紧盯各岗位敏感点。

“继续给水箱加热！”机组长齐广伟说。

员工手持加热设备，时刻给水箱加热，使水顺利送达打压泵，力保打压顺利上水。

凌晨1点多开始稳压；5分钟一次记录；10分钟一次记录；15分钟一次记录……

随着稳压时间的推移，记录间隔在变化。天寒地冻的夜晚，试压作业面从未受冻，试压环节按部就班进行，仪器仪表准确安全。

22时，推水完成，试压成功。冰冻的夜幕见证了这场战斗的胜利。

“情书”寄相思

“大家快过来，看这是谁写的？”管道三公司CPP307连头机组现场瞬间热闹起来，只见作业带旁没有留下几个脚印的雪地上清晰地写着几个大字：媳妇我想你！还画了颗心。

“熙野是你干的吧，你不才从家回来嘛！”机组长靳帅刚把猜测的眼光投向平时大大咧咧的张熙野。

“怎么可能是我，我才回过家。看这字体像是王杰啊。”张熙野不但否认，还把焦点引向了质量员王杰。

“不是我，真的不是我。”王杰虽然被大伙看得一脸通红，但还是矢口否认，“虽然不是我写的，但大家都这么长时间没回家了，难道不想家吗？反正我是挺想的。”王杰的话语一出，本来还热闹的现场，一时变得鸦雀无声。

5标段开工建设以来，攻难点、抢进度使得机组员工压力较大。特别是最近一段时间，气温骤降，寒风凛冽，再加上连头作业，一旦管口组对上，必须当天焊完。大家冒着严寒干活，即使穿了厚厚的工作棉衣，还是冷得瑟瑟发抖。工作一忙起来，常常是额头上冒着汗，脚上却冷得像冰块。

工作之苦，天气之寒，尤其是临近过年，让大家更加想家。可是为了不影响工作，只能将思念凝之于心、诉之于雪。

最后还是靳帅刚打破沉默：“不管是谁写的，这么久没回家了，不想回家是假的。大家加油干，把剩下的头连完，咱们回家过年！”说完，大家紧紧衣服，扯扯衣袖，踏着白雪走向了作业地点。

进入冬季，极寒天气给职工生产和生活带来了负面影响。5标段党支部提前准备，在冬季到来前及时将棉工装发放到职工手里，特意为每个职工配发了两双棉鞋，发放了加热鞋垫。在施工现场还为一线职工建造了临时休息的取暖房，想方设法做好劳动保护，绝不让一名职工冻伤；在职工驻地，通过改造安装取暖锅炉，安装有毒气体报警器，较好地解决了职工驻地取暖；每逢节假日，项目部还会购买整只羊和水果、啤酒等慰问品给机组送去，让职工感受到温暖，凝聚了人心、鼓舞了士气，员工干劲更足了。

严寒的天气里，管道局参建员工正热火朝天奋战在中俄东线施工现场，各标段焊接进度屡创新高，捷报频传。2018年12月23日，10标段首条定向钻穿越——老边岗长城定向钻回拖成功；1月1日，10标段伊通河支流大开挖穿越顺利完成。1月8日，5标段管沟开挖量突破60公里大关……目前工程主体焊接已经完成近300公里，正在向着全线完工的目标冲刺。奋战在中俄东线的参战将士犹如寒冬绽放的梅花，绚烂动人，而又顽强、坚毅。

（2019年1月《中国石油画报》）

中俄东线天然气管道互联互通工程（唐山—宝坻）全线贯通

11月30日晚，由中国石油管道局工程有限公司（简称管道局）承建的中俄东线天然气管道互联互通工程（唐山—宝坻）全线实现贯通，这也意味着京津冀天然气供应的“咽喉要道”打通。

该工程是国家能源局2019年天然气基础设施互联互通重点工程。项目起自唐山联络压气站，终于宝坻联络站，简称唐宝线，线路长79.5公里，管径1219毫米，设计压力10兆帕，全线采用X80M钢管。

据管道局唐宝线项目部经理侯文祥介绍，唐宝线在3000多公里的中俄东线工程中只是很短的一段，但位置关键，意义重大。随着中俄东线北段投产，俄罗斯气源将南下，同时，京津冀也迎来用气高峰。唐山到天津宝坻这段正好处在京津冀天然气供应的“咽喉处”，管道建成后，能打通俄罗斯进口气、京唐LNG等资源与华北消费市场的通道。因此，唐宝线建设工期从17个月缩短至7个月。

侯文祥说，此项工程除了工期紧，管线修建也困难重重。唐山到宝坻，人口稠密，交通发达，水网密布，对全线实施全自动焊带来极大挑战。一条近80公里的唐宝线，要穿越鱼塘、小型河流、沟渠163处，穿越在役光电缆、管道等地下障碍物141处，经过行政村101个。管线77%和在役管线并行，14%的地段需要定向穿越、机械顶管等高难度施工。涉及地方部门多，沟通协调及施工组织难度大。

自今年5月接到通知后，管道局迅速成立唐宝线项目部，围绕投产时间科学分解施工任务，建立工期滚动推进计划，详细分析施工中的难点、特殊点，把握施工主动，千方百计排除对施工有影响的因素，确保项目进度满足工期需求。

据介绍，管道局将唐宝线视为京津冀冬季保供的政治工程，集全局之力加快项目建设，先后投入管道一公司、四公司、五公司等施工建设队伍，共126个机组，大中型设备1800台套，管理及施工人员2057人。集中了全自动焊主体机组16个，连头机组39个，定向钻机组10个，顶管机组13个，资源动用量之大在国内同规模管道项目中前所未有。

工程自6月份开工以来，于9月30日实现主体焊接完工。截至11月底，全线7000多道焊口中，有5000多道焊口为“双百双评”焊口；焊接一次合格率93.1%；实现了107.03万工时安全无事故、零污染目标。

（2019年12月1日中国新闻网，2019年12月3日《石油管道报》）

铁肩担重担　赤诚建国脉

管道局在中俄东线管道工程建设中展现主力军风采

12月2日，随着国家主席习近平与俄罗斯总统普京下达指令，来自俄罗斯的天然气呼啸而来，中俄东线天然气管道工程正式投产进气，东北、京津冀将直接受益。

为了这一天，4年来，管道局参建员工在白山黑水间取得了令人瞩目的成就。

破冰，誓为天下先

中俄东线项目是目前我国规模最大的天然气长输管道工程。项目同时采用管径1422毫米超大口径、X80高钢级、12兆帕高压力组合，这种组合在我国管道工程建设史上还是第一次，具有世界级规模和水平。

中俄东线是国内首条智能化管道工程，在项目设计和建设过程中全面运用信息化、自动化和智能化的技术。极高的施工难度与复杂多样的自然环境为管道建设带来巨大挑战。

开工前，在国内未有任何相关施工经验可借鉴，从人员数量、设备规格型号配置方面未有任何参考资料的情况下，探索新的工艺成为当务之急。谁有这个能力和实力?

中俄东线是党中央、国务院决策建设的具有战略意义的重大项目。作为中国油气储运工程建设领域的主力军——管道局责无旁贷，勇于担当，敢为人先。

2016年10月初，中俄东线试验段一期工程开工建设。

据管道局中俄东线项目部经理、试验段一期项目经理楼剑军介绍，试验段位于高寒地区，线路长度6.955公里，管道局承担了全部施工试验任务，开始了国内首次超大口径、高钢级、高压力“高配”组合的科学探索。在零下40摄氏度的低温条件下，不断尝试、磨合，最终掌握了一套适用于低温严寒下管径1422毫米焊接技术参数，并对低温下设备运行进行了有效的技术验证。针对现场各工序共编制了施工、试验及验证方案30项，形成技术试验成果23项。总结并掌握了一整套的“大口径+国产全自动焊+寒冷地区”项目施工的过程管理经验和成果，为全线正式施工提供了有力的技术支持。

管道局通过在中俄东线试验段一期、二期的试验验证，共形成了38项试验验证成果，这些验证成果在干线段得到了良好运用和推广，已由业主牵头根据试验成果制定了11项标准化制度和管控措施。管道局项目管理和施工组织的设计科学性和规范标准可行性得到了验证。

早在中俄东线筹备阶段，管道局就未雨绸缪，瞄准世界油气管道建设行业的最高水平，为管径1422毫米高钢级超大口径管道施工建设做好了技术储备。其中，由管道局自主研发的管径1422毫米CPP900全自动焊装备，成为工程建设关键设备，其核心技术的掌握与运用，也标志着我国进入了世界管道自动焊技术的领先行列。

管道局不仅实现了全自动焊接装备和技术的国产化，还对核心施工设备与技术进行了产业升级。2015年6月29日，中俄东线国内段正式开工建设，适用于管径1422毫米的CPP900全自动焊接设备亮相开工演示会现场，引起了业内人士瞩目。管道科学研究院施工装备研究所所长张锋介绍，国产CPP900自动焊采用了自主研发的焊缝跟踪技术，这项技术也是世界上最先进的焊缝跟踪技术。焊接过程当中实现了焊接的自动纠偏，真正实现了焊接过程的自动化和智能化。不仅质量得到了大幅提升，而且施工效率也提升到原来的1.5倍。

为了确保中俄东线工程建设质量与安全，管道局还研发了一系列适用于超大口径管道的施工装备，包括机械化补口、山区吊装运输、大口径弯管，以及弯管管件等一批核心技术的应用和装备制造，不仅满足了中俄东线管道机械化流水作业，更实现了我国在油气建设领域由中国制造向中国创造的跨越。

攻坚，敢拼才会赢

2017年12月13日，中俄东线北段全面加快建设，管道建设面临着新的困难。管道局承建了1、2、5、10标段，线路长度320公里。项目管理跨度大，相关方管理层级多，管控协调难度极大，尤其是1标段更是难上加难。

1标段全长73.59公里，为全线地形最复杂的标段。开工以来，管道四公司1标段项目团队迎难而上，科学组织实施，全力推进项目综合进度，于2019年9月16日在全线率先贯通，比业主要求的“9·30”工期目标提前15天。

2019年9月20日，业主中俄东线工程项目部发来感谢信，信中说，中俄东线（黑河—长岭）1标段是全线最长、自然条件最恶劣、施工难度最大的线路标段。面对山区段大坡度全自动焊接和技术应用难题时，全体建设者展现出了执着专注、作风严谨、精益求精、敬业守信的新时代“管道铁军”的精神风貌。通过反复进行15度、20度、25度坡度外焊自动焊工艺试验，不断优化工艺参数，实际应用过程中焊缝成型良好，无损检测合格，为国内大口径管线在山区段全面应用全自动焊接工艺提供了有力的技术支撑和宝贵经验。

在施工关键时期，面对地形最复杂、山峦起伏、沼泽遍布、“三穿”多、最低气温零下45摄氏度、社会依托最差、环保责任最大等诸多不利因素，全体参建员工迎难而上，斗泥潭、战沼泽，早出晚归保进度，有力推动了工程建设……

管道四公司用实际行动及成绩捍卫了管道局管道建设主力军的荣誉与地位，彰显了管道局工程专业化公司的品牌实力。

2019年9月23日，管道二公司承建的10标段提前7天实现贯通，业主中俄东线工程项目部再次发来感谢信，“10标段全线70%以上管线与长长吉管线并行，地下障碍物多、外协难度大，且为全线线路长度最长、留头数量最多的标段。在晚开工近4个月的情况下，项目部克服了征地困难、林多路密、焊接质量标准高等困难，精心组织、科学实施，实现了单机组月焊接12公里以上及日焊接61道口的好成绩，且焊接一次合格率始终保持在98%以上。”充分肯定了管道二公司的成绩。

管道二公司不仅线路施工提前完工，中俄东线北段唯一一处一级动火连头作业也干得非常漂亮。

据管道二公司10标段项目经理吴海宁介绍，这次动火为中俄东线长岭—长春支线与哈沈线长春分输清管站的站外预留接头连接作业，需要完成2道金口焊接任务。由于预留管头与哈沈天然气管道并行，并行间距不足5米，作业面狭小，且动火时间紧、任务重。同时，施工点地下水位高，多种因素影响，导致施工难度很大。

为了确保动火连头一次成功，项目部根据现场实际，制订了专门的施工方案，并邀请管道局专业人员进行现场指导。在各项准备工作完成后，于2019年10月13日17时开始进行氮气置换，然后进行原盲肠段切割、吊装、场地平整、下料等工作。次日凌晨4时，开始组对焊接。经过近23个小时的连续奋战，于14日16时完成了2道金口的焊接工作，AUT及RT检测一次合格。

中俄东线北段工程又一难点段被攻克，充分展示了管道局专业化施工能力和管理水平，以及攻坚不怕难、敢拼才会赢的豪迈气魄。

突破，山高人为峰

千淘万漉虽辛苦，吹尽狂沙始到金。4年来，管道局在中俄东线建设中不断刷新行业、国内新纪录，不断实现“零的突破”，让业界为之惊叹。

业主中俄东线工程项目部在2019年9月高度评价管道四公司1标段项目团队，说作为首支参与我国D1422天然气长输管道工业性验证的“先锋队”，他们逢山开路，遇水搭桥，始终坚持以问题为导向，不断系统梳理全自动焊接施工中存在的问题，逐一制定应对措施，通过管理关口前移，不断提升现场把控能力。讷谟尔河定向钻穿越回拖一次成功，创造了国内首个大口径、复杂地质条件下，施工综合难度最大、风险最高的定向钻穿越工程“零的突破”；首次采取机械化、标准化施工手段相结合的松动爆破方案，实现了典型的石方管沟一次爆破成型，达到设计要求的既定目标；首次成功应用滑撬顺管法，完成八十吨的“六接一”管线下沟作业……管道人用实际行动，诠释了石油工程建设者的责任与担当。

中俄东线北段重大控制性工程全部由管道局承建，分别为讷谟尔河穿越、黑龙江盾构隧道、乌裕尔河穿越，以及嫩江盾构隧道和嫩江南岸大堤定向钻穿越等工程。

2018年4月4日，历经5个月的讷谟尔河穿越工程贯通。管线穿越的讷谟尔河下游约55公里处是黑龙江省讷谟尔河自然保护区。项目部将保护生态环境作为重中之重，管沟回填后未有水土流失或阻塞河道等现象发生，施工作业影响降到最低。

2018年5月30日，黑龙江盾构第二条隧道贯通。至此，黑龙江盾构两条隧道提前36天全部实现贯通。这是连接中俄东线中国境内段和俄罗斯境内段的“咽喉要道”，也是施工风险和难度最大的控制性工程。

2018年7月11日，首条黑龙江盾构隧道管道安装工程胜利穿越国境线，到达俄罗斯境内接收井。新的安装工艺填补了我国小断面盾构隧道安装大口径管道的技术空白。

2019年3月6日，乌裕尔河穿越工程一次性回拖成功，创造了国内定向钻史上的国内最大管径、最大壁厚、最长距离的新纪录。

2019年3月，仅用146天完成嫩江盾构隧道工程掘进任务。

2019年4月28日，嫩江南岸大堤定向钻穿越回拖完成。这是继讷谟尔河、乌裕尔河之后，国内第三条完成的大口径定向钻穿越工程，为中俄东线北段工程按期投产奠定了基础。

忆往昔惊涛拍岸，新时代急流勇进。管道局在中俄东线北段管道工程建设中历尽艰辛，尽展国家队风采，攻克了一个又一个施工难题，战胜了一个又一个建设困难，刷新了一个又一个新纪录，成绩斐然，可圈可点。我们有理由相信，奋进在新征程上的管道局，在中俄东线中段管道工程建设中，一定会取得更加辉煌的成就。

（2019年12月5日《石油管道报》）

中俄能源新动脉之“最强工匠”

——记中俄东线参建单位管道四公司

在2019年12月2日举行的由中俄两国元首见证的中俄东线天然气管道投产通气仪式上，习近平主席称赞，广大工程建设者爬冰卧雪、战天斗地，高水平、高质量完成建设任务，向世界展现了大国工匠的精湛技艺……承建全线最难线路以及控制性工程的中国石油管道局工程有限公司第四分公司（简称管道四公司）首家完工，屡创全线之最，尽显“国家队”硬核实力，当之无愧成为中俄东线的“最强工匠”。

“开路先锋”　实现领跑

全长837公里的中俄东线黑河—长岭段干线和长岭—长春支线工程线路划分为10个标段，最难的是1标段。承建1标段的管道四公司是中俄东线管道建设的“开路先锋”。从第三代大口径长输管道的首次工业试验性应用，再到线路焊接100%采用自动焊技术取得重大突破，推动我国长输管道建设技术跻身世界领先水平。

2019年9月16日，中俄东线全线最难点、由管道四公司承建的1标段率先贯通，离业主要求的“9·30”的目标工期提前了15天。

9月20日，中俄东线工程业主项目部发来感谢信，信中说：中俄东线（黑河—长岭）线路1标段是全线最长、自然条件最恶劣、施工难度最大的线路标段。面对山区段大坡度全自动焊接和技术应用难题时，全体建设者展现出了执着专注、作风严谨、精益求精、敬业守信的新时代“管道铁军”的精神风貌。通过反复进行15度、20度、25度坡度外焊自动焊工艺试验，不断优化工艺参数，实际应用过程中焊缝成型良好，无损检测合格，为国内大口径管线在山区段全面应用全自动焊接工艺提供了有力的技术支撑和宝贵经验。

在施工关键时期，面对地形最复杂、山峦起伏、沼泽遍布、“三穿”多、最低气温零下45摄氏度、社会依托最差、环保责任最大等诸多不利因素，任伟等项目领导带领全体参建员工，迎难而上、披星戴月，斗泥潭、战沼泽，早出晚归保进度，有力推动了工程建设……

据管道四公司负责人介绍，其他标段的难点，1标段都有；1标段的难点，如长达28公里多的山区、23公里多的沼泽，以及山地中穿插沼泽等，其他标段没有。面对最难点段，1标段项目部经理任伟率领项目团队，优化资源配置，采取优先完成平原段，集中攻坚山区段、沼泽段的方式，确保按计划完成施工节点。工程建设期间，项目部着力加强现场安全、质量管控，对每一道焊口进行严格把关，同时配足维护保养人员，及时采购设备配件，保证设备最大利用率。他们集中优势力量扫清焊接机组障碍，焊接机组只管焊接，保证速度，是提速的重要砝码。

他们不仅焊接技术强，而且善于攻坚山区难点段。全线独一无二的最难施工地段，位于1标段28公里多的山区段。这里分布着5处角度大的陡坡，陡坡均为二三十度，最大坡度为45度。由于山区陡坡地段具有高落差、坡度大、作业带狭窄等特点，使得大型施工设备使用受限，管材运输、布设及组对成为施工难点。这段陡坡，表层半米左右是土方，以下均为石方，因坡度太大，全自动焊无法实现，国内从未有过这方面施工先例。他们采用坡顶预制、滑管下沟进行施工的方法，成功攻克了5处大角度陡坡。形成的经验，为山区段大口径长输天然气管道施工提供了有力的技术支撑和指导，巩固了在天然气管道应用技术方面的国内领跑地位。

一标段不仅善于攻坚克难，“全线第一”的荣誉也拿到手软：自中俄东线（黑河—长岭）开工建设后，1标段项目在全线第一家创下1422毫米口径日焊接30道口的纪录；第一家完成国内大口径山区陡坡段施工；第一家获得“质量信得过班组”称号；第一家走入央视，充分展示管道局引领管道行业发展的实力和水平；第一家实现贯通……

管道四公司以出色的实战成绩为我国1422毫米口径之路立下了赫赫战功，用实际行动捍卫了管道局管道建设主力军的荣誉与地位，彰显了管道局工程专业化公司的品牌实力。

“大国重器” 彰显实力

创新是提升企业发展质量的第一动力。国家科技重大专项堪称“大国重器”，意味着核心技术的突破，是我国科技发展的重中之重。中俄东线是一项具有“巨无霸”规模水平的工程，是我国首次采用1422毫米超大口径、X80高钢级、12兆帕高压力组合，这种组合在我国管道工程实践上尚属首次。没有任何相关施工经验可借鉴，相关工序从人员数量、设备规格型号配置方面没有可参考资料。管道四公司成了“第一个吃螃蟹的人”，他们用责任担当、用科技创新铸造“大国重器”，彰显中国实力。

2016年10月初，中俄东线试验段一期工程开工建设。试验段位于高寒地区，线路长度6.955公里，管道四公司CPP412机组承担了全部施工试验任务。

施工过程中，在零下40摄氏度的低温条件下，CPP412机组不断尝试、磨合，最终掌握了一套适用于低温严寒下1422毫米口径焊接技术参数，并对低温下设备运行进行了有效的技术验证。总结并掌握了一整套的“大口径+国产全自动焊+寒冷地区”项目施工的过程管理经验和成果，为全线正式施工提供了有力技术支持。

2017年，管道四公司再次参加中俄东线试验段二期工程建设，全面总结出了1422毫米口径在东北地区雨季施工、自动焊工效及技术工法，并率先对沼泽段施工进行沉管作业，首次完成了国内最大管径天然气管线试压作业。

试验即考验，管道四公司经受住了“国考”。在试验段一期二期工程建设中，管道四公司项目部夯实各项技术储备，依据各工序施工、试验及验证方案的具体要求及措施，通过现场试验小组对各工序的资源配置、施工步骤、工作时间、环境温度等进行详细记录。经汇总整理分析，重点对自动焊接、机械化防腐补口、管沟开挖、管道下沟等关键工序的大型设备配置、专业化工器具、焊接工艺、技术研究成果、低温环境下施工的技术措施等进行验证和确定，一期加二期最终共形成33项试验成果，编制30项施工技术方案，项目管理和施工组织的设计科学性和规范标准可行性得到了验证。

在黑龙江省黑河市，以管道四公司为首的参建单位，经受了零下40摄氏度极寒低温天气的考验，战胜了夏季林沼地的举步维艰和蚊虫肆虐，攻克了最大40度陡坡的山区施工，全面采用了机械化大流水作业。

他们对标世界领先水平，完成了从工艺、工法到管理的全部试验验证；培养了我国第一批合格的1422毫米口径长输管道自动焊焊工；在试验段总结出的40多项技术成果，全部应用于中俄东线建设的全工序、全步骤。

管道人用科技创新铸造的“大国重器”，彰显了中国底气、中国实力，为中俄东线顺利实施提供了技术保障，已然成为加速推进工程进度的助推器，使得中俄东线（黑河—长岭）于2019年10月16日全面建成。

“中国力量” 不同凡响

4年来，在中俄东线建设中，管道四公司承担着“先锋队”的使命，担负着控制性工程的重任，不断刷新行业内、国内新纪录，不断实现“零的突破”。这些成就，凝结着新时代管道人的心血和汗水，彰显了不同凡响的中国风采、中国力量。

业主中俄东线工程项目部在2019年9月给1标段发出的感谢信中表示，“作为首支参与我国D1422天然气长输管道工业性验证的‘先锋队’，他们逢山开路，遇水搭桥，始终坚持以问题为导向，不断系统梳理全自动焊接施工中存在的问题，逐一制定应对措施，通过管理关口前移，不断提升现场把控能力。讷漠尔河定向钻穿越回拖一次成功，创造了国内首个大口径、复杂地质条件下，施工综合难度最大、风险最高的定向钻穿越工程‘零的突破’；首次采取机械化、标准化施工手段相结合的松动爆破方案，实现了典型的石方管沟一次爆破成型、达到设计要求的既定目标；首次成功应用滑撬顺管法完成八十吨的六接一管线下沟作业……用实际行动，诠释了石油工程建设者的责任与担当。”

中俄东线（黑河—长岭）重大控制性工程全部由管道四公司承建，分别为讷漠尔河穿越、黑龙江盾构隧道、乌裕尔河穿越，以及嫩江盾构隧道和嫩江南岸大堤定向钻穿越等工程。

2018年4月4日，历经5个月的讷漠尔河穿越工程贯通。管线穿越的讷谟尔河下游约55公里处是黑龙江省讷谟尔河自然保护区。项目部将保护生态环境作为重中之重，管沟回填后未有水土流失或阻塞河道等现象发生，将施工作业影响降到最低。

2018年5月30日，黑龙江盾构第二条隧道贯通。至此，黑龙江盾构两条隧道提前36天全部实现贯通。这是连接中俄东线中国境内段和俄罗斯境内段的“咽喉要道”，也是施工风险和难度最大的控制性工程，是首次两国最高技术标准适用于建设同一个项目。

为确保黑龙江穿越工程的顺利实施，中俄两国政府在穿越点附近批准设立了封闭建设区，封闭区内设立临时口岸，为穿越段建设相关的人员、设备和材料进出境提供各种便利条件。

2018年7月11日，首条黑龙江盾构隧道管道安装工程胜利穿越国境线，到达俄罗斯境内接收井。新的安装工艺填补了我国小断面盾构隧道安装大口径管道的技术空白，实现了零的突破。

2019年3月6日，乌裕尔河穿越工程一次性回拖成功，创造了国内定向钻史上的国内最大管径、最大壁厚、最长距离的新纪录。

2019年3月，仅用146天完成嫩江盾构隧道工程掘进任务。

2019年4月28日，嫩江南岸大堤定向钻穿越回拖完成。这是继讷漠尔河、乌裕尔河之后，国内第三条完成的大口径定向钻穿越工程。为中俄东线北段工程按期投产奠定了基础，为定向钻在大管径、较软地层定向钻穿越工程施工提供了宝贵的经验，对定向钻业务向高质量发展具有重要意义。

嫩江盾构隧道工程也是中俄东线的重点控制性工程。2019年3月15日，管道四公司仅用146天完成内径3.08米、全长1224.7米的掘进任务。嫩江江底地质情况十分复杂，施工人员大胆攻关，增加了“空气幕”施工工艺，摸索出长距离黏土地质盾构掘进经验，创造了小型泥水平衡式盾构机在黏土地质下月最高掘进302米、平均日掘进8.3米的佳绩，并成功实现“水下破洞法”贯通。

自中俄东线开工建设以来，管道四公司参建员工在这个举世瞩目的工程中孜孜以求、不断创新，追求职业技能的完美和极致，诠释着新时代“大国工匠”的责任担当和精神追求。

如今奋进在新征程上，管道四公司参建员工们在中俄东线（长岭—永清）管道工程建设中，继续弘扬石油精神，面对艰巨任务冲锋在前，面对艰难险阻奋战在先，只争朝夕，不负韶华，以卓越的劳动创造争做新时代的大国工匠。

（2020年1月8日中工网）

10标段：用我必胜

6月12日上午，记者前往中俄东线天然气管道工程（长岭—永清）10标段管道四公司施工现场，沿途沟渠纵横密布。沿着泥泞的小路，我们深一脚浅一脚地走进作业带，真正体会到了天津地区地下水丰富、水位高、水系发达等特点。记者发现施工现场采取了许多安全防护措施，使用了大量的钢板、钢板桩、拉森桩等，可以感受到无形增加的施工成本和施工难度。

正在感叹施工艰难时，施工现场悬挂的几个大红条幅映入眼帘："争分夺秒，攻坚克难，夺取'百日会战'全面胜利""数英雄，论好汉，大干100天比比看"，醒目的口号令人热血沸腾，让人立即对这支骁勇善战的年轻团队充满敬意。

10标段由项目施工管理经验丰富的管道四公司任伟、华油工建公司王卫担任项目经理。任伟团队曾在中俄东线（黑河—长岭）立下赫赫战功，承建的1标段全线率先贯通，比目标工期提前15天。王卫团队曾在中俄东线互联互通工程（唐山—宝坻）中全线首段通球测径，率先上水试压。两个杰出的项目团队强强联手，和衷共济，已完成焊接近78公里，用汗水和奉献充分展示出"战必用我，用我必胜"的豪迈气势。

百折不挠　重在协调

任伟介绍，以前的工程基本上是一个市（县）设一个协调人员，这个工程是一个乡镇设两个协调人员，沿线经过了11个乡镇，派出了22个征地人员。针对协调工作制定单独激励政策，在车辆、人员、物资等方面配备充足，保障协调工作顺利开展。

这个项目开专项协调会频次是最高的，需评估专项问题多达几百项，每个协调员用脚步丈量过施工作业带的每一寸土地。协调员唐强深知打开局面难，守住更难，在他负责的安次区段内，有一个村因为以往管道项目施工造成的遗留问题，推进工作一直不顺利。通过多方打听才知道了缘由，村里担心超占地和额外毁损会极大增加村委的协调工作量。唐强立即写下了保证书，扎在机组，时刻提醒作业机组，对可能会出现超占地情况及时跟村里沟通，在他负责的施工区段里，焊接机组速度一直是最快的。

华油工建公司负责承建永清县段管道，永清县别古庄镇是老油区，地下管线多，村民对政策的掌握都很好，守法意识强，当地百姓对地上附着物赔偿诉求高。永清段地面附着物主要以大棚、果树、景观树等经济作物为主，协调难度大。

项目部充分依托当地政府资源，与政府建立协调、沟通等机制，保证协调工作快速顺利开展；积极发掘项目部内部人员与地方的关系，每个乡镇安排专人进行外协工作，助力推进协调工作。

"长输管线临时用地，埋深在地下1.5米左右，地表土剥离后再进行深层土开挖，但施工中设备重量大，很容易压实土，不可避免把深层土翻出来，对老百姓的地的产量会有影响。我们实行‘占一补二’政策，即占一年的地，补偿两年的地利损失。”王卫介绍。

如今，10标段由于征地工作进展顺利，工程施工加快推进。这得益于建设单位的统筹协调，得益于有一支高素质、有责任心、有能力的外协团队，也得益于地方各级政府的大力支持。

兵来将挡　水来土掩

“开局即是决战，起步便是攻坚。”项目经理任伟说。

10标段工程，难点重点全部集中在天津段区域，地下水位高，挖掘机一斗子下去就是半斗子的水，障碍物纵横密布，几乎没有一公里的作业带能够实现流水作业。管线经过廊坊市安次区18公里都属于永定河的泛区保护区，最不利的是赶上今年永定河放水了，更是雪上加霜。这样一来从技术要求和标准上都提高了，以往的管沟最小埋深在1.2—1.5米。在泛区最小埋深要保证在3.5米，加上1.2米，这就将近5米深了；最深的管沟挖深将超过6米多。

天津管廊带的施工更是棘手，全程伴随多条在役管线，构筑物、建筑物众多，优化线路难上加难。同时由于多条老管线并行施工，施工难度大。断断续续的制约点，让长输天然气管道建设变成了“市政工程”。

结合水位高的地形，针对三穿众多、留头众多、自动焊连头合格率低、连头点施工难度大等特点，项目部做了大量的论证，进一步优化施工组织，以突出综合进度为核心思路，以试压段落划分为依据，按照“干一段通一段，试压一段”的原则有序施工，以提升综合进度的原则进行施工组织；结合各机组特点，对机组进行优化部署，重点保障主体焊接连贯性，尽量减少调迁，所有三穿预制由主体焊接机组完成；通过合理施工组织，把连头风险前移，将连头工作量分散，以避免后续抢连头施工的情况出现。

受疫情影响，3月中旬，华油工建公司项目部机组才开始进场，实际工期压缩，很多工作开展困难，进度缓慢，导致后续工作进展滞后。主要施工工期处于雨季，施工进入雨季存在施工效率低、施工费用高等风险。

他们减少现场征地断点，保证机组有连续的作业面，尽可能减少机组搬迁次数；提前增加钢板桩、钢板、管排、导流管等资源，准备雨季施工物资，做好雨季施工的施工措施；时刻关注天气预报，合理调配资源，做好顶管、沟渠等关键工序和关键部位的施工；和设计及时沟通，结合现场情况进行优化，尽可能减少留头和热煨弯头的焊接，降低连头机组的工作量。

面对重重困难，参建员工以问题为导向，把“问题清单”变为“成效清单”，以“后墙不倒”为军令状，不断创造奇迹，焊接进度突飞猛进，综合进度持续攀升。

提质增速　刷新纪录

自开工以来，10标段建设者勇于摆脱落后局面，各个作业全面开花，不断刷新速度、质量施工纪录。

四公司A063机组创造出全线首次日焊接突破50道口的成绩。这个机组平均年龄28岁，焊工大部分都是新加入公司的新鲜血液，对于首次接触自动焊的年轻焊工来说，要在短时间内熟悉自动焊设备的操作使用要领，需要付出加倍的努力。

在百道口考核施工中，机组长卜唯率领机组始终按照考核程序规范施工，两道口、四道口……一开始，机组没有盲目追求进度，而是以保证优异的焊接质量和锻炼队伍为目标稳步推进。

大家都憋着一口气，暗自较劲，每天清晨5点半起床，晚上9点收工，都没有一丝怨言。机组全体人员团结协作，苦干加巧干，布管、管口打磨、组对、焊接……各工序有序衔接，各工种配合默契，上下一心，付出了比平常项目多几倍的心血，终于创下了日焊接50道口的施工纪录。

质量是工程建设的生命线，只有质量过关，才能经得住检验。华油工建公司CPPA082全自动焊机组在百日攻坚期间，实现了焊接一次合格率100%。

6月12日，记者前往位于永清县里澜城镇小第六村的CPPA082机组施工现场。当天气温高达36摄氏度，每走一步，尘土飞扬，洒水车不时地往作业带上洒水，这里和同一标段的天津施工段的高水位形成鲜明对比。

布管现场，起重工黝黑的脸上布满汗珠，工服早已湿透，留下道道白色的汗碱。他们正在齐心协力组对管口。

防风棚内的温度已达到40多摄氏度，记者进去站一会就感到发闷发晕，更别说在里面焊接作业了。

“不管天气多热，我们都要保证每一道焊口的焊接质量。”机组长王凯说。这个机组自开工以来，创出全线焊接合格率最好水平，突破了AUT检测372道口的无返修历史纪录。

当记者采访他们是如何取得这个成绩时，王凯说，机组坚持“三检”制，员工作业完后进行自检和互检，质检员天天盯在现场检查，机组长每天巡回检查，质检小组每周一次集中检查。每一环节都实行层层把关，才能有效地保证产品的质量。

当天，记者还来到位于里澜城镇大沈庄村的防腐三机组采访。发现项目引进了中频加热设备、机械化防腐补口设备。项目还派专人对防腐质量进行监督检查，对喷砂除锈、焊口加热、收口等工序严格按照规范施工，从而保证了每道焊口的防腐补口质量。目前，防腐补口已达到517道口，一次合格率100%。

施工沿线随处可见红旗招展，红工装点缀在绿色的田野中分外醒目。10标段参建员工士气高涨，斗志昂扬，用实际行动践行管道人为建设国脉工程的责任和担当。

小资料：中俄东线（长岭—永清）项目划分为10个标段建设，全长1110公里，在管道局承建的2、7、8、10标段内，10标段临近京津冀繁华地区，线路全长96.4公里。地质环境复杂，沿线有铁路、高速公路、国省道22处，道路穿越159处，与在役管线高度并行；全线经过河流、沟渠、水塘99处，地下障碍物121处；定向钻穿越10处，断点密集、地下水位高、沟下作业多、不同壁厚钢管交替焊接、环保责任大、外部协调工作难度大。

全线途经天津市宝坻区、武清区，廊坊市安次区和永清县，天津涉及8个镇、56个村，廊坊市安次区涉及4个镇、18个村，永清县3个镇、18个村，有些村子已经过5条管道穿越，征地协调工作异常艰难。

（2020年6月16日《石油管道报》）

8标段：火力全开

6月13日上午，记者来到河北省滦州市的中俄东线（长岭—永清）滦河穿越施工现场。在踏入工地的一瞬间，记者就被眼前壮观的施工场面所震撼：5台90吨吊管机一字排开，将一条300米的“钢铁巨龙”逐渐吊起来，稳稳地放置在深度达8.5米的管沟中。十几台挖掘机挥舞着长长的“手臂”，不停地填埋，铲车、翻斗车也在运转忙碌……轰鸣的机器声此起彼伏，穿梭的工人有条不紊，蜿蜒的管道一望无际……好一幅热火朝天的劳动景象！这里正在进行滦河主河道下沟及回填施工。管道一公司承建的8标段水陆并进，火力全开。

逆流而上　乘势前行

在滦河大开挖施工工地，记者见到了管道一公司8标段项目经理范永明。据他介绍，滦河大开挖穿越工程等级为大型，穿越长度1321米，平均深度8.5米，采用围堰导流法大开挖作业法施工，同时采用配重袋稳管和明渠强制排水措施。滦河穿越深度为主河道地表以下8米，施工现场征地宽度为120米。河床地质复杂，上部是鹅卵石，含沙量少，透水量大，底部是岩石，施工难度更大。

开工以来，一波三折。滦河管道穿越中心线与锦郑管道并行，并行间距30至40米。穿越方案确定管沟上开口达40米，锦郑管道完全位于作业带开挖以内，业主要求不允许在其管道上方存放开挖的土石方，造成施工作业空间狭窄，东侧土石方需要完全倒运至西侧，倒运量大。同时，施工期间为保护锦郑在役光缆正常运行，要为对方临时架设通信光缆3公里，导致主河道开挖滞后。

5月初，在导流渠施工期间，遇到了滦河上游大黑汀水库为保障下游各区县水稻育苗灌溉用水，将水流量提升至每秒80立方米，虽然提前已经和相关部门取得了联系，但在放水前还是没有得到消息，冲毁了导流渠及部分围堰。后期又进行了二次围堰并重新开挖拓宽导流渠，致使工期延长。

为保证按期完工，他们投入了各种施工设备50多台，100多名技能骨干员工在施工现场倒班作业。为抢抓工期，现场主体工程和管道预制作业同步进行，终于按计划节点完成了主河道施工。

经采访得知，在8标段，滦河、青龙河大开挖工程是中俄东线（长岭—永清）建设的咽喉工程，也是全线最突出的攻坚点。相比滦河大开挖，青龙河穿越工程更加艰难。

记者立即驱车赶往位于卢龙县夹河滩村的青龙河穿越现场，遇到了业主方项目分部负责人也正好赶来。原来，为了确保完成滦河、青龙河穿越任务，有力推动现场施工，中俄东线津冀分部协同监理单位、施工单位共同组成联合管理小组。各方积极开展现场管理，采取每日施工现场例会制度，及时协调、处理现场有关问题，确保两个穿越工程顺利实施。

在现场还见到了前来督战的一公司党委书记王宝忠。王宝忠表示，一公司的目标是将中俄东线打造成优质高效的品牌形象工程，集全公司之力加快项目建设，现有及将要增加的机组达30多个，资源动用量之大在国内同规模管道项目中前所未有。

一说起青龙河穿越，负责项目三穿工作的一公司项目副经理曹艳兵侃侃而谈：“青龙河穿越长度为3.1公里左右，分为东河道及西河道两部分，穿越主河道900米，属大型河流穿越施工。穿越采用挖沙船、长臂挖掘机挖掘管沟，并且分段施工，河流部分采用带水开挖及注水沉管的总体施工方法，水下开挖深度8.5米，沟底宽2.5米，为了保证工期，提高工效，我们采用了两条挖沙船。目前焊接、防腐、挖沟已全部完成，正在进行试压工作。”

问及施工中最大的难点，曹艳兵说：“最难的是外部协调，河滩上抢栽抢种现象严重，河滩附近墓地就达160多座，而且还有采沙厂及多条管道从这里经过。乡镇协调会几乎天天在开，协调人员几乎住在了乡镇办公室。好在我们已经完成了大部分工作量，计划在6月30日汛期到来之前完工。”

逢山开路　遇水架桥

滦河、青龙河“两穿”顺利推进，陆路鏖战正酣。8标段的特点是水陆难点并存，项目部积极采取有力措施应对，逢山开路，遇水架桥。

项目三穿数量多，连头量大，优化设计后连头数仍有150处，全自动焊连头工效比半自动低，如果连头管理做不好，停窝工和转场成本会大量发生。

项目部派专人负责连头协调，确保不间断连头。项目部委派一名工程师和连头专家专门负责连头施工管理，全面梳理断点，处理土建、协调、方案、征地手续等相关事宜，确保每个连头机组前面有3—4个可以连续施工的留头，减少等待时间，保证不间断连头。

项目部优化绩效激励政策，激发劳动积极性。制定日焊接标准工效，超出标准工效奖金翻倍；提高连头奖金标准，完成项目部下达连头任务后的奖金标准，与主体机组基本相当。此举措大大激发了机组员工的劳动积极性，施工速度不断加快。

8标段全线弯头、弯管使用量大，原设计145个热煨弯头，优化后留头数量减少至6处。通过线路优化，提出29处线路调整，减少18处留头。这两处优化有效降低了施工成本，同时节约了工期。

临近“八三”工程会战50周年纪念日，管道局启动了“建中俄能源通道，树石油管道品牌”劳动竞赛，一公司参建员工发扬“八三”会战时期东油一处人的优良传统，攻坚克难，争分夺秒，掀起大干快上的施工热潮，战晴天抢雨天，赶白天加夜班，集中最强的力量、最优势的资源，以奔跑的姿态，向着工期目标奋勇前行，全力冲刺！

小资料：8标段线路全长84.04公里，沿线经过秦皇岛市卢龙县和唐山市迁安市、滦州市、开平区、丰润区，共涉及5个县（区）15个乡镇90个行政村。沿线设置5座阀室。

控制性工程主要有：铁路顶管穿越9处，高速+等级公路顶管穿越9处，非等级公路顶管穿越6处，定向钻穿越4处（包括高速公路、连片鱼塘、陡河、沙河），大型河流开挖穿越2处（青龙河+滦河），地下在役管道穿越60处。

（2020年6月22日《石油管道报》）

7标段：势在必得

6月15日，记者进入美丽的秦皇岛，管道二公司承建的中俄东线天然气管道工程（长岭—永清）7标段位于秦皇岛市。沿途都是绵延的青翠群山，正沉浸在风景如画的美景之中，越来越陡峭的山路和不断的急刹车把人拉回现实中。晕头转向间听到一声“到了！”记者逃也似的下车。

专攻山区石方段凿岩现场的CPP207机组在此施工。记者气喘吁吁地爬上几百米的陡坡，机组长曹雨一句话让人差点崩溃，“后面一段比这还陡。”终于理解了业主那句话的涵义，“7标段通，中俄中通”，足以看出7标段的难度和在中段线路举足轻重的位置。

面对最难　舍我其谁

7标段90.7公里的线路长度仅为全线长度的8.41%，却包含了全线44.69%的山间谷地，59.36%的丘陵及100%的低山地貌，施工难度可想而知。二公司7标段党支部书记刘晖列举了几大难点。

石方段占比高，制约整体施工安排。7标段石方段长69.13公里，占整个线路长度的75.27%。石方爆破管沟可能性小，机械凿岩效率低下，势必制约管道扫线、开挖、回填进度，同时对焊接、防腐、检测施工也造成影响。

地形连续起伏，制约自动焊施工工效。7标段地形以低山、丘陵、山涧谷底为主，其中连续起伏的丘陵段长约78.89公里，全线共需安装热煨弯管210根，冷弯弯管1400余根，全自动焊受地形起伏影响大，焊接工效低。

山区地段起伏大，自动焊流水作业无法展开。海港区管道全长32.63公里，其中山区段长5.28公里，地势起伏大，管线随坡就势。根据设计图纸，本段预计安装67个热煨弯头，平均每公里13个弯头，采用自动焊流水作业根本无法展开。而且陡坡地段很多，自动焊设备无法直接到达。

管道在管廊带内敷设，反复穿越在役管道共60次，施工风险大。受地方规划区影响，管道在抚宁区、卢龙县内基本敷设在G1京哈高速防风林带内，与锦郑线、永唐秦管道并行，长约38.42公里，管廊平均宽度45米，最近的仅10米。

在面临重重困难的情况下，怎样高质量地完成施工任务？从不言败的二公司项目部通过制订合理施工方案，优化施工环节，采取削方降坡等方式降低难度。

项目经理黄玉东带领技术人员以试压段落为单元，各工序紧密结合，确保“焊接一段、防腐一段、下沟一段、连头完成一段”，争取每个试压段落焊接完成后，其他工序随之收尾，确保综合进度，实现工期目标。

通过优化线路，冷弯代热煨、削山降坡、沉管下沟、卧管组对焊接，减少坡地起伏对全自动焊的影响，提高施工工效，减少连头。

在优化线路中，项目副经理向彬瑞多次到现场踏勘，并结合A版、0版图纸及现场踏勘情况，对线路提出优化方案42处，完成线路优化30处，减少在役管道穿越11处，采用“冷代热”的方式将热煨弯头数量减少至210处，使留头量从最初的500余处降低到200余处，有效降低了施工难度，提高了全自动焊施工连续性。

百日攻坚　攻无不克

4月13日，7标段举行“百日攻坚”动员会，启动劳动竞赛，鼓励员工苦干实干，攻坚克难。同时，按照“以量计奖、保障基础、超额重奖、多劳多得”的原则，制定经济责任制，为各施工机组制订合理的施工计划，鼓励机组发挥主观能动性，争取超额完成施工计划，获取更多超额奖励。

“百日攻坚”激发了员工工作热情，大家开足马力，攻坚克难，工程全速推进。

这个项目是管道局首次在山区丘陵地段全方位采用全自动焊工艺，需要不断摸索总结。7标段共有3种不同壁厚的管材，全自动焊接的参数都需要调整。各施工机组使用的主线路自动焊设备也不同，共采用了16种焊接工艺，不同型号厂家的焊丝也达十多种，焊接参数不尽相同。

为磨合出最佳的焊接参数，项目部派自动焊技术专家韩彦崇在机组住了2个多月。最终，通过努力，3种壁厚的参数磨合出来了，施工质量稳定了，施工进度也逐渐赶了上来。

“雨季到了，我们必须要调整策略，宁肯天气好的时候多干几小时。”项目经理黄玉东说。

5月份，秦皇岛有7天时间在下雨，下雨对施工产生巨大影响，施工变得更加困难。因此，无论前一天多晚睡觉，第二天早晨，施工和机组人员都会在6点左右起床，洗漱、吃饭、出发。而这个时候，弯管机组的夜班人员才刚刚下班。

7标段需安装弯管1400余根，攻坚大干期间，弯管有些“供不应求”。为了不影响焊接机组施工，弯管机组主动应对，采取“人歇机不停两班倒”的工作模式，5月份实现了日煨弯管20根的纪录，并以月煨弯管330根的佳绩获得项目部优胜机组称号。

辛勤的付出结出丰硕成果，各施工工序都超越了计划值。在5月2日业主津冀分部召开的例会上，线路7标段施工单位斩获业主月度优胜施工承包商称号，CPP209机组获评月度优胜全自动焊接机组。

提质增效　毫厘必争

6月8日，7标段项目部拉开了“建言献策促发展，提质增效作贡献”的专题合理化建议征集活动，一条“精细化管理可以出效益”的建议引起大家共鸣。

线路施工中，有5公里山区石方段需要采用手工+全自动焊的工艺在沟下进行焊接，壁厚27.5毫米的管材，除去对口及根焊时间外，仅填盖一道口就需要7.5个小时，一组焊工每天仅能完成一道焊口。

怎样才能提高工效呢？细心的机组长曹雨关注到，拉至施工现场的管材每根最长13.74米，最短仅有9.03米，平均长度为12.18米。他算了一笔账，如果山区段全部用13米以上的管材，每公里可比用12米左右的管材减少6道口，山区段共有5公里，将会减少30多道口。目前，机组平均每天焊接4道口，用长管比用短管可节省7天以上的工期。于是，在曹雨的要求下，送往山区石方段的管材都是精挑细选的长管。

在焊接质量管控方面，CPP207机组通过“毫厘”间的博弈，让焊接合格率有了长足进步。

“机组刚开始练兵的时候，‘平焊’位置经常出问题。”一名电焊工说。可他们确实是按照焊接工艺要求的参数进行焊接的。一时间，焊接质量成了困扰机组的最大问题。

曹雨向其他机组的高手请教。原来是焊工的操作手法需要改进，在“平焊”位置排焊时，行走速度需要适当加快，焊接厚度尽量减小，焊接层数需要增加一到两层。

7标段大部分需要在丘陵及山区段敷设，下沟、回填等工序必须及时跟进。但是此项目石方段占比高，一次回填所用的细土需要过筛后才能使用，但筛细土的工效并不高。项目部通过广泛调研，引进了3台分筛斗，使筛土效果比以往传统筛土效率提高了近3倍，且每台分筛斗每天可完成200多米的细土回填任务。

“不积跬步，无以至千里；不积小流，无以成江海。”7标段项目部通过“毫厘分秒”间的博弈，取得了骄人战绩。各项工序全面展开，工程建设正在超进度施工。截至6月17日，7标段完成主线焊接71.67公里，防腐补口52.59公里。

如今，7标段已经吹起集结号，打响攻坚战。从海港区到卢龙县，从大山深处到水稻田边，旌旗飘飘，红装耀眼。二公司参建员工以“山高人为峰”的豪迈气势，传递着“国家红队”的忠诚、信念和力量。运筹帷幄，决胜千里；士气高昂，势在必得！

小资料：中俄东线（长岭—永清）7标段全线在河北省秦皇岛市，途经海港区、抚宁区、卢龙县，线路全长90.7公里，其中18.4毫米壁厚28.32公里，22毫米壁厚25.87公里，27.5毫米壁厚36.51公里，设5座阀室，地形以低山、丘陵、山间谷地为主（约84.6公里，占全线57%，占本标段的91%）。石方段长69.13公里，约70公里，与锦郑线、永唐秦等管道并行敷设。单出图穿越15处，一般道路穿越227处，小型河流、沟渠、水塘穿越66处，地下障碍物穿越160余处。

（2020年6月23日《石油管道报》）

金戈铁马　共“战”雄关

——管道局中俄东线中段项目管理纪实

雄伟山海关，魅力渤海湾。今年，一场在疫情中复工复产、百个机组千人建设万众瞩目的“百团大战”，一场担当与责任并行、汗水与使命共存的荣誉之战在这里展开。

6月中旬开始，记者沿着中俄东线中段管道施工作业线，踏访了管道局承建的河北段7、8、10标段，所到之处，映入眼帘的是处处有序忙碌、如火如荼的建设场景。最后一站，记者来到管道局中俄东线中段项目部所在地迁安，从这支仅有12个人的项目管理团队身上，同样感受到的是管道工程建设“专业队”项目组织的科学高效与忠诚企业的家国情怀。

党建引领，实现“双促进”

中俄东线中段工程于2019年7月全面开工建设。管道局组建了一支高效精干的管理团队，由久经沙场、富有施工管理经验的高级项目经理陈连山挂帅，担任管道局中俄东线中段项目经理和党工委书记。班子成员也是老中青三结合，下设工程部、质量安全部、经营管理部、综合办公室三部一室。

为了不打无准备之仗，项目部分析梳理了中段工程的特点和难点。该项目是史上施工工艺最复杂、质量要求最高的管道工程。全线焊接均采用全自动焊方式，由于管径、壁厚及机组设备配置不同，线路焊接工艺变化频繁，对机组焊接质量稳定性要求极高；全线防腐补口采用机械化补口方式。

难点就是征地协调难度大，临时用地手续办理困难；在役管道并行、交叉多，安全风险高；管道敷设水文地质条件复杂，施工组织难度大。

再大的困难，也难不倒久经考验、骁勇善战的管道建设主力军。管理团队以党工委为核心，用党建引领，强化教育学习，实现党建与工程建设双促进。

中俄东线中段党工委于2019年8月1日正式成立，下设4个党支部，党员93人。项目部把党建与项目管理、工程建设等各项工作紧密结合，强化组织领导，制订了“不忘初心、牢记使命”主题教育工作方案，形成了项目党工委统一领导，各标段特色鲜明的两级主题教育组织保障模式。仅在2019年，党工委就组织集中学习19次，结合中俄东线中段地域分布广的特点，创新采取“座谈会+施工现场+函询”相结合的调研方式，累计开展基层调研4次，深入各标段项目部、机组检查指导20余次。

项目领导班子带领项目部管理人员，聚焦调研和检查中发现的急难问题，为各标段征地外协、设备调遣、经营管理、质量安全等工作出谋划策，累计制定管理办法13项，组织编制审核专项施工方案40余项，召开青龙河等施工方案专家论证会6次。

项目管理，探索“新模式”

项目部以制度建设为保障，积极探索新模式下的项目管理。项目部对外代表管道局监督三个标段建设工程施工合同的履行，负责与地方政府、业主、管道局内外参建单位等项目相关方的沟通及协调。对内采用“局项目部+各标段施工项目分部”管理模式，各标段施工项目部负责各自承包标段内进度、质量、安全、外协和成本等管理工作。

通过深入分析工程特点和管理模式，项目部制定了15项管理办法，建立了质量和HSE管理体系。项目三个标段，面对2个业主分部、3个监理单位、3个检测单位和1个环境监理单位，管理沟通协调工作量巨大。项目部始终坚持工作界面合同化、沟通管理程序化、现场作业标准化、项目部与标段管理一体化，发挥了管道局团队的整体合力，保障各项工作不错位、不缺位。

项目部以整体计划为基础，强化组织协调，有序推进工程进度。结合投标文件、施工组织设计和项目实施计划，组织各标段进行任务分解，明确施工资源部署和施工工序衔接，做好项目整体实施的统筹安排工作。定期对施工现场进行检查，查找影响施工进度的因素。组织各标段开展线路详勘，结合实际上报路由调整和施工方案变更，及时履行变更手续，既保证了工程进度又为结算打下基础。为了便于对项目整体进展情况进行跟踪，发现整体进度与实施计划的偏差，按期编制项目进度报告，针对进度滞后部分，组织制定纠偏措施，保证计划的顺利实施。

他们以创效为本，强化风险防范，努力实现效益最大化。自开工以来，项目部指导各施工项目标段对合同、招标文件进行详细解读，督促各标段及时进行合同交底，对合同约定的进度、质量、安全、结算等条款进行宣贯、讨论，为争取最大的经济效益打下基础。

项目部以职责为抓手，强化监督协调，保障质量安全平稳可控，组织建立了项目两书一表两案和管理办法，签订项目QHSE责任书和全员承诺书，实现责任体系全覆盖。强化项目重点环节监管，组织开展开工前检查与审核，部署质量安全升级管理工作。积极落实业主、监理QHSE管理要求，针对在役管线并行施工、挖断光缆等业主、监理重点关注的问题，组织各标段制订专项方案。一手抓防疫，一手抓复工，力保3个标段700余人无一感染。

项目部通过不断探索新模式下的项目管理，采取各种扎实有效的措施，实现了项目安全生产、数字化管道、标准化机组等各项管理平稳有序。

劳动竞赛，吹响“集结号”

6月10日，在天津市武清区的10标段项目部，随着管道局劳动竞赛启动会的召开，管道局吹响中俄东线中段工程建设集结号，按下工程建设“快进键”。

“如今，项目面临着巨大的压力。工期要求紧，受疫情影响耽误了3个月，要确保今年8月底主体完工，施工难度很大，需要采取保障措施。”陈连山冷静地分析着。

第一，要增加资源保障。通过仔细梳理剩余工程量及客观评估施工工效，对后续施工资源进行整体部署，计划6月底前所有增加资源到场。还要加强外协征地工作，在资金、车辆方面全力加强保障，提升征地外协工作效率。

第二，在施工方面，要强化山区坡地施工保障。7标段海港区山区段坡度较大，为整个工程施工难点，为保证自动焊焊接施工质量和工效，对大于11度的坡地采取“削山降坡”方式降低坡度；优选成熟机组承担施工任务，并增加凿岩和爆破资源，还要强化连头保障。针对沿线公路、河流等三穿数量较大、弯头较多的特点，为避免因连头数量大造成的工期风险，将增加连头机组数量至51个。

第三，做好技术服务保障。根据各标段施工进度，组织全局焊接工艺、设备维保、山区施工等各类专家成立专家保障组，根据需要随时开展技术指导。开展项目升级管理，项目总部对项目进展实行日进度监控督导，并在领导班子例会上通报项目进展。对于存在较大风险的标段、工序，安排公司主管领导开展现场办公，保障项目高效推进。

第四，强化QHSE管控。坚持以问题为导向，针对焊接、防腐、下沟等工序，严肃过程监管，提高检查频次，强化“三口”管理，确保质量受控。全面查找各类安全生产隐患，特别是山区作业涉及的管沟开挖和山体削方地段，制定专项风险消减措施并落实到位。加强施工机组现场处置方案的演练，提高一线员工应急能力，储备充足的应急资源。进一步强化“红线”意识，树立底线思维，采取强有力的措施，有效防范和坚决遏制事故、事件发生。对高陡坡段、河流、林区等环保敏感地段，做好防护措施，避免发生环保事件。

通过实地采访，记者深刻感受到：这是一个务实的管理团队，在采访的几个标段的控制性工程现场，总能发现项目团队的身影，他们严格监督施工工艺的执行，确保质量安全符合要求；这是一个高效的管理团队，仅有12人，却实现了对各标段进度、QHSE管理、征地协调、成本管控、变更索赔、工程结算、现场施工资源配置等工作提出管理要求并进行指导。

在中俄东线中段建设中，正是由于管道局高效的项目部以及各标段杰出的项目分部团队强强联手，和衷共济，才实现了项目进度的快速推进。至今，在参建的4个标段中已完成焊接320多公里，2700多名参建员工用汗水和奉献充分展示出“战必用我，用我必胜”的豪迈气势。

6月中下旬的燕赵大地，气温已升至三十四五摄氏度。和气温同样升温的，是管道建设者们的冲天干劲。在绵延上千公里的管线上，管道局上百个机组展开“百团大战”，吹起集结号，打响攻坚战。旌旗飘飘，机器轰鸣，逢山开路，遇水架桥，金戈铁马，共“战”雄关！全体员工以决胜千里的豪迈气势，传递着管道工程建设“国家队”的忠诚、信念和力量！

（2020年6月30日《石油管道报》）

攻坚不怕难　管道铁军展“硬核实力”

8月4日下午骄阳似火，秦皇岛市卢龙县夹河滩村的中俄东线天然气管道工程（长岭—永清）八标段青龙河穿越施工现场如火如荼，十几台挖掘机挥舞着长长的“手臂”，不停地分层开挖，铲车、翻斗车也在各自运转忙碌……被誉为“管道铁军”的中国石油管道局工程有限公司（简称管道局）一公司在8标段开足马力，全速推进，正向工程按期完工冲刺。

8标线路全长84.04公里，途经秦皇岛市卢龙县和唐山的迁安市、滦州市、开平区、丰润区。项目自开工以来屡遭挫折，工程整体推进受到影响。勇猛顽强的管道一公司参建员工坚韧不拔，排除万难，抢回工期，展现出管道铁军的“硬核实力”。

疾风知劲草

管道一公司曾在国家发改委2019年互联互通重点工程中俄东线（唐山—宝坻）建设项目中立下赫赫战功：2019年10月5日，全线首家主体焊接完工，机组创造了22毫米壁厚单日焊接30道口、27.5毫米壁厚单日20道口的日焊接纪录，工程建设安全优质高效推进，多次受到业主表扬。

唐宝会战后，转战8标段却遭遇一波三折。受今年疫情影响，8标段所在地位于高风险地区，4月份才允许复工，开工相对滞后，这给进场、协调等工作带来了一定影响。

为保证及时复工复产，让业主放心，项目部多方协调地方政府和乡镇街道，以最快速度确保了“人有所居、设备能进场、打火能开焊”的目标，提升了整个项目在疫情防控中的抗风险能力。在高风险地区能够快速复工复产，业主给予项目部高度评价。

攻坚不怕难

8标段有几项控制性工程在全线都是最难的，大型河流开挖穿越2处（青龙河+滦河），铁路顶管穿越9处，全线最大陡坡施工，等等。八标段项目部迎难而上，攻坚克难。

青龙河、滦河穿越是业主最关注的两大控制性工程，能否确保顺利完工，不仅关系着全线能否按期投产，更关系着百万百姓的用水问题。

为了让业主放心，保证工期计划，项目部派出具有30多年工作经验的老员工作为专职负责人，编制超过万余字的施工方案，确保各环节沟通顺畅。为保证两河穿越顺利实施，项目部狠抓工序衔接，突出质量技术管理，贯彻安全生产方针，确保了整体施工进度。

同心力断金

“让每个员工都参与到提质增效专项行动中，全员创造大收益。”项目部经理范永明做出部署。

8标段提质增效专项行动开展以来，各机组通过考核、奖罚机制，充分调动广大员工提质增效的工作热情和积极性。

“质量好、进度快，这样的员工我们会在激励政策上给予倾斜。”CPPA001机组长佟航说。

能用散件就不用整件，能用旧件就不用新件，能自己加工制作的就不外委。项目部提出的“三用三不用”，不仅是为项目省钱，也是为员工自己省钱。

项目部严格执行机组核算制度，将技术指标、成本考核直接和员工、管理人员绩效挂钩。各机组也围绕工艺流程、设备管理、安全管理、现场管理和劳动纪律管理等，制定奖惩办法，发挥薪酬激励导向作用，充分调动了广大员工参与提质增效专项行动的热情，取得明显效果。

“新改造的工程车既提高了效率，还节省了作业空间，一个月下来油耗就能节约5000元。”7月10日，CPPA003机组长张胜哲介绍着使用“满月”的内焊机专用高效工程车。

以前全自动焊在进行根焊时，需要焊接工程车与中频加热工程车热焊工作站交叉作业。两台焊接车的使用既增加了油耗，又造成施工中错车困难、施工效率降低，且需要配备两个机手进行操作，耗费了人力和物力。

8标段以“百日攻坚”劳动竞赛为契机，先后开展了共享弯管机、新型高效焊接工程车、六口吨袋灌装吊装架等举措和发明，节省直接成本530万元；同时，“共享”员工、测量卫星软件升级、磁铁省时省力神器等措施和小改小革，降低成本，提高工效。

截至目前，20余项创新创效成果在项目上推广使用，400余人参与到创新创效的发明创造和推广使用中。

时值“八三”工程会战50周年纪念日，一公司参建员工发挥光荣的“八三”会战时期东油一处人的优良传统，以决胜千里的豪迈气势，传递着管道铁军的忠诚、信念和力量！

（2020年8月5日工人日报客户端）

管道局全面完成中俄东线中段建设任务

12月3日，中俄东线天然气管道中段（吉林长岭—河北永清）画上圆满句号，管道局安全、优质、高效完成建设任务，再次展示了专业化施工能力和管理水平。

中俄东线中段起于吉林省长岭分输站，止于河北省永清联络压气站，管道线路全长1110公里，是中俄东线北段、中段、南段工程中途经省市最多、建设周期最短的工程。中段工程线路划分为10个标段，全线采用机械化大流水作业施工。

管道局作为中国长输油气管道建设的主力军，充分发挥完整产业链优势，承担了中俄东线中段全线的设计、通信任务；承建线路2、7、8、9、10标段，全长470多公里，以及通信、仪表、防腐、物资采办等工程建设的全部环节，尤其是在全线重大控制性工程方面，更是展现了过硬实力。

9标段（唐山—宝坻）是国家2019年互联互通重点工程，管道局将这项工程视为京津冀地区冬季保供的政治工程，集全局之力加快项目建设。面对穿越点众多、变壁管多、并行管线长的复杂环境，以及工期紧、要求高、协调难、有效作业时间短的实际困难，管道局参建员工攻坚克难，仅用7个月时间建设完成。

在盾构施工、大型河流穿越等控制性工程中，管道局再次展现硬核实力。辽河盾构穿越工程于2019年2月22日在辽宁省沈阳市启动，集团公司各级领导在现场共同为辽河盾构开工奠基。2020年初新冠肺炎疫情来袭，辽河盾构项目部迅速制订疫情防控方案并严格执行各项防控措施，以最严格的标准开展全面防疫排查，确保项目生产安全有序推进。5月20日，辽河盾构隧道胜利贯通，比合同工期提前45天，为后续管道穿越辽河按期投产通气奠定了坚实基础，得到业主及监理好评。

8标段中的青龙河、滦河穿越是业主最关注的两大控制性工程，能否顺利完工，不仅关系着全线能否按期投产，更关系着百万百姓的用水问题。项目部以高效的施工方法和科技手段，确保了两条河于汛期前完成河道恢复，实现了项目部对业主的工期承诺。

工程建设中，管道局中俄东线中段项目部以党建引领生产，适时开展劳动竞赛，激发全员施工热情，有序推进工程进度。项目部扎实推进管道建设升级管理，全面提升管道建设质量。各标段管道防腐、下沟、补口补伤、清管、测径、试压一次合格率均达到开工前合同质量目标要求；争创国家优质工程，全线焊接一次合格率达到95%以上，比合同要求高出5个百分点。

管道局各参建单位大力推进科技创新，积极应用新技术新装备，进一步提升自主创新能力。在工程中成功应用多项创新成果，把互联网、大数据等最新科技成果融入管道建设中，自主研发的CPP900自动焊机、机械化补口装备、AUT检测技术、大型设备远程监控系统、机组通等新装备、新工艺、新技术全部应用于管道施工的各环节，提高了效率、降低了成本，为全面完成工程建设任务提供了坚实保障。

（2020年12月7日《石油管道报》，2021年1月8日河北日报客户端）

摘金夺银！靠的全是实力！

5月12日，中俄东线江苏项目管理部下发《关于公布劳动和技能竞赛2021年4月先进单位的通知》，根据各单位进度、质量等综合情况，评选出先进单位（机组）。

荣获全国五一劳动奖状的管道四公司再次夺魁，其承建的中俄东线泰安—泰兴第四标段项目部荣获业主江苏项目部先进施工项目部第一名；在江苏段8个标段所有机组中，表彰了前5名先进焊接机组，四公司CPPA062机组和CPPA067机组榜上有名，分获第二名、第四名的佳绩。

这是管道四公司4标段再获殊荣。在业主组织的首次（2021年3月）劳动和技能竞赛中，四标段项目部获评先进施工项目部，CPPA067机组获先进焊接机组称号和焊接一次合格率第二名的荣誉。

4标段管径1219毫米，压力10兆帕，钢管材质X80M，线路全长72.1公里，起自临沭县/赣榆区交界，途经江苏省连云港市赣榆区、东海县、海州区。沿线设置连云港分输压气站1座、阀室3座，定向钻穿越6处穿越长度4.73公里、沉井+顶管穿越中型河流1处长度0.32公里、顶管穿越23处穿越长度1.67公里。

4标段属于水网地段，占比87%，水系发达，作业带地基承载力较差，施工需要路基板、钢过桥、钢板桩等措施才能完成施工。项目控制点多：有江苏段项目最大的控制性工程竖井+泥水平衡顶管隧道1处，初步设计始发井直径16米、接收井直径13米，深度约为20米的混凝土井。此处水位高，套管穿越深，穿越过程中水压大，需要做好预防透水风险；管道平巷安装、竖井安装、管道抗浮措施多，难度大。并行长度长、地下障碍物多，与青宁管道并行33公里，因历史遗留问题，造成本标段征地协调难度大。地下障碍物穿越多，有地下管道、光缆穿越19次，其中，穿越大口径燃气管道青宁管道11次、燃油管道1处、供水管线2处、军用光缆2次、地方燃气管道2次、其他灌溉管道及光缆33次。其中丘陵地段施工长度10公里，施工难度大，管沟设计最大挖深为11.4米；削方量大，土方量17万立方米，石方量达到30.7万立方米；细土用量大，此段均需细土回填至管顶500毫米，袋装细土回填包裹管道；由于丘陵地段多为台田地，地质为上土下石，可用于耕种的土少，管沟开挖后地貌恢复困难，易产生灭失地。

4标段线路路由干系人复杂，是全线之最：管线沿途经过3个区（县），包括8个乡镇、1个农场、73个村庄；涉及道路、在役管道、水务、地下水管道、光缆、电缆、电力等相关单位45家，干系人沟通工作量巨大，由于业主对措施用地管控严，征地存在多次复征的情况，外协难度增加。

据四公司中俄东线泰安—泰兴4标段项目部经理商东进介绍，2021年1月31日，4标段项目正式开工。项目部自开工以来，精心组建施工队伍，科学计划施工周期，合理部署下一步安排，详细编制施工方案。他们确立了管理思路，即以外协为重心，以节约增效为核心，以计划为主线，经营指导施工，引导全员建立成本意识。运用管理+管控+激励的方式，强化整体组织，确保了各工序无缝对接，有序、高效运行。

CPPA062机组已完成开挖沟下焊接水泥路1条、灌溉渠10条。因连云港地区雨水较多，对焊接造成很大困难，且连续焊接弯管导致焊接降效。为保证施工进度与施工质量，机组人员奋勇争先，目前已累计焊接超过8.8公里，检测合格率达97.3%。

CPPA067机组掌握18.4毫米和22毫米两种不同壁厚的焊接工艺，已完成开挖沟下焊接水泥路5条、灌溉渠8条。因连云港地区频繁下雨，导致土地路面湿滑土质松软，卧路过渠焊接很困难。机组人员攻坚克难，保质保量完成计划，目前已累计焊接超过8.7公里，检测合格率达到98.2%，得到业主和监理好评。采访中，中油朗威中俄东线泰安—泰兴段施工监理部副总监马磊评价，4标段在近4个月的时间，完成了焊接工程量近18公里，焊接一次合格率97.73%的成绩。希望四公司项目部再接再厉，取得更好的成绩。

（2021年5月12日《石油商报》）

领跑，他们用实力说话

5月16日，江苏省南通市通州湾示范区，中俄东线天然气管道工程（永清—上海）南通—甪直试验段线路施工第三标段工地气温达34摄氏度。与温度一样高的是管道四公司参建员工的士气，他们承建的试验段已焊接1.8公里，一次合格率98.05%，进度最快、质量最好，实现“领跑”。

试验段3标段线路全长3.434公里，为全线最长。管径D1422毫米，壁厚32.1毫米，设计压力10兆帕，全线采用X80M钢管。管径D1422×32.1毫米壁厚长输管道施工在国内尚属首次。

据四公司试验段3标段项目部经理李滨田介绍，试验段工程量虽然不大，但是意义重大，担负着通过开展现场施工试验，形成一套满足水网地区施工的施工方案、施工组织设计、施工工法、HSE措施、质量控制点等，测算出施工效率和造价，为后续中俄东线整体项目的开展提供支持的重任，对推动国内大口径、高钢级管道技术发展具有十分重要的战略意义。

四公司高度重视项目团队组建，抽调曾参建中俄东线试验段、北段、中段（包括唐山—宝坻段互联互通重点工程）的功勋机组CPP412（现CPPA064）机组作为施工主力。从项目驻地、场站规划建设及布置开始，到后期的工程施工，严格按照标准化实施，多次邀请公司专家赴现场指导，并借鉴中俄东线其他项目成熟经验，积极推广应用自动焊技术，采用管道局自行研制的CPP900国产焊接设备，着力打造专业施工品牌。

2021年3月6日，试验段三标全线首家开工，获业主中俄东线江苏工程项目部颁发的试验段劳动竞赛“大干四十天打火开焊优胜奖”。开工后，因外协工作出色，速度一直领先。

外协责任到人。业主评价试验段三标征地是历届工程征地最难的，外协人员积极开展协调，根据当地的经济状况，逐步形成合规的赔付标准，破解江苏当地“寸地难焊”的困局。他们耐心地给村民讲透政策，讲明道理，坚持公平公正的原则，最终获得村民的信任。

项目还注重为当地群众办实事，以真心换理解。4月30日晚，南通市部分地区出现冰雹和大范围强雷暴大风天气，最强风力达14级，极端灾害天气给当地造成了严重影响。项目部及各施工机组在做好自身和项目安全工作的同时，积极帮助当地百姓清理马路隐患和障碍。得知有个养殖场受灾严重，场房垮塌，设备受损，项目部立即组织人员赶到现场，集中力量，处理有安全隐患的场房，转移设备，帮助他们尽力挽回损失，创造复工条件。受帮助的养殖场场长送来“危难时刻伸援手　抗风救灾显大爱”的锦旗，表达感激之情。

同时，项目注重提高工效。水网地区降雨量大，雨后作业带扰动深度大，运布管及焊接设备行走困难。他们使用湿地推土机和自制爬犁运布管材，局部铺设双排路基板，满足焊接设备和运布管机具各自行走需要。江南下雨频繁，他们采取各项措施保障小雨天气下的正常施工，加设防雨棚、作业带内挖排水沟，提前使用渣土加涵管加路基板的方式跨越河流沟渠，保证作业带内施工的联通性。项目部科学组织，优化穿越点，目前已实现连续施工1.7公里不留头。提前预制水保，保证提高回填速度。

试验段三标的优质快速获得业主授予的劳动和技能竞赛2021年3月先进施工项目部称号，得到业主和监理的好评。采访中，中俄东线江苏工程项目部第三分部经理李阳说：“四公司项目部是我们标准化机组的项目部，比其他两个标段干得快，质量也好，这个团队特别和谐，成绩也比较突出。”

北京兴油中俄东线南通—用直试验段线路施工监理部总监赵良也给予高度评价，整个项目干得很出色，不仅率先完成百口磨合，而且一次合格率达到98%以上，在三家单位、三个标段里是最高的。包括现场标准化，也是严格按照国家管网以及管道局要求做的。与业主、监理、检测等单位建立了良好的沟通机制，包括与其他两个标段，配合得都很好，整个项目推进得比较顺利。

（2021年5月18日《石油商报》）

实力！三大盾构全速推进

5月24日，由管道局四公司承建的中俄东线南段3个盾构控制性工程全速推进：大汶河盾构项目已掘进180米，沂河盾构掘进14米，沭河盾构正在始发前紧张筹备中。作为国内唯一专注于中小型泥水平衡盾构施工的特种作业公司，尤其是在盾构施工等控制性工程方面，四公司再次展现了过硬实力。

3个盾构工程位于山东省境内，均采用沉井法施工。隧道穿越地层各不相同，都比较复杂，施工难度较大。

大汶河盾构项目经理陈宙介绍，大汶河盾构工程隧道长度为2127.8米，内径为3.08米，采用泥水平衡盾构法施工。始发竖井内径14米，深度26.45米。根据物探+钻探相结合的钻探结果，工程中风化灰岩层长度为400多米，其中，长度160多米为溶洞及溶蚀破碎带地层，施工风险很大。

自2020年10月17日开工后，他们集中管道四公司盾构技术管理技术力量，利用近20年沉淀积累的项目管理和技术，针对不同地层、不同阶段制定科学可实施方案。对于溶洞地层施工，他们科技攻关，采取系列应对措施。他们还细研地层，提前筹划，优化竖井施工工艺，将四次制作四次下沉变更为四次制作两次下沉，节约了施工工期。盾构施工中提前进行设备改进、加强刀具配置，预判不同地层设备掘进参数，为提高工效、节约工期、降低成本打下良好基础。

他们创新“铁三角”式管理模式，根据大汶河、沂河、沭河三个在建项目依托区域毗邻、施工相同等特点，项目部与其他两个项目发起共享、互检和“会诊”等内部机制，建立资源共享、定期召开现场和远程专家会等，确保三个项目稳步推进。

项目团队对标准化管理传承至今，通过“以现场保市场”为理念，率先采用玻璃幕墙装饰，成本低还增加美观实用性，在林区内房间还减少蚊虫，玻璃幕墙装饰在项目进行试点，为以后工程积累经验并配置推广。记者观察到，项目部小到开关大到板房，都贴有人性化标签，通过目视化布置，让项目管理更加标准化、规范化、精细化。项目现场内统一醒目的标识标牌、干净整洁的现场环境、张弛有序的项目管理，让目视化推动自主管理与控制。大汶河盾构项目赢得了业主、监理及其他单位的高度赞扬，目前已作为业主标准化现场的样板工程进行推广学习。

沂河盾构穿越项目部经理沈技对记者说，沂河盾构隧道长度为1653.5米，内径为3.08米。始发竖井内径14米，深度29.53米。受竖井施工深度及地质条件影响，存在竖井下沉效率降低、涌水涌砂、软硬不均、竖井下沉影响区域大、影响周边作业安全等施工风险。掘进过程中，若掘进控制不当，极易造成地面沉降甚至冒顶、塌陷风险。周边环境影响复杂，在场地周围内存在日东输油管道、日濮洛输油管道和奥德燃气管道、110千伏和10千伏的高压线，且距离村庄较近，场地受限及对夜间施工、环保要求较高。

自2020年11月18日项目开工后，他们发挥团队海外工程建设优势，融合海外工程管理精髓，因地制宜，创新管理模式，引领项目整体管理提升，按照高标准、高质量、高效益进行建设，优化管理流程和管理链条。为保证始发竖井施工顺利进行，他们采取降水、堆土等保障措施。在盾构掘进中严格保持泥浆循环利用，现场配置离心机、泥水分离设备、压滤机保证泥浆循环使用，达到“零渗漏、零排放、零污染”，最大程度地保护自然生态。为了不扰民，他们夜间施工时控制灯光照射范围及方向，避免使用噪声大的设备，并安排专人进行噪声监测，防止影响附近居民夜间休息。大型设备调运进场时间选择在夜间，避免阻塞道路，给附近居民造成影响。

据沭河盾构穿越项目部经理姜涛介绍，沭河盾构隧道长1500.5米，内径3.08米，穿越地质主要为砾砂层，始发井内径14米，深34.19米。项目于2020年11月17日开工，现在始发井建设完成100%；接收井下沉完成，正在进行素混凝土封底施工，建设完成80%，项目综合进度完成26.32%，计划5月28日正式始发。

自开工以来，项目班子科学组织超前谋划，快速推进现场征地工作，并在冬季来临前完成场地建设，实现员工驻场办公。始发井与接收井建设齐头并进，在进度、安全、质量上得到业主、监理一致认可，并获得劳动与技能竞赛优胜单位称号。

在施工过程中，始发井穿越地层为砾砂层与高强度板结黏土夹层，竖井下沉一度犯难，下沉效率降低、影响区域大。针对施工风险，项目班子快速调整施工工艺，研制新型液压抓斗，结合高压射流导管工艺，有效破碎黏土夹层，同时在竖井外壁安装泥浆套管、空气幕管，作为助沉措施，保证了大深度始发竖井顺利下沉到位。

（2021年5月28日《石油商报》）

苏北，打响荣誉之战

——写在中俄东线南段试验段3标段首家主体完工之际

5月30日，管道局承建的中俄东线（永清—上海）南通—用直试验段线路施工3标段主体焊接完工，在试验段三个标段中首家完工，也是中俄东线江苏段首家主体完工的标段。业主单位第一时间发来感谢信，对管道四公司参建团队的出色成绩给予高度赞誉。

责任重于泰山

试验段工程量虽然不大，但意义重大，担负着通过开展现场施工试验，形成一套满足水网地区施工的施工方案、施工组织设计、施工工法、HSE措施、质量控制点等，测算出施工效率和造价，为后续中俄东线整体项目的开展提供支持，对推动国内大口径、高钢级管道技术发展具有十分重要的战略意义。

这么重要的工程，一定要交给重量级的团队去干。管道四公司在中俄东线北段建设中承建全线最难点线路第一标段，全线于2019年9月16日率先贯通，比业主要求的目标工期提前了15天。业主单位在发来的感谢信中称赞全体建设者展现出了执着专注、作风严谨、精益求精、敬业守信的新时代“管道铁军”精神风貌。承担如此重任，谁与争锋？

试验段3标段项目部经理李滨田有丰富的项目管理经验，从27岁时开始“率兵征战”：2011年任中哈二期输气管道工程项目副经理。2017年任泰国北部成品油管道工程项目副经理。从2018年开始与中俄东线“结缘”，任中俄东线北段控制性工程乌裕尔河定向钻工程项目副经理。2019年3月6日，乌裕尔河穿越工程一次性回拖成功，创造了国内定向钻史上的国内最大管径、最大壁厚、最长距离的新纪录。之后，他又负责中俄东线中段（宝坻—永清）项目区段建设。

项目副经理卢振尧是管道局劳模，从2016年起成为中国第一支参与中俄东线建设的焊接机组的机组长，并推动大口径、高钢级管道发展。在卢振尧的带领下，这些年CPPA064机组参与了中俄东线试验段、北段、中段、南段试验段，北京燃气天津南港LNG应急储备项目施工，是四公司唯一一支可以全壁厚焊接的自动焊机组，也是焊接量最多的自动焊机组，曾获中俄东线全线“标杆机组”称号。

其他项目领导也都个顶个厉害。强有力的领导班子，带出一支具有超强战斗力和执行力的团队。他们借鉴中俄东线项目的成熟经验，积极推广应用自动焊技术，采用管道局自行研制的CPP900国产焊接设备，倾力打造专业施工品牌，在苏北打响一场担当与责任并行、汗水与使命共存的荣誉之战。

全线实现“领跑”

2021年3月6日，试验段3标段全线首家开工，获业主中俄东线江苏工程项目部颁发的试验段劳动竞赛“大干四十天打火开焊优胜奖”。开工后，因外协工作出色，速度一直领先。

根据当地的经济状况，业主评价试验段3标段征地是历届工程征地中最难的，外协人员积极开展协调，逐步形成合规的赔付标准，破解江苏当地“寸地难焊”的困局。他们耐心地给村民讲政策，讲明道理，坚持公平公正的原则，最终获得村民的信任。

项目部还注重为当地群众办实事，以真心换理解。4月30日晚，南通市部分地区出现冰雹和大范围强雷暴大风天气，最强风力达14级，极端灾害天气给当地造成了严重影响。项目部及各施工机组在做好自身和项目安全工作的同时，积极帮助当地百姓清理马路隐患和障碍。得知有个养殖场受灾严重，场房垮塌，设备受损，项目部立即组织人员赶到现场，集中力量，处理有安全隐患的场房，转移设备，帮助他们尽力挽回损失。事后，受帮助的养殖场场长送来“危难时刻伸援手 抗风救灾显大爱”的锦旗，表达感激之情。

3标段项目部注重降本增效。水网地区降雨量大，雨后作业带扰动深度大，地表受焊接设备重型碾轧和运管设备频繁通过影响，形成深层淤泥，运布管及焊接设备行走困难，无法进行长距离管材运输。他们使用湿地推土机和自制爬犁运布管材，局部铺设双排路基板，满足焊接设备和运布管机具各自行走需要，相比其他单位使用大型滚轮车运输节省了不少费用。

受乡村道路载重能力、转弯曲率及宽度限制，既有道路无法满足设备和管材进场条件。对比作业带行走成本投入，他们加大协调补偿乡村道路力度，此外，使用4条道路满足不同阶段设备和管材进场需要。项目部还为沿途危桥制订加固方案，转弯处建筑物拆迁、铺垫钢板等措施，确保至少一条设备、管材进场主路。

“和谐之花”绽放

记者在项目部采访，一直可以感受到浓浓的和谐氛围。李滨田认为，项目成功与否决定于凝聚力和士气，从项目成立伊始就注重做好员工思想工作。他要求，从项目管理人员到现场机组人员都要在思想上做出优质工程到品质工程的转变；在品质工程推进中定人、定岗、定责；从改变施工工艺着手，加强现场质量控制，强化精细化管控。

在人员管理中，项目部注重鼓励管理人员创造性地开展工作，允许他们犯错，但要总结改进，并定期开展谈心谈话，不断加强管理，鼓励大家继续发扬攻坚克难精神，利用创新思维推动工效提升。

他们还是全线唯一的项目部和机组同吃、同住、同行的团队。项目部察实情、出实招，便于随时梳理现场存在的短板和问题，就下一步如何精准开展施工，制定切实可行的具体措施。

和谐还体现在他们与业主项目部、政府部门等建立了良好关系。他们主动适应国家管网管理模式，协助管网项目开展各项工作，积极依托业主与政府，与各方人员处成朋友，让各方把管道建设当成自己的事去做，达到事半功倍的效果。

试验段3标段的优质快速获得业主授予的“劳动和技能竞赛2021年3月先进施工项目部”称号，得到业主和监理的好评。采访中，中俄东线江苏工程项目部第三分部经理李阳说，3标段项目部比其他两个标段干得快，质量也好，这个团队特别和谐，成绩也比较突出。

北京兴油中俄东线南通—甪直试验段线路施工监理部总监赵良也给予高度评价，整个项目干得很出色，不仅率先完成百口磨合，而且一次合格率达到98%以上，在三家单位、三个标段里是最高的；现场标准化也是严格按照国家管网以及管道局要求做的；与业主、监理、检测等单位建立了良好的沟通机制，与其他两个标段配合得都很好，整个项目推进比较顺利。

主体焊接完工后，项目部正积极组织开展铜衬垫外根焊自动焊试验、水网段沉管下沟试验等工作，力争早日实现投产目标。

资料链接：中俄东线天然气管道工程（永清—上海）南通—甪直试验段第3标段位于南通市通州湾示范区三余镇，线路工程长3.402公里，管径1422毫米，壁厚32.1毫米，设计压力10兆帕，全线采用内涂层，全线采用X80M钢管，管径D1422×32.1毫米壁厚长输管道施工在国内尚属首次。

（2021年6月7日《石油管道报》）

真心“解难题” 办好“身边事”

加油！“铁军”火力全开！

5月20日，记者置身“红色沃土”山东沂蒙境内的中俄东线南段（泰安—泰兴）3标段感受到了浓浓的火热氛围——众多施工现场，处处如火如荼，广大员工用实干表达自己爱党爱国爱企的忠诚。

3标段是管道局承建的所有标段中线路最长、难点最多的。承建队伍是行业内知名的英雄队伍“管道铁军”，这个英勇的团队将党史学习教育焕发出来的冲天干劲转化为项目建设中强大的战斗力，在革命老区打响了一场捍卫荣誉之战。

开工即决战

采访中得知，3标段管道沿线公路、河流、水渠、墓地、高压线塔、地下管道等障碍物众多，给外协、改线工作带来了重重挑战。近70公里的石方段管沟开挖难度大；四五百处公路、河渠穿越导致全自动焊接降效严重；并行、穿越在役管道35公里，穿越在役管道58处，高危作业风险点多。

“铁军”面前无困难，面对挑战勇亮剑。3标段项目经理吕长海是从基层一步步成长起来的技术型管理者，参建过十多项国内外重点工程，积累了丰富的施工管理经验。从2017年开始，吕长海任公司中俄东线（试验段）项目副经理，以及参建中俄东线北段、中段的管理经历，更为他担当3标段项目经理如虎添翼。他率领项目团队，开展了一场攻坚之战，更是一场荣誉之战。

吕长海介绍，自2月28日工程打火开焊以来，开工即决战。项目部一手抓已开工机组现场管理，一手抓新开机组筹备工作，做到焊接、筹备“两不误”。他们结合实际，进一步优化施工资源配置，集中各方力量、资源，加快设备动迁速度。项目部从技术、物资、车辆等方面为机组提供全力保障。同时，项目部从公司基地抽调精干人员，提前入场，有序进行设备组装等工作，为机组顺利施工做好准备。

项目部结合现场情况，积极克服征地困难，梳理工程进展情况，加强进度管控，与当地政府保持联系、加强沟通，加紧办理“三穿”通过权、林木砍伐手续办理。项目部认真梳理，以问题为导向，发现问题、解决问题；对已征收的区域及时开展清点工作，全面推进外协工作，为机组最大限度地争取了施工用地。

项目部还积极组织开展主题为“建中俄能源通道、树管道铁军品牌”的劳动竞赛，以工期、质量、安全管控为目标，给施工机组分任务、压担子。各参赛机组你争我赶，掀起竞赛热潮，4个主体施工机组火力全开，焊接进度突飞猛进，综合进度持续攀升。

创新即创效

3标段项目部树立“创新即创效”的理念，扎实开展“五小”成果推广。他们围绕如何提高自动焊施工效率开展“五小”革新成果征集活动，并将征集到的13项青年“五小”革新活动成果在中俄东线南段推广应用，其中“安装自动焊坡口机自动除锈器”成果应用提高了除锈效果和施工效率，提高功效10倍；“加装PIW56坡口机导屑槽”成果应用提高了坡口质量和焊接质量，车削效率提高了三分之二；“PIW56坡口机车削口对角缝的处理技术”成果应用提高坡口组对功效1倍，保证了坡口加工精度；“自制埋弧焊防乱丝装置、自制气袋加热器”等革新成果的应用也较好地提高了施工效率。

他们因地制宜，根据丘陵山区段地形特点，放弃大流水作业施工组织，选择包口施工组织，每道焊口的填充盖帽作业都在一个棚子内完成，减少了焊接轨道拆卸安装，节省了时间；每个焊口定人，可以做到质量跟踪，提高焊接合格率。项目部坚持少留头少搬家的原则，通过线路优化，3标段留头由最初的453处减少到185处。

3标段项目部把“创新即创效”的理念贯穿于施工全过程，认真做好成本分析比对。他们定期召开成本分析会，根据目前发生实际成本与工程进度和项目总体成本进行对比分析，各部室分析现阶段所对应发生的成本，如材料费、油料、设备租赁费、调遣费、QHSE费用等；自有机组分析现阶段材料消耗、油料消耗，并分析每公里成本，对于成本超高部分制定应对措施。同时在施工过程中，项目部每个月对自有机组收入、成本、利润进行考核。此考核与机组奖金挂钩，考核合格奖金全部兑现，否则奖金20%部分沉没，从而使人人增强了降本增效意识，营造“先算后干、人人讲成本”的积极氛围。

党建聚合力

融合党建聚合力，支部建设添动力。3标段项目党支部书记李海龙基层党建工作经验丰富，干工作有钻劲、管党务有韧劲、带队伍有严劲，所在党支部曾荣获管道局党委授予的“示范党支部”“先进基层党组织”等荣誉称号。

李海龙对记者说，当前正值3标段施工提速阶段，项目党支部以业主组织的劳动竞赛为契机，结合工程建设实际，开展了以“决战红五月、大干正当时”为主题的党日活动，号召项目全体党员发挥模范带头作用，在工程建设中冲锋在前，勇于担当，全员形成合力，发扬“管道铁军”特别能吃苦、特别能战斗的优良传统，攻坚克难，助推工程建设提速。

开工以来，项目党支部认真组织党史学习教育。为了切实把学习成效转化为工作动力，他们在推深做实上下功夫，做到“一学二看三讲四考五实践”。

一学，即学党史，线上利用铁人先锋、中油E学平台，先后学习《铭记党史忆时艰，不忘初心勇担当》《党的十九届五中全会精神网络专题班》《中国共产党百年述职报告》《党史学习教育中央宣讲团首场报告》专题，此外，每天利用党建微信平台推送党史学习资料，供党员学习；二看，即通过开展主题党日活动，组织党员去现场瞻仰革命遗址、去烈士陵园祭拜，重温光辉历程，传承红色基因；三讲，即支部书记讲党课，每天早会开设“微党课”讲中国共产党简史、习近平《论中国共产党历史》；四考，即对学习成果进行考核，线上通过铁人先锋组织答题2次，线下组织闭卷答题1次，选拔成绩优秀者，为下一步参加公司组织的党史知识竞赛做准备；五实践，即开展党员“五带头”承诺践诺活动、党员岗位讲述活动、党员志愿服务活动、劳动竞赛活动、五小革新活动。

通过扎实有效的学习教育，项目部党员干部进一步坚定了理想信念，增强了使命担当，立志在中俄东线工程施工中提速大干，在奋发有为中践行初心使命。

李海龙表示：“今年，‘管道铁军’已走过50年的风雨历程，我们为之自豪，十分振奋。回顾50年的发展史，写满荣光、饱含艰辛，我们将中俄东线南段工程视为一场必将取胜的荣誉之战；把责任当己任，化压力为动力，点燃激情之火，保持冲天干劲，全力以赴打赢这场荣誉战，努力交出一份不负人民、无愧历史的精彩‘答卷’，把‘管道铁军’这个响当当的名字留在蒙山沂水。”

链接：中俄东线南段（泰安—泰兴）3标段途经山东省临沂市兰山区、河东区、莒南县、临沭县，线路长88.9公里，全线设站场1座、阀室6座。

（2021年6月10日《石油管道报》）

攻坚！“红队”勇挑重担

中俄东线南段（泰安—泰兴）7标段是江苏段线路最长的标段，也是给“一线记者行”印象最深的标段，因为记者们在这里“囧态百出”，全部“沦陷”。

5月中旬，记者一行驱车赴盐城，沿途河流、沟渠、乡间小道纵横，是典型的水网地区。记者放下行李就去了工地，未曾领略江北水网烟雨朦胧的“温柔美”，却遭遇了尴尬的“下马威”。记者刚一进入作业带就被“黏”住了，不足一米厚的表层土开挖后，剩下的都是黑泥。这种黑泥黏性太大，稍停留，就走不动了。一使劲，脚和袜子出来了，工靴还陷在泥里，靠两个人才拔出来。稍不留心，就是一跤，记者几人无一幸免，腿上全是污泥。20多米的作业带上都是淤泥，记者们每走一步都很艰难，更别提施工了。

兵来将挡，水来土掩

有条件要干，没有条件创造条件也要干。纵观二公司五十余年的管道施工史，没有哪个项目是轻松完成的，即使过程非常艰难，但都圆满完成任务。7标段也不例外，虽然面临着这样那样的难题，但困难吓不倒英雄汉，无畏的“国家红队”勇挑重担，使命必达！

熟悉管道施工的人都知道，“宁干山不干水”，盐城地形破碎，沟渠纵横，在满足施工要求的前提下，把施工难度降下去，为机组创造更加适合施工的条件，这就成了项目管理团队需要认真琢磨的工作之一。

7标段项目经理刘玉磊说，7标段自今年1月8日在江苏段首家打火开焊后，项目部一直在技术攻关。水塘纵横，地下水位高，大开挖穿越沟渠、鱼塘429处，平均每公里穿越近8处，且施工地点雨季时间长，必须将施工难度降下去才行。经过2个多月的实地踏勘，项目管理团队采用“冷代热”的方式，用冷弯管替代热煨弯头的方法进行线路优化，使热煨弯头从最初的166个降低至16个，大幅减少了连头数量，冷弯管相应从768根增加至1200余根，提高了自动焊的连续性。

追求创新，提高工效

各机组也在不断探索施工经验，努力追求创新工法。在CPP214机组现场，机组长张义告诉记者：“在焊接机组首次穿越一处藕塘时，陷入淤泥，85米长的藕塘我们整整干了3天。”

他说，第一次干这种地形，真被打了个措手不及，到处是稀泥，管墩都打不起来。穿越的藕塘稀泥深度达到了一米左右，别说设备了，人都没法通行。机组为了保证焊接顺利进行，提前安排人员抽取藕塘内的积水，并调集百余块浮板铺设于作业带内，满足设备正常行走，同时，从作业带外取土装于“吨袋”内代替“管墩”，给焊接、防腐、检测等工序提供了施工空间。

有了第一次穿越藕塘的“囧态”，项目部和机组及时总结了藕塘穿越过程中的不足与经验，并在后续河流、沟渠及水塘穿越中予以借鉴，有效提升了穿越工效。

他们还创新改良了CPP900内焊机的操作控制系统，在焊接参数稳定的前提下，实现了自动焊“七接一”长管的焊接，确保了河流穿跨越焊接一次通过，减少了留头数量，提高了工效，降低了连头成本，消除了沟下作业安全风险。

创新还体现在项目的全面优化上。项目部以减少大面积鱼塘、蟹塘开挖穿越，减少房屋拆迁数量，降低协调难度，减少高额赔付为目标，对线路进行全面优化，增加定向钻穿越8条，降低了施工难度。合理优化施工单元，通过打坝修路、作业带保通等措施，增加施工单元长度，减少设备搬迁次数，减少留头数量，切实提高了工效。

党建引领，提振士气

二公司作为主力参建队伍，全程参与了中俄东线试验段、北段、中段及南段建设，用优秀的施工业绩得到了业主的尊重和认可，此次在家门口（二公司基地位于徐州）参与中俄东线的“收官之战”，只能胜不能败！项目党支部书记胡慧民在各种场合不止一次地向项目人员传递这种思想。

胡慧民是个资深党务工作者，拥有深厚的理论功底与丰富的实践经验。他积极抓党建，促宣传，以提振团队士气、坚定信心、增强斗志。

项目党支部创新开展党建工作，在项目全体党员中开展“三融两争”党员责任岗实践活动。“三融两争”即融入项目、融入施工、融入岗位，争创优秀项目部、争当优秀共产党员。活动举措包括亮牌亮责、岗位承诺、宣传引领、学用结合、廉政教育、阶段评比及提炼总结等内容。3月15日，项目部“三融两争”党员责任岗实践活动正式启动。

活动开展以来，项目党支部严格按照方案要求，将“三融两争”党员责任岗实践活动当成机械完工前的一项重要活动认真落实，让党建工作在施工生产中发挥更加突出的引领作用。

项目党支部还积极开展“每周一学”“每月一讲”等党史学习教育。活动中，各机组利用工歇时间，党员们聚集在一起，席坐在田间地头，每日分享一个党史小故事，回顾党的峥嵘岁月，激发了使命担当精神，更加坚定了理想信念。

开展党史学习教育以来，CPP214机组把为群众办实事作为党史学习教育的落脚点，落实到思想上、行动上。在积极探索、推动创新创效中发挥党员先锋模范作用，坚持在践行中促进党史学习教育不断深化。

前不久，党员集智小组帮助解决了工地每天拆装摄像头安置杆耗时耗力的问题。以前，每次安装都要四五个人一起才能把杆竖起来，垒上土堆，再在四周拉上钢丝拉绳和地锚固定。设备一移动，摄像头安置杆也要移动，每次都要花费十几分钟，移动起来费时费力。

党员集智小组利用午休时间，有的焊接，有的打磨，有的刷漆，逐渐拼接出了中俄东线最优化的半自动摄像头装置，方便又安全，并受到现场监理主任的称赞。

5月12日，7标段项目部再次被业主中俄东线江苏项目部评选为先进施工项目部；7标段两度荣获先进宣传单位称号，宣传工作也名列各标段首位。

开工以来，项目党支部十分重视项目团队建设及宣传思想文化工作。营地选址以能上网、能洗热水澡为基本要求，希望员工在努力工作的同时获得更好的休息；建好宣传阵地，创办了内部刊物《跋涉者》，鼓励员工发挥各自特长，讲述自己的故事，记录施工点滴。

记者翻看着编辑精美的《跋涉者》电子简报，被封面“迎难而上，勇往直前”八个遒劲的大字深深吸引。“我们都是跋涉者。我们不负韶华，只争朝夕；我们迎难而上，勇往直前；我们挥洒汗水，收获希望!”透过文字的力量折射时代精神，“国家红队”正以高度的责任感、昂扬的斗志、必胜的信心、顽强的作风，义无反顾地投身于这场荣誉之战!

资料：中俄东线南段（泰安—泰兴）7标段由管道二公司承建，线路全长74.2公里，途经盐城市阜宁县和建湖县，管径1219毫米，设计压力10兆帕，含3座阀室。施工地型以水稻田、养殖塘为主，为典型的水网施工。

（2021年7月8日《石油管道报》）

百花齐放

现百花齐放、遍地开花之繁荣景象，如《迎接燃气事业大发展的春天》《打造“一带一路”西部“空间站”》《合力共建“能源高地”》《“绿”了湘江　靓了“红装”》《助力北京天更蓝》《防腐技术的一次重大革命》《打造“融投建管”工程样本》《“管道特种兵”书写“深圳模式”》《振兴东北　铁军“加油”》《构建新发展格局　引领管网“芯”建设》《管道“铁军”在老区书写“新传奇”》……层出不穷，姹紫嫣红。风雨兼程数十载，所属各单位以管理的创新和精细化，推动了企业发展方式的转变，提升了管道局的核心竞争能力。管道局作为中国管道建设的国家队，承载和铸就了中国现代管道的希望与辉煌，在管道大发展的各个时期各个阶段，所属各单位的改革发展、工程建设、市场开发等工作呈现春意盎然、春暖花开、欣欣向荣之势。

特别推荐

构建新发展格局　引领管网“芯”建设

——管道设计院用智能化实现高质量发展

“十三五”期间，管道工程有限公司（管道设计院）已经具备了数字化交付和服务智能管道建设的能力，为推进我国油气储运行业步入智能管道时代作出了重要贡献。在“十四五”开局之年，管道设计院积极构建新发展格局，加快绿色低碳转型，超前研发储备前沿技术，攻关突破关键核心技术，推广应用先进成熟技术，推动数字化和油气工程产业全面融合，争做能源行业智能化建设的引领者。

新能源厚积薄发　新成果“次第花开”

在集团公司2021年工作会上，集团公司董事长、党组书记戴厚良部署的重点工作之一，就是要在绿色低碳转型上见到新气象。管道局紧跟国家能源发展大势和集团公司战略大局，以咨询设计为引领，重点围绕风、光、气、氢、地热多能融合发展布局，超前谋划发展新能源储运业务，在新能源领域“频出大招”，一项项丰硕成果相继落地，不仅彰显了企业的综合实力，也积累了新能源领域的发展业绩。

8月6日，管道设计院联合清华大学、内蒙古隆圣峰公司等相关大学及新能源公司，中标内蒙古重大科技专项课题“纯氢与掺氢燃气管道输送及其应用关键技术研发”，这是该院继6月9日中标河北氢气管道可行性研究项目后，在新能源业务领域再次取得的新进展。

河北氢气管道项目是国内目前规划建设的最长氢气管道，全长约145公里。管道设计院负责选址勘测、市场调研分析、输送方案制订、可行性研究等工作。据悉，该项目是河北省南北方向氢气干线管网规划的一期项目，对于解决京津冀地区南北氢气运输难题，形成区域氢气骨干管网，推行京津冀地区新能源利用具有重要意义。

在新能源领域“连中两元”的好成绩，源于管道设计院在新能源领域起步早、布局早、发展基础好。2014年，该院设计了我国首条氢气长输管道——济源至洛阳氢气管道，开创了氢气管道设计的历史。该项目于2015年建成投产，由此管道设计院在氢气长输管道、加氢站、油气电氢混合站、天然气管道掺氢输送等方面储备了丰富的技术。

近年来，管道设计院加大新能源技术研发和储备力度，形成“氢气输送管道线路设计规定”“天然气管网加氢输送工程指南”等技术标准，并相继完成“天然气管网加氢混合输送技术研究”“氢气长输管道输送关键技术研究”等课题，为新能源发展铺平道路。今年，管道设计院加快了新能源业务布局，于5月25日成立新能源创新中心，面向氢能、CCUS、光伏、风电、地热、分布式能源、储能业务等，提供规划、咨询、勘察、设计等服务，并利用“科改”机遇，向工艺包研究及关键设备国产化方向延伸，进一步促进高质量发展，助力我国实现“双碳”目标。

目前，管道设计院正开展河北省2020年重要研发计划中“新能源产业技术创新专项”的研究，开展课题7项，承揽项目8项。同时，积极跟踪储备海上风电、地热、潮汐能、生物质能等技术，加快技术研发、市场开发，力争为集团公司及管道局新能源业务发展提供支撑和引领。

智能化改造升级　数字化转型“减负”

9月4日，长庆油田第二输油处庆咸首站员工刘付刚登录WisPipeline2.0平台，通过大屏幕查看全站设备运行状态、站场当日收油统计情况、各路管线压力与温度运行以及全站报警等情况，并一键生成全站统计分析报表后，不由感叹这个平台让工作变得简捷方便了。

长庆油田公司管道输油生产运行智能化建设项目上线应用后，原来由值班人员口述完成的站场交接工作被实时数据的提取和数字化报表交接所替代，单个站场交接时间由原来的一个半到两小时缩短为15分钟。同时，系统每天都为站场出具健康诊断报告，站场安全处于连续的严密防控之下。当下，团队通过载体平台已为管输相关业务接入了管道数字化孪生构建技术等诸多应用，大大提高了工作效率和管理效能，智能化改造，为运行单位成功“减负”。

WisPipeline平台由管道设计院研发，集成了管道建设期及运营期的所有数据，运用大数据智能分析等技术，极大提升了输油管道智能化管理水平。长庆油田智能管道项目是WisPipeline2.0版本的首个商用项目，研发团队协助业主相继完成了数据资产库建设、三维驾驶舱展示、报表分析、运维辅助、安全预警、单点登录多项功能。

长庆油田第二输油处苏永刚表示：“在WisPipeline载体平台上，建立了1∶1管道数据模型，使我们能实时掌握每一根管道、每一条线缆、每一个阀门的真实情况，其关联的设计参数、建设数据、运维数据、透视拆解等数据分析结果也可在多窗口模式中做连锁查看，其智能巡检、优化运行、安全预警等功能，切实提高了我们的生产效率和运维水平。”

“十三五”期间，管道设计院全面完成数字化设计体系构建，持续优化升级数字化设计平台，形成了具有完全自主知识产权的WisPipeline一体化载体平台产品，在行业内率先具备了数字化交付能力和服务智能管道建设的能力。这些先进技术在以中俄东线天然气管道工程为代表的长输管道建设中成功应用，推动我国长输管道建设和运营步入了智能管道时代。

2019年，管道设计院成立了专门负责WisPipeline载体平台研发工作的机构——北京分公司成都创新中心。短短两年时间，该中心完成了平台由1.0到2.0的迭代，各项技术指标均达到国际国内先进水平，平台核心技术成果实现国产化，打破了国外技术垄断，填补了部分技术空白。目前，该中心正在全力研发WisPipeline3.0版本，以承载更加艰巨的任务。

履责任使命担当　为安全“保驾护航”

智能化是未来油气管道发展的必然趋势和终极目标，加快管道智能化既是实现能源行业高质量发展、助力新旧动能转换的现实需要，也是能源行业义不容辞的使命担当。

作为国内油气管道行业数字化转型的领军企业，管道设计院既是引领者，也是探索者。针对数字化时代客户的新需求，管道设计院率先开展了数字化管道、智慧管网的研究，通过参建中俄东线、闽粤支干线以及中油管道数据中心建设，为管道数字化、管网智能化技术的发展和技术人员储备奠定了基础。同时，通过建立数字化管道设计平台，掌握了有关技术，在国内数字化管道设计方面处于领先地位。

当前，管道设计院正按照数字化转型的目标要求，重构“以客户为中心”的流程，优化升级一体化管理体系。作为承担国内70%以上油气管道勘察设计任务的专业设计院，管道设计院拥有宝贵的原始工程数据，通过为数据赋能、挖掘数据内在价值，为业主提供增值服务；聚焦管理和业务两大主线，推进数字化和油气工程产业全方位、全角度、全链条融合，提升企业数字化、网络化、智能化水平，用数字化培育新动能、打造新业态、塑造新优势；承担着多项关于国家油气储备项目及安全保障技术与装备研发的重任，研究内容对保障国家能源安全、保护生态环境意义重大。

管道设计院在雄厚的技术储备和管理积淀的基础上，充分利用大数据、云计算、物联网、人工智能、5G等技术，优化管理流程、升级设计手段、创新产品和服务模式，建设数据驱动的“平台+服务+生态”敏捷型企业，对内打造“安全、经济、高效”的企业管理链，对外建设“公众、客户、资源”高度融合的生态链，为推进能源行业数字化、智能化发展积累新经验作出新贡献。

（2021年9月18日《石油商报》）

管道局战略新兴业务再添助力

国内首个浮式LNG项目进气

12月2日，沉寂的天津港南疆港区LNG项目专用码头忙碌起来，靠泊码头的第一艘浮式储存气化装置“安海角”轮开阀进气，3日零时25分，液化天然气到达天津滨海临港分输站，管道局承建的国内首个浮式LNG管道项目开始造福天津人民。

天津浮式LNG接收终端项目输气管道由中海油气电集团投资建设，工程建成后对缓解天津市能源供需矛盾、优化能源消费结构、实现节能减排有着重要意义。

据管道一公司经理介绍，这项工程是一公司自主开发的市场项目。管道线路全长17.58公里，管径1016毫米，定向钻穿越、顶管穿越和大开挖穿越等14处，全线设置输气站场2座、截断阀室1座。施工区域位于天津市滨海新区，管道线路沿途地段多为滩涂地、鱼塘及河流，水网密集，有些地段连接成片，地下水位高、不易成沟。有长约6.3公里的地段为新吹填陆域段，土质松软，地基承载力差。项目部针对施工地带地质地貌的特殊性，采取不同的施工方法，如采取分段施工设置导流围堰的办法，将表层水与外部隔离；采用砂、碎石等材料挤压的方法，对施工地带的软土进行浅层加固，或铺放排管、钢板等提高地基承载力；对6.3公里的吹填陆域段采用桩基方案，预先在作业带下打混凝土桩，随后浇筑混凝土平台，架构施工作业带；在承台施工时采用沉箱护坡，实现了承台流水作业。同时“滩海吹填段管道承台施工方法的研究”获得管道局2012年QC成果一等奖。经过1年多的奋战，11月6日，项目通过机械竣工验收；11月12日，项目通过业主组织的中海油总部QHSE专家验收。

业主、中海油天津液化天然气有限公司管道项目组总经理张志远接受采访时说，项目一期由浮式储存气化装置、港口工程、接收站和储罐工程、输气管道工程4部分组成，共有10多家单位参与建设。输气管道项目中标后，一公司天津LNG项目部快速与业主单位各项管理模式接轨，形成了一系列符合项目特色的管理办法，在业主单位每月的HSE评比中都名列前茅，焊接检测一次合格率99.3%（合同约定为98%）。一公司实力最强、进度最快、质量最好，得到业主的高度认可。

天津浮式LNG项目总经理朱闻达谈起“卡脖子”工程——海河穿越感慨万分：“总长1200米的海河穿越，一公司奋战30天于6月1日成功回拖，打通了今年12月供气管道的关键路径。海河穿越前历经几个月，与军队、海委、水利局、排泥场等补偿谈判后，在市发改委协调下开始施工。该处是海河古道，地质复杂，允许穿越的地段有近8条管道穿越海河，我们的管径最大。加密详勘又发现地下还有不明管道，作业面小……终于历经磨难后取得成功。感谢他们！”

链接：LNG是液化天然气的英文简称，由天然气在常压下冷却转变成液态形成，经过了除硫、除酸、干燥、分馏等工艺，主要成分是甲烷。此次运抵天津的液化天然气来自中东地区。国内LNG项目在深圳、上海、青岛等地都有建设，但使用浮式储存气化装置还是首次。这主要是因为用于储存LNG的陆上储罐还在建设中，而同期天津对天然气需求较为迫切。

“安海角”轮携带有LNG气化装置，未来3年，它将作为LNG液体储存气化装置停靠在泊位上，直到陆上天津南疆南LNG罐区建设完成。该船携带的LNG气化后可为天津市提供约8300万立方米天然气，以每天往管道输送300万立方米左右的速度供气。明年1月，还将有一艘船抵达专用码头以提供后续用气。

（2013年12月16日《经济参考报》）

中石油管道局助力长庆油田建设“西部大庆”

2013年是长庆油田实现5000万吨、全面建成“西部大庆”的冲刺之年。3月，中石油管道局与长庆油田分公司签订了《深化合作框架协议》，由管道局承担长庆油田油气生产戒备和事故状态下的应急抢险工作，并承建一系列油气管道建设工程、天然气产能建设地面工程、老油气田维护改造工程。

据了解，长庆油田地面工程建设的首要难点是施工环境恶劣。定吴区块主要地形以荒漠平原及黄土塬梁沟壑丘陵区为主，荒漠平原地段地下水位1米左右，黄土塬梁沟壑丘陵区段地形落差较大，岭壑交叠；靖边南区块属于黄土梁峁区，沟壑纵横、梁峁密布、地势险峻，主要工程量均在山区，地层分布部分风化岩石，地下输油管线障碍物较多。

管道局把长庆油田建设任务列入2013年十大重点工程之一，成立了长庆工程项目部，并调集四、五、六公司及防腐公司四个参建单位，全力投入到工程项目建设之中。

四公司承担长庆油田第五采气厂产建地面工程，面对地下水位高、防风固沙和草场林地等自然环境脆弱等不利局面，他们克服困难开展工作，11月底全部完成2013年工程任务并达到投产条件。五厂向管道局长庆工程项目部发来贺信和祝捷信，盛赞管道四公司“主动适应环境，克服各种困难，积极协调，快速打开施工局面”，并承诺继续深化合作。

五公司承担长庆油田第一、二、三、四采气厂地面工程，施工任务最重、外协难点最多、施工区域最广。五公司集中优势资源攻坚克难，目前四个分部都完成了各节点目标，有的还提前完成，南七干线已经达到投产条件。

六公司承担的多数工程位于陕北黄土塬梁峁山区。六公司战胜了百年一遇的陕北强降雨等困难，施工进度超过业主工期节点要求。六公司南七项目部利用两个半月时间完成了64公里山区管道施工；定吴项目部单井管线单日焊接达到8公里，是今年完成单井工程最多的项目部。三家业主分别发来贺信，希望与管道局继续合作，共同创造长庆油气田地面工程施工新成绩。

防腐公司负责管理榆林、靖边、乌审旗3个防腐厂，承担着局内单位负责的7个采气厂产建组地面工程及采气厂产建组委托的其他项目的防腐管生产。面对长庆建工防腐厂设施设备老化、防腐管生产任务重的情况，他们积极改造和增加生产设备，在生产高峰期生产人员实行三班倒，做到生产和改进两不误。11月底完成各类管径防腐管生产近3000公里，既满足了局内单位施工用防腐管的需求，还按期完成了其他项目外单位的防腐管需求，圆满完成今年各采气厂产建组的防腐管生产任务。

据管道局长庆工程项目部经理魏建昌介绍，截至目前，长庆气田地面工程焊接一次合格率始终稳定在97%，项目管理实现了“零事故、零伤害、零污染”目标。12月10日，在管道局局长赵玉建赴长庆油田考察时，长庆油田党委书记曲广学、副总经理凌心强对管道局在长庆油田建设中付出的努力给予充分肯定，他们称赞管道局“不愧是中国管道建设领域能打硬仗的铁军”。

（2013年12月30日《经济参考报》）

服务，就要心贴心全方位

——西北管道公司创新服务模式探析

管道局局长赵玉建在今年领导干部会议上初步提出建设国际一流油气储运工程综合服务商的责任分工时说：“技术服务单位，主要是巩固发展客户关系和市场渠道，努力开发新的服务领域和服务品种，要创新服务模式，提高服务水平，加快做大规模，努力成为全局效益的重要来源。”如何创新服务模式，提高服务水平，曾荣获“中华全国总工会工人先锋号”称号的西北管道公司做了有益尝试。

一个400余人的技术服务单位，面对今年市场寒冬期的艰难困境，在上半年就完成了市场开发合同额1.6亿元。他们在创新服务模式方面有什么经验和启示？近日，记者深入西北管道公司（以下简称西北公司）进行采访。

完善“长庆模式”　升级“12+1”

2013年3月，管道局与长庆油田签署了战略合作框架协议。作为管道局西部地区技术服务单位，西北公司紧紧抓住市场机遇，创新市场开发模式。经过两年多的探索，公司确立了为长庆油田提供油气生产设施应急抢险服务、助力“西部大庆”建设的“长庆模式”，并在长庆油田持续稳产上产中，提升了质量效益，实现了自身发展转型升级。

经过不懈努力，西北公司与长庆油田签署了油气生产设施应急抢险服务协议，固定收取费用，形成了在油田生产一线设立6个应急保运保障项目部，在西安设立1个应急保障服务中心的服务模式，即“6+1”模式，为长庆油田37万平方公里作业区域提供多点辐射式的保运和戒备服务。2013年底，西北公司的“长庆模式”形成。

西北公司始终与长庆油田加强沟通融合，优先获取市场信息，赢得了市场开发主动权。为巩固扩大油田市场，公司成立了长庆应急保障服务分公司，服务长庆油田，加强日常应急演练和人员技能培训，进一步建立完善应急响应救援体系，为长庆油田应急保障保运项目部提供技术支持。

2014年以来，随着业务领域不断扩大，西北公司已从“6+1”拓展到“12+1”服务模式，并向“N+1”迈进。同时，应急保运模式带动了油田地面工程、管道改线、站场施工、储罐机械清洗等业务同步发展，拓宽了油田市场空间。

作为专业化应急保运服务队伍，西北公司以严格的管理、过硬的技术、快速的反应能力和优质高效的服务保障，为长庆油田“西部大庆”建设助力。2014

年，西北公司累计承接油田各厂处委派的生产保运任务2466次，有效处置应急抢险140次，在长庆油田37万平方公里作业区域、陕甘宁蒙晋五省（区）辖区建立了一道坚实的安全“防火墙”，油维、技改工程等也随之大幅增加，储油罐机械清洗业务在油田得到稳步发展。2014年，西北公司在长庆油田收入突破1.2亿元，创历史最好水平。

在创新服务模式的道路上，西北公司更加致力于满足市场与客户需求，持续拓展业务盈利领域，创造最大价值，实现最佳效益。2014年10月18日，由西北公司承担的长庆油田输气管线不停输带压开孔封堵作业在采气五厂成功实施。这是西北公司首次在长庆油田进行的输气管线不停输带压开孔封堵作业，也是新技术的推广应用。此项技术打破了油田相关动火作业工艺规程，较油田以往操作规程，不仅提高了工作效率、节约了费用，而且降低了安全环保风险，得到了油田领导和技术专家的一致认可和高度评价。

启示：观念一转天地宽。西北公司确立“长庆模式”并不断完善，由全方位的服务换来“6+1”到“12+1”业务领域的拓展，并持续向“N+1”迈进，在为长庆油田创造价值的同时，实现了自身更大的经济效益。

探索“青海模式” 实力作“敲门砖”

“长庆模式”的成功，促使他们又开始探索新的模式——“青海模式”。

2012年3月21日，管道局与青海油田公司在甘肃省敦煌市签署战略合作框架协议，为西北公司探索“青海模式”奠定了基础。西北公司由此展开了青海油田的市场开发工作。

经过分析，西北公司在已有市场开发部的前提下，成立了针对青海油田的市场开发队伍，常驻敦煌。半年多的奔波劳累终于换来了市场开发的丰硕果实。西北公司在多年与青海油田建立起深厚友谊的基础上，以参与管道建设的决心和诚意打动了青海油田，确定以西北公司为主导的局内联合体，代表管道局实施柴北缘输气管道工程。

柴北缘输气管道是青海油田至今管径最大的输气管道，目的是使青海油田新区的天然气实现“能产出、能输走”，为青海油田千万吨高原油气田建设提供有力保障，工程意义重大。青海油田将此项工程交给西北公司承建，足以表明对其高度信任。

2013年7月18日，柴北缘管道工程开工。工程区域平均海拔2700米，高原缺氧、风沙大、昼夜温差大。西北公司践行“树立品牌保工期管道勇士创佳绩，战酷暑上千万戈壁夺胜在百天”的项目口号，提前谋划、超前进行风险预判，快速、高效地开展工作，确保了项目的顺利实施。

经过3个月的奋战，参建员工克服重重困难，确保工程按期建成投产。西北公司也由此敲开了青海油田的市场大门。目前，西北公司正在实施青海油田采油厂的道路新建、老井测算井改造、注水管线改造、地面天然气净化处理等项目的建设。

青海油田作为中国石油资源战略接替区，正在向全面建成和发展千万吨级高原油气田迈进，发展潜力和市场效益巨大。西北公司领导敏锐地感知到以上信息，加上公司特有的人脉资源、技术装备和品牌效应优势，因此，公司开始大力推进“青海模式”。

从今年年初开始，公司上下组团赴青海油田广泛开展市场公关活动。精诚所至，金石为开，公司的诚意获得了青海油田领导的信任和支持，实力也是最好的敲门砖，他们给予西北公司在青海油田首选合作商的特别市场地位，享有关联交易单位权利。

目前，已达成意向的项目有5个，预计合同额2000余万元。西北公司还与青海油田签订了长输管道抢险应急保驾服务合同，每年续签。

启示：走一步看两步想三步。随着青海油田产能建设的持续上产，青海油气田发展稳步向上，西北公司将这一市场开发模式培育成为“青海模式”，并靠过硬的技术实力和心贴心的真诚服务换来丰厚的市场回报。

创新“联合模式”　形成“强强联合”

在创新服务模式的道路上，西北公司不断探索，今年又确立了“联合经营”模式，互补短板，形成“强强联合”，延长产业链，提供一站式服务，拓展市场。

西北公司在西北地区有着明显的区域优势。公司经理张文正充分发挥自身协调能力，在管道局与长庆油田、青海油田之间充当桥梁纽带，使西北公司起到了桥头堡的作用。西北公司的天时、地利、人和为“联合经营”模式打下坚实基础，并已初见成效。

一是和上游单位联合，通过和长庆设计院、管道设计院、青海设计院开展市场联合，发挥双方优势，以EPC总承包方式承揽工程，联合经营、利润分成。

2014年以来，他们以这种方式承揽到多个EPC项目，如西气东输长铝支线郑州段改线项目、兰郑长宝鸡段改线项目，以及正在进行的兰州市安宁区房地产改造项目、兰州市南山路天然气主干线改线等项目。

二是和同行联合，如与西南维抢修中心进行技术互补，加强西南管道公司的技术支持和设备力量，通过服务，实现互补，无形中扩大了市场范围。

目前，西北公司准备实施的项目有：昆明燃气管网改线、南宁公路铁路与运营管线交叉改线等工程。

三是和兄弟单位联合，通过和管道局穿越公司、检测公司等兄弟单位进行优势业务互补，形成核心资源，共同开发市场、共同承揽工程，实现利益共享。

去年以来，西北公司完成或正在进行的项目有：绵阳市石亭江穿越、兰成渝管道绵远河穿越等。西北公司发挥自身专业化优势，独立承担土石方、动火连头等难点危险作业，让专业化更专业。

西北公司没有停下创新的脚步。今年8月，经过对近年来业务发展和上半年经营分析，西北公司调整确立了“一本两翼”的发展战略。“一本”即管道维抢修、储罐清洗检测业务；“两翼”中的一翼是指油田技术服务业务，包括长庆油田、青海油田等西部地区油田的油维、技改、油田地面建设等业务，另一翼是指管道技术服务业务，包括管道改线、场站改造、地质灾害治理及管道巡护、通信运维等业务。

对“一本两翼”，西北公司有着足够的自信。公司从2008年起，不断突出不停输开孔封堵技术的实践应用，以过硬的技术实力、优质的施工质量不断在行业赢得赞誉。公司成功实施中石油兰州油库多条管道的动火连头、中卫压气站西气东输一线和二线的动火连头、兰郑长管道宝鸡段改线开孔封堵、昆仑燃气十堰抢险等百余项高难度抢险任务，在行业内树立了“管道119”品牌。

过硬的技术实力换来的是市场的信任。截至目前，西北公司承担着中石油郑州以西共3万余公里长输管道的保驾任务和长庆油田、青海油田两大油田的应急保驾任务。“一本两翼”呈现出勃勃生机。

启示：创新无止境。服务模式创新是提升市场竞争优势的关键，西北公司不断探索形成更加完善的服务模式和盈利模式，逐步提高核心竞争力和整体盈利水平，并靠心贴心、全方位的服务感动甲方，市场之路越走越宽阔。

（2015年9月1日《石油管道报》）

深耕“新模式” 协同“共发展”

——管道局西北公司助力长庆、青海油田“二次加快发展”纪实

7月1日到6日，青海油田采油一厂春检。中国石油天然气管道局西北石油管道公司（以下简称西北公司）承担站外动火点碰头、尕斯联合站导热油检维修、尕斯联合站火炬迁移3个项目。5天时间，3个项目，西北公司倍感压

力，在前期准备工作上狠下功夫，最终圆满完成了任务，得到了业主的一致好评。

近年来，管道局以中国石油集团油气田稳产上产为契机，主动服务长庆油田二次加快发展。西北公司创立了“长庆模式”，做专、做优、做强长庆油田服务工作，并延伸到青海油田。作为专业化应急保运服务队伍，西北公司以雄厚的技术实力和创精品的优质工程服务，助力长庆油田、青海油田“二次加快发展”，实现了与油田优势互补、合作共赢、共同发展。

“新模式” 路拓宽

从2013年开始，管道局与长庆油田开展合作。西北公司抓住机遇，确立了为长庆油田提供油气生产设施应急抢险和地面建设工程服务的“长庆模式”。他们与长庆油田签署油气生产设施应急抢险服务协议，固定收取费用，形成了在油田生产一线设立6个应急保运保障项目部，在西安设立1个应急保障服务中心的服务模式，即“6+1”模式。

几年来，西北公司始终与长庆油田加强沟通融合，赢得了市场开发主动权。为巩固扩大油田市场，公司成立了长庆应急保障服务分公司，服务长庆油田，加强日常应急演练和人员技能培训，进一步建立完善应急响应救援体系，为长庆油田油气生产设施的安全平稳运行提供技术支持。

后来，随着业务领域不断扩大，西北公司已从“6+1”拓展到“N+1”服务模式。同时，应急保运模式带动了油田地面工程、管道改线、隐患治理、储罐机械清洗等业务同步发展，拓宽了油田市场空间。他们还根据市场要求不断拓展“N+1”模式。

2018年以来，西北公司重点攻关青海油田，调遣多支机组前往花土沟，对承揽的青海油田各二级厂处油田地面建设的工程项目进行力量补充。

自2018年5月以来，西北公司牢牢扎根在柴达木盆地戈壁大漠中，先后优质高效地完成了狮新58井等四口井的试油项目和地面配套建设工程，多次受到青海油田公司领导的表扬。至今，他们保质保量地完成了在青海油田承揽的产能建设、站场改造、储罐检维修等项目的施工任务，他们作风过硬，善啃硬骨头，完成了诸多风险较大的关键节点施工。在联合站气区改造项目施工中，他们提前3天完成各项施工，得到了业主的一致肯定，被业主亲切地称为“免检机组”。

西北公司为业主提供更加专业、更加优质、更加高效的服务，也赢得了更大的市场。截至目前，西北公司承担着中国石油郑州以西共3万余公里长输管道的保驾任务及长庆油田、青海油田两大油田的应急保驾任务。

“新技术” 降风险

施工中，西北公司坚持技术革新、坚持成果推广，运用新技术、实用技术为甲方降低安全环保风险，实现降本增效。

近年来，公司先后有“在役长输油气管道采空塌陷区应力释放复位施工技术”“在役管道不停输沉管复位”等十多项科技成果获省部级科研技术创新奖。自主研发的成品油机械清洗设备填补了国内空白。自主研发的混合双射流管道水力切割设备，较传统切割设备提高功效2倍以上。特别是将管道开孔封堵技术逐步引进长庆气田单井管线连头作业中，做到了工期由原来的7天缩短至1天,实现了节能、免排、降本的目标，得到油田领导和技术专家的高度评价。

2013年，公司承揽的青海油田柴北缘218公里的管线工程建设，由于采用新技术，112天快速建成投产，创造了青海油田直径660大口径长输管线焊接距离最长、口径最大、用时最短、质量最好的新纪录。

2014年10月18日，由西北公司承担的长庆油田输气管线不停输带压开孔封堵作业在采气五厂成功实施。这项新技术的推广应用，较油田以往操作规程，不仅提高了工作效率、节约了费用，还降低了安全环保风险，得到了油田领导和技术专家的一致认可和高度评价。

近几年，他们应用新技术完成了多项急难险重的工程，2016年10月，公司在一处管道改线工程中采取新技术，创造了国内首次“八开八封”管道技改一次性完成的奇迹；2017年11月30日，在一项连头工程中，他们采用在旧管线上倾斜30°的方式进行带压开孔作业的实用技术，完成了新旧管线在高差为2.5米条件下的连接。

新技术降低风险也获得了甲方点赞。2016年长庆油田第十二采油厂发来的荣誉证书中，称赞西北公司“不畏艰险、真诚服务、技术精湛”。2017年苏里格南作业分公司发来的感谢信中，称赞西北公司是“思想过硬、技术过硬、服务过硬、装备过硬”的“管道铁军”。

“新升级” 保安全

西北公司始终坚持质量安全红线底线意识，抓牢抓实风险管控。2018年以来，公司实施升级管理，及时消除风险隐患，切实抓好现场质量安全监管。

公司全面落实“挂图作战”的项目管理模式。项目部结合油田现场作业活动建立并完善系统的质量安全风险管控图，开展质量安全风险评估，在施工线路图上标注明示关键风险点和管控措施，实施风险动态管理，保证风险管控措施的有效性和时效性。

西北公司抓实质量安全升级管理和风险管控，确保了所有项目优质安全完工。5年来，公司累计完成保运任务28121次，年均约5624次，有效处置抢险852次，年均约170次。QHSE指标完成方面已连续多年安全生产零伤害、零污染、零事故，单位工程验收一次合格率100%、焊接一次合格率100%、合同履约率100%、客户满意度100%。

2018年，长庆油田第一采气厂30座集气站由于投产时间长，导致管线壁厚减薄，承压能力减弱，存在较大的安全生产隐患，急需进行更换。西北公司充分发挥气田维修维护专业优势，统筹规划，合理安排工期，抽调精干力量，制定详尽可行的施工计划，并在施工现场开展“大干一百天，攻坚保目标”劳动竞赛活动，按期完成30座集气站腐蚀管线更换工程施工任务，为业主上交了一份满意的答卷。

西北公司深耕新模式，运用新技术，升级质量安全管理，在助力长庆油田、青海油田“二次加快发展”的同时，也实现了自身的转型发展。5年来，西北公司共签订收入合同730余份，合同累计金额5亿多元，收到业主感谢信及表扬信50多份，获得业主授予的“甲级承包商”“铁人先锋号”“管道安全卫士”等诸多荣誉称号。

进入2019年，西北公司已全方位参与长庆油气田地面产能建设，堪称长庆油田稳产上产的主力军，为长庆油田24个油气生产厂处提供产能建设和地面工程技术建设服务，为37万平方公里的鄂尔多斯盆地油气田筑起了一道坚实的安全“防火墙”。

（2019年7月11日《中国石油报》）

“绿”了湘江　靓了“红装”

——湖南管网项目建设者弘扬“石油精神”推进工程建设掠影

湖南管网项目由长浏支线、新化支线、汨罗支线组成，三条支线分别地处湖南省南部、中东部和西部，三个区域相距100—300公里。

长沙—浏阳天然气支线管道工程始于长沙县星沙首站，经长沙县（32.6公里）、浏阳市（29.8公里）到达浏阳末站，线路全长62.4公里。

新化天然气支线管道工程途经涟源市（18.3公里）、冷水江市（12.4公里）、新邵县（15.3公里）、新化县（16.8公里），线路全长62.8公里。

汨罗—湘阴—屈原天然气支线管道工程，途经汨罗市（25.5公里）、湘阴县（19.4公里）和屈原管理区（3.1公里），线路全长48公里。

时值11月，在湘江之畔、岳麓山脉绵延两三百公里的管道沿线，奋战着150多名“红工装”，他们在助力美丽中国、“气化湖南”建设，在湖南管网工程中，苦干实干，在茂密的山区林地、泥泞的水稻田里攻坚克难、赤诚奉献，在山清水秀的三湘地区展示着管道人的豪迈与风采，加速美丽湖南清洁发展的进程。

全力攻克“征地难”

湖南管网项目所处地域文化、民族分布各有差异。这个项目因业主前期遗留问题，地方政府对工程支持力度差异等原因导致施工进度滞后。EPC项目部成立后，项目经理王际勇带领项目团队针对不同地区编制征地方案，确定征地模式，最大限度降低外协风险。联合踏勘摸底，进村进户排查；分析外协概算，沟通地方政府；在田间地头苦口婆心地做百姓工作……外协人员不懈努力，成功保障了线路开工。

打赢山地“攻坚战”

长浏支线由管道三公司承建。受地形限制，施工段内，弯管、弯头施工量占到管材总使用量的一半以上。如在CL284—CL285桩间坐落着三个连续山头，最大落差160米，最大转角40度，向作业带内运一根管材，来回要一个小时。机组提前组织技术人员多次对管沟进行测量，确保弯管、弯头使用准确，并将焊接所需的管材全部摆放到位。面对复杂的施工环境，员工身系安全绳，在陡峭的山坡上，仅用半个月时间就以焊接一次合格率100%的佳绩完成了山地“攻坚战”。

不断刷新“成绩单”

管道五公司承建的汨罗支线总长48公里，管线途经一眼望不到边的水稻田、河塘和沼泽，吊管机、拖拉焊等大型设备根本无法进入作业带，连施工人员也深陷淤泥“难以自拔”。他们自制“爬犁”倒运设备，在4个作业面大显身手，不断刷新焊接纪录，全线进度最快，全力向着投产目标冲刺……

讲堂点赞“朋友圈”

EPC项目党总支带领团队开展了“青年成才讲堂”主题活动，利用晚上时间给青工授课，内容丰富，实用性强。如项目管理心得、投标管理及案例分析、野外作业意外伤害救治等，并请授课老师推荐一本书，赠一句名言，课后每名员工进行经验分享。讲堂目前已举办13期。党总支书记黄征利用个人微信平台开办了《小黄学哲学》和《学党建促管理》专栏，坚持每天编发一条体会启示，两个栏目至今已分别发布了220、200多期，广受“朋友圈”点赞，为项目建设稳步推进营造了良好的舆论氛围。

（2016年11月14日《石油管道报》）

时值盛夏，中石化“标杆”工程也是中石化最大的在建项目之一——湛江原油商业储备基地工程建设如火如荼，十几家建设单位鏖战正酣。其中仅有的一支中石油队伍，在众多中石化队伍中可谓一枝独秀，他们凭借过硬的实力和质量，在群雄逐鹿的中石化市场打响了管道局的品牌，树立了中石油的良好形象，被誉为——

绽放在粤西的“宝石花”

7月的湛江，溽暑难耐，人在室外，仿佛置身桑拿房。淡蓝的天空下，骄阳似火，让人头晕目眩。来到湛江港石化码头，记者从直径仅有610毫米的“人孔”钻进储罐，罐内温度高达四五十摄氏度，不一会儿，浑身上下就湿透了。就是在这样炎热的天气里，管道二公司质量检测分公司（徐州东方检测公司，简称东检）湛江项目部员工已经坚持了数月。

湛江原油商业储备基地工程由中石化管道储运公司投资建设，将新建12座10万立方米、3座5万立方米储油罐及配套工艺管线等设施。东方检测公司承检1标段，工程量包括6座10万方罐和1座5万方罐以及库区所有工艺管网无损检测，检测方式包含射线、超声、磁粉、渗透四种。

记者采访时得知，湛江商储项目由十多家中石化施工队伍参建，中石油仅有东检一家参建。中石化实力雄厚，也有自己的检测队伍，市场相对稳定，介入其中困难重重。时值市场寒冬期，中石化各单位纷纷在自家地盘上争夺市场份额，欲想在别人碗里分一杯羹，可谓难上加难！东检是怎样获得“青睐”的？项目业主、湛江原油商储（国储洞库）项目部总经理刘居正一语道破“天机”——

凭品牌实力“挤”进市场

正在工地带队检查的刘居正刚回办公室，就被记者“逮”个正着，他愉快地接受了记者采访。他快人快语：“东检我很熟悉，这么多年来，中石化的管线和储罐建设他们都有参与，包括湛江一期和湛北管线。东检在国内的检测行业，不管是资质、设备、人员、技术水平都是先进的，水平还是很高的。东检各项管理非常规范，以前川气东送管道工程我们申报国优项目，当时国家质量协会来东检检查，给予了'免检'的极高肯定。最后评上了金奖，所以东检用起来很放心。"

刘居正说，东检值得信任。储罐的焊接质量，主要靠检测把关。前阵子，空气湿度大，给焊接造成了很多问题，比如裂纹、气孔等，东检把关很严，及时把问题反馈给监理和业主。

记者采访东检公司经理曹健时了解到，多年来，东检始终注重品牌实力的提升，先后承建过兰成渝、西气东输一二三线、中亚、伊拉克管道等30多项国内外重点工程建设，曾获得国家优质工程金质奖、银质奖等20多类奖项，参与编制工程检测标准和申请国家专利十多项。今年2月，东检在管道建设项目经理部2015年度检测单位绩效考核中获第一名。这次考核共有13家检测公司参与，涉及锦郑项目、西三项目、中缅项目，对检测公司的硬件、软件、项目管理、质量安全、底片评定、基础资料等因素考核打分，东检的综合实力位居第一。

看来，不管市场形势多么严峻，唯有品牌实力才是"敲门砖"。进入市场只是第一步，关键是在竞争激烈的系统外市场如何立足？东检人用实际行动回答——

靠过硬质量"挺"直腰杆

湛江商储项目是中石化的标杆工程，规范、专业、严格是这个项目一切工作的基本要求。

据东检湛江项目经理王飞介绍，检测环节上要严格按照工艺规范执行。检测时机严格根据监理下发的无损检测指令进行，对于表面检测出的危害性缺陷，拍照留存资料，照片上要体现焊缝编号、缺陷长度、缺陷位置。因为储罐的射线作业与长输管道不同，拍片需要自制工具，为了方便拍片，湛江项目现场人员根据以往的经验，自制了若干拍片辅助工具，降低了劳动强度。在拍片人员的组成上，选用的都是参加过舟山储罐检测项目、很有经验的人员，他们有独到的工作方法和经验，保证了工作质量，提高了现场工作效率。

项目部"元老"——评片员马贺权是一个有着20多年工作经验的老探伤，平素寡言少语，但在底片评定上严谨细致，非常较真儿，不放过任何一个疑似缺陷。一旦发现有疑问的影像，立即通过现场验证、超声波检测等方法进行确认。

有一次，在业主组织的质量检查过程中，检查组对一张底片的一个影像有疑问，认为是疑似裂纹。裂纹属于危害性缺陷，对于焊接质量、储罐安全是致命的。马贺权对于检查组的定性并未认可，也没有争辩，采取的就是现场验证的方式。那天气温33摄氏度，管壁被太阳照射后，温度高达四五十摄氏度。马贺权系上安全带，上到高16.8米的第七节壁板，与随行的检查人员仔细找到这道焊口。经过仔细观察，确认是外表面缺陷，稍微打磨便可。

通过这次验证活动，检查组对东检评片员的工作质量予以肯定，对其工作态度更是赞扬有加。跑现场、观焊道，已经成为评片员工作的常态，也是东检人的优良传统。他们就是靠着腿勤、手勤、眼勤，不断提高技能，为工程质量把好检测关。

采访中，湛江商储项目工程部部长王志长评价，东检工作干得很好，行政、指令的执行和拍片质量都不错。因为检测是业主最后一道关口，更要严格把关。平时，业主有一个安全巡视的活动，要对拍片的质量控制和指令的执行进行检测，还要通过监理和质检站的抽查。最近，中石化质检站又来检查了，对检测过程包括拍片都进行了检查，目前看还是不错的。

王志长真诚地说：“拍片必须给施工单位工艺以及安装让出时间，所以检测拍片的时间基本都是夜间或者凌晨。所以说东检员工非常辛苦，他们保障了施工的进度和质量。管道局的队伍素质过硬，技术精湛，责任心强，我想说，我们当时招标招对了！”

湛江商储项目总监、新乡方圆监理公司郭鹏对记者说，7月份中石化总公司要来这里召开现场会，现在工程质量抓得非常严格。东检作为第三方非常关键，很多东西不是监理能够看到的。因为1标段施工单位的施工质量比较薄弱，所以检测方对质量方面更仔细严格。东检对现场、质量控制抓得很严，我们沟通得很多，建立了良好的协作关系。东检人——

用真诚合作“赢”得信赖

检测因工作性质特殊，处处要给施工单位“让道”，只能插空进行作业。王飞把现场检测分为白班和夜班两个台班，白班的主要工作是渗透检测、磁粉检测、超声波检测。针对储罐射线检测的特殊性，白班同时也需要协调夜班工作，比如协调施工单位的挂车位置，配合监理现场抽拍点口，开具夜间X射线作业许可证等工作。

单办理作业许可证就是项很繁琐的工作，中石化的作业许可证管理非常严格。根据业主、监理和相关管理制度要求，夜间X射线作业需要开具作业许可证，一天一开，一罐一开。一式五份，业主、监理、检测各留存一份，其他两份张贴于储罐综合办公楼前公示栏和罐区公示栏。作业许可证要写明作业时间、地点、范围、监护人、操作人及其证件信息。检测负责人对射线作业的必需项目逐一确认并签字，再由业主、监理、施工单位、检测四方签字后生效。

为了不影响施工单位作业，东检更多的是上夜班。夜间射线作业难度很大，警示设施必须齐全。在路口、大罐周围要设置警示灯，无关人员离场，还要配专人巡场、监护，处理突发事件。

东检人不仅处处“谦让”，而且真心为业主把关，处处为对方考虑，与合作伙伴责任共担、利益共享，也赢得了对方信赖。

当得知焊工在对不合格焊口返修时经常会打得很深、很宽后，为了提高焊接单位的返修质量以及返修定位准确，王飞主动提出用超声波定位辅助返修。

起初，负责超声波定位的赵振江不太理解，为什么要在本来就很繁忙的工作上又增加这项免费的服务呢？后来在几次和返修焊工一起定位到缺陷并且很准确地进行返修之后才明白，在他每次帮返修焊工进行定位的同时，其实也是在与焊工相互学习，大大提高了返修成功率，这才是真正地为业主把好质量关。

在这方面，东检拥有另一个光荣传统，那就是提供检测“三诊”服务。上门义诊：检测人员带着问题底片到施工单位，对缺陷的形成进行分析，帮助焊工提高焊接质量；回访听诊：分析总结经常出现的质量问题，邀请施工单位和监理共同探讨；三方会诊：对出现疑难问题的底片，由监理检测工程师、东检高级评片员及施工单位技术员共同“诊断”，确保底片评定的准确性。

“三诊”服务得到了业主、监理、施工单位的高度认可。湛江商储项目今后的运营方负责人、管道储运公司湛江输油处处长马连海就向王飞抛出“橄榄枝”——今后储罐和管线防腐方面的工程也希望他们来干。

东检凭着专业化的施工管理、品牌实力，靠真诚合作赢得信赖，触发了市场的“多米诺”。这是个自负盈亏的小公司，连续十多年盈利，即使在管道建设市场寒冬期也能完成市场开发指标，而且承揽的系统外工程，有时合同额占全年合同收入的1/3。

东检湛江商储项目只是管道局众多工程中的一个小项目，但折射出管道局“建精品工程、筑诚信品牌”的理念，彰显了管道建设国家队负责任、有担当的企业形象。一叶知秋，管道局走过40多年的风雨历程，现如今实现稳健可持续发展的秘籍不言自明。

（2016年7月25日《石油管道报》）

助力北京天更蓝

——管道局加快推进密马香工程建设纪实

7月，骄阳似火，一项造福京冀地区的互联互通工程正在如火如荼地建设中。承建这项工程的管道一公司密云—马坊—香河联络线EPC项目部的参建员工，发扬“苦干实干”“三老四严”为核心的“石油精神”，头顶烈日，挥汗如雨，为确保按期实现工期目标，为助力北京天更蓝，正日夜奋战在施工一线，谱写了一曲新时代的石油赞歌。

密马香工程自2018年12月开工以来，面临着难、严、险的特点，EPC项目部采取各项措施应对，确保了工程安全、优质、高效稳步推进。

难——攻坚克“难”

密马香工程由3个EPC项目组成，即密云—马坊联络线、马坊—香河支干线和马坊分输站项目，作为一公司首个尝试“EPC+机组”管理模式的项目，除了在项目管理及施工管理上具有挑战性，还面临诸多难点。

——协调难度大。项目途经京冀经济发达地区，拆迁量较大，整体协调难度大。仅马坊—香河支干线，就有65处公路、河流、铁路通过权办理，林地及沿线大面积的拆迁工作量达4.86万平方米，征地协调的进度是保证工程施工连续性的重点。

——三穿及连头数量多。三穿及地下障碍物穿越点多，仅马香支干线顶管穿越就有50处，连续施工困难，众多的穿越点将制约管道的连续施工焊接，形成大量施工连头，为工程总体施工进度的制约点与控制点，并存在较大施工安全和质量风险。

EPC项目部攻坚克“难”，以征地为中心，根据征地进展，动态调整施工资源。加大征地协调资源的投入，及时解决现场存在的问题，确保工程顺利施工。

项目部设专人跟踪，加快手续办理进度，提前办理三穿各项审批手续，确保施工进度；合理安排工序，将铁路、高等级公路、大中型河流穿越作为协调重点，确保铁路、公路穿越优先开工；减少施工断点留头，进行地下障碍物详细勘察，细化穿越类型，对灌溉管线、村镇及光缆管道等加强协调协商力度，能连续通过尽量减少断点。

自开工以来，项目部责任落实到位、保障措施到位、监管跟进到位，各项工作总体受控，并正按计划稳步推进，全线焊接近30公里。

严——“严”阵以待

正值集团公司管道安全升级管理期间，管道局对于现场施工也有更严的要求，质量安全标准完全超过设计甚至规范的要求。如对所有焊口在RT、UT双百检测的基础上增加PAUT（超声波相控阵）检测，指定第四方（中国石油大学）对无损检测结果进行复评；根焊不允许返修，填盖只允许返修一次。这次施工，设计的管道都是按照最高要求，把壁厚等级放大到最高限，按四类地区标准壁厚达到了26.2毫米。

针对这些最严要求，项目部“严”阵以待，升级管理，制定“最严”措施应对。在严格执行焊接工艺规程的同时，还要关注焊接材料、焊接层数道数、焊接电流电压、预热及层间温度等技术参数。在焊接过程中，发现焊工未按规程施焊，马上割除焊口；每个焊接机组正常线路焊接每完成5公里，随机切割一道焊口送检；强化现场焊接质量管理，针对现场焊口缺陷问题，及时组织业主、焊接培训中心专家现场召开质量分析会，以杜绝此类情况发生。项目部通过采取这些措施，确保了全线焊接一次合格率达98%。

险——化“险”为夷

密马香项目地处京冀发达地区，环境保护风险是这个项目重点关注的焦点。在北京施工环保要求有6个“百分百”：扬尘防治要求施工工地周边100%围挡、物料堆放100%覆盖、出入车辆100%冲洗、施工现场地面100%硬化、拆迁工地100%湿法作业、渣土车辆100%密闭运输。

项目部加大施工过程中环境污染风险管控力度，确保化“险”为夷。他们严格按照施工的6个“百分百”要求，下大力气治理扬尘，采取作业带全苫盖、全线围挡、作业带洒水、雾炮作业等方式多措并举，严守环保红线。为把密马香项目建设成为精品工程、绿色工程，项目部顾全大局，不计得失，在京冀地区树立了管道局的良好形象。

（2019年7月16日《石油管道报》）

防腐技术的一次重大革命

——原油储罐自动化安全维修防腐技术从落地到推广

据公开资料显示，原油储罐每5年需要对外涂层进行一次修复，而我国石油战略储备量预计到2020年达到8500万吨，约等于全国90天石油使用量，原油储罐外防腐层修复工程市场前景广阔。国内针对原油储罐外防腐层维修，通常是在倒罐停止作业后，采用人工高压水作业或人工喷砂除锈、人工喷涂的方法施工，效率低，安全隐患多，易造成环境污染。在此背景下，管道局防腐公司研发出高压水除锈机器人，先后在两个项目应用后，取得良好效果。

源于使命　解“燃眉急”

近几年的国际低油价提供了难得的扩大石油战略储备的机会。目前，国内油品的储存量不断增多，越来越多的原油储罐被应用。随着储罐在役年限的增长，大部分储罐将到达维修年限标准。国内针对原油储罐外防腐层维修，通常是在倒罐停止作业后，采用人工高压水作业或人工喷砂除锈、人工喷涂的方法施工，效率低，安全隐患多，易造成环境污染。为此，原油储罐自动化安全维修防腐技术与工艺研究迫在眉睫。

防腐公司国际分公司副经理刘毅对此深有感触。2019年，他在伊拉克负责液化石油气储罐外防腐层修复。“我们12个人，4把喷枪。20多米高的罐，需要借助升降车，把人送上去。”刘毅说，“这个罐采用的是手工喷砂作业方式，喷枪后坐力比较大。每个人最多举两个小时，就得换人喘口气。我们轮流上阵，整整干了20多天。”

同为副经理的刘菲，正在广西大山中“敲”储油罐。“这是广西的原油储罐项目，高23米、直径78米的浮顶罐一共42个，9月份公司接到这个项目后，就开始陆续入场检测、施工。”

这一回，刘菲他们用的是小铜锤、高压水枪。“项目现场大概有25人，罐顶锈蚀严重的地方，就用小铜锤一点点敲掉过度粉化的面皮、锈渣等，再用高压水枪喷除。高压水枪自重10多公斤，接上1600公斤压力高压水后，一个成年壮汉也端不动。”刘菲说，“4000多平方米的罐顶，是用两米左右宽的钢板焊接成的，焊缝跟围棋盘一样密集。有锈蚀的焊缝都要用小铜锤打磨掉，重新做防腐。外壁防腐，就需要工人坐着吊篮高空作业了。”

对施工方来说，人工除锈实在费时，高空作业更不安全；对业主方来说，一个10万立方米的油罐，连倒油再维修清洗，得耗时三四个月，花费数百万元，双方都很头疼。

能否研究一种工艺，既避免维修前倒运原油造成的成本，又可有效保证施工过程中安全性和防爆性，降低人工高空作业风险，成为业主和施工单位的迫切需求。

“2018年，应业主要求，我们开始研究原油储罐自动化安全防腐技术与工艺。”防腐公司副经理王宪军介绍，“原油罐防腐最难处理的就是在役油罐，现有工艺大致分为钢砂打磨、喷砂打磨、水加砂打磨、高压水打磨几种方式。综合考虑，高压水除锈最安全。”

“之前参加业内展会，看到机器人在钢管行走。我们就开始琢磨，把高压水枪加到机器人上，替代人工除锈，肯定安全。”王宪军说。

为此，研究人员经过广泛调研，查阅大量资料，反复论证，明确了采用高压水机器人除锈、机器人喷涂技术研究的思路和方向。

孜孜以求　优化“升级”

蓝图已定，接下来就是设计、生产样品。防腐公司科研所所长刘月芳坦言，高压水机器人除锈并非单纯的机器人加水枪这么简单，需要经过海量的数据计算。

“业主的除锈等级要求、机器人磁吸附力、自身重力、高压水后坐力、污水回收装置阻力、原油罐曲率半径……所有这些因素都要考虑到。”刘月芳说，“简单说就是让背着高压水管、污水回收管的机器人，按照我们规划的路线，在原油罐上平稳行走，除锈的同时还不能漏水。”

“业主的除锈要求不同，有的表面除锈等级要求达到Sa2.5级或Sa3级，有的要求达到St3级，灰尘等级要求也不太一样。”刘月芳说，“为此，我们设计了两款机器人，一种喷砂除锈、一种高压水除锈。”

在进行数据测算的同时，刘月芳他们开始联系机器人厂家。“江苏、天津、北京，跑了好几家机器人生产厂家，但效果不太理想。”刘月芳说，“到人家厂里查看，机器人稳稳地吸在钢板上，可我们拿回来就不行了。”

根据喷嘴喷砂、喷水流速……重新计算吸附力，完善方案。设计之初，仅方案刘月芳他们就和厂家讨论修订了十多次。“刚开始，我们还准备把吸盘做成曲面。圆形原油罐图纸，在电脑上放大后，是一个个小直面组成的圆形。我们根据机器人行走时吸附面积大小，再一次次计算吸附力大小。”刘月芳解释。

就这样，第一台样品出来了——高压水除锈机器人。

“机器人底盘行进速度可调，一般为2米每分钟，作业宽度为300毫米，根据此速度得出每小时除锈面积为36平方米，考虑到高压水喷射时会有电荷存在，我们又单独加了一个接地装置，释放电荷。”刘月芳说，“可能是加装的东西重力牵引太大，最开始设置为横向行走，机器人偶尔会翘尾巴。我们又改为上下‘步进式’行走模式，机器人在罐壁竖着走。每台机器人需要配两个防坠器，可自主调节长度，一旦机器人出现坠机，可以及时拉住机器人，避免机器人坠地损坏，同时也可以保护操作人员。”

为了避免机器人行走过程中罐壁对喷头的磨损，刘月芳他们将喷头改进为可上下伸缩式，可以根据作业需求调整。

机器人的问题解决了，刘月芳又将目光放到了污水回收处理上。“原油储罐防腐作业对污水处理要求很严格，夹杂着锈渣、杂质的污水必须回收，不能边除锈，污水边顺着罐壁往下淌。”刘月芳说，“我们在机器人污水回收管上加了一套过滤装置，采用三级过滤，最终过滤完的废水经过检测，杂质颗粒在0.04毫米以下，完全达到工业用水的标准，可以循环使用。”

经过测算，一个10万立方米的原油罐除锈防腐作业，之前一天用水量在400吨，采用过滤循环使用方式，可缩减至60吨。

在研制成功高压水除锈机器人装备之时，防腐公司也推出了喷涂机器人装备。“机器人有10个喷嘴，呈扇面喷涂防腐涂料。经过计算，我们设定了机器人行走时喷涂扇面面积，每个喷嘴覆盖区两侧交叉重叠，这样可以保证每一处罐壁都得到均匀喷涂厚度。为了方便操作人员查看机器人高空作业情况，我们还在机器人上装了探头，这样在手机上就可以看到除锈、喷涂效果。”

此外，为了避免喷涂防腐涂料时溅撒污染问题，他们给机器人戴了个防护罩，“飞溅的涂料都被这个防护罩拦住了，作业结束后只需要清理一下防护罩就行，这环保效果杠杠的。”刘月芳笑着说。

最终，经过几个月的努力，防腐公司根据原油储罐外表面形状特点，完成了高压水除锈机器人装备、喷涂机器人装备和水循环处理系统研究，编制了在役原油储罐（高压水）自动化安全防腐施工工艺和操作规程。

飞檐走壁　罐“换新颜”

5月22日，记者来到大连中石油国际储备库，爬到605号浮顶罐21.97米高罐顶俯瞰，直径80米、约5000平方米的罐顶下沉15米，施工人员正在安装调试机器人。罐顶褐色的锈蚀纹路与清除干净的乳白色纹路“泾渭分明”。

防腐公司大连中石油国际储备库浮顶罐浮盘涂层修复项目经理汪振宁介绍：“我们脚下踩的罐顶，是用6毫米厚的钢板焊接而成。需要用高压水将锈蚀的地方打掉，重新刷上防腐涂料。油区作业，严禁所有产生火花、静电等作业方式，必须确保安全。”

罐内有回音，“安全”两个字不绝于耳。控制工杨洋按下手中遥控器，机器人开始沿着黄褐色的罐壁爬升。在2600公斤压力的高压水冲刷下，罐壁露出了亮晶晶的金属光泽。混杂着锈渣的污水，顺着200米长的回收管，集中到地面污水分离系统，沉淀过滤后循环使用。

“机器人每天可以连续工作10小时以上，只需要两名工人倒班看着就行，半个月左右就能完活儿。”汪振宁说，“一人遥控指挥，一人拎高压水管，安全高效。之前人工除锈时，油罐多高，工人就得坐着吊篮升多高，安全隐患多效率也低。这个10万立方米的罐，仅倒油就得3天，人工修复至少得干1个月。”

机器人“飞檐走壁”除锈作业的消息传出后，很多企业纷纷联系汪振宁，想要来现场参观学习。“这一阵经常接到陌生电话，都是想到现场看机器人除锈效果的。”汪振宁说。

然而，看似简单的操作背后，凝聚了无数防腐人的心血。4月30日，汪振宁带着10个工人、两台高压水泵、一台机器人进场。

“刚开始调试机器人时，很难受。现场检测发现，严重的锈蚀点有1毫米厚，罐顶才6毫米。既要达到除锈效果，又得避免把罐顶打漏。机器人行走速度和水压如何配合是关键。”汪振宁说，“机器人有6个档位，行走速度慢了，打磨得太亮，能明显看出金属变薄，不敢打了。行走速度快了，锈蚀严重的地方清理不干净，也不行。只能走一米观察一下，调整一次速度再走。”

在调整机器人行走速度的同时，还得兼顾高压水的压力。“前期实验时发现，有些重锈部位，用2500公斤的高压水，连续打80秒才能达到业主要求的除锈等级，效率太低，必须要保证水压达到2600公斤。”汪振宁说，“但是市场上大多是10米一根的高压水管，我们研究发现，多一个接头就少50公斤压力。为了确保机器人喷口压力达标，我们联系厂家改成20米一根。”就这样一点点调试修改，最终确定机器人一分钟行走一米的速度，除锈效果最佳。

如今，汪振宁正在着手优化作业程序，“我们这属于受限空间作业，罐内有油时要携带气体检测仪等装备，做好安全防护才能作业，而且阴雨天禁止施工。接下来，我们准备优化岗位配置，在保证有效作业时间的前提下，争取将15天工期缩短至10天。”

（2020年6月9日《石油管道报》）

0+0>1！显而易见，这个数学算式不成立。但在现实中，却有人硬要挑战不可能，力争实现这个结果。他们就是管道一公司揭阳天然气管道工程EPC项目部的管理团队——

打造“融投建管”工程样本

11月下旬，广袤的粤东大地一片生机盎然。记者带着若干问号，深入管道一公司揭阳天然气管道工程EPC项目寻找答案。

近几年，管道局市场布局持续优化，融资开发市场能力明显提升。典型的一个案例就是管道局与中国石油昆仑能源公司签订的一项合作协议，双方以联合出资方式共同投资、建设、运营揭阳项目。

“融投建管一体化”项目运作模式与传统承包工程项目相比，项目的收益水平更高，但运作模式等更为复杂，运作难度更大，面临的风险也更高。

揭阳融投建管项目是管道局新业务的首次探索，它的成功与否直接关系到管道局业务转型升级，以及向工程价值链的高端发展，重要性不言而喻。可是，没有先例和经验可参考借鉴，谁能担当如此重任呢？

管道一公司接过了这副重担。

2019年6月，项目团队踏上了飞往揭阳的飞机，开启探路者之旅。

从零起步　屡经“大考”

从新模式项目管理的“小白”，到熟练掌握各种技巧，再到项目落地，他们走过了一条艰难坎坷之路。

2019年7月，业主揭阳中石油昆仑燃气有限公司召开项目筹备会，把一公司项目经理请到业主股东的“主位”上，这给了他很大的触动。“做好揭阳管道这个融投建管项目的关键，首先要转变观念，尽快完成从承包商向业主的角色转换。”

他自学股权及投融资理论，准确把控管道局在项目中的权利范围；他查阅各种案例和资料，借鉴其他行业的经验做法。通过“恶补”相关案例，进一步掌握了这种新模式的特点。

“融投建管”模式与传统的工程承包模式不同，它扩展和延长了传统工程承包项目的业务链条，将项目运作的范围向前扩展到项目的开发和投融资环节，向后扩展到项目的运营环节。于是他带领团队拜访管道运营单位，了解项目建成后运营的模式。

他提醒队友，要做好揭阳项目，首先需要转变观念，创新决策和项目运作思路，其次才是知识结构补缺。如果观念和思路不转变，以旧的项目运作和风险管控的观念运作这个项目，是行不通的，也是风险巨大的。

项目经理很快找到了工作的切入点，“以往，我们想的是如何为施工创造有利条件，现在我们更多的是站在项目整体角度，谋求最大的价值。”

“虽然是白手起家，从零开始，但我们要通过自身努力，让它成为标准项目，为以后融投建管业务提供规范和标准。”这是项目团队定下的目标。

接下来的“大考”，就是如何快速推动项目落地。棋高一筹，方能取胜。管道局揭阳项目筹备组积极为业主提供各项支持、前置服务，主动为业主解决各类前期难题。

为了摸清项目建设情况，筹备组征地协调副经理许延生积极主动协助业主办理各类土地使用许可。办理完成12项专项评价、项目政府报批手续和24个行（局）对接工作，协助政府成立各市（区、县）征地协调领导小组，办理林业砍伐许可证和土地复垦等。专业、高效、务实的工作作风赢得了业主的称赞，展示了管道建设专业队伍的实力和水平。

项目团队以协作能力和工作业绩赢得了昆仑燃气公司的信任与认可，2020年6月12日，业主与管道一公司正式签订揭阳项目EPC总承包合同，开启了管道局融投建管业务的新纪元。

提升管控　提质增效

在融投建管一体化模式下，管道局在项目中担任双重角色，既是投资方，也是工程承包商，也相应地面临投资和工程承包的双重风险。对工程承包商而言，项目管理就是效益之源、发展之本。

一公司揭阳EPC项目部一开始就建立健全了项目管控体系，形成项目管理标准化理念，并大力提升项目管理水平，促进项目提质增效。

揭阳项目开工以后，EPC项目团队充分发挥融投建管一体化优势，通过设计、工程与外协人员密切协作，对线路进行优化；取消了一个阀室；节省了弯头40个；优化卅岭河大开挖穿越方案，优化水保方案，将80%的浆砌石优化为生态袋、混凝土优化为浆砌石；优化公路穿越设计方案，既提升工效节省施工时间，又节省了施工及材料费。

EPC项目部结合实际发挥优势、提升管控、深度挖潜，有计划、重落实、见实效，努力实现项目利润最大化。优化资源配置，挖潜增效。如优化半自动机组设备配置减少油耗和设备费，采取1撬2车方式降低设备使用成本，同时，采用撬装电站提高了设备对泥沼段的适应性、降低陡坡作业设备滑坡等安全风险。与管材供应商协调，改铁路运输为公路运输，减少运输费用；取消中转站，发挥施工堆管场的中转功能，降低了成本。严格控制油料消耗，进一步优化考核兑现制度，奖节罚超，利旧、利废降低成本，等等。

他们还采取多项措施提升工效，优化机组的焊接工艺，提高了焊接合格率和功效，降低了施工成本。提前介入，与初设单位、焊接工艺评定单位多次沟通协商，减少了焊接层/道数，提高了焊接效率。针对管道沿线山地、丘陵、水田和沼泽等地形多样、征地协调难度大和可施工地段较短与分散的特点，调整资源配置，百口磨合完成后，采用小机组多作业面加快施工，充分发挥小机组机动、灵活、低成本等优势；同时规划征地协调重点及进度，为小机组连续施工创造条件，避免大机组窝工及设备频繁搬迁造成的成本损失。

攻坚克难　确保工期

“融投建管一体化”模式，使工程建设与投资密切关联，项目能否按时、保质地完工投产，将直接影响项目的投资成本和收益。为此，EPC项目团队在执行项目中，高度重视项目的工程建设工作，确保按时、保质完工投产。

揭阳工程面临着很多难点。施工工期紧。揭阳地区4月至9月为降雨期、台风期，年有效施工天数少。施工风险大。大、中型河流定向钻穿越5处，长度近4000米，部分穿越地层存在石方、卵石和砾砂，定向钻穿越风险大。征地拆迁困难。揭阳地区经济较为发达、人口密度大、房屋建设速度快，导致拆迁量大、拆迁难度高、赔偿费用高等，外协工作难度很大。沿线低山丘陵密集分布各类型坟地。潮汕地区城镇和乡村居民重视风水和祭祀，坟地的拆迁难度较大。

此外，丘陵低山段多，管材运输、布管、施工难；水田沼泽多，成沟难，措施工程量大；沿线高后果区多，需要满足特殊技术要求并采取处理措施，施工及运营风险大；高速公路并行段长，与现役中石化成品油管道并行、交叉敷设等，这些因素都加大了施工量及难度。

面对重重困难，EPC项目部科学管理，逢山开路，遇水架桥，攻坚克难，统筹推进项目施工进度。截至11月15日，工程扫线49.4公里，焊接45公里，合格率98.02%，控制性工程已完成10处，各项工程有序推进，顺利完成前期投产段施工计划，为实现项目一期投产目标提供了有力保障，赢得了揭阳项目业主、PMC、监理等的一致认可。

11月16日，业主给一公司揭阳EPC项目部发来表扬信，信中称赞，在施工的关键时期，面对征地协调难、工期紧、施工条件复杂、难度大、周边环境复杂等诸多不利因素，EPC项目部迎难而上，发挥管道一公司攻坚不畏难的精神，积极推进项目进展，保质保量地按照项目计划节点推进。与此同时，EPC项目部积极配合业主项目部、PMC项目部的管理监督工作，在推进进度的同时严把安全关、质量关，为项目安全、质量目标的实现奠定了坚实基础。监理总监张桢也高度评价，项目部在物资采办供应、外协进地、施工生产、质量安全方面展示出了一个EPC总承包商应有的管控水平。

一公司揭阳EPC项目部用实实在在的业绩，为打造管道局“融投建管”工程样本写下生动注脚，用智慧和汗水诠释了石油精神“苦干实干”的丰富内涵，用无可争辩的现实证明了0+0>1的无限可能!

（2020年11月30日《石油管道报》）

“管道特种兵”书写“深圳模式”
——管道四公司在深圳市政工程建设中彰显主力军风采

12月14日，由中国石油天然气管道局四公司承建的深圳市罗湖区宝安路泵站及配套管网工程满足通水条件，已试运行6个月，泵站主体顺利通过业主初步验收，在特区再次演绎了“深圳速度”。

管道四公司因拥有精湛的非开挖技术，在业内有个响当当的名号——“管道特种兵”。这项工程只是“管道特种兵”在深圳市政工程建设中的一个缩影。5年来，管道四公司找准定位打造特色，参建员工奋力拼搏树立品牌，实现了立足现场拓市场的目标，累计开发系统外市政工程4.3亿多元。四公司建设者在“特区中的特区”争做“先锋中的先锋”，先后用辛劳与付出，赢得了深圳市水务集团等业主的青睐，成为深圳市政工程建设中的“主力军”。

实力叩开大门　演绎“深圳速度”

早在2015年11月，深圳市水务（集团）有限公司在福田污水处理厂建设中，有一段隧道遇到特殊地质导致无法按原工法继续施工，业主面临巨大工期压力。四公司得知后，立即组织了一支盾构、顶管非开挖技术专家团队，经过多次沟通，盾改顶技术获得业主认可，并在激烈的投标中脱颖而出，打开珠三角市政非开挖市场。

“深圳是特区中的特区，我们要以‘做标杆中的标杆’为目标，坚守‘现场就是市场’理念，发挥国企优势，讲责任、守信誉、敢担当，展现管道特种兵的风范!”开工伊始，四公司领导就以高标准、严要求为全体建设者设定了“争做标杆，树立形象”的目标，更为建设者注入了必胜的信念。

深圳公用建设项目大部分都由政府统筹指导，施工工期非常紧迫。福田尾水盾顶工程，市委下达“4・29”通水目标，面对作业空间小、交叉作业多、自然环境差、营地选址险等多种不利因素，参建员工主动放弃休假机会，连续奋战95天，成功实现隧道通水工期目标，创下了“深圳速度”。

同时，四公司攻克软硬地层交错分布、长距离曲线顶进、频繁进舱换刀等多项技术难题，彰显了“管道特种兵”勇于担当、诚信履约的实力和气魄。

海斯比截污工程，由于地层多为人工回填抛石，施工难度巨大，已连续8年未有施工单位承揽。面对作业环境敏感、填海区地质复杂、海水倒灌、三方交叉作业等难点，四公司项目部通过科学排序，动态调整施工，发挥公司“阵地战”优势，在工地召开“诸葛亮”会，创新采用非截流预制闸门井、多区段续顶等工艺，终于实现了业主工期目标，解决了困扰当地政府多年的老大难问题。

管道四公司凭借“深圳速度”及善于攻坚啃硬的良好口碑，成为了业主心中市政工程建设大军“标杆中的标杆”。从福田到海斯比、滨河大道……深圳市政工程市场的大门向着四公司缓缓打开。

随着市场的不断开拓，管道四公司在2018年将市政业务上升为公司主营业务之一，并成立了深圳分公司，四公司深圳市政工程业务的发展迈入了一个崭新的阶段。

创新破解难题　积累“深圳经验”

深圳的地下管线错综复杂，管线图不齐全，安全风险极高，被监理公司评价为市政工程建设的“硬骨头”。

自进入深圳市场以来，四公司深圳分公司时刻坚持“人无我有、人有我优、人优我特”的发展思路，在先进设备攻克多种复杂地层的基础上，不断提升技术创新能力，以适应深圳的发展和复杂多变的工程建设要求，解决困扰建设方的技术难题。

以滨河大道项目为例，工程需要穿越3座立交桥、4座人行天桥，沿线分布电信、燃气、给排水等众多地下管线，以及地下停车场、雨水箱涵，涉及政府管理部门多达23家。

针对环境复杂的难点，四公司深圳分公司通过开展全员创新、组织内外部专家评审交流会议等，多次优化轴线，降低施工风险。尤其针对重难点工程进行技术创新和方案优化，首次采用S形曲线穿越桥墩群、新型水泥材料洞门加固注浆技术、长距离曲线顶管等，共计优化整版设计方案5次，技术创新13项，有效解决了工程技术疑难问题。

2019年开工建设的宝安路泵站及配套管网工程是深圳市治污保洁重点工程，工程建成后将缓解罗湖北部片区污水归集调度压力，提升罗湖区城区功能品质。工程包括新建全地下式泵站1座，规模为每天10万立方米；新建配套管网共2576米，工作井9座、接收井7座，管网全程采用顶管法施工。这是管道局首次承建地下泵站。

狭窄的作业面、紧贴基坑的建筑民居、严苛的环保要求等都让尚无经验借鉴的四公司施工队伍一度无从下手。

面对诸多难题，四公司深圳分公司邀请公司专家指导并组织工程技术人员一起讨论，边施工边研究边修改方案，以智慧和勇气降伏了一个个“拦路虎”。

这项工程紧邻居民小区，环境敏感，开工前，市政府、建设单位就十分关注施工扰民的问题。四公司团队有针对性地增强外协力量，一边向小区居民宣传这项工程的意义，一边采取多种隔音降噪措施，不仅得到了居民的理解，而且保障了工程有序开展。

工程首次面对受限空间深基坑开挖、全断面流木回填层顶管、路堤高档墙无井接收、河湖围绕强渗透竖井等施工难点，四公司开展专项技术研究，邀请公司专家指导，逐项展开攻关，协调解决施工过程中发现的难题。

在深基坑土方开挖施工时，空间十分狭小，项目团队反复比较施工方案，最终采用“阶梯传递出土”的方案，分别配备长、短臂6台挖掘机进行土方开挖，投入运输车辆10台保证土方外运，确保了土方开挖速度。

2019年12月21日，泵站主体结构封顶建设完成。2020年3月20日，完成所有支架拆除及清理，历时80天，共拆除架体470吨（脚手架管、扣件）、模板81立方米。

施工中，四公司很多创新技术都是在深圳首次使用，彰显了企业核心竞争力，也积累了宝贵的“深圳经验”，得到业主高度认可。

崇尚敢为人先　诠释“特区精神”

2020年初，疫情袭来，作为在深圳承建市政工程的施工单位，管道四公司深圳分公司领导和党员干部坚守岗位，始终带头奉献，把难题留给自己，走在前、做表率，用实际行动践行初心使命，诠释敢为天下先、不畏艰难的“特区精神”。

春节期间在深圳值守的党员张华芬和预备党员田亮，在疫情防控一线担起责任区责任人的担子。在驻点项目和分公司驻地，他们严格检查防疫物资的发放，监测一线员工的身体情况，起到先锋带头作用。党员张超凡一心扑在工地上，每次泵站的关键工序施工，他都24小时在一线督战，像钉子一样钉在工地上，实时关注基坑及构筑物的各项数据……

5月份开始，阴雨连绵的天气严重阻碍了施工的进程。为此，项目部争分夺秒、倒排工期，实行“加班制”抢工期。项目主要管理人员吃住在施工现场，在切割腰梁、大体积混凝土浇筑等重要环节施工时，均保证管理人员24小时轮流坚守。

参建员工流水作业，土方、钢筋、模板、混凝土作业人员依次交替施工，克服了各种施工难点。利用有限的作业空间和时间，采取多种隔音降噪措施，降低对周边居民影响。通过优化技术方案和施工组织，创造各种条件实现连续施工作业，满足了工程业主的进度要求。

工程施工的高峰期正值盛夏，骄阳似火，热浪袭人，技术人员不畏酷暑，始终坚守在一线，陆续做好消防、暖通、除臭、排水系统等深度处理设施及相关设备安装。所有参建人员头顶烈日，在高达40摄氏度的作业区内工作，在燥热扬灰的水泥横梁上切割、吊装，在污泥散发的深坑中连续多时工作……

项目管理团队从事前控制、事中控制和实施阶段的管理着手，对质量和安全工作毫不放松，对每一环节一丝不苟，严格把好工程质量关，为工程按时验收打下坚实基础。

看着混浊黑臭的城市污水变得清澈无味，顺着巨大的除污设备缓缓流进洪湖污水处理厂，所有参建员工都露出了满意的微笑。

在这场与时间的赛跑中，四公司深圳分公司的建设团队收获了速度与质量的双重胜利，递交了一份让深圳人民满意的答卷。四公司用实力、创新和奉献的精神，用精准、精细和精致的服务，在竞争激烈的深圳市政工程建设市场中站稳了脚跟，探索出独特的“深圳模式”，展示了“管道特种兵”专业化的施工能力和管理水平，彰显了管道四公司在市政工程建设中的主力军风采。

（2020年12月14日《工人日报》，2020年12月15日经济参考网）

练就“好牙口”　巧啃“硬骨头”

——潮州市天然气高压管道工程项目管理纪实

潮州市位于被称为“世界地质博物馆”的广东省东部，这里不仅地质地貌种类丰富，更是一座经济发达、人文气息浓郁的历史名城。在这样一座现代化都市进行管道工程建设，面临的困难可想而知。

为加快推进工程建设，管道一公司潮州市天然气高压管道工程EPC项目部迎难而上、直面挑战，练就了攻坚啃硬的“好牙口”，智勇加巧劲，啃下工程建设中的“硬骨头”。

合力应对“必考题”

在潮州市这样人多地少，且建设用地远多于农耕地的条件下，征地协调开展本来就很困难，征地补偿标准低、所需拆迁房屋量大，加上南北文化差异、方言难以交流等困难，外协工作举步维艰。要想工程建设按计划推进，解决工程施工用地成了摆在项目班子成员面前的首道“必考题”。

“这个项目不仅对管道局进一步拓展粤东地区管道建设市场，提升市场占有率起到积极的促进作用，更能巩固中石油昆仑公司在潮州地区燃气市场的深度开发，对潮州市形成燃气管道供应‘一张网’的能源结构优化，促进当地及周边地区经济发展，以及改善民生有着非同寻常的意义。所以我们一定要漂亮地完成好!”EPC项目部党支部书记、经理衣国辉坚定地说。

面对不利局面，潮州项目部党政领导齐心协力攻难关。衣国辉前往各个乡村了解外协工作面临的实际问题，根据各村镇实际情况，有策略地开展工作，在点滴细微之间寻找“卡脖”难题的突破口，有序推进外协工作进度。同时，他积极协调各部门准备相关资料，加紧办理相关施工手续，使施工许可证等尽快得以批复，为工程建设提供了重要的合规依据。

EPC项目部党支部副书记、副经理李明刚历经多个项目锤炼，积累了丰富的外协经验，练就了一副“好牙口”，专啃“硬骨头”，挑起主管征地外协的重任。他采取了各区段分片包干、垂直问责管理机制开展工作，使征地协调人员的工作范围、目标和职责更加清晰明确。

他率领协调部从市主管部门、地方政府和当地百姓方面“三管齐下”，充分调动各类外协资源，在建立良好企地关系的同时，与地方政府形成合力，针对房屋拆迁、归属权不明及无理阻工等难点问题，采取联合攻坚的方法精准施策，因人而异，因地制宜。

“对有些百姓超标的索赔诉求，外协人员耐心地挨家挨户说法规、讲政策。因方言交流困难遭遇冷眼、吃‘闭门羹’是常事。有时为了等候故意回避的农户，外协主管要一连几天蹲在村里，生怕错过开展工作的好时机。”李明刚说。

在外协人员的不懈努力下，仅数月时间，协调部就完成第一投产段外协难点攻坚任务。如今已协调完成工程用地86.65公里，占全线线路长度89.8%。

智勇除掉“拦路虎”

潮州市地处广东省沿海地区，沿线雨量充沛，年均降水量达到1800毫米以上。超长周期的雨季时常伴有台风、雷电和冰雹等强对流天气，管材运输成为施工中的“拦路虎”。

项目工程部根据当地气候特点，提前筹划，以工程进展和现场实际情况为依据，合理调配施工资源，不断尝试着加快工效的新工法。

大雨过后，积水将管线横穿而过的连片鱼塘变成了汪洋，工程建设陷入停滞。施工机组利用“运管船”进行作业带内管材运输，收到了意想不到的效果。

“首先，将挖掘机用‘浮船’摆渡到对岸，再将钢丝绳拴住‘运管船’两端，挂在挖掘机斗齿上。管材装好后，对岸的挖掘机拉动钢丝绳，‘运管船’借助泥水的浮力和润滑性划向对岸，卸管完成后，再用挖掘机将‘运管船’拉回重新装管。”EPC项目部主管施工生产的副经理朱贺军说。

鱼塘水田等沼泽类型多水地段，利用“运管船”进行管材运输再合适不过。有了这个运管利器，连片鱼塘管材运输作业取得了事半功倍的效果，运管、布管数量很快满足施工需求。

另一难点就是管线穿越施工多。受地形、地势以及外部因素的制约，各类穿越施工数量明显增多，特别是定向钻穿越工程24条。其中，4条大型河流穿越最长达到1650米，但因受施工场地限制无法实现预制管整段预制焊接。

工程部做出了一个大胆尝试，采用“二接一”回拖法进行穿越作业，即先将第一段预制管回拖一定长度后，再把两根预制管连接起来，最后进行整体回拖来完成穿越。

这个工法能够从根本上解决预制场地受限的问题，但同样也存在两根预制管组对焊接时间过长、易发生钻孔塌孔事故的风险。怎么办？

“我们翻阅大量参考资料，将相同地质数据进行对比、分析，得出了将回拖停滞时间控制在8小时之内就能够将塌孔事故的发生概率降到最低的结论。”朱贺军给出答案。

正式回拖前，工程部根据现场独特的施工条件编制详尽的施工计划和应急措施方案，并组织各施工单位进行桌面推演和全工序联合实操演练，确保各项工作能够在8小时内完成，为定向钻回拖争取“黄金时间”。经过共同努力，16条定向钻穿越施工任务圆满完成，其中包括4条“二接一”工法回拖作业，这个施工技术的“硬骨头”被“啃”下了。

牢牢把控“生命线”

潮汕地区群峰起伏，河流纵横，施工环境恶劣，且属于亚热带季风气候，存在汛期长、降水量大等不利因素，工程质量、安全管控工作面临着巨大挑战。EPC项目部牢记“安全质量是企业的生命线”，将“今日的质量缺陷就是明天的安全隐患”的信条贯穿工程建设的全过程。

工程安全的管理重点是施工现场。项目QHSE部细化工程风险识别，使用无人机与实地踏勘相结合，对线路根据地形地貌等环境特点进行影像采集，编制《QHSE风险手册》，识别安全风险共计368个，对风险进行了等级划分，并制定了风险预防措施。利用一体化监控平台，实时监控施工现场，借助“电子安全员”的力量，对施工现场进行实时监督，并将安全风险挂图作战深化应用到施工生产的每一道工序。

针对长输管道施工点多、线长、面广的特点，QHSE部加强对高危作业和控制性节点工程的HSE督导，对特殊地段、特殊工艺，以及夜间施工等高风险作业进行全程监护，发现问题及时整改，责任到人。同时，建立各类安全检查台账，做到隐患发现、整改、复查、销项的闭环管理。每天通过工作群将现场发现的HSE问题通报，并跟踪整改结果；每周对项目QHSE管理情况进行自检自查；每月召开问题通报会议，确保“一方出问题，领导负责任，全员受教育”。

项目运行至今，QHSE部累计完成328人次入场安全培训，工作前安全分析73次，安全技术交底75次。针对各机组施工地貌特点和作业难点，开展安全环保专项培训教育8场次。QHSE部还借助执行安全员派驻轮岗的契机，增强各机组HSE管理工作的学习交流。

辛勤汗水换来丰硕成果。项目部安全员派驻试点第一阶段工作顺利收官，机组全部通过HSE标准化建设考核，CPP108机组更是获得中石油集团公司优秀基层站队荣誉称号。

在质量管理中，QHSE部严格坚持“源头预防、过程管控”，一方面重点布防施工一线作业检查，严把材料质量关，加大施工监管力度；另一方面不断完善质量监督体系和质量保证体系，全过程实施质量监督工作，结合实际情况和控制要点制定了相应的管理方案和指标。严格落实日检、周检、月检制度，通过高密度的检查、严格的管控，定期对机组进行考核、评价，督促各机组强化自身质量管理，保障各项质量管控措施落实到位。

同时，QHSE部积极推动智能管道建设，充分利用互联网和移动应用技术，通过现场部署无线局域网络，结合二维码、电子标签、摄像头、手机等终端设备，接入焊接检测数据远程传输，实现对工程建设过程的实时视频监视、智能感知和数据采集。把每个施工机组变成“智能工地”，形成完整数字化档案并及时归档，实现了工程建设数据化、信息化，真正提升管道建设的过程动态管控，让智能手段成为落实上级安全升级管理的有效手段。

宝剑锋从磨砺出，梅花香自苦寒来。经过全体参建员工的共同努力，截至12月8日，潮州项目已完成线路焊接84.804公里，RT检测一次合格率96.9%，PAUT检测一次合格率97.9%，UT检测一次合格率99.7%，项目质量安全形势整体平稳，正在向着完工目标全力冲刺。

（2020年12月15日《石油管道报》）

振兴东北　铁军“加油”

5月7日下午晴空万里，辽宁锦州港进港段锦联长输管线项目施工现场有条不紊，二十多台挖掘机、大排量水泵忙个不停……被誉为“管道铁军”的中国石油管道局工程有限公司（简称管道局）一公司锦联项目员工，正在全力攻坚港区最难段，这里水位高，地下障碍物多，地下情况复杂。项目团队攻坚克难，全速推进，正向工程按期完工冲刺。

2020年深冬，辽宁锦联长输管线项目开工建设，作为中国油气储运工程建设领域主力军的中国石油管道局工程有限公司，承担了工程的建设任务，在白山黑水间打响了管道建设的“辽沈战役”，一场担当与责任并行、汗水与使命共存的荣誉之战在此展开。

2020年11月16日，辽宁锦联运输有限公司锦州至盘锦石油化工长输管线综合项目开工仪式在凌海市项目施工现场举行。此项目由盘锦浩业化工与锦州港共同开发建设，项目的开工建设是盘锦与锦州两市加快协同发展的一座新里程碑，标志着两市在石化产业上进入深化合作新阶段，也将为全省石油石化产业发展注入新动能，为辽宁全面振兴全方位振兴贡献力量。

责任重大，使命光荣，但任务十分艰巨。三条原油、柴油、汽油管道线路总长201.6公里，且三管同沟敷设；5座阀室、2座站场，以及定向钻穿越长度近3500米的两条河，施工工程量大，工期仅201天。东北寒冷期长，施工有效工期受限严重，工期紧、施工难度巨大。

困难吓不倒英勇无畏的石油管道人。这里曾矗立起大庆精神、铁人精神，这样的精神高地，其中所蕴含的信念力量、忘我精神、进取锐气，一定能为石油管道人增加“底气”，为振兴东北提供强大的精神动力。业内号称“管道铁军”的管道一公司锦联长输管道项目部迎难而上，围绕“干”“实”“严”，激情满怀地开启了责任之旅。

“干”，开工即决战

有效施工天数少，施工工期紧张，开工即决战。2020年11月28日打火开焊后，一公司锦联项目部迅速集结施工队伍300余人、设备机具249台套快速投入战斗。项目部领导靠前指挥，盯在现场指导工作，及时解决各项难题。项目部组织配备施工资源，科学管理，统筹推进项目施工进度。施工机组攻坚啃硬、奋勇争先。

项目开工就进入冬季施工。东北的冬季北风寒冷刺骨，吹在身上跟刀割一样。大平原无遮无挡，工人们在野外施工，不到半个小时就被北风刺透了。寒冷天气，挡不住参建员工的高涨热情，他们顶风冒雪，笑傲严寒，日夜奋战在工地。

徐宝青机组受命调往盘锦，抢攻西沙河定向钻穿越管线焊接任务，调遣仅用两天就具备了战斗力。东北的冬天长、冻土厚，挖掘机作业仿佛“小鸡啄米”，打管墩十分困难。他们想出个妙招，采用农民捆绑完成准备卖给造纸厂的稻草做管墩，仅用了8天就完成了单管1.135公里、3根主管线加一根D114硅管以及打压头收发球筒的焊接任务，给试压工作争取了时间。

天气寒冷冰冻三尺，为了避免下沟时硬土块砸伤壁身很薄的管线，项目经理徐跃忱安排专人紧盯下沟作业。他还对较长段管线采取了提前通球的策略，一旦发现瘪管及时处置，确保下沟时不砸管瘪管，避免整体通球时受阻窝工影响整体工期。

年前拼抢进度，绕阳河定向钻穿越管线2.3公里焊接完成，正值天寒地冻之时，为了防止试压冻裂管线，项目部采取了搭建防冻棚并加热保温的施工方案。项目部领导带队，项目部全员出动到现场搭建塑料大棚。好不容易搭建完，没想到后半夜突然刮大风，2公里长的塑料大棚被掀翻了1公里半。第二天，他们只好重新再干。

就这样，他们用“苦干”弘扬石油精神，以开拓创新的拼搏精神，坚韧不拔的顽强毅力，攻克了道道难关，让钢铁长龙一点点向前延伸。

“实”，春节不回家

就在整个项目快速推进、进入决战阶段的关键时刻，春节来临了。此时，新冠肺炎疫情又在各地蔓延，北方形势异常严峻。为避免疫情影响节后施工进度，项目部多次开会研究，决定春节不放假。

此外，为确保在锦州、盘锦地区春耕前完成水田段施工任务，项目部多次改版升级施工计划，将各分项施工和各工序做到无缝对接，避免各环节出错耽误正常施工。同时，精细化物资采购管理，做到了事事有准备、件件想在前。

但最难的还是人的工作。项目员工大部分家都在锦州，守着“家门口”回不去，甭提心里多难受了。闫晓峰、张圣哲、胡玉兵等机组长们便当起了“大家长”，开始细心地做员工的思想工作。

“疫情防控，工期紧张，咱都理解。为了大家，牺牲小我，值得！再说现在通讯方便，每晚都能跟妻儿和父母视频通话，等于团聚了！”员工们都识大体。

为了让员工过一个祥和的“工作年”，项目部还精心布置营地，提高伙食质量，为机组准备了各式各样的年货。项目部领导分组去机组营地陪伴参建员工，和他们一起包饺子，过春节。

吃完年夜饭，大伙在路边燃放了购买的烟花爆竹，璀璨的烟火照亮了黑夜，也照亮了每个留守在一线员工的心。

大年初二，大伙就开始日常作业了。

年轻的焊工周星吉稳稳地拿着焊枪，接触到焊口的那一刻，四散溅出闪亮的火花，仿佛烟花般耀眼。“我们就是靠这一道道的焊口，造就了这条管道长龙深埋地下。”

周星吉是刚刚参加工作的焊工，入职的第一个春节就在线上度过，他感到又失落又新鲜，失落的是没法在家陪父母过春节，新鲜的是感受了机组大家庭的氛围。但感受最深的是沉甸甸的责任和光荣的使命。

周星吉只是建设团队的一个缩影，300名参建员工坚守一线，一个也没回家。

春节期间，5个机组300人全部披甲上阵，一天就干了200道口，两公里半。初一到初十，完成焊接42公里。仅20天，焊接管线总长达82公里。

项目团队一鼓作气，开足马力，捷报频传：在春耕前按期优质完成水田段施工任务；3月31日，项目累计焊接184.056公里，实现主体焊接完工；4月11日，锦州站首站、盘锦末站三座储罐同时打火开焊罐底板。120天完成焊接184公里，合格率达98.1%以上，业内专家称，行业内创下新的“中国速度”。

广大员工用“实干”表达对党和国家的忠诚、对企业的忠诚，对振兴东北的责任和担当，完美地诠释了石油管道人的奉献精神。

“严”，追求到极致

工程建设中，“管道铁军”不仅丰富了“苦干实干”的内涵，更是发扬了“严”“细”的工作作风，视质量安全为生命，追求职业技能的完美和极致，诠释着新时代“大国工匠”的精神追求。

质量管控到位反映一个施工项目的综合实力，是项目核心竞争力的体现。锦联项目通过质量经验分享、质量分析会、微信群等多种方式，将“质量至上”的理念注入了每个参建员工的内心。

项目部采取多项举措，细化工作，优化资源配置，率先开展了质量经验分享活动。就地取材，精心“烹饪”，为全体参建人员订制了营养丰富的质量经验分享“套餐”，促进全体参建人员质量意识和质量管理技能全面提升，营造全员重视质量的良好氛围，使各参建机组质量管理环节管控有力。

针对施工中存在的实际问题，项目部召开质量分析会，仔细分析施工中出现的缺陷和问题，制定了相应的整改措施和办法，保障施工质量在有效的可控范围之内。

防腐作业作为施工的重要环节，备受关注。QHSE部强化现场每一道焊口防腐作业质量管控，对喷砂后的锚纹深度、预热温度、底漆温度及厚度等参数一一把控，对成型防腐口热收缩带表面质量是否平整，有无皱褶、气泡、翘边、烧焦炭化等现象发生，热收缩带周向及固定片四周均应有胶黏剂均匀溢出等关键工序点进行严格把关。

大凌河白天风沙过大，夜间风小适合防腐，但夜晚气温低，难以保证质量。防腐机组负责人周建安便科学部署防腐工序，他安排最前方3个人进行喷砂前加热，喷砂后方安排2个人加热、4个人刷漆，加温、喷砂、再次加温及时刷漆，每道工序间隔时间不能超过10分钟，加热及预热温度严格按照规范要求进行，保证钢管喷砂后不返锈。热收缩套安装工5副架交替进行操作，管径323毫米、406毫米双管同时进行，每晚双管合计防腐200道以上，全部符合质量要求。

就这样，项目部加强施工质量管控力度、强化HSE管理，在施工现场全面开展文明施工专项管控，严格把控焊接、防腐等工序的质量管理，三条管道焊接合格率分别为99%、99%和98.1%，深受业主及监理单位的好评，彰显了管道局工程专业化公司的品牌实力。

五一过后，和煦的春风吹过白山黑水，吹过松江辽河，吹进管道人心田。在这片充满激情的热土上，“管道铁军”鏖战正酣，向“6·30”投产目标全力冲刺，以新担当新作为推进振兴东北大业，担纲历史重任。

（2021年5月8日工人日报客户端，2021年5月20日《石油管道报》）

新华社《经济参考报》曾在2013年12月30日刊发《中石油管道局助力长庆油田建设“西部大庆”》，文中报道，“管道局防腐公司负责管理榆林等3个防腐厂，承担着局内单位负责的7个采气厂产建组地面工程及采气厂产建组委托的其他项目的防腐管生产任务。面对长庆建工防腐厂设施设备老化、防腐管生产任务重的情况，他们积极改造和增加生产设备，在生产高峰期生产人员实行三班倒，做到生产和改进两不误，圆满完成今年各采气厂产建组的防腐管生产任务。长庆油田领导称赞管道局‘不愧是中国管道建设领域能打硬仗的铁军’。”

如今，7年多过去了，防腐公司这几个防腐厂近况如何？为油田服务怎么与时俱进？怎样实现自身高质量发展？记者带着这些问题深入现场走访。

管道“铁军”在老区书写“新传奇”

金秋的榆林，碧空如洗。步入管道局防腐公司榆林防腐厂，文化墙上醒目的10个大字映入眼帘“扛起新责任，创造新业绩”，这正是防腐“铁军”在革命老区奉献和奋斗的生动写照。

进入生产车间，三条作业线正开足马力进行防腐作业，工人们正有条不紊地忙碌着。防腐公司陕西分公司经理郑玉海介绍，榆林防腐厂是3个防腐厂中规模最大的，占地面积120多亩，日生产能力达14公里，主要为长庆油田第二采气厂及榆林市周边市政管网建设服务；定边防腐厂主要市场为第一采气厂、第六采气厂、苏南项目及陇东项目；乌审旗防腐厂主要市场为第三、四、五采气厂。

扛起新责任　彰显新担当

2013年，防腐公司进入长庆油田气田区块地面建设并成立陕西分公司，办公地点就在榆林。主要从事长庆油田气田区块地面建设防腐施工，可完成管径27毫米到1422毫米各类钢管的单层环氧粉末、三层PE、聚乙烯胶粘带等防腐施工任务，同时也具备弯管防腐、机械化补口防腐、大罐防腐等各类防腐施工能力。

陕西分公司成立后，先后接收了原长庆建工所属的榆林、乌审旗、定边3个防腐厂。分公司成立7年以来，一直处于较好的经营状态，累计生产防腐管2.7万公里，面积约795万平方米，共实现产值约5.1亿元。

2018年、2019年是长庆油田地面建设大产年，陕西分公司积极与各采气厂业主、施工单位对接，全面了解施工计划，科学合理地安排生产，系统地对设备进行了升级和维护保养，保证了各类防腐管用量。同时，陕西分公司主动出击，承揽了上古项目站外管线的所有直管内外防腐、弯管防腐、大部分机械化补口等任务，优质高效地保证了整体施工进度，得到了长庆油田基建工程处及各采气厂、施工单位的高度肯定，充分展示了防腐公司专业化的实力。

陕西分公司是管道局参建长庆油田地面建设单位中唯一一家拥有固定生产场点的单位，不仅业务上要同时面对众多业主单位，还要经常迎接各方检查，代表了管道局的企业形象。同时，长庆地区拥有30多家民营防腐厂，且多数与长庆油田有着千丝万缕的联系，陕西分公司始终保持着居安思危的紧迫感，用实际行动践行国有企业的担当与责任，保质保量地完成好每项防腐管保供任务，受到长庆业主高度认可，先后收到20多封表扬信，有效提升了管道局的整体形象。

企业的担当，还体现在严苛的质量管控方面。办公室悬挂的质量方针时时警醒着员工“追求质量卓越，信守合同承诺，保持过程受控，交付满意工程”。他们保证质量的“杀手锏”，便是强化“三道关”：强化源头控制，2021年上半年完成送检环氧粉末7次，聚乙烯颗粒2次，胶黏剂1次，热缠绕带1次，做到了入库物资检验率100%；强化成品检验，2021年上半年成品管型式试验单环氧涂层送检14次，三层PE防腐层送检4次，确保出厂成品管合格率100%；强化升级改造，先后对榆林厂和定边厂四管线电火花检漏仪进行改造，由原来的一台电火花检漏仪串联同时检测4根防腐管，改为每台电火花检漏仪对应检测1根防腐管，既减轻了质检人员的工作量，又提高了成品管的检测效率，确保了出管质量。

此外，陕西分公司为适应日益严格的环保要求，正在持续进行厂区及车间环保设施的改造和新的环境评价升级工作。每半年定期更换除尘布袋和滤芯，同时加强对固体废弃物的处置流程，避免无序堆放造成环境污染，彰显了央企的责任担当。

采用新工艺　创造新业绩

陕西分公司持续推进技术和管理创新，采用业务领域的核心技术和新工艺，为业主提供最满意的产品和服务，不断创造新的业绩。

长庆油气田地面管道建设的主要特点是以小口径管道建设为主，管径以60毫米到159毫米居多。每年集中使用时，生产线24小时运行都远远不能满足施工单位需要，经常造成各个施工机组出现窝工待管现象。

为解决这个问题，陕西分公司分别于2014年和2016年在定边和榆林新上两条四管线，生产由原先每根管子4分钟多，到现在平均每根管子不到1分钟，生产效能提高了4倍多，生产员工减少一半，同时也完全解决了施工用管不足的问题。此效能的大幅度提升，得到了业主的高度评价。

2016年以前，管径27毫米防腐管主要采用手工缠绕生产，效率低下，单条冷缠带缠绕作业线需要12名工人同时操作，产生大量的人工成本。而且室外工作受环境约束较大，雨雪天气和露水大时无法施工，秋末、冬天、春初以及夜晚气温较低时涂刷底漆质量极差，不稳定的产品质量也对长庆各采气厂造成了极大困扰。

针对这种情况，陕西分公司认真分析小口径油气管线防腐生产的工艺特点，制定详细的工艺研究路线，在相关技术研究的基础上，设计制造出小口径钢管冷缠带防腐自动化生产作业装备及相关配套装备，形成了一条自动化生产作业线，并成功申请专利。新的作业线彻底改变了油气管线冷缠带防腐手工生产的局限性，操作人员由原来的单班12人降至8人，生产效率由原先的200根/班提升到400根/班。

陕西分公司根据长庆油田地面建设施工特点，有针对性地研发了四管防腐作业线、冷缠带自动作业线、注醇管四管防腐作业线等装备，技术水平、生产能力得到了大幅提升，彰显了公司专业化实力。尤其注醇四管防腐作业线的投入，产能较以前提升2.5倍，施工能力大幅提高，近几年共完成4000多公里的注醇防腐管的生产任务，为长庆气田地面建设提供了坚强保障。

小口径内连接技术是针对长庆油田小口径集输管线内腐蚀严重的问题，由防腐公司和管道研究院共同设立“保护管道内涂层连续性的机械连接技术及工艺研究”课题，开展了保护管道内涂层连续性的机械连接研究，实现耐高压、抗振动、永久性的纯机械连接研究，有效地解决小口径油田管内腐蚀问题，尤其是焊口腐蚀的问题，达到国内先进水平。从而推动国内小口径油田集输钢管机械连接施工技术的升级，开拓国内外小口径油田集输钢管防腐市场。

2019年8月26日至31日，防腐公司在采油八厂吴起县铁边城作业区成功进行现场试验段2公里，并于2020年9月开挖检测合格。通过此次实验，成功验证Swage金属塑性变形原理的机械化连结方式可应用在实际工程中。试验现场为山坡地，平均速度5分钟每道口。专家组对工艺、质量进行现场验证，获得了一致认可。该工艺具有速度快、适用于小口径管线、现场作业环境要求低、人员设备操作简单等特点。

过硬的技术实力换来的是市场的信任。凭借着管道局硬核实力赋予的自信，陕西分公司在发展中不断崛起。

拓展新市场　谋求新发展

由于各采气厂地面管线建设工程量缩减，陕西分公司各防腐厂均处于生产不饱和状态。为保证完成公司下达的经营指标，近几年，陕西分公司积极开拓周边市场，谋求新的发展。他们先后承揽了宜黄区块防腐工程、席麻湾—靖边工业园防腐工程、中油一建长庆油气田工程、中油一建陕甘宁项目工程等工程项目，有效补充了陕西分公司长庆市场不足的情况。

他们合理布局开拓地方市场。陕西分公司下属4个防腐厂，主要覆盖陕西省的榆林、延安，内蒙古的乌审旗等区域，通过对长庆油田、延长油田、地方管线等市场的调研，延安防腐厂具有较大优势。2020年，防腐公司在延安的沿河湾建设一条防腐作业线，加强对该区域的防腐业务的开发，力争形成新的区域市场。

今年，陕西分公司通过良好的信誉及地域优势，先后承揽了采气二厂米脂新区—榆林输气管道工程管径711毫米管线60公里3PE防腐项目，以及相应的210支弯管防腐任务和陇东区块355.3毫米管线20公里3PE防腐任务、宜黄406管线10公里3PE防腐任务，合同额约1665万元。2021年，陕西分公司与长庆第四采油厂签订了384万元防腐合同，成功实现了进军油田防腐市场的目标。同时，陕西分公司年初中标延长油田站内保冷层修复防腐工程，中标金额295万元，为进入延长石油打下良好基础。

他们千方百计拓展市场。近几年随着业主和周边市场的需要，陕西分公司定边防腐厂完成了少量小口径内防腐任务。去年内蒙古清华紫荆研究院的石墨烯改良环氧涂料课题的推进，以及了解到油田区域大部分管线需要内涂敷管线生产，陕西分公司主动提出在乌审旗新上小口径防腐作业线。不但可以完成课题需要，而且可以开拓油田区域内防腐，适当补充生产量不饱和的问题。

2018年，陕西分公司在长庆油田积极推广机械化补口工艺，并多次邀请长庆油田地面建设项目组领导，到防腐公司中俄东线机械化补口施工现场参观。2019年，陕西分公司成功将机械化补口工艺带入长庆油田市场，并于当年在长庆上古轻烃重点工程项目中完成首次施工。机械化补口工艺以先进的自动化程度、高质量、高效率等特点，深受长庆业主信赖，彰显了防腐公司专业化实力，也为后续机械化补口市场的开拓打下了良好基础。

目前，陕西分公司正在与鄂尔多斯清华紫荆研究院合作，加强新型防腐材料科技创新课题的推进，同时与管道局长庆分公司进行预制管件课题研究，正在努力争取将预制件施工放到榆林厂实施，该研究成果将为防腐公司增添新的利润增长点。

记者用了4天时间，探寻陕西分公司定边、乌审旗、榆林3个防腐厂的发展轨迹，沿途看到的是管道人攻坚克难、奋勇前行取得的累累硕果，听到的是防腐员工发扬红色传统、传承红色基因、追求高质量发展的动人故事。我们期待着，“防腐铁军”在老区捷报频传，不断谱写新的篇章！

（2021年9月26日《石油商报》，2021年9月28日工人日报客户端）

管道三公司：半世纪砥砺奋进　用责任铸就“铁军”

11月8日，山东省临沂市兰山区、河东区境内的中俄东线天然气管道（泰安—泰兴）3标段线路多个施工现场，中国石油管道局工程有限公司第三工程分公司（简称管道三公司）参建员工士气高涨，全速推进，至今已完成焊接60公里，正在向年底完成主体施工的目标冲刺，在“沂蒙红色沃土”彰显“管道铁军”风采，以实际行动庆祝公司五十华诞。

目前，中俄东线南段工程正在紧张施工，其中，第三标段（泰安—泰兴）线路全长近92公里，在管道局承建的所有标段中线路最长、难点最多。时间紧、任务重，重压之下，谁敢横刀立马？唯我“管道铁军”！

国内长输油气管道建设领域的劲旅——“管道铁军”敢“啃硬骨头”，善打攻坚战。自中俄东线2017年开工以来，参建了中俄东线北段、中段、南段全线管道建设，已建成了250公里、管径1422毫米的大口径管道，在所有参建单位中名列前茅，并多次获得百日攻坚劳动竞赛综合进度第一等荣誉。2021年5月，中俄东线（安平—泰安）5标段线路比原计划提前26天完成线路主体焊接，焊接一次合格率高达99.32%，获得业主高度评价。

50年前的11月8日，管道三公司诞生。半个世纪来，“管道铁军”征战无数，中俄东线建设只是铁军践行初心使命、彰显央企担当的一个缩影。

铁军创伟业

20世纪70年代初，随着社会主义建设快速推进，全国能源严重短缺。

1970年8月3日，中国首条长距离、大口径输油管道工程——“八三工程”正式启动。

1971年11月8日，根据“八三工程”会战指挥部统一部署，以大庆油建三大队为基础，组建东北输油管线建设管理指挥部第三建设大队，投入“八三工程”建设，从此管道三公司伴随着新中国石油长输管道事业的诞生而发展，成为国内管道建设的主力军。

随后4年，管道三公司完成了庆铁线、抚鞍线、铁秦线等工程314公里建设任务，“八三工程”胜利完工。

1974年，管道三公司告别东北入关南下，先后参与了秦京线、鲁宁线、沧临线、任京线、濮临线、东黄复线、花格线等管道工程建设。

伴随着管道建设的步伐，管道三公司逐步实现了四大历史性转变：生产组织由会战方式向专业化施工转变；由单一承担管线施工向全面承建管线、储罐、站场、石油化工装置和电器仪表安装等现代综合性专业化管道施工企业转变；管线施工由人力、简单机械向全过程机械化流水作业转变；管道焊接由传统焊到下向焊、半自动焊、全自动焊的转变。公司的施工能力和水平跃上了一个新台阶。

铁军铸品牌

50年来，管道铁军不断挑战施工难点，不断刷新国内纪录，不断实现“自我超越”。仅20世纪80年代，管道三公司就开创了中国管道建设史上五个“第一”。

1986年，建成国内首条具有国际先进水平的自动化输油管线——东黄复线；1986年，建成我国首座以燃气轮机压缩机组为动力的濮阳输气管道压气站；1986年，在秦皇岛建成国内首座十万立方米金属浮顶储油罐；1987年，国内首家引进并使用具有世界先进水平的RB-5型水平定向钻机，成功穿越黄河，开创中国大型长距离无开挖地下穿越施工的先河；1987年至1990年，独自建成当时世界上海拔最高的输油管线——花格线。

这些成就，在国内展示了“管道铁军”的硬核实力，树立了“管道铁军”的品牌形象，彰显了“管道铁军”的风采。

大鹏一日同风起，扶摇直上九万里。勇往直前的三公司人扬帆远航，“走出去”迈向更广阔的天地。

1984年，管道三公司人首次走出国门，高质量完成科威特管道工程，打出了管道人在海外市场的信誉。

1993年，管道三公司与美、英、法等9个国家的同行同台竞争，拿下突尼斯天然气长输管道工程274公里建设任务，开创中国石油管道以EPC独立承揽工程的方式进入国际市场的新纪元。

1998年，管道三公司进军苏丹，为祖国的能源安全贡献力量，战胜了常人难以想象的高温酷暑和热带疾病，胜利完成485公里输油管道建设。

2002年至2009年间，管道三公司人四赴利比亚，先后承担了西部陆上长输管道、727管线等多项工程，在撒哈拉沙漠建设长输管道900多公里，再铸中非友谊丰碑。

2006年、2007年，管道三公司人南下印度北上俄罗斯，在50℃与-50℃两个极端天气间，圆满完成印度东气西输管道工程和俄罗斯东西伯利亚—太平洋原油管道工程建设。

2008年，管道三公司三百将士奔赴中亚，以“零事故、零伤亡、零污染”的佳绩，圆满完成中亚天然气管道ABC三线673公里施工任务。

随着国家“一带一路”倡议的持续推进，管道三公司“走出去”的步伐更加坚定，将重赴非洲，再架友谊桥梁。

“铁军”勇担当

当改革开放步伐明显加快，市场竞争日趋激烈，管道三公司不忘初心，牢记使命，积极投身国家重点工程建设，展示管道铁军的时代风采。

涩宁兰工程，是我国迄今海拔最高的管道工程，也是中国石油管道建设新世纪开篇之作，管道三公司喊出“不拿第一就是败”的誓言，唱响了中石油，连创全线13项第一，打出了“管道铁军”的雄风。

陕京一线、二线、三线工程，管道三公司过沙漠、涉险滩、格黄土、战陡坡，累计完成630公里施工任务，并为时任国务院副总理邹家华同志做施工演示。

（2021年11月8日中华网）

管道一公司：奋进五十载　建功新时代

11月10日，中国石油管道局工程有限公司第一工程分公司（简称管道一公司）承担的陕京四线尚义支线管道工程正在大风降温、降雪天气下加速施工，为今冬明春天然气保供和北京冬奥会用气提供有力支持。

此前，10月22日，管道一公司承建的陕京四线张家口支线应张联络线已正式投产进气。从8月开工到10月投产，不到3个月的时间，圆满完成建设任务。

2021年10月20日，管道一公司收到西气东输三线中段（中卫—吉安）项目枣阳—仙桃段线路工程施工（第三标段）中标通知书，这是该项目长度最长的一个标段，也是管道局唯一在中段中标的单位。

其他重点管道建设同样可圈可点，硕果盈枝。一公司承担的兰成渝输油管道被称为汶川地震中抗震救灾的生命线；跨越工程填补国家技术两项空白，其中乌江跨越被誉为“中国石油第一跨”；承建了黄岛、秦皇岛、揭阳、锦州等大型储库。至今，公司足迹遍布全国32个省（自治区、直辖市），海外10余个国家和地区，已累计建设管道15000余公里，承建大中型储罐100余座340余万方，站场、阀室安装200余座。

50年栉风沐雨、砥砺前行，管道一公司始终走在油气管道业发展的前沿。从油气储运设施施工到专业化EPC，公司形成了一套先进的设计、采办、施工等全过程管理经验，承建的揭阳天然气管道EPC项目，为行业内首个“融投建管一体化”项目运作模式；承建的中俄东线北段为国内首个数字化移交管道工程。公司有21项工程获得国家级优质工程奖，多个项目获评全国优秀焊接工程，并先后获得全国优秀施工企业、全国用户满意施工企业等殊荣。

敢为人先　筑梦“中国创造”

科学技术是第一生产力。公司注重引进、学习和应用国内外管道施工先进技术，致力于管道施工工法的创新、实用和新型科技的研发。

1996年，主要是管道手工上向焊技术；2000年，逐步向手工下向焊、半自动全位置焊再到全自动焊的技术更替；2007年，公司引进了世界先进的CRC自动焊技术。与此同时，传统手工根焊也逐渐被先进的STT、RMD焊接技术取代，这些新技术在西气东输二线、三线和中亚管道建设中大显“威力”。

在引进新技术的同时，公司积极创新各种地质条件下的管道施工方法，积累了在山地、沙漠、水网、冷浸田、黄土塬等特殊地质条件下的管道施工经验，共创造多项国家一级工法及企业级工法。先后主编参编国际标准、国家标准、行业标准和国家管网DEC标准30余项，拥有专利和专有技术百余项。

多年来，一公司还积极开展高效自动焊接装备、焊接工艺、安装工艺技术攻关，具有自主知识产权的D1422空芯气缸内焊机、D1422一体化端面整形设备，在国家重点管道建设中“大显身手”。针对山地及特殊地段施工环境，公司研发了专用的内焊机、坡口机和配套焊接工艺，积累了丰富的1422毫米大口径、高钢级、高压力施工经验，先后承担了1300多公里全自动焊施工任务，承建的中俄东线北段为世界首条1422毫米超大口径的世界级水平天然气管道工程。

目前，一公司落实国家“双碳”目标，正在积极探索、研究和储备新能源储运技术，为未来氢能储运、加氢站、地热能发电厂工艺管道等设施建设储备技术。

为国“争气”　助力“全国一张网”

进入新时代以来，一公司牢记使命担当，始终肩挑重担，助力“全国一张网”建设，充分展示了中国油气管道建设主力军的时代风采。

密云—马坊—香河联络线是国家发改委互联互通重点工程，项目意义重大。工程难点多、时间紧、任务重。项目线路全长75.6公里，管径1016毫米，壁厚26.2毫米，全线含4座站场、5座阀室。项目位于首都周边，经济发达，人口密集，环保要求高、外协难度大，三穿通过权、林业砍伐、景区通过权、文物保护等手续办理繁杂周期长，质量标准要求高。一公司EPC承建此项目。

工程自2018年9月开工以来，一公司顾全大局，不计得失，确保了工程安全、优质、高效稳步推进。在项目高峰期投入6个主体半自动焊焊接机组，3个主体工艺焊接机组，15个连头焊接机组，定向钻、试压、防腐等辅助机组17个，投入人员合计1200余人，投入大型设备400余台套，于2019年12月19日完成项目投产移交，在京冀地区树立了管道局的良好形象。

陕京四线三大增输工程之一——由一公司承建的乌兰察布压气站是2019年

国家发改委督办的互联互通重点工程、国家天然气产供销体系建设基础工程，是2019年“南气北上”供气通道的关键。相比张家口和鄂尔多斯压气站，乌兰察布压气站环境最差，地形、地质情况最为复杂，给施工增加了极大难度。而且，这个工程工艺复杂，对技术能力、施工经验的要求是油气储运工程的顶级。

项目从2019年3月一开工就进入了全速启动的模式，一公司人在8个月时间里日夜奋战，通过一次次攻坚克难，不断刷新施工纪录。首次承建压气站的管道一公司，与老牌压气站施工队伍同台竞技不落下风，体现了管道局作为中国油气储运工程建设领域主力军专业化施工的综合素质与能力。

此外，一公司在中俄东线唐山—宝坻互联互通项目建设中，创造了22毫米壁厚单日焊接30道口、27.5毫米壁厚单日焊接20道口的全线日焊接纪录，并多次受到业主方表扬。

瑞雪兆丰年。目前，一公司人正在首条直供雄安新区的天然气主干管道——蒙西管道项目艰苦鏖战，以实际行动喜迎公司五十华诞。此项目建成后将与该区域内国家主干管网互联互通，进一步增强华北地区的清洁能源供应保障能力。

管道一公司党委书记、副经理楼剑军表示，站在新时代的起点，公司致力于建设匠心传承、品质至上、信誉卓著、基业长青的“百年老店”，为能源储运行业健康发展贡献智慧和力量!

（2021年11月10日中国网）

“一带一路”卷

海外综述

1981年起，管道局走出国门，先后完成了伊拉克、突尼斯、马来西亚和苏丹等管道工程建设，积累了国际工程施工经验。1999年开始，管道局积极开拓国际市场，建设了中亚、中哈、俄罗斯远东、阿布扎比、艾哈代布等油气管道、储罐及技术服务项目，树立了CPP国际知名品牌。

本篇所选文章，如《打造国际工程劲旅》《中石油管道局海外打造工程设计高端基地》《驶入海湾的管道“舰队”》《中石油管道局承揽伊拉克国家级调控中心项目》《管道局扎根中东高端市场》《中石油管道局签约斯里兰卡排水项目》《走出去，见证“一带一路”》《全球大口径海上输油管道EPC项目“花落”管道局》《为中国制造架起友谊桥梁》《管道人海外创精品宝石花绽放孟加拉》……记录了管道局海外项目不断创造奇迹，从创下中国速度到逐梦“一带一路”，并沿着这条承载着高质量发展希望的圆梦大道，愈走愈宽广。

特别推荐

走出去，见证“一带一路”

我是一名记者，从业近30年来，与中国管道同行，足迹遍布大江南北，真实记录管道局（CPP）建设10万公里管道、保障国家能源安全的发展历程；伴随国际化的脚步“走出去”，亲眼见证海外项目不断创造奇迹，从创下中国速度到逐梦“一带一路”，并沿着这条承载着高质量发展希望的圆梦大道，愈走愈宽广。

创下中国奇迹

在众多的海外项目采访中，印象深刻的有这样几次。

中亚天然气管道工程是世界上跨国天然气管道最长，我国管道建设投资最多、等级最高、施工难度最大的国家重点工程。为了更好地展示CPP工程建设的实貌，在中亚项目竣工前夕，管道局新闻中心派我带队前去采访。我认为，中亚管道是中哈中乌人民沿欧陆古丝绸之路开创的一条新的能源丝绸之路，所以确定了活动的主题是“能源新丝路纪行”。尽管距今已过去很多年，但对采访过的一些人依然记忆清晰。

2009年11月18日，刚抵达哈萨克斯坦，我采访的第一个人就是管道四公司项目经理解立功。他是技术型的管理者，在中亚创新了“内焊+半自动焊”工法，创造了全自动日焊和半自动日焊及月焊的全国陆上焊接纪录；在项目管理中，他大幅提升了施工技术和管理水平，推动了施工结构转型。因此，在全线施工中，四公司以人员设备最少的投入，人均承担了最多的工程量，实现了效益的最大化。采访一结束我立即写出人物通讯《走活“三步棋” 成功在于心》发回。只是没想到，在海外屡立战功的解立功因积劳成疾，于2015年在印度项目殉职，英年早逝令人痛心……但他的敬业和奉献精神激励着无数管道人前行。

另一个人是管道一公司项目经理高金杰。他在项目部遭袭、自己伤势最重的情况下，治疗后凭借顽强的意志、超常的勇气重返施工一线。在他的带领下，经历抢劫事件的施工人员全部回到工作岗位，队伍的凝聚力、战斗力空前高涨，施工进度一路“高歌”，最终夺得龙虎榜六项第一。我眼含热泪写完通讯《百折不挠真性情》，弘扬了管道人义无反顾、管道报国的高尚情怀。

我把感动化为工作的动力，一篇篇报道应运而生，从《能源之路红队“红”》《攻坚啃硬 看我“铁军”》《艰难险阻只等闲》《铁骑驰骋古丝路》《异域深处有我“家”》《商务运作模式的“探路者”》等，一直到《在异国他乡战风沙寒暑，用智慧汗水建能源动脉——中亚天然气管道投产通气》……我精心策划，每天不断线，以敏锐的眼光升华报道主题，以深厚的积淀丰富报道内涵。采访半个多月，我们刊登文图120多篇（幅）。对中亚管道形成全方位、立体式报道，反响巨大，得到各界好评。

中亚管道投产后，国内外无数人发出惊叹：真让人难以置信，在工程量大、政治责任大、工期质量安全压力大等重重困难下，管道建设者仅用1年多时间，就优质高效安全地完成了正常情况下五六年才能完成的任务，创造了世界管道建设史上的诸多奇迹。这些奇迹是怎样诞生的？我又策划了系列专题报道《紫气东去 铁军“争气”》等予以解读。

中亚管道顺利投产，凝聚了解立功、高金杰等管道人的智慧、汗水和忠诚，由此也探索出了国际管道工程建设的新路子，积累了国际管道工程管理的新经验，铸起了世界管道建设史上的一座丰碑。

我们采访结束后，集团公司隆重举行中亚天然气项目——西气东输二线西段工程表彰暨报告会。CPP因在管道建设中成绩斐然，在会上作了典型发言，CPP多家单位和个人受到表彰。中亚管道工程也获得了国家优质工程金质奖。

树立中国形象

2013年8月25日，新闻中心派我率管道电视台的记者远赴苏丹采访。

苏丹是中石油第一个“走出去”的海外投资能源合作项目，它代表着中国的形象和实力。1999年5月，管道局28名运营管理人员抵达苏丹，这是中石油管道运营队伍首次进入海外市场。截至2013年，CPP已在苏丹坚持了15年，市场还不断向高端延伸。为了更好地总结海外项目运营经验和启示，我在《石油管道报》和管道局网站开栏《苏丹项目海外15年走笔》。

这次采访我最想了解的是，CPP缘何能在苏丹市场站稳脚跟并不断拓展。通过深入细致的采访，我找到了答案。

2001年8月5日，苏丹1/2/4区管道一号泵站突然遭到苏丹反政府武装的猛烈炮击。从凌晨4点开始，先后有14发炮弹在营地和工作现场附近爆炸，最近的一发炮弹落在5万立方米储油罐附近。当时在泵站工作的所有的外国人都撤离了，而CPP员工却始终坚守在工作岗位上，没有一个人离开。泵站上的苏丹人对中国员工竖起了大拇指：“中国人，了不起！”CPP员工敬业奉献的精神不仅征服了业主，也感动了苏丹人，他们率先喊出“中国管道员工不能走”的提议。

如果说敬业是中国员工赢得尊重的前提，那么科技则是他们获得市场的利器。CPP在管道运行中发挥自身的科技优势，并不断创新实践，攻克了一个又一个技术难题。如在苏丹1/2/4区原油管道运行中，他们将国内尚处于试验阶段的减阻剂技术率先应用，管道输油能力普遍提高了15%以上；并进一步研究停输再启动技术，优化降凝剂注入量，最终实现了无降凝剂安全输送，这一项每年可节省近800万美元的管道运行费用。

CPP能够长期根植苏丹，还源于合作经营模式。他们与苏丹石油管道公司联合从事管道运行管理，双方在合作中实现了互依共赢，稳定发展。两国员工在长期工作中建立了深厚的情谊。

在6区末站采访中，我在现场感受到了这份情谊的深重——中午刚走进自助餐厅，就看到桌上摆放着两块大蛋糕，蛋糕分别被做成中苏两国的国旗。原来，在餐厅上班的苏丹工友听说今天中国记者要来，天不亮就起床赶时间做出两块体现中苏两国友谊的“国旗蛋糕”。当时吃着这个特制蛋糕，心里格外温馨。

苏丹6区管道每个小站都在偏僻的村镇。奥拜伊德3号站营地距喀土穆600公里，因路况差，我们那天去采访时一路颠簸了11个小时才到。有的小站只有三四个人，由于环境和安全原因，无法与外界沟通，只有与高温、寂寞、思乡相伴，真的无法想象他们这么多年是如何坚持的。

但有人就坚持下来了，如CPP苏丹分公司总经理梁军会。他是首批抵达苏丹的运营管理人员，任务是保障苏丹1/2/4区1540公里原油管道顺利投运。他对怀孕的妻子说：“等投运任务完成后就可以回国天天团聚了。”可实际上，他们夫妻“天天团聚”的梦想持续了15年依然没能实现。当年管道投运成功后，业主与CPP签署了管道运行合同，而且连年续签，梁军会就长期留在了苏丹。

我被梁军会等人的坚韧所感动，在苏丹采访的一周时间，收获颇丰，创作出《尼罗河见证中苏友谊》《苏丹感受“家”温馨》《艰难的南苏丹管道复产》《使命 · 责任 · 坚守》《防弹衣引出的故事》《没有荒漠的人生》等。深度报道《“苏丹模式”：中石油管道局进军海外的成功样本》刊登在新华社《经济参考报》，被各大报网纷纷转载，有效彰显了CPP品牌实力和形象。

坚守，结出丰硕成果。2015年8月16日，在苏丹举行的中苏石油合作20周年表彰活动中，CPP凭借推动苏丹项目稳健发展、为苏丹经济社会发展作出的突出业绩和良好形象，获得了苏丹政府颁发的杰出贡献奖。

证明中国能力

由CPP承建的坦桑尼亚天然气管道工程，是坦桑“南气北输”能源大动脉，被坦桑政府誉为“第二条坦赞铁路”。这是CPP在海外市场的首个陆海一体化管道建设项目，更是中石油最大铺管船CPP601建成后的首航工程。2014年7月，在坦桑项目竣工前夕，我和管道电视台的记者前去采访。

这个项目由CPP十余家单位共同参与建设，成为CPP管道建设史上涵盖施工范围最广、涉及专业最多的海外项目。现在回想起来，当年紧张艰辛的采写过程历历在目：2014年7月23日，我们一下飞机就奔赴坦桑末站，早已把倒时差这个问题抛之脑后。《设计解难题　服务到现场》就是第一天采访的结果；穿行在茂密的热带丛林、层峦起伏的山坡、众多的沟壑峡谷，赴各中转站采写《一路“抢”绿灯　粮草要先行》；沿“搓板路”、爬陡坡记录下《展开攻坚战　集中“啃”难点》；在齐大腿深的海滩艰难跋涉登上铺管船揭秘《海中出“蛟龙”　陆地有“猛虎”》《齐心开大船　协力海让路》；管道局自主研发的软件成功应用，打破了国外企业在海外油气自动化控制软件市场的垄断，采写出《海外管道有了“中国芯”》；业主、PMC、中国驻坦桑大使赞叹管道局创下“中国效率”“中国质量”，于是诞生了《受各方赞誉，CPP“good！”》……

在坦桑采访的8天里，从达累斯萨拉姆末站一路向南，沿着540多公里管线施工现场和营地且行且采访，行进至姆特瓦拉首站……我们日夜兼程，采访了管道局所有参建队伍。每晚，我都忙到凌晨发完稿才休息。高强度的工作把同行的记者小柏累倒了，上吐下泻，但他依然带病坚持着。

随着采访的深入，愈发感到兴奋和自豪：在海底管道施工中，面对水深变化大、地质复杂、航道狭窄等困难，CPP参建员工勇于创新、敢于亮剑，首次进行了全程、自主海底管道的安装设计和施工，这在管道局乃至中石油海洋管道发展史上具有里程碑意义。长期以来，在国际海洋管道施工领域，一直是欧美人占据主导地位，从项目业主到管理承包方（PMC）都对中国企业的海底管道施工能力存有质疑。这次CPP的卓越表现，向世界证明了管道局海洋工程建设的技术实力，由此开创中石油海洋业务发展的新纪元。

由此我精心采写了深度报道《中国管道，非洲展示“国际范”》，被中非合作网、坦桑尼亚华人论坛等网站转载，进一步扩大了CPP的影响力，得到了社会各界的广泛关注。作品分别荣获2014年度中国企业报协会、中石油记协新闻奖一等奖，并被中国新闻智库收藏。

在坦桑项目中，CPP证明了“中国能力”，赢得了坦桑人民的赞誉。2015年10月10日，坦桑尼亚总统基奎特亲自为管道局颁发杰出贡献荣誉证书。

改革开放40年来，管道局“走出去”的步伐越来越稳健。尤其是近几年，CPP搭乘“一带一路”倡议沿线国家经济发展的快车，进展速度、成效收获令业界惊叹。每年运作30多个国际项目，足迹遍布中东、中亚、东南亚、非洲、大洋洲、南美洲等地区和大洲共47个国家。凭借一揽子交钥匙的全产业链优势，不断提升国际工程的全生命周期服务能力，用一个个精品工程铸就了“CPP”国际品牌。

我珍惜每一次“走出去”的机会，行程紧凑充实，采访扎实细致。我记录着、见证着，也被“一带一路”倡议感动着，每次都创作出多篇影响大的作品，被人民网、新华网、中新网、新浪、搜狐等网站转载，在社会上产生了积极影响。能为讲好中国故事，传播好中国声音，树立品牌形象尽绵薄之力，是我这个“老记”最大的心愿！

（2018年第6期《新闻之友》，2018年11月30日《石油管道报》）

中石油管道局海外打造工程设计高端基地

CPPE阿布扎比分公司获多项特级资质

9月4日，记者在阿联酋阿布扎比Sheikh Zayed Street（8th Street）大街Business Avenue Tower大厦6楼的中国石油天然气管道工程有限公司（英文简称CPPE）阿布扎比分公司采访时获悉，中国石油天然气管道局（英文简称CPP）近年来以打造“国内第一、国际一流国际管道工程总承包商”为目标，全面推进战略转型。这家由CPP独资、刚刚成立一年多的设计咨询公司，已获得工程设计咨询领域7项特级资质和5项一级资质等级证书，并在伊拉克市场斩获4份设计合同，合同额突破2000万美元。

刚从国内赶来的中国石油天然气管道局局长助理、CPPE总经理张志宏指着上述12项《设计咨询资质等级证书》兴奋地说：“这是我们进军国际高端市场的一个重要成果，也是我们挺进中东地区和非洲地区工程设计、咨询市场的通行证。通过承担国际工程项目前期咨询、规划可研和初步设计，将为我们CPP承揽更多的国际工程EPC项目奠定坚实基础。”

布局高端：阿布扎比打造设计基地

据了解，CPPE作为中国管道设计行业的引领者和主力军，曾主导设计了国内70%以上的油气储运勘察设计工程，并参与设计了中俄、中亚、中缅等多条跨国长输管道，设计管道总里程超过10万公里。近年来，CPPE在做强国内业务的同时，加快“走出去”开拓国际市场，于2012年4月12日在阿布扎比成立了分公司，同时这也是中石油在阿布扎比唯一的设计咨询公司。

CPPE首家海外分公司为何落户阿布扎比？面对记者的提问，张志宏说：“作为中东石油大国阿联酋的首都，阿布扎比是国际化城市，同时也是西方油气工程设计领域高手云集之地，全球高端工程设计公司都在阿布扎比有分公司。下棋找高手，弄斧到班门，我们首出国门即选择阿布扎比，目的就是要选择国际高端市场参与竞争，这样才能实现管道局领导提出的‘国际一流’的战略目标。”

经过一年多的努力，CPPE阿布扎比分公司成功迈出第一步。他们凭借自身强大的技术实力，一举获得由阿布扎比市政事务部根据本国严格的等级管理条例授予的总计12项设计咨询资质。其中，特级资质7项，包括油气长输管道、油气储罐、油气田地面建设、可行性研究、地基处理及土壤力学、土建工程、隧道工程；一级资质5项，包括输水及分输、建筑、公路、桥梁、测量。

“我们刚到阿联酋时，有国际同行曾预言，没有三五年时间CPPE不可能在阿布扎比站稳脚跟。”CPPE阿布扎比分公司常务副总经理吴原骏说，“而我们不仅只用一年时间获得多项资质，而且在伊拉克斩获多份设计合同。”

广揽人才：一流人才撑起一流设计公司

分析CPPE在阿布扎比较短时间便站稳脚跟的原因，张志宏告诉记者，首要是人才，对于设计咨询公司而言，最大的资本和财富就是人才，而阿布扎比作为国际化、市场化大都市，为CPPE招聘一流的国际化设计人才提供了便利。

据介绍，CPPE阿布扎比分公司成立之初，仅有来自国内的3名员工，在一年后的今天，已发展为拥有60名中外员工的分公司，其中30名为外籍员工。

“这些外籍人员大都是我们面向全球招聘的高端人才。”张志宏说，“我们从收到的1493份来自不同国家的简历中，择优录用了30名优秀人才，聘为项目经理或工程师；同时，还从应聘人员中挑选200余人作为后备人才，将其简历收入分公司人才信息库备用。”

记者在分公司工作平台现场看到，不同肤色的外籍员工或打电话，或制作图表，各自在电脑前紧张地忙碌着。"这些外籍员工分别来自7个国家。"吴原骏介绍说，中外员工都在一起办公，彼此口头交谈的第一语言是英语，在员工QQ群里打字交流也要求使用英语。在相互沟通交流中，中方员工英语水平快速提高。

"招聘这些国际化高端设计人才和项目管理人才，不仅为了开拓国际高端市场，在满足分公司需求的前提下，我们还选择优秀外籍人才输送回国内总部。"张志宏说，"我们的目标是要学习国际先进的设计手段、设计理念和管理方法，提高整个CPPE的国际化水平。"

高端对标：按国际游戏规则开拓市场

如果说广招人才是实现国际化的前提，那么研究制订高端市场的标准则是实现国际化的关键。据张志宏介绍，CPPE阿布扎比分公司成立伊始便开始全力研究分析欧美、中东等地的国家标准和BP、壳牌等国际大公司的标准；同时还在阿联酋寻找了3家具有国际一流工程设计质量管理体系认证经验的咨询公司，与其探讨、学习，最终形成了符合当地法律法规、适合CPPE阿布扎比分公司自身需求、定位国际一流企业的质量管理体系。

与此相适应，CPPE阿布扎比优化人力资源，合理做好生产任务分配，积极探索国际项目管理模式，发挥本国和外籍员工各自的经验和优势，组建由来自多个国家雇员参与的项目管理"联合舰队"，实现真正意义上的国际项目管理。

国际一流人才、国际一流标准，为进军国际高端市场奠定了基础，而多项《设计咨询资质等级证书》的获得，则为打开国际高端市场大门提供了"钥匙"。据吴原骏介绍，CPPE阿布扎比分公司成立后所承担的4个伊拉克工程——巴德拉（Badra）油田外输管道项目、米桑（Mission）油田外输管道工程、格拉夫（Garraf）油田外输管道项目和鲁迈拉（Rumaila）油罐项目，都是由来自英国、荷兰、印度、巴基斯坦、约旦、叙利亚等多个国家员工组成的"联合舰队"完成的高端项目，全部按国际标准运作。

（2013年9月9日《经济参考报》）

稳步拓展　阔步前行

——管道局中东地区公司市场开发纪实

管道局中东地区公司2014年全年中标大小合同10余项，顺利完成海外市场开发任务，成为管道局国际业务发展的样本。

伊拉克市场是管道局在中东地区拓展市场浓墨重彩的一笔。

4年前刚刚进入伊拉克时，当地市场对管道局队伍的竞争力并不信任，市场局面很长一段时间难以打开。在尝试着给壳牌公司第一次投标时，由于对方对管道局了解甚少，投标的资格预审都未能通过。

路在无路处。市场开发人员沉静下来，更为深入地了解和熟悉伊拉克市场的各个公司，跟踪和研究市场。几个月时间，公司对近期和长远市场做了规划和构想，对伊拉克市场也有了比较准确的定位：内部起步、稳步拓展、属地管理、国际合作，截至2014年年底，市场开发人员以锲而不舍的精神，先后中标鲁迈拉项目和哈法亚项目，为后续市场拓展奠定基础，经营业绩也连年翻番。

开拓海外市场，没有合作和交流寸步难行。几年来，这个公司按照市场定位，开展三种合作，借力使力，构建了多边共赢的格局。

第一，按照集团公司要求，服务、保障中国石油上产目标。这个公司2011年凭借管道局专业化公司和完整的管道建设产业链优势，在哈法亚一期工程中间泵站及21公里输气管线、凝析油管线项目实施中，组织力量，精心施工，按期优质完成工程，获得业主赞誉，为中标哈法亚二期工程米桑外输管道奠定了坚实的基础。2012年，公司又凭实力拿到了以中国石油、BP、SOC为联合业主的鲁迈拉井口管线项目，为管道局实施内部合作打开了突破口。

第二，逐步开展国际合作。公司注重与有实力的国际工程公司携手，实现强强联合。目前，中东地区公司已成功与由BP、SOC、中国石油组成的业主联合体ROO合作鲁迈拉项目，与壳牌公司合作了马季努恩油田地面项目，与俄罗斯天然气工业公司合作巴德拉集输项目，与马来西亚国家石油公司合作了格拉夫原油外输管道项目，与俄罗斯鲁克公司携手西古尔纳项目。目前，公司紧紧抓住国际油气工程建设领域发展的新动向，加强与国际著名咨询公司和工程公司的合作，通过优势互补，深度融合，进一步扩大自身优势，实现合作共赢的新局面。

第三，逐步实施属地合作，抓住伊拉克战后重建的机遇，以真诚合作互惠共赢的态度，联合伊拉克本地石油公司，建立良好的战略伙伴关系，促进伊拉克市场开发。

公司在实施属地管理上不断创新，施工高峰期属地化员工比例超过72%；注重HSE体系建设，从根本上降低项目风险；强化属地合作，以长期性技术培训、联合实施项目等，加深与当地公司的合作关系；积极开展社区公益活动，履行社会责任，为当地学校捐赠学习用具、为沿线民众义诊送药、修路建桥并为社区足球冠名赞助，营造和谐的合作氛围。同时管道局中东地区公司在项目实施中更注重环境保护，进行绿色施工，努力降低地区碳排放量，并通过技术投入协助伊拉克石油企业回收油田伴生燃气。通过各项措施，管道局中东地区公司在伊拉克谋求深度合作，做到了进入一个市场，站稳一个市场，扩大一个市场。

采访札记：说起市场开发，管道局中东地区公司的管理人员有着深刻的体会。

体会之一，提升企业品牌价值，利用管道局产业链条，充分发挥整体优势，才能获得市场最大化、效益最大化。

体会之二，要不断适应市场的要求，转变思维，提升管理水平。要以国际化视野，不断熟悉国际项目管理惯例及规则、行为方式和思维方式，向国际同行学习，促进管道局国际化水平的提高。同时，又要坚持本土化运作，尊重当地文化，加强与当地公司的诚信合作。将二者有机地结合在一起，才能使整体市场环境更为和谐，管理水平不断提升。

体会之三，项目管理和市场开发要高度融合，两者是相互促进的关系，没有项目管理的市场开发是缺乏根基的，没有市场开发的项目管理是不可持续的。项目管理是与业主建立友谊、互信的最基本前提，只有通过项目管理才能体现出企业的自身能力和价值，然后再进行市场开发就可水到渠成。而市场开发则是建立一个合作契约，它要通过一个个项目的实施，通过优秀业绩来获得合作伙伴的信任和青睐，继而实现深度合作。

（2015年1月15日《中国石油报》）

签约鲁迈拉：中石油管道局迈向高端市场

1月20日，伊拉克BGC公司与中石油管道局（CPP）签订鲁迈拉管道完整性管理项目，BGC负责人表示要通过与CPP的共同努力，顺利完成该项目，为伊拉克南方天然气利用项目的实施奠定基础。

据管道局副总工程师、中东地区公司总经理薛枫介绍，完整性管理项目不同于传统的EPCC（设计、采办、施工、试运）项目，它是以检测、检验和评估为主的高端技术服务项目。通过梳理不断变化的各种因素，对油气管道运行中面临的风险进行识别和评价，通过监测、检测、检验等各种技术方式和手段，获取与管道完整性管理所需的各种信息，制定相应的风险控制对策，不断消减和改善识别到的不利因素，从而控制管道运行风险，确保运营管道达到持续改进、减少和预防事故发生的目标。

BGC公司目前拥有伊拉克南方西古尔纳-1油田、鲁迈拉油田以及祖拜尔油田的天然气处理及输送设施资产所有权和经营权。其所管理设施建成于20世纪80年代初，受伊拉克多次战争影响，一直没有正常投运。近年来，随着战后油气建设市场复苏，伊拉克政府计划实施天然气利用复产项目，作为该计划的第一步，必须对其所辖管道及配套工艺系统进行全面的检验、检测、评估。

BGC业主经过市场调研以及对目前在伊拉克的各国际承包商进行综合能力评估，鉴于管道局2014年度两个项目的出色表现，他们最终选定CPP为管道完整性管理项目的中标人。

鲁迈拉管道完整性管理项目的签署具有里程碑意义，是管道局完整性产业链优势的充分体现，为下一步市场开发拓宽了新的领域。目前，管道局正组织技术力量，展开对BGC公司所拥有的123条管线进行普查、检测与评估，按照先进的系统学理论，完成所有管道相关数据录入，识别存在的风险，制订合理的日常管理方案，从而建立起系统、科学的管道完整性管理体系，确保管道系统安全运行。

（2015年1月26日《经济参考报》）

中石油管道局中标沙特管道项目

合同额3.3亿美元

7月14日，中石油管道局传来喜讯，沙特阿拉伯阿美石油公司发来了授标函，管道局成功中标沙特拉斯坦努拉管道项目，合同额3.3亿美元。这个项目是管道局今年中标的最大EPC总承包合同，是中石油在中东高端市场上的又一重大突破，也是阿美公司近年来与外国工程公司合作的重大项目。

据管道局副总工程师、中东地区公司总经理薛枫介绍，该项目工程范围包括：新建24寸到48寸各类口径陆上管道250公里，实施热开孔205处，道路穿越45处，敷设光缆154公里。线路截断阀室22座，RTU阀室13座。同时，需要拆除旧管线45公里，废弃管道271公里。

沙特阿拉伯油气资源丰富，素有“石油王国”之称。石油储量2680亿桶，占世界石油储量16%；石油日产量约1200万桶/天，占世界总产量八分之一，是世界最大的石油出口国。阿美公司是沙特国家石油公司，拥有已探明石油储量及日产量均居全球各公司首位，是世界上最大的油气公司。阿美公司代表国家全面管理沙特至少超过100个油气田，包括世界上最大的陆上油田加瓦尔油田、最大的海上油田萨法尼亚油田。阿美公司估值达2万亿美元，是世界上价值最高的公司。同时，具有近百年历史的阿美公司，曾由美国人经营管理几十年，规范标准居于国际最高水平。

管道局于2015年6月通过阿美公司资审，进入阿美公司承包商名录，并通过其陆上管道板块的准入注册，获得拉斯坦努拉管道项目投标资格。这次投标与9家曾有沙特项目投标经验的对手同台竞争。为了稳操胜券，投标前，管道局组织由各专业人员组成的调研组，多次赴沙特项目进行实地踏勘调研，获得第一手资料。投标中，调动各专业骨干力量，研究技术方案，编制投标文件，按期提交业主。投标后，公司投标组积极跟踪业主动态，及时澄清业主有关问题，展现了国际工程公司的专业水平。经过阿美公司业主评标，管道局成功取得该项目。

据薛枫介绍，在开展拉斯坦努拉管道项目投标工作过程中，管道局中东地区公司已同步编制提交了阿美公司站内设施、水处理、海洋管道和技术服务等板块的准入注册资料；取得了沙特水电公共事业公司的市场准入资格；正在进行沙特基础工业公司等其他7家公司市场准入注册。中东地区公司对沙特的后续市场已进入深度开发阶段。

（2016年7月14日人民网，2016年7月18日《中国能源报》）

中石油管道局签署埃克森美孚EPC项目合同

中石油管道局中东地区公司与埃克森美孚伊拉克西古尔纳-1油田业主，日前在迪拜签署产出水管线EPC项目合同。这是管道局与埃克森美孚在中东市场的首次合作。

管道局国际事业部党委书记、中东地区公司负责人表示，埃克森美孚是全球最大的、有着良好信誉的国际油气公司，中石油管道局一直寻求与之合作的契机，此次合作表明管道局在推进国际高端市场进程中又迈上新台阶。

据埃克森美孚伊拉克西古尔纳-1油田项目高级经理Allan Smith介绍，埃克森美孚与中石油管道局开展合作，看中的是后者多年在伊拉克市场所展现的实力和管理水平。美孚公司非常重视此次合作，项目建设不但关系油田升级改造和发展计划顺利实施，并对促进Exxon Mobil和CPP的深度合作也有着重要意义。他期待双方通过实施项目互相学习对方值得借鉴的经验，建立持久互信关系，在更为广阔的市场领域进行深入合作。

管道局此次与埃克森美孚签约的西古尔纳-1油田产出水管线EPC项目合同主要包括DS6、DS7、DS8三个脱气站间新建18.5公里、16寸地上产出水管线及附属设施，以及由业主决定的部分选择性项目，包括17.3公里、16英寸钢质管道，该工程预计工期为14.5个月。

（2017年2月20日《中国能源报》）

管道局扎根中东高端市场

6年收获逾200亿元人民币　建设管道超2000公里

1月19日，记者从管道局中东地区公司了解到，自2012年以来，管道局已在中东市场收获200多亿元人民币合同额的项目，建设管道超过2000公里。其中，80%是中石油系统外项目。

中东是世界主要的石油生产和输出地区，世界知名的石油公司均在此开展业务，标准高、要求严，是名副其实的高端市场。管道局2010年成立中东地区公司，2012年明确中东地区公司代表管道局全面负责中东地区业务。

经过几年打拼，管道局建立了伊拉克市场“根据地”“大本营”，并把市场拓展到沙特阿拉伯、阿曼、阿联酋等国家，市场区域不断扩大，业务涵盖长输管道、储罐安装、管道技术服务、通信电力安装与运维、油田地面建设等，专业涉及勘察设计、物资采办、工程施工、投产保驾、运行维护等管道完整产业链。

据中东地区公司党委书记邱顺福介绍，随着管道局对中东市场的“深耕细作”，CPP品牌越叫越响，已成为中东区域带得动、叫得响、打硬仗的专业化、国际化总承包商。2017年，管道局被俄罗斯天然气公司（GAZPROM）业主评为“最佳承包商”，成为获取BP首个AA资格的承包商，带动管道局机械公司进入埃克森美孚弯管供应商名录，HSE管理体系被阿曼业主评定为最高等级的“绿缎带”。近几年，管道局已建、在建的各项目均平稳受控，安全高效运作，获得各方业主肯定，收到感谢信、表扬信50余封，累计获得业主各种奖励百余项。

中东地区市场潜力巨大，然而，近年来，随着国际油价的低位徘徊，各大石油公司均在压缩投资、缓建项目，市场竞争更加激烈。“以伊拉克市场为例，由早期的四五家公司竞标一个项目到现在往往十四五家竞标，管道局的中标压力陡增。”中东地区公司副总经理时春成告诉记者。

为应对复杂的市场局面，管道局坚持市场开发思路前移、责任主体前移、阵地前移的“三移”原则，全方位推行全员市场战略，同时把执行好项目作为市场开发的前提，在伊拉克艾哈代布项目83天完成200公里管道施工，以“中国速度”打响了CPP品牌，之后参与建设了伊拉克政府战后授标的全部大型油田项目；在沙特阿拉伯中标拉斯坦努拉项目后，快速适应业主标准，依靠优质服务，又相继中标哈拉德天然气管道和重油管道项目，在沙特市场站稳了脚跟。

在市场开发中，管道局更加重视合作共赢，在为中石油区域项目提供技术和服务保障的同时，以合作项目、联合投标、设备物资和信息共享等形式，与CPECC、寰球公司等兄弟单位合作开发市场、运作项目。管道局也不断深化与国际公司的合作，经过多年努力打拼，进入BP、壳牌、埃克森美孚、俄罗斯天然气公司、沙特阿美等国际石油公司市场，并与Lavalin、ILF等国际公司建立了密切的业务联系，有的还结成了战略合作伙伴。

“目前，管道局在中东地区管理在建项目11项，收尾项目12项，市场范围还将继续扩大。”邱顺福告诉记者。

（2018年1月22日《石油管道报》）

中石油管道局签约斯里兰卡排水项目

30日，中国石油管道局有限公司（以下简称管道局）与斯里兰卡大都市和西部省发展部在斯里兰卡科伦坡举行了斯里兰卡新姆图瓦和托林顿排水隧道设计和施工项目的签约仪式。

据管道局东南亚项目经理部总经理介绍，项目合同额为3369万美元，主要包括新姆图瓦3米内径盾构隧道780米，托林顿顶管隧道4278米，其中3米主隧道1100米，0.6—2米支干线隧道及支线隧道3178米。项目资金来源为世界银行贷款，项目计划2018年7月开工，工期为24个月，管道局以EPC方式承建。

该项目是大科伦坡市政发展项目的一个子项目，斯里兰卡政府非常重视这个项目，项目建成后将解决科伦坡地区城市内涝问题。

该项目是管道局东南亚项目经理部斯里兰卡筹备组经过4年的深耕细作后第一个成功中标的项目，也是管道局在斯里兰卡市场上首次成功中标的项目，亦是管道局第一个成功中标的海外隧道设计和施工项目，为管道局盾构、顶管业务走向国际奠定了坚实的基础，同时对于促进斯里兰卡后续市场开发及其他海外市场开发也具有十分重要的意义。

盾构、顶管非开挖业务是管道局非开挖领域特色产业链的重要组成部分，专注于构筑6米以下的隧道，目前已建盾构、顶管隧道超过8.5万米，形成了从业务咨询、设计、采办、盾构隧道、顶管隧道、TBM、城市综合管廊、竖井施工、管片制作、隧道内设施安装到运营维护的完整产业链，具备全生命周期建设管理能力，能为客户提供“一揽子”解决方案和“一站式”服务。

（2018年5月31日中国新闻网）

中石油管道局五年为沿线国建设管道超2万公里

6月7日，肯尼亚内阁秘书约翰·穆尼耶斯到访中石油管道局，感谢管道局为肯尼亚发展作出的突出贡献，对管道局的综合实力表示赞赏，就下一步合作进行了交流。截至目前，管道局为“一带一路”倡议沿线国建设长输管道超2万公里，累计收入超过500亿元，为沿线47个国家的发展作出了积极贡献，极大程度地助推了当地经济和社会进步。

2013年“一带一路”倡议提出后，管道局精准把握市场脉搏，积极投身其中，努力建设命运共同体，足迹先后遍及中亚、东南亚、中东、非洲、大洋洲等地区。仅今年四五月份就先后拿下尼日利亚AKK天然气管道工程Kaduna—Kano段（LOT3）的EPC合同、斯里兰卡新托排水隧道项目EPC合同和阿联酋项目PC合同3个大单，合同额近14亿美元。

在日趋激烈的国际市场竞争中，管道局始终秉持“建精品工程，铸诚信品牌”的理念，展现了管道局作为专业化公司的综合实力，树立了品牌良好形象。其中，坦桑海底管道项目向世界证明了中国石油海洋业务技术实力；安哥拉渔港项目填补了码头、多点系泊、海上平台和海底管汇等工程建设空白；加纳TEMA罐区EPC项目实现了LPG业务的突破。CPP的技术能力和综合实力不断增强，赢得了国际上更多的关注和认可，与BP、壳牌、彪马能源、俄气、卢克、沙特阿美等国际油气公司的合作更加深入。

通过一个个优质工程，管道局赢得了当地政府、业主、合作伙伴以及国际知名石油公司的尊重和肯定。坦桑尼亚总统基奎特亲自为管道局颁发杰出贡献荣誉证书，称赞管道局用“中国质量”和“中国速度”为坦桑尼亚联合共和国作出了杰出贡献；凭借推动苏丹项目稳健发展、为苏丹经济社会发展作出的突出业绩和良好形象，管道局获得了苏丹政府颁发的杰出贡献奖；管道局在肯尼亚先后完成了一号线成品油管线增输改造工程、四号线成品油西部管道扩容增输工程以及六号线管道工程，得到了时任肯尼亚总统齐贝吉和海外媒体的高度称赞，齐贝吉亲自为工程投产剪彩。目前，管道局正在进行肯尼亚成品油运输及储存培训中心的建设。

在实现自身价值、收获更多市场份额的同时，管道局也把“中国制造”带向了世界。在莫桑比克彪马能源马托拉成品油库项目中，大宗材料和重要设备国产化率达84%，乍得2.2期管道项目达82.93%，安哥拉渔港成品油库扩建项目超过80%，纳米比亚鲸湾油库项目达77.36%，肯尼亚6号线管道项目达60%以上。管道局为“中国制造”扬名海外架起了桥梁，成为助力“一带一路”倡议在海外延伸的重要参与者。

推进“一带一路”能源合作过程中，管道局热心公益、积极改善民生、促进就业，展示出了中国企业的社会责任感，在收获闪亮的工程业绩同时，也收获了沿线人民的满满情谊。据不完全统计，仅中缅管道建设期间，管道局共为沿线居民打水井、建桥梁、修道路、通水渠、立水塔、助学赈灾、捐款捐物等超过100次。

（2018年6月8日中国能源网）

管道局参加安哥拉首届油气论坛展获安哥拉总统肯定

安哥拉当地时间6月6日，由安哥拉能矿石油部主办的安哥拉首届国际油气合作论坛展览在首都罗安达CCTA中心闭幕。中国石油管道局工程有限公司（以下简称管道局）作为多年在安哥拉从事油气储运项目建设的专业化公司参展，吸引了安哥拉总统的关注，并获充分肯定，当地主流报纸及多家国际媒体对管道局进行了专题报道。

安哥拉总统携第一夫人，在能矿石油部长等政府高层的陪同下来到管道局展台，驻足多时，认真听取了管道局安哥拉国家公司总经理关于公司专业实力、在安项目业绩以及参与安哥拉丹迪油库项目建设意向的介绍，安哥拉总统对管道局在安良好的业绩给予了充分肯定。

这次展会，管道局获得了中国驻安大使馆和经济商务参赞处的大力支持，并在展会期间与TOTAL、ENI、EXXONMOBIL、SONANGOL、SOMOIL、PUMA、CHEVRON等多家大型石油公司进行了合作交流，共同探讨未来安哥拉油气建设领域的合作方向和模式。同时，管道局与安哥拉核心部委针对重点跟踪项目的融资规划进行了意见交换和方案探讨，与南苏丹石油部长秘书、赤道几内亚石油部长等其他国家参会要员就潜在市场机遇进行了初步洽谈和有效沟通。

展会期间，在安油气行业巨头及大型石油公司齐聚一堂，共谋发展之路，共商合作之计，共享市场之机。管道局通过新颖别致的主题布展、行业领先的技术装备、炫酷逼真的“沙盘模型”，展示了管道局全产业链一体化优势和在安哥拉的突出业绩，吸引了安哥拉国家石油公司等各大国际能源公司的广泛关注。

历时3天的展会吸引了近千名观展者驻足，各界人士更加近距离地接触了管道局，全方位地了解了管道局，深层次地感知了管道局。同时，借助该平台，管道局进一步了解了油气领域的“新动向”，结交了合作领域的“新伙伴”，拓宽了市场领域的“新视野”，扩大了“管道名片”的影响力，为管道局在非洲市场的持续发展提供了更多帮助。

（2019年6月7日工人日报客户端，2019年6月10日《石油管道报》）

全球大口径海上输油管道EPC项目“花落”管道局

8月9日下午，中国石油管道局工程有限公司（简称管道局，英文缩写CPP）收到印度尼西亚国家石油公司向CPP+HK联合体下发的巴里巴半第五炼厂拉维拉维单点系泊及相关设施建设项目中标函，管道局将承建全球最大口径海上输油管道EPC项目。

这个项目是中国EPC企业打开印尼国家石油公司大门的首个项目。项目主要工作内容堪称“巨无霸”：一套32万吨级的单点系泊和管汇系统；一条52英寸的原油管道长度约20公里，其中海洋管道钢管直径52英寸（水泥壁厚4英寸，总计管道直径60英寸，最大水深32米）约14.4公里，陆上管道约5.6公里；两座容量为17万立方米/座的原油储罐；一条约20公里、20英寸的原油管道，其中海洋管道约4.5公里，陆上管道约15.5公里；以及原油站场设施和工艺管道安装等附属设施。

拉维拉维单点系泊及相关设施建设项目为巴里巴半炼厂扩建项目的子项目，是为炼厂提供卸油、储油和输油等设施的项目，由业主进行单独招标。CPP作为牵头方与当地最大国有EPC企业PT.Hutama Karya（简称：HK）组成联合体参与该项目投标。

据项目投标组组长、东南亚项目经理部负责人介绍，此项目从跟踪到项目授标，历时17个月。因这是印尼国家石油公司近5年来最大的油气储运项目，所以吸引了26家国际知名施工企业参与投标。通过资格预审，有5家联合体胜出，最终凭借综合实力，CPP+HK成功中标。

此项目海上输油管道为52英寸（加上水泥配重层为60英寸），是目前全球最大口径的海上输油管道，包括“重量级”的单点系泊和原油储罐，对管道局的项目管理和施工能力都是较大的考验。通过该项目，管道局不仅进一步突破了国际区域市场，业绩和能力也将得到进一步提升。

管道局通过与国际其他知名企业如Saipem、SKE&C、PoscoE&C、Van Oord等的竞争中标，不仅获得了印尼石油公司和当地国有大型EPC企业的认可，也为今后在东南亚最大的市场（印度尼西亚）树立管道局企业品牌、展示国际一流油气储运工程综合服务商形象奠定了坚实的基础。管道局总部位于廊坊市，创建于1973年，是中国石油集团工程股份有限公司旗下核心成员企业。管道局是国内外油气储运工程建设行业的专业化公司，主要从事陆上和海洋管道建设、油气储库／罐建设、燃气利用、管道技术服务、通信电力安装运维、LNG处理与接收站建设等业务。为埃克森美孚、BP、壳牌、沙特阿美等70余家油气公司提供服务，公司经营足迹遍及中东、中亚、东南亚、非洲、大洋洲、南美洲等地区和大洲共47个国家，与美国福陆、沃利帕森、中国信保、中非发展基金等近80家国内外知名企业、机构建立了战略合作伙伴关系，能够在全球范围内整合配置最优资源。

（2019年8月9日海外网）

中石油管道局刷新中国管道陆海定向钻穿越纪录

中国石油管道局工程有限公司（以下简称管道局）12月3日透露，当地时间3日10时（北京时间12时），由管道局承建的孟加拉国单点系泊项目控制性工程6条登陆定向钻穿越全面告捷，该工程连续刷新中国管道陆海定向钻穿越纪录，获得业主方及国际专业监理的称赞。

据介绍，孟加拉国单点系泊项目是管道局积极响应国家"一带一路"倡议收获的重要市场成果。项目合同任务多元，包括建设单点系泊系统、罐区和站场等设施，以及铺设220公里长的海上及陆上输油管道。由管道局承建，业主为孟加拉石油公司及其所属的东方炼厂有限公司，施工点位于孟加拉湾东部区域。

管道局EPC项目经理孙碧君介绍，该项目管道局实现了四个首次——首次承揽运作"两优贷款"融资项目，首次建设单点系泊系统工程，首次进行146公里的大规模海管施工，首次采用定向钻技术实施陆对海穿越。

这6条登陆定向钻穿越（南部4条、北部2条）是项目关键控制性工程。其中难度最大的属南部两条长约1580米、直径914毫米的对海管道穿越，是目前国内企业实施的管径最大、距离最长、难度最高的对海定向钻工程。

施工中，管道局首次采用了独创的"海上扩孔及拖管工艺"，用定向钻技术实施陆对海穿越，连续刷新中国管道陆海定向钻穿越纪录，获得业主方及国际专业监理的称赞，为中石油乃至管道行业在长距离、大口径陆对海穿越施工方面积累了海上驳船支撑回拖、海上定向钻技术实战的宝贵经验。

管道局EPC项目部党工委书记杨明新说，在项目建设中，管道局投入精干的管理团队和先进的技术装备，秉承“中孟携手建单点系泊精品，‘一带一路’树中国管道品牌”理念，注重履行社会责任，以企业形象展示国家形象，充分发挥管道局专业化优势，合理安排勘察设计、物资采办和施工组织，为国际能源合作提供了中国智慧、中国技术和中国方案。登陆定向钻穿越完成后，海上及陆上输油管道、PSTF站场储罐安装施工即将启动。

（2019年12月5日学习强国平台，2019年12月5日《石油管道报》）

当地时间3月31日2时18分，管道局孟加拉国单点系泊及双线管道项目南部马特巴里航道36寸柴油管线定向钻穿越一次性回拖完成。至此，南部13条定向钻穿越全部完成。

管道人海外创精品　宝石花绽放孟加拉

——管道局孟加拉国单点系泊项目建设纪实

阳春三月，国内是草长莺飞好时节，孟加拉国已进入夏季潮热的桑拿天。一群奋战在孟拉加湾东部区域的中国管道人，在异国他乡挥洒热汗，苦干实干。他们在孟加拉国单点系泊项目中攻克难关，刷新纪录，展示了中国智慧；赤诚奉献，屡获点赞，树立了中国品牌；战“疫”生产，两手过硬，彰显了中国力量。

2017年10月，中国和孟加拉国两国政府代表签署政府间框架协议，中方为孟方建设输油管道项目提供融资，中国进出口银行提供优惠贷款，由管道局承建。该协议对落实“一带一路”倡议及孟中印缅经济走廊建设具有重要意义。

2019年1月28日，在孟加拉国库克斯巴扎马特巴厘岛，孟加拉国单点系泊及双线管道项目打火开焊，“河塘之国”由此展开一场艰苦鏖战。

创纪录，凝聚中国智慧

2019年12月5日，中共中央宣传部“学习强国”APP刊发了中国新闻网发布的新闻《中石油管道局刷新中国管道陆海定向钻穿越纪录》，使管道人精神振奋，士气高涨。

孟加拉国单点系泊项目总计17条定向钻穿越（含1条通信光缆和6条对海

定向钻穿越），南部施工区域13条，北部施工区域4条。6条陆海定向钻穿越连续刷新中国管道陆海定向钻穿越纪录，这6条陆海定向钻穿越（南部4条、北部2条）是项目关键控制性工程。其中难度最大的属南部两条长约1580米、直径914毫米的对海管道穿越，是目前国内企业实施的管径最大、距离最长、难度最高的对海定向钻工程。

施工中首次采用了独创的“海上扩孔及拖管工艺”，用定向钻技术实施陆对海穿越，连续刷新中国管道陆海定向钻穿越纪录，获得业主方及国际专业监理的称赞，为中石油乃至管道行业在长距离、大口径陆对海穿越施工方面积累了海上驳船支撑回拖、海上定向钻技术实战宝贵经验。

这只是众多新纪录中的一个。6条陆海定向钻穿越每条都是创新和挑战，自项目开工以来，已连续创下了多项新纪录。

孟加拉国当地时间2019年3月31日23时，南部首条直径914毫米的对海管道穿越回拖成功。施工中采用了独创的“海上扩孔及拖管工艺”，再次把我国陆海定向钻施工能力提高到一个新水平。

这次穿越刷新了管道局陆海定向钻最大管径、最大壁厚、最大重量、最大长度、最大难度“五最”新纪录，壁厚达31.75毫米，单根管重量达8.6吨，总重量1132吨，穿越管线总长度1580米。自2019年3月初管线预制开始，到3月31日回拖完成，这段时间历经暴雨、大风、阻工等重重困难，最终完成穿越任务。

陆海定向钻施工有别于陆地定向钻施工，驳船与陆地的配合存在着大量的操作细节，也考验着每一道工序的精密衔接，过程中每一个细节都关乎整体施工的成败。施工期间，项目部全体员工攻坚克难，用中国技术和中国质量征服了孟加拉国业主和德国监理，获得了一致好评。

陆海穿越成功，不仅证明管道局在穿越技术上有了质的提升，打造了管道局金字招牌，而且也让管道局在国内乃至全球定向钻领域彰显了整体竞争力，为管道局今后在国内外开拓陆海定向钻市场奠定了坚实的基础。

获点赞，彰显中国风采

单点系泊项目是孟加拉国最大的储运能源项目，“项目建成后，可将原油卸载时间从11天缩短到48小时，同时可以避免原油泄漏造成环境污染，减少原油转运成本和损失。”管道局EPC项目部经理孙碧君介绍，该项目是2016年习近平主席出访孟加拉国见签27个项目中第一个落地实施的项目，乘着“一带一路”倡议的东风，项目从融资到实施都备受关注。

2019年2月22日，业主孟加拉石油公司总经理哈桑先生、东方炼厂SPM项目经理哈斯纳特先生一行到项目部调研。哈桑先生对项目进展较计划提前非常满意，对管道局施工技术表示认可。他说，他对这个项目非常有信心，相信我们能够按时高质量完成，SPM项目成功交付，对孟加拉国以及中孟关系有至关重要作用，并表示在今后的项目建设过程中，孟加拉国石油公司从财务、协调等方面都会给予大力支持。

2019年5月17日3时，在南部最后一条直径914毫米陆海定向钻工程一次穿越成功后，业主、监理同时发来贺电。现场监理负责人Andreas在贺信中说：马特巴厘岛最后一条陆海定向钻工程冲破重重困难成功完成，这是单点系泊项目的一个重要里程碑，我在现场目睹着CPP团队每天不畏高温酷暑和随时而至的暴风骤雨，不分昼夜、忘我拼搏，我非常钦佩。在这欢呼胜利的时刻，我对所有参建人员的坚持不懈和敬业精神致以最崇高的敬意，祝贺你们，干得漂亮！业主项目经理Hasnat在贺信中指出，在顺利完成前3条马特巴厘岛陆海定向钻工程后，第四条穿越遇到了许多困难和波折，CPP团队为此付出了很多艰辛并最终克难制胜，非常振奋人心。谨此向CPP团队表示衷心的感谢和诚挚的问候，祝贺你们取得新的里程碑胜利，也希望你们再接再厉，成功完成后续所有的工作任务。

2020年2月9日，业主孟加拉石油公司、东方炼厂邀请孟加拉国《曙光日报》、独立电视台、24频道等4家主流媒体记者团到访项目，进行集中采访报道。

采访期间，孟加拉国石油公司主席沙姆苏尔·拉赫曼在项目海底管道安装铺管船上，向记者团介绍了项目建设背景、未来发展规划和项目实施进展，以及项目建成后对提升孟加拉国能源供应保障需求、推动地区经济发展、扩大和深化两国油气能源领域合作的重大意义。沙姆苏尔·拉赫曼称赞管道局是国际知名工程承包商，对管道局过硬的专业技术实力和积极推进项目建设进度所取得的成绩给予了高度评价。他特别向记者团介绍了项目团队积极响应中国政府号召，在此次新冠肺炎疫情防控中采取的果断措施，实施人员“零流动”，显示出了中方企业有责任敢担当，感谢中方项目团队在阻止疫情扩散和全力推进工程建设中所付出的努力。

记者团成员表示，第一次参观海底输油管道项目建设，非常震撼。这是一条孟加拉国急需早日建成的能源大动脉，是向孟加拉国民众展示中国企业参与投资、设计与施工的标志性工程。

战疫情，展示中国力量

受当地降雨影响，计划工期分为三个旱季。第一旱季已完成陆对海定向钻穿越施工任务。时值第二旱季黄金施工季，南部、北部陆上管道焊接按原计划同时展开施工。

2019年12月23日，海上管道安装正式进入施工阶段。海底管道总长146公里，管径分别为18英寸和36英寸，是管道局首次进行的大规模海管安装，管道局海管铺设能力达到世界先进水平。因受环境影响较大，安全、质量风险大，且工期较紧，成为本旱季最难完成的施工任务。

没想到更大的困难来了，国内发生了新冠肺炎疫情。为保障疫情受控，项目部停止人员动迁，主力资源滞留国内。孟加拉国也颁布了暂停一个月落地签的禁令，并且加大了设备材料进口的检疫检验。项目面对的不只是施工难，施工资源成了最大难题。

“项目PSTF场站大罐主体安装原计划2月份开始实施，现在急需的物资、人员都上不来；国内工厂延迟复工，急需预制的储罐罐板等物资也会供应滞后；当地雨季很快就要来临，这些对项目工期影响特别大。”孙碧君说，“现在机组焊工资源严重不足，只能先集中力量主攻南部施工段。”

面对多点施工、施工资源紧缺情况，管道四公司线路分部合理利用现有资源，管理人员下沉机组，成立攻坚施工小组。线路部实行重点监护，严格执行施工标准和安全质量要求作业，加大巡检力度，为机组提供快捷准确的指导，消除安全质量风险隐患。为争取更多施工时间，机组员工午餐、晚餐均在工地解决，夜间加班保证每日进度。

为确保疫情防控和项目安全施工两不误，避免人员集中，EPC项目部和各参建分部以电话视频会议的形式部署施工任务，机组一线人员实施“两点一线”，只在驻地、工地出现，不与当地居民接触。同时积极联系海外兄弟单位沟通协调焊工资源，适当调整、细化施工计划。大力开展劳动竞赛激励现有人员实干、巧干，以扎实有效的工作应对关键时刻的考验，尽力减少疫情对工程建设的影响。

2月13日，项目劳动竞赛传捷报，第十三条定向钻——马特巴里航道第二条18寸柴油管线定向钻穿越，提前计划工期15天完成穿越回拖。这是继第一条定向钻提前计划工期9天完成后，又一次穿越新纪录。

截至3月31日，管道局承建的孟加拉国单点系泊项目海底输油管道已安装完成102.56公里，海管安装任务实现过半，焊接合格率达99.98%，创下了管道局海底管道安装长度、日焊接进度、焊接一次合格率三项新纪录。

项目部党工委书记杨明新表示，虽然现在施工受疫情影响，但是他们有信心战胜各种困难。在今后的项目建设中，管道局将继续发挥专业化优势，合理安排勘察设计、物资采办和施工组织，为国际能源合作提供中国智慧、中国技术和中国方案，彰显有责任敢担当的中国力量。

（2020年4月7日《石油管道报》）

中亚管道项目

中亚天然气管道是世界上第一条采用分段分国建设和运营模式的管道。管道分A、B、C三条线路基本并行铺设，管道局承担60%以上的工作量。中亚天然气管道A、B线获中国土木工程领域最高奖——詹天佑奖，这是管道局承建的工程首次获得这一奖项，也是詹天佑奖自创立以来，首个跨国长输管道工程获奖。中亚天然气管道C线（哈萨克斯坦段）获石油优质工程金奖。

为了更好地展示管道局工程建设的实貌，2009年11月在中亚项目A线竣工前夕，记者前去采访，并确定活动的主题是“能源新丝路纪行”。从《能源之路红队“红”》《攻坚啃硬看我“铁军”》《艰难险阻只等闲》《铁骑驰骋古丝路》《异域深处有我“家”》《商务运作模式的“探路者”》等，到《在异国他乡战风沙寒暑，用智慧汗水建能源动脉——中亚天然气管道投产通气》……对中亚管道形成全方位、立体式报道，反响巨大。

特别推荐

紫气东去　铁军“争气”

12月14日，中、土、哈、乌四国元首共同启动通气阀门，横跨四国的能源大动脉——中亚天然气管道历时18个月建成通气。

国内外无数人发出惊叹：真让人难以置信，在工程量大、政治责任大、工期质量安全压力大等重重困难下，管道建设者仅用一年多时间，就优质高效安全地完成了正常情况下五六年才能完成的任务，创造了世界管道建设史上的诸多奇迹。这些奇迹是怎样诞生的？本报从即日起陆续刊登解读中亚项目奇迹系列报道。

中亚管道建设困难重重，极富挑战，无论是项目的宏大规模，还是项目跨越的区域，还是沿线极差的社会依托、恶劣的自然环境，对于管道局来说都是史无前例的。而且，管道局首次进入乌兹别克斯坦市场，种种无法预料的困难使商务运作充满了不可预知的风险。管道铁军经过一年多时间的艰苦奋战，创造了国际工程建设的奇迹。

12月17日，在集团公司召开的中亚天然气项目——西气东输二线西段工程表彰暨报告会上，管道局局长赵玉建自豪地说：“科学组织管理，是工程建设得以顺利实施的根本所在。”

在中亚管道工程建设中，管道局作为EPC总承包商，充分发挥专业化公司优势，统筹协调各方，科学配置资源，精心组织施工，实现了E、P、C三者之间的紧密结合，确保了工期、质量、安全和效益。

超前谋划，是工程建设顺利实施的前提

超前精心筹备，是工程建设得以顺利实施的前提。为确保中亚项目和西二线管道工程顺利启动，按照集团公司的要求，管道局从2007年8月就开始介入中亚项目，认真贯彻集团公司党组的战略意图，举全局之力，克服一切困难，保证以充足、精良的施工资源投入到中亚管道建设中。管道局成立了中亚项目建设指挥部，副局长王卫国任项目主任。王卫国曾成功主持多个大型国际项

目，管道建设经验丰富。经过深思熟虑，他选择了成熟稳重、经验丰富的老同志为哈萨克斯坦段项目经理；选择了擅长商务运作、年仅34岁但海外工作经验丰富的薛枫为乌兹别克斯坦段项目经理；确立了“发挥管道局EPC优势，安全高效优质运作,贯彻以人为本、HSE第一，质量、进度、效益并进”的管道局项目管理理念。

项目运作初期，管道局集中全局优势资源，抽调优秀管理人才，及时组建了项目管理团队，明确项目组织机构，严格选拔人才，建设优秀的项目管理团队。乌兹别克斯坦段项目部人员的平均年龄只有33岁。面对环境陌生、当地资源匮乏、潜在的政治风险和复杂的财务制度等诸多困难，薛枫等带领两个战斗力极强的团队，披荆斩棘，在随后的两年时间里，沉着应对每项工程任务，冷静克服每个困难，在项目进行的过程中处处显示了管道建设者的从容和睿智。

项目管理团队组建后，他们超前运作，开展商务调研、科研攻关、标准制定、CRC焊接工艺培训、施工资源平衡与协调等工作，提前准备了16个标准化施工机组，购置了400多台（套）大型施工装备，为按时开工做好了一切准备。

在乌兹别克斯坦，没有外国公司在该国境内开展大型工程建设的记录，没有可以借鉴的施工经验。项目部在项目还未正式签署合同的前一年，就多次派人深入乌兹别克斯坦境内管道沿线的城市、村庄，查看地形地貌，了解社会依托情况；与当地政府部门广泛接触，了解法律、税务知识及有关工作流程，这为后来的合同谈判、商务运作、施工组织的顺利实施打下了良好的基础。

在哈萨克斯坦，劳务问题深深困扰着项目部，1000多人的劳务签证办理极其艰难。上不来人，怎么办？他们组织人力，一方面依靠国家支持，一方面自己积极努力。哈萨克斯坦项目部专门成立了劳务许可申办工作组，牵头组织各单位的劳务指标申办工作，与各州劳动局、移民局建立畅通的沟通渠道。经过各方努力，劳务问题得到圆满解决，施工开始正常进行。

以薛枫为首的年轻团队——乌兹别克斯坦项目部在施工中也面临重大考验：乌兹别克斯坦ZEROMAX公司施工能力较弱，根本无力完成施工任务。为保证2009年底单线投产，虽然在自身也面临重重困难的情况下，2009年3月乌兹别克斯坦项目部义无反顾地伸出援手，承担了原本由该公司承担的156公里的管道建设任务，顾全了集团公司的大局，维护了国家利益。

薛枫接下这项艰巨任务并非贸然行事，他胸有成竹，这得益于事先乌兹别克斯坦项目部对“赶工”估计充分。项目部在详细调研的基础上，了解了乌兹别克斯坦承包商的真实实力，根据王卫国作出的决策，估计到要承揽360公里的双线施工任务，对施工资源已有所准备，对管道全线也进行了详细踏勘。尽管业主没有明确，但是乌兹别克斯坦项目部对全线干燥、注氮、投产等施工工序都进行了安排。他们提前制订方案，包括机组配置和部署、资源落实、动迁方式等都进行了详细的安排。等任务下达时，他们执行起来游刃有余，争取到最大的有效工期，确保了按计划完成新增工程量。

任务承担后，赵玉建赶赴乌兹别克斯坦项目部检查工作，给这个年轻团队鼓舞士气。乌兹别克斯坦项目部参建员工带着局领导的鼓励和嘱托，以高度的责任感和使命感，科学筹划，精心调配各项资源，不负众望，反应迅速。他们冒着四五十摄氏度的高温，顶着五六级的狂风，仅用3个多月的时间就完成了新增156公里管道主体焊接任务，为中亚管道A线如期投产奠定了坚实基础。

EPC紧密结合，是工程建设实现高效率的法宝

中亚项目管理一直强调的是设计、采办、施工紧密结合，追求效率优先。设计与施工紧密结合，充分满足施工需求；采办在紧盯长周期采办设备的同时，更加关注影响施工的关键小配件的到位；施工则经常与设计、采办沟通，依据设计和采办计划，提前制订高效的施工方案，不搞临时突击，不打无准备之仗。

中亚管道开工之初，正赶上国内发生汶川地震、举办奥运会等情况，物资运输十分困难。项目部与业主密切配合，积极与国家商务部、海关总署、商检总局、交通部和铁道部等部门反复沟通，取得对方的理解，得到了支持，仅用5个月时间，就动迁大型施工设备1608台（套），为工程建设提供了有力保障。在乌兹别克斯坦段，由于乌兹别克斯坦总统令明确规定，这个项目的设计由乌兹别克斯坦设计院承担，乌兹别克斯坦项目部只能将设计工作分包给当地设计院，而实际工作仍由管道局设计公司承担，当地设计院只负责审核盖章，致使设计进度受制于乌兹别克斯坦设计院，影响了采办和施工的正常开展。为争取主动，项目部一方面与乌兹别克斯坦设计院积极沟通，督促加快审批速度，另一方面，按照哈萨克斯坦的技术标准，对大量长周期采办物资进行了风险采购，有力地保证了后期站场阀室安装的需求。

优化设计，降低成本减少工期。2008年3月，在项目没有确认中标之前，CPPE便组建了中亚哈项目EPC设计组，投入到项目的设计工作中。2008年4月份，设计部成立了现场设计组，开展设计文件报批和施工配合工作。为了最大程度地节省工期和采办费用，他们进行了CCVT、TEG和太阳能等多种方案

的技术比较，最后确定采用TEG主供电方案；与采办密切配合，提前确定热煨弯管角度，减少了不必要的弯管订货；优化伴行道路，哈萨克斯坦段伴行道路从初期的预计长度300公里，经项目部多次协调，使伴行路长度减少到80公里，减少了工程量和投资。

打破常规，国际动迁开先河。2008年4月，设备和人员动迁成为项目运作的关键，但管道局与业主之间的EPC合同尚未签订。按照中国、哈萨克斯坦和乌兹别克斯坦的法律，实施设备和人员动迁是不可能的。通过不懈努力，哈乌项目部协调商务部、海关总署、商检总局、交通部和铁道部等多个部门，在不具备条件的情况下创造条件，通过“动迁合同”的途径，成功实施了哈萨克斯坦设备动迁；通过“接货合同”的途径，成功实施了乌兹别克斯坦开工设备动迁，在管道局施工史上第一次采用大型包机空运施工设备。采办人员克服了海关手续繁琐等重重困难，成功地实施了大规模的施工设备跨国动迁。2008年6月30日，中乌天然气管道按期举行开工典礼；7月9日，中哈天然气管道开工典礼隆重举行。开工准备充分，有条不紊，得到中方和外方的一致认可和高度评价。

集中采办，集约优势提高效率。项目前期，根据以往输气管道项目的采办经验，哈项目部提早编制了拟推荐供货商名录，对采购资源提前落实。他们提前准备向业主推荐的资质文件，在项目投标前搜集中文版资质文件达344份、英文版资质文件235份、俄文版资质文件84份；在项目招标前，已编制完成采办投标文件的草本和项目采办执行计划，保证了投标文件质量，缩短了采办投标周期。通过加强与业主沟通，他们加快了哈萨克斯坦段及霍尔果斯段长周期设备技术文件的审批，节约了采购周期。乌项目部说服乌兹别克斯坦段业主同意采用哈萨克斯坦段相同材料设备，大大缩短了采购周期。他们建立了TC报告审批程序，大幅节约采购成本。根据国际EPC工程的特点，优化了采购模式，由原先的一步评标法（技术、商务同时评标，根据综合评分确定中标商）变更为二步评标法（先评定技术标，技术标评定合格的投标商再进行商务标评定，重点评审价格及交货期，商务条件最优的投标商中标），节约了采购成本。

精细管理，是工程建设效率最大化的目标

对项目资源进行有效配置、各项工作进行科学部署，是中亚项目部管理工作的重中之重。

哈项目部充分发挥管道局大兵团作战优势，在施工组织上推行大型、综合性施工机组机械化流水作业。测量放线、运布管、焊接、检测、防腐、下沟、

回填到地貌恢复等多个工序，均由单个综合性施工机组完成，减少工作界面，提高工作效率。

哈项目部注重考核综合进度，注重提高人工日工效，全线平均工效单公里1.03人。尤其是管道四公司解立功分部人力资源单公里配置0.8人，创造了管道局国际工程项目管理最低消耗和最高工效指标。

中亚项目管理一直追求精细化管理。如涉及“三穿”施工时，施工要求设计针对双线提前出图，采办紧密关注钢套管到货与图纸批复时间的吻合，施工保证设备和人员动迁一次到位，实现EPC成本最小化、效率最大化。

伊犁河定向钻穿越是中亚管道的卡脖子工程，决定着中亚管道项目的成败。参建队伍克服中细砂层穿越等技术难题，优化技术方案，精细管理，仅用46天时间，在严冬到来之前完成了A线穿越；在充分总结A线穿越经验后，仅用23天就完成了B线穿越，为按期投产上了“保险”。

乌项目部在阀室计划开工前两个月，发现阀室施工所需物资材料按期到货有困难，根据施工分部的施工计划，他们及时安排采购人员分批生产、发运并调整发运方式，减小了对阀室施工工期的影响。尽管如此，阀室设备材料的到货时间还是滞后太多，项目部及时调整计划，科学地实施“集中预制、整体安装”的施工方法，采用“化整为零”的方式，将6支主力焊接机组分成14个阀室站场施工班组，在全线同时展开阀室站场工艺安装，并安排特运分部增加车辆进行设备和试压用水拉运，确保按期完成了阀室施工。

特别是在新增156公里的施工任务中，由于离主体焊接完工的时间只有3个月，工期短、任务重，责任更大。为此，乌项目部根据施工计划，结合现场线路和资源情况，充分发挥各种焊接技术在不同地段的特点，将焊接机组有效组合。他们将1个当时焊接技术最高、速度最快，对地理条件最苛刻的CRC全自动焊机组安排在荒漠段，充分发挥该机组焊接速度快的优势，尽量避免出现因受地理条件限制造成工效降低的情况；将速度较快、工艺调节相对容易的两个全自动焊内焊+半自动焊组合机组安排在地理条件次好的地段；将适应不同地理条件且搬迁灵活的一个半自动焊机组安排在地理条件较差地段，从而充分发挥了各机组的优势，扬长避短，成功地展开了一场156公里的攻坚战。

由于安排得当，在攻坚的过程中，CRC机组创造了单日焊接181道口、单周焊接1013道口的管道局CRC全自动焊最高纪录；IWM机组创造了单日焊接158道口、单周焊接10.136公里、单月焊接34.613公里的管道局内焊+半自动焊焊接工艺的焊接纪录。这也是管道局目前的最高纪录。

合理安排运管。由于钢管运距较长，乌兹别克斯坦当地运输资源紧张，项目部很早就估计到钢管运输可能会成为施工的瓶颈。在运管安排上，项目部未雨绸缪，在项目刚启动时，就锁定运输资源，统筹考虑整个施工期间的钢管需求，平衡分配每个月的运管量，在现场建立临时堆场，避免出现运输峰值。他们特别加强了中乌管道B段后105公里沙漠段的进管安排。由于气温低，地面上冻，每年12月中旬到第二年2月中旬是沙漠段进管的黄金季节，错过这个季节，进管的难度将大幅增加。项目部提前筹划，及时调整了沙漠段进管计划，并积极与业主沟通，要求钢管及时供应。由于谋划得当，他们在2008年底就完成了沙漠段的进管任务。

中亚管道A线顺利投产，凝聚了管道人的智慧、汗水和忠诚，由此也探索出了国际管道工程建设的新路子，积累了国际管道工程管理的新经验，铸起了中国乃至世界管道建设史上的一座丰碑。

（2009年12月28日《石油管道报》）

11月18日，在抵达哈萨克斯坦的第二天，《石油管道报》中亚项目采访组开始深入施工一线采访。第一站，沿着哈萨克斯坦段项目部所在地阿拉木图向西行驶六十公里，来到位于乌兹纳加齐镇的管道四公司中亚项目分部，采写了第一篇报道——

走活“三步棋” 成功在于心

——记中亚管道四公司项目经理解立功

老子曰：凡大事必做于人，凡难事必成于心。在中亚项目全线施工中，管道四公司项目分部以人员设备最少的投入，人均承担了最多的工程量，从而实现了效益的最大化。这一切，归功于解立功精打细算，走活三步妙“棋”。

解立功书生气十足，气质儒雅，一副眼镜遮挡不住他睿智的眼神。他曾先后参加西气东输一线、利比亚管道工程项目、印度东气西输管道等大型工程建设，积累了比较丰富的施工管理经验。谈起中亚管道的施工管理，他娓娓道来。

项目管理：高效

四公司承担了中亚管道哈萨克斯坦段419公里管线和站场施工任务。这里交通和通信设施很差，极大地影响了管理效率，也增加了施工成本。解立功经过实地踏勘，对沿线施工组织和营地建设合理布局，租赁民居为营地，同时创新项目管理模式，建立“营地管理中心”，以压缩管理半径，提高施工效率，把项目部职能放到营地管理中心，实施“扁平化”管理，直接为一线服务。项目部只设17个编制，形成小项目部组织格局，担负项目管理方针、施工部署、协调控制、服务支持和应急处置等职能。营地管理中心担负起“区域施工管理”，为机组管理、协调、物资供应、后勤提供保障，以满足机组施工需求。项目领导分片包干，按照职责特点进驻不同营地管理中心，靠前指挥；公司项目部管理人员做到“保障重点在机组、服务机组到基层、解决问题在现场”，以确保各一线机组能够集中精力提速度，全力以赴促质量，全心全意保安全。

四公司中亚项目部最高峰时仅有中方人员371人，其中管理人员46人，项目部仅有13人，项目领导6人。实施“扁平化”管理后，缩短了流程，提高了办事效率，整个项目组织机构精干，管理链条简洁，为项目运作提供了高效的组织保证。

施工组织：科学

中亚项目线路长、地形复杂、交通不便，全年各季节气温变化很大，解立功根据各施工段的特点，科学合理地安排施工时间，收到了事半功倍的效果。

他以“超前准备、周密计划、精心组织”为原则，制订了详细周密的施工组织计划，针对每一个施工任务段落、每一个施工重点和难点明确具体的施工时间、人员和设备资源配置，从而保证了每一个施工环节有序衔接，避免因部署安排造成的效率不高、资源浪费、增加成本，真正做到了靠天吃饭，因势利导。如湿地和沙漠选择在冬季施工，河流穿越选择在旱季施工；加快顶管施工，完成后，施工人员又承担起水工保护和试压工作。

由于科学组织，统筹计划好施工中征地和许可证办理、材料采购、设备调迁、人员动迁、最佳施工时间等要素，面对施工中众多的施工难点，他们都有条不紊地一一以最小施工成本、最短施工工期克服，大大缩短了施工工期。

解立功在各个施工环节都选择了科学合理的施工方法，不但有效地节约了成本，还加快了工程进度。他们承建的哈萨克斯坦管段内分布有沙漠10公里、沼泽6公里、湿地15公里，需要穿越河流8条、水渠25条、光缆30处和铁路2处。在难点段施工中，解立功本着“小机组作业、双线同步推进、优先突破难点”的施工原则，采取科学、安全、低成本、高效益的施工技术，多次战胜了复杂地形、地貌给施工带来的困难。他们用“吊篮滑轮”作为管道滑轨，在3处沼泽地带实施漂管穿越施工，安全顺利高效地完成了长达5公里的沼泽、芦苇塘、湿地泥潭等难点段施工。在河流、沟渠、公路、铁路网纵横的地区，他们采用“导流开挖、悬河穿越、分段筑坝、大纵深顶管穿越”等施工技术，确保全部“三穿”施工均为双线一次穿越成功，为双线主体按期完工扫清了障碍。在中亚管道KP1352处有双线铁路穿越施工，为满足哈萨克斯坦铁路管理部门对穿越施工的要求，在铁路正常重载运行的情况下，他们制订了“小步快跑、穿插作业”的施工方案，与正在通过的列车错时段施工，防止震动干扰施工；根据地质环境，他们以20厘米为掘进标尺，避免管顶塌方。为防止距离长易发生穿越管偏轴现象，他们把导向轨由12米增至18米，不仅确保了顶管精度，还预留出防腐作业空间，有利于工序衔接，缩短施工时间。他们用1个月就完成了跨度180米的“中亚管道第一顶”双线穿越施工。

正是由于施工组织科学，才保证了中亚管道的施工进度和质量。

经营管理：精细

解立功始终把“精打细算、确保效益”作为项目经营管理的基本原则，对项目实行精细化管理，坚持把“低成本、高效益”的经营思想落实到项目的日常管理活动之中，在“内部挖潜节流、资源综合利用、计划控制科学、施工组织高效”等实施细节上下功夫。如项目部去年人力资源单公里配置0.8人，实现了中亚管道每百万英寸米人工日消耗为79.69，每百万英寸米人工日工效为125.49，创造了管道局国际工程项目管理最低消耗和最高工效指标。在成本控制方面，他们坚持开源节流并重，依据合同强化施工索赔工作，充分开源；建立物资采购、车辆管理、成本控制“一体化”控制流程，充分节流；车辆管理实行单车核算，车辆要“拼车”使用，追求油耗最大效益，充分利用资源；机组以“高效为目标”创新工法，综合施工效益和进度在中亚管道名列前茅，实现了“组建最小项目部、争取最大效益”的经营目标。

解立功的三步妙“棋”，使中亚项目取得了资源消耗少、施工工效快、综合收益高的佳绩。

（2009年11月19日《石油管道报》）

攻坚啃硬　看我铁军

11月19日中午，经过5个小时的颠簸，中亚项目采访组从阿拉木图驱车赶到了楚县——管道三公司中亚管道项目部营地。之前，采访组已从管道局中亚管道项目部了解到，三公司承担了多处难点段施工，施工复杂程度居全线之首。采访组采访了机组长王殿超，从他那里听到了3个小故事，施工之艰难可见一斑。

47岁的王殿超刚从清管站现场回来，穿着工服，胡子没刮。他坐在记者面前，局促地搓着粗大的手掌，一时无言。看得出他长期在一线带队伍，骁勇善战但不善言辞。经记者循循引导，让他讲施工中的故事，他才打开了话匣子。

巧过沼泽

今年5月，距A线贯通的时间已经很紧张了。王殿超机组施工段内有一大难点正等待攻克，那就是沼泽地的穿越。沼泽地穿越是施工的控制性工程，如果不能够按时完成，将会制约三公司中亚项目的整体施工进度。

来到施工现场，王殿超望着长度近900米的大沼泽地，能见的地表水深达半米。这个地段地处地震断裂带，地势较低，整个形状就像个大锅，中间低周围高。表面看像是个烂泥塘，地表以下1.5米全是黑色淤泥。再加上地下水位高，管沟无法开挖，设备无法通过。如果在国内，可以采用打竖井降水。但在哈萨克斯坦施工，各种条件都不具备。他调来一台挖掘机探路，很快设备就“趴窝”了。再调来一台援救，也陷进去了。怎么办？

困难难不倒曾参加过西气东输、忠武线、西部管道以及印度东气西输管道工程建设的王殿超。常规打法不成，就另辟蹊径。他根据多年的施工经验，决定采用当年在苏州施工使用过的漂管法，事先进行管道预制，利用挖掘机在管沟两侧掏流沙，沉管加压载，再回填。

他们先制作了浮船和承载设备用的管排；在沼泽地外把管线分成7段预制，10根管算一段；把管段一边密封，然后用吊管机把管段送入到3米深的管沟中，预留一根钢管在管沟之外，把管段放下固定在管堆上；紧接着把预制的第二段管段吊过来，在沼泽之外进行连头。等到两根预制管段连接后，下沟前的全部工序完成。他们再用吊管机继续向管沟里送管，依此类推进行漂管。等到所有的管段连通，再和主管线连接后，进行排水降管，压载回填。他们夜以继日地工作，仅用10天就完成了沼泽地的穿越施工，为后续施工赢得了宝贵的时间，也在中亚管道工程中第一次完成漂管作业。“漂管就位、沉管下沟”的施工方法，为今后管道施工积累了经验。

勇穿楚河

今年5月，又一道难题摆在王殿超机组面前，那就是楚河穿越。楚河是中亚管道全线第三大河，因前两大河都是采用穿越方式经过，所以楚河是采用大开挖方式穿越的最宽河流，仅水面宽度就达100多米。楚河地下水位高，水深处超过3米，河床底下是卵石流沙，透水性极强，管沟难以成型，是中亚管道的关键性工程。

为保证在汛期到来之前完成楚河穿越施工，王殿超制订了详细的施工方案。施工中，他们开挖导流明渠，修筑拦河大坝，在加紧河床大开挖的同时，管道预制、单体试压同步进行。机组加班加点在河底进行管道预制，仅用两天时间就完成了A、B双线穿越管线的预制，焊接合格率为100%。

那段时间，他每天在开挖现场指挥，安排大功率水泵24小时不间断排水，挖掘机昼夜施工，进行河底管沟开挖。经过艰苦的工作，A、B双线穿越提前半个月顺利完工，保证了后续工程的顺利进行。

攻克石方

今年8月，王殿超机组打增援，将要“啃”下山区石方陡坡这个硬骨头。

山区石方坡陡沟深，管沟、作业带怪石嶙峋，参差不齐，施工安全风险大。王殿超印象最深的是在2930管桩处，20多度的陡坡有200多米，越短的陡坡越难干，因为焊接设备上不去，运管难度也很大。他曾在兰成渝管道施工时干过山区石方陡坡，但当时没这么险要，情况没这么复杂。如今工期又这么紧张，王殿超再次遇到“拦路虎”。

三公司不愧为“铁军”，攻坚啃硬是他们的强项，王殿超再次拿出看家本领。他多次深入现场，与HSE管理人员一道对陡坡逐一进行风险评估，确定了安全施工措施，以确保施工人员和设备的安全。

针对山区施工采取沟下焊接的实际情况，他及时给施工机组配置安全防护网。在组对焊接时，机组采用“安全笼”作为人员的防护装置，防止因设备震动，导致管沟塌方或石块大面滑落，造成人员伤亡；对于坡道上停放的设备，他们采用“十字”形防滑掩木，以防设备下滑伤人。

施工中，他还坚持每天施工开始前组织现场员工进行班前喊话，从现场施工角度为大家剖析可能发生的安全事故，进行风险评估，时刻警醒员工，把安全放在第一位。他说，他的机组80后员工占30%，年轻人施工经验不足，他首先得保证大家的安全。

由于前期准备充分，他们仅用一周时间就“啃”下了这块硬骨头。

王殿超告诉记者，干完了5号清管站，11月22日他们就回国了。他最高兴的是，像苏丹、印度工程一样，机组全体员工毫发无损地回到家中。

（2009年11月23日《石油管道报》）

异域深处有我“家”

11月20日，中亚项目采访组从位于哈萨克斯坦江布尔州楚县的管道三公司中亚管道项目部驱车十多分钟，来到了一幢风格迥异的小楼前，这里就是管道建设工程有限公司中亚项目部所在地。这是个两层楼的独院，一侧摆放着文化宣传展板，楼后整齐地停放着一排排挖掘机。一抬头，二楼楼顶悬挂的“平安工作、快乐回家”的横幅映入眼帘，顿感一股暖流涌入心头。这是个什么样的“家”呢?

这个家的“家长”——建设公司中亚项目部经理李默笑吟吟地把我们迎进“家”。李默个子瘦高，白皙的脸上戴着一副眼镜，举止温文尔雅。寒暄后，他燃起一支烟，讲述了项目部这个“家”的故事。

讲大局，为大“家”

去年9月中旬，建设公司中亚项目部参建员工到达哈萨克斯坦后，克服当地社会依托差、施工环境恶劣、图纸改线段多等困难，积极进行前期准备工作。仅用3天时间，他们就完成了第一次试爆准备工作。9月14日，哈萨克斯坦段石方管沟爆破施工正式开工。参建员工充分发扬攻坚啃硬的精神，从开工到去年底，仅用3个半月时间就完成了石方管沟开挖施工任务；管沟回填、3座清管站和A线28座阀室的所有基础安装于今年10月全部完成。

施工中，他们时刻以大局为重，把保证管道局项目部这个大“家”的工期放在首位，无论遇到多少艰难险阻，都能按时完成管道局项目部的工作部署。

今年春季以来，当地连降3场大雨，地处沟渠、沼泽地段的管沟因长期受地下水浸泡，造成管沟塌陷、主体管线浮管。如果在雨季来临前还不能完成管沟回填，不仅会加大施工难度，还会影响线路主体完工。

4月12日，在接到管道局项目部的工作指令后，李默迅速选派20多名精兵强将到达施工现场，并根据现场情况制订了相应的施工方案。他们用8天时间完成3个难点段沉管穿越施工后，把力量全部集中在施工难度最大的沼泽地带。这处穿越段河岸宽达200米，地下水位高，地表水流量大，主体管线原来负载的20多个压重块已倾覆，管顶几乎与河底持平。同时由于春季化雪和连续几天的降雨，施工现场积水多，管沟塌陷极为严重，加大了施工难度。

施工中，他们迎难而上，合理组织，精细施工。在回填阶段，为了防止下雨造成二次浮管，他们日夜奋战，连续施工60个小时，终于在4月27日完成了沼泽地带管线主体沉管穿越施工，圆满完成了管道局项目部下达的施工任务。

他们处处讲大局，以管道局项目部大“家”利益为重。

去年，他们完成石方段管沟爆破开挖任务后，管道局项目部考虑到施工主体单位管沟开挖进度缓慢的情况，决定给他们新增80公里土方管沟开挖、回填任务。接到任务后，他们立刻投入到新的土方管沟开挖施工中，与施工主体单位参建员工共同奋战，随时根据现场实际情况调配资源，提高管沟开挖效率。在现场施工与施工主体单位发生交叉作业及冲突时，项目部主动协调解决，避免不必要的停工、窝工。在施工主体单位进度严重滞后、资源不足的情况下，项目部协调本部设备协助施工主体单位完成了河流、沟渠段沉管、降管施工。经过两个多月的艰苦奋战，他们顺利完成了新增的施工任务，为整个项目的提前完工创造了条件。

施工中，他们主动与施工主体单位沟通，按照主体单位的施工计划，不断调整施工部署。如在山区段施工中，施工主体单位作业面较多，焊接、防腐、下沟等多个工序同时进行，尤其是下沟机组不连续施工，造成回填作业必须进行跳跃式施工。为了大“家”的利益，他们根据现场实际情况，合理调配人员和设备，最大限度地加快回填进度，既不影响主体单位施工，也避免出现停工、窝工现象。

讲互助，爱小“家”

在严抓施工管理的同时，李默通过开展一系列互帮互助活动，增进团队这个小“家”的凝聚力和向心力。

建设公司中亚项目共有参建员工76人，挖掘机手有60%是新招收的员工。为尽快使新员工熟悉业务，李默耐心指导他们工作，使他们尽快成熟起来，逐步达到独立操作的能力，以缓解公司人员短缺的压力。

李默定期组织员工培训，邀请老技术员、老预算员和专家型管理者授课，努力提高项目管理人员特别是新毕业大学生的专业技术水平。

为增强培训内容的广泛性和趣味性，在进行专业知识技能培训的同时，他们还穿插外语培训和厨艺培训，增加了“用外语点菜”的课程。

李默在项目部广泛开展“师带徒”活动，组织管理精英、技术骨干、操作能手与年轻干部、新毕业大学生、操作新手结对子，使复合型管理人员的管理理念和执行力有所增强，新毕业大学生的专业技术水平和业务能力有所提升，操作手驾驶技能和熟练程度大幅提高。

他还在春节、国庆等重大节日期间组织文体活动，丰富员工的业余生活；通过为包括哈方属地工在内的全体员工庆祝生日、送上祝福来体现“小家”的温暖，稳定队伍；通过开展“安全家书”“亲人寄语”等活动，使“安全我一个，幸福全家人”的观念深入人心。

李默组织开展的这些活动，使员工倍感亲切，充分感受到了家的温暖。他们更加热爱这个小“家”，甘愿为“小家”奉献全部力量。

讲和谐，建家园

李默在建设和谐机组文明机组方面，提出建造花园式营地，实施菜园子工程，得到管道局项目部领导及局领导的好评。建设公司营地获得了文明营地的称号。

哈萨克斯坦食用蔬菜以葱头、土豆、西红柿为主，其他品种较少。机组为了均衡伙食营养，增强员工身体抵抗力，在营地后院专门开辟了一片菜地，种植小萝卜、生菜、油麦菜、香菜、小白菜等多种蔬菜。通过机组的细心耕种，收获了果实，丰富了员工的饭桌，节省了伙食开支。在局长赵玉建到施工现场检查之际，员工们给局长送上了自己种植的蔬菜，得到局长的赞誉。

李默十分注重参建队伍与当地村民的和谐，他要求机组人员尽可能地帮助当地村民，形成良好的工作和生活环境。王涛机组帮助本尼克村修整道路，铲运生活垃圾，焊接路标路牌，疏通灌溉水渠，和村民结下了深厚的友谊。每当村民看到中国工人经过时，都会主动地举起右手用生硬的汉语说一声：“你好！”每逢哈萨克斯坦重大节日，村民们都诚邀员工共赏歌舞、共享佳肴，其乐融融。就连谁家的孩子结婚，村民都会以请到一位中国客人为荣。在王涛机组搬迁时，村民举行了欢送会。在欢送仪式上，村长努尔别克将一封装帧精美的感谢信郑重地交给王涛，感谢他们为本村作出的贡献。他将一套象征尊贵身份的民族服装亲自给王涛穿上，表达了村民对王涛机组的友谊。

王涛机组虽然离开了本尼克村，但是“中亚管道文明营地”所传承的精神和真挚的中哈友谊，却给当地人民留下了美好的回忆。

（2009年11月24日《石油管道报》）

把“交钥匙工程”交得漂亮

——访管道投产运行公司总经理华树春

12月15日，记者在乌兹别克斯坦见到了管道投产运行公司（下简称投运公司）总经理华树春，他来参加16日举行的“中亚天然气管道暨首站竣工投运庆典仪式”。当天上午他参加了管道局中亚乌兹别克斯坦项目部的座谈会，下午去公司中亚分部检查工作。次日，他去首站参加庆典仪式，并现场看望了保投产的公司员工。17日，在记者辗转回国的途中，他也没休息片刻，与中石油参加庆典仪式的有关领导积极接触，寻求市场信息。候机期间，记者见缝插针，采访了这位大忙人。

提起自己的忙碌，华树春说，何止他一人忙，今年是公司组建以来投产任务量最大的一年，公司上下都紧张忙碌。今年公司承担了五大管道投产任务，都是国家重点管道工程。任务重、工期紧、要求高、难度大、战线长。投运公司深知肩负的使命和责任，投产试运作为管道工程建设EPC的重要环节，是交钥匙工程。面对光荣而艰巨的任务，投运公司以大局为重，以高度的政治责任感和使命感，统筹安排，合理布局，精心组织，出色地完成了各项投产任务。

说起今年完成的几项重点管道工程投产任务，华树春喜上眉梢，如数家珍。

一是兰郑长成品油管道投产。兰郑长管道工程是集团公司实行建管分开后的第一个EPC项目，也是公司业务转型后承担的第一个大型投产项目，能否打赢这个项目，对于公司和管道局具有重要意义。投运公司从项目开始，就派专人跟踪，掌握工程的详细数据，认真制定科学的投产试运方案；根据管道地形复杂、管道落差大的特点，反复进行投产模拟试验；调集公司各个市场的业务骨干150多人，进行理论培训和现场培训，认真组织现场投产，圆满完成了第一期兰州—郑州、第二期郑州—湖北阳逻的投产任务，得到了集团公司北京调度中心领导的高度评价。

二是中石化川气东送天然气管道投产。川气东送管道从四川普光到上海，是继西气东输之后又一条贯穿我国东西部地区的管道大动脉，包括1条干线、2条支线和1条专线，全长2174公里，是中石化投资兴建的国家重点工程。这是投运公司在国内承担的第一个中石油以外的大型投产项目，成败得失关系着管道局乃至中石油的声誉和形象。投运公司按照业主的要求，分两期三投，将川气安全平稳送到了上海，实现了投运公司当初提出的“亮剑工程”，得到了业主的高度赞扬，充分展示了公司的专业化水平和实力。

三是涩宁兰天然气管道复线投产。涩宁兰复线是管道局的EPC项目，地处高原，自然环境恶劣，社会依托条件差。在管道没有干燥、不具备投产的条件下，按照管道局项目部的要求，圆满完成了第一期涩北—西宁的管道投产任务，为缓解当前西北地区天然气紧张的局面作出了贡献。

四是中亚天然气管道投产。投运公司承担了乌兹别克斯坦、哈萨克斯坦管道局施工的管道投产，及乌兹别克斯坦境内的全部干线投产；承担了乌兹别克斯坦境内的CPECC承包的WKCI首站、MS计量站的投产；承担了哈萨克斯坦境内KSS承包的干线投产，及中国境内霍尔果斯计量站的投产；承担了中亚管线的整体投产方案的编制，参与整条管道投产的指挥协调。可以说，中亚管线从土库曼斯坦、乌兹别克斯坦、哈萨克斯坦到中国境内的管线投产都是投运公司完成的。如今中亚天然气已达霍尔果斯，投运公司圆满完成了投产任务，在中亚展示了管道投产人的风采，为管道局、中国石油赢得了荣誉。

五是西气东输管道二线（西段）投产。投运公司现在有140多人奋战在西二线，人员分布在霍尔果斯至中卫的各个站场和2441公里的管线上。投运公司从今年10月初进场，进行投产前的各项检查；根据管道工艺特点组织员工现场培训；按照投产要求进行设备、系统调试，管道注氮；根据投产方案的要求，进行投产模拟演练、应急预案演练，已于12月15日正式投产，预计月底完成。

记者提问，除了这些“交钥匙工程”，公司今年市场开发工作情况如何？

华树春高兴地说，市场开发取得可喜成就。今年新签订项目合同10项。国外市场份额进一步扩大，进入了中亚市场；运营管理了10年的苏丹市场，由于业绩突出，促使今年运营合同再次续签；国内成功进入中石化市场；与中海油立沙管线项目达成了合作意向；与北京华油重新签订了运营管理陕京一线、二线、三线五年的合同；与河北省天然气公司签订管道维抢修保驾合同。跟踪的一些海外项目也取得了有价值的成果。

同时，投运公司果断退出了低端市场，进入高端技术服务。根据公司新的发展思路，在市场开发上有进有退，退出低端，进入高端，良性循环，扩大效益。今年先后退出了昆仑燃气市场、利比亚市场和江苏市场。进入了高端技术服务市场。与德国的ILF公司签订合作合同，为中亚管道哈萨克斯坦段进行高端咨询技术服务；与集团公司中亚管道公司签订了编制中亚管道整体投产方案的合同、与CPECC乌兹别克斯坦子公司签订了投产合同，直接进入集团公司海外技术服务项目；与苏丹三、七区签订了管道运行人员业务培训合作意向书，为苏丹管线运行培养管理和技术人才。在国内，与中石化签订了川气东送二期投产保运合同、2010年川气东送整条管线的运行合同，不仅负责管线投产保运，而且负责为中石化培训运行技术人才，进行管道投产运行技术咨询；与西部管道签订了技术服务合同，为西二线运行提供技术支持；与江西省天然气公司签订了九江—南昌—景德镇管道投产保运合同。

对于记者提出的“公司开发市场有哪些基本经验”这一问题，华树春爽快地一一道出：一靠诚信和忠诚开发市场，二靠实力和业绩占领市场，三靠安全和管理巩固市场，四靠和谐的内外部环境扩大市场。

记者接着询问公司安全和管理情况，华树春自豪地说，安全生产再创佳绩。今年公司在市场扩大、投产项目增多的情况下，依然保持了安全生产无事故的好成绩。实现了全年安全生产零伤害、零污染、零事故的安全目标。在上半年局安全大检查中获得小组第一；在今年管道局HSE信息系统考核中名列前茅。在安全管理上牢固树立“安全是生命，安全是效益，安全是政治，安全是市场”的观念。“公司以制度保安全，领导以责任保安全，职工以技术保安全”。今年承担的5大投产取得了安全、平稳无事故的好成绩。

企业管理水平明显提升。贯彻落实局战略研讨会精神，加强企业管理精细化取得了明显成效。推行的总分公司体制，已初见成效，调动了各分公司和基层员工的积极性和创造性，有力地促进了公司的市场开发和生产经营。整合ISO9000、ISO14000、ISO18000、HSE管理体系，实行“四标合一”，认真贯彻到生产过程的各个环节，取得了良好效果。实行的QHSE+企业文化的管理模式，实现了刚性制度和软性的企业文化、生产经营与党建思想政治工作有效对接，使企业管理更加规范、更加人性化，激发了全体员工的工作热情。这个探索和应用获得河北省现代化管理创新成果一等奖。实行的市场、计划、财务、人事“四个统一”，有力地促进了公司的资源整合，集中优势，有效地完成了重点工程投产运行任务。

最后，华树春表示，作为管道局的投产运行专业化公司，是管道工程建设产业链的重要环节，首先要做好管道局EPC工程的投产试运工作，把“交钥匙工程”交得漂亮。

（2009年11月29日《石油管道报》）

百折不挠真性情

也许是巧合，11月24日，当记者到管道一公司中亚项目部采访时，距去年歹徒持枪袭击一公司项目部刚好一周年，话题自然围绕这个而展开。途中，同车去一公司现场检查的中亚项目哈萨克斯坦段负责人给我们描述了一年前他眼中的一公司中亚项目部经理高金杰——

项目负责人竖起大拇指：他真是个硬汉

去年11月24日早晨，项目负责人在得知一公司项目部遭袭、高金杰身受重伤时，立即命人把高金杰送到阿拉木图医疗条件最好的医院治疗。他联系好医院，在大门口焦急地等候着。车来了，门一开，高金杰耷拉着脑袋被人从车上扶下来。当高金杰抬起头时，他星的眼泪唰地就流下来了，那是怎样的一张脸啊，整个下半部完全变形错位，根本认不出是谁了。

项目负责人既心疼又激愤，这是为什么？我们员工在国外施工吃苦受累不说，还要担惊受怕冒着生命危险。为了国家能源通道建设，他们以“高度的责任感和使命感”，舍小家为大家、义无反顾地在异国他乡，为了国家利益而顽强拼搏，无私奉献。

医院诊治高金杰下颌骨骨折，嘴里缝了30多针。因伤势太重，换了3家医院都不敢接诊继续治疗。项目负责人果断决定，马上送他回国治疗。回国后，高金杰又接受了几次手术，治疗康复时间长达4个月。在病床上，他仍然坚持每天关注中亚管道施工日报，部署施工计划。治疗期间，集团公司、管道局领导纷纷到医院探望他，建议他不要再回哈萨克斯坦，高金杰说：“我是要撤出哈萨克斯坦，但绝不是被打出来，而是以改写管道建设历史的业绩凯旋。”今年4月,他凭借顽强的意志、超常的勇气，毅然回到了中亚管道施工一线。在他的带领下，经历抢劫事件的30多名施工人员全部回到了工作岗位。高金杰向员工发出施工动员：面对考验、面对艰险，我们要为荣誉而战。员工队伍的凝聚力、战斗力空前高涨，施工进度一路“高歌”，最终他们夺得A线龙虎榜6项第一。

驱车经过3个小时的颠簸，记者来到位于茫茫戈壁的7号清管站，见到了一公司中亚项目部副经理康仲元。提起高金杰，年长他四五岁的康仲元眼中满是敬佩——

康仲元：他总能创造奇迹

一公司在中亚项目中承担的工程量是最多的，还有伊犁河穿越、穿过哈中军管区等控制性难点工程。要实现工期目标，必须要创造施工奇迹。高金杰通过双向培养、一帮一技术联动、师带徒、技术攻关等形式开展创新、创效活动，充分发挥了CRC自动焊技术和内焊+半自动焊的施工优势，创下了一个个奇迹。

CRC自动焊技术操作难度大，参数调试复杂，而且突发性故障多，员工一时难以掌握。气孔、未熔合、咬边等焊接缺陷每天变着花样地“捣乱”，施工进度徘徊不前。高金杰组织机组长高长青到管道四公司、三公司自动焊机组取经，请项目总焊接师多次到现场指导，并要求自动焊技术骨干展开技术攻关，解决技术问题。高金杰先后10余天盯在自动焊现场帮助他们梳理作业环节，调整工序。渐渐地，CRC自动焊工艺的优势凸显出来，机组员工创造了大风天气日焊接超110道口的焊接纪录，仅用7个半月就完成了116公里的管道焊接任务，创造了中亚单机组施工纪录。

高金杰最初只在陆国军机组应用了“内焊+半自动焊”技术，经过一段时间的调试和磨合，员工对内焊机的安装、调试、应用和故障排除技术逐渐成熟，并攻克了水网地段内焊机频繁吊装调试的难题，研究掌握了快速调试方法。于是，高金杰果断决定再增加一个内焊+半自动焊机组，他们对张磊机组进行了技术改造，应用该项技术。两个机组采用新工艺后，平均每个机组日焊接达80道口以上，并创造水网段日焊接101道口焊接纪录，项目的整体施工能力大幅提升，相当于增加了一个半自动焊机组。

新技术成为中亚管道工程的助推器。5月30日，管道一公司仅用9个半月时间就完成管线焊接380公里，在中亚管道工程哈萨克斯坦段率先完成了A线主体施工任务。7月30日，他们仅用58天时间就在全线首家完成了B线主体施工任务。

离开清管站现场，记者来到位于奇利克县光村的一公司项目部自建营地，荒漠戈壁中矗立的9座蓝顶白墙的板房很是壮观醒目。进入营地，办公室、会议室、宿舍、食堂、淋浴室、医疗室、娱乐室，一应俱全，空调、电视机等配置齐整。陪同记者参观的一公司中亚项目副经理李春民介绍，他们自建营地虽然费用高，但条件好，有4个锅炉，大伙每天能洗上热水澡；两三天去阿拉木图拉一次蔬菜，这附近还有一家中国农场，每天都能吃上新鲜蔬菜。李春民说，这一切，都是高金杰的主意——

李春民感叹：他真心关爱员工

他对年轻人的成长倍加重视。一公司中亚项目部35岁以下的员工占80%，都是本科以上学历。为了使他们的高学历转换成高能力，高金杰积极为青年员工搭建成长平台。他提出“锻炼、培训、提高”的人才成长理念，分期、分批把青年员工派到机组进行锻炼。让他们从基层工作做起，从技术员、安全员做起，熟悉管道施工流程，为从事施工管理奠定基础。项目部先后有20人深入机组进行锻炼。

为了让年轻员工尽快成熟起来，他敢于压担子，不拘一格用人，大胆起用能力突出、责任心强的年轻人，让他们担当部门负责人。他积极发展那些责任心强、思想进步的员工加入党组织。这些做法，极大地激发了青年员工的工作热情。

在生活上，他处处关心员工。各个驻地食堂都配备了专业厨师，根据季节特点来调配饮食，保证色香味俱全，营养搭配合理；他定期组织员工进行饮食调查，采纳员工在饮食上的需求和意见；在营地安装监控系统，设置专业保安，保证了营地安全。

同时，他还让人购置了足球、乒乓球、排球、篮球等健身器材，组织拔河比赛、摄影比赛、乒乓球赛、足球赛等各种文体活动，丰富员工的业余文化生活。今年9月，一名员工突发心衰，他连夜派车送到伊宁，并多次到医院探望。郝增波的爱人病了，他安排在国内的人员轮流去照顾。

领导的关心爱护给员工增添了无穷的力量，工程捷报频传：45天结束哈萨克斯坦军事管制区施工，100天完成66公里连续沙丘段施工，58天实现B线主体告捷，10个月完成管线焊接520公里……

记者想起出国前夕看到高金杰外形单薄消瘦，经过采访，他的形象日渐高大起来。管道企业正因为有无数个像高金杰这样不计个人得失、毅然在异国他乡拼搏奉献的员工，才谱写了一曲曲管道建设的壮丽诗篇，实现了管道人在中亚铺设“能源新丝路”的光荣与梦想。

离开营地回眸遥望，第一栋板房上几个醒目的大字“大江南北纵横载史册，异国他乡挥戈立新功”映入眼帘，也深深地印在了记者的脑海里。

（2009年11月30日《石油管道报》）

11月30日，中亚管道采访组前往乌兹别克斯坦段采访。经过两次转机，于当夜抵达布哈拉——管道局中亚项目部（乌兹别克斯坦段）所在地。次日，记者来到管道二公司中亚项目，采访了局中亚项目部副经理、二公司中亚项目经理宋天学。自开工以来，宋天学率领他的团队走过了一条艰难坎坷之路，在中亚管道写下了浓墨重彩的一笔——

能源之路红队“红”

——记二公司中亚项目部经理宋天学

与去年见到的出征前的宋天学相比，如今的他已判若两人，风趣洒脱已变成稳健持重。

兵马未动　粮草先行

2008年，受中乌双方谈判进展慢、施工许可不能及时下达等因素的影响，施工所需人员、设备都不能按计划动迁，中亚管道乌兹别克斯坦段受到了前所未有的考验。面对6月30日乌兹别克斯坦段必须开工的紧迫形势，宋天学带领他的团队排除万难，如期成功进行了焊接演示，打响了中亚管道工程建设的第一枪。

直到8月底，二公司才接到集港令，宋天学立即组织人员进行设备物资的发运工作，9月3日开始陆续发运。

为了保证按期开工，接到开工令后，宋天学立即组织调迁人员。一方面抓紧办理加急商务签证工作，同时办理护照，以保证人员能够及时动迁；另一方面在乌兹别克斯坦联系解决施工人员的吃住行问题，并将演示会封存的设备和物资提前解冻运往现场，做好开工准备。在他的精心组织下，2008年10月1日，乌兹别克斯坦段正式打火开焊。

开工后，为了解决后续到达人员的吃住问题，宋天学采取“边建营地边施工”的策略，从机组抽出部分主力，在人迹罕至的茫茫戈壁建设1号营地。第一批板房到达后，宋天学天天盯在现场。在他的协调指挥下，项目部克服了建筑材料不足、自然环境恶劣等困难，在不到半个月时间里，迅速完成了1号营地的基础建设，达到了人员入住条件，解决了后续人员到达后的生活需求。

在随后进行的2、3号营地建设中，宋天学突出“以人为本”的理念，重点关注营地设施建设及后勤服务保障工作。在他的带领下，2、3号营地从初步建设到日趋完善，历时4个多月，建设了规范标准的生活营地，安装了卫星网络、电话、电视等完善的现代化生活设施，也为员工与国内亲人联系创造了便利条件。

靠前指挥　科学施工

面对乌兹别克斯坦市场物资匮乏、许多施工急需材料无法买到的实际情况，宋天学一边加紧组织设备物资的发运、清关工作，一边安排人员在国内及时购买物资，采用“蚂蚁搬家”的方式，安排每批赴乌人员将施工急需材料和配件带往乌兹别克斯坦。这种方式既保证了每批人员到达乌兹别克斯坦后就能立即投入施工，又使急需材料得到及时供应，避免窝工，节约了成本，保证了营地建设与工程施工同步推进。

为了按期完成业主下达的2008年主体焊接70公里的阶段性任务，宋天学靠前指挥，根据乌兹别克斯坦现场情况，结合人员签证、设备到位、管材供应和钢管拉运能力等现状，制定了“先平原、后沙漠，保证焊接进度；集中力量扫沙漠，保证后续施工；小机组多作业面施工，确保施工整体目标实现”的总体战略，分步骤、按重点安排陆续到达的焊接机组全部进入戈壁平原段，分多个作业面同时施工，保证主体焊接快速推进；抽调测量机组、土石方机组主力进入沙漠，进行难度最大的沙漠段扫线，以保证后续沙漠段施工不受影响，在同步进行营地建设的情况下，保证工程建设顺利进行。

受签证办理缓慢等因素的影响，项目管理人员、业务人员无法及时到位，俄语翻译紧缺，先期到达的人员全部充实到一线，再加上地域跨度大、人员分散，交通、通讯、网络不畅通，使得各项管理工作不到位，工作流程滞后。针对以上情况，宋天学采取了“人员归位、业务归口、集中管理、集中办公、相互协作、区域协理”的措施，对业务、管理工作进行了梳理和调整，快速理顺了与管道局项目部、各营地、各机组的各项业务和管理工作，使管理工作得以有序开展。在宋天学的统一指挥下，二公司中亚项目部的施工进度节节攀升，仅12月份就完成了主体焊接逾50公里，并于12月29日提前完成了业主下达的70公里年度施工任务，全面夺取了项目建设主动权。

进入2009年后，在宋天学的带领下，二公司中亚项目向A线主体完工的阶段性目标发起全面进攻。面对紧张的施工形势，结合施工实际，宋天学安排IMW机组和CRC机组继续留守平原段，要求他们在两个月内完成平原段剩余的70公里施工量；安排3个半自动焊机组深入沙漠腹地，管道建设中全力攻坚在沙漠段110公里。2009年2月，在“决战90天，实现A线主体完工”劳动竞赛期间，宋天学一方面经常深入一线，实地了解现场施工情况，以便及时合理地调整施工部署；另一方面，他往返于局项目部与二公司项目部之间，做好施工生产及其他业务的协调工作。在宋天学的带领下，二公司于4月29日提前62天完成了A线B标的主体施工任务，在全线首家报捷，受到了业主的高度赞誉。

牢记使命　大局为重

作为一名项目管理者，宋天学不仅具有出色的组织管理能力，而且在面对艰难抉择的时候，他牢记使命，以高度的政治责任感，毫不犹豫地选择了以国家利益为重。

今年3月，由于同时进行乌兹别克斯坦段施工的ZEROMAX公司进度缓慢，为了保证A线如期投产，从国家利益考虑，集团公司研究决定，将A标中的156公里重新划给管道局施工。面对巨大压力，面对即将打乱原有部署的新增任务，面对自身施工资源严重不足的实际情况，宋天学没有退缩，选择了迎难而上。他对当前形势进行了仔细分析，接受了新增96公里焊接安装以及156公里的检测、吹扫、试压任务，并郑重承诺，一定按期完工，按期实现投产目标。在ZEROMAX公司质疑的目光中，在集团公司、业主期盼的目光中，在管道局上下关切的目光中，宋天学快速反应，科学部署，将两个使用先进工艺的CRC机组和IWM机组全部调入新增段，开始对向施工，利用这两个机组的高效率，全速推进新增段主体焊接进度。

在宋天学的带领下，二公司参建员工奋勇争先，一路飙红：5月份，CRC机组和IWM机组在新增段施工中先后创造了管道局该工艺的最高单日、单周和单月焊接纪录；6月24日，新增段主体焊接提前完工；10月17日，包括新增段在内的A线410公里主体线路试压结束；11月12日，阀室站场工艺安装及试压连头作业全部完成，中亚管道工程A线具备投产条件。二公司以在中亚管道全线承担工程量最多，创造了13个月完成直径1067毫米的大管径管道焊接逾570公里、焊接一次合格率96%、458万工时安全生产无事故的佳绩，为中亚管道工程作出了历史性贡献，让全世界再次把目光聚焦在了中亚管道这条通往祖国的能源通道上，在国际上再次展示了“中国红队”的风采。

（2009年12月3日《石油管道报》）

攻坚克难的开路先锋

——记中亚管道乌兹别克斯坦建设分部经理姬程飞

认识姬程飞很长时间了，相处一直非常愉快，他戴着一副眼镜，说话不疾不徐，给人的印象是个文弱书生。然而在中亚管道乌兹别克斯坦段建设过程中，他的表现却不是一个文弱书生所能做到的。

今年4月16日，姬程飞接到命令：增援中亚管道乌兹别克斯坦项目，负责80多公里的管沟开挖、下沟任务，且要在8月20日前竣工。接到命令后，姬程飞马上召开会议，组织队伍，调配设备。两天内，设备和人员都已筹备到位。姬程飞与4名管理人员于4月28日先期到达乌兹别克斯坦，着手开工前的准备工作。

到达乌兹别克斯坦后，一系列难题开始陆续显现。首先是营地的选定。经过一个星期挨门挨户的洽谈，他们终于选定了营地。但他们面对的困难却很多：营地的居住条件要重新改善，厨房、餐厅需要改造，洗澡间、厕所、水电暖等都要重新布置……营地建设耗费了他们很大精力。在建设营地的同时他们还要进行现场踏勘，80多公里的路程要一米一米地仔细查看地形地貌和现场依托情况，精心选择进场道路，然后确定具体的施工方案。

尽管这些前期工作琐碎而繁杂，但并没有给建设分部带来多大的压力。真正的压力来自他们所要进行的80多公里管沟开挖施工。

6月16日，工程开工。此时，他们面临的形势非常严峻。

工期紧迫。按照计划，中亚管道A线在2009年底要全面竣工通气，而乌兹别克斯坦段在原定工期不变的基础上又增加了160公里施工任务。建设公司分部所承担的80多公里管沟开挖任务要在8月20日全部竣工。建设公司分部原定于5月15日开工，由于施工设备从哈萨克斯坦动迁困难重重，因此滞后了1个月。而这1个月时间的施工量，需要建设公司分部参建员工在以后的工作中分秒必争地抢回来。

地质复杂。进入现场施工后，姬程飞发现实际的地质情况与地质勘察报告相差太远。地质勘察报告中显示这个地段只有土方，而实际情况是从ZA0199-230号桩之间的地段只有表层是二三十厘米厚的沙层，下面全是坚硬的石灰岩，开挖起来十分困难。一台液压镐每天只能开挖六七十米的管沟，与预想的速度相差太多。

ZA0176-98号桩之间地质沙化十分严重，沙层很厚，且全是流沙。在这种地貌上要开挖一条管沟的难度可想而知。经常是这边刚挖好，那边就已经开始塌陷，开挖一条管沟的上口最少要开到五六米才能成型。最让人头疼的是，这一地段的地下水位很高，而且水量相当丰富。这里原来是一个很大的湖泊，后来被黄沙掩埋，但是地下水系很发达。一条管沟开挖成型后，很快就会从管沟下面涌出大量的水，水量最多时已经与管沟上口持平了。在这种情况下，管道根本无法下沟，建设公司分部员工只好在管道下沟前进行排水、清淤，这无形中耗费了大量的时间，增加了很多工作量。

天气炎热。建设公司分部来到乌兹别克斯坦时正赶上最炎热的时候，气温不断飙升，施工现场的温度连续多日高达50摄氏度以上，人和设备都极不适应。高温下，设备水箱里的水温上升很快，温度一旦超标就要停机，等水温降下来再继续工作。采访中，姬程飞无奈地说：“现在设备很少，一旦出现故障就要停工，可我们没有时间啊。”为了保证这些设备能够正常运转，建设公司分部想了很多办法，如贴深色防晒膜、加装窗帘，并经常清洗水箱；为了给设备降温通风，甚至连设备的侧门都拆下来了。

7月份的时候，密切关注着建设公司进度的乌兹别克斯坦项目经理薛枫给姬程飞打来电话：“我知道你们现在很艰难，遇到的困难很多，是否需要协调二公司分部，让他们停下B线施工来增援你们？”姬程飞接到电话后沉默了一会，此时他的大脑在快速运转：怎么做才能按期完工？如果二公司分部停下B线的施工会不会影响B线的竣工日期？经过考虑，姬程飞果断地对薛枫说：“请薛总放心，建设分部一定按期完成任务。”随后，姬程飞召开了全体员工动员大会，讲清了建设分部所面临的严峻形势：如果建设分部晚一天完成任务，将直接影响中亚管道的按期投产，建设分部所有参建员工将无颜面对管道局。动员大会后，员工情绪高涨，纷纷表示：一定按期完成任务，决不辜负领导的期望。员工们在风沙和酷暑的考验下又掀起了新一轮的施工高潮，终于在8月20日如期完成了管沟开挖任务。9月25日，下沟、回填、地貌恢复工作全部完成。

几个月下来，姬程飞和建设分部的员工们都晒黑了，累瘦了，但是他们都很兴奋，因为在这场与时间赛跑的竞赛中，他们通过艰苦的努力获得了最终的胜利，为中亚管道的如期贯通打下了坚实的基础。

（2009年12月8日《石油管道报》）

艰难险阻只等闲

——记中亚（乌）项目四公司分部项目经理李二东

与李二东的交谈，是在12月4日同车前往管道四公司自建营地的途中。事先听局中亚项目部乌兹别克斯坦段经理薛枫介绍，二东很能干，但不爱说。担心正规的采访让李二东紧张，就随便与他聊了起来。

从聊天中得知，李二东与管道施工结缘已有23年了，涩宁兰、兰成渝、西气东输、利比亚管道、冀宁联络线、印度工程、哈中二期工程都留下了他带队征战的足迹。他在国外过了5个春节，与13岁的儿子只相处过两年。在这些大型管道建设中，难点段施工似乎总爱与他结缘，但总能被他攻克。时间长了，他成为四公司出了名的专啃“硬骨头”的行家。去年，哈中二期工程中条件最艰苦、施工难度最大的1号营区当仁不让地交给了李二东。今年4月初接到中亚管道乌兹别克斯坦段增建段施工任务后，李二东被火速调回国筹备——

临危受命　快速集结

今年4月，中亚管道乌兹别克斯坦段承包商ZEROMAX公司因焊接合格率过低导致施工进度严重滞后，眼见7月底主体焊接完工工期已近，而160公里施工任务却一点没有着落。业主把援建任务交给了管道局。因为管道局在急、难、险、重施工任务面前，屡屡能化险为夷，力挽狂澜。经过局领导慎重考虑，决定由二公司、四公司分别负责100公里和60公里增建段施工任务。

为了确保快速应战，四公司从当时还处于工程建设阶段的哈中二期和中亚管道哈萨克斯坦段两个国际项目部抽调精干力量组成项目部，由李二东任项目经理，紧急增援乌兹别克斯坦新增段管道建设。

4月16日，接到局项目部施工任务界面划分文件后，四公司乌兹别克斯坦新增段项目部的人员设备调迁和物资采办开始进入紧张的筹备阶段。人员和设备调迁涉及“两国三地”，且设备大部分要从施工现场抽调，并要进行拆装、倒运和集港；物资采办、进口设备配件受定做和采购周期限制……李二东不等不靠，快速集结。4月20日，首批4台焊接工程车从哈萨克斯坦集港起运；4月24日，首批赴乌参建人员签证办理完毕；4月28日，首批赴乌人员一行7人启程了……

我们的交谈在车辆的不断颠簸中进行着，时断时续。向车外望去，远处是一望无际的戈壁沙丘，车辆在乡村坎坷的土路上奔驰，颠得人头昏脑涨。因路况太差，110公里路程我们走了两个小时。

四公司自建营地地处一片沙包起伏的荒漠无人区，进入由19个集装箱板房组建的营地，尽管条件简陋，却倍感温馨。李二东给我们讲了下面的故事——

奋战一个月　建设“小家”

5月3日，李二东带领员工开始在桩点附近的茫茫沙海中，寻找一处地势相对平坦、距公路百米左右的区域作为自建营地的营址。

5月11日，第一批挖掘机和推土机清关完毕，运至营地现场，开始平整场地。场地平整工作进行得异常艰难，风一吹，黄沙漫天飞舞，无孔不入，无论怎么漱口，嘴里的沙粒就是吐不干净。在这片黄沙飞扬的荒漠中总能看到李二东忙碌的身影，脸晒黑了，嗓子喊哑了，人消瘦了，他全都顾不上，一直坚持在现场指挥。

5月18日，后续的参建人员马上就要到了，营地却还没有建好。偌大的院子里，挖掘机、推土机的轰鸣声昼夜不停。此时突然接到业主通知：因场地征用办理手续出现问题，要求立即停止场地平整工作。李二东马上派人前去协调，连夜跑征地手续，到第二天顺利办妥了征地的各项手续。由于设备和人员有限，场地平整进度缓慢，七八名员工奋战了1个月，终于赶在6月3日第二批焊接机组人员到达前，将17栋集装箱板房吊装到位，另外两栋板房直到6月23日才安装就位。宿舍板房内全部安装了空调和水电设施，厨房、办公设备等基础设施也一应俱全，极大地保障了施工机组人员的工作和生活需要。

在营地建设不断推进的同时，李二东已开始进行施工生产的组织工作。他暗下决心——

不辱使命　决战必胜

5月初，局项目部要求四公司半自动机组在5月20日开工，内焊加半自动焊机组6月初开工。李二东立即指挥大家展开一系列开工准备工作，确定开工里程桩点、设备清关现场调迁、施工管材的现场倒运……5月15日，继首批挖掘机、推土机和多功能焊接车后，第二批到达的14台焊接工程车和1台40吨吊管机办理完清关手续。这15台套“大家伙”正是大家急盼的确保开工的施工设备。5月16日，15台套施工设备整装拉运至施工现场；5月17日，33车119根焊接管材整齐堆卸在开工点施工区段内；5月20日，四公司乌兹别克斯坦增建段项目历经艰难终于打响了开焊的“第一枪”。

因装载物资的集装箱未到，工服、工靴、安全帽以及砂轮机、砂轮片等劳保和施工常用器具都由参建员工通过自身行李带至施工现场。受设备跨国调运中途运输缓慢因素的制约，顾振生焊接机组自开工以来就只有1台吊管机配合现场作业。在这种情况下，李二东采取人歇设备不歇的办法，充分利用早、中、晚的施工间隙进行焊接管材排布。即使这样，一天也只能焊接十几道口。距业主定下的“7·31”主体焊接完工的日期屈指可数，大家焦急万分，但李二东仍保持镇静，他心里清楚，如果内焊机设备和施工物资到了，施工就不会这么慢了。

两天后情况出现转机，吊管机、挖掘机、焊接工程车等大型施工设备开始陆续清关运往施工现场。6月11日，何文烈半自动焊施工机组顺气流方向实施作业，顾振生内焊加半自动焊施工机组打火开焊，至此，两机组联合施工作业的局面终于打开。好事成双，6月12日，四公司参建人员苦苦期盼的7个满载施工和生活物资的集装箱，历经25天漫长的国际长途运输，顺利清关运抵自建营地。物资集装箱的到来对于四公司虎军队伍来说，如虎添翼，在乌兹别克斯坦六七月份室外地表温度接近六七十摄氏度的酷暑季节，在李二东的坐镇指挥下，施工人员顶烈日、战风沙，何文烈机组平均日焊接45道口，顾振生机组平均日焊接90道口，两施工机组以日施工近1.5公里的速度使管道一点点延伸。

一道道难题被从不服输的李二东和他率领的钢铁团队攻破了，焊接机组施工渐入佳境。7月25日，参建员工经过奋力拼搏，按照局项目部施工节点要求，提前6天完成主体焊接任务。李二东他们不辱使命，首战告捷。

接下来的几个月，防腐、下沟、穿越、连头施工完成，阀室试压结束。11月14日，A线全线干燥施工告捷。李二东率领大家历经200多个日夜的拼搏与鏖战，如期完成施工任务，确保了A线管道投产目标的顺利实现，兑现了管道局向集团公司和祖国人民的庄严承诺，用实力铸就了四公司管道虎军的施工品牌，用业绩续写了中国石油管道人国际能源通道建设新的辉煌。

（2009年12月10日《石油管道报》）

为投产保驾护航

随着中亚管道投产日期的临近，施工现场管道主体施工人员已悄然“退场”，施工大场面难寻了。“你方唱罢我登场”，在泵站出现更多的是投产运行人员的身影。中亚管道采访组采访了这些为投产保驾护航的人们。

及早介入　提前准备

早在2007年11月中亚项目初步筹建阶段，管道投产运行公司即代表管道局参加这个项目的投标工作，为EPC整体投标准备试运投标文件，主要负责人为董汉督和王卓军。为了做好这项工作，公司组织了30人的支持队伍，并积极与EPC其他分部配合，按时完成了中亚项目的投标工作。

2008年3月，公司开始有意识地选拔优秀人员为投产做准备，并报了35人的名单申请，办理中亚哈萨克斯坦投产项目的劳务签证，以便投产时随时有人能“冲”上去。2008年5月，公司开始了针对中亚项目的专题培训，98人次参加了培训，并接受了严格的考核。

公司提前进入施工工序，为投产做好准备。2008年4月6日，投运公司派遣一名经验丰富的试运工程师前往现场，深入了解施工细节，提出了适合将来投产的施工变更要求28项，其中85%被项目部采纳；编制了双线间的隔离方案，保证单线投气时的安全。

2008年3月，投产公司总经理华树春前往哈萨克斯坦，拜会了业主AGP公司领导，就投产技术咨询方面提出了合作的意向。双方一拍即合。7月份，董汉督作为这个项目的负责人，率领4名高级试运专家前往哈萨克斯坦，开始为业主进行技术咨询服务。

前期工作异常辛苦。试运专家每天工作20个小时，每周工作6天，每周大概有三四天晚上要前往AGP公司驻地讨论工作，工作强度非常大。经过努力，业主充分认可了他们的工作并给予了极高的评价。

投运公司的技术咨询服务为AGP的前期投产运行准备工作提供了强有力的支持。他们编制了KSS公司负责管段的投产方案、哈萨克斯坦境内的整体投产方案，另外编制了调度协议、运行调度手册、应急反应预案、操作规程等26项技术性文件。这些文件的编制，确定了AGP的投产原则和思路，也为管道局提供了投产的前期准备思路。

确保安全　万无一失

哈萨克斯坦的社会治安受其国内国际不安定因素的影响，对在哈境内的中国员工造成了一定的威胁。他们采取了系列措施：一是要求人员和车辆的证件手续完全合法，包括人员的护照、签证、出差令以及车辆手续都符合要求；二是对投产车辆的移动情况进行实时监控，并派伴行车辆沿线伴随置换气体同行，一旦有车辆被阻或进入作业带搁浅时，可及时前往救援；三是利用当地专业保安公司的力量，沿线协助救援；四是在3个主营地24小时配备专用车辆，一旦需要就前往协助；五是为每一辆投产车辆上的人员配备了高压棍等防护工具；六是每一组投产车辆配备足够的现金、食物和饮水。

同时，他们做好准备，以应对复杂的路况及通信不畅情况。哈萨克斯坦CPP段从第一个阀室开始，管道沿线经过了山区、沼泽及无人区地带。在跟随氮气和天然气前行的过程中，部分阀室路况很差，如部分阀室存在坡度大、路面泥泞、路径难以辨识等情况。当进入路况差的阀室时，他们安排了伴行车辆同行进入，由各施工分包商的备用车辆引路，以保证安全。

为了保证投产期间的通讯畅通，他们为每个投产小组配备了一部卫星电话和两部信号覆盖范围不同的手机，并配备车载充电器，以保证电话24小时电量充足。

多次演练　验证方案

中亚哈萨克斯坦管道投产方案的编制工作到最终定稿耗时7个月，投运公司动用了大量人力和物资，参与的专家达109人。他们对方案分别在中亚管道公司总部、管道局内部、哈萨克斯坦AGP驻地都进行了不同级别和深度的论证，使方案更完整、可操作。

为了验证方案的可操作性，他们组织在哈萨克斯坦干线和霍尔果斯进行投产操作演练、应急抢修演练、通信保障演练、针对投产的操作演练等。

11月8日至15日，他们进行了阀室模拟氮气和天然气置换和放空操作，以及清管站的模拟置换操作和放空操作，参加人员15人。演练中，他们模拟了向AGP调度中心的汇报。通过演练，投产人员熟悉了操作流程和汇报流程。霍尔果斯计量站的操作演练参与人员较多，包括投运公司人员、AGP业主人员、西二线业主人员以及中哈两国的海关人员。通过演练，各方面了解了中亚天然气管道的具体操作，中方海关和哈方海关对投产方案也达成了共识。

另外，针对应急抢修演练，他们进行了更细致的部署。11月9日至16日，他们在CPP内部组织了干线部分和霍尔果斯站的抢修演练。干线部分是模拟42号阀室下游500米处管道遭遇第三方破坏破裂后的CPP应急抢修演练，以及6号清管站内一个法兰连接阀处泄漏的应急抢修。演练动用了管道四公司的保驾组人员及机具。整个过程由业主方全程监督，霍尔果斯的中国境内干线和站场部分也进行了同样的应急抢修演练。

为了进一步确定中亚全线的应急反应机制，11月22日，他们进行了中亚全线的应急抢修联动演练。事故模拟哈萨克斯坦境内CPP段的52号阀室下游500米处发生恐怖袭击事件，造成主干线破裂并大量泄漏后抢修力量的反应。参与演练的分别为：哈萨克斯坦AGP、CPP、西二线北调中心、中亚管道公司总部、乌兹别克斯坦的ATP及土库曼斯坦的相关单位。投运公司为整个过程编制了详细的组织机构、反应流程、抢修方案、通讯联络方案等。演练验证了投产方案的可操作性。

（2009年12月14日《石油管道报》）

12月12日，中亚管道采访组在乌兹别克斯坦段的采访已进入后期，在跑完了所有项目分部现场，回到布哈拉管道局中亚乌兹别克斯坦项目部所在地后，局中亚乌兹别克斯坦项目经理薛枫提议采访副经理张永兴。“他主管生产，负责EPC协调。他是项目部的元老，是我的左膀右臂。”薛枫如是说。

记者眼中的张永兴有着知识分子典型的气质，沉稳、务实、谦和，言语不多，十分严谨。他对薛枫给自己的评价比较低调，说自己只是个调度长而已。经过采访，记者发现他真是一位——

不言苦的“调度长”

2007年8月，35岁的张永兴作为管道局中亚项目协调组成员进入中亚项目工作，参与并组织开展了项目启动及实施的各项工作。这是他参与的第三个国际管道工程项目，他曾在哈中管道一期、泰国工程项目中担任施工部经理，具有扎实的专业知识和丰富的项目管理经验。

在中亚项目启动初期中方承担工程量尚未确定的情况下，根据中亚天然气管道公司的要求，张永兴结合哈乌两国沿线的地质、气候条件，编制了10余版施工组织方案，并组织项目组成员一起逐步完善细化，以此为基础初步确定了管道局参与中亚管道建设的资源配置。

2008年4月，张永兴被管道局任命为中亚管道乌兹别克斯坦项目副经理，工作重心转到乌兹别克斯坦段工程的组织和筹备中。

2008年6月，张永兴在国内组织中亚乌兹别克斯坦段项目投标工作。受项目整体周期的影响，投标时间非常短，为保证按期完成标书编制，投标期间，张永兴带领投标组加班加点，彻夜研究方案，最终顺利完成了标书的编制工作。此后，他在七八月间赴乌兹别克斯坦递交标书，并就项目合同、设备动迁、检测设备人员在乌兹别克斯坦办理许可等事宜与业主和乌方相关部门进行了探讨和沟通，为下一步工作的进行打下了坚实基础。

2008年10月，张永兴赴乌兹别克斯坦前线布哈拉工作。在项目部，他主管生产，负责设计、采办、施工的协调工作，同时负责进度控制和质量管理工作，可谓“总调度长”。乌兹别克斯坦对于管道局来说是全新的市场，项目部无法参照其他项目的工作经验开展工作，也面临很多其他项目未曾遇到的困难和挑战。他以管道人特有的韧性和坚强的意志率领项目部人员战胜了重重困难，使项目各项工作逐步走入正轨。

EPC协调工作充满艰辛。由于在乌总统令中明确规定本项目的设计工作由乌兹别克斯坦设计院UZLITI承担，所以管道局项目部在名义上只能把设计工作分包给当地设计院，但实质工作还由局设计公司承担，当地设计院只负责审核盖章工作。为保证整体工期，张永兴协调设计分部一起与UZLITI进行多次沟通，同时通过业主方面进行协调，使用业主批复的A版图纸进行施工。他从大局出发，利用丰富的工程经验保证了现场施工正常有序。

采办工作同样受到了设计工作的严重制约。受各方因素影响，乌兹别克斯坦项目启动时间已晚于哈萨克斯坦，又处于管道上游，投产日期却要早于哈萨克斯坦，因而采办工作压力巨大。在这种严峻的形势下，张永兴与设计部、采办部人员一起，根据项目的整体安排，通过与中方业主的协调，利用哈乌项目同是一条管道具有同样技术条件的原则，在哈萨克斯坦已订货的基础上，使用哈萨克斯坦项目批准的技术规格书和数据单，对大量长周期采办物资进行了风险采购，有力地保证了后期站场阀室安装及穿越施工的需求，从而保证了按期完工。

“兵马未动，粮草先行”。钢管运输是项目现场首先要解决的问题，钢管运不到现场，所有后续工作都无法开展。尽管在刚开工时，由于机组施工未全面展开，钢管运输尚可保证现场的需要，但张永兴还是预想到了运管工作将会制约工程进展。他根据项目的特点及地形情况，在项目前期重点抓钢管运输工作。他组织管道二公司和特运公司，对沿线的道路情况进行多次踏勘，确定了在冬季重点进行最困难的105公里沙漠段的运管工作方案。

此后，他完善业主和物装公司的钢管发放工作流程，调配二公司的机械设备对运管困难段进行保驾，及时解决运管工作中出现的各种问题，确保钢管运输工作顺利进行。最终，B段一线钢管运输工作在今年3月27日全部完成，确保了后期4个机组陆续开工后未出现现场缺管的情况，使焊接施工得以顺利进行。在此基础上，新增段156公里及B段二线钢管运输工作分别在6月21日和11月2日顺利完成，有力地保障了后序机组施工作业的有序开展。

在施工过程中，他们更是遇到了社会依托差、施工资源严重不足、油料短缺等前所未有的困难，但张永兴还是努力与前线项目部和各分部人员一起分析问题、克服困难，进行科学部署。

在机组方面，他根据现场的地理条件以及机组设备的配置情况，进行合理安排，将配备有全世界最先进的全自动焊机的CRC全自动机组和采用新焊接工艺（内焊机打底+半自动焊填盖）的IWM机组配置在地形平坦、有利于大兵团作战的地段，充分发挥了这两个机组工效高的优势，全线一半以上的焊接工作量都由他们完成；同时，将3个传统的半自动焊机组配置在沙漠及穿越较多的地段，也使得他们灵活、易操作、受外界影响小的特点得到了充分体现。他科学部署，保证了工程的顺利进展。最终，由管道局承担的B段一线于今年4月29日实现主体焊接完工，比整体计划提前两个月完成，也为之后新增156公里工作量的完成创造了条件。

由于新增156公里的工作量直到今年4月才最终落实，而一线投产的时间节点并没有改变，因此管道局承担着巨大的压力。在如此严峻的形势下，局乌兹别克斯坦项目部从未在困难面前低头，还是毅然决然地接受了这一艰巨的使命。张永兴一直坚持工作在第一线，他肩上的担子愈发沉重，需要协调解决的工作量倍增，但他始终以坚定的心态、踏实务实的工作作风影响并引导着项目部的其他同事积极地面对困难，努力工作，为前线的员工们解决各种实际问题，保证施工正常进行。

为保证项目的整体有序进行，张永兴与业主、监理、分部之间保持沟通，积极协调关系、理顺工作流程，张永兴还负责联系乌兹别克斯坦地方技术监督局、油气监督局、建委等各部门，主持进行每月一次的现场例行检查，妥善处理与当地有关部门的关系，使施工环境更为融洽，为现场的顺利施工提供更为便捷的途径和办法。

张永兴积极与乌兹别克斯坦当地的承包商ZEROMAX公司建立良好的协作机制，创造和谐的外部环境，在可能的条件下给他们以最大的帮助，包括为他们拍片、煨制弯管等，进行阴保安装、试压等技术指导。尤其是在一线投产最紧要的时刻，他以中石油的整体利益为首要出发点，将二线的很多设备物资支援乌方使用，在很大程度上融合了中乌双方的关系，乌方承包商对管道局表示由衷的敬意，表示管道局有需要的时候乌方也能主动提供帮助。

张永兴科学指导现场施工，为现场工作提供支持，协调各方面的关系，真正使项目部起到了薛枫要求的“指挥中心、协调中心和服务中心”的作用。

（2009年12月14日《石油管道报》）

建“国脉”育出和谐“果”

今年5月27日，管道局局长赵玉建到中亚管道乌兹别克斯坦段检查工作。在听取项目部工作汇报后，赵玉建指出，项目的几个特色要总结好，要载入这个项目建设的史册，其中一点就是如何“构筑和谐”。乌兹别克斯坦项目各分包商和项目部之间，乌兹别克斯坦项目部和当地政府、乌兹别克斯坦人民、合作方ZEROMAX公司之间的和谐，是整个项目得以顺利进行的重要保障。和谐是社会发展的大趋势，合作共赢是市场经济的突出特点。没有合作，就没有发展；没有共赢，就没有真正意义上的赢家。

中亚管道采访组在乌兹别克斯坦项目各分部采访时，听到最多的就是：“这个项目部上下非常和谐，在这里施工虽然条件艰苦，但心情很舒畅。”这个项目部的和谐氛围也给记者留下了深刻印象。正是全体参建者同舟共济、团结拼搏，才使乌兹别克斯坦项目在“步步是坎”的情况下，迎来了胜利的曙光。

畅所欲言　集思广益

《说文解字》上说，“谐，从言，皆声”，意思是人人都有发言权。乌兹别克斯坦项目部是个很讲民主的项目部。为了给大家提供畅所欲言的机会，项目部经常组织召开各种主题座谈会，项目经理薛枫称之为“头脑风暴”。座谈会上，大家知无不言，言无不尽。关于项目部的一切事宜，项目部所有人员都可以直抒胸臆，发表见解。同时，项目部通过大小会议，宣传项目管理的工作目标、工作思路和管理理念，使项目部每名员工都能够认真学习、深刻领会其核心内涵。在日常工作和生活中，项目领导言传身教，使项目管理理念深入人心，成为员工团结奋进的共同思想基础。

平时的工作，大家各有分工，井然有序。工作中只要遇到交叉情况，大家从不推诿懈怠。遇到重要任务，大家劲往一处使。因项目部人员精简，在各项工作中，各个部门的人员只要忙得开，不管分内分外，都主动出击，群策群力，分工协作。紧张繁忙的工作检阅了这支队伍，也使大家的心贴得更近了。

团结协作　共渡难关

乌兹别克斯坦项目部营造出的这种和谐氛围绝非一日之功。项目经理薛枫为此可谓煞费苦心。项目部人员的平均年龄只有33岁，且素质很高。只有每名参建员工充分发挥作用，才能具有战斗力，才能承担重任，才能使项目运转良好。薛枫深刻认识到这一点。因此在项目部成立之初，他就把项目部定位为

“指挥中心、协调中心、服务中心”。这个定位马上拉近了项目部与各分部之间的距离。正是这样，人人都为项目考虑，所以项目才能履险如夷，走向成功。

项目部充分放权，在指挥全局的同时更多地为各分部服务，做好各分部的后勤保障工作。这种理念的成功贯彻，在各分部之间形成了良好的合作氛围。“只要项目需要、工程需要，任何一个分部遇到困难，其他分部都伸出援助之手。”采访中，管道二公司分部调度长陈江这样说。

陈江告诉记者，各分部团结合作的事例不胜枚举，俯拾皆是。一次，二公司分部一个机组的焊接任务已经完成，需要将两台焊车调到50公里外的另一个施工现场。如果让操作手驾驶这两台焊车过去，需要3天时间才能到达。本来设备就紧张，如果这样做，就要耽误3天的施工。陈江最担心的是道路崎岖，两台焊车走完这50公里的路程，恐怕要被颠坏。无奈之下，陈江找到特运分部副经理王军民，想让特运分部调一台北方奔驰车将两台焊车运到施工现场。当时特运分部正集中所有力量在柏木拉特沙漠段突击运管，时间紧张。但是，王军民毫不犹豫地答应了陈江的要求，抽调一台北方奔驰车用两天时间把两台焊车运到了目的地。陈江告诉记者，这两天时间，使特运分部少运了300多米钢管，要想弥补这两天的损失需要花费很多工夫。

“特运分部在运管过程中也是困难不断，尤其是105公里沙漠段运管，可谓举步维艰。但在二公司分部的密切配合和强有力的支持下，他们顺利完成A线运管任务。”特运分部经理吴永平对记者说。

乌兹别克斯坦段管线经过的都是沙漠、戈壁，作业带路况极差，载重的运管车经常陷在里面，进退不得。每当这个时候，二公司分部都会立即抽调4台大马力挖掘机和叉车进行解救。二公司分部本来设备就少，能够在紧张的施工中抽调设备为特运公司分部服务，让吴永平很感动。

当特运分部开始往柏木拉特方向运管时，司机们距离特运分部营地也越来越远了。这时，陈江在二公司3号营地为特运分部的司机们协调好了住处，30多名司机在3号营地安了家。司机们每天早出晚归，不论何时走，不管何时归，都能吃上热乎乎的饭菜。而陈江每次都要等最后一位司机回来，安排他吃上热饭，才放心地去做其他的事情。

到乌兹别克斯坦增援的建设公司分部和四公司分部虽然来得晚，但员工们也深切地感受到了和谐与温暖。四公司分部刚到驻地时，由于生活和生产物资尚未清关，工作生活遇到很大困难。听到这个消息，二公司分部送来了砂轮机、砂轮片；特运分部送来了床铺、被褥；局项目部送来了一车车的蔬菜瓜果。众人拾柴火焰高。四公司分部在兄弟分部的帮助下，渡过了一个又一个难关，全力投入到一线施工中。建设分部刚到乌兹别克斯坦，现场情况不了解。二公司分部经理宋天学组织各个部门的工作人员，停工半天，一起给建设分部精心讲解。设备不足，二公司分部尽最大所能提供帮助。

采访中，四公司分部经理李二东和建设分部经理姬程飞都说出了发自内心的一句话：没有兄弟分部的帮助，我们是不可能按期完成任务的。

刀鞘保护着锋利的刀锋，它则满足于自己的迟钝。在乌兹别克斯坦段管道施工中，如果说二公司分部和特运分部是锋利的刀锋，那么物装分部则是厚实的刀鞘，是它在默默地保护着锐利的刀锋。

兵马未动，粮草先行。物装分部的清关工作就是押运“粮草”，如果不能及时将这些“粮草”运至现场，就会延误现场施工。物装分部在半年多的时间里，牺牲了全部周末休息时间进行清关。他们还千方百计地让海关和清关公司加班工作，甚至大年三十和初一也不休息。为了满足施工现场的需要，很多物资都是在没有完成报关手续之前，就被拉运至施工现场，这样不但省去了繁重的卸货和装货工作，最重要的是为施工赢得了宝贵的时间。

有一次，物装分部突然接到特运分部的通知，为了满足二公司施工需求，特运分部决定进行夜间装车作业。物装分部纳沃伊钢管中转站的3名员工马上行动起来，积极与中油技术开发公司协调夜间装车事宜。由于此前没有夜间装车的先例，物装分部提前安排好吊车和工人，并准备了照明设备。晚上8点，一切就绪，特运分部的车队依次驶进管场，物装分部人员精心组织安排，在保证安全装车的同时严把质量关。当晚特运公司共装管车40多辆，一直干到夜里11点多。特运分部当天累计装车86辆次，装管3公里多。

胸怀全局　手足情谊

中亚管道乌兹别克斯坦段有两家承包商：管道局和乌兹别克斯坦的ZERO-MAX公司。建设中，管道局虽然已经为乌兹别克斯坦承包商承担了156公里的施工任务，但是乌兹别克斯坦承包商仍不能按期完成剩余施工任务。

面对这一局面，薛枫胸怀全局，他要求项目部员工：关注乌兹别克斯坦承包商施工进度，当他们遇到困难时，我们必须尽力提供帮助。他们缺少阀门配件，乌兹别克斯坦项目部给提供阀门配件；他们没有弯管机，乌兹别克斯坦项目部帮助他们弯管；他们的焊丝不够，乌兹别克斯坦项目部给他们提供焊丝；他们不会氩弧焊，乌兹别克斯坦项目部就派出优秀焊工到施工现场手把手教乌兹别克斯坦工人……只要他们缺少的，能在乌兹别克斯坦项目部解决的，乌兹别克斯坦项目部都鼎力支持。乌兹别克斯坦承包商项目经理说：“CPP给了我们最大的帮助，没有他们帮助我们无法完成任务。”

乌兹别克斯坦项目部的深明大义换来了和ZEROMAX公司良好的合作关系。沙漠段运管时，乌兹别克斯坦项目部缺少沙漠运管车，ZEROMAX公司马上协调了3台沙漠运管车给乌兹别克斯坦项目部使用；施工任务增加后，乌兹别克斯坦项目部原来配备的阀室试压封头数量不够，ZEROMAX公司把封头送了过来。通过彼此的鼎力相助，乌兹别克斯坦施工顺利完成。

一滴水只有放到大海里才不会干涸，一个人只有融入到集体当中才会最有力量。中亚管道乌兹别克斯坦项目部的全体参建员工为了一份共同的事业，用自己的实际行动，培育出了和谐之“果”。

（2009年12月15日《石油管道报》）

项目商务运作模式的“探路者”

——访中亚管道乌兹别克斯坦项目副经理张水清

随着在乌兹别克斯坦段采访的深入，中亚管道采访组愈发感受到这个项目在乌兹别克斯坦运作的艰难。首先面临的是市场环境新的难题。中乌管道项目是管道局首次进入乌兹别克斯坦的项目，环境陌生，毫无经验可循，一切要从零开始。乌兹别克斯坦项目部是怎样攻克这个难题的？项目经理薛枫回答，这个问题，具体负责运作的张水清最有发言权。

张水清是中亚管道项目部进入乌兹别克斯坦的“第一人”。2007年9月，时年34岁的他来到乌兹别克斯坦。张水清曾在苏丹6区、泰国项目中负责市场开发工作，具有丰富的国际项目商务运作经验。由他在中乌管道项目中负责商务运作按说应该游刃有余。可张水清这次遇到了“拦路虎”。乌兹别克斯坦是一个相对落后的国家，法制不健全，外商经营环境极差，曾到这里投资的两家国际知名企业都以失败告终。从未在此执行项目的管道局是否会面临同样的命运？

采访中，提及当初的困境，平素看似沉静平和的张水清激动了，他的脸上流露出自信坚定的神情。他说：“每逢遇到困难时，薛枫经常鼓励我们说，咱们没有选择，没有退路。为了保证国家能源战略通道如期贯通，为了管道局的荣誉，不管前面有多少困难，都必须克服。”在薛枫的激励下，张水清率领有关人员开始了艰难的探索项目商务运作模式之路。

张水清清醒地认识到，乌兹别克斯坦作为管道局首次进入的工程建设市场，能否在短时间内全面、准确、深入地了解当地的法律法规，了解不同法律

主体税务、财务的相关规定，了解当地工程设备、材料、人力资源状况等，对项目能否顺利实施将起到至关重要的作用。于是，他们开始行动——

进行项目前期市场调研

张水清抵达乌兹别克斯坦后，开展了紧张有序的相关商务调研工作。乌兹别克斯坦的市场环境非常特殊，社会、政治背景，现行的相关法律法规，非常不利于外国公司在乌兹别克斯坦开展业务，几乎没有外国公司在乌兹别克斯坦境内从事过大型工程项目建设。所有工作，项目部都要从头开始，逐步摸清、理顺相关程序和要求。

张水清率领相关人员在当地开始广泛调研。他们走访了当地著名的国际会计师事务所与律师事务所，了解当地相关的法律法规，不同法律主体在乌兹别克斯坦的地位、责任和义务，以及相关的税务财务制度等。

通过调研，他们发现乌兹别克斯坦市场经济环境相对封闭。例如，不认可分公司模式；虽然有较全面的法律法规，但是彼此之间存在矛盾和冲突的地方很多，特别是针对外国公司如何在乌兹别克斯坦运作项目，更是没有准确的定义；外汇管制严格，现金流通量极为有限，银行转账成本极高，通常要高于现金支付的30%，当地公司和个人非常排斥银行转账支付。

此外，他们还走访了当地的中石油内部单位、其他中资单位和在乌兹别克斯坦从事业务的外国公司以及当地公司。尽管没有完全的EPC模式可供借鉴，但是从局部可以了解到一些有价值的信息，包括当地政府部门、公司、个人的办事习惯、处理问题的方式方法，这些都对他们在乌兹别克斯坦顺利实施项目提供了有力保障。

乌兹别克斯坦对于项目中方业主公司，也是首次进入的工程市场，管道局受中方业主的委托，对乌兹别克斯坦当地的资源进行调研。张水清他们以此为契机，对乌兹别克斯坦当地资源特别是管道施工资源进行了全面而深入的调研。他们走访了乌兹别克斯坦国家石油公司管道施工公司，走访了在乌的外国管道施工公司及当地其他施工单位，了解设备、人力资源配备状况，并到乌兹别克斯坦当地公司的施工现场进行实地调研，了解其设备、人员的工效。之后，张水清撰写了详尽的调研报告，为中乌业主划分中乌双方承包商的工程量提供了真实、准确的信息，保障了工程的顺利实施。

同时，张水清他们针对管道局从事EPC工程项目所需要的资源种类和数量，在乌兹别克斯坦进行了调研。他们发现乌兹别克斯坦不像其他一些国家和地区，当地可利用资源非常有限，管车和平板拖车等极少。这样，项目部只得调配国内资源，以满足工程所需。

在解决资源的同时，经过前期市场调研后，项目部决定必须尽快确定项目运作模式，为即将开始的项目铺平道路。什么样的运作模式最适合管道局在乌兹别克斯坦承建大型的EPC项目建设呢？薛枫和项目部领导都在苦苦思索。由于没有经验可循，他们只能摸着石头过河，开始——

探索项目商务运作模式

经过前期的商务调研，他们发现外资企业在乌兹别克斯坦只有三种形式：代表处、子公司、PE（常设机构）。由于代表处不能从事商业活动，只能在子公司与PE之间作出选择。

张水清率领团队走访了很多中石油内部单位和其他中资单位，以及其他在乌开展业务的外国公司，结果都没有完整的经验以供借鉴。

他们面临着艰难的选择，几乎无路可走：如果单独以乌兹别克斯坦子公司名义运作项目，具有当地法人实体地位，运作项目过程中，将面临苛刻的劳务许可问题，中国工人进入乌兹别克斯坦从事工程建设将会变得异常困难；当地货币结算有很高的贬值风险，另外当地货币汇兑成外币合理汇出乌兹别克斯坦不可行。以管道局总部名义运作项目，在乌兹别克斯坦当地注册PE（常设机构），由于PE是非法人实体，管道局是在中国境内注册的法人实体，EPC项目在实施过程中，不可避免地一定会有大量的事务，需要与乌兹别克斯坦当地政府部门、公司或个人去沟通、协调和联系，PE仅是在乌兹别克斯坦家税务总局注册的一个税号，无法承担相应的责任和义务。

那是一段永远难忘、备受煎熬的日子。张水清回忆说，在漫长的3个月里，薛枫带领项目部边摸索边实践，经过无数次坎坷和挫折，一条光明之路逐渐明晰。去年年底，项目部经过无数次的研究和讨论，在综合分析各种利弊的基础上，经请示局领导批准，决定在乌兹别克斯坦注册子公司、代表处，以管道局总部名义签署合同。合同签署后，在乌兹别克斯坦注册PE（常设机构），以管道局总部名义在乌兹别克斯坦运作项目，辅以当地子公司和代表处。“以PE为主，辅以子公司和代表处作为必要的补充”，这种崭新的项目运作模式终于尘埃落定。

在执行的过程中，并非一帆风顺，大量的困难和难题在项目进行过程中不断涌现。薛枫没有退缩，而是率领项目部——

攻克运作模式进程难题

作为已经被世界包括中国国内项目所普遍认可并且采纳的EPC合同模式，

在乌兹别克斯坦历史上尚属首次，当地许多权威机构、政府部门都闻所未闻，法律上也存在许多空白，没有任何经验可以借鉴，只能靠自己一步一步摸着石头过河。因此，在项目进展的过程中，尤其是项目运作之初，局乌兹别克斯坦项目部经受了一系列的困难与挫折，几乎难以为继。

在乌兹别克斯坦，类似的工程项目一直延续计划经济的体制，业主通常是国家政府公司以国家公布的概预算价格分别与设计和施工单位签署合同。因此，当张水清和另一项目副经理宋国华去找国家政府各个部门，包括银行、税务、海关等部门办理相关业务时，遇到的一律是拒绝。这些部门负责人非常不解，因为乌兹别克斯坦没有相关的法律法规明确规定该如何办理，以往也没有类似的经验，因此经常出现一些让人啼笑皆非的事情。

如在办理车辆上牌照问题时，通过中乌两国海关的协调，乌海关同意车辆放行到乌兹别克斯坦，可是由于PE不是法人实体，管道局又是在中国境内注册的法人，当地交通管理部门无法为车辆办理牌照。车辆无牌上路又是违法行为，而项目工程进度要求这些车辆必须马上投入使用。张水清称赞，这个难题的解决多亏了宋国华，经过宋国华跑前跑后，反复多次做工作，乌兹别克斯坦海关派出车辆，带着这些无牌照重型车沿线运管，时间长达一两月之久。后来，经宋国华多次努力，当地律师事务所出面协调，拿出相关法律条文，当地交通管理部门才把50多台重型车辆落在代表处名下，办理了牌照。

采访到最后，张水清表示，项目运作到今天，应该说，当初薛枫确定的这种项目运作模式是成功的。在这种运作模式下，各项工程进展顺利，达到了预期的进度目标。事实证明，这种运作模式成功地解决了各单一模式带来的弊端与局限，也将成为管道局在乌兹别克斯坦运作大型非免税项目的最佳组合选择。

（2009年12月15日《石油管道报》）

在异国他乡战风沙寒暑　用智慧汗水建能源动脉

中亚天然气管道投产通气

中土哈乌四国元首齐聚土库曼斯坦出席通气仪式
哈乌分别举行竣工投产庆典　赵玉建参加三国庆典仪式

横跨四国的能源大动脉——中亚天然气管道历时18个月建成通气。12月12日，中亚管道哈萨克斯坦段工程竣工庆典在哈萨克斯坦首都阿斯塔纳举行，国家主席胡锦涛和哈萨克斯坦总统纳扎尔巴耶夫出席庆典仪式并发表重要讲话。12月14日，中亚管道通气仪式在土库曼斯坦举行。中土哈乌四国元首共同出席通气仪式。16日，中亚天然气管道顺利投产庆典仪式在乌兹别克斯坦中乌首站举行。庆典仪式上，中国国家能源局局长张国宝讲话。管道局局长赵玉建参加了上述三国的庆典仪式。

12月12日，哈萨克斯坦当地时间15时，哈萨克斯坦首都阿斯塔纳正值严冬时节，虽天寒地冻，但在哈萨克斯坦国家油气股份公司总部大楼和投产现场却热闹非凡。胡锦涛和纳扎尔巴耶夫共同按下按钮，下令开启线路阀门，画面通过电视卫星转播系统传输至现场。随着6号站中哈两名管道建设者携手缓缓开启线路阀门，阿斯塔纳总部大楼和千里之外的投产现场顿时一片欢腾。两国元首高兴地握手相庆，同时通过电视卫星转播系统向现场的管道建设者频频挥手致意。

14日，中亚天然气管道通气仪式在土库曼斯坦阿姆河右岸巴哥德雷合同区第一天然气处理厂举行。中国国家主席胡锦涛同土库曼斯坦总统别尔德穆哈梅多夫、哈萨克斯坦总统纳扎尔巴耶夫、乌兹别克斯坦总统卡里莫夫共同出席通气仪式。在天然气管道通气仪式上，四国元首分别致辞。中、土、哈、乌四国的项目负责人通过视频向四国元首报告通气就绪。四国元首共同启动了通气阀门，以最隆重的方式宣告中国与中亚地区的合作取得了重大进展。

胡锦涛在通气仪式上致辞指出，中国—中亚天然气管道项目是中国、土库曼斯坦、乌兹别克斯坦、哈萨克斯坦精诚团结、互利合作的典范，承载着四国人民世代友好、互利共赢的良好愿望。四国本着互补互惠、平等互利、合作共赢的原则，积极开展能源合作，取得丰硕成果。中国—中亚天然气管道是四国又一重要合作项目，意义重大。中方愿同三国继续保持密切沟通，加强协调配合，确保管道安全、高效运营。

四国元首启阀门，通气更“通”友谊。土库曼斯坦、哈萨克斯坦、乌兹别克斯坦领导人在仪式上致辞并表达了由衷的感谢。“真诚感谢建设者们忘我的献身精神，感谢高瞻远瞩的中国、哈萨克斯坦、乌兹别克斯坦三国领导人的大力支持，感谢中国人民……”别尔德穆哈梅多夫说。“感谢建设者、工程师付出的巨大努力，使我们共同完成了先辈的遗志，复兴伟大的丝绸之路。”纳扎尔巴耶夫说。“感谢中国工人、建设者、工程师，是他们忘我的工作，以最短时间完成了21世纪的一项伟大工程。”卡里莫夫说。

16日，乌兹别克斯坦当地时间12时18分，在乌兹别克斯坦民族音乐的伴随下，张国宝、乌兹别克斯坦石油公司第一副总裁马季多夫一行步入会场。仪式开始后，首先由张国宝作讲话。他指出，中乌天然气管道是中亚管道的首段，是中乌两国深化能源合作的结晶，也是两国企业携手努力共同开发的成果。2007年4月，在两国元首亲自关心下，两国政府签订了关于建设和运营中乌天然气管道的原则协议，为启动管道建设提供了法律依据。在过去的18个月里，两国政府通力合作，全力支持，参建单位精心组织，科学施工，广大建设者冒酷暑、战严寒，艰苦奋斗，以高速度、高质量、高效益完成了预定的各项建设任务，创造了世界跨境天然气管道建设史上的新纪录。

张国宝说，中乌天然气管道的建成投运，对于促进两国经济发展、加强双边经贸往来、巩固传统友谊、减少温室气体排放等，都具有十分重要的意义。他希望工程建设各方继续发挥各自优势，加强沟通协作，精心组织生产运行，注重环境保护，努力使中乌管道项目产生最佳的经济效益和社会效益。

投产仪式上进行了颁奖，作为参建单位的主力军，管道局荣获ATG（中乌管道合资公司）颁发的“杰出贡献奖”，管道局设计公司荣获“积极参与奖”。

中亚天然气管道起始于土库曼斯坦和乌兹别克斯坦边境，经乌兹别克斯坦、哈萨克斯坦到达中国的霍尔果斯。中亚天然气管道于2008年7月正式开工，由中亚天然气管道公司负责组织建设，管道局为EPC总承包商。管道分A、B双线敷设，单线全长1833公里，其中土库曼斯坦境内单线全长约188公里，乌兹别克斯坦境内全长约530公里，哈萨克斯坦境内全长约1300公里。按照项目建设计划，A线于今年12月初试运投产。2010年双线建成通气。

土库曼斯坦的天然气经中亚管道进入中国后，将通过西气东输二线管道运至上海、广东等14个省（市、区），为中国的经济社会发展和人民生活提供更多清洁高效的天然气资源。

（2009年12月17日《石油管道报》）

探索国际工程物流运输管理新路

——访特运公司中亚项目经理曹维光

中亚管道物资运输是管道特种汽车运输有限公司承担的投资最大、规模最大、运输难度最大的国际工程物流运输项目。特运公司是怎样科学有效地管理和组织实施这个“三最”项目的？在实践中有何管理模式和经验？记者采访了特运公司中亚项目经理曹维光。

曹维光滔滔不绝地向记者谈起了体会。他说，通过对中亚项目的创新实践与管理，为特运公司今后在国际工程物流运输项目管理上探索了一条新路。他介绍了特运公司在这个项目上的创新实践与管理经验。

建立“三个中心”，是实现对国际物流运输项目科学高效管理的关键

为实现对中亚项目科学高效管理，特运公司针对中亚项目横跨哈乌两国、点多线长、管理难度大的实际，在项目管理上，创新建立了以指挥中心、协调中心和服务中心为核心的“三个中心”管理模式。

指挥中心。负责对整个项目哈乌两国的生产运行、设备、安全、人力资源、成本等方面实行统一管理、统一指挥，做到项目整体步调一致，资源共享。

指挥中心针对哈乌两国现场道路崎岖、雨雪天气较长的实际，及时制订了统一的冬季运输方案，明确了“规定动作”。指挥中心还针对哈乌当地司机开车快、爱喝酒的特点，在两个国家的每个营地都成立了安全督导小组，每天进行巡回检查，有效地遏制了酒后开车。在钢管运输上，指挥中心为确保货物安全，及时修改了程序文件，将货物捆绑由原来的2道增加为5道，并规定不论拉运任何物资都必须捆绑，实行货主、安全员和司机捆绑交接签字单制度，确保了运输过程中的货物安全。在乌兹别克斯坦段，指挥中心通过合理利用资源、科学调配车辆，战胜了当地人都无法逾越的70公里流沙带，为管道局赢得了额外的160公里管道焊接任务。在设备管理上，指挥中心严格规定了“三检”制度，每天车辆从现场回来，各营地立刻组织人员逐辆检修，有效地保障了车辆出勤率和行车安全。

协调中心。负责协调与甲方和当地政府的关系，平衡哈乌两国各分部间的利益关系，搭建沟通的桥梁，为项目在当地合法顺利运行提供保障。

特运公司进入中亚项目面临的首要难题就是清关。中亚项目工期短，需要的设备多，从国内带来的大型机械设备有1000多台，使清关工作变得极为困难。在物装公司人手紧张、满足不了需要的情况下，协调中心积极发挥作用，不等不靠，组织人员边干边学。原来需要3个月才能办理完的各种手续，在协调中心的努力下，仅用不到10天就办好了，使设备提前两个多月投入运行。

哈乌两国当地居民几乎所有人都会开车。特运公司带着100多台大型车辆到他们国家从事运输，从一定程度上抢占了当地的市场，当地人敌意很大。为了妥善处理好这些问题，协调中心积极与当地政府联系，主动拜访相关部门，车辆进出营地时要求司机放慢车速，尽量避免在当地人休息时来回出入。协调中心还经常组织员工参加当地的慈善活动，每逢重大节日，向当地敬老院、孤儿院进行捐助，并帮助当地村民维修路面。通过这些措施，特运公司每到一个地方都得到了当地政府和老百姓的支持与好评。

服务中心。负责制定统一的服务标准和服务模式，体现专业化公司的品牌

优势，同时为一线员工提供生活和工作保障。

服务中心坚持把企业文化和员工队伍建设融为一体，日常管理、安全规范、规章制度、设备维护、服务标准、宣传报道、员工驻地、食堂后勤等都统一标准和模式，特运员工无论在哪里，都会执行同样的标准，享受同样的待遇。服务中心注重把和谐工作与项目的各项管理有机结合起来，利用业主休息时间组织军训，国庆节、春节和“七一”等重大节日期间组织员工座谈，增强了凝聚力，丰富了大家的精神文化生活。服务中心及时收集工作和生活中的精彩瞬间（照片），配上说明文字悬挂上墙，用榜样的力量激励员工。服务中心定期印发《前线快讯》，让甲方、特运公司国内本部以及参建员工及时了解项目部的生产动态。记者走进特运公司营地院内，首先看到的是宣传照片和宣传标语，办公室墙上张贴着各种规章制度，整洁有序，非常醒目。由于服务中心职能到位，特运公司的文化氛围和营地建设在中亚项目始终名列前茅。

管好用好属地化员工，是国际物流运输项目制胜的法宝

中亚项目开工后，特运公司按照现代国际项目的管理模式和哈乌两国对劳务签证的限制，先后仅派出了37名正式员工，其余330多名员工均在哈乌两国当地聘用，正式员工与属地化用工的比例约为1∶9。就是这仅有的37名正式员工成功管理了九倍于自己的属地化外籍员工，带领和指挥他们圆满完成了钢管运输任务，开国际物流运输项目管好用好大批属地员工的先河。

试用聘用，措施到位。特运公司根据哈乌两个国家的劳务许可和当地特点，为降低项目成本，减少办理劳务许可的压力，从项目运作开始，除了管理人员和关键岗位，在当地雇用了大量的哈萨克斯坦工作人员以及从中国移民的哈萨克族员工。为造就一支高素质的驾驶员队伍，让当地驾驶员尽快适应中方的管理方式，“三个中心”对应聘的司机从技术素质、思想品质等多方面进行了考核。初步合格者试用一个月，试用前首先进行有关法规、安全生产知识和技能培训，认真学习中亚项目制定的“交通安全管理办法”和“HSE安全管理规定”。在试用期内，对安全意识淡薄、技术素质差和不适应项目工作的人员予以辞退。对在试用期内表现突出、忠诚于企业的人员，选为车队长或班组长，用同民族的当地人管理当地人。这样做的优势是，他们在语言、风俗习惯、交通法规等方面容易沟通，大大降低了特运公司直接管理当地司机的难度。

以人为本，同工同酬。在工资及待遇方面，特运公司做到了同工同酬、多劳多得，采取下有保底、上不封顶的薪酬分配方式。同时，他们对司机完成的

工作量、安全里程，以及设备保养程度、材料损耗等情况按月考核，节奖超罚，工资奖金及时兑现。此外，特运公司还经常开展各种专项竞赛和评比活动，评选出忠诚员工，给予精神和物质奖励，并颁发中、英、俄3种文字的荣誉证书，从而大大地激发了每个属地员工的工作热情。特运公司尊重民族习惯，关心外籍员工的生活，在每个工作点都开设了民族食堂，聘请民族厨师为他们做饭。每逢当地重要节假日，特运公司都会尽量安排大家倒休、轮休，并根据节日的性质适当给每名外籍员工送去吉祥礼物。特运公司在物质上、精神上、生活上对外籍员工给予了与国内正式员工同等的待遇，而外籍员工也慢慢改变了原来自由散漫的工作习惯，形成了吃苦耐劳的工作作风，同时他们的敬业精神以及责任意识也在不断增强。就是这样，特运公司在人员少、任务重、公路运输安全风险高的诸多困难面前，圆满完成了钢管运输任务。

分工明确，安全第一。特运公司在中方人员非常少的情况下，把安全责任都分解到了每名员工身上，一级对一级负责，形成了全面的安全管理组织机构。同时，十分注重对属地司机的日常安全教育，在司机每次出车前，都根据各地的气候温度、天气变化和雨、雪、雾等影响安全的因素，对属地化司机有针对性地进行安全教育和风险识别，让每名司机熟悉各种特殊环境下应采取的防控措施，从各个方面加以预防和控制。特运公司还坚持每天出车前对司机进行“安全告诫”，提醒司机当天途中要注意的事项，强调中速行车的有关安全规定等。特运公司通过坚持抓警示教育，有效地增强了广大驾驶员遵守交通安全规章的自觉性，创造了安全行驶2000万公里无事故的安全纪录。为此，获得了集团公司颁发的安全行驶新纪录的奖牌。

不违章、不扰民，是确保国际工程物流运输项目顺利实施的前提

特运公司在中亚项目上，采取了两个卓有成效的办法。

不违章，遵守当地各项法律。项目运行之初，特运公司首先对哈乌两国有关法律、法规、民俗等进行了认真的研究，并对中方员工进行了有关法律、宗教、民俗等相关知识的教育培训，避免涉及法律、宗教等问题的出现。特运公司首先从中方员工自身抓起，要求严格遵守当地各项法规和宗教习惯，严格按照规定的路线行驶，不超速、不违章，礼让行人，不破坏植被，保护环境，树立中国人良好的形象。

同时，特运公司积极与当地有关部门沟通，经常邀请公安、路政、移民局等部门的人员来营地开法规教育会、座谈会等；还经常请当地交通警察向驾驶员讲解当地交通法规，宣传遵守法规的重要性。通过采取多种方式，特运公司

让中外员工与政府部门融入一起，做到互信、互助、互爱。由于特运公司中方员工坚持做到不违章，严格遵守当地各项法规，所以当地交通警察对特运公司车辆一律放行，保证不影响管道建设。

不扰民，处理好邻里之间关系。中亚项目由于横跨三国，点多线长，营地设置分散，导致特运公司中方员工与当地居民的接触面大大增加。为了做到不扰民，减少运输车辆噪声对周边居民的影响，特运公司在选择营地时，首先考虑将停车场选择在远离村民的地方，同时在停车场地还规定，车辆进出时必须以怠速行驶，不允许大油门，不允许按喇叭，在当地居民休息时间尽量避免车辆来回出入。在中方人员居住营地规定，不许随便外出，不得大声喧哗，说话放低声音和语速，禁止喝酒，禁止捕杀当地民族不允许捕杀的动物，注意周围环境卫生，尊重民族和宗教风俗习惯。

（2009年12月24日《石油管道报》）

苏丹运营项目

1999年5月，管道局在和多家外国公司的竞争中，赢得苏丹管线6个输油站、1540公里管道的运营管理承包权，这是我国管道输油运营管理队伍第一次走出国门。至2013年，管道局投运公司苏丹分公司依靠精湛的技术和优质的服务在竞争激烈的海外市场站稳了脚跟，市场不断延伸，业务从运营管理向咨询、培训、投产、设备维修等高端跟进，为CNPC海外石油事业在苏丹的发展贡献了力量。

2013年8月，在“苏丹项目海外15年”之际，记者深入苏丹项目一线，采撷并回眸苏丹项目的精彩瞬间，完成系列走笔和专题，总结和归纳成功经验和启示，如《尼罗河见证中苏友谊》《苏丹感受“家”温馨》《艰难的南苏丹管道复产》《使命·责任·坚守》《没有荒漠的人生》……深度报道《“苏丹模式”：中石油管道局进军海外的成功样本》刊登在新华社《经济参考报》，被各大报网纷纷转载，有效彰显了CPP品牌实力和形象。

特别推荐

“苏丹模式”：中石油管道局进军海外的成功样本

“随着‘走出去’步伐的不断加快，国际业务已成为中石油管道局事业发展的重要支撑。”在日前举行的中石油管道局成立40周年纪念大会上，管道局局长赵玉建如是宣告，“国际业务目前已占管道局市场的‘半壁江山’，国际商业模式更趋高端，项目盈利能力明显增强，国际人才队伍不断壮大。”

要探寻管道局国际业务发展路径，便不能不去苏丹。中油管道投产运行公司总经理陈树东告诉记者，于1999年5月成立的中油管道投产运行苏丹分公司，不仅开创中石油海外油气管道运行的先河，而且培养了一大批管道运行国际化人才，同时协调管理管道局在苏丹的检测、维抢修、通信电力工程等诸多高端业务，为管道局开辟乍得、尼日尔、肯尼亚、阿联酋和伊拉克等海外市场积累了经验、奠定了基础。

中油管道投产运行苏丹分公司由此成为中石油管道局进军海外高端市场的一个成功样本。

创造管道运行海外奇迹：“验房人”变身“大管家”

乘坐在飞往喀土穆的航班上，《经济参考报》记者曾尽情想象着这座位于青白尼罗河交汇处的古老都市的美丽与繁华。但在抵达喀土穆后，想象变成了失望。喀土穆确实有些“土”，这不只是因为没修下水道的大街上尘土飞扬，而且刚刚进入9月这里已开始刮沙尘暴了；再就是这里的气候，虽时至9月却依然炎热逼人，让喀土穆作为“世界火炉”的称谓名副其实。

“苏丹最苦的其实并不是气候和环境。”在喀土穆的利雅得区第16街区一栋5层居民小楼前，迎接记者的中油管道投产运行公司副总经理、中石油管道局苏丹分公司总经理梁军会微笑着介绍说，作为第一批派驻苏丹的管道投产运行人员，他在苏丹已工作了15个年头。他认为，苏丹最可怕的应该是政局不稳和疾病流行，他的前任、现中油管道投产运行公司党委书记任东江，就是在苏丹工作期间患上了马来热……

但在1999年5月，作为首批被派往苏丹执行管道投产运行任务的28名工作人员，梁军会他们并没有为此感到担心。“因为我们当时的任务只是保障苏丹1/2/4区1540公里原油管道顺利投运。”梁军会说。

一方面，这是梁军会根据管道投产运行公司的工作性质做出的判断。作为管道建设的最后一环，投运公司主要任务是负责管道局承建油气管道项目的投产、试运和运行管理工作，在确保安全稳定投运后，便可将管道运行工作移交给业主。投运公司如同房子建成后的“验房人”，在检验房子水、电、暖等一切正常之后，便可将“钥匙”移交给业主。

另一方面，在苏丹1/2/4区管道业主里，虽然中石油占有较大投资比例，但运行合同的签订却需要整个董事会开会确认，而且合同是一年一签甚至半年一签，苏丹政府的目的是实现管道运行本土化，在每个中国管道员工身边安排一名“影子”学员（苏丹员工），要求他们全面学习中国人的技术和经验，准备接管管道运行。

正是基于上述缘由，刚刚抵达苏丹的梁军会打电话给怀孕的妻子说：“别着急，等投运任务完成后就可以回国天天团聚了。”可实际上，他们夫妻“天天团聚”的梦想至今持续了近15年，依然没能实现。

据介绍，早在1999年6月23日苏丹1/2/4区管道正式投产，至同年8月30日第一船原油便开始装船，管道全线投运一次成功，实现了管道局乃至中石油在海外管道投产运行“零的突破”。但中方运行人员并没有因为完成任务而撤离，按照时任中油管道投产运行公司总经理华树春的要求，他们开始向苏丹管道运行市场进军。随后，1/2/4区管道业主却与苏丹分公司签署了管道运行合同，而且这一合同连续续签，管道运行人员被长期留在了苏丹。

2004年5月10日，在1/2/4区块管道运行合同结束后，管道苏丹分公司又获得苏丹6区块715公里的原油管道运行业务。2011年7月南苏丹宣告独立后，中油管道投产运行公司又成立了南苏丹分公司。特别是2012年10月之后，随着南北苏丹局势的缓和，投运公司挺进南苏丹市场开始承担3/7区一号泵站的复产及复产后的运维服务，并于2013年5月再次获得3/7区首站至2号站240公里的管道运行业务。

在苏丹，中国石油管道运行人从原本应该“交钥匙”的“验房人”，变成长期“掌管钥匙”的“大管家”。

打开国际高端市场：“中国员工不能走”

据了解，与被称为“挖沟埋管”的管道建设施工相比，管道运行管理当属高端市场业务。多年来，苏丹分公司在管道运行领域的不断创业和持续发展，成为中石油管道局进军海外高端市场的一个成功样本。

分析其因，中石油苏丹6区块管道部总经理孟凡刚说，首先，苏丹分公司运行员工是一支特别能吃苦、特别能战斗的队伍，他们勤奋敬业乐于奉献的精神不仅征服了业主，也感动了苏丹人，是他们率先喊出“中国管道员工不能走”的提议。

这是记者在苏丹采访中了解到的一个故事：2001年8月5日，位于黑格林格油田基地的1/2/4区管道一号泵站突然遭到苏丹反政府武装的猛烈炮击。从凌晨4点15分开始到5点10分，先后有14发炮弹在营地和工作现场的附近爆炸，最近的一发炮弹落在离5万立方米储油罐仅200余米的地方。当时在泵站工作的大部分外国人都纷纷撤离了，而中国员工却始终坚守在工作岗位上，没有一个人离开现场。泵站上的苏丹人对中国员工竖起了大拇指：“中国人，了不起!”

如果说敬业是中国员工赢得尊重的前提，那么科技则是他们获得市场的利器。苏丹分公司在管道运行中发挥自身的科技优势，并不断创新实践，攻克了一个又一个技术难题。比如，在苏丹1/2/4区原油管道运行中，他们将国内尚处于试验阶段的减阻剂技术率先应用，管道输油能力普遍提高了15%以上；并进一步研究停输再启动技术，优化降凝剂注入量最终实现了无降凝剂安全输送，这一项每年可节省近800万美元的管道运行费用。

最让中国管道员工自豪的一件事，是对苏丹6区四号泵站机组的技术抢修。那是2009年3月下旬，运行中的四号站三号泵机组出现异常响动，操作员及时上报，6区高层紧急求助德国生产厂家来人提供技术支持。可是，德国厂家却以苏丹局势动荡等为借口，对现场技术支持一事迟迟不予答复。这时候，苏丹分公司站了出来，主动请缨，要求以自己的技术力量解决螺杆泵技术故障。

“时间不等人，为不影响生产，6区业主领导同意了我们的请求。”中油管道投产运行苏丹分公司经理王孝委说，“我们第一时间抽调全线各站技术骨干组成维抢修技术队，聚焦在四号泵站会诊三号机组。经过缜密的观察和分析，机组故障的核心问题很快被找到。随后抢修工作有条不紊地展开了，经过72小时的奋战，三号机组终于恢复了正常。”

这是一次振奋人心的胜利。苏丹分公司凭借高度的攻关自信和技术实力证明了自己。6区总裁陈曙东发来贺信，高度赞扬参与此次维抢修工作的管道局技术团队和现场职工，同时指出这是一次意义非凡的成就，管道员工以卓越的表现和完美的团队协作精神，克服重重技术难关，成功地完成了原本需要依赖德国厂家技术支持才能解决的一项十分具有挑战性的工作。

“管道局能够长期扎根苏丹管道运行市场，还有一个极其重要的原因，就是他们的合作经营模式。”苏丹6区管道运行部经理金劲松接受记者采访时说，他们采取与苏丹当地公司——苏丹石油管道公司（SPPC）组成联合体的经营方式，联合从事管道运行管理，双方在合作中实现了互依共赢，稳定发展。

按照联合经营协议，中方与苏方公司联合分享所有岗位，岗位实行轮换倒班方式运行。特别值得一提的是，中苏两国员工在长期工作中相互促进，建立了深厚的情谊。在6区末站采访中，记者还现场感受到了这份情谊的深厚——午饭时间，当记者走进自助餐厅时，桌上摆放着两块大蛋糕，蛋糕分别被制作成中苏两国的国旗。原来，在餐厅上班的苏丹工友听说今天中国记者要来吃饭，便天不亮就起床赶时间做出两块体现中苏两国友谊的“国旗蛋糕”。

构筑管道“国际空间站”：管道局“苏丹模式”启示录

《经济参考报》在采访中了解到，作为中石油管道局进军海外高端市场的一个成功样本，中油管道苏丹分公司的管道运行管理业务对于管道局实施“走出去”战略，开辟国际高端市场意义重大。

据了解，1999年对于管道局职工来说，堪称命运转折的一年。这一年，中石油重组改制，输油气业务从管道局分离，管道局成为以设计、施工为主业的管道建设企业。也就是说，从这一年开始，他们似乎被套上一个“西西弗斯魔咒”——即“建管道—建成投运后移交管道公司—再建管道……”。

同样在这一年，包括梁军会在内的管道局首批28名投产运行工作人员抵达苏丹。在这里，他们打破了国内管道建设和运行的“西西弗斯魔咒”，在竞争激烈的市场中站稳了脚跟，探索出独特的“苏丹模式”，创造了海外管道持续运行迄今达15年的市场奇迹。

谈及“苏丹模式”的启示，梁军会认为，首先，组建与本地公司联合体推进管道运行，是管道局在苏丹石油市场稳定发展的重要前提。他说，管道运行管理与管道建设施工相比属于高端业务，国际市场竞争日趋激烈，而苏丹石油管道公司是苏丹石油部直属企业，政府有意将其培植成为覆盖管道运行和维抢修技术服务的龙头企业。因此，这种联合经营模式，对于巩固市场意义重大。

“在巩固运行市场的同时，我们还抢抓机遇不断开辟新市场。”王孝委告诉记者，比如，抓住上次螺杆泵技术故障成功抢修的机遇，开辟了管道场站设备大修业务；又抓住苏丹石油市场发展的机遇，开展对属地员工教育和培训工作。

其次，记者在苏丹分公司采访时发现，在此驻扎的中方员工中，除了运行公司人员以外，还包括管道检测、维抢修、通信电力等多支技术服务队伍，他们共同构筑了一个管道局派驻海外的“国际空间站”。依托“空间站”多个技术“兵种”协同作战，成为管道局在苏丹市场稳定发展的关键。

苏丹管道检测、维抢修、通信电力工程等技术服务人员，既归管道局苏丹分公司统一协调管理，又各自出兵，开辟市场。据检测苏丹分公司经理刘争介绍，经过多年努力，管道局检测分公司已将德国、英国等西方同行挤出苏丹，先后拿下包括6区、1/2/4区和3/7区三个区块的全部管道检测业务，垄断了苏丹管道检测市场；维抢修苏丹分公司副经理田雪松则告诉记者，他们凭借2012年4月份发生在黑格林格的一次管道紧急抢修，赢得包括能源矿产部部长在内的苏丹政府官员的高度赞赏，在苏丹的业务不断扩张，并在今年7月成功进入了南苏丹石油市场；通信电力工程公司苏丹项目部负责人刘晓峰说，他们在苏丹的业务已突破石油管道领域，获得麦洛维大坝输电、苏丹国家电网变电站和苏丹港电力改造等多个重点项目……

最后，管道局苏丹分公司以管道运行为核心，协调管理管道检测、维抢修、通信电力工程等多项高端业务，在开创中石油海外油气管道持续运行先河的同时，培养了大批国际管道市场运行管理人才。据梁军会介绍，近15年来，从苏丹市场培养和输出的高端人才总计突破了200人，这些人被派往乍得、尼日尔、肯尼亚、阿联酋和伊拉克等地，为管道局开拓海外市场奠定了坚实基础。

（2013年9月23日《经济参考报》）

“苏丹项目海外15年”走笔之一

尼罗河见证中苏友谊

开栏话：1999年5月18日，管道局28名运营管理人员抵达苏丹，这是中石油管道运营队伍首次进入海外市场，参与国际管道运营管理。15年来，管道局投运公司苏丹分公司依靠精湛的技术和优质的服务在竞争激烈的海外市场站稳了脚跟，市场不断向中非、中东、中亚、南亚等地区延伸，业务从运营管理向咨询、培训、投产、设备维修等高端跟进，为CNPC海外石油事业在苏丹的发展贡献了力量，为中国石油海外油气管道运营市场创建了一流的品牌，赢得了崇高的荣誉，谱写了中国管道运输行业走向国际市场的辉煌篇章。

回顾15年来苏丹运营项目工作，我们有很多经验和启示值得总结和归纳。本报开栏《苏丹项目海外15年》，组织记者深入一线，采撷并回眸苏丹项目的精彩瞬间及成功经验以飨读者。

8月25日傍晚，抵达苏丹的第一天，我们结束了在管道局苏丹分公司的采访，应邀到司机雇员默哈莫德家做客。我们按大家的习惯叫他老默。

路上，管道局投运公司副总经理、管道局苏丹分公司总经理梁军会告诉我们，老默已经在中国石油苏丹管道建设项目和运行维护项目上工作了十多年，他为人诚实，工作认真，勇于奉献，为中石油在苏丹海外市场的发展作出了贡献，被评选为“中石油海外十大优秀雇员”。

一进老默家，就看到一位慈眉善目的老者从院子里的床上缓缓起身，满脸笑容地伸出手来欢迎我们。梁军会说这是老默的父亲，他上前握住老人的手，拍肩、拥抱。老默的妻子和两个头上扎满小辫的女儿也欢快地出来迎接我们。还没落座，住在同院的老默姐姐、弟弟、侄子等都聚拢过来，热情大方地和我们握手问好。

梁军会和老默的家人们熟络地寒暄，一看就是老友相见，十分高兴。他拿出几盒糖果递给老默的女儿，两个女孩兴奋地跳了起来。

老默全家盛情邀请我们合影留念并共进晚餐，我们不忍心打扰这一大家人共进晚餐，只拍摄了一些画面就告辞了。老默全家人依依不舍地送别我们。

这只是见证中苏友谊的一个缩影。

15年前，苏丹尼罗河畔来了一群中国石油人。渐渐地，喀土穆周边的居民都知道了这些中国人是来参与苏丹管道运营管理的。他们招聘了一些当地雇员，使就业机会很少的一部分苏丹人有了新工作。当地雇员非常感激苏丹分公司。逢年过节，苏丹分公司为他们发奖金，到家中慰问，捐赠物品。每逢斋月，更是对他们关爱有加。根据伊斯兰教教义，斋月期间，所有穆斯林从每天日出到日落期间禁止一切饮食等活动。苏丹分公司充分尊重当地的风俗习惯，提供专门场所方便他们祈祷，夜里额外提供营养丰富的饮食。日常工作再紧张，分公司每天也必须给当地雇员礼拜的时间，遇到宗教节日主动安排他们休假，赠送活羊、罐头等慰问品。

十多年来，说起中国石油管道人帮助苏丹人民的善举，苏丹雇员举不胜举。

雇员Osama对中石油管道局感激不尽，他曾对管道局在苏丹工作给予了极大的支持和帮助。他孩子多，收入低，儿子进入石油大学留学生部学习，生活较困难。今年3月，管道局给予他儿子4年的学费资助，践行了管道局“感知责任，优质回报，合作共赢”的理念。此举，也加强了中方与苏丹能源部的良好关系，提升了管道局良好的社会形象，为管道局在苏丹的长期发展创造了更加良好的环境。

今年进入雨季以来，苏丹遭遇几十年不遇的水灾，包括首都喀土穆在内的多个州连降暴雨，酿成洪涝灾害，目前已夺去数十人的生命，近3万所房屋倒塌，多条公路瘫痪，超过15万人受灾。在苏丹政府发布受灾消息后，集团公司倡导驻苏丹各单位向灾区人民伸出援助之手。苏丹分公司参加了这次救灾慰问活动，共捐款15000苏丹镑（约合人民币22000元），向遭受严重洪涝灾害的苏丹人民表达爱心。8月22日，在中国驻苏丹大使罗小光的带领下，驻苏中资企业代表连同满载着爱心的两卡车物资一同赶赴苏丹喀土穆恩图曼卡拉利灾区，向灾区表达慰问。分公司通过这次捐助，践行了企业社会责任，进一步树立了CPP品牌在苏丹的良好形象，夯实了中苏之间的友谊。

难忘的故事还有很多。事虽不大，但是却映射出中国石油管道人的一片真情——他们为苏丹项目发展添砖加瓦，用勤劳、善良和美德为中国石油海外发展作出了积极贡献，为中苏人民搭起了一座坚实的桥梁。

记者笔记： *尽管来苏丹只有两三天，但记者最大的感受就是苏丹人对待中国人非常友好，他们经常主动与我们打招呼，眼神很真诚，笑容很灿烂。看得出，他们从内心深处喜欢来自中国的朋友。我们真诚地祝愿中苏友谊万古长青。*

（2013年8月29日《石油管道报》）

“苏丹项目海外15年”走笔之二

培训“甜头”大

8月26日，抵达苏丹的第二天，我们前往苏丹6区块管道末站采访。

11时许，经过两个多小时的颠簸，进入末站生活区，投运公司苏丹分公司末站值班调度告诉我们，有员工在二楼教室上课，我方教师正为苏丹员工进行站场控制、仪器仪表控制、远程控制等内容的培训。我们悄悄走进教室，拍摄了一组培训的镜头。

据同行的投运公司副总经理、管道局苏丹分公司总经理梁军会介绍，苏丹分公司在国际化培训上，定位于国际市场的开拓与发展，以国际化管理、专业技术、维修取证为培养内容，细化专业项目，有计划、有层次地培训项目管理、专业技术人才，达到与各合作方在合作交流、管理理念和方式、工作互动支持等方面的同步甚至前瞻，以国际化的思维和实力，稳固和拓展国际市场。十几年来，苏丹分公司能够稳固地在苏丹市场开拓发展，得益于国际化培训带来的管理、技术上的国际化。

苏丹分公司创新提出“自主+互动”学习模式，加强基本功训练，提高员工综合素质和基础工作水平。在学习模式中，员工有目的、有计划地自主学习，并进行学习评选；开展互动学习，做到“每月一课”，走上讲台、走进现场进行岗位交流，提高员工综合素质，实现“一专多能”。在“自主+互动”学习模式中，员工认识、分析、解决问题的能力不断提高，做到了学以致用、学以创新，推动了技术进步。苏丹分公司QC成果“提高柴油机组在线率”荣获省部级一等奖和国家级二等奖。

此外，近些年来，苏丹分公司以“培养人才、培育感情、促进发展”为宗旨，大力培养苏丹当地员工，为苏丹培养了100多名既具有理论知识又具有实践经验的管道运行技术业务骨干。他们每年对苏丹当地员工进行3期专业理论与基础培训，每期一个月左右；还不定期组织杰出学员到中国石油院校和先进泵站现场进行为期两周的培训。

前不久，他们组织安排苏丹六区员工赴东营孤岛原油厂培训。苏丹分公司根据六区现状，就岗位技术与泵站管理对六区员工进行深入培训，提高其工作水准。在苏丹分公司的组织安排下，苏丹六区员工认真听讲，积极发问探讨，熟悉了孤岛原油库的设施、生产技术、管理制度等，并与其在六区的本岗位工作结合起来，扩展思路，探索输油与泵站运行管理技术。这次培训既有岗位工作实践，又兼顾全面性、理论性、专业性。苏丹分公司还把培训与泵站的安全管理、生产管理、制度建设充分结合，进而由孤岛原油厂以点带面，从一个专业且联合的角度，充分体现技术与管理方面知识的应用、结合及延伸，提高了六区员工的专业技术水准，得到受训员工的一致肯定。

记者笔记：近年来，苏丹分公司累计培训当地员工200多人次，提升了他们的知识和技能水平，增进了他们对中国石油文化的了解和认同，也巩固了苏丹分公司与苏丹六区业主的合作关系，为扩大公司的业务范围奠定了基础。从2007年开始，除为苏丹6区块管道泵站运行维护提供技术服务外，业主还单独与苏丹分公司签订了培训大单《业主员工培训合同》。梁军会高兴地说：我们培训“甜头”大。

（2013年8月30日《石油管道报》）

“苏丹项目海外15年”走笔之三

检测公司苏丹1/2/4区下游内检测项目首战告捷

业主直接授标　追加合同额是原合同额的3倍

8月29日，正在苏丹采访的记者获悉，苏丹1/2/4区下游内检测项目传来好消息：苏丹当地时间7时58分，苏丹1/2/4区下游直径28英寸原油管道首个高清晰度漏磁腐蚀检测器历经140小时33分钟的跋涉，顺利从PS3号站收出。这项合同是去年检测公司低流速清管项目的追加，业主直接授标，追加合同额是原合同额的3倍。

苏丹1/2/4区下游原油管道全长1506公里，南起苏丹黑格林（Heglig），北至苏丹港口城市苏丹港（Port Sudan），是苏丹原油外输、内供的一条能源动脉。2011年11月，由于南北苏丹局部冲突，导致这条原油管道输油量急剧下降，至今未进行过任何清管及内检测作业。随着南北苏丹关系缓和，各油田区块逐步复产，该管道输油量逐步恢复。

为保证管道能够满足高负荷工况下的正常运营，苏丹大尼罗石油公司授权检测公司对该管线进行全线内检测。因此，本次内检测项目对于大尼罗石油公司来说意义重大，而对于检测公司来说，则面临巨大的困难和挑战。该管线低流速及运行不稳定是内检测的最大难点，而PS2号站至PS3号站段是全线站间距最长、原油温降最快、管道结蜡最多的站段，检测器能否正常运行、能否正常采集检测数据，是甲乙双方共同关注的焦点。为满足低流速运行工况，检测公司为检测器设计了备用电池仓，最长工作时间可达300小时。为保证检测器始终处于稳定运行状态，项目组与业主多次洽谈协商，最终制订了解决方案，并对现场各泵站动力设施进行全面检查，以确保检测器正常运行。经过双方的共同努力，检测器最终以每小时2.2公里的平均速度运行至终点，本次检测取得了阶段性胜利。

此次高清晰度漏磁腐蚀检测数据完整，检测里程符合现场实际，为检测公司再次进驻苏丹内检测市场迎来了开门红。

记者笔记：记者了解到，苏丹1/2/4区下游管道首段内检测项目的成功，为这个项目开了一个好头，业主方更加信任检测公司。同时，检测公司也在苏丹其他石油公司树立了良好的品牌形象。与以往中标项目不同，这次内检测项目是去年低流速清管合同后的追加合同。由于检测公司去年在低流速清管项目中，按照业主要求出色地完成了前期可行性研究、风险性评估及应急预案制订，并顺利实施现场作业。业主因此决定将内检测项目直接授标给检测公司，追加合同额是原合同额的3倍。检测公司真正实现了“以诚信铸品牌，以项目拓市场”的良性发展。

（2013年9月3日《石油管道报》）

“苏丹项目海外15年”走笔之四

教育实践活动“走”到海外

“家里来人了！”8月27日，距离喀土穆600公里的一向沉寂的苏丹六区块管道奥拜伊德3号站营地热闹起来。

“这些图书、光盘、资料都是送给我们的吗?”员工们兴奋地问着“家里人”。

“对。现在管道局正开展党的群众路线教育实践活动，我们专程从国内带了学习辅导材料送给大家，咱们一起学习讨论，梁总要和你们谈心，进行专题调研。我也受陈总和任书记委托来听取大家对公司发展的意见和建议。”作为“家里人”，管道投运公司宣传部部长张宁快人快语地介绍。

“太好了，我们就想和家里亲人说说心里话，平时我们只有十几个人值班，太寂寞了。”站长刘振峰黝黑的脸上笑开了花。

教育实践活动学习讨论会安排在8月28日晚上。原定好7点半开会，可刚到7点，营地会议室里就坐满了人，员工们身着宝石蓝工装，端坐在桌前，对亲人倾诉心里话的渴望已让他们迫不及待。讨论会提前10分钟开始。

“什么是党的群众路线教育实践活动？为什么要开展党的群众路线教育实践活动……”苏丹分公司党支部书记兼经理王孝委认真仔细地给大家进行宣讲，并把一本本崭新的辅导书籍送到员工手中。

在“综合素质考试”过程中，员工们全神贯注地答卷。随着“苏丹分公司党的群众路线教育实践活动学习讨论会”醒目地打在屏幕上，一场热烈的讨论开始了，员工们踊跃发言，一句句肺腑之言，都在为苏丹分公司和投运公司的发展献计献策；一颗颗滚烫的心，承载着海外员工对公司和管道局未来发展的关切和厚望。两个小时不知不觉过去了，学习讨论活动结束，大家还意犹未尽。

讨论结束后，投运公司副经理梁军会就如何开展党的群众路线教育实践活动，提出了要求。一要高度重视此次活动，认真落实公司会议精神，把公司对教育实践活动的要求传达给每一名党员干部；分公司领导及站队长要以身作则，率先垂范，密切联系群众。二是各站队要把这项活动与运行生产结合起来，做好安全生产工作，做好新员工的传帮带，做好防控工作，加强团队建设，保持工作水平和服务意识。三要不断改变学习方式，个人学习和集体学习相结合，开展谈心活动，真正将活动落到实处。

讨论会后，梁军会和张宁又分别找员工进行个别谈心，把国内亲人的温暖、公司领导的关怀送给每位在海外工作的员工。

王孝委深有感触地说：“我们每个小站都在偏僻的村镇，员工生活枯燥乏味，特别是小站只有三四个人，十分孤寂，多年来坚守海外真是不易。我们党支部经常开展活动，教育党员吃苦在前，方便在后，较好地发挥了模范带头作用。今天开展教育实践活动学习讨论，大家凝聚了力量，心贴得更近了。”

记者笔记：这次采访，记者感受最深的是，党组织发挥政治核心优势为海外管道运行管理提供了政治思想保证。苏丹分公司党支部自十多年前成立以来，就陆续开展了诸如“一个党支部一个战斗堡垒，一个党小组一个加油站，一个党员一面旗帜”等活动，广大党员吃苦在前，方便在后，较好地发挥了先锋模范作用。特别是在面临管道被炸的危险，在苏丹“正义和平”反政府武装分子逼近泵站时，党员起到了冲锋在前、稳定军心的作用。苏丹管道运行管理，不仅是一项国际工程，也是一项政治工程和塑造企业精神的形象工程。他们做到了四个过硬，即思想过硬、技术过硬、纪律过硬、作风过硬。实践证明，他们是一支能征善战、纪律严明、作风过硬的队伍。

（2013年9月5日《石油管道报》）

“苏丹项目海外15年”走笔之五

没有荒漠的人生

8月29日，我们驱车11个小时来到苏丹六区外输管道3号站，这里靠近苏丹第四大城市奥贝伊德。3号站是个规模较大的综合站，站场面积近6万平方米，站内主要有3个螺杆泵主机组和3台发电机组、2个柴油罐、1个原油罐、污油回收罐、收发球桶等设备及其他配套设施。人员较多，有运营专家15人，当地员工15人，保安人员40人。

在采访完后，听说这里有一个很大的菜园，站里设备主管、50多岁的老师傅钱贵军带着我们来到菜园。一路上钱师傅饶有兴趣地给我们介绍菜园的来历。

建站初期，条件十分艰苦，本地只产圆葱和土豆。由于蔬菜、食物品种单一，员工们维生素严重缺乏，很多人出现口腔溃疡、消化不良等症状。经与业主沟通，他们先在站区附近开垦了一小块菜地做试验。试验成功后，在站里开辟了现在的菜园，又从国内请来园艺师专门教大家种植。现在员工每人都有承包地，倒休时耕作、拔草、侍弄菜地成了他们生活中的一大乐趣。

我们来到菜园，面积达8亩的菜园子里蔬菜品种繁多：辣椒、西红柿、卷心菜、花生、木耳菜、空心菜、生菜、韭菜生机盎然；胡萝卜、黄瓜、茄子、丝瓜长势喜人。细数下来有20余个品种。农场更大，有15亩，大规模地种有玉米、花生、西瓜等。

旁边的果林占地1亩，种植果树120棵，高大的香蕉树、苏丹梨、芒果、荔枝、佛手瓜枝叶繁茂……站长刘振峰说，看到自己亲手种出来的菜在这片荒漠渐渐长大，为这片荒凉的土地增添了一片绿色，大家心里就有种说不出的快乐。

“如今，我们菜园自产的菜不仅可以满足全站食用，还能够富余很多，经常给喀土穆的营地带过去。将来我们的菜园还会扩大，种植品种更多的蔬菜、果树，鱼塘里养更多的鱼……”钱师傅指着前方，语气中充满了自豪和无尽的希望。

据同行的苏丹分公司经理王孝委介绍，由于苏丹比较贫穷，生活物资匮乏，为了让员工吃好，分公司专门从国内运来了干菜、榨菜、咸菜、罐头等食品以及各种调味料，为大家提供可口的饭菜。有条件的小站就开辟菜园，自给自足，保证了职工每天都能吃到很多新鲜的蔬菜。

为了丰富业余生活，各站还组织大家开展丰富的文体活动，打篮球、羽毛球、乒乓球、台球，并开设了阅览室、外语学习室、健身房，从国内购买了KTV设备和大量电影CD盘，为员工观看大片提供便利。每逢重大节日，分公司和各站还会组织丰富多彩的文体竞技活动，给枯燥单调的生活增添了很多乐趣。

大家印象最深的是每年过春节，分公司领导带头，挂起了灯笼，贴起了春联，组织员工开展“迎新春”文娱活动，大家一起动手包饺子。当天，员工们守着电视，吃着饺子，看着春晚。精彩的晚会让大家忘记了思念带来的感伤，感觉就像生活在祖国的家里。

初一大清早，热热闹闹拜年的场景在这里精彩上演。大家相互拥抱握手，彼此祝福，欢声笑语在上空久久回荡……

记者笔记：在站里采访发现了一块牌匾：2013年2月，中国石油天然气集团公司授予苏丹六区管道3号站“绿色基层队（站）、车间（装置）”荣誉称号，不禁感叹：只有荒凉的沙漠，没有荒凉的人生。在远离祖国的非洲，由于环境和安全原因，大家与外界沟通很少。但高温、寂寞、思乡这些困难都被他们的乐观和坚强一一战胜。他们在贫瘠的荒漠上，像骆驼草一样坚强地工作和生活，为能源绿洲贡献着自己的力量。他们把智慧和汗水注入了异国他乡的土地，书写着自己精彩的人生。

（2013年9月6日《石油管道报》）

“苏丹项目海外15年”走笔之六

使命·责任·坚守

以前只听说苏丹是世界上最贫穷的国家之一，社会依托差，自然环境恶劣，疾病流行。来到苏丹才知道，由于长期以来部族间的武装冲突不断，致使许多地方一直处于无政府混乱状态。随着反政府组织内部不断分化，派别日益增多，形成了派别林立、多个反政府组织并存的局面，安全局势十分严峻。与管道局其他施工队伍相比，管道局投产运行公司在苏丹的员工人数较少，每个小站只有三四个人，但是他们一待就是十多年，依靠的是什么呢？

8月31日，记者采访了刚刚休假回来的聂虎啸。46岁的聂虎啸已有七八年海龄了。他是一个颇有才气的人，不仅山水画画得不错，还爱写诗。他说，在苏丹工作多年，经常受到各种冲突威胁，意外情况频繁出现，日常工作也受到严重威胁。他给记者讲了两个难忘的故事。

紧急抢修

靠近苏丹大漠南部边缘的2号站，是从苏丹的巴里拉到首都喀土穆炼厂输油管道干线上的重要泵站之一。当管线需要加大输量或气温较低时，必须启动2号站机组。空压机是机组的重要组成部分，2号站1号机组空压机螺杆在工作时出现了卡滞现象，导致1号机组无法正常运转。而就在那几天，2号站周边反政府武装分子活动猖獗，抢修人员不敢贸然前往维修，六区业主十分焦急。

投运公司领导立即召集中方相关人员，分析当前形势：武装分子一般在夜间活动，活动时主要走大路，而通往2号站的一些小路武装分子并不知道。摸清了武装分子的活动规律后，公司决定：抢修人员准备好工具及备件，早晨5点出发，走小路避开反政府武装分子，为了节省时间，大家要自带午饭，下午4点收工，尽快赶回3号泵站住地。如果当天抢修不完，第二天继续。

按照公司的周密安排，抢修人员早出晚归，加紧抢修。午饭只是几块饼和几瓶瓶装水，大家匆匆吃过后又继续投入工作。经过两天紧张抢修，空压机顺利启动，经调试，各项运行参数完全符合设计要求。六区业主一颗悬着的心总算踏实了，并通电向投运公司员工表示感谢。

临危不惧

苏丹六区三期末站BV2地处苏丹与南苏丹交界处，每年有800多万桶稀油通过这里输往苏丹港，2011年投入使用。由于地理位置特殊，这里经常受到反政府武装分子侵扰。

2012年4月的一个黄昏，沙尘暴猛烈地抽打着站控室的门窗和站场上的设备，站控室里弥散着呛人的沙土味。忽然，一阵急促的电话铃声响起，聂虎啸接到公司的紧急通知：BV2可能要遭到反政府武装的袭击，要求站内所有中方人员立即撤离到3号站安全地区。

接到通知后，站长迅速召集所有员工，传达公司的紧急通知，并立即部署撤离路线及撤离途中的注意事项。

10分钟后，员工穿戴好防护装具，已全部上车，做好了撤离准备。就在这时，一件意想不到的事情发生了。由于慌乱，一名苏丹操作员切换流量计时操作不当，致使2号流量计刮板断裂，不能运行，这将给中油公司带来巨大损失。大家不约而同地跳下车，脑子里只有一个念头，“尽快抢修好设备。”

员工立即分为两组，一组人员准备工具，另一组人员去库房拉备件。当大家以最快速度将准备工作完成后却发现，流量计安装在靠近大棚边缘的位置上，距离地面有3米多。流量计内壳组件重达几百斤，安装时必须有吊装设备配合，凭人力根本无法更换，怎么办？中方员工急中生智，在现场迅速焊接了一个支架，上面挂上一个3吨的导链，问题一下子解决了。大家立即投入抢修工作。

时间一分一秒地过去，业主和中方负责人十分焦急，不停地看表，但脸上却十分镇静，不断告诫大家要注意安全。沙尘暴依然肆虐，汗水湿透了员工的衣服，但大家依然专注地抢修，不容许出现半点差错。

就在抢修即将结束时，一名安保人员跑来报告：刚刚得到消息，距离BV2东南方80公里处，有一股反政府武装分子，配备有两辆皮卡车，上面有武器和弹药，正在路边树林里休息，且动向不明。现场抢修人员的心一下子提到了嗓子眼。

大家加快了抢修速度……经过切换、测试，流量计运转正常。现场负责人立即命令：赶快上车，照明灯全部熄灭。大家来不及喘息，迅速上车，车子急速消失在大漠风暴中。

记者笔记：随着采访的深入，记者愈发对苏丹的将士们充满敬佩。在苏丹，部落冲突不断，地区局势复杂，各种意外情况频繁出现，给员工的日常工作和生活带来极大威胁。就是在这种特殊的环境里，我们的员工始终牢记管道报国的神圣使命，肩负中国石油人在海外奉献能源的责任，不畏艰险、艰苦奋斗、开拓创新，为苏丹石油工业的发展作出了积极贡献。像这样的故事还有很多很多。

有人说，生活在孤寂的非洲荒漠，超过60天就是奇迹。而苏丹分公司的将士们，在这里一待就是15年，没有一人中途要求退出，是神圣的使命感和责任感让他们坚守着。

（2013年9月10日《石油管道报》）

“苏丹项目海外15年”走笔之七

苏丹感受“家”温馨

苏丹分公司营地设在苏丹首都喀土穆利雅得区，一条马路边的院落里驻扎着管道局各家苏丹办事处人员。

营地庭院不大，一座5层小洋楼周围的水泥地被打扫得一尘不染，几棵棕榈树、剑麻等绿色植物和一块10多平方米的草地把庭院“打扮”得清爽利落。营地常住户只有十几名员工。

进入小洋楼，一条高悬的横幅映入眼帘，上书醒目的大字“强基础、练内功、增实力、铸品牌”，几个“福”字挂在客厅墙壁上。厅内摆设简单整齐，有沙发、茶几和乒乓球案子，地板砖干净光亮。右侧墙壁上是宣传栏，张贴着管道局HSE管理原则、集团公司《反违章禁令》、管道局安全生产违章十条禁令、安全警句等，还有几期打印的《石油管道报》全真版。

餐厅不大，里面摆放着几张方桌，分别贴着写有“投运公司”“检测公司”“通信公司”的小纸片。饭菜以自助餐的形式摆放。墙上挂有电视，大家可一边吃饭一边欣赏电视节目。

二楼层间走廊摆放着台球案，晚上总见三三两两的员工在那里打球。二、三、四楼分别是通信公司、检测公司、投运公司二合一的办公室和住宿区，简单实用。记者发现员工卧室里都摆放着家人的照片，因这里住的大多是80后，不少照片上是天真可爱的年幼孩子。苏丹分公司经理王孝委卧室里贴着儿子的几张照片，书桌上方那张大照片令记者印象深刻。照片中孩子的眼神里充满了期待，让人不忍久看，看久了会让这些远离祖国的亲人悄然落泪……王孝委反倒安慰我们：“现在好了，休假制度落实到位了，我们能经常回家团聚了。”

聊天中，检测公司刘争对记者说：“这里很温馨，虽然我们来自不同的单位，但在这里就是一家人，大家互帮互助团结友爱。”

喀土穆营地只是苏丹六区项目所有营地的缩影。管道员工在这里工作生活，也建设了一个温暖的家。

苏丹分公司所辖泵站共有5个营地，中苏两方员工和平共处。“喝着稀饭、牛奶，吃着香脆的油条、刚出炉的烙饼、美味的盒子以及地道的兰州拉面，还有苏丹的特色小吃烤鱼烤鸡、各式甜品……”“住在干净舒适的空调房间，24小时可洗热水澡，用电脑和家人网上聊天……”这是苏丹管道沿线各站营地的真实写照。

虽然“世界火炉”的高温、强烈的沙暴、肆虐的疾病、部落冲突不断的不安全形势让人“谈虎色变”，但中国石油人在海外奉献能源的使命与责任，让一支坚韧的管道运营队伍坚守苏丹十多年，在偏僻的村镇建起海外员工温馨的“家”。

谈及员工的生活，王孝委说：“员工们坚守海外，不仅要忍受远离家人的思念之苦，还要承受恶劣的自然环境，我们必须创造条件让大家生活好。只有住得好、吃得好、心情好，干工作才有劲头。”

他们建议甲方完善营区设施，为每个营区修建浴室，为每个房间安装空调，食堂、餐厅、盥洗室、电视房、活动室、工地卫生所等整齐划一，员工房间里床、衣柜、写字台、床头灯等一应俱全。近期，他们又给每人每天增加了一盒酸奶。

苏丹分公司为每人配备了苏丹当地的电话卡，连通了网络，方便员工与家人联系；安装了卫星电视，让大家能看到CCTV4、凤凰卫视的中文节目，还能自行录制并播放录像片。

“值一天班，回到营地能痛快地洗上澡，看看电视，在凉快的房间里舒舒服服地睡一觉，很知足了。”

“和其他单位的营地相比，我们这里生活设施非常齐全。”

……

员工们提起这些，脸上都写满了幸福和满足。

记者想起那天到末站采访时，苏丹方营地主任为欢迎我们，早晨4点就起来精心制作了两个有中国国旗和苏丹国旗图案的大蛋糕，中苏双方员工高兴地捧着蛋糕合影留念，谁也不舍得吃第一口。中苏双方人员一起在末站营地吃着香喷喷的饭菜，在赞叹厨师技艺的同时，也感叹着营地主任的用心良苦，感受着中苏人民的深厚友谊。

记者笔记：记者采访中感受到，功能齐全的营地，人文关怀的气息，兄弟情深的友谊，使置身贫穷动荡的非洲的员工们感到了家的温馨与和谐，每一名员工都用心去经营、用爱去守护这个远离祖国的“家”。

（2013年9月16日《石油管道报》）

“苏丹项目海外15年”走笔之八

艰难的南苏丹管道复产

我们利用一周多时间跑遍了苏丹分公司所属几个主要泵站。据苏丹分公司总经理梁军会介绍，投运公司还承担了南苏丹3/7区管道运维项目，业主为DPOC合资公司，五大股东分别为中国石油集团公司，马来西亚、埃及、南苏丹三家石油公司和中国石化集团公司，其中中石油持股41%。

重启项目　开发艰辛

这个项目由于投资方众多，DPOC公司可以说是一家严格意义上的国际联合公司，对合同商的要求也相对较高。

项目所运行的管道为油田管道，管线全长242公里。投运公司负责运行的是南苏丹境内唯一一座泵站——1号泵站，所输送的油品属性为三高（高凝点、高黏度、高含蜡）原油。由于北、南苏丹政府在石油分配问题上分歧严重，该管道于2012年1月29日全面停输，1号泵站原来的运维人员全部撤离南苏丹，3/7区全面停产长达16个月之久。

在联合国和非盟等组织的多方努力和斡旋下，石油问题和谈于2012年7月再次开启。双方经过几个月的谈判，最终达成了分配协议，重启南苏丹油田项目。

梁军会告诉我们，南苏丹市场开发难度很大。在南苏丹市场开拓中，他们不断面临各种困难和阻挠，核心因素是南苏丹任何石油项目的开展都受到政府部门的控制和干预。由于南苏丹刚刚独立，民族自尊心较强，自我发展民族工业的意愿迫切，加上历史和政治因素，整个国家亲西方意识明显，民众对中国人和中国公司缺乏了解和信任，政府在合同审批过程中也有意排斥中资企业。面对各种不利因素，投运公司能顺利中标吗？

艰难复产　展示实力

面对困境，投运公司南苏丹分公司毫不气馁。他们紧跟形势变化，在公司领导的大力支持下，与中石油尼罗河公司南苏丹项目领导多次接洽，及时提交了标书并完成了投标工作。最终，南苏丹分公司以科学的管理制度和务实的工作态度打动了业主，迅速抢占市场。2012年10月24日，南苏丹分公司正式承担1号泵站复产及复产后的运维服务。投运公司再次以实力和业绩进入南苏丹。

1号泵站复产得到了各方的高度重视。南苏丹分公司收到运维服务意向后，立即根据现场情况和业主需求制订出科学合理的复产方案，并选派技术骨干赴1号泵站开展工作。

由于战乱，南北苏丹人民相互仇视，给复产工作带来了很大难度。1号泵站内主要设备资料缺乏、运行参数和历史记录丢失严重，大量电器设备因长期受到雨水浸泡而损坏，站内工艺管线内漏严重，备品备件严重匮乏。

此外，复产前期站内通信、交通均不方便，生活条件极为艰苦，员工每天的食物和饮用水得不到保障，要靠飞机每周从南苏丹首都朱巴转运方便面、咸菜等食品来维持日常所需；员工每天上下班没有固定车辆接送，需要搭车往返于泵站和营地之间，而且营地经常断水、断电。

南苏丹分公司全体员工不畏艰辛、不惧困难，在公司领导的大力支持和各部门的全力配合下，制订了科学合理的工作计划，现场绘制工艺流程图，编写设备操作规程，逐件排查和检修站内设备，逐步完善站内缺失资料，为顺利投产做好准备。

顺利投产　总统赞誉

在投产准备过程中，南苏丹分公司人员积极与业主、监理和当地居民沟通，与他们建立了良好的伙伴关系。同时，他们成立了巡线维护队，协助业主对主管线进行巡查，对各阀室设备进行维护。在各方的共同努力下，这个项目于2013年5月5日12时开始注水；5月9日13时开始注油；5月13日11时20分，油头抵达CPF；5月22日13时41分，CPF开始向下游外输原油；6月8日9时28分，油头抵达苏丹港，投产一次成功。目前，管道运行平稳。

复产期间，南苏丹总统、能源部长及政府主要官员先后到1号泵站检查工作，对公司员工的团结协作精神和精湛的专业技术给予高度赞赏。

南苏丹分公司员工不畏东非地区的恶劣环境和艰苦的生活条件，时刻坚守在各自的岗位上，展现了投运人良好的专业素质。

南苏丹3/7区原油外输管道复产一次成功，为南苏丹公司继续承担其他运行维护任务和进一步开拓东非市场奠定了坚实基础。

记者笔记：由于南苏丹政局极度不稳定，签证办不下来，我们无法到现场采访，只能通过刚从南苏丹回来的梁军会对项目进行简要了解。采访中对南苏丹3/7区管道项目DPOC公司副总工程师、生产部经理聂志泉的评价印象深刻：“南苏丹油田复产对中石油集团公司有着极大的战略意义。投运公司在此次3/7区油田复产中扮演了重要角色，在极短时间内进入市场，克服困难，实现管道安全投产，为整个项目的复产工作增添了浓墨重彩的一笔，树立了管道投运专家的金字招牌！”我认为，这是对“管道投运”品牌与实力的最好诠释。

（2013年9月17日《石油管道报》）

“苏丹项目海外15年”走笔之九

防弹衣引出的故事

在苏丹分公司办公室，记者发现了一件防弹衣、一顶防弹帽，一打听，原来这是为南苏丹1号站员工配备的。那里安全局势有多严峻？从南苏丹分公司休假回来的员工那里，我们听到了几个真实的故事。

管道被炸　骚乱不断

南苏丹自2011年7月从苏丹独立后，南北苏丹双方在石油利益分配、边界划分、公民地位等遗留问题上一直存有较大分歧，位于交界地区的阿卜耶伊地区的归属不明朗，各种因素导致两国关系异常紧张。2013年初，南北双方政府在埃塞俄比亚首都亚的斯亚贝巴签署了标志双方和解的9项协议，并于5月初恢复中断了15个月的石油输送。

2013年6月9日，苏丹总统巴希尔在群众大会上指责南苏丹政府违背协议继续支持苏丹境内的反政府武装，宣布苏丹将按照9项协议规定，于60日之后（8月7日）关闭管道，停输南方石油及所有达成的合作协议。

6月12日，反政府军袭击破坏了毗邻阿卜耶伊地区的1/2/4区迪法（Diffra）油田外输管线，这条管道被炸断。

6月20日，3名在1/2/4区尼姆（Neem）油田执行作业任务的大庆电泵雇员被反政府武装劫持，劫持者“公正与平等运动（JEM）”反政府武装组织称奉命劫持中方或斯伦贝谢公司员工，以警告苏丹政府和外国公司。

7月7日，南苏丹分公司承担的3/7区管道运维项目的业主DPOC合资公司收到苏丹政府正式下达的停产令，要求在8月7日以前全面停止生产。DPOC公司已经着手开始执行停产计划。

7月24日，南苏丹发生政变，总统基尔解雇了南苏丹政府整个内阁成员和副总统的职务，国家安全部队在首都朱巴街头执行戒严，防止骚乱事件的发生。同日，南苏丹警告关闭连接两国之间石油管道的邻国苏丹，可能会破坏输油管道。

7月25日，中国驻南苏丹大使馆报道朱巴市区考纽考纽区域发生骚乱和枪击事件。使馆提醒在南中资机构和华人华侨近期避免外出，加强防范，确保安全。同日，中国政府非洲事务特别代表钟建华大使再次到达喀土穆，分别会见苏丹总统巴希尔、外长库尔提。

7月26日，在中方和国际社会的紧急斡旋下，巴希尔总统松口关闭南苏丹原油外输管道期限可由8月7日推迟到8月22日，以便解决存在的焦点问题。中国特使钟建华和非盟高级谈判代表姆贝基将再访南苏丹首都开展调解工作。南苏丹政治危机震惊世界，原副总统马查尔表示接受被撤职的决定，将竞选2015年总统。

启动预案　积极应对

当时投运公司在南苏丹中方人员共计12人，包含朱巴2人，三七区Paloch现场10人。

CNPC苏丹地区协调小组于7月25日召开会议，会议要求各级单位及时启动应急预案，积极应对南苏丹政变。

南苏丹分公司当即启动应急预案，进行统一协调，成立应急工作小组；实行24小时值班，指定联络人，及时更新人员情况，妥善保管护照；进一步完善应急预案，做好空中撤离和陆路撤离的准备工作；严格控制并逐步减少南苏丹中方人员数量，最大限度压缩非生产工作人员；做好各项应急物资的准备工作，提前测试卫星电话，确保应急车辆的工作状态；坚定信心，确保队伍的稳定，遇到紧急事件不要慌乱，按照预案和演习程序进行有序处理，确保在南苏丹员工安全。

开展演练　有序撤离

7月底，南北苏丹局势再次出现动荡，多个地区发生持枪抢劫案件。其中，在南苏丹首都朱巴已经先后有4家中方公司遭到抢劫。投运公司领导得知这种情况后，立刻要求南苏丹分公司全体员工提高安全意识、密切关注南北苏丹局势、加强安全教育、并适时组织有针对性的应急演练，确保一线员工生命财产的安全。

南苏丹分公司立即加强对员工的安全和风险识别教育，认真分析可能存在的潜在风险，并根据现场实际制定应对措施，有针对性地开展了应急演练。

根据1号泵站制订的应急预案，站内人员得到紧急撤离的命令后，当班操作员立刻模拟按下站内总ESD，将1号泵站与管线进行有效隔离。安全员迅速组织大家携带个人证件、通信工具及紧急逃生用的水、食物和急救箱等必需品，按照既定的逃生路线撤离至紧急集合点。在站内负责人的精心安排下，所有人员在两分钟之内全部上车，并按计划路线撤离。整个演练过程持续15分钟，站内10名当值员工全部安全、有序地撤离至指定区域。

这次应急演练，进一步提高了南苏丹分公司员工的安全意识和风险识别能力，全面提升了紧急情况下员工的逃生能力和自我保护意识，使所有人员都熟知突发事件情况下应采取的应急保护措施和逃生渠道。

通过应急演练，南苏丹分公司完善了紧急撤离计划，包括应急物资、车辆、撤离路线、通信保障等准备，为现场人员配备卫星电话，检查落实应急储备物资；为现场员工配备应急包，调配防弹衣等应急防护物资。此外，南苏丹分公司加强领导，统一思想，突出预警和预防，内紧外松，做好当前形势下现场员工的思想工作，确保员工队伍的稳定，避免引起不必要的恐慌。

截至今天，油田现场秩序平稳，朱巴地区除发生零星骚乱和枪击事件外，整体局势较稳定，尚未发生大规模骚乱事件，南苏丹警方声称安全形势可控，但还需高度警惕某些极端势力在此期间再制造事端。

记者笔记：很遗憾，记者无法前往南苏丹分公司采访，做一名真正的战地记者，更无法体会危险局势下南苏丹分公司员工们加强防御、镇定应对、坚守岗位的心情。我认识到，苏丹项目之所以能在海外坚持15年，正是应验了投运公司总经理陈树东的一句话，“安全生产运行是成就我们顺利履行合同和稳定市场的关键。”衷心祝愿坚守南苏丹项目的将士们平安顺利！

（2013年9月30日《石油管道报》）

肯尼亚管道项目

肯尼亚4号线扩容工程是给肯尼亚西北城市和乌干达相邻城市增加成品油供给量的一项重要工程，也是肯尼亚境内最大的管道工程。管道局承担了全线326公里管道和7个泵站扩建施工任务。作为进入该国的最大的管道工程总承包商，管道局不仅肩负着建设精品工程、开拓市场的企业责任，还承担着保护沿线环境和野生动物的社会责任。该工程被称为施工标准高、环保要求高、安全风险高的“三高”工程。

2011年5月，记者前去肯尼亚采访发现，与国内稳定的政治、经济和社会环境相比，在海外施工要复杂很多，面临着市场风险、商业风险、项目执行风险及政治和安全风险等各种风险。如何科学地评估、认识并规避它们，引发了记者的思索，采写了调查报告《“走出去”，如何应对风险》，以及专题《一个中国企业“走出去”的非洲样本》等深度报道。

特别推荐

一个中国企业“走出去”的非洲样本

——中国石油管道局肯尼亚输油管道建设探析

在走进非洲古国肯尼亚之前，提起“地球最大的伤疤”东非大裂谷，说起缺少一颗门牙的神秘马赛人，人们心中总有一丝说不出的恐慌。然而，当真正来到这里，记者看到的却是美丽得令人沉醉的风景和包括马赛人在内的所有黑面孔绽放的灿烂的笑容。

“肯尼亚的黑人朋友对来自中国的游客特别友好。”定居当地多年的中国导游刘小姐告诉记者，“这要感谢一家中国企业，他们在这里承建的一条穿越东非大裂谷的石油管道工程，赢得了当地百姓的心。”

刘小姐所说的中国企业即中国石油天然气管道局（以下简称管道局）。

精细管理：“小工程”创出“大奇迹”

对于曾经承建中国的西气东输、印度的东气西送等世界级大管道项目的中国石油管道局而言，肯尼亚4号线输油管道及其7个泵站扩建工程其实是一个小项目。据管道局国际事业部肯尼亚分公司总经理王广文介绍，这条管道一是口径较小，只有355毫米；二是线路较短，仅326公里；三是工程标的额不大，只有1.79亿美元。

“然而，这项小工程却有着大意义。”王广文说，“一方面，这条管道是穿越东非大裂谷未来还将与乌干达相连的能源大动脉，对肯尼亚政府来说意义极其重大；另一方面，这是管道局首次在非洲以社会化竞标方式获得的项目，对于企业进入东非市场意义非同寻常。”

据了解，肯尼亚能源建设市场长期以来由西方发达国家企业巨头占据，中国石油管道局是如何“挤”进这一市场的呢？这要从一个比输油管道工程更“小”的工程——肯尼亚东部1号线（蒙巴萨至内罗毕）成品油管道扩容增输项目谈起。

那是2005年，苏丹项目经理获得信息：肯尼亚石油管道公司要对其东部成品油管道（1号线）增输扩容，这个总投资仅有4000万美元的小项目，引来包括英、法、日、俄、韩、印等众多国家的30多家公司竞标。他当即率领投标团队飞抵内罗毕，按照“科学编制投标文件，确保闯入东非市场”的原则击败众多国际竞争对手最终中标。肯尼亚增输扩容工程的成功建设，为管道局赢得其输油管道项目奠定了基础，2008年12月，管道局又获得了肯尼亚石油管道公司颁发的4号线工程授标函。

“上述两项工程都是管道局经过激烈社会化竞标获得的项目，利润空间较小。”王广文说，“对此，我们在认真研究肯尼亚国情和法律的基础上，做到知己知彼，全面实施精细化管理，降低工程建设成本，使小项目创造出大奇迹。”

一方面，根据当地工资水平较低的实际情况，管道局项目部在精简管理人员职数的同时，减少国内作业人员数量，增加属地用工，大大降低人工成本；另一方面，针对当地材料和设备费用较高的特点，他们说服业主同意工程主要材料和设备从中国采购，这比欧美市场采购成本降低了1/3。

“特别是在详细研究当地税法后，管道局成立了肯尼亚分公司，以合理避税。”王广文告诉记者，“按照肯尼亚税法规定，国外承包商和分包商都要缴纳20%预扣所得税，当地公司则仅仅预扣3%。我们以肯尼亚分公司名义与业主签订合同，合法规避高税收风险，并积极协调税务官员及时退还进口材料、设备等重复征收的16%的增值税，以缓解资金紧张减少贷款利息额度，从而为项目创造了较大利润空间。”

记者点评：随着经济全球化时代的到来，国际工程竞争日趋激烈，利润空间越来越小，市场风险不断加大。中国石油管道局在肯尼亚项目建设中，通过研究项目所在国国情和法律，有的放矢地制定工程建设方案，实施精细化管理，这不仅为“小项目”创造了较大的利润空间，也为中国企业“走出去”参与激烈的国际市场竞争提供了范例。

绿色施工：“动物来了，我们走开”

众所周知，中国石油集团旗下员工的工服都是红色的。然而，记者在肯尼亚采访时发现，工作在这里的管道局项目管理和施工人员的工服变成了浅灰色和淡蓝色。

“这是我们针对肯尼亚特别设计制作的特殊工服，目的是不让动物受到刺激。”负责肯尼亚项目施工的管道一公司项目经理说，在肯尼亚58万平方公里的国土上，拥有59个野生动物园，占国土面积的11%。特别是4号输油管道工程，途经内罗毕和纳库鲁两个国家公园，作业带内生活着狒狒、野猪、斑马、犀牛、大象、羚羊、长颈鹿和火烈鸟等多种野生动物。如何保证施工进程又不影响动物们的正常生活，这成为摆在管道局施工队伍面前一个首要任务。

据项目经理介绍，针对肯尼亚"动物天堂"的特殊国情，王广文总经理对项目建设人员提出了"动物来了，我们走开"的绿色施工原则。由此出发，管道一公司编制了《内罗毕、纳库鲁国家公园施工保护野生动物规定》，总结出"一看、二低、三快、四净"四步施工法，即施工前先看有无动物；施工中全力降低设备噪声；在保证质量安全前提下快速施工，缩短动物园内施工时间；完工后不留任何垃圾，并撒上草籽恢复地貌。

记者在采访中了解到，其实在施工现场，也曾有过"违反"王广文"命令"的故事发生。管道一公司青年员工张瑜便悄悄向记者讲述了一个"动物来了"他却没有马上"走开"的故事。

那是一个烈日炎炎的中午，施工现场走进一大一小两匹可爱的斑马，刚想"走开"的张瑜突然想到"这么热的天气，它们是不是渴了呢?"这位从小喜欢动物的年轻人试探着端出一盆清水，两匹斑马果然走上前痛饮起来；第二天中午，斑马又出现在施工现场，两匹变成了一群，一盆清水也变成了两盆……就这样，张瑜和他的工友们竟然渐渐地与一群斑马交上了朋友。

爱护动物、保护环境，甚至与野生动物交上朋友的中国石油管道局员工们，自然也赢得了肯尼亚百姓的广泛赞誉。

记者点评：保护环境，爱护动物，促进人类与环境的协调发展，已成为全球共识。中国石油管道局员工在肯尼亚管道项目建设中，秉承"奉献能源，创造和谐"企业宗旨，坚持绿色施工原则，创造了人与动物和谐相处的童话般的奇迹，不仅为企业打开东非市场奠定了基础，也为中国企业"走出去"树立了良好形象。

创造和谐：百姓与总统都伸出大拇指

有人说，世界上最难打交道的不是动物，而是人。王广文坦言，这也是他们在肯尼亚西部输油管道工程建设之初最担心的事儿。因为，这条管道不仅途经肯尼亚两大野生动物园，还要穿越位于内罗毕和纳库鲁市郊的两大贫民窟并经过沿途四大私人农场，他们不得不与这个国家的最贫穷和最富有的人打交道。

王广文说："只要以心换心，真诚相待，人与人就会成为朋友，一切困难都可以迎刃而解。"

最让一公司项目经理难忘的是在穿越内罗毕贫民窟的时候。他说："这里垃圾遍地，污水横流，是肯尼亚最大的贫民百姓聚集区，生活着数十万贫苦百姓。对此，我们一方面采取属地化用工方式，大大拉近与当地百姓的距离；另一方面，真心关心百姓疾苦，为他们提供力所能及的帮助，在不影响他们正常生活的基础上加快施工进度，仅用10天时间便顺利穿越成功，没有发生一起纠纷。”

同时，中国建设者凭借着对当地法律民俗的尊重和对私人财产的维护，赢得富人区居民的广泛赞赏。一位英国籍农场主写来感谢信，对他们绿色施工给予赞扬；而一位印度富商嫁女儿，则向中国朋友发来请柬……

据王广文介绍，中国管道建设者在赢得当地百姓理解和支持的同时，还获得总统的赞赏。肯尼亚总统姆瓦伊·齐贝吉曾如此称赞：中国石油管道建设者在工程建设中表现出色，大大提升了肯尼亚能源产品输送能力，为促进肯尼亚乃至整个东非地区社会经济发展作出了贡献。

肯尼亚项目即将竣工之际，管道局局长赵玉建来到内罗毕。在视察了施工现场后，他兴奋地说：“肯尼亚分公司是一支特别能战斗的队伍，为CPP树立了品牌和形象。”同时提出了新要求：“希望你们再接再厉，争取成为CPP在东非乃至整个非洲市场的一个窗口。”

“万里迢迢赴征程，东非高原刻图腾。中油管道名声起，国际工程显神通。烈日炎炎壮我行，瓢泼大雨更豪情。不辞艰险报家国，凯歌高奏赞群英。”这是王广文创作的一首激情豪迈的诗。他告诉记者，他们正在按照局领导要求，以肯尼亚两个项目为契机，紧密跟踪周边国家工程市场，争取打开一片更加广阔的天地。

记者点评：南部非洲发展银行执行副主席泰德斯（Admassu Tadesse）曾提醒：“社会风险可能是非洲市场的最大风险，而非政治风险。”在他看来，投资项目所在地的贫富差距有可能引燃导火索，并最终成为阻碍。中国石油管道局肯尼亚分公司凭借着对当地法律民俗和对私人财产的尊重，“以心换心，真诚相待”融入当地社会，成功化解风险，这无疑为中国企业走进非洲提供了一个可资借鉴的样本。

（2011年5月30日新华社）

肯尼亚管道工程全线主体贯通

肯尼亚当地时间5月23日16时，随着管道一公司在纳库鲁国家公园管线连头焊花的熄灭，管道局承建的肯尼亚4号线扩容工程全线主体贯通。

肯尼亚4号线扩容工程是给肯尼亚西北城市和乌干达相邻城市增加成品油供给量的一项重要工程，也是肯尼亚境内最大的管道工程。管道从内罗毕站开始向西北方向直达埃尔多雷特末站。管道局承担了全线326公里管道和7个泵站扩建施工任务。管线横跨肯尼亚中西部，途经农田、山地、草原、森林，横穿东非大裂谷和两个国家级野生动物园，还要穿越众多的道路、河流。作为进入该国的最大的管道工程总承包商，管道局不仅肩负着建设精品工程、开拓市场的企业责任，还承担着保护沿线环境和野生动物的社会责任。该工程被称为施工标准高、环保要求高、安全风险高的"三高"工程。

在管道局肯尼亚分公司的精心组织下，承担主体管道工程施工的管道一公司于2010年5月20日打火开焊，10月份实现线路主体完工；2011年3月开始分段试压，并全面展开站场施工。4月19日，管道局局长赵玉建到肯尼亚分公司调研，并到一公司施工现场和24号营地看望员工，给参建员工以莫大的鼓舞。大家一鼓作气，加快速度，实现了全线贯通。

肯尼亚分公司狠抓项目质量管理，采取一系列措施，保证了焊接一次合格率达到98%，未发生任何质量事故，得到监理和业主的好评，赢得了信誉。肯尼亚分公司强化HSE管理，打造绿色工程。肯尼亚自然环境优美，野生动物众多。施工中，肯尼亚分公司将环境保护工作作为第一要务，针对肯尼亚野生动物多的特点，做到"三个尽量"（尽量减少施工作业带宽度，尽量保留地面原有植被，尽量减少对野生动物的影响）。在两个国家公园内施工时，肯尼亚分公司提出了"野生动物来了，我们走开"的口号，管道施工为野生动物让路。同时，参建员工还在设计、施工及施工后地貌恢复等方面，以最大的努力实现施工与生态环境的和谐。管道局对沿线自然环境和野生动物的保护得到了当地政府、公园管理部门、沿线民众的高度赞誉。

记者日前深入纳库鲁国家公园内的施工现场采访，驱车沿作业带行进，不时看到身姿优美的斑马在自由漫步，成群的疣猪在嬉戏，可爱的狒狒徜徉其间，活泼的瞪羚追逐跃动……在采访施工沿线居民时，居民们盛赞CPP是肯尼亚人民的朋友，CPP员工像肯尼亚人一样与动物和谐相处。施工过后，大地无痕，芳草依依，CPP人在肯尼亚人民的心中竖起了一座中非友谊的丰碑。

（2011年5月24日《石油管道报》）

记者在管道局肯尼亚分公司采访发现，与国内稳定的政治、经济和社会环境相比，在海外施工要复杂很多，面临着市场风险、商业风险、项目执行风险及政治和安全风险等各种风险。如何科学地评估、认识并规避它们，引发了记者的思索。通过采访肯尼亚分公司经理王广文及相关人员，本文试图就肯尼亚分公司的经验探讨国际项目怎样规避各种风险，请看报道——

“走出去”，如何应对风险

管道局自20世纪80年代初涉足国际业务以来，至今已完成近1.5万公里国际长输管道建设项目。管道局在近30年的“走出去”发展历程中，在国际能源施工建设领域已彰显影响力，积累了较为丰富的经验。

正确面对市场风险

如今，全球能源建设市场由西方企业巨头所主导，管道局在项目本土企业发展壮大的环境下竞标并成功赢得市场实属不易，面临着市场竞争风险、业主信用风险和市场战略布局风险。

2005年，管道局获悉肯尼亚石油管道公司投资4000万美元启动蒙巴萨至内罗毕成品油管道扩容增输工程（以下简称1号线工程）的全球公开招标，当即组织投标团队赶赴肯尼亚。他们科学合理分析调研，精心编制标书，充分发挥自身优势，积极参与投标工作，最终一举击败竞标的英、法、日、俄、韩、印、肯等国的30多家大公司，获得EPC总承包资格，使管道局成功进入肯尼亚能源建设市场。

1号线工程的竞标成功及随后管道局肯尼亚分公司的成立，为管道局在肯尼亚及东非的发展带来了良机，但市场风险依旧不能忽视。如果届时该项目执行不顺利，工程未能满足合同要求，则肯尼亚分公司失去的将不只是业主肯尼亚石油管道公司的信任，更是肯尼亚乃至东非能源建设市场的信任，今后获得项目的难度将大增；如果将来肯尼亚及东非地区能源建设市场发展潜力不大，管道局和肯尼亚分公司却将未来发展重点局限于此，则意味着其开拓肯尼亚及东非市场战略的失误。

对于市场风险，肯尼亚分公司认真地分析研究，科学地评估认识，通过充分发挥自身在资金、技术和人才等方面的优势来积极规避，使得企业在当地激烈竞争的能源建设市场中逐步站稳了脚跟。

凭借1号线工程中创下的良好声誉及质量至上的企业理念、主动的商务公关和积极的市场跟踪，肯尼亚分公司于2009年赢得了在肯尼亚市场的第二个合同——投资1.79亿美元的肯尼亚西部管道扩容增输工程（以下简称4号线工程），这项工程目前正在建设中。

肯尼亚及其周边国家石油、天然气管道建设市场潜力是非常大的，旨在立足肯尼亚本土市场、拓展东非市场，肩负“走出去”战略使命的肯尼亚分公司在市场竞争中已处于有利地位。

合理规避商业风险

对项目所在国的财税政策缺乏足够了解，“走出去”的中国企业将会面临不可低估的税务风险，可能蒙受巨大的经济损失。而对所在国金融及市场环境认识不足，也往往会面临汇率波动、通货膨胀、关键物资价格上涨等风险，进而造成企业的经济损失。

在决定打入肯尼亚市场、参与1号线工程投标前期，管道局专门成立了肯尼亚项目调研组到肯尼亚实地调查，深入研究和分析其商业环境，以充分了解和认识各种可能的商业风险，并最大限度地规避它们。

经调研得知，肯尼亚税法规定，在肯尼亚域外注册的工程施工企业必须向税务局缴纳20%的预扣所得税；而同等条件下，肯尼亚本土公司仅需向税务局缴纳3%的预扣所得税。在该政策背景下，1号线工程竞标成功之后，管道局肯尼亚分公司随即成立，并作为主体与业主肯尼亚石油管道公司签订合同。肯尼亚分公司的成立，合法地规避了肯尼亚高税率风险，为管道局赢得了可观的利润，也为其今后在肯尼亚的本土化和属地化发展打下了坚实的基础。

汇率波动、通货膨胀、关键物资价格上涨风险也是管道局在肯尼亚项目前期调研的重点。对于这些风险，肯尼亚分公司通过采取投标前期权重考虑、项目执行时策略性规避、工程后期积极索赔等多项措施来防范应对。

4号线工程除去部分肯尼亚市场供应充裕、价格低廉物资需在当地采购外，其余绝大多数关键施工及生活物资均要先期按照物资采购计划从中国或国际上其他国家采购，价格相比肯尼亚市场低了一大截，降低了对肯尼亚物资供应市场的依赖程度，避免了持续通货膨胀对肯尼亚分公司造成的损失。

积极应对项目实施风险

要成功实施国际工程项目，“走出去”的中国企业除了需要科学应对工程设计缺陷及施工突发情况等施工风险，还必须着重防范国际物流风险、属地化用工风险、政策及法律风险等。

管道局在4号线工程的实施过程中，由于业主方和设计咨询方未能在工程设计阶段充分考虑实际情况，导致设计缺陷较多，施工变更频繁。按照原设计规定，326公里管道仅有4处定向钻穿越。但在随后的施工中，业主和设计咨询方多次更改施工方案，使得定向钻穿越工程最终增至23处，定向钻穿越工程量增加了5倍，肯尼亚分公司施工压力骤增。

上述事件在施工中时有发生，肯尼亚分公司积极面对，主动应对。针对定向钻工作的骤增，公司一方面迅速研究部署可行的赶工方案，科学组织施工，最终如期完成全部工作，未影响工程整体施工进度；另一方面积极进行工作量签证，着手索赔工作。公司积极开展工程签证索赔、权重项目风险担保等工作，有效地应对和化解了施工中的相关风险。

国际物流风险也不容忽视。在1号线工程建设前期，海运公司因工作失误，将大批本该由中国天津港直接运往肯尼亚蒙巴萨港的施工物资，运至阿联酋迪拜港并卸货，后再重新装船。几经周折，物资运抵肯尼亚整整滞后于计划20天，导致工程不得不延迟开工。施工物资是工程得以实施的载体，而物流则是关键。肯尼亚分公司在1号线、4号线工程的建设过程中，物流工作就得到了管道局物装公司的支持，使工程物资供应有了保障。此次物资到货严重滞后事件，就是由物装公司全程负责跟踪和监督的，为肯尼亚分公司后来获得到港滞后的经济赔偿发挥了关键作用。

中国企业在“走出去”发展中开始越来越多地聘用属地员工，因为他们在语言沟通和文化意识等方面具有优势，容易开展工作，又熟悉当地情况，能够更好地处理社会关系，作用不可替代。然而，因中方管理人员与属地员工在语言、文化、法律观念等方面的巨大差异，用工属地化也会使得企业人力资源管理难度加大，极易产生各种矛盾和问题，给企业带来不确定的风险。肯尼亚分公司在1号线、4号线工程建设中，根据肯尼亚失业率高、劳动力低廉的特点，聘用了大量肯籍员工，其中在4号线工程建设高峰阶段，有多达500名肯籍员工同时为公司工作，而当时中方员工仅有188人。大量聘用肯籍员工既增加了当地百姓的就业机会，促进了公司与当地的融合，又大幅降低了人工成本，为公司赢得了收入，优势比较明显，不过各种不确定的管理风险也随之增加。为此，公司引入了当地人力资源代理公司，由其全面负责属地化员工的各项管理工作，实现了属地员工的本土化管理，极大地规避了各种风险。

中国企业在海外参建工程还需要应对无时不在的法律及政策风险。作为在肯尼亚本土成立的外资企业，由于语言等方面的差异，中方员工对肯尼亚法律和政策的理解仍非常有限，法律风险一直存在。为此，肯尼亚分公司与当地知名律师事务所建立了长期业务合作关系，并聘用部分肯尼亚本土法律专家作为法律顾问，以达到对肯尼亚相关法律和政策的融会贯通，有效降低了风险。

主动防范社会风险

当今世界很多国家，尤其是中东、非洲等发展中国家社会矛盾突出，政局动荡、战乱频发、恐怖主义猖獗、治安恶劣、腐败严重、疾病肆虐等，给中国企业“走出去”增加了风险。

肯尼亚治安情况和社会环境不容乐观，肯尼亚分公司采取主动防范措施：在强化对员工日常安全管理的同时，与当地警察局合作，在施工现场及营地派驻持枪警察，有力地维护了公司日常经营和员工人身安全；通过积极参与政府组织的相关社会活动，促进公司与肯尼亚政府的关系，有利于公司高效地开展工作；在施工一线派出常驻医生，确保员工身体健康。

肯尼亚分公司主动面对、正确识别、科学评估、积极应对风险，夯实了企业风险管理基础，赢得了肯尼亚及东非能源建设市场，践行了管道局国际化发展战略。“风险的承受者就是风险的管理者”，中国企业要“走出去”，积极参与海外能源建设市场的角逐，赢得发展良机，就必须全面做好风险防范工作，提高风险抵御和化解能力。

（2011年7月04日《石油管道报》）

尼日尔油田项目

管道局在苏丹、阿尔及利亚、土库曼斯坦、尼日尔、利比亚、伊拉克等国参建当地多个油气田地面建设和炼化工程。

尼日尔阿贾德姆油田地面工程是管道局在撒哈拉沙漠建设的尼日尔的第一个石油城，项目位于尼日尔撒哈拉沙漠腹地，主要工作范围：联合站1座、油气接转站1座、计量站5座、单井22口和集输支干线管道200多公里的施工，产能100万吨。建设时间为2009年至2011年。

2011年8月中旬，在工程投产前夕，记者深入一线，采撷施工中的精彩瞬间，开栏《撒哈拉的“中国红”》，刊发了《沙漠深处有我家》《建精品工程 创国际一流》《用智慧建丰碑》《“China Good”!》《撒哈拉的“探路者”》《沙漠腹地的安全屏障》等系列报道。

特别推荐

“走出去”已经成为当前中国企业做大做强的必由之路，然而“走进非洲”的路途充满荆棘。如何“走”是所有中国企业需要思考和践行的难题。中国石油管道局在尼日尔施工的酸甜苦辣也许能够给许多中国企业提供一个良好的参照。

让荆棘开出美丽的花

——一个中国企业在撒哈拉沙漠的日日夜夜

中国企业在尼日尔施工，除了面临原材料昂贵、稀缺等困难以外，还存在国内罕见的高温炎热气候、毒蛇毒蝎伤害、沙暴雷暴天气等风险。

“在撒哈拉沙漠施工，最愁的是员工生活。我们必须把大家的生活搞好，只有住得好、吃得好、心情好，干工作才有劲头。”第六工程公司尼日尔项目部经理王强说。

尼日尔项目部以各站场供水系统为依托，主动为当地百姓焊接饮水管道、牲畜饮水槽，在沙漠中形成了8大供水中心。

1. 难以想象的苦

行走在浩瀚的撒哈拉沙漠中，强沙暴、高温时刻挑战着生命的极限。记者深深感受到，撒哈拉沙漠的美丽只存在于图片和影视片中，真正踏入，最高70摄氏度的地表温度让你无法穿普通的鞋立足。

记者在沙漠中的形象是：身穿红色长袖工服、头戴白色安全帽、脚踏沉重的沙漠靴，眼睛被一副宽大的防沙眼镜遮得看不见，脸上罩着防紫外线头套。这是在沙漠里施工的中国石油管道局所有的员工最基本的防护措施，如果不说话，基本上分不清谁是谁。别说干活，这样的穿着，你在白天的撒哈拉沙漠里站上一两分钟，衣服就湿透了。

在撒哈拉沙漠施工最难的挑战是自然环境吗？中国石油管道局尼日尔项目部负责人和第六工程公司尼日尔项目部经理王强不约而同地回答：“不是。最难的挑战是战胜自我，战胜自我也就克服了恶劣自然环境的挑战，就能够从无到有，将不可能变成可能。”

战胜严酷的自然环境

中国企业在尼日尔施工，除了面临原材料昂贵、稀缺等困难以外，还存在国内罕见的高温炎热气候、毒蛇毒蝎伤害、沙暴雷暴天气等风险。

尼日尔是世界上最热的国家之一，5月份以后地面温度能达到60摄氏度甚至70摄氏度。沙尘暴经常肆虐，任何时段都随时可能出现漫漫黄沙罩天地的状态，遮天蔽日，打在脸上生疼。尼日尔的大风非常可怕，能刮断钢管。雷暴天气虽然不常见，可一旦出现就威力无比，2011年最大的一次雷暴天气，竟然将CPF站内多块仪表设备损坏。

记者在现场看见很多工人的衣服都是白花花的，洗不干净，那都是汗如雨下后留下的一圈圈的汗碱。工人们身上的工服湿了干，干了又湿，由于长时间被汗水浸泡，变得十分脆弱，用手一撕就破。一件工服穿几十天就会由红色变成斑驳的白色。最初配备的工鞋穿不了几天鞋底就烫开胶了，重新粘上也无济于事，后来多方尝试选购的工鞋尽管结实，但穿两三个月也就磨破了。

撒哈拉沙漠的蝰蛇和蝎子非常多，当地雇员有一次在同一地方打死了8条蝰蛇。蝰蛇是一种剧毒蛇，一不小心就可能被咬，从而危及生命。

为了保证任何人不受伤害，撒哈拉沙漠的营地铺设防尘网，主要路段增设照明灯、撒石灰，反复强调夜间出行一定要低头看路，光线不好的地段少去，出门穿工鞋。

记者在营房的饭厅里看见一只精瘦的小猫上蹿下跳，50多岁的徐师傅介绍，尼日尔的小猫很厉害，不仅抓蜥蜴吃，而且抓蝰蛇，自从养了猫，看见蝰蛇的次数明显减少了。

管道局尼日尔项目部负责人估算说，中国员工差不多有三分之一染上过疟疾，有七八个人被蝎子蜇过，未出现一例被蛇咬伤的事件，被毒蚂蚁叮咬较多。尼日尔雇员由于休假回家等因素，患病和被蝎子、蝰蛇咬伤的人数较多。两年来，尼日尔项目累计安全运行超过300万人工时，杜绝了群发性和饮食性疾病，职业病患病人数为零。

改善极差的医疗条件

在国内非常罕见的疟疾，到了尼日尔成为一种常见病。记者随时随地都能碰到患过疟疾的中石油管道局的员工。8月13日下午，在尼亚美机场接我们的徐晓虎说，他已经患过三次疟疾了，每次得疟疾，就会全身发抖，冷一阵热一阵，两三个月都很难受。同样得过疟疾的那顺在叮嘱我们外出要穿长袖避免被蚊子叮咬的同时，轻描淡写地说：“疟疾不是什么大事儿，就怕救治不及时。”

尼日尔医疗条件很差，卫生观念淡薄，疟疾、霍乱等传染病时常暴发。尼日尔首都尼亚美最好的医院是一个简陋的二层楼，而迪法省最大的医院也赶不上国内山区小县城的一个诊所。

当地雇员最多时达350多名，这就带来了传染疾病的隐患。一旦发现当地雇员患上霍乱等疾病，整个营地就全面消毒。2010年六七月间，尼日尔霍乱大面积暴发，项目部颇费周折从国内采购了320份霍乱疫苗，冷藏运送至现场，对所有当地雇工进行了霍乱疫苗接种的免疫工作。

尼日尔所有地方的体检都很简单，让人难以放心。项目部招聘20多个当地雇员，体检合格后经常只剩下一两名。

尼日尔唯一能做手术的医院在尼亚美，管道局第六工程公司尼日尔项目部营地距离尼亚美约1300公里。员工一旦出现急诊要去尼亚美的医院，最快的飞机来回也要近8个小时，而回国最快也要3天以后。

王强说，事实上，谁也不敢让员工在当地救治，怕感染上其他疾病。谁稍有不适就不让干活，禁止带病坚持工作，如果出现在施工现场治疗不了或拿不准的情况，有员工突发阑尾炎等，立即不惜一切代价以最快的速度送返国内治疗，丝毫不准拖延。

为了防患于未然，只要医生觉得应该储备，王强毫不犹豫就批准采购，他的原则是宁多勿缺。据不完全统计，为每名员工采购的医疗药品、器械人均花费1万元以上。抗蛇毒血清等药品尽管中国员工没有用上，但给当地人使用过，效果不错。

项目部斥资200万元建立起了沙漠医疗化验室，除了可以进行血脂、血糖、肝功能、肾功能、乙肝五项、霍乱、艾滋病、梅毒等项目的检查，还能快速检查尼日尔最常见的血液传染病——疟疾。通过化验室这道关口，严格每个用工人员的体检工作，从源头切断了传染源。

保证行车的安全与效率

在沙漠里车辙碾成的路上，记者不时看见丢弃的巨大轮胎。管道六公司尼日尔项目部副经理张军解释说，沙漠里行车异常艰难，到处都是陷阱，谁运东西都翻过车，经常是毫无征兆的爆胎，有时可能是骆驼草或者枯树根扎伤了轮胎。这些轮胎有的价值2万多人民币一个，丢在路上可以起到路标的作用。23岁的小左说，一辆车经常同时坏两三个轮胎，见多了也就不害怕了。

沙漠行车有三条强制性规定：一是上车必须系好安全带，二是时速不得大于60公里，三是长途出行必须带好应急包。乘车人员不系好安全带，司机拒绝开车。每辆车上都贴着各种醒目的安全行车标识，包括应急通信电话、严禁车内吸烟等。

在撒哈拉沙漠施工的车型众多，有价值400万人民币、承载70万吨的沙漠车，也有吊车、越野车等。所有的车一旦出现问题，很难送出去维修，找厂家来人缓慢，多数情况下都是自己想办法解决。维修班班长范庆博说：“我们用工程废料建起了车辆修理厂，尽管简陋，但什么车都敢修都能修。”

谈到曾经的困难，在国内干过忠武管道、冀宁联络线、冀东油田海洋工程等众多项目的王强百感交集，他说：“有几乎快扛不住的时候，觉得路都堵死了，但再努力再争取，一下子就豁然开朗了。很多活儿在国内早就分包出去了，但在撒哈拉沙漠就只能自己干，边学边干。我们不是能力很强，但干劲儿很强。”

如今尼日尔项目投产在即，管道局尼日尔项目部负责人喜悦地通报：“在项目实施过程中，确保焊接一次合格率保持在99.3%以上，全线试压一次成功。”

此时回首艰难日子，王强说：“挺兴奋和自豪的，但真累真疲惫啊！”

2. 叹为观止的乐

“早晨喝着刚磨制好的豆浆，吃上香脆的油条；中午吃五六个荤素搭配的家常菜，主食有刚出炉的蛋糕、美味的凉皮或者是地道的驴肉火烧；晚餐则是与国内一样的热气腾腾的涮羊肉……”

“住在干净舒适的12平方米左右的移动空调营房，24小时可洗热水澡，随时可以打开电脑和亲朋好友上网聊天，拨打电话倾听万里之外家人亲切的声音……”

这是记者在撒哈拉沙漠采访数日的日常生活写照，也是令当地人叹为观止的沙漠奇迹，更是中国石油管道人战胜困难，苦尽甘来的成果。

今年新来撒哈拉沙漠的员工脸上写满了幸福和满足。他们说：“来沙漠之前，我们都做好了各种吃苦的准备，没想到居住条件这么好，在撒哈拉沙漠享受这种‘星级’待遇真难得。”在现场干了一天活，回到营地能痛快地洗上澡，在凉快的房间里舒舒服服地睡一觉，第二天醒来一点儿也不累。

每次听到这些，两年前孤身一人先期来撒哈拉沙漠进行营地选址的张军都会先摇摇头，然后自豪地大笑起来，拍拍新员工的肩头让他珍惜。

白手起家

在2009年之前，中国石油管道人对于尼日尔所知甚少。8月16日晚上，回忆起当初组建项目部的情景，王强说：“我突然接到这个任务，对于尼日尔一无所知，从网上查询获得的都是让人担忧的情况。阿贾德姆项目风险巨大、条件艰苦，没有一个人主动申请来的，都是被动服从，但我还是在几天之内圈定了项目部的核心骨干。”

项目部副经理张军和王笑明回忆说，王强当时找到他们说：“咱们以前合作干过多个项目，感觉不错，现在领导安排我干这个活儿，我自己干不了，要拴上你们几个一起干，你们有啥想法?”

张军和王笑明没有讲任何条件，积极地开始了紧张的工作。2009年6月5日，张军独自一人先期来到撒哈拉沙漠，开始营地选址。6月10日，第二批5人抵达沙漠。6个人每天靠着GPS（全球定位系统）找路，在6月12日顺利完成选址。7月15日，他们正式搬进水电全无的野营房。

当时大学刚毕业的王禹苦涩地笑着说：“没有可口的饭菜，一日三餐都是白水煮面条加榨菜，吃的米饭里经常掺进沙子；从迪法运来的西红柿颠成了西红柿汁，用吉普车装运的冻肉上面一层变质了；没有地方上厕所，没有医生，每天都会有人不舒服或者病倒，每天都会小心翼翼地提防毒蛇……往事不堪回首!”

幽默的程宪海让记者猜猜他们最初的窗帘是用什么做成的。记者看到绿色的纱网一样的窗帘感觉有些粗糙，不像真正的窗帘，但也猜不出到底是什么东西。几名青年焊工哈哈笑着说：是防尘网!

由于前期对沙漠环境了解不足，最初的野营房在生产制造过程中没有安装门帘以及纱窗，使得野营房内苍蝇满室。后勤部集思广益，就地取材选择了绿色防尘网进行剪裁、丈量，安装在每个房间门窗上，有效地阻挡了苍蝇入室。大家觉得在黄沙满满的撒哈拉沙漠挂上绿色窗帘、门帘，视觉效果也不错。

柳暗花明

自力更生，苦尽甘来。撒哈拉沙漠的营地建设在大家的共同努力下逐步推进，开通了与国内的电话，连通了网络，安装了卫星电视。从国内运来了集装箱营房，为每个房间安装了空调，每个营区修建了浴室，从国内采购太阳能热水器和电热水器，使每个营区的浴室24小时供应热水。职工的房间里床、衣柜、写字台、床头灯、紫外线消毒灯、饮水机、电子钟、加湿器等等一应俱全。

回忆当初安装卫星天线上4吨重的大锅盖，负责防腐工作的时念峰腼腆地笑了。他说：“当时的气温达五六十摄氏度，我按照记忆中厂家教的安装步骤，和负责电气施工的李会波等三人一步一步将卫星天线组装了起来，我们4个人干了两天。然后又用两天时间，找了两个帮手，才终于调出了卫星的信号。当网络开通的时候，大家一片欢呼雀跃，我们觉得辛苦没白费。”

尼日尔项目部的员工都是多面手，像卫星调试等事情都是自学成才。记者在撒哈拉沙漠里居住的营房、吃饭的餐厅的天花板等全部都是他们自己装修的。

王强说：“类似尼日尔这样的项目我们在国内干过，我们的员工个个都是出类拔萃的，技术没问题。在撒哈拉沙漠施工，最愁的是员工生活。我们必须把大家的生活搞好，只有住得好、吃得好、心情好，干工作才有劲头。”

尼日尔本国只产土豆和洋葱，很多蔬菜都靠进口，青菜几经周折运到沙漠也快烂得不能吃了。项目部专门购买了冷藏车，用于迪法和沙漠的每周一趟蔬菜运输。

项目部后勤主任杨文德介绍说：“我们定期给员工过生日，第一次过生日的时候，面点师用土豆泥代替奶油，精心制作生日蛋糕，上面用胡萝卜条摆出‘生日快乐’四个字。两年下来，蛋糕做了上百个，面点师的水平越来越高啦!”

施工高峰期，每天晚上十点多，沙漠变凉快了，简单修整出来的露天足球场、篮球场、排球场等都是人声鼎沸，以80后为主的年轻员工们生龙活虎地开展友谊赛。很多员工根据自己的兴趣爱好走进用帐篷搭建的乒乓球室、台球室、棋牌室、阅览室、外语学习室和沙漠电影院等。每逢国庆、元旦、春节等重大节日，项目部就会组织丰富多彩的文体竞技活动，给枯燥乏味的沙漠生活增添了无限乐趣。

自己种菜

尼日尔人的日常饮食很简单，主要吃米饭、木薯和土豆，养的羊舍不得吃差不多全卖了，基本上没有什么蔬菜。当地蔬菜价格很贵，几个西红柿和青椒就要几千元西法（当地货币，70西法兑换1元人民币），因此蔬菜格外珍贵。

在撒哈拉沙漠，中国石油管道人创造性地开辟了一块“菜园子”种菜，尽管数量有限，但关键时候可以让员工们解解馋，同时更是他们战胜困难、迎接挑战、乐在其中的一种体现。

8月13日，在管道六公司尼日尔项目CPF营地吃第一顿饭时，张军炫耀地说：“快尝尝韭菜炒鸡蛋，鸡蛋是从尼日利亚进口的，韭菜可是咱菜园子自己种的。”“快尝尝这小白菜，现摘的，够新鲜吧。”“还有这冬瓜、丝瓜，都产自我们的菜园子。”

记者备感惊讶：“菜园子?”撒哈拉沙漠腹地是时刻挑战生命极限的地方，人类能顽强地生存已实属不易，还会有菜园子?

8月14日中午，谜底揭开。王强带领大家穿过营房旁边一个狭窄的过道，一大片碧绿的菜地映入眼帘。这块菜地呈长条形，有500多平方米，一大块黑色的遮阳网罩在上面阻止风沙和紫外线的伤害。菜地被整齐地划分为一块一块，韭菜、小葱、香菜、西红柿、辣椒、茄子、冬瓜、丝瓜等10多种蔬菜长势正旺。

王强开心地拍打着最大的一个冬瓜让大家欣赏，这个冬瓜足有10多斤重，长度至少在一尺半，可谓撒哈拉沙漠的冬瓜王。

50多岁的徐师傅正忙活着浇水，见记者走了过来，就摘下几个熟透了的西红柿，用水冲冲递了过来。一口咬下去，真甜。

徐师傅充满骄傲和自豪地介绍说，土和种子都是从国内运来的，光土就运了半集装箱，种子是买了一拨又一拨，加起来足有几百斤重。“自己种点儿菜，虽然不能完全满足，至少可以让大家尝尝鲜。有一次割的韭菜够我们200多人吃饺子了！”

3. 别有风味的甜

在尼日尔十几天的采访中，经常遇到当地人和记者挥手打招呼、竖起大拇指，用清晰的汉语说：“你好！中国好！”最有趣的是，有时候我们用英语和对方打招呼，他们回答的是汉语。

尼日尔人能讲汉语非常不容易，因为尼日尔的国民教育很落后，大部分人没机会上学。

普通的尼日尔人总是真心实意地表达对中国的友好，因为中国企业实实在在地让他们的生活变好，他们常挂在嘴边的一句话是：“和中国人合作很愉快，很放心。中国好，China good！”受过高等教育的尼日尔人则会用流利的汉语说：“和中国人相处，我们感觉很好，我们尼日尔人对中国及中国人的印象很好，你们才是我们真正的朋友。石油是我们摆脱贫困的最大希望。”

员工尽量本地化

中国石油管道人进入撒哈拉沙漠，极大地改变了尼日尔人的生活，信仰伊斯兰教的尼日尔游牧民说：“穿红色工服印有宝石花图案的中国人，给我们打井，为我们送药，帮我们建学校。”中国石油红色的工服也成为撒哈拉沙漠腹地最温暖的色彩。

中国石油在尼日尔开发油田的原则之一就是，员工尽量本地化。最初，由于文化层次比较低，当地员工绝大多数都从事体力劳动，如司机、食堂打杂人员等。管道局华油工建公司尼日尔项目部有关负责人介绍说，刚开始，尼日尔有的司机只知道如何操纵变速杆，如何使用离合器、刹车，对车上的按钮一概不知。如今，这些水平不高的当地司机经过实践的磨炼，相当多的人已经能够独挑重任。

随着油田工程建设的进展，聪明的当地员工晋升为技工，收入也翻倍地增长。有些人学到了制作水泥砖的手艺，准备以后回家给自己盖房子。管道局尼日尔项目部经理介绍说：“国际项目员工本地化是项目优化管理的方向，我们一直在持续进行，绝大部分当地雇工由我们直接雇用和管理，内部还制定了雇工长期培养、提高的晋级标准。”

8月18日，记者在撒哈拉沙漠深处看见了一个小村庄，其实也就是几间四处透风的草棚子。员工小张告诉我们，一间茅草房就是一户人家，几只瘦得皮包骨头的羊和骆驼，就是他们的全部家当。他推测，他们还没盖上好房子，家里应该没有人在项目部工作。

撒哈拉沙漠的当地人就业率非常低，没有任何经济来源，连填饱肚子都是问题。尼日尔项目的开工建设，使得一些当地居民的生活有了很大改善，甚至发生了翻天覆地的变化。一名叫萨多的小伙子从小到大都是在食不果腹的状态中度过的，自从被招工进入项目部，尽管只是当力工，但挣的钱让全家人吃饱饭是绰绰有余了。他说：“在这里干活太幸福了，中国人在这里建管道来往的车辆很多，想回家搭车很方便，以前骑着骆驼不知道走多少天的路，现在半天就能到达。”

据介绍，尼日尔阿贾德姆油田地面建设工程和原油管道工程2010年施工最高峰的时候，当地雇工达700多人，接近总用工量的50%，雇员工资参照当地最高标准发放。负责当地雇员管理的小冯说：“当地雇员每月平均工资约10万西法（折合人民币约1500元），几乎相当于当地人半年的收入。所以，他们能在这儿工作感到非常高兴。用国内话说，他们就是当地的白领和金领。”

2009年项目建设初期，当地雇员中几乎没人用手机。而两年后的今天，几乎人人一部手机，很多人手机里播放的都是中国歌曲。

尼日尔人普遍以在中国企业打工而自豪，而那些贫困的尼日尔人则羡慕地看着自己的同胞慨叹：“我什么时候也能成为中国企业的员工，穿红色工服，那该是多么幸福的事情。”

物资采购本土化

在提供就业机会的同时，项目建设过程中物资的本土化采购也带动了当地经济的发展。EPC项目部紧邻津德尔市，平常的车辆修理、生活物资采购基本就立足本市解决。项目经理说，整个工程干下来，光津德尔市物资采购成本就有上千万元，这在当地来说绝对是个大数目。

尼日尔项目部所吃的羊肉全部来自当地牧民，基本上每周都要买几十只羊，有的牧民因此逐步发展为养殖专业户，成为当地赫赫有名的“百万富翁”。

记者有幸跟着主管后勤的程师傅去卖羊的牧民家回访。看见昔日的草棚子变成了石灰的房子，程师傅露出了满脸的惊讶：“一年前这儿还是席子帐篷，现在竟然变成这么高级的房子啦。”

石灰的房子在沙漠中等同于豪宅，普通牧民连想都不敢想能够盖这样的房子。

牧民一家人见到我们的到来，非常热情，男主人用豪萨语激动地表达着他的意思：“自从石油人来了以后，生活改善很多，现在养了更多的羊，还雇了两个力工放羊，每个月要供应几十只，有了可观的收入来源，一年中盖起了新房子，添了新毛毯、被褥，有病还可以到FPF营地就医，感谢你们的到来。”说完，冲我们竖起了大拇指，“China good!”

改善当地生活条件

8月16日，记者乘坐越野车从CPF站前往FPF站的途中，荒漠里突然出现一群服饰鲜艳的尼日尔人，原来他们在管道局第六工程公司修建的取水点打水呢，五六个可爱的尼日尔小孩也帮忙拖着大水桶运水。

尼日尔是个极度缺水的国家，特别是项目建设沿线牧区的百姓和牲畜饮水十分困难、水质卫生状况极差。尼日尔项目部以各站场供水系统为依托，主动为当地百姓焊接饮水管道、牲畜饮水槽，在沙漠中形成了8大供水中心。在CPF主营地外，一个全天候开放的取水点时刻恭候周围牧民前来取水。取水点建成后，方圆几十公里的牧民都骑着毛驴、骆驼，赶着成群的牛羊，不惜长途跋涉前来取水。

看着源源不断的水汩汩流出，很多尼日尔人都会喃喃自语：“圣明的安拉，感谢你把水带给了我们。”他们认为中国人是安拉派来帮助他们改变生活面貌的。

据不完全统计，供水点的设立解决了当地近万人和数万牲畜的饮水困难。

撒哈拉沙漠的牧民很多都是疾病缠身。为此，项目部多次组织医生前去义诊。张杰大夫告诉记者：“看着当地人对就医的那种渴望，我的心里非常难受，很多人都是从几公里外徒步赶来，有七八十岁的老人，还有的抱着刚刚出生的婴儿，我真正感受到了作为医生的责任。”

记者在尼日尔采访期间正赶上斋月。根据伊斯兰教教义，斋月期间，所有穆斯林从每天的日出到日落期间禁止一切饮食、吸烟等活动。管道局尼日尔项目部以及第六工程公司尼日尔项目部都充分尊重当地员工的风俗习惯，提供专门的场所方便他们祈祷，夜里提供格外营养丰富的饮食。日常工作中，工程再紧张，每天也必须给当地员工礼拜的时间，遇到宗教节日主动安排他们休假，赠送活羊、罐头等慰问品。

尼日尔当地官员还称赞说，中国石油管道人在现场施工过程中特别注重环保，没有破坏撒哈拉沙漠脆弱的生态环境。

8月22日，短短的十几天采访结束了，告别茫茫的撒哈拉沙漠，记者从飞机上遥望，管道已经深埋地下看不见踪影，但一座现代化的油田和炼厂在灿烂的天空下格外醒目。

（2011年9月21日《工人日报》）

初到尼日尔

开栏话：2009年6月，在非洲撒哈拉大沙漠中，进驻了一支身着红色工装的队伍，这是中石油进入尼日尔的第一支队伍。从那时起，在广袤的沙漠腹地响起了铿锵的施工作业声音——尼日尔阿贾德姆油田地面工程的帷幕，在管道局人手中徐徐地拉开了。这个项目，是尼日尔境内的第一条原油长输管道工程，也是管道局首次在尼日尔承揽的工程，工程的开工建设对CPP拓展非洲市场具有重要意义。8月中旬，在工程投产前夕，本报开栏《撒哈拉的“中国红”》，组织记者深入一线，采撷施工中的精彩瞬间，以飨读者。

尼日尔当地时间8月13日6点半，经过48小时3次换乘飞行，经停3个国家，我们终于来到了尼日尔首都尼亚美。9点，我们登上9人包机前往迪法。在小飞机上，透过窗口看到尼日尔大部分地区荒无人烟，土地贫瘠。3小时后，抵达迪法地区——阿贾德姆油田地面工程一期100万吨的产能建设工程所在地。刚从机舱出来，一股热浪扑面而来，当天气温有40多摄氏度，让初来乍到的我们充分领略到撒哈拉沙漠火一样的热情。在进行武装到只露出眼睛的防晒保护工作后，我们乘坐大港尼日尔工程公司的越野车驶向营地。进入沙漠腹地，黄沙漫漫，大漠无边，根本看不见公路，偶见零星的一簇簇黄绿色的骆驼草点缀其间。

路，在哪儿呢？

颠簸1小时后，我们驶入大港尼日尔工程公司承建的中心处理站沙漠营地。远远地，一队耀眼的“石油红”映入眼帘，是项目部人员在此迎候我们。在漫天的黄沙中，“中国红”更显绚烂。

置身功能齐全的营地，眺望已建好的中心处理站区，我们恍然大悟：路，就在中国石油人的脚下。经过管道局尼日尔项目部员工两年多的艰辛付出，一条能源通道已经铸就。

难以想象，管道人初到尼日尔是什么状况。通过与大港尼日尔工程公司项目副经理张军的一席谈话，营地建设的一幕一幕清晰地浮现在我们眼前。

2009年6月5日，张军独自一人来到沙漠，开始了营地建设的艰辛探索之路。

沙漠腹地没有人烟，一切从零开始。他暂时借住在业主项目部。业主明确要求，1个月之内必须把营地建起来，并达到入住条件。

没有半点犹豫，他马上开始为营地选址。6月10日，第二批5人抵达沙漠。6个人每天靠着GPS找路，在6月12日顺利完成了选址。次日，集装物资全部到位。至此，营地建设的序幕正式拉开。

说干就干。然而，一连串的困难接踵而至，让6个男子汉一度愁眉不展。

“物资是到了，但是前期设备还没上来，卸货成了难题。只能借来吊车、挖掘机，用最笨的办法一点点地往下卸。每个集装箱都要看图定位，40多个野营房全部安装到位，你们不知道有多难……”至今谈起此事，张军还不断地发出一声声叹息。

“7月15日，我们正式搬进野营房，虽然当时水电全无，但毕竟有了属于自己的家。我们把发电机从闷热的集装箱里倒出来，连接电缆，经过半天折腾，终于在傍晚时分野营房里通电了。当时，大家甭提有多兴奋啦！”说起这些，张军的脸上终于露出了一丝笑容。

为了解决营地饮水问题，他们积极地寻找水源，终于在7月20日打出了第一口水井。来不及休息，大家立即投入水管连接工作中。从水井到营地，460米的路程几乎是在跑动中完成。水连到营地的那一刻，大家像孩子一样玩起水来，每个人的心里都充满了幸福。

水电解决了，吃饭却成了老大难。他们从集装箱里翻出了面条，找出电热锅，白水煮面条+榨菜，一日三餐都是它，一吃就是一个礼拜。王笑明从迪法给大家运来了黄瓜，这是大家住进营地后第一次吃上菜。最普通的“凉拌黄瓜”，竟被大家当作珍馐佳肴一抢而光。

“没有可口的饭菜，没有地方上厕所，没有医生，每天都会有人不舒服或者病倒，每天都要小心翼翼地提防毒蛇……”张军回顾说。伴随着酸甜苦辣的生活，营地建设在大家的共同努力下逐步推进，在2009年底终于完善到位并配套齐全，大家的日子好过多了。

张军深有感触：“只有亲自参加营地建设的人，才能真正体会到其中的辛苦和不易。只有从那段艰苦岁月中走过来的人，才能用心去享受今天的幸福。”

如今，我们来到项目部，住进干净整洁的房间，吃着香甜可口的饭菜，享受着这份温馨与舒适，胸中涌动着千言万语，此时却笔端凝涩，只想深深地道一声：“前线的兄弟们，你们辛苦了！为了中尼石油合作，你们无路踏路，在浩瀚无垠的大漠里，筑起一条两国人民互利共赢的友谊之路。”

（2011年8月16日《石油管道报》）

撒哈拉走笔

8月中旬，在尼日尔阿贾德姆油田地面工程投产前夕，记者深入一线，采撷施工中的酸甜苦辣，呈现管道局在撒哈拉沙漠施工的真实状态。

经过40多小时3次换乘，经停3个国家，当地时间8月13日上午，记者终于抵达尼日尔首都尼亚美。在尼亚美登上去沙漠的小包机，飞3小时后又换乘管道六公司尼日尔项目部的越野车驶入茫茫沙漠，1个多小时后才到六公司沙漠中的营地。项目部人说我们很幸运，如果没有小包机，得在沙漠中颠簸两天。

沿途折腾两天的记者疲惫至极，但还是硬撑着采访，发回第一篇报道《撒哈拉的中国红》后昏沉入睡。

因项目部6点半开早餐，第二天6点多就起床。饭后，要去中心处理站采访。记者全副武装：身穿长袖工服、头戴安全帽、脚踏沉重的沙漠靴，眼睛被一副宽大的防沙眼镜罩住，脸上戴着防紫外线头套。这是在沙漠里施工的员工最基本的防护措施，如果不开口，基本上分不清谁是谁。

沙漠白天的温度有50多摄氏度，走了几步，衣服就湿透了。在现场看见很多工人的衣服都是白花花的洗不干净，那都是汗如雨下后留下的一圈圈的汗碱。六公司尼日尔项目部经理王强说，工人们身上的工服湿了干，干了又湿，一件工服穿几十天就会由红色变成斑驳的白色。最初配备的工鞋穿不了几天鞋底就烫开胶了，重新粘上也无济于事，后来多方尝试选购的工鞋尽管结实，但穿两三个月也就磨破了。

记者问他，在撒哈拉沙漠施工最难的挑战是自然环境吗？王强回答：“不是。最难的挑战是战胜自我，战胜自我也就克服了恶劣自然环境的挑战，就能够从无到有，将不可能变成可能。”

在尼日尔施工，防恐安保是重中之重。尼日尔被列为二类一级危险国家，仅次于伊拉克等国家。记者一出门，多数时候都是三辆兵车和五六名士兵如影相随。每天出入施工驻地，都要经过壕沟、沙墙、刺丝围墙、集装箱围挡等重重障碍，在关键通道接受宪兵查看。

"哎哟!"小齐一声惊呼把记者吓了一跳，原来是张牙舞爪的蝎子！这是记者有一天在工地的遭遇。王强说，沙漠的蝰蛇和蝎子非常多，当地雇员有次在同一地方打死了8条蝰蛇。蝰蛇是一种剧毒蛇，一不小心就可能被咬，危及生命。

沙尘暴也经常肆虐，记者离开沙漠那天就出现漫漫黄沙遮天蔽日的天气。据说尼日尔的大风非常可怕，能刮断钢管。雷暴天气虽然不常见，可一旦出现就威力无比，今年最大的一次雷暴天气，竟然将CPF站内多块仪表设备损坏。

随着采访的深入，了解到尼日尔霍乱、疟疾等疾病，也威胁着人的生命和健康。王强说："真不敢让员工在当地救治，怕感染上其他疾病。谁稍有不适就不让干活，禁止带病坚持工作，如果出现在施工现场治疗不了或拿不准的情况，有员工突发阑尾炎等，立即不惜一切代价以最快的速度送返回国内治疗，丝毫不准推延。"

记者还参观了项目部斥资200万元建起的沙漠医疗化验室，化验室可以进行常规项目的检查，还能快速检查疟疾。通过化验室这道关口，严格每个用工人员的体检工作，从源头切断了传染源。

在沙漠采访的每一天，记者的心始终被感动着，感动于项目部的以人为本，感叹着管道人的顽强、坚忍、豪迈……他们顶烈日，迎风沙，测量、放线、布管、焊接……在撒哈拉沙漠树立起一座CPP的丰碑，使尼日尔人民梦想成真。他们用中国石油人的钢铁意志，在万里之外奏响了中尼友谊的凯歌！

8月22日，短短的几天采访结束了，告别茫茫的撒哈拉沙漠，记者从飞机上遥望，管道已经深埋地下看不见踪影，但一座现代化的油田和炼厂在灿烂的天空下格外醒目。

（2011年8月16日《石油管道报》）

沙漠深处有我家

"喝着豆浆、牛奶，吃着香脆的油条、刚出炉的蛋糕、美味的凉皮，还有地道的驴肉火烧……""住着干净舒适的空调房，24小时可洗热水澡，打开电脑就可以方便地与家人上网聊天……"听着员工的描述，您是否相信这是在沙漠深处？

毋庸置疑，这一幕幕就真实地发生在撒哈拉沙漠腹地的管道六公司尼日尔阿贾德姆油田地面工程建设项目部营地。

撒哈拉沙漠是世界最大的沙漠，跨越了非洲数国，能够踏足这里，绝对是不少人的梦想。虽然这里强烈的沙暴、窒息的高温和恶劣的气候常常使人“谈虎色变”，但其独特的风光又强烈地吸引着人们前往探险。而我们对于它的兴趣，并不在于三毛笔下《撒哈拉的故事》有多神奇和美妙，而是尼日尔阿贾德姆油田地面建设的使命，让一大批身着红工装的队伍进驻这里，在沙漠深处建起了海外员工温馨的“家”。

谈及员工的生活，项目党总支书记赵江华说：“员工们来到海外，不仅要忍受远离家人的痛苦，还要承受恶劣的自然环境，完成如此艰巨的建设任务，我们必须把大家的生活搞好，只有住得好、吃得好、心情好，干工作才有劲头。”

从2009年6月营地建设之初，项目部就本着以人为本的原则，从营地选址、整体建设、配套完善等方面进行统筹策划，从国内运来了集装箱营房，为每个房间安装了空调，在每个营区修建了浴室，安装了从国内采购的太阳能热水器和电热水器，使每个营区浴室24小时供应热水。置身于集装箱式的营区，食堂、餐厅、淋浴室、盥洗室、工地卫生所等整齐划一，员工房间里床、衣柜、写字台、床头灯、紫外线消毒灯、饮水机、电子钟、加湿器等一应俱全。

项目部还开通了与国内的通信电话，连通了网络，方便员工与家人的沟通联系；安装了卫星电视，从中文频道CCTV4了解国内新闻是员工业余生活的重要内容。

“来沙漠之前，我们都做好了各种吃苦的准备，没想到居住条件这么好，在撒哈拉沙漠也能享受到这种星级宾馆待遇，我们知足了。”

“从现场干了一天活，回到营地能痛快地洗个澡，在凉快的房间里舒舒服服地睡一觉，第二天醒来一点儿也不觉得累。”

“和周围其他单位营地相比，我们这生活条件应该是最好的了。”

……

提起这些，员工们脸上写满了幸福和满足。

由于阿加德姆区块地处沙漠腹地，物资匮乏，几乎所有吃的用的都要从国内及尼日利亚、利比亚等国家采购。为了让员工吃好，项目部专门从国内运来了小站米、白面、干菜、榨菜、罐头等食品，以及各种调味料，聘请了专业厨师、面点师，为大家制作可口的饭菜。尼日尔本国只出产土豆和洋葱等少量蔬菜，其他蔬菜基本靠进口。项目部专门购买了冷藏车，每周穿越一次沙漠，到迪法购买蔬菜，他们还在沙漠营地精心开辟了“菜园子”，保证员工吃到新鲜蔬菜。

“别看这是沙漠，想吃什么就有什么，只要想得到，我们就能做得到。”项目部后勤主任杨文德炫耀着他们的“创造精品”。“我们坚持给员工过生日，每次面点师都花很多心思给员工制作生日蛋糕，两年下来，蛋糕做了上百个，面点师的水平越来越高。”“可以和好利来蛋糕PK啦！”项目副经理王笑明打趣地说，“在沙漠生存就得自力更生，这豆浆、豆腐，都是用从国内运来的黄豆自己做的，还有这油条、凉皮、蛋糕、酥饼，都是厨师的杰作。”

在项目部住了4天，吃着香喷喷的饭菜，在赞叹厨师技艺的同时，也不得不佩服项目领导的用心良苦。

为了丰富大家的业余生活，项目部还修建了足球场、篮球场、排球场，开设了乒乓球室、台球室、棋牌室、阅览室、外语学习室和沙漠电影院，从国内购买了KTV设备和大量电影CD盘，为员工观看大片提供便利；根据员工的兴趣爱好，成立了足球队和篮球队，定期组织比赛；每逢国庆、元旦、春节等节日，项目部还会组织丰富多彩的文体比赛，给枯燥乏味的沙漠生活增添了无限乐趣。

大家永远也忘不了2010年的春节，那是员工们第一次在海外过年。每逢佳节倍思亲，虽然大家只字不提，但是想念亲人、期盼团聚的渴望却萦绕在每个人的心头。

“我们一定要让员工在海外的第一个年过得有滋有味。”项目领导带头，挂起了灯笼，贴起了春联，组织员工开展“迎新春”文娱活动，大家一起动手包饺子。除夕之夜，员工们守着电视，吃着饺子，和国内亲人一起同步收看春节联欢晚会。

没有银装素裹的景致，没有器乐悠扬的场面，没有震耳欲聋的鞭炮，没有穿新衣戴新帽，可大年初一一大早，热热闹闹的拜年场景却在这里精彩上演。大家相互拥抱，彼此祝福，欢声笑语在沙漠上空久久回荡。

一座功能齐全的营地，一种人文关怀的气息，一份兄弟情深的友谊，置身沙漠腹地的员工在这里感受到了家的温馨与和谐，每一名员工都用心去经营、用爱去守护这个沙漠深处的“家”。

（2011年8月22日《石油管道报》）

建精品工程　创国际一流

几经周折，记者于当地时间17日下午抵达津德尔。远远地就看到了前来接站的管道局尼日尔EPC项目部负责人。他像座小山稳稳地站在那里，憨态可掬，令饱受辗转之苦的我们倍感亲切和温暖。

他带着记者从津德尔驶往EPC项目部主营地。沿途一片片生机盎然的绿色植被令记者感叹不已，终于来到沙漠的绿洲。颠簸1小时后，记者到达了项目部主营地。

这是个能容纳六七百人的大营地，各种功能齐全。记者放下行囊来到项目部，“执行严格，科学管理，安全高效，团队和谐”几个大字映入眼帘，颇有气势。

项目实施　一波三折

尼日尔阿贾德姆油田原油管道工程，是管道局在尼日尔境内中标的首个管道项目，全长462.5公里，管径323.9毫米，同沟敷设光缆，沿线设首站、2座加热清管站、3座加热站、末站7座场站，以及6座截断阀室。

项目部于2009年9月17日收到授标函，业主要求在2010年1月10日打火开焊。此时，项目部刚组建完毕，人员还未全部到位，面临着开工物资采买、分包合同编制、施工单位招标等一系列难题，巨大的压力像山一样向项目经理压来。

开弓没有回头箭。曾参与和组织过苏丹、肯尼亚等海外项目建设的项目经理，有着较为丰富的国际项目管理经验，面对巨大挑战，项目经理没有退缩。他带领项目部主动出击，及时联系管道六公司尼日尔项目部，多方打探了解现场情况，尽早确定施工部署及需要投入的人力和设备资源；精细筹划，采取现场踏勘与施工图设计同步进行，估算物资用量与物资采购同步进行，参建员工体检和防恐培训与焊工考试、签证办理同步进行，施工设备调集、维护保养、集港与选择物流分包商同步进行等非常规手段，为人员和设备物资动迁节省了宝贵时间。

同时，项目经理还派遣了以项目副经理为首的精干先遣队伍，于2009年9月30日赶赴尼日尔进行公司注册、调研当地法律税务、考察当地社会和自然环境、熟悉开工现场、选择堆管场位置、协调尼政府各方关系、洽谈分包商、油料供应、建设临时营地和沿线打井等前期工作，为项目的如期开工创造了先决条件。

令项目经理深感欣慰的是，通过上述努力，他们完成了开工前的各项准备工作，最终于2010年1月10日打火开焊。

EPC项目　管理得力

项目经理很感谢管道设计院设计人员付出的艰辛。设计工作于2009年9月初展开，12月初完成了全部线路施工图的设计工作。线路、工艺、电力、机械等专业的主要长周期或关键物资采办支持文件于2010年3月全部归零，确保了相关物资的采购进度。现场踏勘人员于2009年11月初赴现场，经过4个多月的现场工作，踏勘人员克服高温干旱、沙尘暴、社会依托差、作业带内武装分子出没等艰难险阻，行程近两万公里，不仅顺利完成了线路地质勘察、土壤电阻率测试、线路和站场控制桩测量和埋设，还完成了线路中线桩埋设等任务，为项目实施作出了巨大贡献。

项目经理称赞采办物流工作很给力。物装公司及时完成了业主甲供近4万根钢管的全部接收任务，发运了25批海运物资近600余个集装箱，全部采办物资于2011年4月到达现场。

尼日尔项目全程运输周期长达两个月以上。由于尼日尔是内陆国家，物资到港后转关工作需要进行2至3次以上，陆运部分需要跨越2到3个国家，清关、运输工作难度大。每次物资发运，采办人员都要到港对装箱、装船进行全程监控，确保发运工作正常有序进行。在物资抵达非洲港口前，项目部派专人及时到港，安排物资吊装及内陆运输。

项目经理感慨道，将物资设备从堆场运往各站，困难重重。从堆场到沿线各站，均为崎岖不平的沙漠丘陵地貌，地表为一层浮土或植被，以下均为松软细沙，大型车辆极容易误车。项目部员工不惧艰险，自带干粮、饮水、车辆抢修设备，依靠手持GPS设备向前摸索，渴了累了，就在现场搭建帐篷风餐露宿；车辆被困或损坏，就冒着高温炎热现场施救或维修，为项目探索出一条可靠的通道。由于沙漠道路坎坷，每次运输前，项目部人员都仔细检查设备物资的绑扎情况，防止车辆重心不稳造成设备滑落或损坏。

说起施工，项目经理更是感动不已。施工现场位于撒哈拉沙漠南缘无人区，毗邻反政府武装出没区域。施工面临着人力资源紧张、安全形势严峻、交通运输极为不便等诸多困难。项目部适时开展劳动竞赛和“百日攻坚”活动，极大激发了员工的劳动积极性，焊接速度不断提高。经过艰苦奋战，线路主体焊接于2010年8月25日顺利完成。施工期间，项目部严把质量关，把质量管理的重点放在施工最前线，焊接一次合格率保持在99.3%以上。

服从大局　履行使命

据项目经理介绍，管道项目开工比上下游项目晚了一年以上，项目部必须在较短的时间里迎难克险，确保下游炼厂投产前原油可以按时到达。在入场晚、工期短、社会依托差、政变影响、人员动迁受阻等诸多困难面前，项目部竭尽全力为确保一体化项目按期投产的大目标而努力。为了确保钢管和大型设备的运输，项目部特意从欧洲订购了两台沙漠运输拖车，并在短期内组织了70余台沙漠运输车，确保钢管能及时运输到位。这些有力措施的实施，使管道项目施工进度突飞猛进，管道项目线路主体焊接比原计划提前了两个月。

由于尼日尔政府的原因，管道项目的整体工期相应多次变化。今年初，针对业主提出的6月20日管线进油要求，项目部积极部署施工，优先进行关键性作业，非关键性作业置于最后进行，保证了工程的总体进度。项目部还细化了现场管理，在每个站场派驻站代表，坚持举行PMC、EPC、分包商三方的现场周、日会制度，加强沟通交流，并及时总结当天施工中发现的问题，要求所有问题必须在当天向EPC项目部汇总上报，确保制约现场施工的问题能够尽快得到解决。项目部严格执行进度考核制度，制定奖惩措施。经过不懈努力，目前项目已进入投产试运准备阶段。

管道建设者用坚韧不拔的毅力，发挥聪明才智，为尼日尔建设了第一条能源大动脉，在尼日尔人民心中树立了中国石油管道的丰碑。

（2011年8月22日《石油管道报》）

用智慧建丰碑

在管道六公司尼日尔项目部采访的每一天，记者都被感动包围着。住在设施齐全、整洁便利的营房，吃着自家菜园子采摘的新鲜蔬菜，参观已建成的整齐划一的发电机区、罐区、压缩机区、加热炉区……记者不知道六公司尼日尔项目部是怎样把“神话”变成现实的。

8月15日，一身书卷气、气质儒雅的尼日尔项目经理王强忙碌了一整天后，在晚上9点接受了记者的采访。

坦然受命　运筹帷幄

39岁的王强成熟稳健。

2009年3月的一个星期五，正在冀东管道任项目经理的王强接到公司通知，说公司中标了尼日尔阿贾德姆油田地面工程项目，让他立即组建尼日尔项目部。

王强坦言，当时他很茫然。尼日尔地处非洲，有着战乱、疾病等风险，各种不可知因素太多，工程如何顺利开展，王强心里实在没底，但他没有退缩。

王强仅用了一天时间就精选了几个项目副经理和部门主要成员。“这个项目风险巨大、条件艰苦，但他们没有一个畏难退缩的。”王强回忆起当初组建项目部时的情景，对这些甘苦与共的弟兄心存感激。

第三天是星期天，公司召开党委会，定下了项目部班子和主要部门负责人。第四天，项目部就开始了紧张的准备工作。

这一切都是高效率完成的。

兵马未动　粮草先行

尼日尔国家较为贫穷，施工地点处于沙漠腹地，没有任何社会依托，基础设施几乎为零。施工所需要的各种设备机具、材料等绝大部分要靠国内带去，或从别的国家采购后运去。国内物资要经过两万公里海运、2200公里陆运、450多公里沙漠运输才能到达，一段时间内，设备的动迁和材料的采购、运输成了一大难题。

困难面前，他们不能等。王强说，这么多人，必须先把生活问题解决了。他们本着“先生活、后工作”的原则，对生活后勤物资考虑得非常周到，第一批物资细致到牙签这些细微物品，光清单就列了300多页。王强说，在无任何社会依托的撒哈拉大沙漠中生活，物资宁多勿缺。

6月25日，首批施工机械和材料按时进场。王强说，当时大家欣喜若狂，这一个个集装箱对他们来说就是一个个“聚宝盆”。

在人员的组织上，公司给予了他大力的支持。2009年6月初，首批施工人员抵达施工现场；7月15日，在营房等首批物资到达沙漠20天后，沙漠营地初步建成并投入使用；7月26日，从CPF到FPF的58公里输油管道打火开焊，工程正式进入紧张的施工期。

超前谋划　高效组织

至今想起来，王强感到自豪的事就是超前谋划、高效组织、细致准备。在各专业施工开工前，管道、储罐、钢结构、土建等工艺提前数月就开始组织技术人员进行各种困难分析、情况预测，采取多种针对性措施。项目部及时将施工所需物资运到现场，确保各项工程顺利开工，进展迅速。

尼日尔是世界上最热的国家之一，5月份以后地面温度达到60摄氏度，沙尘暴肆虐，常常是遮天蔽日，风沙打在人脸上生疼，给施工带来了极大困难。工程建设者坦然面对这一切，他们顶着烈日、冒着风沙坚持施工。员工因为长时间劳作，身上的工服湿了干，干了又湿。由于长时间被汗水浸泡，工服变得十分脆，用手一撕就破了，而施工人员脸上也脱了好几层皮。在这种情况下，施工机组仍然提前20多天完成了58公里管线焊接任务，甲方为此写来了表扬信。大罐的施工速度也明显加快，人们眼见着大罐两天一层，快速增高。从远处看，施工人员就像一群辛勤的蜜蜂围着一个巨大的蜂巢,不知疲倦地忙碌着……

由于超前谋划，高效组织，施工进度一路飘红：2010年10月底，站场电气工程、工艺管网主体完工；12月底，站场电气调试完成，工艺管道试压、单机试运、消防试运完成；2011年1月底，完成CPF联合试运；2月15日，完成FPF联合试运；3月完成CPF发电站的试运发电，3月底基本实现机械完工目标。4月16日，尼日尔项目部举行了隆重的机械完工典礼。

2010年3月12日，集团公司副总经理汪东进到六公司尼日尔项目检查施工情况，对项目部的工作非常满意。他表示，六公司要扎根沙漠，不断壮大，继续为尼日尔石油开发做好服务，并欣然题词：“艰苦创业大港人，中尼友谊建丰碑”。

如今，工程还在进行，下一步是投产和保运工作，这是检验工程质量的最后一道工序。我们有理由相信，尼日尔项目建设者将在炎热的西非腹地，继续书写精彩的篇章。

（2011年8月25日《石油管道报》）

“China Good”!

初到尼日尔，听到最多的话就是“China Good”。

是啊，“China Good”!

随处可见的中国援建医院、学校、水利设施，派驻的医疗队、支援的物资……足以让我们在非洲大地骄傲和自豪。而在撒哈拉沙漠，真正令当地百姓发出由衷赞叹的，还源于一支特殊的队伍，那就是中石油管道局。两年来，在尼日尔阿贾德姆油田工程项目的建设进程中，广大管道员工用热情浇灌着这片热土，积极履行责任，全力造福当地居民，带动了当地经济发展，最终赢得了赞誉。

从CPF站前往FPF站的途中，沙漠深处出现了一个小村庄，其实也就是几间茅草房。管道六公司尼日尔项目经理王强告诉记者，一间茅草房就是一户人家，几只瘦得皮包骨的羊和骆驼，就是他们的全部家当。当地人就业率非常低，连填饱肚子都是问题。这就是当地人生活的真实写照。

然而，尼日尔项目的开工建设，却使得一些当地居民的生活有了很大改善，甚至发生了翻天覆地的变化，主要在于更多的就业机会让他们的收入有了提高。

据介绍，尼日尔阿贾德姆油田地面建设工程和原油管道工程施工最高峰的时候，当地雇工可达700多人，员工本土化接近总用工量的50%，为当地人提供了大量的工作岗位，雇员工资参照当地最高标准发放。负责当地雇员管理的小冯说，当地雇员每月平均工资约10万西法（折合人民币约1500元），相当于当地人大半年的收入。所以，他们能在这工作，感到非常高兴。

他还举了一个很有趣的例子。2009年项目建设初期，当地雇员中几乎没有人用手机，而两年后的现在，几乎人人一部手机，这充分说明了他们从中得到的实惠。

在提供就业机会的同时，项目建设过程中物资的本土化采购，也带动了当地的经济发展。管道局尼日尔EPC项目部紧邻津德尔市，平常的车辆修理、零星材料和生活物资采购基本就立足本市解决。项目经理说，整个工程干下来，光在津德尔市就要花费1000多万美金，这在当地来说绝对是个大数目。

工作生活在这里的管道员工所吃的羊肉全部由当地牧民提供，这使得个别牧民已发展为养殖专业户，并成为当地赫赫有名的“百万富翁”。

我记者有幸跟着主管后勤的程师傅去FPF营地附近卖羊的牧民家回访。几间石灰的房子出现在眼前，这是在沙漠中第一次见到此类“罕物”。

“一年前这还是席子帐篷，现在竟然变成这么高级的房子啦。”程师傅也满脸的惊讶。

一家人见到我们非常热情，男主人用豪萨语激动地表达着他的意思：“自从中国石油人来了以后，我们的生活改善了很多。现在养了更多的羊，还雇了两个人放羊，每个月要供应几十只羊，收入可观。一年中盖起了新房子，添了新毛毯、被褥，有病还可以到FPF营地就医，感谢你们的到来。”说完，他冲我们竖起了大拇指，“China Good”。

尼日尔是个极度缺水的国家，特别是项目建设沿线牧区的百姓和牲畜饮水十分困难，水质卫生状况极差，严重威胁着当地百姓的生命安全。针对这种情况，项目部以各站场供水系统为依托，主动为当地百姓焊接饮水管道、牲畜饮水槽，在沙漠中形成了8大供水中心。在CPF主营地外，一个全天候开放的取水点时刻恭候周围牧民前来取水。得知设置取水点的消息后，方圆几十公里的牧民都骑着毛驴、骆驼，赶着成群的牛羊，不惜长途跋涉前来取水，欢笑声不绝于耳。

尼日尔国家落后，当地牧民生活条件非常艰苦，很多人都是疾病缠身。为此，项目部多次组织医生前往牧民区义诊。张杰大夫告诉记者：“看着当地人对就医的那种渴望，我的心里非常难受，很多人都是从几公里外徒步赶来，有七八十岁的老人，还有怀抱刚刚出生的婴儿的人，我真正感受到了作为医生的责任。很多小孩看到我来给他们看病，都高兴地喊，‘西楼瓦（法语，中国人），古达（good）’。”

在管道局尼日尔EPC项目部办公区走廊内，一张照片吸引了我们的注意。一群当地的孩子聚在一起，手举得高高的，全都伸出大拇指，笑容格外灿烂。

从项目经理处得知，这张照片的背后，原来有着动人的故事。

2010年11月17日下午1点多，管道局阿贾德姆油田原油管道项目5号营地，员工们正在午休。突然，一阵急促的脚步声夹杂着呼喊声把他们从睡梦中惊醒，原来是牧民家附近的草原着火了，火势太大，牧民来寻求救援。员工们立刻行动起来，平时的消防演练此刻见了成效。灭火器、扫把、铁锹等灭火工具装上车，3辆吉普车载着十几名员工在大兵的带领下直奔火场。

现场已经有众多的当地居民拼命挥着树枝扑打火苗，一些妇女儿童也参与其中，他们身后不远处就是待收的庄稼和当地居民的茅草屋。火势太猛，当地人已无能为力，距火头几百米的庄稼地岌岌可危。员工们一边保护妇女儿童，一边紧急灭火。经过1个多小时的激战，火被彻底扑灭了，庄稼保住了，茅草屋安全了……过火的草地上成了欢乐的海洋。当地居民把员工围在中间，伸出大拇指喊着：“China Good！CPP Good！”在他们心中，China、CPP就是在危难时刻能及时施予援手的亲人……

一路采访下来，我记者被太多的故事感动着。此时此刻，记者真正明白，“China Good！CPP Good！”并不是非洲人民一句简单语言的表达，而是发自他们的内心深处，是一种真情的流露。

尼日尔项目投产运营在即，记者期待着第一条能源通道的建设，能从根本上拉动当地经济繁荣，让当地居民得到实惠，摆脱贫困，真正过上属于他们自己的幸福生活。

（2011年8月29日《石油管道报》）

在采访管道局尼日尔EPC项目部负责人时，记者让他谈谈项目中最难的事。他略一沉吟，感慨道：没有路，太难了。将物资设备从堆场运往各站，对项目来说是一个巨大挑战。从堆场到沿线各站，没有任何成形的道路可以依托，但特运公司硬是闯出了一条路，为项目探索出一条可靠的通道，他们不愧为——

撒哈拉的“探路者”

驱车行进在茫茫的撒哈拉沙漠中，记者的精神高度紧张，因为前方根本没有路，而且沙漠地势起伏很大，忽上忽下，记者经常被颠得头撞在车棚上。沿途总能看到一些丢弃在沙漠里的废旧轮胎，据介绍，这些轮胎被立在那里当成路标指示牌。这是因为沙漠里没有路，很容易迷失方向，尤其遇到沙尘暴，更没有方向感了。

在津德尔采访这几天正值雨季，天天下雨，道路变得泥泞不堪。项目经理说这雨还小，遇到暴雨，公路周围便积满雨水，变成了沼泽。记者想象不出，管道特运公司在无路可走、自然环境恶劣的情况下，是怎样完成400多公里管材运输任务的?

身材魁梧、爽朗直率的特运公司项目党支部书记李永波告诉记者，初到尼日尔，尽管之前做了很多准备工作，但因恶劣的环境、复杂的路况等因素所致，运输情况很不乐观。在运量严重不足、遭遇能力挑战的关键时刻，特运公司总经理李斌赶到尼日尔，现场指导工作，鼓舞了员工的士气，扭转了运量低的现状。

李斌多年从事运输管理，是运输行业的专家，具有丰富的运输现场指挥经验。李斌来到项目部当天就详细了解了运输情况，于当晚召开现场工作会议，连夜制订工作方案，迅速出台了四大举措，即改装车辆设备、增配随车工具、加强驾驶员培训、建立竞争机制。四大举措的实施，使尼日尔项目部的运输能力得到大幅提升，特运人的眉头舒展开了。

李永波说，他们自带干粮、饮水、车辆抢修设备，依靠手持GPS设备向前摸索，渴了累了，就在现场搭建帐篷风餐露宿；车辆被困或损坏，就冒着高温炎热现场自救或维修。他向记者讲述了特运人在沙漠中探路运输的故事。

同心协力自救

浩瀚的沙漠万籁俱寂。

远远地，一阵机器的轰鸣声划过天际。隐约可以看见大型运输车辆的影子，在荒漠的沙丘中缓缓爬行。这是特运公司承担阿贾德姆石油管道工程管材运输任务，在尼日尔南部沙漠运输途中的一幕。

走近一看，原来是一支运输车队，车上一根根黑黝黝的管材在满目黄沙的映衬下更显威武。突然，走在前面的车辆车身一顿，轮子陷进了浮动的沙堆里。司机换挡、踩油门，车刚往前挪了挪，却越陷越深。又换挡，再踩油门，往后倒，浮沙在呼呼转动的车轮下被推了出来，马上又有更多的沙粒涌了过去，把车身慢慢地吞了进去……运管车陷到了浮沙里，纹丝不动……

一黑一黄两个肤色的司机跳下来，一个拿着铁锹钻到后轮底下把沙子一铲一铲地挖出来；另一个拾来一捆枯枝和枯草，在轮胎下面迅速铺上。两边轮胎铺垫好，他们回到驾驶室，再次发动机器。

随着油门加大，后轮在枯枝和草根的支撑下，一点一点地往沙坑边缘挪动。随着一阵清脆的换挡声，马达再次轰鸣，车轮也在这最后的轰鸣中，从沙堆中挣脱出来……

这是沙漠中常见的景象。

妙招对付沙丘

在前往目的地的途中，大小不一的沙丘层出不穷，颠簸不平。经过最初一段时间的摸索，特运人总结了不少对付沙丘的方法，如每个车上配铁锹，垫铁拍子，把轮胎的气放出一些，等等，取得了很多成效。

特运人还将“师带徒”培训模式带到尼日尔，对属地驾驶员采取手把手、一对一、跟车等培训方式，悉心教授驾驶技术，传授行车经验和驾驶技巧，使属地员工驾驶技术水平大幅提高，并快速适应了沙漠管材运输任务的需求。

为了保证行车安全和救援及时，特运人为每个车队配备了一到两名驾驶技术精湛、对车辆性能了如指掌的中方司机做指导，这样既能及时进行技术指导，又能按时完成当天的工作任务。“黑脸孔”“黄脸孔”虽然语言不通，却合作默契，彼此一个手势都能心领神会，并配合到位，共同处理了很多难题。

捡来石子铺路

尼日尔每年6月开始进入雨季。气势磅礴、蔚为壮观的沙尘暴过后，一场瓢泼式的暴雨会紧跟而至。每次大约持续半个小时的大暴雨，让原本不乐观的路况面目全非，原来的沙路被雨水冲成沟壑，车辆寸步难行。踏线，特运人不停地在踏线。然而暴雨过后的沙漠，哪里也不会有更好的路况。

特运人在踏线的同时，选择了铺路。捡石子铺路，成为雨季里重要的工作之一。整车的石块都是大家一块一块捡来的，修的路多了，大家发现捡那种大小均匀的石块，铺好的路面才更牢固。看着铺好的路面，车辆顺畅而过，一种成就感、自豪感油然而生。在特运人脚下，只要有车，就必定有路。

在特运公司的堆场和营地，随处可见他们撰写的对联“乐战酷暑斗风沙，喜见遍地宝石花”。

2010年8月14日，特运公司比原计划提前了1个半月，顺利完成了尼日尔项目所有管材的运输任务。管材运输任务的提前完成，为全线工程的顺利进行奠定了坚实基础。管道特运人英勇无畏、愈挫愈勇的故事，在撒哈拉大沙漠中留下美丽的传说，撒哈拉也见证了特运人的坚强与乐观。

（2011年8月30日《石油管道报》）

沙漠腹地的安全屏障

“政变、毒蛇、疟疾、霍乱……”一听说要去尼日尔，这些字眼就不停地往外冒，心中略微有了一丝恐慌。

管道六公司尼日尔项目部经理王强笑着安慰道：“别把沙漠想得那么可怕，我们的员工在沙漠里干了两年都没出任何事故，没有一个人染上疾病。所以，你们就把心放肚子里吧。”

而真正放心的还是到了沙漠以后。走进地处撒哈拉沙漠腹地的六公司尼日尔项目部，营地门口有认真检查的站岗士兵，干净整洁的医务室，营地走廊张贴的集团公司六条禁令，每间宿舍门口摆放的灭火器，《尼日尔项目HSSE专刊》的每期两问，卫生间里悬挂的作业安全竞赛知识手册……点点滴滴中折射出项目部对安全工作的高度重视和细致入微。在几天的采访中，这种感受更加深刻。

出行带兵　生命不是玩笑

尼日尔阿贾德姆油田地面建设工程，地处撒哈拉沙漠腹地，毗邻乍得、尼日利亚边境，恐怖分子活动猖獗，极端事件频发。尤其是2010年2月18日尼日尔发生军事政变，让防恐和安保迅速成为项目部安全管理的重中之重。

“没有兵，不能到处乱跑，这里和国内不一样，不是开玩笑，罚款是次要的，保命才是关键……”初到尼日尔的人，都要接受这样的教育。项目部主管安全的副经理张军说，“这句话不是说着玩的，是用教训换来的。”说着，便讲起两年前的一件事。

2009年8月25日，刚到现场的防腐施工部机组长赵文全因为急于进行防腐补口，需要拉材料，便叫上司机带车就往外跑，途中被业主的安保总监发现，立即将此事通报给尼日尔项目HSSE部。因为没有执行带兵制度，项目部给予赵文全1000元的经济处罚，并记大过一次，还在生产例会上进行了通报。

现场采访时，记者也享受了一把由5名士兵护送，从CPF前往FPF的“荣幸”，切实感受到了安心。

项目部安全主管李新成告诉记者：“CPF站和FPF站两大基地已经完善了三级防恐硬件安保体系，站外层重要路段设宪兵检查站，中间设兵营保卫层，最内层由宪兵把守。整个作业区内外有士兵168人、宪兵27人，兵车12辆，两个营地共设宪兵检查点4个。”

项目部还注重防恐演练，两年来共组织模拟演练12次。“2010年2月18日尼日尔发生政变时，我们仅用两个小时就完成了人员集结、撤离的所有工作。"谈起这些，李新成黝黑的脸上透着一丝成就感。

建立化验室　防止疾病传染

简单的二层楼，粗糙的地面，随意摆放的病床，光脚走动的病人……这就是尼日尔首都尼亚美大医院的真实写照。

在尼日尔这个医疗条件极差的国家，人们的卫生观念淡薄，传染病肆虐横行，尤其是肝炎、性病等更是比比皆是，疟疾、霍乱等传染病时常暴发，当地有"十人九疟"的说法。

营地距离尼日尔首都约1300公里。员工一旦出现急诊要送医院，最快的飞机来回也要近8个小时。如何保证员工不受传染，传染后又能得到及时救治，从工程开工伊始就成为项目部领导非常关注的问题。

2009年项目建设初期，项目部从大港油田总医院聘用了两名经验丰富的医生和一名当地的专业医生，建立了医务室，组建了应急医疗小组，保证现场人员的需要。但是随着当地雇员的增加（施工高峰时达到300多名），带来了传染疾病的隐患。项目部根据现实需要，斥资近200万元建立起了沙漠医疗化验室。

"化验室除了可以进行血脂、血糖、肝功能、肾功能、乙肝五项、霍乱、艾滋病、梅毒等项目的检查外，还能快速检查出最常见的传染病疟疾，我们对每名当地雇员都进行了严格体检，从源头上切断传染源。"王强说着，又给我们讲了一个小故事。

2011年6月27日一早，业主项目公司地面工程部经理刘冀鹏受邀到沙漠化验室体检。一进体检室，刘冀鹏就感慨道："这个医疗室的设备还挺全的。"一番检查过后，刘冀鹏感觉很专业，当时就提出："以后我们的员工也到你们这体检了。"

2010年尼日尔霍乱大面积暴发，项目部颇费周折地从国内采购了320份霍乱疫苗，冷藏运送至沙漠营地，给所有当地雇员进行霍乱疫苗的免疫接种，确保现场没有一人感染疾病。

细处着手　保证施工安全

在沙漠施工中，除了施工存在的各种风险外，施工人员还面临着高温炎热、蛇蝎伤害、沙尘暴三大风险。

沙漠地表温度最高可达70摄氏度，工鞋穿不到半个月鞋底就烫得开了胶，鞋的问题一度困扰着大家。最后经集思广益，项目部将胶鞋底改成完全缝制鞋底，保证了员工施工安全。

当地的蝰蛇和蝎子非常多，张军告诉记者，一名员工曾经在同一地方打死了8条蝰蛇。在防止蛇蝎伤害方面，项目部在营地铺设了防护网，在主要路段增设了照明灯，在营区四周撒上石灰驱蛇，并喂养了猫、狗帮助防蛇。

“我们经常提醒员工夜间出行一定要穿深口鞋，低头看路，少去光线不好地段。由于防控措施到位，两年来，还没有出现员工被蛇咬伤的事件。”张军说。

项目部在做好中方员工HSSE工作的同时，也没放松对当地雇员进行HSE培训。项目部努力尝试用各种方法解决沟通问题，他们每天用“小喇叭”反复播放尼日尔语的HSE体系知识，使当地雇员对HSE的认识有了明显增强。

坐在沙漠越野车上，“时速不得大于60公里”的字眼格外醒目。张军告诉记者：“沙漠中没有成行的道路，翻车事故经常发生。时速不得大于60公里是项目部的硬杠杠，司乘人员必须遵守，坐车不系安全带，司机绝不开车，门卫也绝不放行。”在沙漠的几天里，记者通过几次乘车验证了这句话。

项目部经理王强深有感触地说：“在这种气候恶劣、风险较大的环境下施工，我们必须把员工的生命安全放在首位，只有这样，才能让国内的亲人放心。”

朴实的话语道出了项目安全管理的真谛。两年来，项目部把安全管理落到实实在在的行动中，建立了HSSE管理工作领导责任制和责任追究制，制定了7项制度及管理办法，建立健全7项预案，先后组织各类大检查30多次，查出各类安全隐患50处，整改率达100%。正是因为项目部从HSSE管理工作的细微处着手，防微杜渐，才保证了员工的生命安全和工程的施工安全。

（2011年9月1日《石油管道报》）

历尽风雨见彩虹

离开津德尔前夕，管道局尼日尔EPC项目部负责人带记者到管道五公司尼日尔项目营地采访。途中，他介绍，五公司是主体施工单位，承担了410多公里管道施工任务。施工现场在撒哈拉沙漠南缘无人区，毗邻反政府武装出没区域。施工困难很多，人力资源紧张，安全形势严峻，交通运输极为不便，可依托社会资源匮乏，这里高温炎热、水源缺乏、沙暴频繁、流行病肆虐……他们克服困难，提前两个月完成了线路主体焊接，焊接质量也很高，焊接一次合格率保持在99.3%以上。

见到五公司尼日尔项目副经理武敬林后，大家的话题自然围绕这些内容展开。回忆起艰难的施工过程，文质彬彬的武敬林激动起来……

生命安全放心间

武敬林说，在当地高危的政治环境下施工，五公司尼日尔项目部把保障员工生命安全放在首位，对存在的风险进行认真识别，把安全隐患归纳为恐怖袭击、疾病传播、施工及交通中存在的危险等类别，并采取相应的安全措施，确保安全目标的实现。

针对员工最为关注的恐怖袭击，项目部通过防恐演习和严格执行有关规定及局项目部下发的32条严令，强化安保工作，做到“无兵车随行不出行，无士兵陪同不外出”，使员工的人身安全得到了有效保护。针对当地雨季疟疾等传染病盛行、毒蛇较多的状况，项目部组织员工进行防毒蛇演练、防疟疾知识学习，合理安排作息时间，配备急救药箱和药品，严把生活物资采购关，安排专人对公共场所进行卫生清洁、定期消毒，确保员工身体健康。

交通安全工作曾经是令项目部非常头疼的一件事。受当地政策限制，项目部30多辆车都是雇用尼日尔当地司机驾驶，而当地司机几乎没有安全意识。项目部就组织专门的交通安全培训，制定了相应的管理办法，形成带车人制度，通过奖罚措施对司机进行制约，以保障交通安全。

他们还创造性地利用QQ群实施安全通告制度，如果有车辆从营地驶出执行任务，营地专项管理员便在群内将车辆出发时间、车牌号、乘车人数等相关信息进行通告。其他营地专项管理员在收到信息后，开始对该车进行密切关注，在预定时间内车辆顺利通过或到达，则在群内发出通告。如果超过一定时限，车辆仍未到达预定地点，管理员则立即报告项目经理，由两个营地对开车辆进行寻找，这样大大缩小了寻找范围，有效杜绝了因车辆发生机械故障引发的安全事故。

精细管理促效益

尼日尔项目部原计划要上5个焊接机组，在人员紧张，2、3机组因尼日尔发生政变延迟3个月动迁到现场的情况下，他们仍提前两个月完成了全线施工任务，节约了大量的机械设备租赁及人工费用，保证项目取得了良好的效益。

在国外施工，受当地条件制约，物资短缺，项目因物资供应不及时而影响施工的事常有发生。但在尼日尔项目部，却从未因物资供应而导致误工，甚至没有一次用飞机空运物资，不仅大大降低了施工成本，而且有力地保证了施工项目的快速推进。在施工前期的物资准备工作中，项目部指派有经验且责任心强的专业人员，对施工及生活所需物资逐项进行分析，对每一项生产物资进行精心测算：大到全线施工需要多少吨油料，小到管道总计有多少道焊口，每道焊口需要几片砂轮片、几根焊条；高热环境下施工，机械降效、设备维修保养需要多少把钳子等，都被列入重要测算事项；生活物资甚至细化到所需的调料、干菜、咸菜等。

管道工程分别处于沙漠地带、半农半牧区、农业区3个不同的施工区域。开工后，项目部千方百计保施工，并作出了赶在雨季前完成农业区和半农半牧区施工的决策。在机组通过磨合期后，项目部分别对3个施工机组进行能力考核。考核期间，项目经理张明凯连续几天跟着机组员工同时作息，深入施工现场对焊口的组对、打底、填充、盖面所需时间进行认真记录，对这个机组的能力、表现进行评价，并以此为依据制订施工计划，对物资供应及施工耗材进行调整。

奋勇争先创纪录

尼日尔项目部全面的组织保障、科学的管理和指挥，为施工机组连续刷新管道局国外施工纪录创造了良好的条件。项目部还开展了以“保工期、保质量、保安全、保环保”为主题的劳动竞赛，极大地调动了员工工作热情，加快了施工节奏。当地气温高，地表温度更高，穿着厚厚的沙漠靴在地面站10分钟都烫脚。温度高，参建员工的干劲更高。他们严密施工组织，突出工序管理，强化质量控制，全力促进综合施工进度。焊工作业中穿着密不透风的焊工服很容易中暑，他们就错开高温时间，在凌晨3点就起床，早早赶到工地进行施工。中午在车底下、树荫下休息1小时再干；中暑了，就赶紧到空调车里休息一会再干。为了将管道局海外施工焊接纪录保持在自己的机组，也为了尼日尔管道早日贯通，他们你追我赶，连续刷新管道局国外施工纪录，将五公司的荣誉之旗插在了撒哈拉大沙漠……

记者听着武敬林讲述的故事陷入遐思，看着他们在营地开垦的菜园，那些绿油油的青菜生机盎然，让人联想起五公司朝气蓬勃的年轻员工。忽然，项目经理指着天边说：“看，彩虹，来了两年多都没见到呐！”真难得，我们在雨后的津德尔看到了彩虹，这仿佛预示着参建尼日尔阿贾德姆油田原油管道项目的员工，挑战着生命极限，奋勇争先，历尽艰辛终于见到了彩虹，也预示着管道局“走出去”的前景将会一片光明！

（2011年9月5日《石油管道报》）

PMC+PMT+EPC模式的有益尝试

记者在尼日尔阿贾德姆原油管道项目采访时了解到，尼日尔PMC项目是集团公司提出PMC+PMT+EPC管理体制以后，第一个付诸实践的管道工程PMC项目。集团公司为什么要提出这种管理体制？这种模式究竟有什么效果？这引起了记者浓厚的兴趣。

在尼日尔PMC项目部，项目经理高军宝给记者上了第一课。

PMC+PMT+EPC管理模式是目前国际上流行的管理模式，PMC项目部代表业主PMT对工程项目进行全过程、全方位的项目管理，包括工程的项目前期策划、初步设计、甲供物资采购、EPC招投标管理，以及对EPC设计、采购、施工、试运行等整个实施过程进行有效控制，以保证工程质量、安全、进度和费用的成功实施，达到项目寿命期技术和经济指标最优化。

高军宝介绍说，通过项目部加班加点、夜以继日地工作，目前PMC工作基本完成，整个项目平稳有序地正常展开。这个项目工作量大，光是设计管理方面，PMC设计部就完成设计文件3610版次的审批工作。

高军宝递过一张《PMC工作进度表》，逐项给记者讲解——
施工管理制度化、标准化、精细化

工科出身的高军宝在讲解时语言简明扼要。工作中，他们实行事前控制，方案审核，技术交底，制订预警方案，发预警通知单，从而大大减少了各方面不必要的损失。

实行事中监督，关键程序监控，要求EPC立即整改，监理调整到位，大大减少了EPC的等待时间，从未发生停工事件。

实行事后确认及总结，工程合格及时确认，竣工资料及时签字，问题及时分析，减少了同类问题的重复发生，为EPC顺利交工奠定了基础。

对布管方案的变更管理，原为加强级防腐管，勘察后变更为普通级，节省了很多材料、机械和人工。

缩短程序处理时间，随到随批；特殊文件，加班处理；紧急情况，先沟通后文字，大大缩短了文件审批时间，没有耽误工程进度。

由于采取以上措施，取得了以下成绩：国内钢管监造完成；2010年8月25日，主体焊接比原计划提前45天完工；2011年2月11日，462.5公里主体管线试压一次成功；2011年6月25日，全线机械完工；国内罐预制监造完成；线路部分主体全线连通。

高军宝介绍，采办管理和控制管理也提高了效率。他们及时审批MR文件，合同规定批复时间为两周，而他们一般在3天内审核并批复完成。特殊情况，口头答应，之后批复。既保证了EPC的工期，又降低了EPC的费用。

在费用管理工作上，按照合同规定，发票审核意见应在30天内返回EPC，但是为了加快EPC进度款支付工作，他们在EPC发票提交后7天内即完成发票审核工作，大大缩短了发票审核过程。

通过高军宝简要的讲解，记者对PMC的工作范围有了清晰的认识，原来PMC有这么重要的作用。

进入津德尔末站采访，记者在现场看到了几个身着浅蓝色工装、头戴白色安全帽的PMC项目部人员，同行的高军宝解释，6月25日全线机械完工后，现在主要是对站场进行收尾监理工作，这也是PMC其中一项重要工作——

现场HSSE监督管理工作到位，确保了安全施工

据高军宝介绍，他们以HSSE监督管理体系为依据，践行“有感领导、直线责任、属地管理”，积极有效地推进HSSE监督管理体系。PMC项目部每周组织HSSE会议，安排HSSE管理的工作重点并监督其执行；加强与津德尔军区的沟通，依据每月施工计划，动态管理安保力量；组织现场HSSE监督检查，规范现场监理对HSSE的监管；监督各项HSSE培训工作的开展，主要风险源的控制管理，交通管理制度的执行，应急保障体系的管理和持续改进，并注重疾病的有效预防和控制，以及环境和野生动物保护，等等。

安保力量配备的合理性直接影响项目施工进度。尼日尔国家政局不稳、匪患猖獗。为了保证现场人员的人身安全，他们积极与津德尔军区协调，给全线配备士兵221人、军车23辆，依据施工计划及时调整各站兵力部署，满足现场施工用兵要求，为项目施工有序开展提供了保证。

截至2011年8月15日，项目连续安全生产580天，累计安全工时数达到385万人工时。截至2011年8月31日，车辆累计安全行驶里程达306万公里。

看到PMC工作取得这么多成绩，记者为之祝贺。高军宝自豪地说，远不止这些，还有很多创新和成果——

实践创新，成果丰硕

首先是勘察创新。

尼日尔属贫穷国家，社会依托差，政治环境不稳定，自然环境恶劣。按照常规方法，赴尼日尔进行人工地面勘察至少需要25名中方员工、35名尼日尔

员工、80名军队安保人员、后勤车辆32辆。后勤费用不仅很高，也形成了较大的攻击目标，安全风险大。

尼日尔PMC项目2009年4月底中标后，按照合同规定，初步设计必须在当年9月初结束。当时正是尼日尔总统大选期间，安保军队人数难以保证；签证办理时间长（2个月）；社会依托差，越野车辆及物资准备极其困难；工期十分紧张。

PMC项目部提出全程采用遥感——靶向勘察的分阶段的作业方案，通过新技术、新手段，弥补了现场中方人员少的不足，降低了制约因素带来的工程进度压力。他们在管道设计史上，首次在初设人员未上现场的情况下，选定线路方案和站场位置。管道长度也从可研阶段的470公里优化到462.5公里，石方段从25公里缩短到8公里，为业主节省了600多万美元的工程费用。

其次是测量创新。

根据合同要求，他们需要对线路、站场地形进行测量，但是测量遇到与勘查期间相同的问题和困难，由于工期紧张，导致无法在合理的时间内进行现场实地测量。

为了克服以上困难，PMC项目部在施工测量阶段采用了测量精度高、不受地面影响和作业效率高的航空激光雷达测量（LIDAR，是光学定向和测距的英文简称，是一种全新测量系统，用于获得数据并生成高精度的数字地面模型）作业方案。

LIDAR航测在这个项目的成功应用，实现了中国石油系统工程测量方法的创新，开拓了线型工程采用机载激光雷达测量的新思路。这个方法针对项目沿线安全形势严峻、反政府武装及社会武装势力经常活动的实际情况，减少了测量人员的野外活动，降低了安全风险，提高了工作效率，节约了大量的工程费用。

最后是PMC控制管理创新。

PMC项目执行阶段采用固定人，工时单价计费。工时确认工作量大，导致PMC进度款支付缓慢。项目初期，项目成员每周使用EXCEL等传统填报方法进行工时填报，每天每人要花费半个小时，造成项目部很大的人力资源浪费。

为此，他们组织专门小组进行技术攻关，经过一个多月的研发调试后，成功研制出一套PMC控制管理软件系统。这个系统可以实现将PMC进度、费用及工时在一个平台上运行并统一管理，利用信息化、网络化技术，大大提高了PMC的整体管理水平和管理效率。

PMC控制管理软件系统的研发，为后续的PMC项目奠定了良好的基础。

通过PMC控制管理软件系统的推广使用，大大提高了业主对他们申报工时的批复率。

对于取得的成果，高军宝也是津津乐道。在初步设计方面，尼日尔项目PMC合同于2009年4月30日签署，计划9月15日提交初步设计，10月10日完成EPC招标。他们初步设计开始不到一个月时间，业主要求6月底开始EPC招标，9月授标，工期压力巨大。

他们一边继续完善初步设计，一边继续编制EPC的ITB文件，对招标书中一些暂时无法确定的问题，通过日后的答疑、澄清或者会议纪要的形式，逐步解释。2009年6月29日完成并发布招标文件。

在招标中，由于一些设计资料不是很全面，会对整个项目的EPC报价产生影响，他们就通过召集很多有经验的EPC管理专家、PMC管理专家，对招标文件进行审核和研讨，以期避免一些过大、过多的失误。2009年9月2日发授标函。

PMC项目部积极努力、加班加点，凭借着智慧和勇气，只用2个月的时间就完成了4个月的工作量，提前2个月完成了EPC招标文件的编制。

在钢管接收和运输方面，PMC项目部也取得了成果。

钢管供货商是中石油另一家公司，PMC代表业主负责462.5公里管线钢管监造、运输和接收的全部工作。为了便于钢管运输，堆场变更为3个地点。2010年2月17日，尼日尔发生军事政变，运管车辆滞车52车。因供货商组织管理不力,运输商罢工半个月之久，并提出34万美金的索赔，对钢管发运和卸管工作造成影响。由于存在堆场地点变更、钢管卸车等诸多问题，PMC多次组织召开了EPC与供货商协调会。

通过精心组织、统一协调、优化方案、合理安排并协调作业时间等措施，PMC项目部解决了卸管过程中遇到的各种实际困难。钢管接收工作从2009年12月4日开始，到2010年4月18日完成，按期完成了此项工作，为EPC线路布管的顺利展开提供了保证。

高军宝坦言，项目伊始，业主对以朗威公司为主体的PMC能否管好管道局EPC的工作有很大的疑虑。通过他们的努力和成绩，证明了他们良好的专业技能和职业操守，打消了业主的顾虑，并多次得到业主的肯定和表扬。另外，在不失原则的基地上，他们同EPC相互配合，密切沟通，共同协作，帮助EPC解决各种困难，保证了EPC利益的最大化，使业主、PMC和EPC实现共赢，为管道局赢得了荣誉，也为以后的PMC项目积累了经验。

（2011年9月6日《石油管道报》）

荷枪实弹的士兵形影不离

——一个中国企业在撒哈拉沙漠的施工历险记（一）

防恐安保是中国企业在尼日尔建设施工的重中之重。中国石油海外安保规定，没有安保，人员一律不得外出；没有安保，现场一律不能施工。

非洲在人们的印象中多是天高云阔，野生动物奔跑，当地居民身着色彩斑斓的服饰安逸地生活。但中国企业走进非洲施工却充满了惊险、艰难、挑战，历经了种种磨难，可谓是一部跌宕起伏的现代历险记。

2009年6月，在非洲撒哈拉大沙漠中，进驻了一支身着红色工装的队伍，这是中国石油首次进入尼日尔沙漠进行油田工程建设。从那时起，在广袤的沙漠腹地响起了铿锵的施工作业的声音——尼日尔阿贾德姆（阿贾德姆）油田地面工程的帷幕在管道局人手中徐徐地拉开了。这个项目，是尼日尔境内的第一期油田设施建设，也是管道局首次在尼日尔承揽的工程，更是中非友谊的见证。2011年8月中旬，工程即将投产，记者深入一线，采撷施工中的酸甜苦辣，呈现一个中国企业在撒哈拉沙漠施工的真实状态。

初到尼日尔　享受荷枪实弹的士兵保护

尼日尔共和国位于非洲中西部，大部分地区属于撒哈拉沙漠，是全球最贫困的国家之一。

8月11日晚上11点多，记者从北京首都国际机场出发，经过40多小时3次换乘，经停3个国家，直到当地时间8月13日6点半，才抵达尼日尔首都尼亚美。走出尼亚美国际机场，让记者最惊奇的不是40摄氏度的高温犹如热浪扑面而来，而是从此开始，记者的身边就多了荷枪实弹的士兵和兵车保护安全。

在尼亚美国际机场门口等行李运上汽车，突然出现两三名身材高大的黑人士兵，他们端着枪寸步不离跟着我们。看到我们紧张的神情，同行的中国石油管道局第六工程公司副经理、尼日尔项目部经理王强笑着解释：“习惯了就好了，最近尼日尔政局还算稳定，没什么事儿，有大兵保护，不怕一万就怕万一。”

王强介绍说，这些士兵是尼日尔的国家宪兵，当地人俗称“大兵”，兵车一般为丰田军车，俗称“皮卡”。尼日尔被列为二类一级危险国家，仅次于伊拉克等国家。兵车开道可以扫雷，而且遇到恐怖分子，士兵可以第一时间冲上去。反政府武装分子在时局动荡的时候，在道路上埋地雷，曾经炸伤过人。士兵的武器是清一色AK47，每辆皮卡上有一架德国产的重机枪。士兵手中的枪和车内的重机枪子弹时刻上膛，一旦发生袭击，士兵就可立即还击。

尼日尔当地时间8月13日13时30分，我们抵达阿贾德姆油田地面工程一期100万吨的产能建设工程所在地。此时，兵车绝尘而去，士兵们挥舞手臂用汉语说：再见！

阿贾德姆油田原油管道工程连接阿贾德姆油田和津德尔市下游炼厂，管线全长462.5公里，是中国石油天然气集团公司重点海外工程建设项目。设计年输量为100万吨，管道采用一泵到底、加热输送工艺。首站设在阿贾德姆油田的中心处理站，末站设在津德尔炼厂南侧。中间包括5个中间加热站，6座线路手动截断阀室。管道项目建设采取“PMC+PMT+EPC”的运作模式，以CNPCNP为PMT，以中油朗威、管道设计院和规划总院组成的CZL联合体为PMC，中石油管道局以EPC总承包方的形式承担了整个管道工程的设计、采办、施工和试运行工作。

“无安保不施工，无安保不出行”

记者在尼日尔采访期间，先后去了撒哈拉沙漠腹地、津德尔市和尼亚美市等地，多数时候都是三辆兵车和五六名士兵如影相随，最少也有一辆兵车和三名士兵陪同。事实上，这样的待遇不是特殊化，而是中国企业在尼日尔建设施工的硬性规定。

“无安保不施工，无安保不出行”“无兵车随行不出行，无士兵陪同不外出”“这里和国内不一样，不带兵，不要出门”——在撒哈拉沙漠腹地的尼日尔阿贾德姆油田施工现场，记者总是被人这样叮嘱或者听到有人这样叮嘱别人。

阿贾德姆油田地面建设工程毗邻乍得、尼日利亚边境，恐怖分子活动猖獗，极端事件频发，反政府武装多次在互联网上对中资石油企业发出威胁。

在国内，施工企业奉行“HSE”管理，到了尼日尔等国家，“HSE”管理增加了一个“S”，变成了“HSSE”管理。“HSSE”是“Health、Safe、Security、Environment”四个英文单词的缩写，即“健康”“安全”“安保”“环境”。大港尼日尔公司HSSE管理的负责人李新成说，这新增一项“安保”内容，它并非国内意义上的安保，在国外尤其是尼日尔其重点内容就是防恐。

防恐安保是中国企业在尼日尔建设施工的重中之重。中国石油海外安保规定，没有安保，人员一律不得外出；没有安保，现场一律不能施工。

管道局尼日尔项目部经理介绍，项目部加强与尼日尔政府军的沟通合作，每个营地都配备了20至30名士兵，3辆军车；确保每个施工机组、每个施工人员都有士兵陪护。据统计，在线路施工中，项目部共投入中方人员355人，配备专职HSSE人员18人，兼职HSSE人员5人，平均每15名员工中就有一名

HSSE管理人员。

记者每天出入施工驻地，都要经过壕沟、沙墙、刺丝围墙、集装箱围挡等重重障碍，在关键通道接受宪兵查看。管道局第六工程公司承建的CPF站处于最危险的撒哈拉沙漠无人区，他们在CPF站辖区建立三道防线，在通往员工生活区、施工区分别建立关键通道宪兵检查点、中间建立有9个士兵的兵营、CPF站大门外设士兵把守点，还在门口用空油桶设置了S型障碍通道。

恐怖袭击近在咫尺

在尼日尔采访，几乎所有的人都会提及尼日尔政变后可能遭遇恐怖袭击，至今谈起去年春节的经历都是惊魂未定的样子。

2010年2月18日，大年初五，撒哈拉沙漠的施工驻地上用白纸喷上红墨打印的对联分外醒目，电子鞭炮也开始噼里啪啦地响起，我国驻尼日尔大使在津德尔慰问坚持奋战的石油工人。尼亚美传来了尼日尔发生军事政变的消息，总统马马杜·坦贾被政变军队关押，政府遭解散。

随后，在迪法沙漠区的王强和在津德尔的管道局尼日尔项目经理的电话开始响个不停：施工人员停工撤回驻地，所有人员尽快做好撤离准备！

在尼亚美办事处的负责人葛刚说，真是惊心动魄，能清楚地听到尼日尔总统府传出密集的枪声和剧烈的爆炸声，持续了两个多个时。

王强和管道局尼日尔项目经理一夜未眠。他们思考着撤离的路线哪条可行？几百人怎么运出沙漠？一路上的吃喝拉撒睡怎么办？是在乍得还是在迪法包机？路上的安全如何保证，驻地的士兵是否也跟着尼亚美的反政府武装分子进行政变？途中遇到袭击怎么办？有人受伤、生病怎么办？

事无巨细，王强和管道局尼日尔项目经理都感觉这是人生最大的一场考验。8月14日，记者在王强宿舍门前的墙上还能看见当初撤离时制定的方案图纸，谁坐几号车，哪辆车上配备卫星电话等。

幸运的是，新政府很快就表态：保证阿贾德姆油田工程顺利进行！

回忆当初的险情，王强摘下眼镜擦了擦说，真是劫后余生的感觉啊，艰苦的生活条件并不算什么，最担心的是安全问题。

这次政变之后，撒哈拉沙漠施工现场的安保范围面积至少扩大了5至6倍，在多个施工点安排兼职安全员，携带望远镜和口哨，定期瞭望施工现场四周3公里之内的动态情况，一旦发现异常情况立即吹响口哨，第一时间将紧急状态传递给士兵和中方员工。

记者离开尼日尔时，受尼日利亚、利比亚局势影响，部分难民及武装分子进入尼日尔北部，给安保带来严峻的考验。

（2011年9月14日《工人日报》）

撒哈拉的“能源中心”

撒哈拉沙漠的夜晚要比白天舒服得多。经过一天的炙烤，太阳似乎已经疲惫，匆匆西下，很快便藏匿在沙漠的边际。一钩弯月高挂在淡淡的云间，满天的星斗尽情闪烁，点缀着幽暗的夜幕。

在茫茫的夜色中，沙漠腹地的尼日尔阿贾德姆油田CPF站灯火通明，16基高杆灯挺立在场站四周，高耸的火炬在熊熊燃烧，机械设备在正常运转，高大的储罐、整齐的管廊、笔直的管道……在灯光的映射下，CPF站璀璨夺目，如同一件艺术品。

“太壮观啦!”记者禁不住赞叹道。

走在CPF场站内，西南角整齐排列的3台索拉发电机吸引了记者的注意。这么大型的发电设备还真是很少见到。

据管道六公司尼日尔项目经理王强介绍，这3台索拉发电机产自美国，承担着为CPF站和周边4座OGM计量站及11口单井供电的任务，被大家形象地喻为沙漠的“能源中心”。

“索拉可以说是CPF站的核心，它要是出一点儿问题，便会影响整个站的运行。”项目副经理王笑明说。

对于索拉，略有耳闻，但真正见识还是第一次。几天的采访，记者对索拉的认识逐渐清晰起来。

索拉发电站产于美国，是尼日尔阿贾德姆油田地面建设工程项目中最贵、最复杂、最精密的设备，造价近3000万美元，由3台型号均为金牛座70燃气涡轮发电机和附属的水、油、气撬块组成，其单台发电机发电功率为5.5兆瓦、发电电压11千伏，透平转速达1.52万转/分。索拉的英文名为Solar，在英语中有太阳能的意思，也许是“吸收”了丰富的太阳能，施工人员在索拉发电机的安装工作中，释放了无限的激情和热量。

王强说，安装这种大型的发电机，在六公司尚属首次，没有任何经验可借鉴。如果安装或施工过程中发生任何质量问题，都将直接影响阿贾德姆油田的原油产量。为此，项目部高度重视，制订了严密的施工方案，并从电气、设备、工艺安装机组中抽调了经验丰富、技术过硬的施工人员，专门组建了索拉发电机安装机组。

2010年7月22日上午，索拉发电机运抵CPF站。至此，铿锵激昂的索拉发电站施工进行曲在沙漠奏响。

工程部副主任柳志清告诉记者：“索拉发电站施工的确是对我们的严峻考验。毕竟是第一次干这样的工程，我们压力很大。但要想漂亮地打好这一仗，必须先把准备工作做好，才能保证设备安装的顺利进行。”

谈到准备工作，柳志清打开了话匣子。

索拉发电机材料及配件运到施工现场时，机组并没有马上动手安装，而是先组织员工对厂家图纸说明和技术规范进行了翻译和学习。他们提前为索拉准备了19个集装箱，并在箱内制作货架，每个货架分上、中、下三层，现场员工将验收完的货物放入集装箱内，按体积和质量的大小由下层往上层堆放。对于轻便设备，依次放入规定的集装箱仓库里进行统一管理，并对每一件物资做好相关记录，方便使用时找取。验收过程中，如发现损坏或缺少配件，他们立即拍照，留好影像资料上报CPE，要求在不耽误施工计划的前提下尽快解决。

“这些工作看起来琐碎，甚至微不足道，但是给后期的设备安装工作带来了很多方便，想找任何一个零部件都特别容易。”谈起这些，柳志清的脸上流露出一丝成就感。

王强指着其中一台发电机说：“这是安装的第一台发电机，耗费了10天时间，相当不容易。”

所谓的不容易，一方面是没有施工经验，缺乏专业的施工人员；更重要的一方面是同索拉现场代表缺乏沟通和磨合，不能赢得对方的信任。

据王强讲，第一台索拉发电机安装的时候，大到一件装置，小到一颗螺丝、一块垫片，现场代表都要亲自示范，并监督施工人员按照他的要求去做，施工进展很不顺畅。所以第一台耗时最长，从7月23日发电机就位，到8月1日整个机罩组装完成，整整用了10天。

第一台组装完成后，施工人员已经熟悉了整个安装流程和施工规范，也逐步获取了索拉现场代表的信任，使得第二台、第三台的安装时间缩短了一半。8月10日，三台索拉发电机已全部成功就位。索拉现场代表劳尔对大家竖起了大拇指，连声道：“good！ good！”

令索拉代表劳尔佩服的，不仅仅是优质、高效的施工表现，更重要的是员工们克服困难、顽强奋战的精神斗志。

项目副经理王笑明对当时的情景记忆犹新。“每次经过CPF站，总能听到‘一二、一二’的号子声不绝于耳，走进细看，原来是机组长拿着扩音器在喊，旁边的施工人员整齐地排成一队，肩上扛着粗大的电缆线，双手紧握，随着号子声艰难地向前拖拉。抬头往上瞧，电缆桥架上每隔几米站着一个人，安全带悬挂在上端，将电缆线用绳子拽到空中桥架的指定位置。整个场站，地上、地下、空中电缆交错，密密麻麻如蜘蛛网，估计得有上万米，没有用一台设备，全靠'人拉肩扛'完成。"

虽然没有目睹壮观的施工场面，但是望着眼前这座庞然大物，感受着员工们的辛酸和艰难，一种强烈的自豪和敬佩感油然而生，响当当的石油工人，好样的!

经过近9个月紧张的安装和调试，2011年3月19日，索拉发电机厂家现场代表按下"启动"按钮。程序轻吹4分钟后，索拉发动机加速运转正常，一次点火成功。3月28日，索拉发电站开始试供电。

索拉发电站的成功施工，充分体现了六公司在大型发电站安装、调试、保运方面的较高水平，也为尼日尔阿贾德姆油田的产能建设提供了动力支持。至此，索拉担负起了沙漠"能源中心"的重任。

回首9个月的艰辛历程，所有的酸甜苦辣此刻都化作无尽的激情，在员工们的胸中涌荡开来。柳志清慷慨激昂作诗一首《solar ——你的归宿》："你漂洋过海，跨过高山，驻足沙漠，寻找你的归宿……你是阿贾德姆的巨擘，为沙漠带来璀璨光芒。我们的希望就是你的理想，你的理想就是尼日尔人民的梦想。希望，中尼人民友谊长存；理想，非洲大地灿烂光明。"

（2011年9月19日《石油管道报》）

为了这一刻

尼日尔当地时间10月8日上午，尼日尔国家公司总经理付吉林和尼日尔政府能矿部代表一行，参加了在阿贾德姆油田原油管道首站举行的管道下游投产仪式。10时18分，付吉林宣布："尼日尔管道投产开始。"并亲手启动了管道发球流程。随着隔离球离开首站，原油开始源源不断地注入460多公里的管道，向津德尔炼厂奔去。

投产现场，管道投产运行公司尼日尔项目部员工欢呼雀跃，不少人流下了激动的眼泪。经过10个月的精心准备和艰辛工作，他们终于迎来了管道正式投产外输的日子。

为了这一刻，他们承担着巨大的责任，付出了太多的心血。受上下游储罐容量、原油物性的限制和炼厂销售情况不确定等因素的影响，一体化项目整体投产方案非常复杂，这给管道项目投产工作增加了很大难度。

今年1月，投运公司组建了尼日尔投产项目部。时值春节，前期参与工作的人员不辞辛苦，加班加点赶工，仅半个月就编制完成了人员组织方案和物资采购清单，并完成了投产方案A版的编制工作。

3月，他们派人前往尼日尔，进行现场核实和文件编制。

6月23日，投产方案经过三次升版后零版方案终于在北京通过业主的专家评审会，但是工作远未结束，下游炼厂提出了新的油品要求，投产方案还需修改。

由于尼日尔管道投产的特殊条件和油品物性的复杂性，国家公司针对一体化投产项目，从6月到8月先后召开了6次协调会，对投产方案进行了更加细致的调整。投运项目部根据条件的变化，做了大量的工作，反复进行计算、调整，对零版投产方案进行了4次修改，使方案的实施更具可靠性。

但投产时间受到政府相关协议的限制，一改再改……

为了这一刻，项目部在7月份48名员工全部到达现场后，就抓紧一切时机，对投产人员进行全面培训；主动与项目设备厂家取得联系，进一步了解设备性能，熟悉操作规程；编制大量的作业指导文件，对投产过程进行规范管理。

他们努力协同业主与上游油田、下游炼厂沟通，争取最合理的管道投产外部条件。他们积极调动人员物资，配合EPC项目部制作抢修设备，编制投产操作通信演练方案及抢修演练方案。

他们还登上了当地报纸。投产工程师对由业主招募的25名尼方管道运行人员进行了管道运行维护理论和现场实际培训，得到了业主的肯定，并在当地报纸上对他们进行了报道宣传。

8月20日、9月25日，他们先后进行了投产操作演练和管道抢修演练。通过这两次演练，所有投产人员了解了投产流程和应急反应程序，为安全投产奠定了基础。

为了这一刻，从10月6日起，投产人员提前两天进入24小时值班状态。自10月8日管道投产注油开始，他们坚守岗位，各司其职：投产指挥部设在管道首站，负责统一协调上游油田和下游炼厂关系，每天召开投产会议并制订当日投产计划；管道调度控制中心设在管道末站，按照投产指挥部的指令，统一调度全线生产；从首站到末站，所有站场人员听从调度中心的指令进行操作监控；每天早8点，向业主报出前一天的投产日报，描述工作进展。投产期间，跟球组人员最辛苦，为了准确定位油头的行进位置，不分昼夜……高凝油原油投产，成功的关键在于精心策划、实时调整、做好预案、削减风险。

如今，尼日尔管道顺利投产，投运公司功不可没！尼日尔管道建设光荣册上，当有投运员工！

后记：从尼日尔项目采访归来月余，40多篇（幅）作品陆续发出，每每编发稿件，心中依旧激荡着难以名状的感动，采访的过程历历在目。从《初到尼日尔》至《沙漠深处有我家》《花开大漠》，听到并记录下《“China Good”！》，异域的生活让我充满新奇，更让我惊异于管道人的适应能力和战斗能力。从与各层面的项目经理交谈，了解项目整体情况和施工进展，到完成《撒哈拉的“探路者”》和《沙漠腹地的安全屏障》，我真正融入了这个群体，与他们一同说笑、聊家常，一块摆困难、谈项目，我成为项目中的一员。管道人的无私奉献、乐观豪迈深深地感染着我，使我忘却了旅途的疲惫，总想在有限的时间里尽可能多地真实反映一线员工的辛苦。在国外采访的10天里，从沙漠腹地到津德尔、尼亚美……我日夜兼程，采访了管道局所有参建队伍。每个夜晚，我都会在电脑前坐到凌晨，记录一天的工作和感受，整理图片，传给国内等稿的同事们。阿贾德姆油田原油管道是尼日尔第一条长输管道，我为自己是工程的见证者和记录者自豪。回国后，《撒哈拉的中国红》依旧在继续……

10月8日，尼日尔项目投产了，管道人圆满完成了建设任务。本期刊出的《为了这一刻》将作为收尾篇，向在尼日尔奋斗过的管道人致敬！他们将奔赴新的项目，继续书写“中国红”的故事。

（2011年10月17日《石油管道报》）

本土化之路在延伸

“你好”“谢谢”“回头见”……初到管道六公司尼日尔项目部，记者听着当地雇员说着不太流利的汉语，很是吃惊：“他们都会说中国话?!”

项目经理王强解释：“他们不光会说，干得也很不错，在辅助工作方面发挥了关键作用。”的确，记者在撒哈拉沙漠采访的几天，从大兵、助理、操作手、修理工、司机到帮厨……黑色面孔随处可见。随着采访的深入，记者去津德尔实地采访管道局尼日尔EPC项目部和参建单位后，对本土化的认识逐渐明朗。

发展本土化　势在必行

在管道局尼日尔EPC项目部，项目部负责人递给记者一张统计表，表中显示：2009年项目建设初期，项目部当地雇员所占比例还不足10%；而到2010年施工最高峰时当地雇员已逾700人，员工本土化接近用工总量的50%，覆盖了各个工种。

从10%到50%，不过短短两年时间。是什么为本土化发展注入了强劲动力？项目经理给出了有力的解释。

在海外施工，尤其是在政局动荡、恐怖分子猖獗、极端事件频发的国家，恐怖组织往往把袭击外国人作为要挟当地政府或国际社会的重要手段。而当地人同文同种，一般不会成为恐怖分子袭击的目标。为保证管道局海外员工的安全，最好的措施就是推动员工本土化。这样不仅为当地提供更多的就业岗位，还有助于消减项目的经营成本。

据项目经理介绍，项目每增加一个中方人员，就要增加一份安全投入。同时，中方人员休假差旅费也不是个小数目，再加上个人工资收入、保险、食宿等费用，总数不可小觑。而雇用当地人，只需每月10万西法（折合人民币1500元左右）的工资，这已是当地人大半年的收入。所以，项目部尽量安排当地人完成一些辅助工作，这样可以减少中方员工，降低安全风险，提高经济效益。

项目经理认为，推动员工本土化也是企业发展的需求。只有大量使用当地人，才能更好地融入当地，造福当地，企业美誉度也可同时提升。项目部就是要通过尼日尔项目，探索本土化发展的道路，为管道局今后的海外工程提供经验。

授人以鱼　不如授人以渔

文化的差异、语言的障碍、民族的特色等，给推进本土化工作带来了很大难度。

项目经理告诉记者，尼日尔人能讲汉语非常不易，因为尼日尔的国民教育极为落后，大部分人没有机会上学，很多人都只会讲本民族的语言，连官方语言法语也一窍不通。很多当地雇员在领工资时不会写自己的名字，只能画一个星星图案或其他的几何图形。所以，要想让他们穿上红工装，成为项目部雇员，难度可想而知。而且施工过程中存在着各种安全风险，员工一旦操作失误就可能引发安全事故。“授人以鱼，不如授人以渔。”项目经理说，加强雇员培训成为项目部的重要任务。

考虑到当地雇员的文化水平，项目部从最基本的教学入手，譬如工作前穿好工作服、戴好安全帽、注意个人卫生……通过当地雇员助理翻译，手把手地教他们挖土、打管墩、挂吊带……项目部还定期举办中文培训班，一句一句教他们学说中国话。

FPF站负责雇员管理的小董说：“当地雇员学习积极性非常高，有很多人不请自到，每次培训签到表上的人数都远远超过应到人数。”

据统计，仅六公司尼日尔项目部先后举办的当地雇员培训班就达200多期，累计培训当地雇员3500多人次。

项目部培训工作的持续深入，使当地雇员技能素质提升很快，在施工生产中的作用日趋明显。从挖沟、卸管、接线等简单的配合工序，到打砂轮、对口、等离子切割、模板支护等技术性较强的工作，都有大量的当地雇员参与其中。他们当中还涌现出不少技术能手，如管道机组的易卜拉欣、修理班的萨哈比、电气班的莫桑等，他们现在都是“机组长”的角色。

科学管理　有效激励

员工本土化后，如何加强管理，才能激发他们的工作热情?

记者在采访中发现，特运公司项目部负责尼日尔管材运输的驾驶员全部为尼日尔当地雇员，他们是怎样管理的?

特运项目党支部书记李永波介绍，他们以分级管理作为管理的基本形式。项目部选拔、培养了当地雇员管理队伍，由部门经理、助理、队长构成，分级管理，分层负责，真正形成了以当地人管理当地人的管理模式，做到了指令传达更彻底、信息反馈更通畅、沟通交流更直接、问题解决更及时。

李永波自豪地说，出台评级薪酬制度也是项目部的一个制胜法宝。项目部制定了一套相对合理的薪酬制度，设置多个技工等级，鼓励雇员在工作中不断进取获得晋级，不仅调动了当地雇员的劳动积极性，还方便了项目部发现人才、留住人才。

六公司项目部的评级薪酬激励制度也有异曲同工之处，他们设置普通力工、初中高级技工、助理、队长等不同岗位级别。普通力工只要不断努力，通过每3个月一次的等级评定，均有机会被评定为技工，授予等级证书，并提升工资等级。

王强举了一个当地雇员Hassane的例子。2009年，Hassane以力工身份进入电气队，协助中方人员干一些简单的接线工作。2010年3月，他通过第一次考核被提升为初级技工，工资也从每月的8万西法涨到9万西法。接下来，在每3个月一次的考核中，他都能合格并晋级，最终在2010年底被提升为电工队长，相当于国内的专业项目经理，成为当地雇员中的佼佼者。

六公司项目部从2010年开始每月评选“优秀当地雇员”，并在宣传栏上公布，同时颁发证书，奖励一些小礼物，让当地雇员深感自豪，工作也更加尽心尽力。

尊重关爱　增进和谐

记者在六公司项目部沙漠营地看到，一座座干净整洁的白色帐篷就是雇员的宿舍，里边有单独的厨房、餐厅、卫生间、浴室。与当地人的草席棚子相比，这儿被雇员奉为“五星级酒店”。就在白色帐篷区的旁边，是一个遮阳篷。见记者不解，王强解释，当地人绝大多数信奉伊斯兰教，每天都要朝拜几次。考虑到沙漠中紫外线强烈，项目部专门为他们搭建了遮阳篷。

记者在尼日尔采访期间，正赶上斋月。根据伊斯兰教教义，斋月期间所有穆斯林从每天日出到日落期间禁止一切饮食、吸烟等活动。“入乡随俗，干海外工程，更得尊重当地的风俗习惯。一到斋月，项目部就调整雇员的作息时间，只在上午干活。干活过程中，雇员也要按时祈祷，活儿再忙也得允许他们停下来，祈祷完了再干。”王强说，“每逢开斋节、杀羊节等重大节日，项目部都会给他们放假，并送去一些羊肉、罐头、饼干等食品，有时还组织庆祝活动。”

从雇员营区走过，他们操着生硬的中国话或英语，表达着友好。当记者询问他们的感受，一个雇员助理情绪激动地说：“我们在这里能享受这么高的工资和福利待遇，非常感激，Good!”

尼日尔人普遍以在中国企业打工为荣，在其他尼日尔人面前很神气，而那些贫困的尼日尔人则用羡慕的眼光看着自己的同胞慨叹：“我什么时候能成为中国的员工，穿红色工服，那该是多么幸福的事情。”

回首两年走过的路，管道局尼日尔项目经理深有感触地说：“本土化是项目优化管理的方向，我们一直在持续进行。国际项目要想有长远的发展，本土化这条路必须坚持走下去，而且要越走越好。”

（2011年11月7日《石油管道报》）

中缅管道项目

中缅油气管道工程（缅甸段），是中缅两国政府规划建设的从缅甸西海岸至中国西南的原油天然气管道工程的重要组成部分。其中，原油管道全长771公里，天然气管道全长793公里。

管道局先后承包了9个EPC项目，包括主线路1B标段油气管道工程、米坦格河跨越工程、伊洛瓦底江定向钻穿越工程、马德岛原油罐区工程等。天然气管道于2013年7月15日顺利投产，原油管道于2013年5月30日具备投产条件。

2012年6月在缅甸最热的季节，记者前往曼德勒中缅油气管道工程（缅甸段）采访，采访了参建单位，采写了《中缅管道建设攻坚战打响》《瞄准终极目标 追求“五个好”》《共建和谐管道　续写中缅友谊》《和谐促发展》等报道。中缅油气管道工程（缅甸段）荣获国家建设工程最高奖“鲁班奖”，也是中国长输管道建设行业第一家获此殊荣的单位。

特别推荐

中石油管道局中缅管道（缅甸段）1B标段主体完工

中缅管道建设攻坚战打响

来自缅甸曼德勒的消息，随着中缅油气管道（缅甸段）第一标段B标段主体工程顺利完工，作为管道建设的主力军，中石油管道局建设队伍开始转向施工更加艰难的若开山区和耶罔春海沟标段。中缅管道建设攻坚战悄然打响。

中石油管道局承建的中缅油气管道（缅甸段）第一标段B标段工程是于5月30日顺利实现主体完工的，管道局由此成为主线路施工中首家完工的施工单位。而中缅管道若开山和耶罔春海沟标段，原由其他建设商承建，因施工难度较大而迟迟没有动工。中缅管道业主决定，将此标段移交中石油管道局。

谈及中缅管道（缅甸段）第一标段B标段工程建设情况，中石油管道局副局长、中缅油气管道项目总经理高建国说，该标段油气管道各长319公里，占缅甸段全线的41%。管线起自缅甸若开山脚下，途经缅甸马圭省和曼德勒省6个区市。沿线设有4个站场，23个线路截断阀室。需要进行14处大型公路、铁路穿越，60多处大开挖，近150处河流沟渠穿越。社会依托差、地形复杂、气候炎热多雨、石方段管沟开挖成形困难等是该段工程的主要施工难点。

高建国说，为完成业主提出的今年5月30日中缅管道主体焊接完工的目标，管道局于去年8月1日打火开焊，但由于当时正值雨季，施工无法全面展开，直至11月，相继投入的8个整编焊接机组才开始在作业面上全面铺开。

开工前期，管道局中缅项目部克服重重困难，通过有效组织，顺利及时地将各种设备、材料等物资运入缅甸。施工过程中，项目部合理调配有限资源，组织各焊接机组在短时间内完成百道口磨合，并加快施工速度。自去年12月至今年5月，项目部在6个月的时间里共完成管道施工近600公里。

在保证施工速度的同时，中缅项目部还建立了一套完整的质量和安全控制体系，使焊接一次合格率一直保持在99%左右，安全生产工时突破800万小时，整个施工中未出现一起安全事故，实现了“零事故”的既定目标。

“1B标段的顺利完工彰显了中石油管道局国家队的品牌和实力，也为整个中缅管道按期投产奠定了基础。”高建国说，目前中缅管道将士已开始转向新的更具挑战性的战场——若开山和耶罔春海沟标段。

高建国表示，中石油管道局是一支“特别能战斗的队伍”，有信心、有能力啃下“硬骨头”、打好攻坚战，以保证中缅管道建设如期完工。

（2012年6月11日《经济参考报》）

中缅油气管道项目缅甸段正式开工

缅甸当地时间8月1日上午10点58分，中石油管道局中缅油气管道工程（缅甸段）第一标段B段主线路工程正式打火开焊，开工仪式在缅甸曼德勒市隆重举行。出席开工仪式的管道局企业文化部部长张季滨称，中缅油气管道是国家四大能源战略通道之一，对破解马六甲海峡能源运输瓶颈，保障我国能源安全意义重大。

据管道局局长助理、中缅油气管道工程（缅甸段）EPC项目部总经理高建国介绍，由管道局承担的中缅管道建设工程总长319公里，线路途经地区地形复杂，落差大，土石方管沟开挖成形困难，而且气候炎热多雨，社会依托不足，这些不利因素都将成为工程施工的难点。但高建国代表建设队伍作出承诺：“我们有坚定信心把中缅油气管道工程打造成‘优质工程、绿色工程、精品工程、友谊工程’。”

出席开工仪式的中华人民共和国驻缅甸曼德勒总领事唐英说，担任此工程的中国石油天然气管道局，是中国油气管道建设施工领域的“一支劲旅”。他表示，相信“管道局一定会不辱使命，完成祖国交给的任务”。

（2011年8月1日经济参考网）

共建和谐管道　续写中缅友谊

记者在管道六公司中缅管道项目部（缅甸段）采访时，项目经理段明钢讲述了他们共建和谐管道的几个感人事例。

建桥铺路

缅甸当地的桥基本都是木质结构，大多年久失修；道路基本都是土路，路窄，车辙深，非常难走。项目部自进入缅甸以来，针对当地交通情况，购买钢板，制作钢排；购买涵洞管，投入设备，精心修筑施工便道；为桥梁垫上涵洞管，铺上钢排，弯道取直，道路加宽，平整路面。道路修好后，项目部的施工车辆安全顺利地开进作业带，属地村民的拖拉机也满载着丰收的甘蔗和稻谷高兴地畅行。六公司既为自身创造了良好的施工环境，也为属地村庄留下了永久的便利。

捐资助学

除了帮助当地铺路架桥，六公司还在当地捐资助学。今年2月，项目部了解到囊秋镇附近有一所僧人开办的孤儿学校后，积极组织员工共捐款300万缅币资助学校，得到了当地政府的称赞。

今年3月，项目领导了解到营地附近的眉缪（彬乌伦）第六小学有近400名学生，却只有非常简陋的4间教室。据校长介绍，由于资金紧张，无法增加教室。于是，项目部积极组织参建员工捐资助学，班子成员主动带头，参建员工踊跃参与，各合作分包商也纷纷捐款，筹集了260多万缅币，帮孩子们建起了新教室。这次捐助引起了缅甸国家教育部的重视，教育部的官员来到该小学检查建设情况，对项目部表示感谢。

现在，参建员工每次从这所学校经过，上下学的孩子们都会停下来和他们热情地打招呼。员工虽然听不懂他们说的话，却能感受到孩子们的友好和真诚。

尊重习俗

为了与当地居民和谐共处，项目部认真研究缅甸当地的民风习俗，在参建员工出国前，组织了多期培训，让大家了解当地的宗教信仰、政治局势、社会习俗。参建员工在与当地百姓的日常交往中，尽一切可能尊重对方的习俗。每逢缅甸重大节假日，项目部对缅籍员工开展送温暖活动。每当遇到政府部门举行活动，项目部都积极参加，并按当地习俗送上鲜花。通过一系列活动，拉近了彼此的距离。

泼水节是缅甸当地的春节。每到泼水节，缅甸人民都会举行盛大集会，相互泼水以示祝福。今年4月12日是泼水节的第一天，一大早，项目部员工就被留守值班的缅籍员工用泼水的方式送上了祝福。随即，项目部中缅员工20多人一起欢度泼水节。

六公司在中缅项目施工中，秉承“互利双赢、和谐共建”的理念，履行责任，造福人民，促进了企地和谐相处，推动了工程顺利进行，也在中缅两国人民心中再次架起了一座象征两国友谊的桥梁。

（2012年6月28日《石油管道报》）

和谐促发展

“今天管道三公司来人了，一起包饺子去。”“今天设计院要来人，会餐啊!”在中缅油气管道工程（缅甸段）监理总部采访的每一天，记者无时无刻不感受到这个团队“和谐一家亲”的氛围。

合署办公 亲如一家

步入植被茂盛如花园般的曼德勒Sedona宾馆，一下3楼电梯，便看见醒目的“中缅油气管道工程监理总部”两排中英文大字，旁边则是中缅项目监理的“至诚、协作、超越”工作理念，和业主的“善意、诚信、双赢”工作理念相互呼应。2楼是业主办公室，他们在一起合署办公。

记者了解到，监理合同签订后，监理总部立即派人到北京业主单位，协助业主进行前期工程计划和招标管理。业主总调度室成立后，监理总部派3人到业主总调度室与业主合署办公，参加24小时值班，将总调度室日报和监理总部日报合并为一个日报。监理总部共完成项目协调手册、监理规划等29个管理文件的编制工作，建立了中缅管道监理管理体系，这套文件也作为业主对监理和承包商的管理依据。

监理总部通过强化责任、创新方法，使监理工作取得了实效，赢得了业主的赞赏。在6月17日召开的中缅油气管道工程（缅甸段）党工委劳动竞赛表彰大会上，东南亚油气管道公司总裁张加林称赞：中缅项目朗威监理始终认真、细致、负责，保持着程序化、科学化的先进工作方法，快速成长，正逐步趋于国际化。监理总部、北段监理分部分别荣获先进集体称号。

对标国际 促进发展

记者在监理总部采访中，不仅天天与行政部的几个缅籍华人相处，还见到了几个外国友人。这是监理总部按照管道局领导“适时进行中外合作、学习国外项目管理经验”的要求，为提高项目国际化水平，推动公司国际化战略而聘用的4名外籍监理工程师。从目前情况看，工作达到了预期效果。监理总部西线监理与3名业主聘用的ILF专家合署办公，并对他们进行日常管理。记者现场采访了印度籍无损检测工程师Meeran和两个缅籍华人，他们表示，能参加中缅油气管道工程建设是一生的荣幸。在监理总部工作很开心，中方员工尊重、关心他们。中方员工责任心强，工作严谨、诚信、公正、科学，使他们受益匪浅。

监理总部对一些技术要求不高的岗位，基本实现了员工本土化，如雇佣了司机、厨师等缅籍员工，一些缅籍华人还承担了部分行政管理工作，为开展项目工作起到了良好的推动作用。

据监理总部总监介绍，用工的属地化带来了五大好处：降低成本，避免中方人员变动频繁给业务带来影响；便于交流，方便项目工作开展；易被当地政府接纳，有利于市场开发；促进当地就业，树立良好的国际形象；一般性岗位工作交给当地员工后，有利于中方人员集中精力投入监理工作，提高项目管理质量。

文体活动　增进友爱

监理总部大部分员工是80后，许多年轻人都是初次参加国际工程建设，远离家乡和亲人，长期漂泊在国外，感到孤独、寂寞和烦躁。为缓解员工的心理或情绪上的压力，增强员工在现场的快乐感，监理总部帮助员工调整心理状态，释放心理压力。监理总部还积极开展篮球、乒乓球、象棋等文体活动，丰富员工的文化生活，营造和谐氛围；开展“学党史、知党情、跟党走”知识竞赛活动等。通过这些活动，增进了同事间的团结友爱、共赢超越的情感，也使年轻人排除了内心的孤独感，业余生活变得丰富多彩。

此外，监理总部在管道局副局长、中缅油气管道项目总经理高建国的统一领导下，积极做好局项目的协作工作。他们同EPC项目部密切沟通，共同协作，帮助EPC解决各种困难，保证了EPC利益的最大化，使业主和EPC实现共赢。

监理总部通过开展活动，实现了监理与业主、监理与承包商、监理内部“和谐、信任、支持、共享”的良好局面，为管道局赢得了荣誉。

（2012年7月2日《石油管道报》）

坦桑管道项目

坦桑尼亚天然气管道是管道局首次参与的海外融资建设项目，也是管道局第一个“陆海一体化”同建工程。管线全长542公里，由陆上1条干线、1条支线和1条海底管道及5座站场、16座阀室构成。其中，海底管道是管道局首次自主设计、独立施工、采用自有的中石油最大的铺管船铺设，也是目前为止管道局最大的海洋管道工程。由管道局EPC总承包，2013年6月开工建设，2015年10月竣工投产。该工程荣获2017年国家优质工程奖（境外）。

2014年7月底，在项目主体即将完工之际，记者远赴坦桑尼亚现场采访，充分展示海外将士建设新时期“坦赞铁路”的高昂士气和风采，诠释管理团队科学高效的全新理念。并在《石油管道报》开栏《来自坦桑项目一线的报道》，刊发了系列报道。深度报道《“中国管道”非洲展示“国际范”》，被中非合作网、坦桑尼亚华人论坛等网站转载，得到了社会各界的广泛关注，作品被中国新闻智库收藏。

特别推荐

“中国管道”非洲展示“国际范”

——中石油管道局坦桑尼亚输气管道建设探析

据新华社达累斯萨拉姆6月24日电，中国国家副主席李源潮23日在达累斯萨拉姆出席第二届中坦投资论坛开幕式并致辞，称赞中资企业努力回馈当地发展，承担社会责任。中石油技术开发公司和阳光集团积极回报当地民众的做法，也很好。

李源潮所说的中资企业即包括中国石油天然气管道局（简称CPP），正与中石油技术开发公司一起在坦桑尼亚建设天然气管道工程。

“中国能力”打破欧美垄断

4月15日23时29分，中国新闻网以《中石油最大铺管船首战非洲告捷，打破欧美主导现状》为题首发新闻：坦桑尼亚当地时间4月15日3点20分，中石油CPP601铺管船顺利完成海上连头，实现了海底管道的完美对接。随后，管线平稳安放到海床，至此，CPP601铺管船海上施工全面告捷。据介绍，此举打破了国际海底管道施工领域以欧美公司占主导地位的现状。

“总长度540公里的坦桑尼亚天然气管道工程，是CPP在海外市场首个陆海一体化管道建设项目。其中，陆上管道510多公里，海洋管道29公里。作为全球知名的管道建设商，管道局坦桑陆上管道建设实力毋庸置疑，海洋管道建设却备受瞩目。”管道局坦桑尼亚EPC项目部经理接受采访时说，“这次坦桑海底管道的完美对接，向世界证明了管道局的技术实力，由此开创中石油海洋业务发展的新纪元。”

据管道局领导介绍，走向国际，进军海洋，这是CPP近年来推进企业战略转型的一个重要内容。自2009年CPP提出“储运建设一体化、施工服务一体化、国际国内一体化、陆上海洋一体化”的发展理念以来，发展海洋业务便被放在突出位置。2013年，CPP第一次拥有了自己的铺管船——CPP601；第一次建立了自己独立的海洋管道建设管理施工团队；在坦桑尼亚海底管道项目中，

CPP第一次进行全程、自主海底管道的安装设计和施工。

铺管船非洲告捷后，管道局局长赵玉建、党委书记丁建林共同签发嘉奖令，对坦桑海管项目给予高度赞誉：“这是CPP601铺管船远赴重洋完成的首个海管项目，检验了装备性能，锻炼了海洋队伍，积累了经验业绩，树立了品牌形象，在管道局海洋管道发展历史上具有里程碑意义……”

“中国质量”成就精品工程

2012年11月，坦桑尼亚总统基奎特在坦桑项目奠基典礼上说，天然气管道项目在6年的筹备过程中遇到了很多困难，正是由于中国政府和人民坚持不懈的帮助，坦桑尼亚人民的心愿才最终得以实现。坦桑项目由中国进出口银行为坦桑尼亚政府提供双优贷款，总投资12亿美元。坦桑项目被坦桑政府誉为“第二条坦赞铁路”，深受各方关注。

今年1月24日，坦桑尼亚总理平达率领坦政府代表团，在中国驻坦大使吕友清陪同下，到坦桑项目现场考察。平达总理在接受当地媒体采访时表示，我们看到了CPP的国际化管理水平和施工能力，员工的精神面貌也给我们留下了深刻印象，坦桑政府十分放心。

7月16日至17日，坦桑尼亚能源与矿产资源部部长穆亨戈一行在吕友清大使陪同下，到坦桑项目施工现场了解项目建设进展情况，这已是他第三次赴项目考察。穆亨戈部长考察后在众媒体前高度评价了中国企业的技术实力、施工质量、工作效率和敬业精神，他对CPP现场施工安全质量和工程进度表示满意。

吕友清大使接受采访时指出，通过考察，CPP展示了中国公司的高效率。坦桑总统和外长对这条管线非常满意，评价中国是坦桑在世界上最好的朋友。

7月22日，业主、坦桑石油开发公司项目经理Musomba先生在接受采访时赞赏道：“CPP具有非常专业的能力和优质的施工水平，能恪守承诺，确保工期，这是我所知唯一能够出色完成管道建设的公司。”

PMC质量经理Pleter先生于7月24日接受采访时评价：“CPP的焊接质量非常优异，在国际管道工程中，很多项目焊接返修率会达到5%，国际管道项目返修率大都处于2%。但在这个项目，CPP焊接返修率一直保持在0.5%—0.7%之间，有的返修率仅为0.07%。”谈到工期，Pleter感慨道：“本项目工期不到2年，但其他公司将会花去比这更长的时间才能完成。”

“中国形象”续写中坦友谊

项目建设之初，进展得很不顺利。从2012年年底开工时，在工程沿线姆特瓦拉、林迪地区，中石油工程建设者多次受到部分民众阻工。

“我们在调研中发现，一些民众之所以对管道项目不支持，一个重要原因是不理解项目造福民生的意义，对此项目及中国企业产生误解。”项目经理说，我们在中国驻坦使馆的领导和支持下，不断加强与坦桑各级政府部门、业主及沿线社区组织等各方面的沟通，这不仅建立了从政府到民间多渠道、多层次的公共关系，还加大了对项目建设的宣传力度。比如，在管道沿线发宣传单，告知项目建设的意义、施工存在的风险，请大家注意安全，远离施工现场。渐渐地，工程建设初期的被动局面得以扭转，项目建设稳步推进。

项目经理补充道，坦桑项目是中石油首次进入坦桑尼亚市场，项目建设成功与否不仅关系着管道局进一步开拓东非市场，也关乎中国的大国形象。我们在推进坦桑项目建设的同时，还积极履行社会责任。比如为沿线缺水地区打水井；为沿线条件差的学校捐赠文具、衣物、文体用品等，捐建教学设施；在古尔邦节、圣诞节等节日，慰问管道沿线村民。至今，CPP已为当地小学捐赠书包文体用品500余件，为福利院送去3万多元的食物及慰问品。

最受坦桑民众欢迎的公益项目就是打水井。CPP根据当地实际需要，陆续无偿为沿线村庄打井5口，解决了村庄上百户人家吃水难的问题，周边村落也都用上了这几口水井。CPP还投入40多万元为当地居民修建道路、搭建生活设施，并为当地居民提供了500余个就业机会，培训属地工操作技能。很多当地员工称，为自己是这个项目的建设者感到自豪，不仅增加了收入，还掌握了相关技能……通过这些公益活动，CPP树立了中国企业的品牌和形象，赢得了当地政府和百姓的拥护和赞誉。

CPP履行社会责任的善举，不仅获得了当地媒体和民众的广泛好评，还受到坦桑高层领导的赞誉。

据统计，在坦桑尼亚，国家电视台、独立电视台及报纸、电台等多家新闻媒体先后报道了坦桑项目，充分展示了项目的意义和CPP的良好形象。

“三吨重，十米长，银花飞，焊接忙。五百公里云和月，四万钢管气与火。银企合作谱新篇，中非友谊结硕果。李杜在世歌如何，盛赞复兴诗章多。”这是2013年9月13日，中国进出口银行优惠贷款部副总经理王法德对项目进行实地考察后，对管道局的实力、员工的精神面貌大加赞赏，即兴赋诗一首，在坦桑考察中留下一段佳话。

（2014年9月11日《石油管道报》）

编者按：坦桑尼亚天然气项目是管道局首次参与海外融资项目建设，是管道局首个真正意义上的“陆海一体化”同建项目。自去年8月26日陆上管道干线第一个机组打火开焊以来，工程进展顺利，今年年底将实现机械完工。这个项目由全局10余家单位共同参与建设，成为管道局管道建设史上涵盖施工范围最广、涉及专业最多的海外项目。7月底，在项目主体即将完工之际，新闻中心记者远赴坦桑尼亚，现场采访各参建单位和管道局EPC项目部，充分展示海外将士建设新时期“坦赞铁路”的高昂士气和风采，诠释管理团队科学高效的全新理念。

本报即日开栏《来自坦桑项目一线的报道》，刊发系列报道，以飨读者。

“来自坦桑项目一线的报道”之一

设计解难题　服务到现场

7月23日，本报记者抵达坦桑尼亚的第二天一早，便从位于达累斯萨拉姆的管道局EPC项目部营地出发，经过近两个小时穿过堵车“重围”，到达末站。一眼望去，正在建设中的末站地势平坦，据悉占地1.8万立方米，管道六公司陆管项目部人员正在几个施工区域内有条不紊地忙碌着。

记者在工艺设备区看见几个身着浅灰色工装的年轻人，手拿图纸，正与施工人员交谈着。上前一打听，才知是管道设计院的设计人员正在现场服务。他们随时跟踪解决现场施工中出现的技术问题，合理进行设计变更，配合土建、工艺、电气等相关专业的现场施工。

管道设计院现场服务人员有4人，他们在确保设计原则的基础上，积极为施工排忧解难，保证了工程的有序开展。线路专业人员积极配合线路工程及路由优化，保证了管道的合理敷设。特别是在混凝土配重管段和丘陵起伏段线路优化中，他们深入现场调研，提出了合理的设计方案。水工保护专业人员结合当地气候特点，制订了一系列水工保护方案，保证了管道的运营安全。目前，站场阀室施工已进入高潮，工艺和结构专业人员积极配合澄清相关设计事宜。他们的敬业精神得到了EPC项目部及各参建单位的好评，被誉为现场“智多星”。

（2014年7月29日《石油管道报》）

“来自坦桑项目一线的报道”之二

一路“抢”绿灯　粮草要先行

从7月24日起，记者开始沿线采访。首先来到距离EPC项目部七八十公里的5号营地达市物资中转站，这是全线唯一的物资中转站，存放着坦桑尼亚工程所需的材料、设备，物装分部人员正在清点验货。截至7月22日，他们已接收物资63.5万件，发出37万件，库存26.5万件。

据负责采办工作的EPC项目部经理介绍，物装分部在项目开工前一路“抢”绿灯，节省了大量时间，实现了粮草先行。

清关阶段，取得PVOC免检。在大批物资到货前，项目部经过艰苦努力，取得了坦桑尼亚标准局（TBS）签署的PVOC检验免除文件。项目进口的物资可以不进行装船前查验、不支付查验费用、进口时间不受制约，为项目节约了大量清关前期费用和清关准备时间。

加速免税程序。办理免税有8个环节，正常需20个工作日，通过项目部的努力，将办理日期缩减到7至10个工作日，从而实现了物资到港前办理完免税手续，为后续降低滞港费奠定了基础。

现场清关操作全天候。大批量物资到货后，清关团队从早上7点到晚上11点在码头全天候值班，第一时间清点卸船货物；配合海关进行货物查验，现场解决问题，全面协调，加快提货速度。

物装分部在恶劣的清关环境下抢时间，大部分货物都可以在到港后5到10个工作日开始提货，节约了大量的清关时间，保证了设备物资及时到达现场。

（2014年7月31日《石油管道报》）

“来自坦桑项目一线的报道”之三

展开攻坚战　集中“啃”难点

7月24日午后，记者继续沿线采访，向全线最为险峻的施工地段进发。一路穿行在茂密的热带丛林、层峦起伏的山坡、众多的沟壑峡谷，一个小时后到达了管道一公司施工现场。

一公司承担了坦桑尼亚天然气管道项目400公里施工任务。管道沿线分布着大小丘陵、高低陡坡及大小河流，需要弯管2500余根。为了提高施工效率，项目部调用挖掘机和推土机，对全线坡度较大的起伏进行一次降坡处理，对不平整的作业带进行二次填平。由于山区段管材进场困难，各机组将管材用“炮车”运送到山脚下，再采用挖掘机背管的方式，将管材布置到位。

自开工以来，一公司项目部从工程实际出发，针对施工进场路较少，且130多公里施工地形为连续起伏段和冲沟，弯管、弯头使用量大等困难，精心组织、科学施工，仅用83天就完成了100公里主体焊接任务，工程进度领跑全线。

目前，一公司项目部又掀起新一轮旱季施工高潮，力争把受雨季影响的进度抢回来，实现年底前机械完工的总目标。

（2014年8月4日《石油管道报》）

“来自坦桑项目一线的报道”之四

海中出“蛟龙” 陆地有“猛虎”

集陆地管道、海洋管道于一体的坦桑尼亚项目，对每个参建单位来说都是难得的机遇。而对于同时参建“陆地+海洋”工程的管道六公司来说，无疑是对自身综合实力的严峻考验。一年多来，他们战绩如何？用管道局坦桑EPC项目部经理的话评价，六公司从陆地到海洋，以不凡的业绩证明了“陆地猛虎，海中蛟龙”的实力，在东非市场打出了管道局海军陆战队的威风。

六公司坦桑海底管道项目经理张庆善向记者介绍了施工情况。坦桑海底管道从Songo Songo岛首站出发，向西北方向敷设至Somanga联络站，分为陆上管道及海底管道两部分。线路全长28.8公里，其中海上段25.7公里、陆上段3.1公里，海上铺设最大水深为46.3米，其管道管径之大、管道距离之长、铺设海域之深、配重层之厚均属管道局海底管道建设之最，现场的特殊环境和海床的特殊性质，决定了工程施工难度非常大。在坦桑EPC项目部海管工程管理分部的支持和配合下，项目部率领海管团队攻克难关，于2013年11月22日打火开焊；2014年1月18日，海上铺管作业全面展开；3月30日，海上铺管作业全部完成；4月15日，海上连头作业圆满完成，海洋管道施工告捷。

海管工程干得漂亮，陆管建设也齐头并进。六公司坦桑陆地管道项目副经理程实告诉记者，六公司承建的坦桑陆地管道工程全长104公里，其中主线路77公里、支线27公里，全线有5座阀室、2个末站。六公司选派精兵强将组建了项目管理团队，并在所有长输管道标准化机组中公开选拔，素有“陆战先锋”之称的CPP601机组和“山地铁军”之称的CPP603机组，在众多机组中脱颖而出。

2013年9月，两个机组相继开焊，并你追我赶，屡创日焊接和焊接一次合格率新纪录。高效的施工组织、优良的施工质量、规范的现场管理，让六公司赢得了当地政府和PMC、EPC项目部的高度赞誉。国际一流的监理公司Worley Parsons监理评价道：“从事20多年工程建设，还没遇到CPP这么强的队伍。”

目前主线路和支线建设全部完成。7月27日，记者再次到六公司陆管项目达市末站采访，程实在工艺区前介绍工程进度：“我们计划8月中旬工艺区完工。目前站内防腐埋地管道防腐基本完成，与工艺正处于交叉作业阶段。计划8月底完成设备间主体施工，9月底完成办公楼主体施工。10月份进入装修阶段。11月底完成工程总体验收。”

（2014年8月7日《石油管道报》）

“来自坦桑项目一线的报道”之五

齐心开大船　协力海让路

随着对坦桑项目采访的深入，记者了解到，坦桑项目是管道局一条完整的产业链，参与项目建设的管道局单位达十多家，在管道局EPC项目团队的凝聚下，大家拧成一股绳，可谓“众人划桨开大船，同舟共济海让路”。

近日，记者现场采访了特运公司、朗威公司和通信公司各参建项目负责人。

特运公司钢管运输总调度长赵鹏程告诉记者，由于现场地势起伏多变、道路情况复杂、运输资源匮乏等原因，管材运输难度大。特别是进入雨季后，大部分进场道路被冲毁，车辆通行困难。为此，结合坦桑雨季时断时续的特点，项目部争分夺秒，提前装车待命，一旦具备通行条件，及时发运；合理调配各堆场之间车辆，资源互补；结合焊接需求、现场道路和天气情况，在确保急需段所需管材的同时，组织优势车辆，集中时间抢运难点段；积极协调施工单位和运输分包商，在车辆无法通行的路段用履带设备配合牵引；督促土建分包商加强对道路的修缮，保证车辆通行。经过努力，项目部保障了施工的管材需求，累计运输钢管480公里，41200根，运管车辆累计安全行驶85万公里。目前，管材运输已安全结束。

朗威公司HSE监督经理张彦春说，他们通过日常巡视及重点部位专人监护的方式，将现场HSE管理情况反映到HSE总部，HSE总部在安全例会上分析、总结，并作出要求，对巡视过程中发现的问题，及时督促整改，对潜在的风险，及时下发风险预警，坚决移除危险源。

据通信公司项目经理胡浩介绍，通信公司负责全线517公里光缆敷设，站场、阀室的施工，以及一处大型河流穿越施工。工作量涵盖电气系统、PABX系统、铁塔安装等。目前，公司已完成光缆敷设328公里，剩余的光缆线路集中在山区、丘陵、沼泽等地势复杂地段，场站、阀室等施工也在进行中。

在现场，记者还见到了投运公司项目副经理申东星，他介绍了投运公司投产范围包括管道干线及阀室的投产试运行，以及站场、SCADA及通信系统的系统试运。目前，他们正在做前期准备工作。

此外，前期已完成工作的单位还有天津设计院负责的海底管道设计；海洋公司协助局EPC项目部，协调29公里海管设计、质量、安全的管理工作；龙慧公司负责全线站场、阀室的仪表自动化安装及调试……

（2014年8月11日《石油管道报》）

“来自坦桑项目一线的报道”之六

受各方赞誉 “CPP GOOD!”

坦桑项目的业主为坦桑尼亚石油开发公司（TPDC），PMC为沃利帕森斯（Worley Parsons）南非公司。项目管道部分由管道局（CPP）和中石油技术开发公司（简称中技开）共同建设。这些合作方如何评价管道局？记者为此专程进行了采访。

7月22日，记者在达市末站采访了坦桑石油开发公司项目经理MUSOMBA先生。MUSOMBA充满激情地说，他很荣幸能够和CPP一起工作，他从CPP身上学到了很多东西。虽然之前没有合作过，但他们也了解到CPP曾在中国国内和国外都成功地完成过很多大项目，所以他们一直在关注CPP在坦桑的表现。目前，整个项目已完成85%，CPP的表现让他惊讶，CPP是非常专业的管道建设承包商。CPP保证了工期，施工质量好，出色地完成了项目建设，恪守对业主的承诺。通过与CPP的合作，他们也学习到了如何建设管道项目。总之，CPP具有非常专业的能力，提供了优质的施工，确保工期，恪守承诺，这是他所知唯一能够出色完成管道建设的公司。

7月24日，记者在一号营地对PMC质量经理Pleter先生进行了采访。谈到对于管道局焊接质量的评价，Pleter说，CPP的焊接质量非常优异，在国际管道工程中，很多项目焊接返修率达5%，通常，国际管道项目返修率大都处于2%。但这个项目，CPP焊接返修率保持在0.5%—0.7%之间，有的返修率仅为0.07%。

在谈到双方合作时，Pleter感慨道：“我感到CPP及参建单位能紧密地与业主和PMC团结协作。本项目工程工期不到2年，其他公司都会花去比这更长的时间才能完成。在其他项目上，经常能看到承包商与业主及PMC之间存在连续的分歧与摩擦，但是，我们和CPP的合作非常顺畅，这个管理团队既有创新精神，也乐于接受新想法、新要求，并遵照国际规范来完成项目。我们和CPP的合作十分愉快。”

7月28日，记者前往中技开项目部进行采访。中技开公司总经理助理、坦桑项目部常务副经理卢江波和坦桑项目部副经理赵力云、王瑞英对管道局在项目建设以来从大局出发，团结协作，统筹协调陆海两线作业，保进度、保质量，展示丰富的国际化运作经验和专业化管道建设管理水平等给予高度评价。卢江波称赞：“管道局不愧为管道建设主力军，项目进展很快，中国驻坦桑大使先后三次去施工现场都赞叹管道局创下的‘中国速度’‘中国效率’。管道局项目管理团队专业、职业、敬业，是大庆精神在海外的传承，起到了中流砥柱的作用。我们和管道局真诚合作多年，随着坦桑项目建设的深入，两家单位感情也日益深厚。将来，我们要继续团结协作，共同开拓非洲市场，把中石油的品牌树立好。”

采访中，记者了解到，项目执行期间还多次赢得中国驻坦大使及经济商务代表、坦桑政府官员、中国进出口银行等领导的高度赞誉，CPP的品牌形象和影响力大幅提升。

（2014年8月12日《石油管道报》）

“来自坦桑项目一线的报道”之七

海外管道有了“中国芯”

7月29日，在结束了沿线采访，回到达市坦桑EPC项目部营地后，项目经理对记者说，项目上还有个亮点：管道局自主研发的软件，首次在海外管道工程中应用，打破了国外企业在海外油气自动化控制软件市场的垄断。

据坦桑尼亚项目龙慧公司项目部经理姚志峰介绍，工程采用SCADA系统软件，这是龙慧公司自主研发的、具有自主知识产权的油气储运自动化控制软件Epipeview4.0。此软件已在江西天然气管网二期、山西煤层气调控中心、广西天然气管网、西部管道作业区监控、宁夏石化成品油外输管道等国内工程中实现成功应用。目前，自动化控制设备已经到港等待出关，公司派优秀的自动化工程技术人员，准备对坦桑项目自动控制系统进行现场安装调试，确保SCADA系统准确、稳定、高效地为管道运行服务。

另外，龙慧公司在坦桑工程中还承担了管道沿线5座场站、16座阀室及1座调控中心的仪表自动化设备安装及SCADA系统编程调试工作。EPC项目经理解释道，仪表自动化系统是管道生产运行的神经中枢，可以大幅减轻管道运行人员的劳动强度，提高运行人员的工作效率和管理水平，降低管道运行成本。同时在管道运行出现危险时，系统能及时进行自动停输等连锁保护，保证输气生产安全可靠运行，实现“无人值守站”的运行模式。

姚志峰说，随着仪表校验工作全面展开，仪表自动化工程也进入现场施工阶段。在校表工作开始前，项目部仔细对每块仪表进行外观检查，及时发现并解决了部分压力表不归零的问题；积极与业主沟通，按照业主要求准备仪表校验相关材料，编制了仪表校验操作手册，要求操作人员严格按照操作手册作业，保证每一台设备的检验准确度，为后续施工打下了良好基础。

（2014年8月14日《石油管道报》）

“来自坦桑项目一线的报道”之八

争取免税，项目将节约增值税900万美元；设计变更，为项目直接节约成本1460万美元；成本管控、以收定支、回收账款等系列措施，把坦桑项目节支降耗、提质增效工作做得风生水起。究其原因，项目起初，坦桑EPC项目部就达成共识——

终极目标 “锁定”创效

记者到坦桑项目采访的第一天，就发现EPC项目部员工普遍有节支意识，如外出办事拼车、两车以上同行配对讲机联系等。记者就节支降耗工作采访了坦桑EPC项目部财务总监羊小兵。

羊小兵介绍，坦桑项目自去年8月开工以来，就锁定了“创最佳效益”的目标，一方面努力控制成本、压缩非生产性开支，另一方面积极做好工程款回收工作，开源节流。目前，项目资金安排合理，各项成本、费用均控制在预算内。羊小兵讲述了几个事例。

百折不挠　争取免税

坦桑项目是海外贷款援助项目，在双方合同签署时就明确为免税项目（免企业所得税、预扣所得税、增值税、关税及其他相关税费等），但在实施中却由于缺少坦桑财政部等部门的正式批复文件，当地税务局不认可免税，TPDC（业主）又不愿协助CPP办理免税，希望CPP放弃免税申请。如果不能免税，CPP不仅没有利润，而且将面临巨额亏损。

面对困难，项目部坚持与中石油技术开发公司、TPDC高层沟通谈判，历经16个月的磋商，终于在2013年10月取得了增值税免税批文。虽然每笔免税业务需经TPDC及各级税务官员签字，流程复杂，但每个免税文件都意味着18%增值税的免除。截至今年6月30日，项目部累计办理免税文件304份，免税金额563万美元，预计整个项目将节约增值税900万美元。

科学变更　节支保质

针对坦桑海管工程实际，项目部取消了海管的后挖沟、栈桥施工等10余个设计变更，为项目节约成本1460万美元。同时，在第二条海洋管道施工中，项目部有效利用剩余材料，精打细算，避免重复购置，提高用料利用率，取得了可观效益。

在陆管施工中，项目部结合当地资源与气候等实际，优化施工方法、机组配置和施工计划等，在满足设计功能和技术要求的原则下，将陆上管线阀室数量由原来的19个减至16个，其中RTU阀室由13个减至7个，取消了两个首站ESD阀门，陆上管线长度从517公里减至512公里等，大大节约了项目成本。

成本管控　压缩开支

项目部严格费用核销流程，所有通过银行转账的大额付款必须走项目部会签流程；小额日常支出，必须列明细，由项目经理审核签字后财务方可核销。这不仅有利于项目财务规范化管理，更便于成本费用控制。不足0.3万美元的自动化办公系统的投入，不仅实现了文件审批、流转和分发全程电子化，满足项目部营地、各施工现场及国内支持等多地协同办公、移动办公的需要，还大大节约了纸张及打印支出，实现了无纸化办公。项目部严格执行报销联签制度，对各参建单位的每笔费用均进行严格监管，控制各参建单位的成本，为其创造更大的利润空间。

合理调配　以收定支

坦桑项目是陆海工程同建项目，不仅资金需求量大，首次实施的海管项目也存在诸多不确定成本。为此，项目部在启动之初就明确了“以收定支”的理念，避免出现资金不足，因借款而造成的成本增加。项目部与各单位的结算严格遵循“项目进度款有进账再支付分包商工程款”的原则，确保工程款合理利用。目前，项目资金计划安排合理，对局内外分包商的结算也有条不紊。

密切沟通　回收账款

项目工程款及时回收是确保项目顺利开展的重要前提。坦桑项目的实际情况是：项目不是通过业主获得工程结算款，而是由中国进出口银行将工程款拨付中技开，中技开收到款项后再支付给管道局。为此，项目各部门密切配合，确保提交给业主的请款文件的合规性；与业主保持密切沟通，在满足业主对工程进度和质量要求的前提下，积极向业主展示CPP优秀的企业文化、成熟的管理经验，得到他们的认可，从而最大限度地保证工程进度款的及时支付。截至今年6月30日，项目部已累计收到合同额51%的工款项，确保了项目的有序推进。

羊小兵表示，目前坦桑项目主体施工已近尾声，在保证工程安全、质量、高效的同时，还要继续加大项目管理及成本的管控力度，确保项目取得良好效益。

（2014年8月15日《石油管道报》）

“来自坦桑项目一线的报道”之九

管道局局长赵玉建6月份赴坦桑项目调研时，总结了坦桑项目的5个特点：工程进展顺利，队伍士气高昂，合作堪称典范，业绩贡献突出，管理科学高效。经记者采访参与项目建设的十余家单位，以及业主、PMC、合作单位中石油技术开发公司等都对坦桑EPC项目部给予了高度评价。项目如此成功，他们管理上有什么诀窍？EPC项目经理给出这样的诠释——

EPC结合+沟通=项目成功

7月28日，在达市末站现场，记者采访了坦桑尼亚EPC项目部经理。

项目部经理是与管道局同龄的70后，1996年天津大学毕业后进入管道设计院，多次担任国际管道工程的设计、机械专业负责人。他是管道局首批加拿大卡尔加里大学MBA班的班长，2006年MBA毕业后曾任利比亚注水项目副经理、国际事业部市场开发部经理等职。2012年8月，他被任命为坦桑尼亚管道工程EPC项目经理。

在加拿大学习期间，他对国际项目管理有了更加深刻的见解。他认为，项目靠制度来管理，制度靠执行来体现。在项目运作之初，他多次召开职能部门会议，讨论工作界面，做到无缝对接；按照业主和PMC的要求，结合项目实际，研究制定各职能部门的管理制度和一系列工作流程，并大力组织宣贯，确保各项工作分工明确，责权清晰，管理到位；在制度执行过程中，积极与各参建单位沟通，不断纠偏和完善，确保制度的有效落实和执行，提高了工作效率，推进了项目的开展，得到了各参建单位的理解和支持。

对于记者询问他在管理上的诀窍，项目部经理一个劲儿地摆手：“真没有什么，无非是把E、P、C紧密结合再加上有效沟通。”在记者的一再追问下，他介绍了几点做法。

在项目组织上，他们力争把海洋管道EPC紧密结合。设计上要求在确保工程质量、安全的前提下，节约项目成本，为施工提供便利。项目部会同天津设计院多次对施工方案进行研讨，与业主、PMC及时沟通，以便方案及时通过审批。如最初设计中，该项目在登岛部分有两公里栈桥，海管配重较厚。经过多次讨论验证，并通过现场勘察测量，最终取消了栈桥设计，配重层也减轻了，既确保了质量、安全，节约了成本，也给现场施工带来了便利。项目的成功实施，也验证了设计的可靠性。

在采购环节，为了使铺管船减少等待时间，他们在检验和钢管运输环节采取了有效措施，使钢管及时运到铺管船上，确保顺利施工。

在施工环节，六公司在铺管船到达坦桑尼亚之前就在国内进行了多次演练，包括花巨资购买与项目同规格的管材在国内进行实铺，确保铺管船到坦桑尼亚之后能够一次成功。到达坦桑尼亚后，铺管船又进行了大量的前期准备工作，现场预调查充分，摸清了海底情况（此次浮拖是管道局进行的最长的一次浮拖，长度超过两公里）。在整个工期安排上，铺管船到达坦桑尼亚时浮拖已经完成，配重管也运到现场并通过驳船运到船上，可以马上施工。在铺管船铺管过程中，由于是“新船、新人、新设备”，安全风险较高，需要大量的磨合时间。为了缩短磨合期，他们每晚都要开会，及时了解各个工序近期的工作重点，安排第二天的工作。针对船上设备调试和出现的一些故障，及时采取措施解决，保证铺管船铺管顺利进行。

项目部经理感慨道，对项目来讲，最重要的是沟通。在业主和PMC方面，项目上有什么困难和问题，他们都及时与业主和PMC沟通，大家共同寻求解决方案，推动项目进程。同时也获得了业主和PMC的尊重。对当地民众，他们做了大量的宣传工作，如在管道沿线发放宣传单，告知该项目的目的和意义，也告知施工存在的风险，如大型设备作业时，请大家注意安全，远离施工现场。施工间隙，他们组织了很多公益活动，如为沿线缺水地区打水井，给当地学生捐书包，维修校舍，平整操场等。通过这些公益活动，拉近了与当地群众的距离，获得了理解与支持。

在项目内部，注重员工健康。在国内，邀请专家作热带病防治专题讲座，从自我预防开始；施工现场配备大量药品，一旦出现问题，能够第一时间救治；和当地公司签订长期的救护车和直升机租用合同，确保员工遇有紧急情况能够得到及时救治。通过这些措施，员工在坦桑尼亚能够安心工作，对工程质量和施工进度起到积极的促进作用。此外，项目部还定期组织文体活动，调节员工情绪，缓解思乡之情；在营地安装卫星系统，满足员工上网需求……大家心往一处想，劲儿往一处使，齐心协力，不断推动项目的整体进程。

项目部经理坦言身上的压力和承担的责任很大。坦桑尼亚项目是中坦两国政府间的一个项目，也是坦桑尼亚有史以来最大的油气项目，项目能否安全、高质量地按期完成，对于加深中国和坦桑尼亚两国之间的友谊具有重要意义，对于体现中石油水平和管道局国际化承包水平也具有重要意义。另外，该项目对于改善当地比较落后的经济状况，提高当地人民的生活水平也具有重要意义。为此，他们把责任和压力化为动力，精心谋划，未雨绸缪，把所有的困难提前预见到。对于难点段，他们不仅有A计划，还有B计划、C计划，一旦出现突发情况，他们都有相应对策，确保项目顺利完成。

项目部经理表示，如今项目建设进入倒计时，项目部将合理部署，严格落实，重点做好后续工作。项目管理团队有信心把这个项目建成管道局的标杆性工程，不断提升CPP的国际化管理水平，为管道局增强国际竞争力、在东非打响CPP品牌、树立CPP形象作出新的更大贡献。

（2014年8月19日《石油管道报》）

“来自坦桑项目一线的报道”之十

和谐一家亲　CPP美名扬

7月底，在坦桑尼亚项目采访进入尾声时，记者了解到，管道局坦桑EPC项目部不仅与局内外十余家单位密切配合，还与业主、PMC和当地政府等建立了持续长久的合作关系，为项目的顺利实施营造了和谐氛围。EPC项目部副经理张宏伟向记者讲述了几个事例。

为了塑造中国管道企业的良好形象，管道局（简称CPP）各参建单位严格遵守当地法律法规，在保安全、重环保、高质量推进项目建设的同时，尊重当地民风民俗，加强文明施工，积极履行责任。项目部多次与驻坦中资企业、业主、合作伙伴等组织足球、篮球等友谊比赛，融洽各方关系，为项目的顺利实施营造良好氛围。

CPP秉持管道人“建设一个项目，造福一方百姓”的宗旨，在项目建设的同时，积极开展各类公益活动：向当地学校捐赠学习用品和捐建教学设施，为饮水困难村庄打水井，在古尔邦节、圣诞节、元旦等重要节日慰问管道沿线村民。至今，CPP已为当地小学捐赠书包和文体用品500余件，为福利院送去3万多元的食物及慰问品。

最受当地民众欢迎的公益项目是打水井。CPP根据当地实际需要，无偿为沿线村庄打井5口，投入40多万元修建道路、搭建生活设施，并为当地居民提供500余个就业机会，赢得了当地政府和百姓的拥护和赞誉。

CPP履行社会责任的善举，不仅获得当地媒体和民众的广泛好评，还受到坦桑尼亚高层领导的赞誉。2014年春节前，坦桑尼亚总理平达赴项目建设现场视察，在对项目整体工作给予充分肯定的同时，对中石油在坦桑尼亚所开展的社会公益活动给予高度赞赏。

坦桑尼亚国家电视台、独立电视台，以及报纸、电台等多家新闻媒体先后报道了坦桑项目，使广大民众充分了解该项目建设的意义，树立了CPP的良好形象。

本报记者采访时每当遇见坦桑尼亚当地百姓，他们总会情不自禁地伸出大拇指说："CPP GOOD!"

CPP在坦桑尼亚建设540多公里管道的同时，也把中坦友谊的种子撒向坦桑大地，播种在坦桑尼亚人民的心中。

后记：从坦桑项目采访回来尚未足月，30多篇（幅）作品陆续发出，每每编发稿件时，心中依旧激荡着难以名状的感动，紧张艰辛的采写过程历历在目：从赴坦桑尼亚首日未倒时差即开始采访《设计解难题　服务到现场》至《一路“抢”绿灯　粮草要先行》，沿“搓板路”、爬40多度陡坡记录下《展开攻坚战　集中“啃”难点》，在齐大腿深的海滩艰难跋涉登上铺管船揭秘《海中出“蛟龙”　陆地有“猛虎”》……险象环生的异域生活让我充满新奇，更让我惊异于管道人的适应能力和战斗能力。从与中外各层面的项目经理交谈，了解施工进展和项目整体情况，到完成《齐心开大船　协力海让路》和《受各方赞誉　“CPP GOOD!”》，我真正融入了这个群体，与他们一同说笑、聊家常，一起摆困难、谈管理，成为了项目团队中的一员。管道人的成熟睿智、坚韧奉献、乐观豪迈深深感染着我，使我忘却了旅途的疲惫，总想在有限的时间里尽可能多地真实反映管理团队的科学高效、一线员工的高昂士气。在坦桑采访的8天里，从达累斯萨拉姆末站一路向南，沿着540多公里管线施工现场和营地且行且采访，行进至姆特瓦拉首站……我日夜兼程，采访了管道局所有参建队伍。每个夜晚，我都在电脑前忙到凌晨，记录一天的工作和感受，整理图片，传给国内等稿的同仁。坦桑管道被坦桑百姓誉为“第二条坦赞铁路”，我为自己是工程的见证者和记录者而自豪。回国后，“来自坦桑项目一线的报道”依旧持续……

8月底，坦桑项目管道主体完工，CPP圆满完成了第一阶段建设任务。本期刊出的《和谐一家亲 CPP美名扬》将作为“来自坦桑项目一线的报道”的收尾篇，向在坦桑尼亚奋斗过的管道人致敬！祝愿他们顺利完成后续项目，为坦桑项目画上完美句号。

（2014年9月2日《石油管道报》）

安哥拉油库扩建项目

2013年，管道局首次进入安哥拉市场。罗安达渔港成品油库四期扩建工程位于安哥拉首都罗安达渔港，管道局承建其中6台19500立方米拱顶储罐及相关配套设施施工，2016年开工建设，2017年竣工。

2017年4月中旬，记者赴安哥拉，足迹遍布安哥拉渔港油库扩建项目，罗安达机场航煤油库项目，马兰热省成品油库项目、供水项目，威热省道路等项目……采写出多篇站位高、立意深、影响大的深度报道，全方位、多角度展现管道局的国际品牌和实力，刊发在央媒、集团公司媒体及管道局各个媒体，在社会上产生了积极影响，受到各界的广泛好评。

特别推荐

“中国名片”闪耀非洲海岸

——管道局安哥拉渔港成品油库扩建工程建设探析

2017年4月30日，管道局安哥拉渔港成品油库扩建工程圆满收官。

此前5天，这个工程项目的业主——彪马能源公司总裁皮埃尔、彪马能源安哥拉区总经理哈勃等一行4人到管道局安哥拉渔港扩建项目现场调研，并深入施工现场实地考察。

调研考察后，皮埃尔对渔港扩建项目的各项工作给予了肯定，对CPP在项目建设中付出的努力表示感谢，并赞扬了CPP的出色表现。他在感谢信中说：“该项目为彪马能源公司全球的建设项目树立了好榜样。CPP出色地完成这个项目，是我们共同的荣耀。”

类似的感谢信，CPP项目部收到不止一封了。能得到全球著名能源公司彪马的再三肯定，缘由何在？

“中国速度”赢国际赞誉

安哥拉渔港油库项目位于罗安达湾内。罗安达湾濒临大西洋，是安哥拉最大海港，也是西非的主要港口之一。

站在油库二期项目总库容9万立方米的7台储罐之间，管道局EPC项目经理告诉记者，二期工程占地3.7万平方米，库区由7台储罐和1个消防水罐组成，分别储存汽油、柴油和航空煤油等油品。罐区内包括综合办公楼、工艺泵、消防泵、装车栈桥、自动化程度较高的仪表设备等附属设施，以及相关的设计、采办、施工及预试运工作。仅用一年时间，2015年3月建成投产。

项目经理指着公路对面的库区说，一期工程中有6台储罐，其中9000立方米的成品油罐、8000立方米的沥青罐，法国某公司干了3年多。

“在工程建设中，我们刷新了储罐施工的速度和质量，用1个半月时间完成4个1.59万立方米拱顶罐的主体施工，在安哥拉油价大涨之前完成，并具备投产条件。第三方标定后，罐体的标定结果是，椭圆度、垂直度等标定数据相当完美，误差远远小于规范要求，得到业主的赞扬和充分的肯定。”项目经理说。

二期项目中，项目部以卓越的施工质量和出色的履约进度，赢得了业主赞誉。彪马业主最终以议标形式先后将油库扩建项目三期、四期、CBM、码头与疏浚工程授标于CPP。项目部不负众望，各阶段工程按工期相继投产。

“中国能力”创世界之最

渔港成品油库扩建项目是业主建设的大型汽油、柴油、航煤存储中心。项目包括10个1.95万立方米的油罐以及配套设施、传统浮标系泊装置（CBM）以及管道终端管汇（PLEM）、装车栈桥、顺岸码头及疏浚工程等。项目建成后能满足16台油罐车同时装车，停车场能同时停放400辆油罐车，满足安哥拉国家成品油的消费，储运能力堪称“巨无霸”。

要在短短两年完成这些重量级工程，项目建设面临着重重困难。

受雨季影响，有效施工周期较短，致使油罐施工工期紧、工作量大。同时，储罐安装与焊接要求高，质量标准严；工艺管道及设备安装施工工期短而工序多；管件及阀门多，焊接工作量大；主泵安装精度要求高。其中，CBM多点系泊系统是迄今为止世界上系泊能力最大的多点系泊系统：设计停靠的油轮为22.5万吨。

项目团队苦干实干巧干，仅用一年，就完成了CBM设施建设。CBM系统的成功投产，标志着CPP海上业务领域有了重大突破，增强了管道局在国际项目上的竞争力。

2016年9月24日，孟加拉国财政部、能源电力和矿产资源部、石油公司东方炼厂组成的专家组，到安哥拉渔港成品油库项目实地调研考察后，对CPP多点系泊建设能力给予高度评价。

当年10月14日，孟加拉石油公司与管道局交换了《孟加拉单点系泊及双管道项目EPC合同》签署文本。根据协议，管道局将以EPC总承包模式建设孟加拉石油公司东方炼厂单点系泊及双管道项目。该项目位于孟加拉湾东部吉大港入海口，是东方炼厂扩建改造工程的重要组成部分，建成后将大幅提升炼厂原油和成品油接卸速度。

安哥拉渔港成品油库扩建项目建成后，将极大地提高油轮泊靠、成品油输入和储存能力，进一步缓解罗安达地区的燃油供给紧张局势。CPP为保障居民正常生活、推动安哥拉经济发展作出重要贡献。

“中国制造”成金字招牌

CPP在安哥拉战后重建过程中，通过共享“朋友圈”加强合作，将“中国制造”带到国外，赢得了安哥拉政府和企业的一致好评。

据项目经理介绍，在渔港成品油库扩建项目中，为了能推广“中国制造”，CPP与彪马能源公司不断进行洽谈，向业主阐述中国产品造价低廉、供货周期短等优势，同时聘请国际公认的第三方检验公司进行驻场监造和出厂检验，在产品质量关上让用户放心。

在项目实施过程中，CPP始终注重民族品牌创造，钢管、钢板、泵组、阀门等建材和设备均采用国内供应商生产，让“中国制造”在当地成为金字招牌。在实现自身价值的同时，管道局也帮助中资兄弟企业走出国门，实现共赢。

在彪马能源安哥拉渔港成品油库工艺泵棚内，业主现场经理迈克指着中油管道机械制造有限责任公司生产的篮式过滤器（含快开盲板）竖起大拇指。迈克表示，中国企业的诚心和优质的产品性能说服了业主，让公司同意在工程中大量使用中国企业生产的各类钢材、管材、焊材等产品。无论是种类、数量还是金额，中国产品超过了80%以上。

“干一项工程、赢一众口碑、交一批朋友、拓一片市场、造福一方土地”——这是管道局一直倡导的理念。

4月19日，管道局与华为、中信建设和阳海国际在罗安达中信建设非洲区事业部总部营地签订四方战略合作协议。四方强强联手，打造在安哥拉的中国企业“巨无霸”。

记者发现，这四家公司均是各自专业领域的佼佼者，多年来在安哥拉已经具有很高的市场认可度及占有率，成为安哥拉中资企业的“领头羊”。“结盟”后，这些公司将开创新的发展模式、合作模式和商业模式，寻求新的发展思路。伴随着在南部非洲其他国家市场的拓展，四方将在约定的合作领域寻求更大范围和更深层次的合作。

管道局紧跟中国“中非产能合作”和“走出去”的发展战略，朝着建设成为国际一流油气储运工程综合服务商的目标，不断增强中资企业在安哥拉的影响力，助推当地经济持续蓬勃发展，让“中国名片”的光芒在安哥拉海岸熠熠生辉。

（2017年5月4日《中国石油报》，2017年5月15日《石油管道报》）

中国企业海外共享“朋友圈” 获安哥拉政企点赞

中石油天然气管道局（以下称管道局）16日透露，在安哥拉战后重建过程中，中国企业通过共享“朋友圈”加强合作，将“中国制造”带到国外，赢得了安哥拉政府和企业一致好评。

近年来，安哥拉处于战后重建时期，基础设施等建筑业市场容量巨大，吸引了来自世界各地的建筑承包商入驻。管道局安哥拉国家公司3年前进入安哥拉石油领域市场后，以良好的业绩和品牌实力先后中标安哥拉罗安达机场油库项目、安哥拉罗安达渔港油库扩建项目等项目，在安哥拉建筑业中“异军突起”。

管道局安哥拉国家公司经理介绍，在渔港成品油库扩建项目中，为了能将更多的中国产品引入安哥拉，推广“中国制造”，该公司与业主彪马能源公司不断进行洽谈，向业主阐述中国产品造价低廉、供货周期短等诸多优势，同时聘请国际公认的第三方检验公司进行驻场监造和出厂检验，在产品质量关上让用户放心。

在项目实施过程中，管道局始终注重民族品牌创造，钢管、钢板、泵组、阀门等建材、设备均采用国内供应商生产，让“中国制造”在当地成为了一块叫得响的金字招牌。在实现自身价值的同时，管道局也帮助了中资兄弟企业走出国门，实现共赢。

“这种过滤器维护很方便。滤网筐及紧固件都是不锈钢材质，清洗和更换滤芯方便，快开盲板设计也很先进，能自锁、联锁和报警，开启高效、便捷，中国产品很棒！”在彪马能源安哥拉渔港成品油库工艺泵棚内，业主现场经理迈克指着中油管道机械制造有限责任公司生产的篮式过滤器（含快开盲板）竖起大拇指。迈克表示，中国企业的诚心和优质的产品性能说服了业主，让公司同意在工程中大量使用中国企业生产的各类钢材、管材、焊材，各种泵、阀门、空气压缩系统、油水分离器等产品。

良好的品牌、信誉，让管道局在安哥拉的知名度越来越高，当地中文媒体以《重大利好！十家央企大中标！！中安贷款首批项目授标！！！》为题进行了报道。其中，管道局中标四个项目，收获8147万美元，市场开发业绩逐年递增，3年来累计合同额逾6亿多美元。

（2017年4月16日中国新闻网，2017年5月8日《经济参考报》）

防恐“及时雨”

经过20多个小时的飞行，在头晕眼涩腰疼腿麻几近崩溃之时，当地时间4月8日15点左右，终于抵达西非安哥拉。

办完出关等手续走出机场，一股热浪袭来。安哥拉此时正值雨季，气温高，湿度大。赶到管道局安哥拉国家公司位于首都罗安达的驻地，已是傍晚6点。疲惫不堪地放下行李，公司就有人来通知“上课”。

又热又乏还不让吃饭，什么课这么重要？记者疑惑不解地来到会议室，公司HSE部的韩鑫迎上来，有些不好意思地说：“老师对不起，知道你们坐了20多个小时很辛苦，没顾上吃饭就来上课，但这堂防恐课十分重要，必须先上。”

他娴熟地播放幻灯片《安哥拉社会安全与风险防范》并讲解，记者才知道安哥拉社会形势的严峻性。

石油出口一直是安哥拉的经济支柱，近年受石油价格低迷的冲击，安哥拉经济受到很大影响，基础设施建设滞缓，物价上涨，失业率增高，社会治安恶化，由此引发很多安全问题。安哥拉持枪抢劫、绑架勒索事件频发，社会安全问题日益严峻。由于安哥拉社会治安持续不稳定，接连发生多起华人企业遭劫匪持枪抢劫事件，警察和政府部门执法力度不够，在安华人生命财产没有保障。针对这一现状，我国驻安哥拉使馆曾发布通知，要求在安人员增强安全意识和安保投入。

内战结束后，安哥拉政局日趋稳定，局部地区仍有反政府组织势力影响。2015年6月，卡宾达飞地解放阵线发布公告，将针对华人采取武装攻击。这两年，每周都有数起抢劫和绑架事件发生，劫匪大多持枪抢劫，手段恶劣，给在安华人的生命财产安全造成严重威胁。中石油集团公司将安哥拉社会风险等级列为高风险Ⅲ级。

记者十分不解，首都还不安全吗？

“罗安达是安哥拉人口密度最大的地区，统计人口达770万。同时，安哥拉也是全球物价最高的城市，经济低迷、物价飞涨、基础设施建设落后、失业率上升等因素给罗安达带来很多社会问题。”韩鑫回答。

“中方人员在罗安达面临的最大问题是社会治安。罗安达治安差，小偷小摸多，劫匪多，敲诈勒索、绑架、枪杀案时有发生。大使馆多次与安哥拉政府交涉，要求当地政府采取切实有效的措施保障中国公民的人身和财产安全，但是当地警方的执法能力差，效率低，很难有所作为。”韩鑫的解释让我们不寒而栗，这堂防恐课无异于酷暑中的“及时雨”。

韩鑫见我们神情紧张，忙安慰道：“咱们驻地位于罗安达市中心，有不少当地政要在附近居住，周围环境相对比较安全。我们所面临的主要安全风险是不法分子入室盗窃、抢劫及营地内属地雇员监守自盗。公司采取了很多安保措施，你们放心吧。需要注意的是，在驻地营区要关闭好门窗，避免单独在户外活动，不与当地人搭讪，散步及锻炼身体要结伴而行。外出随身携带护照，在车内时锁闭车门及车窗，不要擅自行动。在外不要随便拍摄，如遇到警察查车等事件，不要有过多言行，让司机或陪同人员处理……”韩鑫分享了几种情况的突发事件和预防措施。

防恐“及时雨”让初来乍到的记者异常警醒，敲响了安全警钟，让我们进一步强化了安全防范意识，提高了防范技能。

（2017年4月17日《石油管道报》）

安哥拉印象

2017年4月初，我远赴安哥拉，去管道局安哥拉国家公司（简称CPP）进行采访。为期半个月的时间，对安哥拉有些初步印象。

辗转20多小时的飞行，在头晕眼涩腰疼腿麻几近崩溃之时，终于抵达首都罗安达。办完漫长的出关手续走出机场，一股热浪袭来。罗安达分雨季和旱季，此时正值雨季，气温高，湿度大。驱车往驻地赶，喧闹的城市，车水马龙，交通拥堵，让人烦躁。一路上走走停停，正常1小时的路程，3个多小时才“挪”到CPP位于罗安达的驻地。

没有安全感

安哥拉安全形势不容乐观，这不，刚到驻地，疲惫不堪地放下行李，就被人带领去上安全课。观看《安哥拉社会安全与风险防范》幻灯片后，才知安哥拉社会形势的严峻性。

石油出口一直是安哥拉的经济支柱，近年受石油价格低迷的冲击，安哥拉经济受到很大影响，基础设施建设滞缓，物价上涨，失业率增高，社会治安恶化，由此引发很多安全问题。安哥拉持枪抢劫、绑架勒索事件频发，社会安全问题日益严峻。由于安哥拉社会治安持续不稳定，接连发生多起华人企业遭劫匪持枪抢劫事件，警察和政府部门执法力度不够，在安华人生命财产没有保障。针对这一现状，我国驻安哥拉使馆曾发布通知，要求在安人员加强安全意识和安保投入。

内战结束后，安哥拉政局日趋稳定，但局部地区仍有反政府组织势力影响。2015年6月，卡宾达飞地解放阵线曾发布公告，将针对华人采取武装攻击。这两年，每周都有数起抢劫和绑架事件发生，劫匪大多持枪抢劫，手段恶劣，给在安华人生命财产安全造成严重威胁。中石油集团公司将安哥拉社会风险等级列为高风险级。

由于太不安全，CPP数次搬家。现在这个驻地位于罗安达市中心，有不少当地政要在附近居住，环境相对安全。所面对的主要安全风险是不法分子入室盗窃、抢劫及营地内属地雇员监守自盗，公司采取了很多安保措施。

一番安全提示令我不寒而栗。吓得我每天都关闭门窗，从不敢单独在户外活动，即使是从营地到食堂短短的10多分钟的路程也不敢单独走。晚上在小区散步更是多人结伴而行。害得我在罗安达待了半个月，长了不少肉——除了去工地，剩余时间就“宅”在营地写作，不敢出门。

每次到现场采访，都带有安保人员。想想咱一小人物也有穿制服的“保镖”，心中窃喜，也踏实多了。

堵车又堵心

除了社会治安差外，交通拥堵也是一大困扰。

罗安达城市的设计人口原来只有50万人，由于长年内战，大量的难民涌入，使城市人口急剧膨胀到六七百万人。城市每天都在超负荷运转，虽为能源大国的首都，但是水电供应紧张，交通更是拥堵，加上路况差，坑多、路狭，堵车是家常便饭。

我们每次去工地都起早贪黑，避开高峰期。即使这样，还是经历过多次严重的塞车。从营地到安哥拉渔港油库项目，正常40分钟的路程，塞车就没点了，几个小时坐在像蜗牛一样爬行的车里。

百姓很友好

安哥拉百姓对中国人很友好，嘴里经常蹦出比较标准的两个字“你好”！脸上洋溢着真诚的微笑。尤其是天真可爱的孩子更是热情。

4月18日，在罗安达市Cacuacu区Bera Mar学校，CPP为当地学校捐赠书包、文具等学习用品，运动鞋、足球等体育用品，以及生活用品等，获得师生交口称赞。我拿着相机一进入学校，立刻被一大群天真无邪的孩子簇拥着，个个抢着上镜做鬼脸，争着说：“哦啦，阿米嘎（你好，女性朋友）！”还作出胜利的手势，嘴里喊着：“CPP！CPP！”

Cacuacu区当地村长Manuel很有权威，当挺着胖胖的肚子的他一出现，喧闹的孩子立刻安静下来。他对着摄像机侃侃而谈，对管道局捐赠活动表达了诚挚的谢意。他说，CPP在支援安哥拉当地建设、促进当地经济发展中作出了巨大的贡献，提高了安哥拉人民的生活水平，中国和安哥拉是永远的好朋友、好兄弟。

个子瘦小的Bera Mar学校校长Joseluvumbo指着学校的运动场对我说，这儿原本是村中荒地，在CPP的规划和建设下，变成了小型的运动场和游乐场，成了孩子们锻炼和娱乐的好去处。运动场和游乐场的建成，使孩子们的生活更加丰富多彩、开心快乐，当地居民都非常感谢CPP。CPP的援建捐赠善举，不仅改变了当地人的生活，增进了与当地居民的友好关系，更在当地人心目中树立了中国企业良好的品牌形象。

（2017年4月20日《石油管道报》）

管道局与华为、中信建设、阳海国际“结盟”联手助力安哥拉经济发展

安哥拉当地时间4月19日11时，管道局与华为技术有限公司（简称华为）、中信建设有限责任公司（简称中信建设）、阳海国际贸易有限公司（简称阳海国际）在位于安哥拉首都罗安达的中信建设非洲区事业部总部营地签订四方战略合作协议，组成联合体，强强联手，互助共赢，打造在安哥拉的中国企业“巨无霸”，挑战更大的市场。

管道局安哥拉国家公司总经理，华为技术安哥拉有限公司CEO，中信建设副总经理、非洲区总经理，阳海国际总经理分别代表本企业在协议上签字，并表示今后将充分发挥各自的优势，在各领域开展战略性合作。

四家公司均为各自专业领域的佼佼者，多年来在安哥拉具有很高的市场认可度和市场占有率，是安哥拉中资企业的“领头羊”。

华为1996年进入安哥拉，已经帮助安哥拉信息和通信技术实现了跨越式发展，成为安哥拉政府、各大运营商、企业客户以及渠道商的战略合作伙伴和最值得信赖的通信解决方案提供商。中信建设2004年进入安哥拉，10多年来承担的总合同额达100亿元，创造了中信建设发展史的辉煌，在安哥拉树立了良好的品牌形象。阳海国际拥有强力的市场开发能力和商务运作能力，有良好的商务信息渠道和广泛的人脉资源。

管道局2013年进入安哥拉后主要参与石油领域项目，包括安哥拉罗安达

机场油库项目、安哥拉罗安达渔港油库扩建项目等，这些已经成为地标性建筑，也是管道局在安哥拉展示中石油品牌形象的标志。近4年来，已与三家合作伙伴公司建立了良好的合作关系，结下了深厚的兄弟情谊，开启了与三家公司的战略性合作。

四方一致同意，伴随着在南部非洲其他国家市场的拓展，四方将继续在约定的合作领域寻求达成更大范围和更深层次的合作。

记者手记：四方协议的签订，对四方联合体既是机遇也是挑战。目前，安哥拉乃至全球经济均处于缓慢复苏的关键时期，安哥拉政府还面临着新旧政府的交替，这给四方联合体既带来了机遇也带来了挑战。

机遇是全球经济的缓慢复苏，包括安哥拉经济的复苏，还包括安哥拉经济转型及新一届政府解决民生和加强基础设施建设的愿望，这是能够在未来给联合体带来机遇的形势。挑战则是政治、经济的发展局势。

签订联合体协议，就应该进行资源整合，开展战略合作。通过联合，开创新的发展模式、合作模式和商业模式，寻求新的发展思路，使四家公司通过强强联合，打造在安哥拉的中国企业“巨无霸”，挑战更大的市场。同时，在发展过程中注入新鲜血液，这是强强联合的必然发展之路。

（2017年4月25日《石油管道报》）

“一带一路”助力中非“双赢”

——管道局安哥拉国家公司发展之路探析

编者按：昨日，“一带一路”国际合作高峰论坛在北京开幕。“一带一路”是中国在2013年首倡，是各国共同受益的重要国际公共产品，理念是共同发展，目标是合作共赢，它聚焦经济合作特别是基础设施建设，契合沿线国家和本地区发展的需要。管道局作为国内外油气储运建设行业的专业化公司，正是秉持开放包容、合作共赢的理念，在国际上进入了苏丹、伊拉克、坦桑尼亚、乍得、尼日尔、安哥拉、哈萨克斯坦、印度等46个国家和地区，在中东、中亚、非洲和东南亚建立了稳固的发展平台，正在向北美洲、南美洲等地区市场延伸。回顾管道局的国际化之路，从1981年参建伊拉克输水系统工程的纯劳务输出和1993年承包突尼斯管道工程，到2009年战略研讨会将企业定位为“国际管道工程专业化公司”，再到2016年将战略目标定为“建设国际一流油气储运工程综合服务商”，管道局的管理理念、技术水平、人才战略等方面都发生了巨变和升华。在不断完善自身战略、寻找适合自身发展的国际化道路的征程上，中国管道人步履铿锵，管道局成绩令人瞩目，“朋友圈”越来越广阔。即日起，本报开设《“一带一路”上的中国管道》栏目，记录并见证——管道局参与“一带一路”建设，在国际市场竞争中不断发展壮大的历程。

安哥拉位于非洲西南部，毗邻大西洋，历史上属于古代海上丝绸之路的组成部分，是海上丝路向西到达的最远端和重要目的地。在国家主席习近平提出共建“一带一路”的合作倡议后，管道局安哥拉国家公司（以下简称CPP）应运而生。3年多以来，这个公司秉持共商共建共享原则，开展了与安哥拉政府和当地外资、中资企业多领域互利共赢的务实合作，实现了自身发展同安哥拉国家发展“双赢”。

凭实力落地生根

CPP是偶然进入安哥拉的，这要追溯到莫桑比克的一个项目。

2012年，CPP承建的莫桑比克贝拉油库项目面临工期紧、任务重、管理人员少等不利因素。CPP凭借着强大的项目管理能力和丰富的施工经验，比合同工期提前50天超额完成各项指标，赢得了业主的认可，也由此敲开了非洲另一扇机遇之门——业主邀请CPP承建安哥拉总容积达9万立方米的渔港油库二期项目。

2013年6月，CPP项目经理带领着10人团队，初次踏入战后百废待兴的安哥拉。

安哥拉首都罗安达面临的严峻形势让人望而却步。27年的内战使罗安达市政建设基本停滞，基础设施年久失修，水电供应和通信条件较差；物资匮乏，商品和服务价格昂贵：一小瓶矿泉水1美金，一支牙刷2美金……据英国《金融时报》报道，咨询公司美世（Mercer）有关海外生活成本的一项调查显示，2013年、2014年罗安达均获得海外生活成本最昂贵城市称号。物价上涨，失业率增高，社会治安恶化，安全风险极大。

此外，交通阻塞更令人头疼。罗安达城市的设计人口是50万人，长年内战导致难民涌入，使城市人口急剧膨胀到700万人。城市每天都在超负荷运转，交通十分拥堵，加上路况差，坑多、路狭，半小时的车程行三四个小时是常事，从而造成罗安达办事效率低。

为保证新签项目建设顺利开展和运行，需要在当地注册公司，选择办公地址、办理一系列许可和手续等工作繁琐复杂。安哥拉当地有大约50万中国人，当地政府对入境要求很严，办理签证最长的竟然达七八个月。

项目工期已定，开弓没有回头箭。项目部开始与时间“赛跑”，在注册公司紧张推进的同时，工程项目的现场勘察、初步设计、前期采办等同步进行，这10个人身兼数职地紧张忙碌。

功夫不负有心人。金秋时节，公司落地生根，工程项目也顺利启动，之后如期建成投产。

项目部克服安哥拉社会依托差、物资匮乏等重重困难，以规范的内部管理、卓越的施工质量和出色的履约进度，赢得了业主的赞誉，第三方标定单位CORE LABORATORIES ANGOLA，LDA给予高度评价：“这是我工作十几年以来见过的最标准的储罐，没有之一。”彪马能源公司致信，给予CPP表扬。

二期项目的出色完成，获得了业主的青睐。2014年，彪马业主以议标形式先后将马兰热成品油库项目与罗安达机场油库项目授标于CPP。CPP在安哥拉这个极具潜力的市场顺势发展。

记者点评：共商强调彼此尊重各国的利益，求同存异、相互信任。非洲国家发展水平、经济规模、文化习俗等差别很大，CPP以共商为基础，兼顾各方利益和关切，寻求利益和合作的契合点，终于在这个石油资源大国立足。

靠信誉精诚合作

3年来，CPP与彪马能源公司合作了4个项目，合同额达5亿多美元，成为彪马在安哥拉的最大合作伙伴。

CPP自第一个项目开始，就决定和彪马建立一种长期稳定的合作关系。对于合同执行过程中的一些争议事项，也通过友好协商达成一致，最终以变更方式确认，既解决了问题，增强了信任，又扩大了市场额度。

在渔港扩建项目工程中，业主初步规划是陆上部分由CPP承揽，海上部分交由其他方承揽。因为30多万立方米的成品油罐区、配套设施等是CPP的强项；但渔港码头和CBM系统（多点系泊）是CPP从未涉足的业务。

得悉项目工程量巨大，项目部负责人很兴奋，决心力争获得项目的EPC总承包。为了更好地配合业主，项目部认真探索研究码头和CBM业务新领域，积极准备各项材料，制定切实可行的实施方案，时刻与业主保持沟通。

通过5个月的方案准备和努力谈判，最终CPP用无懈可击的方案和诚意打动了业主。2014年9月，业主以议标方式将项目的EPC总承包交给CPP。

CBM系统是扩建项目的控制性工程，为管道局首次施工，也是迄今为止世界上系泊能力最大的多点系泊。合同签订后，项目部便组成专门的海上管理团队，本着学习、吸收、消化再创新的态度，向海上施工专业化的公司学习。项目设计人员详细勘察，充分对比各种方案，组织专家进行论证，紧密结合地质勘查数据采用底拖法安装海底管道，排除了费用高、施工难度大的定向钻穿越方案。此举不仅创新了工法，还降低了施工风险，为项目节约了成本，缩短了工期，得到业主的称赞，充分展示了CPP强大的核心竞争力。

CPP随时注重与业主关系的维护。扩建项目三期在施工的过程中，业主考虑到航空煤油在当地市场的经济效益可观，在罐区项目施工接近尾声时，临时提出变更，要求增加航煤管线，并将其中两个柴油罐变更为柴油、航煤两用罐。

针对业主严苛的要求，项目部负责人带领设计人员深入研究，科学谋划，排除各种设计困难，在满足业主使用要求的前提下，充分考虑施工难度以及成本控制，排除各种质量、安全隐患风险，最终顺利完成了业主的变更，为项目创造了效益。

CPP极为注重与使馆、经商处以及中资企业商会和兄弟单位的沟通联络，积极参与各方组织的峰会、讲座、展会等活动，加强交流，增进互信，朋友圈越来越大，也使自身的业务范围不断拓展，形成了集油气储运、投融资、市政设施建设等于一体的综合服务商，实现了产业链的前伸后延，壮大了企业的实力和综合竞争力。

2015年10月，CPP抓住中国政府向安哥拉贷款的契机，先后中标马兰热省供水系统巩固项目和威热省道路维修巩固项目两个EPC工程，合同额共计1.08亿美元。

道路及供水项目并不属于CPP主营业务，但在国际油价持续低迷、油气市场极不景气的形势下，向其他领域业务拓展已是大势所趋。CPP认真谋划、提前布局，与中安建设签署了合作协议，双方决定以CPP的名义联合投标，中标后，由中安建设进行项目的EPC实施。由于贷款项目的特殊性质，业主要求属地分包工程量不低于工程总量的20%，分包工程总量不高于工程总量的75%。因此，CPP将中安建设的分包合同拆分成独立的设计、采办、施工分包合同，保证符合主合同的分包要求，并最大限度降低了税务和资金风险。这种全新的项目运作模式得到中安建设的点赞。

渔港码头部分CPP也以EPC形式分包给资质过硬的中国港湾公司，并派专人对分包商进行管理，全面监督从设计、采办到施工的各个环节。在保证工程项目顺利进行的同时，也积累了宝贵的经验，培养了一批码头方面的专门管理人员，为CPP后续业务范围的扩大打下了坚实的基础。

记者4月下旬前去采访中国港湾公司副总工程师、南部非洲区域公司总经理陆云鹏，他对CPP这个进入安哥拉才3年的“后起之秀”取得的业绩和良好的声誉表示赞赏。他表示双方一直合作得很好，优势互补，2016年3月中国港湾在其他省拿到的金港湾油库和巴拉丹迪港油库两个项目就交给CPP承建。

中信建设、华为、阳海国际今年4月与CPP结盟，中信建设副总经理、非洲区总经理胡平博士表示，伴随着在南部非洲其他国家市场的拓展，今后四方联盟将在各领域达成更大范围和更深层次的合作。

记者点评：共建强调在“一带一路”广阔的范围内优化资源配置，调动多方主体积极参与、精诚合作、各取所长。CPP在“一带一路”倡议中，以共建为途径，优势互补，调动多方发挥各自在资金、技术、人才等方面的优势，各施所长，各尽所能，从而实现了全面发展。

尽责任互利共赢

2016年，在世界油价持续低迷、国际原油市场需求持续疲软的大环境下，作为非洲第一大原油出口国的安哥拉，面临着巨大的经济下行以及美元紧缺压力。面对各种不利因素的叠加，安哥拉政府和安哥拉国家石油公司无限期推迟了一系列计划上马的石油工程类项目。

在严峻的市场形势面前，项目部及时调整市场开发战略，从之前“找项目”转变为现在的“推项目”，即主动了解政府的需求，针对政府的困难，提出符合各方实际利益、切实可行的解决方案，从而获得政府支持与许可，进而推动项目落地。

CPP不断创新发展模式，努力使业务多元化，找当地融资单位贷款，跨出石油行业与当地优势结合，先后中标了马兰热省供水项目和威热省道路维修项目。

在建的马兰热省5个地区的供水系统巩固工程项目，是与安哥拉能源水利部合作的中安贷款项目，项目建成后，将极大地缓解马兰热省部分城镇的用水供需矛盾，解决当地居民饮用水及其他用水问题。

威热省道路维修工程项目，涉及四个区间的道路维修工作。道路项目竣工后，将会加强省会威热市与周边城市之间的联系，改变当地的交通状况。

3年来，CPP承建的11个项目都是优质快速完成，尽早投用，尽快见效。如马兰热油库项目，从签约到投产，整体工期只用了14个月（同等类型油库项目，当地公司用时4年）。项目建成后，极大地增强了内陆省份马兰热的成品油储存能力，保障了当地的燃料油供应；罗安达机场油库项目建成后，保障了机场航空煤油的储存和供给；油库扩建项目建成后，极大地提高了油轮泊靠、成品油输入和储存能力，进一步缓解了罗安达地区的燃油供给紧张局势，为保障居民正常生活、推动经济发展作出了重要贡献。

作为工程建设者和友谊传播者，CPP通过良好的业绩和信誉在安哥拉树立中国企业品牌的同时，也通过公益性活动，改善当地居民的生活条件和生活环境，向安哥拉人民展示中国企业的社会责任感。在属地化用工方面，CPP项目前期招募了安哥拉工作人员，并对挖掘机、装载机、电工等方面作业人员进行了上岗培训；在保证现场营区安全营运供水的情况下，主动向厂区周边当地居民提供部分营运供水；对库区周边平民堆放的垃圾清理外运，并进行消毒；雨天对周边生活区进行下水道疏通……渔港施工现场的附近是贫民窟，原本是垃圾和淤泥的村中荒地，CPP建成了运动场和游乐场。为当地学校捐赠书包、文具、运动鞋、足球等文体用品，获得师生交口称赞。安哥拉政府和百姓对CPP这些善举给予了高度评价。

良好的品牌、信誉，让CPP在安哥拉的知名度越来越高，当地中文媒体以《中石油管道局异军突起，再获马兰热省供水项目》为题报道后，又在《重大利好！十家央企大中标！！中安贷款首批项目授标！！！》中进行了报道：“管道局中标四个项目，收获8147万美元，市场开发业绩逐年递增，3年来累计合同额逾6亿多美元。”

记者点评：共享强调互利共赢，让“一带一路”倡议惠及各国人民并带来更多的福祉。CPP在安哥拉面临经济下行等严峻形势下，积极履行中企社会责任，坚持互利共赢，多方面实现成果共享，从而获得安哥拉政府和人民的支持，真正地实现了“双赢”。

（2017年5月18日管道局网站）

管道局把“中国制造”带入世界

走出国门市场覆盖47个国家和地区　产值超过800亿元

“这些年，管道局在国际项目中推广的‘中国制造’已超过项目重要设备的60%，例如莫桑比克彪马能源马托拉成品油库项目，大宗材料和重要设备国产化率达84%，乍得2.2期管道项目达82.93%，安哥拉渔港成品油库扩建项目超过80%，纳米比亚鲸湾油库项目达77.36%，肯尼亚6号线管道项目达60%以上。管道局为‘中国制造’扬名海外架起了桥梁，成为助力‘一带一路’倡议在海外延伸的重要参与者。”6月2日，管道局副总经理薛枫接受记者采访时这样说。

作为国内外油气储运建设行业的专业化公司，管道局致力于建设国际一流油气储运工程综合服务商，走出国门以来，进入了47个国家和地区，在亚洲和非洲建立了稳固的发展平台，正向北美洲、南美洲等地区市场延伸，产值超过800亿元。目前，位列ENR国际承包商排名第63位，在入围中国公司中排位第十。

国际工程承包既促进当地经济发展，又带动境外工程所需设备、材料使用中国产品。管道局想方设法推广“中国制造”，在实现自身价值的同时，也帮助了中资兄弟企业走出国门，实现共赢。

在安哥拉渔港成品油库扩建项目中，为了能将更多的中国产品引入安哥拉，管道局与业主彪马能源公司不断洽谈，向业主阐述中国产品价格低、供货周期短等诸多优势，同时聘请国际公认的第三方检验公司进行驻场监造和出厂检验，在产品质量上让用户放心。

管道局的诚心和优质的产品性能说服了业主，业主公司同意在工程中大量使用中国企业生产的各类钢材、管材，各种泵、阀门，空气压缩系统、油水分离器等产品，国产化率达到80%以上。

在中东地区马季努恩外输管道项目实施中，管道局在与伊拉克国家石油工程公司合作初期就致力于引入“中国制造”，不但邀请伊拉克国家石油工程公司采办团队到国内实地考察，召开采办清关研讨会，创造物装公司与伊拉克国家石油工程公司深入交流的机会，还带领他们参观了国内管道工程建设领域有实力的厂家，以实力和沟通改变了他们对“中国制造”的态度，从坚决不同意使用中国产品到同意大部分采办包为中国采购（30个采办包中有18个为中国企业生产），实现了60%的国产化率。

在哈法亚项目建设期间，管道局按照中石油业主的部署，履行服务和保障职责，协调EPC各个环节，积极推动国产设备和物资的引进、物流、清关及实施安装工作，促进热缩带、收发球筒、钢管、压力容器、柴油发电机、自控设备等国产设备进入伊拉克现场，占比总采购量达80%。

管道建设带动“中国制造”，“中国制造”力挺管道建设。中国产品在国际项目的成功应用，不但降低了采购费用，为业主节省了大量资金；还缩短了采办周期，为项目工期节省了大量时间。

这些应用于国际工程的“中国制造”，优质的产品性能显示出强大的核心竞争力，在当地成为一块叫得响的金字招牌。如机械公司生产的安全锁快开盲板，成功应用于多项国际工程，已获美国发明专利授权，形成能源行业标准，被中石油集团公司认定为中国石油装备品牌和中石油自主创新重要产品。

大量应用于国际工程的“中国制造”，不仅节支创效，还助力创建多个国家级精品工程：2016年，中亚管道工程、尼日尔原油管道和中缅管道工程荣获国家优质工程金质奖；中缅管道工程荣获中国建筑行业工程质量最高荣誉——鲁班奖，这也是长输管道建设行业获此殊荣的首个项目……

（2017年5月25日《中国石油报》）

“中国名片”挖掘之旅
——管道局安哥拉国家公司采访札记

真正能坚持在安哥拉立足并发展壮大的外国企业并不多。有一家中国企业，却多年赢得彪马能源的青睐，把安哥拉渔港油库项目从二期干到了扩建三期四期……赢得当地赞誉声不断。

这家中国企业即为中石油管道局安哥拉国家公司（简称CPP）。4月中旬，记者远赴安哥拉，开始为期半个月的采访。

历经20多小时的飞行，在头晕眼涩腰疼腿麻几近崩溃之时，终于抵达安哥拉首都罗安达。

罗安达机场很小，不少黄皮肤夹杂在黝黑肤色之间，中国务工者们拖着大大的行李箱，排着长队鱼贯进出。

办完手续走出机场，一股热浪袭来。安哥拉此时正值雨季，气温高，湿度大。

刚驶出机场，就遇上塞车，走几步停几步。CPP接站人说，罗安达城市的设计人口是50万人，长年内战导致难民涌入，使城市人口急剧膨胀到700万人。城市每天都在超负荷运转，交通十分拥堵，加上路况差，坑多、路狭，半小时的车程行三四个小时是常事，从而造成罗安达办事效率低。

赶到CPP罗安达驻地，已经傍晚了。疲惫不堪地刚想躺下，就有人来通知“上课”。又热又乏还不让休息，什么课这么重要？

待公司HSE人员讲解完《安哥拉社会安全与风险防范》，记者才了解到安哥拉社会形势的严峻性。石油出口一直是安哥拉的经济支柱，近年受石油价格低迷的冲击，安哥拉经济受到很大影响，基础设施建设滞缓，物价上涨，失业率增高，社会治安恶化，由此引发很多安全问题。这两年，每周都有数起抢劫和绑架事件发生，劫匪大多持枪抢劫，手段恶劣，给在安华人生命财产安全造成严重威胁。中石油集团公司将安哥拉社会风险等级列为高风险Ⅲ级。

“在驻地营区要关闭好门窗；避免单独出门；外出要带军保，不要随便拍摄……”HSE人员分享了几种情况的突发事件和预防措施。

这堂防恐课无异于酷暑中的“及时雨”，让初来乍到的记者提高了安全防范意识。也加深了我对海外参建员工的敬佩之情，他们生存的社会环境和自然环境如此险恶，却在忘我地工作。记者决心此行深度挖掘，寻找线索，全面反映海外将士克服困难、甘于奉献的精神风貌。凌晨倒时差睡不着，记者索性起来写了第一篇报道《防恐“及时雨”》发回国。

探寻“中国制造”

第二天，记者就去了CPP承建的安哥拉渔港油库扩建项目施工现场。3年前，CPP与油库二期项目“结缘”，克服社会依托差、物资匮乏等困难，以卓越的施工质量和出色的履约进度，赢得了彪马业主的赞誉，也迎来了后续市场的持续：业主先后将扩建项目三期、四期议标授于CPP，工程量越来越多，合同额越来越大，知名度越来越高……

在站控室，记者看见用户使用的是中油龙慧公司研发的油气储运自动控制软件；在工艺室，发现了很多带有中国标示的泵、阀门等产品；在施工现场，钢管、钢板等也是中国产品。记者询问“中国制造”所占的比重，得知无论是种类、数量还是金额，中国产品均超过了80%以上。多好的新闻点！

这个点还有待挖掘：CPP如何说服业主大量采用中国产品？怎样保证中国产品的质量？用户对“中国制造”评价怎样？

CPP项目经理介绍，他们在前期就详细了解业主需求，进行不断地洽谈，阐述中国产品的诸多优势：采用欧美产品和中国产品两方面进行造价估算对比，中国产品能降低造价，提高效用；中国产品的制造和供货周期能缩短2至3个月，能极大地提高工程建设效率，能有效地保障周期。对于中国产品的质量控制，他们聘请了国际公认的第三方检验公司进行驻场监造和出厂检验，产品质量可以让用户放心。

仅采访CPP可不行，还要业主用户评价才全面客观。彪马能源安哥拉区总经理哈勃表示，中国企业的诚心和优质的产品性能说服了业主，让公司同意在工程中大量使用中国企业生产的各类钢材、管材、焊材，各种泵、阀门，空气压缩系统、油水分离器等产品。

记者还采访了业主现场经理迈克，让他评价中油管道机械制造有限责任公司生产的过滤器，他竖起大拇指：“这种过滤器不仅质量好，滤网筐和紧固件都是不锈钢的，清洗和更换滤芯更方便、快捷。中国产品很棒！”

成稿发回国内当天，中国新闻网4月16日以《中国企业海外共享“朋友圈”获安哥拉政企点赞》为题进行了报道。报道引发众多媒体关注，当日，中国日报网、环球网、新浪财经、网易新闻、国际石油网、凤凰财经、中华网、中国网、中国经济网等著名网站，以及《安哥拉华人报》、安哥拉华人网等当地媒体纷纷予以转载。

随后，围绕“中国制造”，记者又从不同角度采写了多篇报道，《经济参考报》以《中石油管道局把“中国制造”带入安哥拉》为题刊登，再次引起强烈反响，人民网、中国能源网、今日头条、新浪、中国网、人民日报社·人民数字、国际石油网、能源世界等著名网站，以及安哥拉当地华人网、安哥拉经贸在线予以转载。

打造“中国名片”

采访中记者发现，业主方对CPP不吝赞誉。4月20日，彪马能源发来感谢信，感谢CPP在项目按计划推进及实施高质量的施工方面，安全与质量并重，表现杰出，对于项目支持及专业性表示感谢。

类似这样的感谢信，CPP收到多次了。能得到彪马能源的再三肯定，实属不易！记者想要挖掘更深层次的东西，从打造“中国名片”这个高度立意，谋篇布局。

想起CPP项目经理说过，他们在油库二期项目建设中，只用1个半月就完成了7.8万立方米储罐的主体施工，第三方标定的数据相当完美，误差远远小于规范要求，刷新了储罐施工的速度和质量。而一期工程中1.7万立方米的储罐，法国某公司干了3年多才干完。记者决定先从建设速度入手：“中国速度”赢国际赞誉。

在渔港油库扩建项目采访，记者见识了储运“巨无霸”的风采。此项目是大型油品存储中心，包括20万立方米的油罐、传统浮标系泊装置（CBM）以及管道终端管汇、装车栈桥、码头工程等。项目建成后能满足16台油罐车同时装车，同时停放400辆油罐车，满足安哥拉国家成品油的消费。还有项“世界之最”工程——多点系泊系统是迄今为止世界上系泊能力最大的CBM系统：设计停靠的油轮为22.5万吨。要在短短两年完成这些重量级工程，对CPP的施工能力提出了严峻考验。CPP不负众望，仅用一年就完成了CBM设施建设——“中国能力”创世界之最。

此外，在项目实施过程中，CPP始终注重民族品牌创造，钢管、钢板、泵组、阀门等建材和设备均采用国内供应商生产，让“中国制造”在当地成为金字招牌。在实现自身价值的同时，管道局也帮助中资兄弟企业走出国门，实现共赢——“中国制造”成金字招牌。

5月4日，《中国石油报》头版头条刊发《“中国名片”闪耀非洲海岸——

管道局安哥拉渔港成品油库扩建工程建设探析》，中国石油网站5月4日在《当日要闻》刊载。

借势“一带一路”

5月中旬，“一带一路”国际合作高峰论坛在京召开，记者围绕这个主题借势宣传，增强报道的贴近性，有效提升管道局“一带一路”报道的传播力和影响力。

采访中，记者不仅感受到“中国速度”“中国能力”等，更让人感到振奋和温暖的，还有“一带一路”倡议带来的“温度”。互利共赢的丝路精神，让“一带一路”沿线国家和人民有了前所未有的“获得感”。管道局安哥拉国家公司自成立3年多以来，秉持共商共建共享原则，开展了与安哥拉政府和当地外资、中资企业多领域互利共赢的务实合作，实现了自身发展同安哥拉国家发展“双赢”：通讯《“一带一路”助力中非“双赢”——管道局安哥拉国家公司发展之路探析》应运而生。5月25日，《管道局把“中国制造”带入世界》刊发在中国石油网站要闻，刊登在《中国石油报》专刊头条。

《中国石油画报》以6页文图，刊登专题《管道局把“中国制造”带入安哥拉》，图文并茂地展现了CPP不断增强在安的影响力，助推当地经济持续发展的风采。CPP的良好形象通过富有冲击力的图片和精美的编排设计跃然而出。

而5月17日《石油商报》第15版整版（配图）刊登的专题《管道，连通世界——管道局积极参与“一带一路”建设纪实》，记录了管道局3年来搭乘“一带一路”快车稳健发展的历程、进展速度、成效收获，令业界惊叹。记者选择了“中国能力”与欧美比肩、“中国质量”建国际精品、“中国形象”获总统点赞这三个角度，总结了管道局凭借全产业链优势，不断提升国际工程的全生命周期服务能力，用一个个精品工程铸就了“CPP”国际品牌的经验和启示。

采访中，记者还充分利用新媒体创新报道手法，提升报道的可读性、亲和力，增强了读者的阅读效果。在高峰论坛召开期间，在管道局微信发布《高峰论坛世界瞩目！管道名片熠熠发光！》，引起很大的社会反响，当日阅读量达6000多次。读者留言：“合作共赢共享，文化共融共荣，管道连通世界！管道名片亮，管道人更亮。”当月管道局发布的另一条微信《“一带一路”好风光，CPP干得真漂亮》也引起很多人共鸣，读者留言：“CPP通过这么多年的企业文化建设，已初步建立起了企业CIS系统，在这背后，有无数管道新闻人的默默付出与辛勤汗水。看完这篇文章，我的感触很多，我觉得有理由为管道新闻人点一个大大的赞！”

采访中，记者注重突出报道的深刻性、现实性，还兼顾调研报道，体现记者的责任意识。在采写《“走出去”，如何应对风险》过程中，记者与公司各分管领导深入交流，向相关业务专家咨询，挖掘大量新闻素材，力求对问题的剖析有理有据。以丰富的一手材料、强烈的思辨性，思考分析了海外施工在面临市场风险、商业风险及政治和安全风险等各种风险的情况下，如何科学地评估、认识并合理规避这些风险，给走出去的企业分享和借鉴。评报专家反映，文章思想深刻，引人思考。采访深入、内容扎实，把脉问题准确到位，剖析求解中肯有据，意见建议具有可操作性，体现出了记者的强烈使命感，也彰显了管道局新闻中心围绕中心、服务大局的责任意识。

15天采访中，记者日夜兼程，足迹遍布了安哥拉渔港油库扩建项目、罗安达机场航煤油库项目，以及马兰热省成品油库项目、供水项目，威热省道路等项目。采访了公司管理人员、参建员工、属地员工，采访了业主、当地政府和百姓，采访了中国港湾公司、中信建设、华为、阳海国际、中安建设等中资合作单位的负责人。行程紧凑充实，采访扎实细致。记者不停地用笔、用相机、用VR等新媒体手段记录着、见证着，也被“一带一路”伟大构想的速度和温度感动着。记者把所有新闻资源“吃干榨净”，采写出20多篇站位高、立意深、影响大的深度报道，全方位、多角度展现管道局的国际品牌和实力，刊发在央媒、集团公司媒体及管道局各个媒体，在社会上产生了积极影响，受到各界的广泛好评。国际部为此专门给新闻中心发来感谢信。

赴安哥拉采访收获颇丰，记者收获了素材，也收获了感动。记者采写了中国故事，也感受到“中国温度”。这次采访激励着记者要更多地深入一线和基层，多发现感人的故事。尤其在当前中石油开展的“弘扬石油精神，重塑良好形象”活动中，唯有俯下身、沉下心，才能写就真正有思想、有温度、有品质的作品，让全社会多了解中石油为国家能源建设作出的突出贡献，多理解勇于担当、无私奉献、大写的石油人！

（2017年第3期《新闻之友》）

沙特管道项目

沙特拉斯坦努拉项目是管道局与全球最大石油生产商——沙特阿美公司首次“牵手”合作的项目。建设地点位于沙特东部城市达曼附近，包括新建陆上管道10条共计250公里，热开孔作业220处，等等，该项目战略意义重大，总投资超过3.3亿美元。管道局凭借EPC总承包商的专业实力和管道完整产业链的优势，高效执行项目，并积极履行社会责任，赢得了业主信任，被赞为“承包商的典范”，成功打响了管道局在沙特的“第一枪”，也为推动后续项目中标，扩大沙特阿美市场打下了坚实基础。

2017年12月30日，记者前往沙特采访，先后采写出《中石油管道局携沙特登顶高端项目》《“中国制造”闪亮世界石油中心》《管道局“做媒”中国制造亮中东》《管道局在沙特积极践行海外社会责任》《用品质说话》《精打细算方能“颗粒归仓”》《沙漠中的“安全之舟”》《高端项目有高人》《沙特有个关博士》等，在中央级和省部级主流媒体和石油系统内外媒体刊出，掀起一股“沙特热”。

特别推荐

中石油管道局携沙特登顶高端项目

为深度开发沙特油气工程行业市场创造条件

达曼，沙特阿拉伯东部海滨城市。在这里，中石油管道局与世界最大的石油公司沙特阿美公司“牵手”合作建设沙特原油增产管线——拉斯坦努拉管道项目以及后续两个管道项目建设如火如荼，后续市场势头强劲。

力克群雄　脱颖而出

阿美公司是沙特国家石油公司，拥有已探明石油储量及日产量均居全球各公司首位，是世界上最大的油气公司。阿美公司代表国家全面管理沙特至少超过100个油气田，包括世界上最大的陆上油田加瓦尔油田、最大的海上油田萨法尼亚油田。同时，具有近百年历史的阿美，曾由美国公司经营几十年，规范标准和要求居于国际最高水平。管道局是如何与这个石油巨头结缘的？

据管道局副总经理薛枫介绍，总投资超过3.3亿美元的拉斯坦努拉管道项目，既是沙特原油增产的能源战略工程，也是阿美公司近年来与外国工程公司合作的重大项目，同时是众多西方公司觊觎的国际高端市场项目。

在激烈竞争的投标过程中，有10家国际公司入围参与竞标，唯有管道局是当年刚进入阿美公司资质名单的，其他9家公司均与阿美公司有过合作或者交流。

项目投标小组自信满满，这种自信源于管道局拥有EPC总承包商的专业实力、综合施工能力和管道完整产业链的优势。同时，管道局近年与国际一流石油公司都有过合作与交流，在伊拉克曾与英荷壳牌、英国石油、俄罗斯卢克石油等公司合作实施项目，深获业主好评。同时，在伊拉克、阿联酋、阿曼都与当地国家石油公司开展更为紧密的合作，并与有阿拉伯特色的属地企业结成战略伙伴关系，这也是加分的亮点。最终，管道局凭借过硬的实力、能力、企业品牌等一举中标。

高手“过招”　屡获点赞

阿美公司的规范标准在全世界名列首位，阿美标准内容严谨、界定清晰，具有绝对性、严肃性和权威性。拉斯坦努拉项目又具有量大而散、点多面广、工艺流程复杂、界面繁琐、施工风险较大等特点，再加上管道局首次进入沙特市场，对属地资源、业主工作流程、项目运作模式不熟悉，项目管理方面面临巨大挑战。

这一点，管道局沙特拉斯坦努拉管道项目EPC项目经理孟献强深有感触。这位曾在管道局伊拉克马季努恩FCP项目中任项目经理，与壳牌打了多年交道，号称极具抗打击能力、内心很强大的汉子，与阿美接触一年多来，被阿美“折磨”得几近崩溃。

来沙特前，孟献强就听说，国外公司与阿美公司合作的第一个项目都是亏损的，第一个项目经理全部被业主PASS掉。孟献强心里非常忐忑。

刚开工时，由于阿美公司对设备、人员办理许可的规定异常严格和繁琐，导致前期设备和人员无法进场，项目进度出现了滞后，业主开始质疑CPP的能力，要求苛刻，不近人情，让孟献强苦不堪言。

“一定要尽快打开局面，取得业主的信任。”孟献强带领团队，制定措施缩减操作手取证时间，积极协调各方，缩短设备入场时间。

逐渐地，经过各种磨合，双方的合作越来越默契，工程进度也赶了上来。并且凭借严格完善的管理体系，项目质量指数和HSE指数被业主评为优秀，CPP在阿美公司的众多承包商中名列前茅。作为中石油与阿美公司合作的第一个项目的项目经理，孟献强不仅没有被业主PASS，而且取得了业主的充分信任。该项目的年度收入和利润均超额完成指标。

CPP的努力得到了回报。阿美公司拉斯坦努拉项目经理法赫德发来表扬信：衷心祝贺CPP全体项目成员在拉斯坦努拉管道工程EPC项目中所取得的卓越成绩。为了项目最终的成功，CPP已展示出其强大的自信、勇于承担的能力和坚定的决心。

阿美公司运行部负责人Otaibi也高度肯定项目安全管理工作。他说：“CPP员工安全意识极高，表现专业，行动高效，是阿美承包商的安全典范。”

三度“牵手”　登顶高端

拉斯坦努拉管道项目的顺利推进打响了管道局与阿美公司合作的第一枪。管道局国际事业部、中东地区公司负责人这样评价：“阿美公司是管道局首次大规模进入的重要的油气高端市场，通过实施拉斯坦努拉项目，将为我们进一步熟悉、掌握阿美公司的项目运作规范和要求，与阿美公司及在沙特的众多国际公司及属地公司建立良好的沟通与合作关系奠定基础，也为我们深度开发沙特这一巨大的油气工程行业市场创造条件。孟献强团队堪称沙特市场探路者。”

良好的开端等于成功的一半。管道局对沙特市场的深度开发结出丰硕果实。2017年5月，沙特阿美面向国际公司公开招标哈拉德天然气管道PCC项目，中东地区公司领导高度重视，组织精兵强将投标。经过沙特阿美一个多月的严格评审，管道局再次中标。

2017年9月21日，沙特阿美公司与管道局签署了累计307公里的哈拉德天然气管道项目，合同额为1.87亿美元。这是管道局进一步发挥管道产业链优势，在与阿美公司开展深度合作中获得的又一大型项目。10月9日，哈拉德气管道项目开球。11月14日，哈拉德天然气管道项目首批施工设备起航。

机遇总是垂青有准备的人。2017年12月5日，管道局第三次与沙特阿美签署重油管道项目合同，合同额近1亿美元。为保障各项工作顺利推进，中东地区公司加紧组织，精心筹划。12月25日，重油管道项目顺利开球。

记者在采访中发现，如果说拉斯坦努拉管道工程是沙特阿拉伯通过原油增产从而增强其在中东地区的国际地位，对沙特的能源战略有着重要意义；那么，通过与阿美公司这个石油巨头的三度“联手”，管道局不断吸收借鉴阿美各项管理经验，实现了国际高端项目管理的有效提升，让管道局成功登顶国际高端市场，在建设国际一流油气储运工程综合服务商的道路上阔步前行。

（2018年1月10日《经济参考报》，2018年1月2日河北日报客户端）

高端项目有高人

——记管道局沙特拉斯坦努拉管道项目EPC项目经理孟献强

孟献强第一次踏入沙特阿拉伯正值2016年7月，近50摄氏度的地表温度让他一出机场便全身冒汗。

对于已经在中东地区工作近10年的孟献强来说，沙特的严酷气候还能忍受，但早有耳闻的严苛业主让他心怀忐忑。

沙特拥有巨大的油气工程建设市场。2016年7月，管道局一举中标沙特阿美石油公司当年投资最大的拉斯坦努拉管道工程EPC项目，首次进入沙特市场。

进入一个新的市场，打响第一枪尤为重要。做好项目的关键是选好项目经理。管道局国际事业部领导几经斟酌，最后确定了孟献强为最佳人选。

掐指算来，孟献强已经在海外工作了15个年头，积累了丰富的国际项目管理经验。尤其近几年，他先后参与了伊拉克马季努恩油田地面管道项目、西古尔纳油田集输EPC项目等多个项目。与业主英荷壳牌、俄罗斯卢克等国际顶尖的石油公司都有过合作。

在与这些顶级石油公司的过招中，孟献强带领的团队始终游刃有余，从未落过下风。在担任伊拉克马季努恩FCP项目的项目经理时，面对壳牌公司的严苛要求，他带领项目团队，不仅高质量地完成了项目建设，还通过壳牌HSE颜色升级审核，使管道局成为了壳牌的长期合作伙伴。业主多次发来表扬信，并在其全球项目管理团队中分享和宣传CPP的成功经验。CPP与壳牌成功合作的文章还登上了壳牌全球内部网站。

然而，这次的新业主阿美公司却着实不一般。阿美公司沿袭了美国上百年的管理标准。至今，他们的规范标准在全球名列首位。阿美标准内容严谨、界定清晰，具有绝对性、严肃性和权威性。

来沙特前，孟献强多方打听，听到了同一个结论："国外公司与阿美公司合作的第一个项目都是亏损的，第一个项目经理全部被业主PASS掉。"

"刚接手项目时，心里非常忐忑。但这也正说明了领导对我的信任和认可。"孟献强说，"有了其他公司的前车之鉴，我想，要使项目成功，必须要改变思维方式和处理问题的方式，想尽办法适应阿美的规范标准。"

合同中标后，需要向业主提交大量的项目相关文件。那时，孟献强的身边只有10余名核心管理人员。他带着团队在一个临时找到的套间里一起吃住，一起加班加点编制文件，仅一个多月便按要求把文件全部提交完成。

即便这样，因为是首次合作，阿美公司的项目管理者仍然对CPP的团队有着怀疑。阿美公司PMT主管法赫德脾气暴躁，经常会提出各种不近人情的要求。

阿美公司对设备、人员办理许可的规定异常严格和繁琐，导致前期设备和人员无法进场，项目进度出现了滞后。法赫德找到孟献强，生气地说："孟，我们是坐在同一艘船上的人，而你是那个凿船的人。"孟献强心里沉重，据理力争，但仍无济于事。

"承诺业主的事情必须完成，该投入的资源尽早投入，一定要尽快打开局面，取得业主的信任。"孟献强带领团队，制定措施缩减操作手取证时间，积极协调各方，缩短设备入场时间。

逐渐地，工程进度赶了上来，而且凭借严格完善的管理体系，项目质量指数和HSE指数被业主评为优秀，在阿美公司的众多承包商中排名前列。阿美公司特别发来表扬信，充分肯定了CPP的总承包商实力。

"孟，你是一个办实事的人，值得信任。"经过更多地接触，法赫德对孟献强的评价有了180度的转变，双方的合作也越来越默契。

作为CPP与阿美公司合作的第一个项目的项目经理，孟献强不仅没有被业主PASS，而且取得了业主的充分信任。该项目的年度收入和利润均超额完成指标。

常年的海外历练使孟献强成为行走于高端市场、高端项目的高级管理人才。对于孟献强来说，有了这样的能力，才有了接手阿美公司项目的底气，更有了优质高效运作项目，使CPP品牌得到阿美公司的认可。

（2018年1月8日《石油管道报》）

精打细算方能“颗粒归仓”

——沙特拉斯坦努拉管道工程EPC项目提质增效纪事

记者在沙特拉斯坦努拉管道工程EPC项目采访，处处能感受到项目部崇尚节约的氛围，他们从大处着眼，细节处着手，注重提质增效，处处精打细算，力争从项目管理各个方面“抠”出成效，实现“颗粒归仓”。

优化管理“抱金娃”

“阿美公司的规范标准在全球名列首位，我们注重在实施项目中不断吸收和借鉴阿美的各项管理经验，实现项目管理的有效提升。而提质增效最有效的方法，就是优化管理。”记者采访时，管道局沙特拉斯坦努拉管道项目EPC项目经理孟献强开宗明义，随后介绍了项目部在优化管理方面的一些做法。

设计优化方面，设计团队加大设计审查力度，防止过度设计，严格按照阿美规范进行设计方案审查。他们对项目费用影响较大的方案，及时进行设计讨论沟通，第一时间提出变更申请，与业主一起对工程变更进行工程量统计和说明，为项目设计变更提供文件支持。如在项目设计中，他们通过审查计算模型，发现许多与实际工程范围不符的问题，根据这些问题，设计团队重新修正计算模型，最终成功减少超出原工程范围的11个泄压橇。此项工作预计为阿美业主节省额外投资费用约400万美元，受到业主的高度赞赏。

另一点就是将水管线的执行标准和设计压力降低。设计团队通过优化水力学计算模型，优化了执行标准，不仅大幅降低采购成本，同时也降低了试压难度。

优化管理还体现在施工等各方面，如缩短焊口防腐覆盖长度50%，直接节省材料成本数十万美元，间接为项目节省了施工时间。主线路焊口防腐工艺相关标准要求总防腐长度为56英寸，结合项目现场自动焊和AUT检测的实际情况，与标准规定的条件有差异。他们通过仔细理解标准，与业主沟通解释，提交技术澄清，最终业主接受了建议，将焊口防腐覆盖长度减少为28英寸，直接节约项目成本五六十万美元。

项目部细化公路穿越方式，对于阿美所属道路尽量申请大开挖穿越方式，降低施工成本；对于市政或高速公路，根据地形、地质条件分别采用两种穿越方式，并对这两种方式进行经济性分析，设计合理的穿越长度，降低了施工成本。目前已更改5条原计划采用穿越施工为大开挖穿路，节约施工成本至少20万美元，并且大大减少了穿路时间。

注重创新“摘西瓜”

“项目部充分发挥管道局施工经验丰富的优势，细化施工方案，根据项目实际创新施工方法，节约了施工成本。”分管施工的EPC项目副经理王宏伟对记者说。

“我们创新了防腐补口方法。针对当地湿气大，焊接完成后焊口锈蚀严重，后期防腐除锈量大的情况，我们增加了人工作业时间、打磨除锈材料的使用量及机械费，使用保鲜膜对焊接完成的焊口进行包裹，减少锈蚀影响。防腐补口的速度加快，减少了人工费、机械费及材料费。”

据王宏伟介绍，创新还体现在多个方面。如对线路防腐补口形式进行深度研究，采用操作简便、价格合理的粘弹体作为补口和公路大开挖穿越防腐材料，在工时、工效方面节约时间和成本；将RTR管道穿越的钢管申请变更为混凝土管，减少了操作坑尺寸，缩短了顶管穿越时间，节省了使用钢管焊接、防腐等施工费用；原计划由2台吊管机卸管，现更改为1台吊管机加5米长吊杠卸管，在不影响卸管速度及安全性的同时，减少了机械使用费；原补伤材料是1.5升桶装，开封后只允许使用15分钟，补伤材料浪费大，他们就改为100毫升瓶装的补伤材料，便于携带、不易浪费，降低了防腐材料的采购量。

采访EPC项目质量部部长张金喜时，他津津乐道的也是项目部合理运用标准规范、创新质量管理的一些做法。如取消工艺支线部分内防腐，节省了项目成本和施工时间。业主文件中规定，从收发球筒开始的工艺支线需要内部防腐。通过查找相关标准，项目运行条件与要求内防腐的情形有差异。他们通过与业主沟通解释，并出示依据，最终取消了这部分内防腐，为项目节省了施工时间，降低资金成本至少50万美元。

张金喜告诉记者：“完成国内焊评是项目最大的创新，这是阿美业主首次同意分包商在沙特国外进行焊评。在国内实施焊评，节省了大量人员和自动焊设备的动迁费用和现场窝工费用。同时，先批准程序文件再动迁设备，避免了业主不批准工艺而导致动迁设备不能使用的风险。这次说服业主在中国进行焊评，不仅节约直接成本几十万美元，而且顺利完成国内焊评，为后续沙特项目积累了宝贵经验。”

关注细节“捡芝麻”

项目部不仅从关键中控，更从指缝里省，在“抱金娃”“摘西瓜”的同时，更注重细节处“捡芝麻”。

控制部副部长孟海龙列举了他们关注细节的一些做法。例如提前规划施工部署，合理利用假期、休息日和许可停放工日。除法定假日外，由于各方面原因，现场会出现业主许可停发或者晚发的情况。他们通过与许可发放员沟通后，合理规划利用资源，在现场施工不能进行的情况下，安排预制、整修设备、营地建设等活动，提高资源的使用效率。

说服业主同意将项目办公室与项目营地选择在同一个地点。以往阿美项目的住宿和办公地点都是分开的，这次他们说服业主接受了同一地点建设办公室和住宿营地的建议。这样执行后，降低了土地租用费用，统一安排水、电、安保服务工作，节省了大量用于办公室和驻地的通勤车辆，在节约成本的同时降低了交通安全风险。这项工作在整个项目周期中预计可节约上百万美元。

合理计划另一个营地的运行周期，提前规划营地辐射区域内的工作计划，提高优先等级。缩短营地运行时间，提高利用率。短期内完成主要的施工活动，将人员统一规划到主营地，完成剩余的零星工作。此项措施减少了营地的运行维护费、土地租赁费等。

桶装水换瓶装水。入驻营地后，考虑现场使用方便，项目部统一给办公室和宿舍配备了瓶装水。但运行一段时间后发现，瓶装水使用量极大，使用后的空瓶还增加了营地服务人员的工作量及垃圾清理费用。他们改用桶装水后，极大地减少了浪费。

“这个项目是低价中标，更要节支降耗。所以从项目实施开始起，我们就把提质增效的观念向下渗透，形成全员共识，养成良好习惯，实现精打细算常态化，确保了项目的年度收入和利润指标超额完成。”孟献强如是说。

（2018年1月9日《石油管道报》）

沙特有个关博士

2017年最后一天，沙特阿拉伯达曼市出现大雾，这使迪拜到达曼的飞机晚点了两三个小时。直到中午12时，关沂山才回到管道局沙特拉斯坦努拉项目营地。

关沂山是这个项目的设计经理，人称“关博士”。与很多人印象中的“学究派”博士不同，关沂山没有厚厚的眼镜，讲起话来滔滔不绝，思路清晰，有条有理。

关沂山大学本科读的专业是金属材料工程，毕业后在中国科学院攻读金属研究所腐蚀科学与防护的硕士与博士学位。2012年博士毕业后，他到管道局应聘管道技术研究工作，因为拥有过硬的外语基础和管道知识，他被派往海外，做起了项目。这让他欣喜不已。

他说：“技术研究就好比在后厨研制菜品，干项目就好比是做菜上菜的厨师，能够为企业直接创造经济效益。相比来说，我更喜欢干项目。”

同事评价他：“关沂山是一个从不停止学习的人。”

刚到管道局，关沂山从制作海外项目标书做起。不久后，管道局伊拉克西古尔纳项目启动，他担任项目的设计经理。读书期间，关沂山接触到不少自动化、通信、设计等方面的知识，但并不是设计专业出身的他，还是觉得自己被“硬推到了那个位置”。

西古尔纳项目技术要求高，不仅自动化配套多，现场交叉作业繁琐，而且管材材质差额大，涵盖的施工工艺复杂。第一次面对这样复杂的项目，关沂山肩上的担子重了很多。

这个项目是在国内做设计，他每天“长”在了业主的办公室，白天沟通协调设计问题，晚上则研究设计图纸，边学边干。每天晚上10点下班回家成常态，给同事们留下了深刻的印象，也有了对他“从不停止学习”的评价。

即使每天忙得脚打后脑勺，但由于项目的复杂性，设计进度还是出现了滞后。国际事业部领导在组织项目相关单位的会议上，对设计滞后问题提出了严厉的批评。

“当时觉得有痛处，但是现在回想，那个过程是对自己的历练，是宝贵的人生财富。”关沂山这样评价。

设计完成后，关沂山奔赴伊拉克，成了施工现场的“万金油”。大型橇装设备出厂检验、通信光缆敷设、电气仪表调试……到处都有他的身影。深厚的理论知识、丰富的现场实践，关沂山成为懂技术、懂管理的复合型人才。

“关沂山是一个做任何事都要精干到底的人。”合作方评价他。

两年前，关沂山还是一个不折不扣的胖子，体重有240斤。2016年初，他决定减肥。与一般人的减法方法不同，他先从理论知识开始，利用业余时间从网上搜集大量的健康减肥知识，一边调整饮食，一边坚持运动，慢慢找到适合自己的最好方法。几个月下来，一米八多的大个子已经把体重控制在了160斤上下。

现在他仿佛成了一名资深的营养专家，说起各种营养知识头头是道，他说还准备考美国注册营养师。

从减肥上就能看出，关沂山是一个有着过人毅力、做事情讲究理论实践相结合的人。他把这些性格带到了工作中。

2016年，他调到管道局沙特拉斯坦努拉项目担任设计经理。这个项目的设计分包商是世界知名的沃利帕森公司，项目负责人伊利亚斯年近60岁，有着深厚的阿美项目资历。

最早的接触中，伊利亚斯并不把CPP放在眼里。毕竟拉斯坦努拉项目是管道局在沙特的首个项目，而设计经理更是个刚刚三十出头的小伙子。然而，几个回合接触下来，CPP让他刮目相看。

关沂山所在的设计部有4名员工，他们负责所有设计图的审查。按合同要求，一旦过了审查期，设计分包商将不再承担因为设计问题发生的费用。整个项目6000多份设计文件，关沂山带领部门其他3人每张图都仔仔细细审查多遍，提出了3000多条意见，大幅度提高了设计文件的质量。他们还用专业的知识，审查了项目中油管线水力学计算报告，减少了11个泄压橇的采购和施工，为项目节省预算外支出400万美元，还通过审查临时阴保施工图纸、优化热开孔用手动球阀用量，为项目节省了近40万美元。

设计管理是一件费心的事儿，既要保证自身利益，又要协调好业主、CPP、沃利帕森的三方关系。项目部每周仅有一天休息时间，关沂山休息时也会在沃利帕森办公室泡上半天。设计图哪些地方需要改线，哪些地方需要优化，哪怕磨破嘴皮子，他也要为管道局争取正当的利益。

有一次，业主、CPP、沃利帕森代表就设计图中的某处问题起了争执。业主坚持要修改设计图，沃利帕森坚持认为不需要修改，CPP则希望尽快提交图纸，确保施工按期推进。三方博弈，各不相让。最终，关沂山提出先提交图纸，对有异议部分标明，今后再慢慢协商解决的办法。这一方法求同存异，照顾了三方利益，更推动了工程进展。

“专业知识强，工作非常努力，而且言出必行。关给了我们与CPP合作的信心。"长时间的合作，让伊利亚斯更深刻地了解了关沂山，也更深刻地了解了CPP。

（2018年1月11日《石油管道报》）

用品质说话

管道局沙特拉斯坦努拉项目质量管理比肩国际水平

管道局沙特拉斯坦努拉项目开工以来，已经完成了设计15%、60%阶段，采办15%阶段，施工15%阶段共四次质量内审，全部顺利通过。在业主每月进行的PQI（项目质量指数）考核中，管道局该项指数达到96.34%，超过业主92%的规定，成绩优秀。阿美公司特别发来表扬信，称赞了CPP的质量管理能力。

2018年元旦期间，记者在管道局沙特拉斯坦努拉项目采访时了解到，这个项目刚刚完成了施工进度15%阶段的独立第三方质量内审。第三方公司给业主阿美公司出具的质量报告显示，CPP项目没有发现任何重大不符合项。

最挑剔的业主

管道局已在中东地区扎根近10年，与埃克森美孚、BP、壳牌等世界知名公司合作多年。2016年，管道局首次进入沙特阿拉伯油气储运建设市场，拉斯坦努拉项目是管道局中标的首个项目，业主是沙特阿美石油公司。

在众多合作过的业主中，阿美公司绝对是最挑剔的一个。阿美公司是阿拉伯—美国石油公司的简称，它是世界最大的石油公司，沿用了美国上百年的管理标准和规范，又在其基础上发展形成了一套严格的标准体系。

拉斯坦努拉项目经理孟献强在伊拉克带过多个工程，与壳牌等公司合作多年。他告诉记者："与欧美石油公司一样，阿美非常重视工程安全和质量。但在标准规范和执行方面，阿美更为繁琐和苛刻。"

阿美公司尤其重视质量管理，有着全面而细化的质量管理体系，关于质量的文件便达到数千份。在项目部办公室，EPC项目质量部部长张金喜还为记者展示了满满一柜子的质量文件。他说："这么多标准，我们只能边学边干。"

阿美公司严格执行着这套管理体系，每月都会对承包商的项目质量进行考核，考核标准是PQI（项目质量指数）。这个指数包括项目采访和施工，每部分再进行细化。承包商的PQI指数一旦低于92%，将会影响后续投标，如果持续得不到改善，便会被列入黑名单，移除阿美市场。

阿美公司要求，每一个施工作业面都要配备质量监督员，各专业质量人员需要有相应的国际资质证书和相关工作经验，还需要经过阿美的面试和笔试。施工现场一旦出现一个重大不符合项，便会直接降低PQI的4个百分点，焊接施工没有磨合试用期，一旦低于95%，也会严重影响PQI指数，被要求停工整改。

最专业的团队

拉斯坦努拉项目是管道局在沙特阿美的第一个项目，没有任何经验可以借鉴。面对这个挑剔的业主，孟献强深知，质量管理不只影响着这个项目的成败，更关系到管道局在沙特的市场。

为适应业主标准和要求，管道局拉斯坦努拉项目部开拓思维，组建了一支高效、专业的质量管理团队。

项目部并没有一味从内部召集质量管理人员，而是通过社会招聘、业主推荐等方式招聘了一批具有业主工作经验的质量人员。

“这个团队里，质量保证经理、质量焊接监督、质量机械监督等都是曾经在业主质量部门工作的人员，具备丰富的阿美工作经验和人脉资源。这不仅极大地缩短了阿美对质量人员的审批时间，降低了被拒风险，而且由于他们非常熟悉阿美质量体系，促进了现场质量控制的高效有序进行。”张金喜告诉记者。

正常程序下，项目的施工程序文件报批或现场检查项目，需要通过PMT（业主项目管理团队）与业主质量部门沟通协调，这样一来，文件报批往往时间长、效率低，影响现场施工。项目部招聘的质量人员很多都与业主质量部门人员有着良好的私人关系，他们经常直接与业主质量部门沟通，避免了沟通不畅和审批时间过长，有效推动了施工进展。

除了招聘属地员工，项目部经过与业主沟通，选派有丰富经验并具备资质的中方人员参加业主的相关考试面试，例如来自管道局的自动超声波检查的审核员，便顺利通过业主考试获得批准，不仅给质量管理带来CPP元素，更锻炼培养了自己的质量管理人员。

最可信赖的伙伴

在沙特，管道工程没有半自动焊工艺，大多采用手工焊，少有自动焊。自动焊不仅效率高，而且质量稳定，项目部主动与阿美沟通，专题汇报，介绍自动焊工艺的优点和以往项目的业绩，经过两个月时间，说服阿美批准采用自动焊工艺，并同意在国内进行自动焊工艺焊评。

这种既为业主考虑工程质量，又提高自身施工效率的做法实现了CPP与阿美的双赢。

阿美标准虽然严格繁琐，但在与其不断接触的过程中，项目部也在不断吸收着阿美的质量管理经验，健全自身的质量管理体系，强化现场质量管控。

项目部建立第三方公司对E、P、C的全过程质量监督体系，并且高度重视焊接合格率。开工时，项目部便不断开展质量分析会议、现场质量检查和技术交底，焊接质量稳步提升，完全达到业主要求，并且还在不断提高。

尼亚斯是项目QC经理，拥有10年的阿美工作经验。他告诉记者：“以前很多公司在与阿美的合作中由于不了解它的体系和要求，最终都失败了。但是CPP团队一直在学习阿美标准，对于阿美提出的整改要求，往往当天便完成整改。”

作为首次与阿美公司合作的承包商，项目开工一年多来，面对严苛的阿美标准规范，项目部没有收到阿美公司下发的质量不符合项。这让刚刚上任不久的PMT主管阿里大为惊讶：“CPP是一个可以信赖的合作伙伴。”

（2018年1月16日《石油管道报》）

“中国制造”闪亮世界石油中心
“民族品牌”受推广青睐

18日，在沙特阿拉伯达曼市附近的拉斯坦努拉管道工程现场，中国石油管道局工程有限公司（下称管道局）自主研发的PAW2000自动焊装备正有条不紊地进行着焊接施工。

据管道局副总经理薛枫介绍，近年来，管道局在中东地区承建的工程越来越多，市场越来越稳固。在建设工程的同时，管道局一直在大力推广油气储运领域的“中国制造”“民族品牌”。许多项目的中国产品应用率达到了60%以上，有的更是达到80%。

据介绍，中东是生产和输出石油最多的地区，石油储量占世界的60%以上，被称为世界的石油中心。这里聚集着壳牌、BP、埃克斯美孚等世界知名的石油公司。管道局在中东地区市场不断扩大的同时，也与各大石油公司建立了良好的合作关系。

近年来，由于油价低谷的出现，各大石油公司都在不遗余力地压缩成本，质优价廉的中国产品越来越受到各大石油业主的欢迎。这也为管道局在项目运作过程中推介“中国制造”提供了契机。

沙特阿拉伯是管道局2016年进入的新市场。在建设首个拉斯坦努拉项目时，管道局积极与业主阿美公司沟通，组织专题汇报，介绍管道局的自动焊工艺的优点和以往业绩，最终说服阿美公司同意采用国产自动焊装备和X射线爬行器，既提高了焊接质量效率，促进了管道检测进度，又推广了油气工程装备的“民族品牌”。据悉，去年，管道局相继中标的阿美公司另外两个项目中，国产自动焊还会“闪亮登场”。

在新市场大力推介中国产品，在老市场更是如此。从2012年开始，管道局在伊拉克马季努恩外输项目中推广使用了国产热收缩套、阴保材料、球阀等产品，采购成本相比国外产品减少近20万美元，得到了业主的肯定。

从那以后，管道局多次邀请各大石油公司到宝钢、纽威阀门、恒春电子等中国公司实地参观访问。这些企业生产的产品有些甚至高于国际标准，其产品质量得到他们的纷纷“点赞”和认可。

随着与各大石油公司合作的不断深入，管道局自主研制的SCADA系统、智能检测设备开始应用于中东地区的石油工程中，同时越来越多的“中国制造”“民族品牌”或海运或空降至中东地区。

在伊拉克市场，管道局承建的马季努恩外输气管道项目国产化比例达到60%，HDD穿越钢管、气液球阀等工程安装产品全部是国产；西古尔纳一期原油外输管道项目的国产化比例达到70%，项目业主批准了包括HDD钢管、42寸阀门、收发球筒灯等在内的29个国产采办包；在哈法亚项目上，管道局使用的热收缩带、收发球筒、钢管、弯头、法兰、压力容器、阴保材料设备等全部是“中国制造”，国产化比例达到80%。

薛枫介绍说，当前，在中东地区的许多项目上，管道局自购物资已经基本是中国产品。管道局在降低物资采购成本的同时，已经把“中国制造”广泛推广到了中东地区。

（2018年1月18日中国新闻网）

“八国部队”的“国际范儿”

从沙特阿拉伯东部沿海重要的石油城市达曼市向北出发，不到一个小时的车程就能到达管道局拉斯坦努拉EPC项目营地。走进营地办公室，你会看见各种肤色的人在忙碌着，所有交流都是英语，所有文件材料、墙上标语都是英文。

这是一个完全国际化的项目管理团队。其中，中方员工34人，本土化员工47人，第三国国际化员工53人，国际化率达到了75%。这个由8个国家的专业化人员组成的国际团队，共同推动着总合同额达3亿多美元的拉斯坦努拉项目向前发展。

“八国部队”，共建沙特项目

2016年7月，管道局与沙特阿美石油公司签订拉斯坦努拉管道工程EPC项目合同，首次进入了沙特市场。

经过前期调研，管道局拉斯坦努拉项目部了解到，为保证本国就业率，沙特政府对各国承包商有着明确的属地化用工数量要求。外国企业的属地化用工数量不达标，会被政府勒令停工。同时，阿美公司对工程质量和HSE管理有着近乎苛刻的标准规范，负责项目安全和质量的管理人员需要有5年的阿美项目从业经历，还要经过严格的考试。

沙特是世界有名的石油王国，拥有大量的职业化石油工程专业人员。为缓解沙特就业压力，沙特政府举办了规模庞大的招聘会，项目部连续两年受邀参加。

沙特籍小伙子奥马瑞成为项目部通过招聘会招收的首位求职者。除此之外，项目部还通过业主推荐、发布招聘信息等方式招聘了一批国际化员工。这些员工分别来自印度、巴基斯坦、菲律宾等7个国家，连同中方人员，组成了“八国部队”。

在这个管理团队中，国际化雇员不单单从事普通管理岗，还在多个关键岗位担任部门经理职务。他们丰富的阿美项目管理经验使项目部很快熟悉了阿美标准规范，为项目的快速推进立下了汗马功劳。

人文关怀，增进企业认同

八国人员在同一个屋檐下办公，考验的是项目部的管理能力。除了加强用工合同的规范化、标准化，项目部更加注重对外籍员工的人文关怀。

中外籍员工同在营地用餐，为照顾各方饮食习惯，项目部专门聘请了多位中外籍厨师，将食堂分为中餐厅、西餐厅，且菜谱每天更新。

不过，项目营地餐厅也是陆续启动的，一开始是只有中餐厅。一天，印度籍员工Arokia找到项目经理孟献强说：“我吃不惯餐厅的饭。”孟献强当即把他带到后厨，指着各种食材告诉他：“想要哪种做法就告诉厨师。”交流了好半天，印度籍员工才支支吾吾地说想吃咖喱。第二天，餐厅专门为他准备了蔬菜和咖喱。Arokia很惊喜，说在以前的项目上，吃饭问题一直是“老大难”，没想到在这个项目一天就解决了。

有一次，一名沙特籍员工在周末休假时摔伤了腿。项目部知道后，立即派人去医院看望他，在了解到他家境困难后，决定让他带薪养病。事情虽然不大，却让管道局的企业文化得到了项目各方好评，助力管道局扎根沙特市场。

除了生活上的关怀，项目部还修建了培训中心，定期组织大家开展业务培训。不仅为每一名外籍员工制订符合自身发展的职业规划，还把管道局的“师带徒”传统引入外籍员工管理，让年轻的外籍员工尽快提高工作技能。

对于管道局的人文关怀，有着十年阿美项目管理经验的项目部QC经理尼亚斯感受颇深。他告诉记者：“相比其他公司，管道局为员工提供的工作和生活环境是最好的，能在管道局工作我很荣幸。”

这种企业认同感逐渐在尼亚斯的工作中体现出来，他利用自己丰富的阿美经验，帮助项目部很快适应了阿美的质量标准规范。在不久前的质量内审中，项目部未出现任何问题，受到了阿美公司的称赞。

文化融合，共创工程佳绩

阿拉伯地区人民大部分信仰伊斯兰教，每天要祷告五次。为尊重外籍员工的宗教信仰和风俗习惯，项目部特地在营地修建了祈祷室，满足他们的信仰要求。在每年的开斋节、古尔邦节，项目部还会按照当地风俗，为沙特籍员工送上节日礼物和祝福。

尊重，是人与人之间相互交流的基础。项目设计部有两名外籍员工，在部门经理关沂山看来，他们是合作伙伴，而不是上下级。关于项目设计的一些重要问题，他们都是一起探讨、共同决策。

在一个项目共事久了，管道局员工的勤奋敬业精神也感染了外籍员工。来自巴基斯坦的小伙子奥马尔之前在世界知名的美国凯洛格·布朗·路特公司工作。他跳槽来到管道局是听取了父亲的意见，父亲告诉他：“中国人认真敬业，对工作要求高。在中国公司工作，能够学到很多东西，快速提高自己。”

奥马尔说：“来到管道局工作以后，让我印象最深的就是中方员工努力工作的态度。项目初期，由于对阿美标准不熟悉，他们每天加班加点研究学习，现在已经完全掌握各项标准，这印证了父亲的话。看到他们的敬业态度，我也有了学习进步的动力。”

相互尊重、相互感染，使这个国际化的管理团队拧成了一股绳。项目部不仅满足了沙特政府的属地化用工要求，还得到了沙特王子特别赠送的纪念奖章。同时，在外籍员工的帮助下，项目部快速适应了阿美标准，在许可办理等方面少走了很多弯路，推动了项目进程，在当地塑造了管道局国际化大公司的品牌形象。

（2018年2月27日《中国石油报》）

泰国管道项目

2005年，管道局第一次在东南亚市场承揽工程，即泰国旺诺依—港考伊天然气管道工程。至2019年，在泰国先后承揽了8个EPC工程项目和1个管道检测项目，安全优质建设管道1300多公里，项目范围覆盖泰国35个府（泰国共76个府），为泰国经济社会发展作出了积极贡献。

2019年7月，记者前往泰国3个在建工程项目采访，运用通讯、专题、专版、微信公众号等多种报道形式，对泰国工程项目的特点、难点、亮点和成果进行了全方位、多角度、多层次的集中突出报道，采写出多篇站位高、立意深、影响大的深度报道，被人民日报海外网、《经济参考报》、《工人日报》、中工网等主流媒体和系统内媒体网站报道转载，有效彰显了CPP品牌实力和形象。

特别推荐

走出去，走进去，走上去

泰国地处亚洲中南半岛中心位置，既是丝绸之路经济带的重要地区，也是海上丝绸之路的必经之地，是我国共建“一带一路”的重要伙伴。中石油管道局积极践行“一带一路”倡议，在泰国先后承揽了8个EPC工程项目和1个管道检测项目，安全优质建设管道1300多公里，项目范围覆盖泰国35个府（泰国共76个府）。管道局积极履行社会责任，支持公益，帮助就业，保护生态，为泰国经济社会发展作出了积极贡献。

几年来，管道局从走出去，到走进去、走上去，实现高质量发展，其进展速度、成效收获，令业界惊叹。

走出去——建设“海外项目样本”

泰国是非油气国家，大部分能源依赖于进口；而且油气工程建设标准高，传统市场一直由西方公司和日本、韩国公司把持；市场容量小，竞争对手多，竞争非常激烈。

管道局“走出去”首次承建的泰国工程是2005年中标的旺诺依—港考伊管道项目，打破了西方公司对泰国长输油气管道建设领域的垄断。之后，2013年3月，管道局以EPC总承包管理模式中标泰国那空沙旺管道项目，重新进入泰国市场并持续至今。

那空沙旺管道项目是一个完全市场化的国际工程，对展示管道局专业化施工能力、提升管道局国际高端工程的项目管理水平具有重要意义。

新华社《经济参考报》2015年8月3日以《中石油管道局承建泰国管道主体完工》为题进行了报道：“7月28日，中石油管道局东南亚项目经理部承建的泰国那空沙旺天然气管道工程顺利实现主体焊接完工。这是继8年前旺诺依管道项目之后由中国企业在泰国承建的第二个管道工程，对管道局开拓东南亚油气管道建设市场，促进中泰两国经济和社会发展具有重要意义。”

据《经济参考报》报道：“泰国那空沙旺管道项目管线长192.8公里，管径

711毫米，包括SCADA和通讯系统的设备安装。沿线需进行266处沼泽河流沟渠、建筑物和大型公路铁路穿越，700多处大开挖。地形复杂、气候炎热多雨、淤泥段及石方段管沟开挖成形困难等是施工标段的主要施工难点。中国管道建设者在施工中创造了穿越密度大、穿越地层复杂、留头多、大开挖多等管线焊接合格率高的好成绩，施工质量得到泰国国家石油公司和美国柏克德监理公司好评，在泰国国家能源通道建设中彰显了中国国家队的品牌和实力。”

在沙特阿美公司项目投标过程中，管道局将那空项目作为海外项目样本，带阿美公司业主来项目考察，受到阿美公司赞赏。之后的2016年7月，管道局成功与阿美“牵手”，中标3.3亿美元的沙特阿美拉斯坦努拉管道项目。管道局“走出去”建设的“海外项目样本”结出了丰硕果实。

走进去——打破西方公司垄断

随着2014年3月管道局东南亚项目经理部成立，4月泰国公司成立，泰国公司也真正“走进去”。伴随着“一带一路”倡议的深入推进，泰国公司实现了持续稳健发展，在激烈的市场中站稳了脚跟。

2014年9月，中标泰国GULF电站管道项目，这是东南亚项目经理部成立之后首个自己投标并中标的项目，是泰国海湾公司第一次将EPC工程授标给中国公司。

经过一年的发展，泰国公司形成了较成熟的市场开发体系和持续发展的良好局面。

2015年3月，中标泰国压气站项目，这是管道局海外首个4台30兆瓦及配套设施建设的场站项目，提升了管道局场站项目的国际项目管理水平。

泰国公司注重信息甄别与提前运作，形成了成熟高效的投标流程、模板与团队，保证了项目投标成功率，实现了市场的不断突破。

2015年8月，中标泰国管道检测项目，这是管道局在泰国管道检测领域取得的首个项目，打破了泰国管道检测市场长期由西方公司垄断的局面。

走进泰国后，泰国公司业务领域与业主范围不断扩展，由天然气管道到成品油管道，到大型压气站、泵站、罐区，到智能检测、热开孔等技术服务项目；业主范围也由泰国国家石油公司到GULF、FPT、TPN等私营业主。

2015年11月，泰国公司中标泰国换管项目，打破了西方公司在此领域的垄断。此项目是管道局首次进入泰国换管项目领域和热开孔领域，成功引进了管道维抢修公司，实现了大口径、高压、在役天然气管道封堵的突破。同时成功引进了管道防腐公司，从事废弃管道泡沫混凝土封存工作，填补了管道局的业务空白。

这些项目均已顺利移交或成功进入质保期，较好地完成了经营指标。

自泰国公司“走进去”融入泰国后，市场开发与项目建设互相助力，坚持“市场拿项目、项目促市场”。通过项目的成功实施，积累经验、树立品牌，与各方建立了良好的合作关系，形成了市场与项目滚动持续发展的良好局面。

走上去——创“泰国之最”“中国速度”

经过几年的发展，泰国公司从“走出去”到“走进去”，努力实现“走上去”，不断提升项目管理水平与经营水平，为高质量发展打下良好基础。

2017年4月，泰国公司中标了泰国能源部战略规划项目——北部成品油管道项目。这是管道局在泰国首个成功议标的项目，并创下两项纪录：“泰国之最”，是泰国迄今最长的陆上油气管道，管线全长574公里；“中国速度”，实现了当年议标、中标、开焊，当年焊接突破百公里，单日焊接超4公里，单月焊接超90公里，3个月焊接超200公里。

项目分两期建设，一期工程已于今年5月投产，转入运营阶段。二期工程目前正在雨季全力攻坚。

“走上去”体现在方方面面。如泰国公司精细化管理逐步深入，设计中的数字化管理，采办中的电子竞价，以及各种新型施工工法的积极运用，不断创新方法，精细管控项目成本。拉差布里管道项目在执行中便较好地诠释了精细化管理的内涵。

拉差布里管道项目具备了泰国管道项目建设的所有典型特点、所有工序。自2018年3月开工以来，项目部精细管理，设计优化成绩明显，节省直接成本200多万美元；始终保证采办进度全年超前计划；目前，已完成全部工程综合进度的85%，正在向着年底竣工的目标冲刺。

随着多项工程的顺利完成，泰国公司项目管理水平在不断提升，市场开发模式也在不断拓展。从单独竞标到联合投标，到运作议标，到投融资，市场运作能力与影响力不断提高。

2019年2月27日，管道局与泰国管网有限公司在曼谷签署了泰国东北部成品油管道EPC项目合同。签约仪式上，泰国能源部部长斯里博士称赞了管道局突出的工程建设能力。项目业主泰国管网有限公司董事会主席帕努表示，公司相信，凭借着管道局丰富的经验和能力，项目一定会优质高效按期完工。

泰国管网公司的相信不无道理。泰国公司成立5年来，较好地完成了经营指标，合同收入累计达到42.6亿元人民币，并屡获管道局市场开发先进集体、河北省国资委“先进基层党组织”、河北省“工人先锋号”等荣誉称号，多次获全国QC成果一、二、三等奖；泰国公司经理单旭东荣获河北省国资委第十五届“十大杰出青年”称号。泰国公司实现了经济效益和社会效益双丰收，在泰国树立了中国企业的实力与品牌，真正实现了“走上去”。

目前，管道局承建的东北部成品油工程和北部成品油工程是泰国政府近20年来规划的仅有的两条成品油主干线。东北部管线建成后，可将成品油从泰国曼谷周边地区输送到东北部地区，解决泰国东北部地区20多个府的成品油供应难题。管道局在实现自身发展的同时，与泰国经济社会发展实现了“双赢”。

（2019年8月5日人民日报海外网）

力克“三关”

泰国北部成品油项目二期打响雨季攻坚战

7月下旬，正值泰国的雨季，记者在泰国北部成品油项目二期采访时发现，雨很任性，说下就下，现场施工人员都是大雨躲起来，小雨接着干。采访中，管道局（CPP）泰国北部成品油项目主任单旭东说，下雨不算什么，石方段施工、沿线光缆伴行、水平定向钻穿越这三大难关，才是制约工期的主要因素。参建员工是如何攻克难关的呢？记者进行了实地采访。

攻坚“啃石方”

记者来到位于达府5标段的KP124地段，远远就听见设备的轰鸣声，走近了看见一台液压镐正在一点一点地“啃”石头。负责施工的管道四公司泰国北部成品油管道项目部经理任毅介绍，这段花岗岩还不是最难的，一台液压镐一天只能挖5米，遇到大花岗岩要干一周多时间才能过去。

泰国成品油项目分一期、二期两部分，其中项目一期已于2019年5月投产成功。全长204公里的项目二期4、5标段，正在紧张施工。

项目二期管线所处位置较偏远，大部分为半山区石方段，给管道开挖和水平定向钻施工带来很大困难。5标段全长102公里，开挖段长72公里，非开挖段长30公里。管道沿高速公路并行敷设，地质情况复杂，岩石地段较多，而且作业带狭窄，施工难度大。

5标段开挖过程中因地质情况，开挖范围覆土层很薄，约10厘米，其下均为花岗岩和风化岩。管道沿公路施工，泰国高速公路管理部门明令禁止爆破施工。借鉴类似工程施工经验，EPC项目部最终决定采用液压岩石破碎锤及挖掘机配合进行开挖施工。

石方开挖对设备的要求很高，为了寻找性能优质的设备，项目团队费了一番周折。任毅讲了个小故事。通过泰国这些年积累下来的设备分包商人脉，项目部把各家设备供应商召集来，要求提供工作5000小时以内的设备，而且卡特优先。刚开始各家设备商还争先恐后提供设备，后来却纷纷抱怨，因为石方开挖对挖机铲斗损坏严重，使用不到一周，轻则维修，重则报废，实在不能承受这些维修费和购买新铲斗的费用了。

后来经过磋商，四公司项目部决定成立一个挖机铲斗维修小组，流动对现场各机组损坏的铲斗进行抢修，这样既能减少设备的维修成本，也不会过多影响施工进度。

他们重新进行施工部署，针对困难区域，因地制宜制订方案，优化机组结构，提高工效。大机组拆分多个小机组，下沟机组改建成下沟连头机组，减少设备多次调遣，降低成本。

项目部还采取项目管理新方式。由于作业面较多，中方管理人员数量有限，为保证各个作业面安全质量受控，他们从众多泰籍人员中挑选有经验、有责任心的员工对小组进行监管，项目部利用网络平台和现场巡检相结合的管控方式，达到了预期效果。自项目开工以来，实现了730万工时无事故。

通过采取这些方法，有效提高了石方段开挖的工效，如今已开挖近90公里。

光缆“任我行”

记者驱车沿管线行进，发现管线紧邻高速路，作业带内高压线杆密集林立，工程基本在上下左右“四面楚歌”的环境中施工。

同行的CPP泰国北部成品油EPC项目部质量安全总监张自力介绍，全线有70%的管线共130公里与泰国通信公司埋地光缆平行、重合、交错，施工过程中，会造成管沟开挖、回填工作“如履薄冰”，严重影响施工进度，让艰难的管沟开挖“雪上加霜”。

由于光缆为20年前铺设，图纸可靠性很弱，偏差很大，无实际参考价值，光缆路由知情人员已无处可寻。EPC项目部为减少挖断光缆的风险，采取先仪器探测、后挖探坑、再将光缆完全挖出的施工方案，否则稍有不慎就会伤及光缆。

为了解决光缆问题，EPC项目部现场勘查十多次，与业主、泰国电信公司等单位紧密联系。经过多次商讨研究，于6月份制订出解决方案，即首先在线杆上架设一条临时光缆并接通使用，然后对伴行管线的埋地光缆进行替换。

7月初，EPC项目部终于找到了可满足线路施工方案的临时光缆分包商和永久光缆分包商，目前分包商已全面展开工作，临时光缆正在架设安装中。四公司项目部严阵以待，准备全面全速展开线路大开挖施工。

“打包”定向钻

6月4日，EPC项目部收到总承包商的授标函，约定将项目二期全部定向钻转包至CPP，主要工程量为78条定向钻穿越，长度50.398公里。

总包方的“约定”事出有因。他们觉得自己一期定向钻干得比较困难，受到业主较大压力。鉴于项目一期CPP干得非常好，所以他们跟EPC项目部商量，能否将二期全部定向钻施工交予CPP。EPC项目部跟他们谈了很久，直到价格合适了才接下来，同时也事先声明了需要延长工期。

尽管CPP以大局为重，为业主和总包方解决了实际困难，但这新增的工作量令CPP施工压力和工期压力增大。因为地质条件恶劣，项目二期主要为半山区，70%以上为坚硬岩石地质，还有一定数量的硬质岩层和卵砾石层。地勘详情不明，原始地质资料提供仅为常规要求的40%左右。工期非常紧张，项目业主要求2019年12月31日完成管线主体施工，施工工期只有5个月。

重压之下，管道铁军没有退却。EPC项目部一边与总包方一起向业主申请延期，一边尽快组织资源。

EPC项目部采取钻孔获取地勘资料，凭施工经验进行一些地段的水平定向钻穿越工作。一方面组织现有资源尽早开展现场工作，另一方面抓紧寻找更多的当地定向钻施工资源，以减小工期压力。

在项目可控成本范围内，EPC项目部选择有实力的水平定向钻穿越分包商，并根据各个分包商的特点和优势，将78条定向钻穿越分别打包分派，规定每个包的完成时间。“打包分派”一方面有利于分包商在自己包（标段）内自由制订施工计划和安排设备资源，集中管理，节约一定成本；另一方面便于EPC项目部管理，不必逐一督促，只需跟踪每个包（标段）进展情况。目前已确定水平定向钻穿越的8家分包商。

7月23日，记者深入水平定向钻施工现场采访，这里正在进行回拖作业。当日，项目二期第5条水平定向钻施工完成回拖。

（2019年8月1日《石油管道报》）

瞄“提效”目标　解“卡脖”难题

管道局泰国公司科技创新助力项目管理提升

7月中旬，在中国施工企业管理协会举办的“2019年度工程建设质量管理小组竞赛活动”中，中国石油管道局工程有限公司（简称管道局）泰国拉差布里项目场站阀室施工QC小组和泰国换管QC小组的成果双双荣获二等奖；在中国建筑业协会举办的“全国工程建设质量管理小组活动成果交流会”上，泰国北部成品油项目阴保QC小组的成果均获得Ⅱ类成果奖；泰国0GULF项目QC小组成果获得Ⅲ类成果奖。

以上成果是管道局泰国公司开展科技创新活动今年斩获的佳绩。

管道局泰国公司中方人员48人，平均年龄36.7岁，是一支风华正茂的国际化工程项目管理团队。泰国公司经理单旭东是毕业于北京大学的理学博士，他自身崇尚科技创新，他通过工作实践所提炼编写的有关海外项目“风险管控”与“属地化提升”等方面经验，分别获得河北省企业管理现代化创新成果二等奖和三等奖。在他的带动下，公司倡导、鼓励和支持员工进行管理创新、科技创新，激活团队创新正能量，提高科技进步加速度，帮助项目解决建设中的“卡脖子”难题，实现项目提质增效目标，助推项目管理提升。

科技创新实现新突破

管道局泰国公司项目团队在项目建设过程中，以推进科技创新为动力，驱动地区公司高质量发展。

在管道局泰国压气站项目建设过程中，EPC项目部采用了三维数字化模型标准化设计，借助智能化软件平台实现了多专业、多维度的同时作业，推动了设计标准化和施工进程，2018年获中国石油集团公司五化成果二等奖。这个创新技术在后续多个项目中也得到持续广泛推广。

据泰国压气站EPC项目部经理张水清介绍，三维数字化模型设计的主要创新点是，通过智能化的软件平台实现了多专业、多维度的同时作业；实现了单管图的自动抽取，提高了方案的整改、图纸的升版效率，进而提升了图纸的质量；提高了配管设计的准确性，大大提升了配管工厂预制率水平，将工厂预制率提升到62.57%。

三维数字化模型对地下配管、地上配管、工艺线及设备安装具有重要的指导意义。同现阶段国内外的三维设计水平相比，他们的专业涵盖范围、指导施工的应用深度都达到了很高的水平，获得了业主及施工分包商的高度评价。

三维数字化模型取得了较好的经济效益。以往的站场配管预制率最好水平为40%，在3D模型的设计指导下，提高了单管图应用工范围和准确性，将工厂化预制的水平从40%提升到了62.57%，为降低施工成本、提升施工进度作出重要贡献。

3月12日，泰国拉差布里天然气管道项目完成对在役管线热开孔作业的开挖验证工作。该项作业主要验证在役管线的管壁厚度、椭圆度及直线度，确定热开孔设计方案的可行性，对于后续作业的顺利开展尤为重要。热开孔开挖验证作业的完成，标志着一项新技术即将诞生。

拉差布里管道EPC项目部经理孙永说，为了实现不停输动火连头，通常需要两道安全隔离，即一道机械式皮碗密封，加一道膨胀气球密封。即使是这样的两道密封仍会有失败的风险，导致油气管道停输，造成重大安全事故和经济损失。为了确保不停输动火连头的绝对安全，项目业主泰国国家石油公司要求采用两道机械式皮碗密封，以有效地保障动火安全。此项技术在泰国是首次应用，具有极大的挑战性和创新性。

拉差布里项目的热开孔作业拟采用双侧双封技术，作业过程中不停输不降压，在泰国首次将该技术应用于大口径管道热开孔、封堵作业，具有技术新、难度大、风险高的特点。目前项目正在做相关准备工作，以确保下步热开孔施工的安全平稳进行。

成果落地取得新成效

6月10日，管道局颁发工法证书，授予“装配式预制清水混凝土外墙施工技术”为管道局施工工法。泰国公司又一项技术成果落地，并取得了新的成效。

泰国压气站项目中的变电所建筑单体，两层钢筋混凝土结构，满足10千帕抗爆要求。由于变电所是为各专业提供能源的核心，涉及电气、仪表、消防、空调、通信等专业预留孔洞58个。抗爆外墙施工完成后，不得再外力开洞或破坏受力钢筋，且抗爆密封堵块的安装对预留洞的尺寸要求较高；另外，时值雨季，施工进度受降雨影响严重。

为了解决建设中的“卡脖子”难题，EPC项目部在综合考虑了技术要求、天气因素后，经反复研究，决定在建筑单体的抗爆外墙采用“装配式预制清水混凝土外墙施工技术”。

EPC项目部通过“立面方案优化设计、建筑构造设计、连接设计、工厂化预制成型、现场模块化安装”的建筑生产方式，取得了新的成效：构件工厂预制成型，品质好；构件吊装，减少施工用脚手架，提升安全性；外饰面可在预制阶段完成，减少工序；施工不受气候影响，缩短工期；预留孔洞规范标准化，后期防爆模块安装顺畅。

装配式预制清水混凝土外墙施工技术在项目中的成功应用，赢得了业主的认可，取得了很好的工程示范效应，也成为管道局东南亚项目经理部开拓泰国市场的核心竞争力。

此外，一些新技术新成果在项目实施过程中，取得了良好的社会效益和经济效益，泰国公司也在积极促使这些新技术成果尽快落地，发挥更大效能。

泰国换管项目在施工过程中，使用“非开挖在役管道探测水钻定位法”探测地下在役管线5条，1145点，探测深度1.5米至16米，探测精确度得到业主的高度认可，并带来良好的社会效益和经济效益。

据换管项目项目经理王双平介绍，水钻探测使用的是非开挖探测，对交通及居民生活无干扰，同时也减少了外协占地赔偿支出，节省了项目成本。对比使用人工开挖探测及其他方法，节省了大量工期，为项目带来良好的经济效益，仅一年就为项目节省成本125多万元。

技术应用迈上新台阶

泰国公司项目团队在技术创新方面，因地制宜探索应用于项目建设的创新点，多项“五小”成果发挥了关键作用，为项目提质增效作出了贡献。

目前正在施工的泰国北部成品油工程工期紧，任务重。为了保证项目能够如期完工和投产，避免因阴保系统投产影响工期，EPC项目部决定在施工过程中对管道同时采用CDT、DCVG双检测技术，并开展QC活动，确保了项目一期阴极保护投产一次合格，其QC成果获得了中国建筑协会二等奖的佳绩。

EPC项目部经理陈仲举说，北部成品油项目建设用地及资金紧张。项目伊始，EPC项目部同业主多次召开设计研讨会，通过管道有限元应力分析技术，结合地质情况，改桩基础阀井为沙垫层阀井，加快了施工进度、降低了施工费用，收到了良好的效益。

业主要求成品油管道投产前管内露点达到-20度，EPC项目部与业主商量改成品油管道油头前用水理念，并结合泰国当地市场，氮气价格相对较低，改用氮气作为油头前投产介质，既保证了投产安全也达到了合同要求的管内露点。相比用水或其他介质，节省了成品油头或水的处理费用，保证了工期。

陈仲举介绍，北部成品油项目采用3Dmapping检测技术对管道椭圆度，管道焊口位置，管道内部质量进行检测，同时改投产前检测为投产后检测，业主的检测球跟随3Dmapping检测球的方法，两作业合并一次完成，节省两作业分开检测所需时间和通球所用介质，降低了环境污染。

对于场地受限，穿越长度较长，定向钻导向孔采用对穿越技术（两台钻机分别在穿越两端导向作业），对穿难点在于精确控向。北部成品油项目采用有线导向技术，加密地质探孔资料，模拟演示，确保了对穿两端精确对接，同时也解决了一些场地和钻机吨位受限的问题，缩短了施工周期。

目前正在施工的泰国拉差布里项目采用有限元建模对场站阀室桩基进行核算，钢丝网围墙基础被取消，8个场站阀室共取消1188根，节省了客观的工期及成本，为项目带来了良好的经济效益。

据孙永介绍，泰国拉差布里项目注重数据分析，开展群众性质量活动，提质降耗。EPC项目部针对各专业建立相应台账，及时更新信息，从中监督，总结归纳问题，对记录定期进行分析，查找原因，并制定相应的预防措施，完善质量管理体系。以焊接为例，项目部建立了相应的台账，建立焊工业绩档案并对焊接合格率高的焊工进行表扬，对出现的问题及时分析，查找原因，及时解决质量问题。

同时，EPC项目部积极组织群众性质量活动，通过全员参与的形式解决现场出现的质量问题。他们在解决问题的同时总结成果，编写的“缩短土建施工工期”的QC成果，获得2018年中国石油施工企业管理协会优秀QC成果一等奖。

（2019年8月2日中工网，2019年9月9日《石油管道报》）

中国石油管道局承建泰国拉差布里天然气管道项目突破百公里大关

8月4日，贯通泰国能源通道的主干线——拉差布里天然气管道项目焊接突破100公里大关，焊接一次合格率99.62%。该项目由中国石油管道局工程有限公司（简称管道局）EPC承建，进度控制、质量管理以及项目执行中EPC优化，尽显管道局核心竞争力，得到业主泰国国家石油公司的肯定。

拉差布里天然气管道项目线路全长120公里，管径30英寸，途经暖武里、佛统、北碧和拉差布里4个府，沿线设置首末2座混输站、6座截断阀室。这个项目是管道局海外工程中的典型案例，包括线路、站场、阀室的设计、采办、施工、试运行，采用了定向钻、顶管、大开挖、不停输动火连头等所有工序。

管道局拉差布里EPC项目部经理孙永介绍，工程自2018年3月开工以来，项目团队通过设计、采办、施工三大优化，节省了费用，提高了工效，彰显了管道局“硬实力”，确保了项目施工稳步前行。截至目前，已完成全部工程综合进度的85%，距离实现今年12月31日竣工的目标指日可待。

设计优化

拉差布里管道项目共有非开挖穿越112处，总长度近20公里，其中定向钻23条，顶管88条，直铺管1条。为了节约施工成本、合理安排施工资源，EPC项目部对非开挖穿越进行了系列优化。

将费用昂贵的直铺管改为定向钻。为了减少直铺管穿越的风险、节省施工成本，项目部分析了直铺管设备的不足和施工风险，成功地说服业主和泰国环境评估委员会将直铺管改为了定向钻。仅这一条直铺管为项目节省施工成本1450万元。

将12条顶管改为大开挖施工。通过大开挖施工，减少了原来的顶管费、基坑建设费、两侧的连头施工费等，只增加了道路修复的费用，大幅度降低了施工成本。

将23条顶管改为短距离定向钻平拖施工技术。项目部将类似区域的顶管加长，改为了短距离定向钻平拖施工技术，优化后节省了大开挖施工时超占地租赁费、管沟板桩支护费、排水费、鱼塘虾塘的误工赔偿费等，总费用大幅度降低。

采办优化

由于项目采办金额占项目总金额的50%，比重较大，为了实现项目的整体盈利指标，项目团队对各个阶段的采办工作都进行了优化，收到了预期的效果。

孙永说，设备选型和材料优化是在满足设计输入、性能指标和安全经济运行的前提下，选择最佳或接近最佳的设备和材料，从而降低成本。设备材料成本由原材料、性能、工艺原理、制造过程和检测检验方法决定。设备和材料的选择应具有性能和价格比的优势，以满足设计性能要求为目标，避免过度设计。

根据拉差布里项目业主规范规定，阀门的执行机构需要采用旋转式执行机构。通过设计变更申请让业主接受拔叉式执行器，这两种执行机构的差价在1.5万美元左右一套。

拉差布里顶管穿越用的4寸光缆钢套管数量为7440米，原设计壁厚为8.56毫米。项目部让设计分包商对钢套管在回拖过程中的应力重新进行了核算，通过设计变更申请调整到6.02毫米，仅这一项就节省费用12万美元。

2018年采办工作整体超前，采办进度全年平均超前7.6%左右，订单下达和物资到场均满足现场施工需求，为项目的顺利实施提供了保障。成本控制达到了管道局东南亚项目经理部的控制目标，产品质量满足了项目技术要求。

施工优化

根据拉差布里项目的地质、地貌及水位等自然地理特点，结合以往泰国项目施工经验，EPC项目部因地制宜、锲而不舍，通过计算和论证，优化创新了许多施工方案，节省了施工成本。

在湿地推广沉管施工方法。这个方法的应用，节省了可观的设备资源投入，克服了项目前80公里湿地泥泞松软的地质困难，确保了项目施工顺利推进。

受限作业带内的沉管方案优化。拉差布里项目线路的前80公里路由位于农田和高压线之间，作业带狭窄，一侧5米，一侧15米。为了节省超占地费用，项目部对传统的沉管方案进行了优化，采用单侧沉管，将开挖设备布置于作业带宽的那一侧，两侧推土。经过详细的计算论证，最终业主同意了单侧沉管的施工方案。

实地测量地貌高程优化线路埋深。在确保管道安全的同时，优化管道安装难度，项目部对所有的水渠宽度、深度及用途进行了实地测量，有效地减少了管道埋深，采用弹性敷设方法，节省了连头及弯管数量，加快了施工进度。

（2019年8月5日河北日报客户端）

建设“一带一路”的“特种兵”
——管道四公司建设泰国油气管道项目纪实

8月7日，由管道四公司承建的泰国拉差布里天然气管道项目收到监理公司Penspen发来的贺信，祝贺项目不断赶超施工计划，为项目按期完工创造了条件。Penspen为全球能源行业提供超过65年的工程项目管理服务，是一家在全球16个国家设有分公司的国际老牌公司。

贺信指出，项目建设团队表现优异，按照里程碑计划完成了阶段性管道焊接施工任务，一次合格率98.9%，尤其是今年1月，创造了单月焊接15公里的优异成绩。贺信称赞，项目建设团队通过组织优化、进度控制和优秀的施工，为项目如期完成带来决定性的转折。

类似这样的贺信四公司收到好多封了。自2014年四公司承建第一个泰国项目以来，作为管道局在泰国市场的“特种兵”——专业建设公司，四公司先后承担了GULF、北部成品油管道、拉差布里天然气管道等项目线路施工任务，以及RC400项目的线路预投产任务。承担管道施工任务700多公里，当前已完成管道建设550公里，受到各个项目业主的称赞。

进入泰国市场5年来，四公司着力提升国际化资源配置能力，项目设备资源属地化率超过95%，用工属地化率超过80%，创造了月焊接93公里的“中国速度”和千道口无返修的“中国质量”，不愧为征战泰国油气管道建设市场的“特种兵”，为管道局“领跑”泰国油气管道建设市场贡献了力量，为CPP在泰国后续市场开发创造了条件。

攻坚克难我最“强”

据四公司泰国项目经理任毅介绍，项目团队将每一次挑战都当作项目的机遇和展示品牌的窗口，以管道建设主力军的担当不断实现项目建设新的突破。

在GULF项目建设期间，四公司高标准、高水平完成5次一级动火连头和一次在役管道热开孔施工，面对人员少、子项目分散的局面，12名中方员工同时支撑起分布在3个府的4个子项目施工。

北部成品油管道项目作业带全部在DOH公路伴行渠内，而且与高压线伴行，铺设作业空间狭窄，并受降雨和农田排水的持续影响。为了实现效益最大化，项目超前谋划、科学部署，在旱季期间集中投放资源，员工们在第一个旱季内便完成管道焊接350公里。

拉差布里项目私人土地受业主重点关注，四公司项目主动作为，为了防止污染物超标的地下水进入水渠，项目租用水车进行地下水外运。经过10个昼夜连续奋战，圆满实施了顶管和连头施工；为了按期将土地归还给地主，连头机组连续7天昼夜施工，成功将土地移交给农户，赢得好评。

管理创新我最“棒”

四公司泰国项目崇尚、鼓励和支持广大员工进行管理创新、技术创新，帮助项目解决生产建设中的问题。在技术创新方面，因地制宜探索应用于项目建设的创新点，多项“五小”成果发挥了关键作用。如通过龙门架深入应用，解决了城市管网狭小空间的管道下沟问题；借鉴水钻探测方法，进行在役管道、障碍物探测，极大地节约了人力和时间；采用多索吊具进行管径323毫米管材吊装，吊装效率提升了3倍；推动沉管技术演示，解决了水网地段施工管沟不成形的问题；采用“试回拖管段”检验定向钻回拖孔成型情况，降低了定向钻防腐层在回拖过程中的划伤等。

项目管理方面，他们结合实际不断创新项目管理模式，以满足项目建设需要。

GULF项目为典型的城市管网施工，规模小、施工分散，采取项目机组一体化的扁平式管理；北部成品油管道项目570余公里，管理跨度大、干系人众多，四公司积极探索并采用了"总部—分部"的管理模式；拉差布里项目施工环境复杂、作业带释放分散，为了充分发挥机组管理优势，实施了"小项目部+大机组"的组织模式，实现了多点开花，全线同时推进。这些因地制宜采取的模式，均取得了良好效果。

品牌创建我最"靓"

2014年末，四公司抓住泰国GULF项目建设机遇期，制定了立足长远、用服务和业绩赢得未来市场的发展目标。

初到泰国，面对不同的施工建设标准，不同的项目管理理念，四公司建设团队主动求变，认真学习泰国法律规范、建设标准，加强沟通交流，不推诿矛盾，不回避问题。严格履行泰国工程建设标准，形成全员合力，共同推动项目建设，形成了谈判懂技巧、公关有智慧、沟通无障碍的项目运行体系。实现了GULF项目领先项目里程碑计划，完成了全部子项目建设。

后期项目建设中，持续总结前期建设经验，在泰国最长油气管道工程北部成品油管道项目，创造了月焊接93公里的"中国速度"和千道口无返修的"中国质量"。

拉差布里项目在多重先天困难面前逆势突围，扭转了艰难被动的局面。

四公司通过多个项目的优异表现，引起了行业相关项目业主和总包方的高度关注和认可，收到了业主、监理、总包的多封表扬信，充分展示了CPP的建设实力。

至今，四公司建设的三个项目平稳有序。2018年10月8日，四公司第一个泰国项目GULF如期机械完工。

截至目前，北部成品油管道项目完成线路焊接531公里，收尾连头及分段试压作业正在稳步推进。

拉差布里项目完成线路焊接101公里，综合完工进度78.5%，通过旱季3个月的加速施工，已与业主里程碑计划持平。下阶段，四公司将抢抓旱季施工的黄金期，加速推动项目整体建设，实现项目效益最大化，在"一带一路"建设中充分展示"特种兵"的品牌与实力。

（2019年8月22日《石油管道报》）

泰国换管项目——精准管理“啃”出效益

8月29日，泰国RC400换管项目质保期结束进行最终交工。至此，换管项目完美收官。

泰国换管项目是一个中小型线路工程EPC项目，在项目实施的3年期间，面临诸多挑战和困难，项目团队以创效为终极目标，紧密围绕管理创新、设计采办优化、精益管理降耗等方面，探索实践新举措，质量、安全、进度和满意度均获肯定……

虽然项目整体规模不大，但是由于其特殊的地形地貌和施工要求，换管项目在项目管理和施工中面临较大的挑战和困难，一是全线伴行多条在役管道，伴行高压线施工，水平定向钻施工精度要求高、施工难、风险大；新旧管线使用同一作业带，对施工精度的要求很高。水平定向钻施工主管预制场地非常狭窄，在高速公路的路边沟里预制，需要破除几十条公路，协调难度和交通管控难度较大。二是全线地上、地下障碍物繁多，识别、开挖、验证、保护工作量大，探测困难。三是干系人众多，协调难度大。环境敏感区多，手续复杂。环保监督要求高，对于冒浆应急处理、扬尘处理、噪声防护、危废物处理、夜间施工、上水排水等要求严格。

面对项目生产经营的各种困难和挑战，面对“精致而复杂”的项目特点，EPC项目经理王双平带领项目团队管理创新，全周期精细化管理，促进了项目的安全生产，创造了可观的经济效益。

管理创新解难题

泰国换管项目新管道投产后，原管道需要退役封存。按业主要求，需要采取一定强度的混凝土进行填充。项目团队经过分析发现，采取混凝土进行填充，不仅造价高昂，而且每次填充的距离较短，造成现场存在很多的基坑开挖和浇筑段，严重影响工期和成本。他们经过分析认为，采取泡沫混凝土的技术可以有效解决上述问题，经过多次试验，确定了最佳的技术方案，在现场实施中取得了成功，增加了浇筑段长度，减少了地下设施的探测和基坑的开挖，节省了工期，降低了成本。这项技术也填补了管道局在废弃管道处理方面的技术空白，开辟了新的市场机会，并荣获2019年石油行业QC成果一等奖。

换管项目全线伴行或穿越多条在役管道，因此在设计和施工时，需要对在役管道进行探测和开挖验证，以确保施工安全。他们刚开始采取了传统的雷迪探测加人工开挖验证的方式，雷迪探测精度较差，人工开挖由于土壤坚硬，劳动强度非常大，功效非常低，严重影响后续施工。项目部和参建单位开动脑筋，积极探索，研究出新的水钻探测法，大大提高了效率，提高了探测的精度，成本节省上百万元。此工法的应用获得了管道局科技革新二等奖，2018年石油行业QC成果一等奖。

换管项目中有三条水平定向钻要穿越在役管道，由于原在役管道历史久远，竣工资料缺失，在役管道埋深较深且探测开挖确认具体位置困难，这给新的安装带来了巨大的安全风险。因此在如此狭小的空间内提高定向钻穿越的精度，确保施工的安全显得十分重要。为了确保在穿越过程中不与在役管道发生碰撞，他们采用了平行追踪技术，成功定位在役管道，快速、安全、高精度地完成了穿越工作，受到了监理和业主的高度赞赏，并荣获2018年石油行业QC成果一等奖。

在热开孔和封堵施工中，项目部和抢险中心精心组织、精细操作，取得了热开孔和封堵的完美效果，填补了管道局在国际工程中大口径、高压、在役天然气管道封堵的空白，打破了西方公司在泰国国家石油公司该领域内的垄断局面，进一步延伸了管道局在泰国市场的产业链。

设计采办降成本

加强设计优化的组织，实现EPC的高度融合。项目团队紧密围绕线路工程设计优化清单开展设计优化工作。通过对顶管操作坑取消侧向板桩、优化放坡，减少板桩使用、用冷弯管代替部分热弯管，以及三通设计优化、水平定向钻线路优化、小回填优化、废弃管道填充优化等，为采办和施工节省了170多万美元。

境外EPC项目合同中，采购成本一般占到总合同的30%—50%，他们充分利用采购降本，实现利润。

积极利用设计优化。根据初步设计和合同，需要采购31个热弯头，他们经过详细设计，实际采购弯头17个，节省采购费用10万美元。在设计三通时，使用焊接三通代替铸造三通，不仅缩短交货期，提高现场焊接的可施工性和可靠性，而且降低价格20%以上。

积极推荐供应商短名单。在业主泰国石油公司的项目中，超过98%的供应商来自欧洲及美国、日本和韩国，只有一小部分中国供应商在供应商名单中被批准。他们积极推荐短名单外的中国厂家或者采取短名单中报价较低的原厂地，向业主推荐了中国的管件厂家，推荐使用中国产的热开孔和封堵的皮碗。

价比三家，属地化采购。东南亚地区部分国家明确要求承包商要有一定比例的属地内容，而且合同货币全是属地货币，因此进行属地化采购既是满足合同的要求，也是项目实现降低成本的手段。

根据设备物资的种类，以及采购的难易程度和采购周期等，灵活调整采购策略。对于采购周期长的，需要联合设计、施工，多次核实，争取一次性准确采购；对于容易采购、交货期短、设计变动可能性大的采购，分批采购，灵活调整。

另外，通过改造剩余材料，向业主推荐使用以前项目剩余的螺旋地锚，再采购部分新配件进行组装应用在新项目，节省了资金；采用车船直取的方法，在钢管运输中，提前修建中转站，联系好物流公司、清关公司，减少港口的倒运和仓储费用；优选招标形式，在项目管材、阀门等重要采购中，采取了电子竞价方式，挤压供应商水分，取得了较好效果。

精益管理见成效

精益管理的目标是在为业主提供满意工程服务的同时，把浪费降到最低程度。在国际工程合同收入已固定、很难获得变更或者其他额外收入的情况下，项目部通过精益管理获得效益。

一是树立共享互惠理念，节省项目成本。国家公司（或地区公司）所在地的办公设施、公寓、餐厅、车辆等设施，行政事务、财务、法务、劳务、外事、人事等人力资源，实现共享，减少重复投入；利用各项目分包资源的调剂，降低分包价格，取得了更大的价格优惠。各项目剩余物资、仪器仪表、工具等调剂使用；供应商、物流、清关商的资源共享，降低成本、减少重复招标的手续；中转站设施同各项目、各分部共享；各分部之间人员、设备、物资、措施用料共享；各项目管理经验和教训共享及传承。

二是实施精细化管理，控制管理费成本支出，人员配置精干高效。项目部人员均为复合型人才，分工不分家，人员根据项目进展动迁。注意属地人员聘用期限，减少合同终止带来的赔偿费用。EPC 管理的材料如焊条、焊丝、收缩套、地锚等，做好入库出库、做好材料消耗分析；劳保用品和小劳保按需领用；优化临时设施，优化选址和数量；对材料中转站共用场地、人员、吊装设备，节省费用；对业主合同中要求给予配置的服务设施进行优化，减少费用。合理利用废弃物或者二手物资，如换管项目现场办公室利用原项目的办公座椅，进行改造组装，节省了费用。制定办公室节水节电制度，控制电话费，限额使用，降低通信费用，统一车辆管理、调配，按需使用，从点滴处节省费用。

三是协助分包商节约资源，为内部和外部分包商制订动迁和回迁计划。如果调动到现场的所有资源，因现场尚未准备好开工，则所有资源将被浪费，造成很大的经济损失。积极帮助分包商解决生产中的各类问题，为分包商节省成本等。

精益管理见到了明显成效，优异的项目管理和表现，赢得了业主称赞，获得了业主监理签发的表扬信。

高质量赢得业主的信任。项目实现一次焊接合格率99.3%，一次防腐补口合格率100%。业主在表扬信中提到：“CPP非常重视高质量、精细化的全过程质量管理。”

良好的HSSE实践，实现了百万工时证书。业主在表扬信中提到：“此项目符合高标准的HSSE要求，在非常接近天然气管道和其他地下设施的情况下，成功应用了高效的管道施工方法。”

工期得到保证。业主在表扬信中提到：“面对敏感环境及复杂社区关系等诸多挑战，如期完成了项目建设。”

泰国换管项目部在复杂的施工环境下，高质量、安全、按期地完成了项目，树立了CPP品牌，赢得了泰国国家石油公司项目管理层和高层的关注，也吸引了远在缅甸的项目业主的目光。

换管项目部被缅甸业主邀请进行技术交流，项目部现场调研工作成功完成。通过换管项目良好的现场表现和缅甸现场调研的优异表现，换管项目部得到了业主邀请进行合格分包商短名单资格预审的机会，打开了该业主尘封5年的市场大门。

（2019年9月5日《石油管道报》）

建泰国最长管道　展“中国硬核”实力

——管道局泰国北部成品油项目建设纪实

中国石油管道局工程有限公司（简称管道局）泰国北部成品油管道项目部分参建员工放弃春节休假，一直坚守在海外一线。受国内新冠肺炎疫情影响，原定节后要增加的人员，因为出境限制的原因，直至2月下旬也上不去，现场人员异常紧张。面对困难，项目部一人身兼数职，保证现场工作顺利进行。项目参建员工克服国内新冠肺炎疫情导致资源不足的困难，开足马力，挂挡提速，现已完成项目综合进度的91.2%，正在向着主体完工的目标冲刺。

北部成品油项目是泰国有史以来最长的陆上油气管道项目，由管道局东南亚项目经理部泰国公司EPC总承包，管道四公司承建。自项目开工以来，在两年多的工程建设中，项目团队科学部署，攻坚克难，不断实现突破：当年中标、当年开焊、当年焊接突破百公里；单日焊接超4公里，单月焊接超90公里，3个月焊接超200公里……创下了“中国速度”和“中国质量”的施工纪录，展示了“中国硬核”实力，树立了中国企业品牌形象，彰显了“中国风采”。

科学部署提速，创下“中国速度”

泰国北部成品油项目是泰国能源部战略规划项目，贯穿泰国南北，全长574公里。项目是为了建设一条新的管道和终端接收系统，用于接收来自曼谷的成品油产品，项目建成后将有效提高泰国北部地区燃油输送的效率，重要性不言而喻。

2017年9月7日，工程项目开工仪式在信武里府举行。一时间，泰国各大媒体将目光聚焦于承担整个线路施工的单位——管道四公司。

受西方管道建设的影响，泰国至今仍有欧美管道承建单位“驻守”，加上本国管道建设队伍的迅速成长，泰国市场竞争异常激烈。如何应对来自各方的质疑和压力？对这个平均年龄不到33岁的年轻团队来说无疑是一个考验。

质疑和压力还来自于项目建设难度极大。“管理跨度大、可用工期短、作业带复杂、干系人众多……”管道局泰国公司总经理、北部成品油管道项目主任单旭东说，“但我坚信四公司这个能打硬仗、善打硬仗的团队肯定行！”

能得到单旭东的信任，靠的是四公司的硬核实力。自2014年以来，作为管道局在泰国市场的专业建设公司，四公司已承建了三个建设项目超过700公里的线路施工以及线路预投产任务。这些年，四公司的国际化资源配置能力不断提升，实现了项目设备资源属地化率超过95%，用工属地化率超过80%，为管道局“领跑”泰国油气管道建设市场贡献了力量。

这次，四公司又派出了一个由精兵强将组成的项目团队，项目部经理任毅刚过而立之年，胸怀大志；而EPC项目部经理陈仲举沉稳笃定，经验丰富，两人配合相得益彰。任毅意气风发，他表示，回击质疑最好的方式就是行动，我们有信心打一场漂亮仗！

此项目分为两期建设。一期管线367公里，主体施工工期仅13个月，其中雨季就占6个月。面对严峻的形势，两个项目部拧成一股绳，变压力为动力，率领项目团队科学部署。

EPC项目部充分利用信息化手段，加强对现场各个环节的控制。纵向建群——EPC项目部与业主、监理、总包、分包方分别建群，及时接收、分享、传达项目管理信息；横向建群——项目各专业建立自己的信息共享群，随时随地可以接收整个项目施工现场信息，对不符合项目要求的安全、质量、现场管理等问题及时记录，并通知相关单位及负责人整改，并将整改内容在群里共享。

四公司项目部探索采用了“总部—分部”管理模式，结合施工任务下达相应的“成本考核”指标，根据项目进展，及时进行“分部”的整合。他们通过P6及Excel等工具优化计划管理，破解天气不利因素，及时增减人员；通过现场实验对比，优化机组配置，提高设备使用效率和资源的共享，加快施工进度；加强项目与业主、监理的有效沟通，破解现场停工与施工不连续的难题；通过成本对比增加设备人员的属地化比率，加快资源的调配效率；通过联合办公现场踏勘对比设计优化方案，实现施工方式的最优。

通过科学管理，项目团队与业主、监理各方紧密配合，实现了多方集中办公、相互支持，快速化解阻碍、解决问题，快速推进了工程进度。于2019年1月春节前，连获业主、监理、总包方的多封表扬信。2019年3月29日，最后一道金口焊接完毕。5月23日，项目一期顺利投产。

经过500多个日夜的连续奋战，四公司参建员工用努力和拼搏不断刷新纪录：实现单月焊接93公里的“中国速度”，创造了泰国管道施工史的纪录；创造了“千道口无返修”的“中国质量”；焊接一次合格率始终保持在97%以上，试压一次合格率100%……

巧攻施工难点，展示“中国硬核”

北部成品油项目几乎浓缩了所有管道施工难点，如水域段、石方段、流沙段等。四公司年轻的项目团队迎难而上，充分发挥聪明才智，逢山开路，遇水搭桥，不断地攻坚克难。用坚韧不拔、孜孜以求的坚强意志，用追求完美和极致的精神理念，展示了“中国硬核”实力。

在项目一期工程中，一标段全长135公里，管道路由沿公路和路边沟敷设，沿线穿越水塘众多，大部分地段为连片水塘，属于典型水网施工。

项目建设初期，焊接机组每天都在与水打交道，焊接作业面迟迟不能有效连通，再加上降雨，“水”就成了困扰施工的主要问题。

为此，项目部和分部负责人与各机组长一起，对不同地段作业带内的水情进行分析，又通过询问当地百姓，摸清水路的来龙去脉，焊接机组再根据不同的情况，采取有针对性的办法进行排水、降水。

为了保证机组有充足的作业面，根据水塘的分布情况及水量大小，每个焊接机组前面至少安排2至4组抽水扫线机组，提前进行抽水、扫线、布管，各工序衔接紧密，使后面的焊接机组进场就能开焊，充分发挥每一道工序的作用。

通过实践发现，焊接进度明显提高，困扰施工的“水患”难题终于解决了。各焊接机组有了干劲，同时也为后续施工打下了坚实基础。

如果说项目一期的最大难点是“水患”，项目二期的“拦路虎”就是长达近60公里的石方段。

二期中的五标段全长102公里，开挖段长度72公里，非开挖段30公里。管道沿高速公路并行敷设，地质情况复杂，岩石地段较多，作业带狭窄。而且管道中心线与泰国通往缅甸TOT光缆全线并行，施工风险难度大。因地质情况，开挖范围覆土层很薄，约10厘米，其下均为花岗岩和风化岩。由于管道沿路施工，泰国高速公路管理部门明令禁止采用爆破施工。

项目团队借鉴类似工程施工经验，最终决定采用液压岩石破碎锤及挖掘机配合进行开挖施工。

为此，他们专门成立凿岩机组，遇到岩石区域，大批设备调离，少部分设备在该区域清理，石方开挖，减少设备窝工，提高设备工效；因地制宜制定方案，优化机组结构，提高人员工效。大机组拆分多个小机组，下沟机组调整为下沟连头机组，减少设备多次调遣，降低成本。

因作业面众多，施工高峰时全线近百个作业点，中方管理人员数量有限，为保证各个作业面的安全质量受控，项目部挑选有经验、有责任心的泰籍员工进行培训，并派他们对小组进行监管，项目部利用网络平台和现场巡检相结合的管控方式，达到了预期效果。项目自开工以来，实现了850万工时无事故。

经过坚持不懈的努力，通过科学有效的办法攻克各种难题，使钢铁长龙一点点向前延伸。如今，他们正在全力攻坚，现已完成线路焊接559公里，收尾连头及分段试压作业在稳步推进。

信誉赢得信任，彰显“中国风采”

众所周知，管道局作为中国油气管道建设的主力军，施工技术能力和施工管理水平已实现国内领跑，对于攻克北部成品油项目的诸多施工难点，用任毅的话讲，“那都不是事儿!”但对外协调工作这个制约工程建设的“瓶颈”，却着实令人伤脑筋。

北部成品油项目地域跨度大，跨越泰国10个府32个县，79个乡镇，298个村庄；伴行道路、水管、线缆等相关单位更是不计其数。管道路由范围内涉及商铺、农户、庭院、工厂两千余家，涉及相关方多，关系复杂，协调难度非常大。四公司项目团队靠信誉赢得信任，用真诚和爱心诠释了中国企业的责任担当。

项目部有一个“卖大虾段”的典型案例。项目二标段有一处7公里施工段是外协部门公认的协调难点段，而其中有500米是这段中最难协调的。由于该位置多为海鲜商铺，很多商铺老板喜欢在自家摊位前摆放写有“大虾”的牌子，被外协同事们称为“卖大虾段”。开工后，历经一年的艰苦工作，始终没有协调成功。当时正值项目一期收尾阶段，此段问题若不能解决，将直接导致一期投产工期滞后。

对此，外协部分析原因：此段涉及商铺较多，商户对项目承诺的施工时间、道路恢复效果落实情况有所顾虑。外协部通过制定详细的施工方案和施工计划，预计15天内能完成“卖大虾段”施工。

于是，外协部召集涉及的所有商户一起开会沟通，晓之以理，动之以情。为了表达项目部的信誉与诚意，外协部还请到了当地警察以及政府部门相关工作人员为会议公证。精诚所至，金石为开。最终涉及的所有商户全部同意配合施工。

经过项目人员不懈努力，仅用了10天时间完成了线路施工任务，连夜将该商铺位置的道路修复完成。泰国政府相关部门、业主、监理、涉及商户纷纷为项目部竖起了大拇指。

通过完成“卖大虾段”施工，项目部不仅提前完成施工任务，保证了业主的工期要求，还在泰国政府部门和商户的心中留下了深刻、美好的印象，从此“卖大虾段”的故事传遍了当地大街小巷……

在如此复杂的社会关系中，项目部通过一次次努力，解决了一桩桩难题，得到了沿线各相关方的认同，获得了业主单位的好评，并收获业主的感谢信。

在泰国当地还传颂着中国管道人危难之际伸援手、奋不顾身救火灾的故事。

那是泰国当地时间2019年8月19日下午，位于项目二期路由KP180附近的一家大型造纸厂发生大火。在当地消防队经历了5个小时的扑救后，由于风力、厂内造纸原材料易燃、灭火资源不足等原因，火势依旧没有得到有效控制，蔓延至整个厂区，熊熊浓烟笼罩厂区上空，并威胁到周边森林及住户安全。

危难时刻，晚8点左右，四公司项目部在接到工厂驻地政府请求支援的消息后，立即出动，及时抽调附近准备第二天下沟的两台挖掘机进行支援。救火过程中，项目设备操作手及指挥人员临危不惧，与地方政府、消防部门等相关部门密切沟通，协同配合地方消防部门进行灭火救灾。

同时根据火势情况，应政府部门及消防部门的请求，项目部于晚上10点从另一就近（距离着火点50公里）的开挖机组调动了两台板车，并增调两台挖掘机进入火灾现场，帮助消防部门加铺消防沙，确保火灾现场进行有效隔离。

并在明火已经扑灭的区域进行翻挖，以确保原材料不再复燃。在四公司项目部的协助和配合下，大火最终于次日早晨6点彻底扑灭。

这次救援行动不仅得到了当地政府、消防部门等属地相关政府部门的肯定，而且也获得了业主和监理的高度赞誉，为管道局在泰国树立良好的企业形象增光添彩，彰显了“中国风采”。

（2020年2月20日中工网，2020年2月27日《石油管道报》）

管道局海外项目彰显中国风采迎来“高光时刻”

管道局在建的泰国两条成品油管道引起中央主流媒体的高度关注，7月17日，《人民日报》第三版要闻刊登《两大成品油管道项目助力泰国能源供应及区域联通——“为中国企业的技术实力和敬业精神点赞”（患难见真情　共同抗疫情）》。文中大篇幅报道了管道局泰国东北部成品油管道项目。

同日，人民网国际频道发布《中企承建泰国两条成品油管道可辐射老挝、缅甸中泰能源合作促进区域互联互通》；环球网刊发《中泰能源合作促进区域互联互通》。

《人民日报》在报道中说，目前，管道局承建的东北部成品油工程和北部成品油工程是泰国政府近20年来规划的仅有的两条成品油主干线。东北部管线建成后，可将成品油从泰国曼谷周边地区输送到东北部地区，解决泰国东北部地区20多个府的成品油供应难题。管道局在实现自身发展的同时，与泰国经济社会发展实现了“双赢”。

《人民日报》中说——
“正是因为他们全力投入，项目得以平稳顺利推进”

7月的泰国正值雨季。沿着首都曼谷通往东北地区的201公路，几台挖掘机和起重机正在道路一侧作业，经过防腐处理的钢管被吊装到管沟内，焊接、回填，不断向前延伸……中国石油管道局工程有限公司（以下简称“管道局”）东南亚项目经理部的员工们冒着雨水和高温作业，加速推进泰国东北部成品油管道项目。

“当地地形复杂、气候炎热多雨给施工带来困难，淤泥段及石方段管沟开挖不易成形也是主要施工难点。”负责该段施工的主管巴斯说，施工过程中，中国建设者克服了穿越密度大、地层复杂、留头多等诸多困难，焊接合格率保持在96%以上。“我要为中国企业的技术实力和敬业精神点赞。正是因为他们全力投入，项目得以平稳顺利推进。”

泰国东北部成品油管道项目主要包括一条新的成品油管道及配套的场站和罐区终端，管线全长342公里，起于北标府，途经5个府，终至孔敬府。

泰国东北部中心城市孔敬郊外的一片工地上，9个储罐正拔地而起，承载巨大罐体的环梁不断增高。泰国东北部成品油管道项目罐区终端预计将于明年10月完工，届时东北部20府将可以从这里直接下载成品油。

“东北部地区油价比曼谷高0.5泰铢（1泰铢约合0.22元人民币），加满一箱油就需多付35泰铢。”当地司机通猜说，“管道建成后，可以将成品油从曼谷周边输送到东北部，当地成品油供应将更稳定、价格更便宜，交通物流运输成本随之降低，民众日常生活也会从中受益。”

泰国能源部部长颂提叻表示，东北部成品油管道工程是泰国能源战略项目，也是泰国成品油运输系统的重要基础设施之一。项目建成后，将有效改善泰国东北部地区成品油供应状况，为当地经济社会发展提供能源保障。

《人民日报》中说——
“共建‘一带一路’项目为我们带来互利共赢”

目前，泰国现有成品油管道均为20世纪90年代初建设，从沿海的炼油厂连通至曼谷周边地区，再往内陆供应则需通过车辆运输。两条新管道项目的建设为保障泰国成品油供应开辟了新的重要通道，还将辐射至老挝、缅甸等周边国家。

泰国东北部地区毗邻老挝，孔敬府油库至万象仅250公里。以往老挝从泰国进口石油产品需通过车辆从曼谷运送至万象，两地距离约700公里。泰国东北部成品油管道项目完工后，将极大缩短交货周期，节约物流成本，提高输量并保持油品供给稳定性。

今年2月，在泰国东北部成品油管道项目动工仪式上，同时签署了有关推动东北部管线继续向老挝方向延伸的协议。泰国管网有限公司董事会主席帕努表示，未来这条管道将与万象实现对接。泰国北部成品油管道项目的目标则是将泰国达府与缅甸克伦邦连接起来。

“中国企业承建的成品油管道项目不仅将有效提升泰国能源安全，也将加强泰国与老挝、缅甸等国家的互联互通，共建‘一带一路’项目为我们带来互利共赢。”颂提叻表示，互联互通是推动可持续发展的重要因素之一，“一带一路”合作能有效降低物流成本，便利人员往来与创新交流。泰中两国通过能源合作，将共同在湄公河次区域甚至更大范围内推动互联互通和可持续发展。

人民网国际频道发布的《中企承建泰国两条成品油管道可辐射老挝、缅甸中泰能源合作促进区域互联互通》文中，称赞管道局——“中国速度”加快当地能源基础设施建设

泰国北部成品油管道项目同样由管道局2017年开始建设，全长574公里，是泰国有史以来最长的陆上油气管道项目，建成后可以把成品油从中部的曼谷周边罐区输送到北部，对泰北地区发展具有重大意义。在泰国北部成品油管道项目中，管道局实现单月焊接90公里的“中国速度”，创造了泰国管道施工史的纪录；焊接一次合格率始终保持在97%以上，创造了“千道口无返修”的“质量”。

“在泰国，中国企业建设泰国政府近20年来规划的仅有的两条成品油主干线，也是在推动建立‘一带一路’能源合作伙伴关系，为推动构建人类命运共同体作出贡献。”管道局泰国公司经理、泰国东北部成品油管道项目经理单旭东表示。

今年，泰国两大成品油管道项目在新冠肺炎疫情严峻的形势下仍然保证了施工进度，按计划推进。截至7月23日，北部成品油项目安全人工时已经超890万，项目施工质量受控，各项工作平稳推进。

东北部成品油项目2月8日打火开焊，当时正值国内新冠疫情暴发时期，项目部克服管理人员和施工资源不能实施动迁以及泰国防疫政策对项目的影响，依托坚守泰国的少数中方管理人员，大量启用属地资源，主体焊接真正实现属地化用工，按期全面转入施工，现已焊接120公里。

目前，泰国正处于雨季，泰国两个成品油管道项目部正全力以赴，在严把质量安全关的前提下，加大力度提高项目综合进度，保证项目顺利完工。

（2020年7月28日《石油管道报》）

泰国成品油项目再上人民网热搜

1月26日，《人民日报》记者采写的文章《泰国东北部成品油管道项目进展顺利》在人民网—国际频道发布，这是此项目今年继3月3日、8月19日在人民网、《环球时报》等刊发后再登中央主流媒体，管道局也再次引起关注。

泰国东北部成品油管道工程是泰国的能源战略项目，也是泰国成品油运输系统的重要基础设施之一，项目建成后，将提升泰国能源安全性，改善泰国东北部地区的成品油供应状况，促进当地经济社会发展。此项目由管道局EPC总

承包，于2020年2月5日开工。新冠肺炎疫情防控期间，项目部筑牢夯实防疫屏障，创足创优生产条件，在保证项目全员“零感染”的前提下，稳步推进项目建设，最大限度减少疫情对项目整体的影响。

据管道局泰国公司经理、泰国东北部成品油管道项目经理单旭东介绍，作为泰国首个具有纯商业化融资背景的EPC项目，此项目工作范围广，涉及线路、岩石、含伴行光缆、泵站、罐区、阀室等，是综合性成品油一体化储运项目。项目管理方面最大的创新，是融资与项目建设共同推进。项目成功实现了进度按计划推进，最大限度地降低了资金影响；同时，项目的顺利推进，有力助推了业主扩股增资与融资的顺利进行，保障了项目的后续资金支持，实现了多方的共赢。项目还获得中油工程“新模式项目突破奖”和“优秀项目管理奖”两项奖励。

为加快项目建设，项目部于8月18日开展了“决战100天，夺取抗疫保产双胜利”的劳动竞赛活动。项目部积极做好疫情防控的同时加快推进现场施工，施工作业机组与各类施工机械紧锣密鼓，争分夺秒抢工期、加班加点赶进度、凝心聚力保目标。

经过项目全体参建中泰员工的共同努力，11月25日，决战100天活动圆满落下帷幕，并取得预期的效果，目前泰国东北部成品油管道项目综合进度为92.93%，安全人工时超800万。

此次活动正值泰国雨季，再加上新冠肺炎疫情持续蔓延，项目进度和疫情防控压力空前，项目部积极调动各方力量，制定有效措施：一是制定切实可行的计划，确保各施工单位按计划投入施工人员和设备；二是确保疫情防控到位，实行定期和不定期的核酸快速检测抽查，确保项目现场疫情受控；三是加强监管，规范施工，加大现场检查的力度和频次。百日攻坚劳动竞赛过程中，全体中泰员工全身心投入，克服重重困难，实现了预期的目标。

此次活动顺利完成后，泰国东北部成品油项目部全体中泰员工将继续严格落实疫情防控，积极推进项目施工进展，秉承“担当、奉献、创新、共赢”价值理念，确保项目整体工作安全有序进行，实现2022年年初项目顺利投产，改善泰国东北部地区的成品油供应状况，促进当地社会经济发展，并加强泰国、老挝、中国等相邻国家的能源互联互通，推动“一带一路”建设。

（2021年11月26日《石油商报》）

附录：同事眼中的她

留取丹心照汗青

——记中国企业报十佳总编辑、中国石油管道局工程有限公司新闻中心副主任何志丹

有着26年党龄的何志丹30年如一日，在新闻工作的道路上执着追求，把心血和汗水奉献于新闻事业，创作出数百篇有分量、有影响、可读性强的精品力作，被国内主流媒体转载，产生了良好的社会效应。在担任管道局新闻中心副主任、《石油管道报》总编辑的十多年来，她率领团队不断追求卓越，稳步提升媒体影响力，为宣传中国管道、讲好中国故事、传播好中国声音作出了贡献。

宣传中国管道

她与中国管道同行，足迹遍布大江南北，记录报道中石油管道局建设20万里管道的发展历程，深度挖掘管道人投身国脉建设付出的感人事迹，用忠诚担当、苦干实干谱写出一曲曲管道赞歌。

1998年，兰成渝成品油管道工程开工。她足迹遍布上千公里管道沿线，采写大量作品。她担任编辑的文集《踏破蜀道天险》获2003年度河北省“五一文化奖”一等奖。

2002年，西气东输管道工程开工，这是中国新世纪的四大工程之一，她全面报道了管道局面对复杂程度堪称世界之最的地形地貌、属于世界级难题的施工难点，以高规格管理水平、专业化建设标准完成工程建设任务的整个历程。作品《西气东输“先锋气”抵沪》获2003年度中国石油新闻奖一等奖。

多年来，她专业、敬业、精业，笔耕不辍，全面开花。《问鼎中原》获2002年中国文学艺术基金会“中流砥柱”大型报告文学征文活动二等奖，并赴人民大会堂领奖。各类作品入选各种文集，近百篇新闻作品获得省部级以上新闻奖

一、二、三等奖。

因工作业绩突出，从2001年至2005年，她连年被评为管道局“优秀共产党员”；2003年，获中国石油记协第二届“十佳百优”新闻工作者称号。2005年，被中国石油集团公司授予“西气东输工程建设先进个人”称号。

2008年5月，她任职总编辑后，每年都策划组织实施重大采访活动，靠前指挥并亲自采写，出手快、立意高、影响大，在系统内外树立了管道局新闻中心政治强、业务精、作风硬的良好形象。

2009年，西气东输二线工程开工，这是中华人民共和国成立以来投资规模最大的能源项目。在40个月的施工中，她带队多次深入现场，随着管道翻山越岭、跨无人区，谱写了建设者挑战各种极限，经受各种考验，用一流质量和速度创造了世界管道史上一个个奇迹的壮美篇章。她采写的深度报道《世界最大天然气管道工程是如何建成的》刊发在新华社《经济参考报》；《为保“绿色”宁可延长工期》刊登在《工人日报》，一系列重磅新闻在社会上引起关注。

在管道局参与中国能源进口的四大战略通道建设中，她采写的深度报道《我国四大油气战略通道是如何建成的》刊登在《经济参考报》，并被人民网、新华网等多家主流媒体转载；《国家队的责任与荣誉》2014年获中国企业新闻奖一等奖、中国石油新闻奖一等奖。

中俄东线管道工程是中俄两国领导人提出并大力推进、具有世界顶尖水平的天然气长输管道。自2016年开工后，她多次深入施工一线，在系统内和国家主流媒体不断推出有深度、有力度、有影响的作品，尽显“国家队”硬核实力。其中，通讯《寒冬里的责任担当》和《磨砺“金刚钻” 干好“瓷器活”》分获2017年、2019年中国石油新闻奖一等奖。

讲好中国故事

在管道局海外工程建设中，不少是在社会风险大、社会治安差的贫穷落后的国家和地区。她把最危险最艰苦的采访任务留给自己，不顾危险，用坚强和勇敢书写了一个个有温度的中国故事。

2009年11月，她带队深入中亚天然气管道工程采访，分赴哈萨克斯坦和乌兹别克斯坦各施工现场。她精心策划，组织采写，开栏《能源新丝路纪行》,发回文图近百篇（幅），对中亚管道形成全方位、立体式报道，得到各界好评,受到时任国家发改委副主任、能源局局长张国宝的接见。

2011年8月，她冒着疟疾霍乱肆虐、暴乱恐怖袭击等风险，深入撒哈拉沙漠腹地——尼日尔项目多个施工现场，日夜兼程采访，开栏《撒哈拉的“中国红”》，期期不断线。其中，《荷枪实弹的士兵形影不离》《让荆棘开出美丽的花》等专题报道在《工人日报》全文刊登。

2013年8月，她在苏丹项目现场采访时，正值南苏丹政变后南北苏丹局势动荡，多个地区发生持枪抢劫案件。她当了一回战地记者，坐防弹车采访，体会到了危险局势下员工坚守岗位的心情。她采写的深度报道《“苏丹模式”：中石油管道局进军海外的成功样本》刊登在《经济参考报》，被各大报网转载。

2014年7月，她深入坦桑政府誉为“第二条坦赞铁路”的坦桑尼亚天然气管道工程采访。采写的报道《中国管道，非洲展示“国际范”》，被中非合作网、坦桑尼亚华人论坛等网站转载，得到广泛关注。作品分别荣获2014年度中国企业报协会、中石油记协新闻奖一等奖，并被中国新闻智库收藏。

2017年5月，她深入安哥拉项目采访。安哥拉社会治安很差，出行要有军保。高压下行程紧、采访细、效率高，她每天连轴转，运用多种报道形式，对项目进行了体验式集中报道，几十篇报道被主流媒体网站报道转载，反响很大。

近几年，她笔下诞生了一个个有情怀有温情的中国故事：《北大博士海外追逐“中国梦”》刊发在中工网；《走出去，走进去，走上去》刊登在人民日报海外网；2019年12月中新社刊登的《中石油管道局刷新中国管道陆海定向钻穿越纪录》被中宣部“学习强国”推出；《走出去，见证“一带一路”》，2019年获得国资委“我和我的祖国首届央企故事大赛”二等奖。

传播中国声音

《石油管道报》是中国管道运输行业唯一的权威媒体。为把报纸办出特色办出品牌，她不断增强精品意识，狠抓报纸质量，精准策划选题，强化深度报道，提升传播实效，在社会广泛宣传履行社会责任、彰显央企担当的中国好声音。

2008年汶川地震，当时整个川渝地区唯一一条成品油管道——兰成渝管道正处于地震带，所有救灾车辆都需要这条“生命线”的补给。《石油管道报》第一时间报道了《兰成渝管道成功抵御堰塞湖泄洪》，随即被人民网、新浪、搜狐等多家知名媒体转发。在紧张的局面下，这条消息的传播稳定了救援队伍与社会各界的情绪，为救灾做好了基础保障。

2011年利比亚战争即将爆发之际，管道局通过各种途径积极与驻利比亚大使馆协调，成功完成海外员工撤离。《石油管道报》第一时间刊发《109名管道员工89小时归乡路》，文章一经见报即被《工人日报》、《中国青年报》、中国经济网、河北新闻网等多家媒体转载。

2015年8月天津滨海爆炸事故，《石油管道报》整版刊发《天津滨海救援刻不容缓，中国石油管道义不容辞》《国务院安委办感谢管道局管道报国》等新闻，得到了多家媒体公众号、网友的关注，并纷纷转载评论，对重塑中石油良好形象具有重要意义。

她积极策划组织稿件，协助配合央视《焦点访谈》栏目播出人物专访《管道三公司焊工王要飞》，《王要飞：用绚烂焊花书写别样人生》2019年8月刊发在“学习强国”，《人民日报》《光明日报》《工人日报》，中国国际广播电台、中央广播电视总台等都进行了刊播，为树立管道局良好品牌形象作出了贡献。

她对年轻记者采取“传帮带”，培养出了多名“名记者”“一级记者”，每年都有多篇作品荣获中国企业报协会、河北省记协等一等奖。2011年6月，报纸党支部被中石油集团公司党组授予“先进基层党组织”称号。2012年7月，记者部荣获全国总工会“工人先锋号”荣誉称号。

近几年，《石油管道报》顺应互联网时代的媒体发展趋势，深层次、全方位地从内部创新改革。她制定改版方案并逐步实施，将“管道权威媒体　行业前沿资讯”确定为办报宗旨。报纸改版后影响力不断提升，获评中企协“中国优秀企业报”“中国企业报二十佳报纸”，荣获中国企业文化与品牌传播优秀内刊（报纸）一等奖，“十二五”全国企业文化优秀传播媒体（报纸、期刊类）一等奖。2015年12月，她荣膺“中国企业报十佳总编辑”称号。

作者：史红　中国石油管道局工程有限公司新闻中心编辑部主任

（据《星光灿烂党旗红——建党百年中国企业报协会优秀人物选辑》）

后记

凝望刚刚整理完的厚厚一摞书稿，思绪仿佛回到了往日激情燃烧的岁月，心中暖流涌动。30年的拼搏，30年的心血和汗水，内心充盈着感动。

我庆幸自己一走出象牙塔就成为石油管道人，“管道为业、四海为家、艰苦为荣、野战为乐”，30多年牢记初心使命，与管道唇齿相依，休戚与共，管道局成立近50年来在保障国家能源安全、推动国民经济发展方面作出了重大贡献，自己也有“添砖加瓦”；我庆幸自己一生从事热爱的新闻工作，新闻已融入血液，我全身心投入，不断涌现激情、迸发灵感，创作出数以万计的“油味”“管味”作品，丰富了新闻作品的题材，自己也算“锦上添花”；我庆幸自己是一名石油管道记者，“头戴铝盔走天涯”，追随管道建设者的足迹，从大江南北到“一带一路”，开阔了视野，领悟了生命的意义，更见证并记录了管道人建设20万里管道的发展历程，深度挖掘了管道人投身国脉建设艰辛付出的感人事迹，深刻展现出管道人对党、对国家、对人民的忠诚和奉献，在全国行业新闻工作者中，自己可谓“一枝独秀”；我庆幸自己任职报社总编辑期间，能很好地落实改版思路，不断增强精品意识，狠抓报纸质量，精准策划选题，强化深度报道，提升传播实效，在社会广泛宣传履行社会责任、彰显央企担当的中国好声音，把《石油管道报》这个中国管道运输行业唯一的权威媒体，办出了特色办成了品牌，自己也是“功不可没”……

回首30年的新闻采编历程，在庆幸自豪之余，也有些许遗憾。相比建在地面上的建筑物等设施，广大建设者的辛勤工作呈现出精美的“作品”可供人欣赏品味；而我们建设的长输油气管道要深埋地下，建成后“除了脚印，什么也没留下”，只有看见输送油气的站场，才知地下有“钢铁长龙”。怎样把管道局的辉煌历史呈现给大家，便于广大读者了解管道局的过往，了解这个默默无闻的管道群体？那就要加大新闻宣传力度。新闻宣传优势是时效性强影响力大，劣势是“时过境迁”，很多带有时代烙印的新闻作品就会成为易碎品。如何扬长避短？相对新闻消息而言，较弱的时间性的通讯作品无疑是较好的选择。通讯在内容上比消息容量大，叙述更详尽、形象。选编具有新闻价值、可读性强的通讯集纳，可以很好地提升企业形象，对企业品牌也是一种有效的宣传。

在岗一直忙碌，无暇考虑其他。随着退休日渐临近，将30年的油气管道发展见证整理编辑成册这个念头日益浮现。2021年7月27日，时任管道局总经理薛枫与我退休离任谈话时，对这个想法大为肯定，表示将大力支持，鼓励我尽快实施，这为我增添了极大的动力。用他的话讲，匠人把散落在各个角落的珍珠，用一根强韧的细线串成一串，成为璀璨的珍珠，折射出绚丽的色泽，这就发挥了珍珠最大的价值。我有责任有义务将多年来辛勤创作、刊发在不同时期不同媒体的价值较大的新闻作品搜集归纳，整理成集，反映管道人在各个历史阶段的精神传承和发展足迹，让世人了解并熟知管道局近50年的辉煌征程。

30年的作品浩如烟海，且很多已遗失，查找十分困难，只能先从《石油管道报》下手。我搬出珍藏多年的一摞摞泛黄的报纸合订本，一页页寻找，扫描校对；再从强大的互联网上搜寻近年来自己在央媒刊发的稿件……边搜集边整理，确定了主题，决定围绕管道建设主业，分为“大江南北卷”和“一带一路卷”。经过半年的日夜奋战，于2022年2月初把精心选编的文稿交付印厂排版。

选取的文稿基本原汁原味，未作删改，但愿能做承载管道建设历史的一个印记符号。诚然，这些作品无法构成足以对中国油气管道50年波澜壮阔奋进史的宏大反映，有些作品现在看来还显稚嫩。但是，它从专业、客观并独特的视角，忠实地记录、保存了几代石油管道人坚定听党话跟党走，用忠诚奉献、智慧汗水铸就一条条保障国家能源安全的钢铁巨龙的历史印迹，传递、弘扬了“我为祖国献石油”的管道发展壮歌和主旋律，从细微处更折射出我国油气管道飞速发展时代背后所饱含的丰富意蕴，从行业角度反映出改革开放以来中国经济的腾飞。因此，我相信，不同身份、不同职业甚至不同年龄的人都可以从中读出自己的况味来。所以，这就构成了我敝帚自珍的理由，同时也为我编辑这本书提供了动力与信心。

《从大江南北到“一带一路”》一书记录了一名老新闻工作者努力拼搏的心路历程，也凝聚了来自管道局领导、企业文化部、新闻中心的领导和同事好友、家人的心血汗水。管道局执行董事、党委书记薛枫关心重视，多次过问；管道局老领导孙全军拨冗作序，仔细斟酌；企业文化部和新闻中心领导悉心指导，大力支持；同事好友温暖鼓励，热心帮助；家人全力以赴，作坚强后盾。尤其是出版社严格把关，精心“三审三校”，倾注辛勤汗水，在此一并表示最崇高的敬意，最真诚的谢意！书稿的搜集、整理、修改，以及出版等事宜，都是在我和同事好友正常工作之余进行的，时间仓促再加上水平有限，疏漏和不当之处恐难避免，敬请读者批评指正。

何志丹

辛丑腊八于北京西三旗